성채

하

생텍쥐페리 지음
염기용 옮김

범우

성 채
Citadelle

108

잠들어 있는 보초를 찾아간 것에 대하여.
 그 보초는 사형을 받고도 남을 만하다. 그러기에 바다 한복판 이름 모를 작은 만에서 바다가 철썩이듯 생명이 그대에게 양식을 주고 그대를 통하여서만 생명이 영속되기 때문에, 인생의 목숨들이 편안하게 숨쉬며 잠들 수 있는 것은 그대의 경계에 달려 있는 것이다. 또 꿀을 모으듯 천천히 거두어들인 성직자의 재산, 한없이 많은 땀을 흘리며 끌로 파고, 망치로 박고, 돌을 운반하고 또 그것을 꽃피우기 위해 금박한 옷감에 바느질을 하느라고 눈이 못쓰게 되고, 경건한 손길로 창의력을 가지고 섬세하게 매만지는 일엔 끝내 무관심해진 신전들, 그리고 겨울을 무사히 보내기 위해 식료품을 저장해 둔 다락방들, 그리고 인간에 대한 약속이 잠들어 있는 지혜의 창고 속에 든 성스럽기까지 한 저서들, 그리고 가족들에게 둘러싸여 관습대로 평화스런 죽음을 맞이할 수 있고 단순히 유산을 후세에 위임하는 것을 거의 눈치채지 않게 하면서 내가 죽는 것을 도와 준 환자들.
 보초여, 보초여, 그대는 성곽들의 의미니라. 성곽이란 허약한 육신인 도시를 위한 막(膜)이어서 쏟아지는 것을 막아 주고 있다. 성곽에 구멍이 하나 뚫리면 육신을 위한 피가 없어지기 때문이다. 그대는 먼저 군대를 준비하고, 끊임없는 파도처럼 밀려와서는 그대에게 타격을 가하고 그대를 조이면서 위협하고 또 그대를 더욱 굳게 만드는 사막의 뜬소문에 처음에는 귀를 기울이고 어찌할 줄 몰라 방황하기까지 한다. 그대를 이루고 있는 것과 그대를 파괴하려는 것을 처음엔 구별하지 않아도 되기 때문이다. 모래 언덕을 조각하고 그것을 지우는 것도 역시 바람이고 해안의 절벽을 조각하고 그것을 무너뜨리는 것도 역시 같은 물결이며, 그대의 영혼을 조각하고 그것을 멍하게 만드는 것도 역시 속박이다. 그대를 살게 하고 그대의 삶을 방해하는 것도 같은 노동이며 그대를 가득 채우거나 텅비게 하는 것도 역시 충만한 사랑이기 때문이다. 또 그대의 적은 그대의 형상 그 자체다. 왜냐하면 적은 그대의 성곽 내부에다가 그대를 건축하라고 강요하고 있으니까. 또 바다는 바로 그 배의 벽이요 경계요 틀이라고도 말할 수 있다. 몇 세대를 흐르는 동안 배 밑바닥은 이물에서 물결이 갈라짐으로 해서 점차 다듬어지기 때문이다. 배 밑바닥은 훌륭한 조화를 이루고 있어 보다 부드럽게 물 위로 흘러갈 수 있도록 만들어졌고 아름답기까지 하다. 또 배를 잘 나아가도록 한 것이 바람이라고 말할 수도 있으면서 그 바람은 돛을 찢고 날개를 그린 듯이 돛을 부풀게 했으며, 적이 없었으면 형상도 크기도 갖지 않는다고 그대는 말할 수 있을 것이다. 그런데 보초가 없다면 그대의 성곽들은 어떻게 될 것인가?

 이런 이유로 잠자는 보초병은 도시를 벌거벗겨 놓는다. 그리고 이런 사실을 알게 되면 누군가가 도시를 잠 속에 빠뜨려 죽도록 만들기 위하여 도시로 쳐들어와서는 점령하려고 든다. 그런데 여기 평평한 돌에다 머리를 뉘고 원을 반쯤 벌린 채 도시는 잠들어 있는 것이다.

 그리고 그 얼굴은 어린이의 그것이다. 그 도시는 사람들이 꿈속으로 이끌고 가는 장남감처럼 아직도 가슴에 총을 껴안고 있다. 그런 도시를 바라보면서 나는 불쌍한 생각이 들었다. 무더운 저녁 사람들이 저지르는 과오를 나는 퍽 안되게 여기기 때문이다.

 보초들의 기력을 쇠약하게 하는 것, 그들을 잠재우려고 하는 것은 바로 야만인이다. 사막의 힘에 정복된 보초들은 도시의 기력이 소진하여 야만인이라도 들어와야 할 즈음에는, 도시를 풍요롭게 하기 위하여 기름칠해 둔 문짝의 돌쩌귀가 천천히 돌아서 자유롭게 열리도록 내버려두는 것이다.

 잠든 보초, 적들의 전위대 발굽 아래 도시는 이미 점령당한 것이나 다름없다. 보초들이여, 그대의 잠은 잘 짜여져 영원토록 굳건한 도시의 것이 아니라 하나의 탈바꿈을 기다리며 자손들에게 씨앗의 문을 열어 주는 것이기 때문이다.

 그리하여 그대의 단순한 졸음 때문에 파괴된 도시의 영상이 떠올랐다. 왜냐하면 모든 것이 그대에게서 맺어지고 또 풀어지는 것이기 때문이다. 도시의 귀(耳)요 촉각인 그대가 밤을 지새워 지키고 있다면 얼마나 아름다울 것인가……논리학자들의 지성을 그저 단순한 사랑으로 지배할 수 있는 그대가 도시를 파악한다는 것은 얼마나 존귀한 일인지 모른다. 그들 논리학자란 사람들은 도시를 이해하려 들지 않고 그저 분할하는 데만 정신이 팔려 있기 때문이다. 그들에게는 여기 감옥이 있고, 저기 병원, 그리고 저기에 또 그들의 친구집이 있을 뿐이다. 그러고는 집 자체를 두고 마음속으로 분해하면서 거기서 이 방, 저 방, 또 다른 방을 보는 것이다. 그리고 단지 방들만 찾아보는 것이 아니라 각각의 방에서 이 물건, 저 물건, 그리고 또 다른 물건도 본다. 그러고 난 다음에는 물건 그 자체를 지워 버린다. 그런데 그들이 아무런 건축도 하지 않으려는 이 재료들로 무엇을 만들 것인가.
 그러나 그대 보초여, 그대가 밤을 새운다면 그대는 별들에게 맡겨진 도시와 연관을 맺게 된다. 이집 저집 그리고 이 궁전뿐만 아니라 이 도시, 죽어 가고 있는 사람들의 한탄, 몸을 풀고 있는 임산부의 외침, 사랑의 탄식, 갓난아기의 부르짖음뿐만 아니라 하나뿐인 육신의 다양한 숨결과도 관계를 맺게 되는 것이다. 그러나 이 도시, 저 사람의 철야, 이 사람의 졸음, 또 다른 사람이 읊은 시, 그 시의 추구만이 아니고 열정과 잠의 혼합, 그리고 은하수의 잿더미 속에 있는 불과도 관계가 있는 것이다. 그러나 그 도시에서 보초, 보초여, 만일 딴 사람을 귀기울여 듣고자 원한다면 한 애인의 가슴에 귀를 대고 조금도 깨뜨려서는 안 되는 이 침묵, 이 휴식의 가지가지 다른 숨결을 들어라. 이것은 심장의 고동이다. 심장의 고동 이외의 다른 무엇도 아닌 것이다.
　그대 보초여, 그대가 밤을 새운다면 그대는 나의 친구다. 도시는 그대를 의지하고 왕국은 도시 속에서 의지하고 쉴 수 있는 것이니까. 내가 그대 곁을 지나갈 때 그대가 무릎을 꿇는 것을 내가 허용하겠다. 세상사가 다 그러하듯 뿌리에서 생긴 수액이 나뭇잎으로 오르기 마련이니까. 그대의 곤경이 나를 향해 치오르는 것은 좋은 일이다. 이것은 신부에 대한 신랑의 사랑처럼, 어린이에 대한 어머니의 젖처럼, 노인에 대한 젊은이의 존경처럼 왕국 안에서의 순환이기 때문이다. 그러나 어떤 사람들이 무엇인가를 받는다고 어떻게 말할 것인가? 우선 다름아닌 나 자신이 그대를 섬기고 있기 때문이다.
　그렇기 때문에 옆모습으로 그대의 무기에 얼굴을 의지하고 있을 때, 오, 신의 품에 안긴 나의 동료여! 누가 주춧돌을 궁륭의 돌들을 구분할 수 있으며 또한 어느 누가 서로 질투하는 몸짓을 보여 줄 것인가? 때문에 나의 병사들이 그대를 체포하는 데 아무것도 방해하러 나서지 않으며 그대를 바라보면서 나는 사랑으로 고동치는 심장을 갖게 된 것이다.
　그대가 단지 잠자고 있기 때문이다. 잠들어 있는 보초, 죽어 있는 보초, 그리고 나는 두려운 마음으로 그대를 바라본다. 왕국이 그대 속에서 잠자고 또 죽어 가고 있기 때문이다. 나는 그대를 통해서 왕국이 병들어 있음을 본다. 왕국이 나에게 잠자려는 보초를 맡겨 주었다는 것은 나쁜 징조였으니…….
　"사형 집행인은 그의 직무를 수행할 것이고 잠자는 보초병을 영영 잠들게 할 것이다."
　이렇게 나는 혼잣말을 했다. 그리고 나의 동정 속에서는 전혀 새롭고 예상해 보지도 못한 하나의 논쟁거리가 생겼다. 문제는 강력한 왕국들만이 잠자는 보초의 목을 벤다는 것 말이다. 그러나 왕국은 잠드는 보초들밖에 더 이상 임명치 못하게 하는, 목벨 수 있는 권리를 갖고 있지 않다. 가혹하다는 것을 이해한다는 것은 아주 중요한 일이다. 잠든 보초들의 머리를 벤다는 것이 모든 왕국들을 일깨우는 것은 아니다. 잠든 보초들이 처형당하는 것은 왕국들이 깨어나 있을 때의 일이다. 그러나 이 경우에 있어서도 당신은 원인과 결과를 혼동하고 있다. 강력한 왕국들이 보초의 머리를 베는 것을 바라보고 있는 그대는 그들을 처형함으로써 그대의 힘이 창조되어 나가기를 바란다. 이럴 때 핏빛이란 익살꾼의 표정에 지나지 않게 된다.

사랑을 이루어 나갈지니라. 그려면 그대는 보초들의 조심과 잠자는 보초들에 대하여 유죄 판결에 대한 근거를 확인하게 될 것이니까. 왜냐하면 그들은 스스로 왕국으로부터 자신을 떼어놓았기 때문이다.

하사가 그대를 감시하고 있다. 그리고 하사가 그대에게 준 규율 말고는 그대를 억제할 일이 없다. 그리고 하사들이 자신에 대하여 의심을 갖는 경우, 그들도 상사로부터 받은 규율 이외 다른 속박은 갖고 있지 않다. 상사들이 그들을 감시하고 있다. 그리고 대위의 휘하에 소속된 상사들, 그 대위들은 상사들을 감시하고 있다. 이와 같은 연결은 나에게까지 이른다. 그리하여 나를 통치할 수 있는 것은 신뿐이다. 그런데 이러한 연결의 선을 내가 의심하게 되면 나는 사막 속에서 불안정한 상태에 머무르게 된다.

그러나 그대에게 한 가지 비밀을 말해 주겠는데 그것은 불변에 대한 신비다. 그대가 잠자면 그대 생명은 중지되기 때문이다. 그러나 그것이 곧바로 그대가 나약하다는 증거인 바 그때도 역시 그대의 생명은 증명이 된다. 이미 그대의 주위에는 아무것도 변하지 않았고 모든 것은 그대의 내면에서 변했기 때문이다. 그리고 보초인 그대는 여기 도시 앞에 서 있다. 그러나 그대는 이제 그대 연인의 가슴에서 침묵과 순결을 조금도 구별할 수 없는 심장의 고동을 들으려고 기대하고 있지는 않다. 모든 것이 이 여인을 하나의 표지로 삼고 남아 있기 때문이다. 그 여인은 단 하나뿐이지만 그 여자의 표지는 이제 그대가 하나로 만들 수 없도록 뒤죽박죽이 된 대상들 가운데로 사라져 버렸다. 서로 엇갈리는 밤의 노래와 병자의 하소연을 부인하는 주정뱅이의 노래, 갓난아이의 죽음을 부인하고 어떤 죽음의 주변부에서 나오는 비탄과 시장의 북새통을 부인하는 이 신전에 순종하고 있다. 그래서 그대는 혼자서 이렇게 말했다.

"이 모든 무질서와 지리멸렬한 광경을 가지고 무엇을 만들어야 하는가?"

여기에 한 그루 나무가 있다는 것을 그대가 모른다면 뿌리, 줄기, 가지 그리고 나뭇잎은 이제 공통의 척도를 갖지 못하게 된다. 충성을 받아들일 사람이 없다고 하면 어찌 그대가 충성할 수가 있겠는가? 그대가 사랑하는 어떤 환자를 밤새워 간호할 경우 그대는 조금도 눈을 붙이지 않을 것이라는 것도 잘 알고 있다. 그러나 그대가 사랑할 수 있는 사람은 이미 자취를 감추어 버렸고 뒤죽박죽인 재료가 되어 버린 것이다.

여러 가지 존재들을 맺어 주는 신성한 매듭이 풀어졌기 때문이다. 그러나 나는 그대가 되돌아오리라는 것을 알고 자신에 충실하기를 바란다. 나는 아주 도취된 하나의 사랑이 얼마나 많은 인간 내면의 사막을 방황한 연후에 이루어졌는가를 잘 알기 때문에 그대가 순간 순간마다 이해하고 느끼기를 강요하고 싶지는 않다. 애인 앞에서 스스로에게 물어 보는 것이다.

"그녀의 이마도 하나의 이마임에야 틀림없다. 내가 그 여자를 어떻게 사랑할 수가 있는가. 그녀의 목소리가 바로 이 목소리다. 그 여자는 여기서 어리석은 얘기를 했다. 여기서 발을 헛딛은 것이다……"

그 여자는 자신이 분해되는 전체와도 같고 그대에게 양식을 더 이상 줄 수도 없게 됐으며 그대가 미워하게 될 것이라고 생각한다. 그러나 그대는 어떻게 그 여자를 미워하게 될 것인가? 그대는 사랑할 줄 아는 능력도 없으니까 말이다.

그러나 그대가 여기서 문제삼는 것은 그저 한 번이라도 푸근히 잘 수 있는 수면이란 것을 어렴풋이 알고 있기 때문에 더는 할 말이 없어 입을 다물고 있는 것이다. 이 순간 여인에게 있어서 진실된 것은 그대가 읽은 시, 영지 또는 왕국의 진실인 것이다. 그대에게는 일용할 양식이 되고 또 나날이 터득해 나가는 발견의 힘, 즉 사랑과 인식, 그리고 사물들을 연결시키는 신성한 매듭들이 부족한 것이다. 그대 잠이 든 나의 보초여, 그대는 일단 바쳐졌다가는 다시 그대에게 되돌아가는 세금처럼 사랑하는 사람들이 그대에게 되돌아올 것이고 이쪽이냐 저쪽이냐가 아니라 양쪽 모두를 한꺼번에 되찾게 될 것이다. 불충실하여 그대에게 권태가 일어날 때에는 그 방치해 둔 집을 그대 마음에 새겨 두어야 한다.

  나의 보초들이 원형 순찰로 지나갈 때 그들 모두가 열심히 임무를 수행하고 있다고는 우기지 않는다. 많은 보초들이 지겨움을 느끼고 저녁밥 생각이 간절해 있을 것이다. 모든 신들이 그대의 가슴속에 가득 차 있을 때는 주린 배를 가득 채울 동물적인 본능만이 남아 있는 것이어서 피곤에 지치면 먹을 것밖에 생각하지 않게 된다. 그들의 영혼이 모두가 다 깨어나 있다고는 생각지 않는다. 사물을 맺어 주는 신성한 매듭들인 이 모든 총체와 대화를 나누며 성벽의 벽돌을 우습게 아는 그대의 고통을 나는 영혼이라고 부른다. 그러나 그들 영혼 중의 하나가 불타는 일은 어쩌다 있는 일이다. 심장이 고동치는 영혼이 하나 있었다. 사랑을 알고 난 연후에 갑자기 도시가 무게와 소음에 짓눌려 있음을 느끼는 영혼이 하나 있다. 스스로 폭이 넓다고 인식하는 별들을 호흡하며 바다의 노래로 충만된 저 소라고동처럼 수평선을 품고 있는 하나의 영혼이 있다.

  그것은 그대가 한 사람의 옹근 인간이 된다는 충만감을 내게서 맛보고, 그것을 받아들이기 위해 준비 자세를 유지하는 정도로 족한 것이다. 왜냐하면 이따금 그대를 엄습하는 졸음, 또는 시장기, 또는 소망과도 같이 그대의 의구심은 조금도 순수한 것이 아니어서 그것으로 인해 내가 그대를 위로해 주고자 하는 것이다.

그대가 조각가라면 얼굴의 의미가 그대에게로 되돌아갈 것이고 또 사제라면 신의 의미가 그대에게 되돌아갈 것이며, 그대가 보초라면 왕국의 의미가 그대에게로 되돌아갈 것이다. 그대가 연인이라면 사랑의 의미가 되돌아갈 것이다. 그대가 자신에게 충실하고, 그대 집이 비록 버려진 듯이 황폐해 있어도 그대의 집안을 말끔히 치운다면 그대 마음에 양식을 줄 수 있는 것이 당신을 향해 되돌아갈 것이다. 그대는 방문 시간을 전혀 알지 못하지만 그것이 세상을 충족시킬 수 있는 유일한 시간이라는 것만은 꼭 알아 두어야 한다.

그런 까닭에 나는 시(詩)가 하나의 기적으로 그대를 불태울 수 있도록, 음울한 공부 시간과 왕국이 그대 마음을 사로잡을 수 있도록 나는 왕국의 전례와 관습을 가지고 이처럼 교육을 시킨다. 그대가 준비한 선물이 하나도 없기 때문이다. 그리고 방문을 받아들일 집이 없으니 그대를 찾지 않는다.

보초여, 보초여. 사랑의 보상과 선물처럼 때때로 보초의 계시를 그대 마음속에 준비하는 것은 무더운 밤으로부터 오는 권태로운 의심 속에서 였다. 그리고 성벽을 따라 걸을 때 도시가 그대에게 아무 말도 해 주지 않으면 도시의 소리를 듣고, 집들이 침울한 영상의 집합이 될 때엔 인간의 집들을 지키고, 사막이 텅비어 있을 때엔 사막의 언저리에서 숨을 쉬며 사랑하지도 않으면서 믿으려고 노력하고, 또 충실을 바칠 대상이 없을 때면 충성을 바치려고 노력하는 것이다.

충성을 받을 대상이 있을 때에는 자신에게 충실함을 보여 주는 것은 조금도 힘든 것이 아니다. 그러나 나는 그대의 추억이 순간마다 호소로 뒤바뀌어 그대가 다음과 같이 말을 할 수 있게 되기를 바란다.

"내게 누군가가 찾아오게 되면 나는 집을 지어서 순수한 상태를 지니도록 하겠노라……"

하지만 나의 속박은 오로지 그대를 돕기 위해서 있는 것이니라.

비록 지금의 희생이 더 이상 별 의미를 지니지 않는다 해도 나는 나의 사제들에게 희생을 강요한다. 여기서 그들이 자신을 의심한다 해도 나는 나의 조각가들에게 조각을 계속하도록 강요한다. 나의 보초들에게도 임무를 거역하면 사형에 처하겠다는 단서를 붙여 백 보의 보행을 명령한다. 그렇지 않으니 왕국으로부터 유리되어 그들은 죽고 마는 것이다.
 나의 가혹한 처벌로 그들을 구원해 내는 것이다.

 그와 마찬가지로 저 사내는 초소의 엄한 규칙 속에서 준비 태세를 갖추고 있다. 나는 그를 척후로 내보내 적의 전열을 뚫어 내라고 했었다. 그는 그런 임무를 수행하는 동안 자신이 죽을 것이란 것도 잘 알고 있다. 적들이 경계를 펴고 있기 때문이다. 적들이 그를 붙잡아 항복시키려 고문을 한다면 고통에 못 이겨 소리지르는 사이 선체의 비밀을 털어놓게 되지나 않을까 걱정했다. 그리고 지금 이 순간에도 사랑으로 맺어진 인간들이 있고 그들은 뜨거운 기쁨으로 전신을 감싸고 있다. 유일한 기쁨이란 결혼을 하는 것이기에 끝내는 결혼을 하게 된다. 하지만 첫날밤 그대가 사랑하는 신부의 몸을 얻게 될 때 그것이 단순한 육체의 정복이라고 생각하지는 말아라. 그와 같은 여체(女體)를 구할 양이면 이 도시의 매음가에서 외모로는 비슷하지만 의미의 변화와 색깔이 전혀 다른 여자들을 얼마든지 남의 손에서 물려받을 수도 있다. 그리고 저녁마다 집으로 되돌아오고, 되돌려주는 유산이 되어 버린 아침 잠에서 깨어나고, 어린애들에게 걸어 보는 소망, 기도로서 가르치는 교육, 부부간의 사랑을 하기 전에 아내 곁에서 차가 되는 이 주전자, 연인이 그대의 집에 들어서자마자 털이 긴 융단은 사뿐히 걷는 그녀의 걸음걸이에 깔리는 풀밭이 된다. 이 모든 것이 그대가 받는 것이 되고 이 세상에서 아주 새로운 의미를 지니게 되고 이 모든 것이 그대가 지닌 것 중에서 아주 사소한 것이 된다. 하지만 그대에게 주어진 물질이나, 육체의 애무, 또한 그 어떤 이용이나 편의도 그대를 아주 만족하게 해 주지는 못한다. 오로지 사물들을 일일이 꿰뚫어 낸 신성한 매듭의 질만이 그대를 만족시켜 줄 따름이다.

그리고 이 사람은 결국 죽기 위해서 무장을 갖추고 있다. 그대가 보기에는 아주 사소한 일에 지나지 않는 애무를 그에게 약속하지 않았기 때문에 아무것도 받지 못하고 있는 것처럼 보일 것이다. 그와는 반대로 태양 아래에서의 갈증, 이빨 사이에서 사각거리는 모랫바람 그리고 또 그의 주위에서 비밀의 압착기가 되어 버린 인간들뿐이다. 그리고 이 사람들은 죽음의 옷을 입고 죽음 속에 뛰어들어가려고 무장을 하고 있다. 그리고 그대 눈에는, 어떤 범죄를 저질러 교수형을 선고받았던 어느 죄수처럼 절망으로 울부짖고 자기의 몸뚱아리로는 꿈쩍하지 않는 창살과 더불어 한사코 싸워야 한다고 생각한다. 그러나 그대는 죽음을 위해 복장을 다 갖춘 그 사람이 오히려 평화로움에 잠겨 있다는 것을 알게 된다. 조용한 시선으로 그를 바라보라. 호위병들의 농담에 대꾸해 주라. 이는 또한 우직한 애정의 표시이기도 한 것이다. 이는 허풍이나 어떤 용기를 과시하거나, 또는 죽음에 대한 어떤 경멸이나 빈정거림이나 그 비슷한 감정을 내보여 주려고 하는 것이 아니라 조용한 물처럼 투명한 것이며 그대에게 거짓으로 속이는 것이라고는 털끝만큼도 없다. 그가 조금 언짢을 때는 그대를 붙들고 스스럼없이 슬픔을 말하고 자기의 사랑만 제외하고는 실로 그대에게 숨길 것이란 아무것도 없는 것이다. 나중에 그대에게서 그 연유를 말해 주리라.

이 사람이 그의 가죽 띠의 버클을 채우면서도 조금도 떨지 않는 것은 죽음을 초월할 수 있는 무기가 그에게 있기 때문이란 것을 나는 알고 있다. 그는 사면팔방에서부터 상처를 받게 되어 있기 때문이다. 그의 영혼에 깃든 모든 신성은 그를 훨씬 능가하고 있다. 그저 어쭙잖은 시기심이 왕국을, 사물의 의미를, 제집으로 돌아가고 싶어 하는 생각을 위협한다면 이는 그토록 아름다운 정밀(靜謐)의 의미와 슬기와 체념의 아름다운 영상을 모조리 파괴하고 마는 것이다. 그는 사랑하는 연인뿐만 아니라 제집 포도밭의 수확과 보리밭에서 사각거리며 거둬들인 수확마저도 신에게 되돌려줄 것이므로 그대가 그에게서 모든 것을 뺏어 버리는 것과 다를 것이 없다. 그러니까 수확, 포도밭, 포도 수확뿐만 아니라 태양까지도, 아니 태양뿐만 아니라 그의 집에 들어가 있는 연인까지 송두리째 말이다. 그리하여 그가 파산하는 것이 별로 겉으로 드러나지도 않으면서 그토록 많은 보물을 상실하는 것을 보게 된다. 그를 격분에 떨도록 하고 실신한 사람이 되어 있는 꼴을 보려면 그에게서 애인의 미소를 훔쳐 내면 된다. 그런데 여기서 엄청난 수수께끼를 만난다. 그 수수께끼란 갖고 있는 물질로써 그를 얽매어 놓은 것이 아니라 바로 그 물질들을 연결하는 신성함 매듭으로부터 끌어낸 의미로써 그를 다스리고 있기 때문이다. 그리고 그 관계 속에서 교환하고 그 대가로 양식을 받는 관계가 파괴되는 것보다는 오히려 자기 자신의 파괴를 서슴없이 택하는 쪽이 낫다. 그것이 바로 이것저것을 건너뛰는 순환이다. 마음속으로 바다 항해를 직업으로 삼고자 하는 사람은 난파로 인한 죽음도 감수한다. 파선의 순간에 몸 위로 덫이 덮칠 때 짐승들이 울부짖는 소란을 들을 수도 있겠지만 그가 예측하고 응낙하고 또 등한히 여겼던 공포란 것도 별로 큰 의미를 띠지 못하게 됐다. 그와는 아주 반대로 어느 날 바다에서 그가 죽을 것이란 확신이 든다는 것도 사실이다. 왜냐하면 거기서 그들을 기다리고 있는 사람처럼 나는 잔인한 죽음에 대하여 그들의 탄식하는 소리를 들을 때 그저 여자들이나 꾀어 내기 위한 허풍과는 다른 어떤 것, 즉 사랑에 대한 은밀한 소망과 그것을 말하면서 느끼는 부끄러움을 알아듣게 된다.

다른 곳에서도 마찬가지겠지만 생각을 그대로 표현하도록 해 주는 말이 이 경우 조금도 없기 때문이다. 사랑의 교화가 문제가 된다면 그대는 바로 '그것'이라고 단언할 수 있을 것이고 이를 중심으로 문제를 풀어 나갈 수 있을 게다. 그러나 정작 문제되는 것은 무엇보다 사물의 의미다. 그리고 그것은 내 생명의 의미가 되는 신과 사물들을 연결해 주고 또 그대의 경우에는 정열이 다른 방법으로서가 아니라 바로 그 방법으로 세계와 교통을 갖게 되어 오직 그대의 열정을 받아들일 수 있을 만큼 신성한 매듭을 그대에게 보다 의미 깊게 해 주기 위해서만 존재한다. 그토록 영혼이란 것이 폭이 넓어졌기 때문에 이는 바다의 소라처럼 그대에게 울려 퍼지게 된다. 그리고 그대 주위의 모든 사람이 그대 본성에 따라서 그것을 듣는다면 아마 그대는 이해하겠다는 확신을 얻고 그 확신으로 왕국에 대하여 한마디 하게 될 것이다. 그러나 하나의 총화만을 보고 그대를 비웃을 사람이 있다면 문제는 달라진다. 그리고 액세서리 가게를 위해 그대가 생명을 내놓는다고 남들이 생각한다면 이건 그대를 불쾌하게 만들고도 남을 것이다.

 왜냐하면 사물에 무엇인가 추가되고 그것들을 지배하는 하나의 환경 같은 것이 있어 나의 지성이 그것을 파악할 수 없을는지 몰라도 그대의 영혼과 정신 속에는 분명한 것으로 나타나기 때문이다. 그대 말고 다른 사람들이 바로 그런 점을 관찰할 수 있다는 사실을 당신이 확신할 수야 없지만, 그것은 포착할 수 있는 그 무엇보다도 오히려 더 잘, 그리고 엄격하고 확실하게 그대를 다스릴 수가 있는 것이다. 정신 이상자의 짓거리에 불과하다고 비난받기가 두려워서, 게으름뱅이의 조소에 굴복하는 것이 보기 민망해서 그대에게 나타난 이 얼굴은 그대를 진정시킨다. 왜냐하면 야유란 것이 무엇으로 이루어졌느냐를 보여 주려고 노력하면서 그것을 파괴할 것이기 때문이다. 그대의 눈을 위해서가 아니라 그대의 정신을 위해서 존재한다고 해서 이런 경우 아주 딴 것이라고 어떻게 설명해 줄 수 있을 것인가. 이 환상을 두고 나는 자주 생각해 보았다. 이것은 그대가 열망해 볼 수 있는 유일한 것이기도 하지만 무더운 밤들의 절망 속에서 흔히 간청해 마지않는 환영들보다 더 아름다운 것이다. 그런데 일단 그가 신을 의심하게 될 때 신이 방문객처럼 그대에게 우연히 나타나 주기를 기다리곤 했다. 이런 경우 그대는 아무 곳으로도 자신을 이끌어 가지 못하게 된다. 그러면서 그토록 무서운 고독 속에 그대를 구속해 버리는 동포들 말고는 누구도 만나 볼 수 없게 되는 것이다. 그런데 그대가 원하는 것은 성스러운 존엄의 표현이 아니라 저속한 즐거움과 신에 대한 쓰디쓴 실망, 이를 받을 곡마단 따위, 장사치의 연예 행사 따위나 희구하게 된다(그대가 그토록 저속하다는 것을 어떻게 보여 줄 수 있는가?). 무엇이 그대 앞에서 까닭 없이 자신을 낮추면서 그대가 선 자리에까지 내려와 찾아 주기를 기다리고 있지만 그런 소원은 결코 이루어지지 않을 것이다. 신에 대하여 내가 걸어 보는 설문 역시 그와 마찬가지였다. 그와 반대로 만약 그대가 정신적인 승화를 위해 노력하고 사물들이 아니라 그것들을 맺어 주는 신성한 매듭들이 존재하는 경지에까지 도달한다면 정신적인 왕국이 문을 열 것이고 마음의 지성을 위한 환상이 그대를 현혹시킬 것이다.

그리하여 이제 그대는 죽을 수조차 없게 되었다. 죽는다는 것은 바로 잃는 것이다. 무엇인가를 포기해 버린다는 것이 문제가 아니라 그대를 거기 뒤섞는 것이 중요한 것이기에 말이다. 그대의 모든 생명은 상환되는 것이다.

숱한 생명들을 구하기 위해서 그대가 죽음을 재어 보았던 재앙에 대하여 그대는 익히 알고 있다. 그대는 붕괴에서 되살아난 것이다.

그리하여 그대는 울부짖고 비상하고 또 낙담하여 다른 곳으로 돌린 미소에 망신을 주었던 그들이 참다운 지식에 대해 눈을 뜨면서 죽음을 받아들이는 것을 보게 된다.

그들이 틀린 생각을 했었다고 말해 주어라. 그들은 곧 웃게 될 것이다.

하지만 그대 잠들어 있는 보초여, 그대가 도시를 포기했기 때문이 아니라 도시가 그대를 버렸기 때문에 왕국이 잠든 보초를 더 깨울 수 없게 된 지금 창백해진 그대 앳된 얼굴을 보니 왕국의 앞날이 불안스럽다.

도시의 노래로 가득 찬 충만 속에서, 흩어지던 것이 다시 결합된 상태를 그대에게서 발견하면서 나는 분명히 무엇인가를 잘못 생각하고 있다. 그대가 노력한 시간이 그대에게 비춰지는 서광으로 보상을 받을 수 있게 하기 위하여 촛대처럼 꼿꼿한 몸짓으로, 그리고 세상을 향하여 별들 아래서 신비스럽게 벌이는 춤과도 같이 순찰하는 발걸음에 도취되어 언제까지나 기다려야 한다는 사실을 나는 잘 알고 있다. 왜냐하면 깊은 밤, 저기엔 보석과 상아 등 값진 화물을 내리는 배들이 있고, 여기 성곽 위에서 보초를 서는 그대는 성벽을 보호하고 그대가 봉사해 온 왕국을 금은으로 아름답게 장식하는 일에 공헌하고 있기 때문이다. 용기를 내어 무엇인가 말하기 전에 입을 다무는 연인들이 어디엔가 있는 것이다. 그들은 서로 쳐다보고 말을 하고 싶을 것이다. 한 사람이 말하고 다른 사람이 눈을 감으면 세상은 모두 변해져 있을 테니까. 그리고 그대는 이 침묵을 보호한다. 어디엔가에 죽음 직전의 마지막 숨결이 있을 것이니까 말이다. 그리고 그들은 마음의 언어와 영원한 축복을 거둬들이고 그것을 받아서 자기 자신 속에 오래 간직하려고 몸을 구부린다. 그리하여 그대는 죽어 가는 사람의 말을 간직하게 된다.

보초여, 보초여, 신이 그대에게 보초들이 지닌 영혼의 총명, 즉 그대의 권한이 미치는 영역에 시선을 던질 때 나는 왕국이 어디에서 끝나는 것인지를 모른다. 그리고 그대가 다른 시간에는 작업을 잘하면서 저녁 식사 시간이면 투덜거리며 무엇인가 갈구하는 그런 사람이라는 것은 내가 상관할 바가 아니다. 결국 그대가 잠자는 것은 좋은 일이고 그대가 잃어버리는 것도 좋은 일이다. 그러나 그대의 집이 무너져 버리도록 무엇인가 상실함으로써 방치한다는 것은 나쁜 일이다.

왜냐하면 자기 자신에 충실해야만 충실성이 공인되는 것이니까. 그리고 나는 그대뿐만이 아니라 그대의 동료도 역시 구원하고 싶은 것이다. 내가 그대의 집에서 멀어져야 그대가 내 집을 파괴하지 않게 되기 때문이다. 나의 장미를 더 이상 바라보지 않게 될 때면 장미나무도 불태워지지 않을 것이니까 말이다. 그러면 장미 송이를 꽃피게 해 줄 하나의 새로운 시선을 위하여 준비 자세를 갖추고 머무르게 된다.

그러므로 나는 그대를 잡으려고 병사들을 내보내리가. 잠들어 있는 병사들에게 내리는 처벌, 이 사형을 그대는 선고받게 된다. 이제 그대에게 남은 일은 다시 정신을 가다듬는 일, 예컨대 그대 자신의 고용을 다른 보초들의 경계심과 바꾸기를 원하는 일이 될 것이다.

109

그대가 부드럽고 순진하고, 믿음과 정숙이 충만하다고 여겨 왔던 여인이 냉소나 짓고 이기주의에 머물러 우아함이 손상되고 이미 인정받은 돈독한 신앙심을 악용하는 속임수의 꾐에 위협당하고 있다는 것은 분명히 슬픈 일이다. 그래서 그대는 그 여자에게 그런 상황에 빠지지 않도록 주의해 주었으면 하고 요구할 수도 있다. 그러나 그대의 친딸들이 더 의심하기를 싫어하고 조심이 많아 남에게 선물하기에도 인색하기를 바라는 것은 사실 거기다 비하면 문제될 것이 없다. 왜냐하면 그대는 딸들을 그렇게 키우면서도 누군가가 보호해 주겠다고 나서는 것을 마다할 것이기 때문이다. 너그러움이란 그것을 진저리나게 만들어 버릴 기생충 같은 인간을 만나게 될 위험이 있고, 또 선량함에는 결국 그것에 후회하고 말지도 모르는 배반의 위험이 도사리고 있기 쉽다. 그러나 이렇듯 인생의 자연적인 위험을 하나씩 없애려고 하다 보면 결국 죽은 세계를 희구하게 되는 꼴이 된다.

 그리하여 그대는 아름다운 신전을 파괴하게 되는 지진에 대한 공포 때문에 신전을 건축하는 것을 포기하였다.

 그러니까 그대를 믿는 저 여자들, 특히 누군가에게 배반당하게 되는 그런 여자들을 위해서는 내가 영원토록 보호해 줄 것이니라. 어느 여자 도둑이 있어 그들 중 하나를 약탈한다면 나는 물론 마음속으로나마 그녀에 대하여 가슴 아파할 것이다. 그리고 내가 그럴듯한 병사를 한 사람 요구하면 나는 전쟁에서 그를 잃게 되는 위험을 받아들이지 않을 수 없게 된다.

 그러니 모순되는 그대의 소망은 일찍 포기하라는 말이다.

 그러므로 그대의 행동이 부조리하고도 남을 것이라고 내가 강조하지 않는가. 그대는 그대 고장의 풍습이 빚어 냈던 아름다운 모습에 감탄했고 바로 그 풍습이 속으로 느껴지자 속박을 증오하기 시작했다. 사실상 그 풍습은 완벽하게 끝난 것이 아니고 형성중이고 앞으로도 이루어져 가는 것이 아니겠는가. 그리고 그 풍습을 그대가 일단 파괴하고 보니 그대가 구한다고 주장했던 것을 그대 손으로 으깨 버리고 만 결과가 된 것이다. 또 실제로, 고귀한 영혼을 위협하는 거친 잔인성과 교활한 것에 대한 공포로 말미암아 그대는 이 고상한 영혼들을 더 거칠고 교활하도록 만들어 버리고 말았다.

 그대가 위협당한 것을 사랑함이 조금도 헛된 일이 아니란 것을 알아야 한다. 값진 물건이 귀한 것이라고 해서 그것들을 안 좋게 말할 필요는 없기 때문이다. 나는 바로 그런 점에서 그것들이 가진 특성의 조건들을 발견했다. 유혹을 받으면서 충실하게 제 나름대로 살아 나가는 사람들을 존경한다. 유혹이란 것이 전혀 없다면 충실하다는 것도 있을 수 없고 친구란 것도 없기 때문이다. 다른 사람을 위해 쓰러지는 몇 사람을 나는 받아들인다. 탄환을 받으면서도 꿋꿋이 서 있는 병사들을 나는 사랑한다. 그들이 처음으로 다른 사람들의 존귀함을 영속시켜 준다면 나는 몇 사람이 죽는다는 것에도 응낙을 한다. 그대가 내게로 하나의 보물을 가져오게 된다면 바람이 그것을 소모시켜 버릴 수 있을 만큼 연약한 것이기를 바란다.

나는 노화의 위협을 받고 있는 젊은 얼굴을 사랑하고 나의 한마디 말에 쉽사리 눈물로 변할 수 있는 미소를 사랑한다.

110

그토록 오랜 생각 속에 잠겨 있었던 모순이 풀리기 시작한 것이 바로 그때였다. 임금인 나 자신이 잠든 보초 위로 몸을 구부렸을 때 이 잔인한 쟁점이 내게 상처를 입혔기 때문이다. 나는 행복한 소망에 잠긴 한 어린아이를 그대로 죽음에다 빠뜨리려고 체포하는 일과 잠시 동안의 철야 근무를 하면서 인간이 저질러 놓는 일에 대하여 고민해야 하는 일에 놀라고 말았다. 왜냐하면 그는 내 앞에서 잠이 깨어 이마에 손을 가져갔기 때문이다. 나를 전혀 알아보지 못하였고 가냘픈 한숨을 쉬고 난 다음 무거운 무기를 집어 들고 하늘의 별들을 바라보았다. 그런 영혼을 정복해야 한다고 생각한 것은 바로 그때였다. 그의 옆에 있는 나, 그의 왕인 나는 겉으로 보기에는 같은 도시라고 할 수 있겠으나 실은 같은 도시가 아닌 딴 도시를 호흡하면서 도시 쪽으로 몸을 돌렸다. 그러고는 이렇게 생각했다.

"내가 눈으로 확인한 비장한 것 중에서 그에게 논증해 주어야 할 만한 것은 아무것도 없다. 그를 개종시키고, 딴 것이 아닌 신과의 결합을 통해 나타나는 모습을 그에게 책임지도록 하는 일 말고는 아무것도 의미 있는 일이 없다. 왜냐하면 그 역시 나와 마찬가지로 그것들과 함께 숨쉬고 그것들을 재고 또 소유하고 있기 때문이다."

그리고 나는 구속과 정복을 구별하는 일이 무엇보다 중요하다는 것을 알았다. 정복한다는 것은 개종하는 것이다. 구속이란 것은 투옥이다. 내가 지금 그대를 구속하면 나는 한 인간을 짓밟게 되는 것이다. 정복이란 그대 속에서 그리고 그대를 통해 그대 자신을 건설하는 것이다. 구속이란 줄지어 늘어선 비슷한 돌더미이고 거기서는 아무것도 태어나지 않는 것이다.

그리고 나에게는 모든 인간이 이처럼 정복해야 하는 것으로 보였다. 철야하는 사람들과 잠에 빠진 사람들, 성벽 위에서 순찰하는 사람들과 이 순찰 근무를 보호해 주는 사람들, 한 갓난아기의 출생을 기뻐하고 또한 죽은 사람 때문에 슬퍼하는 사람들, 예배하는 사람과 신앙을 갖지 않은 사람들, 정복이란 그대의 뼈대를 건축하는 것이고 충만한 양식을 찾아가도록 그대 정신의 문을 열어 주는 것이다. 왜냐하면 남들이 그대에게 길을 보여 준다면 거기엔 그대에게 물을 대주는 호수들이 있기 때문이다. 그리고 나는 그대를 눈뜨게 할 수 있도록 나의 신들을 그대 마음 가운데 자리잡게 할 것이다. 무엇보다 그대가 어릴 때 정복해야 할 것이 중요하다. 왜냐하면 그 시기가 지나고 나면 반죽이 되고 굳어져서 그대는 언어를 배울 수 있게 되니까 말이다.

111

어느 날엔가 나 스스로에게도 오류를 범할 수 없는 지식이 떠올랐었다. 내가 다른 사람보다 판단을 더 잘한다거나 보다 더 추론에 밝다고 생각하지는 않는다. 논리의 법칙에 따라 한 가지 명제에서 다른 명제로 이어지는 이유를 더 이상 믿지 않기 때문이다. 논리란 것이 그보다 더 높은 힘에 지배되고 또 하나의 행진으로 일어나는, 모래 위 흙으로 이뤄진 흔적만을 그리면서 춤추는 이들의 재능은 생명을 구해 주는 우물로 인도 하기도 하고 또는 인도하지 않기도 한다는 것을 배웠다. 아무리 걸어도 부족하기 때문에 한 번 이루어진 역사는 이성의 부속물임을 확실하게 깨닫게 된다. 하나의 발걸음은 반드시 다음 발걸음을 이어 주기 마련이지만 그 걸음을 지배하는 정신은 거기서 미래를 향해 이해되는 것이 아니기 때문이다. 그리고 하나의 문화는 한 그루 나무처럼 씨앗의 유일한 힘으로부터 태어나는 것이고, 씨앗은 뿌리와 줄기, 가지, 잎, 꽃과 열매 등 여러 기관으로 다양하게 나뉘어 나타나지만 오직 씨앗은 하나이고 다른 것들은 단지 표현된 씨앗의 권능으로 생겨난다는 것을 잘 알았다. 일단 하나의 문화가 이루어진다면 기원(紀元)을 향해서 계속 내려오는 것이다. 이것은 논리학자들에게 다시 올라가야만 하는 하나의 길을 보여 준다. 그러나 길을 가르쳐 줄 안내인과는 아무런 접촉이 없었기 때문에 그들은 다시 내려올 줄을 모른다는 것을 잘 알았다. 사람들이 다투는 것을 들어 보면 그중 어느 누구도 정말 우세했다는 것을 볼 수 없었고 기하학자들이 해설하는 것을 들어 보기로 했었다. 그들이 진리를 파악했다고 믿었다가는 일 년 후에 언짢은 기분에서 그것을 포기하거나 또는 흔들리는 그들의 우상에 집착하거나, 그들의 상대방을 향해서 신성을 모독하고 있다고 비난하게 되는 것이다.

  그러나 나는 나의 친구인 유일한 참된 기하학자와 토론을 해 보았다. 그가 사랑을 말하고 싶어할 때의 시인과도 같이 인간에게서 언어를 찾고 있다는 것을 알았고 또 그 언어는 돌과 함께 별들에게도 단순하고 승화의 표적이 되기 때문에 해마다 언어를 바꾸어야 할 것이란 점도 완전히 알고 있었다. 진실한 것이라고는 이 세상에서 아무것도 없다는 것을 나는 알게 되었다.

  한 나무가 진실한 것으로 형성되는 것은 모든 것이 진실이기 때문이다. 내 사랑의 침묵 속에서 나는 백성들의 더듬거리는 말투와 분노의 외침 그리고 웃음과 불평을 참을성 있게 들어 왔다. 나는 젊었을 때의 내 사상과 싸우는 것이 아니라 가꾸려고 노력하던 논법에 저항하면서 보다 강력한 언어가 없어서 나보다 더 훌륭한 변호사와의 논쟁을 포기했었다. 그래서 그가 내게 보여 준 중대한 사실은 나의 표현력이 서투르다는 점이었다. 그 뒷날보다 더 강력한 무기를 다룰 수 있게 된 나는 처음의 그 확고부동한 자세를 포기하지 않고 그대로 유지했다. 왜냐하면 하나의 샘처럼 그대의 속에 진정한 신념이 솟는다면 그것을 뒷받침해 줄 막강한 무기가 있어야 하기 때문이다. 아무렇게나 내뱉는 모호한 말들의 뜻을 이해하는 것을 일단 포기하고 나니 차라리 뿌리와 줄기와 가지가 다 완성될 때까지 처음 씨앗으로부터 출발하는 나무처럼 나를 간단하게 개화시켜 보다 더 소박하게 나를 이해하겠다고 애쓰는 것이 더욱 유익하다는 생각이 들었다. 그땐 이미 나무가 존재하니까 더 이상 논쟁할 것이 없어지기 때문이다. 그리고 그 나무 한 그루만으로 나를 보호하기에 충분할 만큼 큰 일이 있기 때문에 이쪽 나무와 저쪽 나무에서 한 가지를 선택할 번거로움이 없어도 된다. 내가 쓰는 문체의 모호함은 나의 발표문의 문장이 지닌 모순과도 같이 뒷받침이 불확실하거나 또는 논리가 맞지 않거나 아니면 전혀 모호한 결과에서 빚어지는 것이 아니라 언어 생활에서 오는 좋지 못한 습관의 결과라는 확신이 내게 떠올랐다. 왜냐하면 정당화시키지 않아도 될 하나의 내면적인 태도, 하나의 방향, 하나의 무게, 하나의 경향은 모호한 것도 아니고 모순된 것도 아니고, 또 불확실한 것도 아니기 때문이다.

왜냐하면 조각가가 진흙을 반죽할 때 미처 형체를 갖추지는 않았으나 그가 빚을 진흙 속에서 하나의 모습이 되고자 하는 그 어떤 욕구가 있는 것과도 같이 그것도 그저 존재해 있기 때문이다.

112

계급에 복종하지 않는 데에도 자만이 생긴다(예를 들면 장군, 총독). 그들 서로에게서 복종시키는 관계가 일단 성립되고 나면 자만이란 것도 사라진다. 뒤섞여 흩어져 있는 구슬들처럼 그 어떤 미의 역할을 하고 있는 그대들을 어느 존재가 지배하지 않는다면 지배자가 점령한 영역을 두고 그대가 의심하는 것에서부터 자만이 생겨나기 때문이다.
　많은 문제에 대한 숱한 시비, 논쟁, 그대가 저지르는 커다란 오류에 대하여 그대에게 말할 시간이 왔다. 왜냐하면 나는 천막 아래서 다시 올라가 잠자려고 흙탕 깊숙이 구덩이를 파면서 돌에 살갗을 생하고 우지끈거리는 헐벗은 땅속에서 폐석을 뒤섞는다. 일단 구덩이를 깊숙이 파고 난 다음 천막 아래서 잠자려고 올라가고 일 년에 순연한 다이아몬드 한 알을 캐내기 위해서 살아가는 사람들을 나는 열성적이라고 판단하고 또 행복하다고 믿었다. 그대는 하나의 사물을 필요로 하는 것이 아니라 오로지 하나의 신을 갈구하고 있기 때문이다.
　사물을 차지한다는 것은 영원한 것이지만 그대가 그것에서 받은 양식이란 것은 조금도 영원한 것이 못 된다. 물질은 그대를 증대시켜 줄 경우에만 어떤 의미를 가지며, 그대가 그만큼 커지는 것은 사물을 소유했기 때문이 아니라 사물을 정복하고 극복하기 때문인 것이다. 그러기 때문에 나는 등산, 시를 읽을 줄 아는 교육, 가까이 할 수 없는 영혼의 유혹과도 같이 힘든 정복을 촉진시켜 주고 그대를 형성시켜 주는 사람을 존경한다. 다 만들어진 식량에서는 당신이 만들 것이 더 이상 없기 때문에 그런 식량을 경멸하는 바이다. 그러나 가령 그대가 다이아몬드를 되찾아낸다면 그것으로 무엇을 하겠는가.
　내가 망각된 축제의 의미를 부여해 주기 때문이다. 축제란 잔치 준비의 완성이며 신을 향한 정상의 발딛음이요, 땅으로부터 다이아몬드를 되찾아내는 것이 허용된 경우이며, 환자가 완쾌한 뒷날 처음으로 식사를 드는 것이며, 그대가 여자에게 말을 걸어 그 여자가 시선을 떨굴 때의 사랑에 대한 약속일지니…….
　그런 까닭에 나는 그대를 가르치고 이런 영상을 만들어 낸 것이다.

나는 마음만 먹으면 하나의 문명을 그대에게 창조해 줄 수 있다. 문명이란 하나의 열정, 작업반 속에서 지닐 수 있는 기쁨, 일터에서 돌아오는 노동자들의 밝은 웃음, 인생에 대한 강렬한 음미, 또 내일 일어날 수 있는 기적에 대한 열렬한 기다림과 시구(詩句)로 가득 차 있다. 그 시에 별들의 울림을 들려줄 것이지만 그대는 거기서 다이아몬드를 파내려고 곡괭이로 땅을 파는 일 이외의 다른 일은 하지 않게 될 것이다. 그 다이아몬드들은 바로 이 지구의 내장 속에서 조용하게 허물을 벗는 광명이 될 것이다(왜냐하면 그것들은 태양으로부터 와서 처음에는 고사리가 되고 그 다음 어슴프레한 밤이 되고 드디어 이젠 빛이 되었다). 그리하여 나는 그대에게 말한다. 내가 그대에게 다이아몬드를 채굴하라고 명령을 내린다면 일 년 중 다이아몬드를 캐는 하루를 위해서 그대를 중요한 축제에 초대하여 그대에게 감동적인 생활을 보장해 줄 수 있다. 이 중요한 축제는 다이아몬드의 봉헌으로 이루어지며 그 다이아몬드는 땀흘리고 일하는 백성들 앞에서 빛을 내뿜을 것이며 끝내는 빛으로 환원된다. 그대 내심의 움직임은 정복된 사물을 사용함에 있어 조금도 억제되지 않으며 그대의 영혼은 그 물질이 아니라 그 물질들이 지닌 의미를 양식으로 섭취하며 살고 있는 것이다.

그리고 나는 이 다이아몬드를 그대의 사치스런 욕구를 충족시키기 위해 불태우는 것이 아니라 어느 공주의 자태를 빛나게 해 주는 데 사용할 것이다. 그것도 아니면 어느 신전의 비밀 상자 속에 넣어 둠으로써 눈의 즐거움을 위해 더욱 강한 빛을 내뿜게 할 것이다(정신은 벽을 꿰뚫고 양분을 섭취할 수 있게 된다). 그러나 그것을 그대에게 준다면 나는 그것으로 그대 자신을 위해서 아무런 근본적인 일도 할 수 없을 것이다.

왜냐하면 그것으로 희생의 깊은 뜻을 깨달았기 때문이다. 그대에게서 아무것도 잘라 내지 않고 오히려 그것은 그대를 풍요하게 해 주기 때문이다. 물질에서 그 의미를 찾아낼 것이라고 팔을 내민다면 그대는 젖꼭지를 잘못 찾는 것이 된다. 매일 밤 다른 곳에서 캐낸 다이아몬드를 분해해 주는 왕국을 내가 그대에게 만들어 준다면 그것은 다이아몬드가 아니라 조약돌이나 더 얹게 하는 것과 다를 바가 없기 때문이다. 일 년 내내 바위와 싸우면서 고생하고 거기서 빛을 끌어내기 위해서 단 한 번 노동의 결실을 맺게 되는 사람은 아무 노력도 하지 않고 매일 밤 다른 곳에서 온 수확을 받는 사람들 보다 더욱 부유한 것이다.

구주희(오늘날 볼링의 유래가 된 놀이로 아홉 개의 병처럼 생긴 곤봉을 세워 놓고 공을 굴려서 넘어뜨리게 하는 게임의 일종)와 마찬가지로 그대의 기쁨은 오직 막대기를 쓰러뜨리는 데 있는 것이다. 그것이 바로 축제다. 그러나 그대는 넘어진 그 작은 막대기로부터 기대해 볼 것이라고는 아무것도 없다.

그런 까닭에 희생과 축제가 뒤엉켜 혼란을 빚게 된다. 오로지 그것을 통하여 그대 행위가 지닌 의미를 볼 수 있기 때문이다. 그러나 일단 그대가 나무를 끌어모으고 나면, 축제란 그 장작을 불태울 때 느끼는 기쁨의 불, 산으로 기어 오르고 나서 넓은 시야를 내려다보는 그대의 행복한 근육들, 다이아몬드를 캐고 난 다음의 그 번쩍이는 섬광, 익고 난 뒤의 포도를 거둬들인 알알, 그런 것들이 아니고 다른 무엇이라고 어떻게 우길 것인가? 일용할 양식을 쓰듯이 축제를 사용하는 것이 가능하리라는 것을 어떻게 알 수 있겠는가? 하나의 축제, 그것은 그대의 행진 끝에 이르는 도착이요, 행진의 완성인 것이다. 그러나 설사 그대가 주둔병이 된다 해도 거기서 더 바랄 것이라고는 없다. 그렇기 때문에 음악 속에도, 시 속에도, 정복한 여인의 내면에도, 산꼭대기에서 희미하게 보이는 경치 속에도 정착하지 못하는 것이다. 그리고 매일 똑같이 되풀이되는 일상 속에서 그런 나날을 그대에게 분배한다면 나는 그대를 잃고야 말리라. 그리고 나는 그들이 어디를 가든 배를 따라가야 한다고 명령하지는 않겠다. 한 수의 시를 두고도 기어올라가야 한다는 조건이 붙으면, 그것도 하나의 축제가 되기 때문이다. 신전도 하잘것없는 근심에서 그대를 해방시켜 주는 하나의 축제이기 때문이다. 덜거덕거리며 운반하는 소리도 그대를 피곤하게 만들었다. 도시 때문에 그대는 매일 괴로워했었다. 그대 앞에 닥치는 긴박한 상황과 벌어들여야 할 생활비, 치료해 줘야 할 환자 때문에 생기는 열병을 매일같이 치루어 내야 한다. 여기 왔는가 하면 또 저기로 건너가야 하고 이곳에서 웃다가 저곳에 가서는 울어야 한다. 그 다음에는 고요와 행복이 허용되는 시간이 온다. 그리고 그대는 층계를 올라 문을 밀어 연다. 그러면 거기엔 그대를 위해, 충만한 바다와 은하수에 대한 명상과 끝없는 고요, 일상적인 것을 극복한 승리가 있을 뿐이다. 양식과도 같이 그대는 그것을 필요로 하고 있다. 왜냐하면 그대는 그대를 위해 존재하는 것이 아닌 사물과 존재들에 대하여 괴로워했었기 때문이다. 사물들로부터 하나의 모습이 생겨나고 또 그날의 잡다한 광경을 꿰뚫고 하나의 의미를 주는 구조가 정립되기 위해서 그대는 정말 인간다운 인간이 되지 않을 수가 없는 것이다. 그러나 그대가 전혀 도시에서 살지 않았었고 투쟁을 하거나 높은 곳에도 오르지 않았었고 괴로워하지도 않았었고 그대 내면에 건설하려고 저장했던 돌을 조금도 가져오지 않았다면 그대는 무엇하러 나의 신전에 들어올 것인가?

   나는 그대에게 나의 전사들과 사랑에 대해서 많은 이야기들을 했었다. 그대가 단순한 애인에 지나지 않았었다면 사랑하는 사람이라고는 아무도 없고 여자는 그대 곁에서 하품을 하게 된다. 전사만이 오직 사랑을 할 수 있다. 그대가 사랑도 하지 못하는 일개 전사에 지나지 않는다면 숨겨 나자빠지는 사람이란 금속비늘로 된 갑옷을 입은 벌레 같은 사람일 따름이다. 그리고 사랑을 해 본 인간만이 사람답게 죽을 수가 있는 것이다. 언어를 떠나서는 모순이란 것이 없는 법. 이와 같이 열매와 뿌리가 공동의 척도를 가지고 있다. 바로 나무가 그러한 것이다.

113

　우리가 현실을 이해하지 못하기 때문이다. 그리고 나는 저울에 달 수 있는 것을 현실이라고 부르지는 않는다(나 자신이 저울이 아니기 때문에 저울로 무게를 단다는 것을 대단치 않게 여기며 저울에 달기 위한 현실이라면 내겐 소중하지 않는 것이다). 하지만 이 저울과 무게의 개념이 내게 압력을 가해 온다. 그리고 그 슬픈 얼굴, 그 가요, 왕국에의 열성, 백성들을 향한 동정, 행동 방식의 특성, 인생에 대한 흥미, 욕지거리, 후회나 이별, 또는 포도 수확할 때의 일체감 같은 것이 나를 짓누른다(거두어들인 포도송이보다 포도를 수확하는 그 자체가 나를 더 억압하고 있다. 왜냐하면 포도를 팔기 위해서 그것을 딴 곳으로 가져간다 해도 나는 포도의 핵심을 가지고 있기 때문이다. 그와 마찬가지로 왕에게서 훈장을 받게 되어 축제에 참석하게 된 사람은 영광을 누리며 친구들의 축복을 받고 승리감에 도취되어 오만을 떨게 되었다. 그런데 왕은 금속으로 만든 훈장을 가슴에 걸어 주기도 전에 말에서 떨어져 숨졌다. 이런 경우 그가 아무것도 받지 않았다고 말할 수 있겠는가?).

　그대가·기르는 개에 있어서의 현실은 뼈다귀다. 그대가 가진 저울의 현실은 주철의 무게다. 그러나 그대에게 일어서의 현실은 다른 성격을 지니고 있다. 그러기 때문에 나는 재산가들은 대수로운 것이 아니로 오히려 무용가들이 합리적이라고 말할 수 있다. 나는 재산가들이 이루어 놓은 업적을 경멸하는 것이 아니다. 그들이 젠체하는 꼴이나 금력에 대한 확신이나 자만심을 경멸할 뿐이다. 그들은 단지 하인에 불과하며 무용가들을 섬기고 그들을 위해서 봉사하는 입장인데도 그들 자신이 지상의 목표와 모든 존재의 핵이 된다고 믿고 있기 때문이다.

노동이 지닌 의미에 대해서 조금도 잘못 생각해서는 안 된다. 시급을 요하는 작업이 있다. 만일 나의 궁전의 주방에 양식이 없다면 사람도 있을 수 없는 것이다. 사람이란 우선 무언가를 먹고, 입고 또 몸을 보호해야만 한다. 그래서 아주 소박해져 있을 수밖에 없는 것이다. 그런 기본적인 일들을 치러 나가기 위해서 봉사가 무엇보다도 시급하다. 하지만 중요한 것은 그 일 자체에 있는 것이 아니라 오로지 그 봉사에 자리잡고 있는 것이다.
　그러니까 식당의 일을 우선적으로 가능하게 해 주는 춤과 시와 격조 있는 조각가들과 기하학자와 점성가들은 백성들을 명예롭게 해 주고 백성들에게 한 가지 의미를 부여해 주는 것이다.
　요컨대 저울을 위한 현실과 개들을 위한 뼈다귀를 가져오는 요리들, 오직 그것만을 알고 있는 사람이 올 때에 나는 그 요리사에게 인간에 대해 말하지 못하도록 막을 것이다. 왜냐하면 그는 사람을 평가할 때 무기를 취급할 수 있는 능력으로밖에는 생각하지 못하는 특무상사처럼 인간이나 현실의 본질적인 것을 소홀하게 여기기 때문이다.
　주방으로 쫓아낸 무용수들아, 덤으로 나오는 음식으로 그대를 배불리 먹여 줄 텐데 뭐하러 궁정 안에서 춤을 추어야 한단 말인가! 주석으로 물병을 만드는 작업장으로 조각사들을 보내면 누구나 더 많은 물병을 갖게 될 텐데 사람들은 뭐하러 애써 물항아리를 만들고 있다는 말인가? 덤으로 나오는 빵을 마음껏 포식하려면 저 사람들에게 밀을 타작하라고 내보내면 될 텐데 왜 사람들이 다이아몬드를 마름질해대고 시를 쓰고 별들을 관측해야만 하는 것인가?
　하긴 그대의 도시에서 눈이나 감각을 위한 것이 아니라 오직 정신을 위해서 존재하는 그 무엇이 그대에게 부족할 것이기 때문에 그대는 부득이 가짜 양식을 만들어 그대에게 주지 않을 수 없을 것이다. 그래서 그대는 시를 지어 낼 시인들, 그들에게 춤을 추어 보일 자동인형, 깨진 유리에서 다이아몬드를 끄집어낼 요술쟁이들을 찾아서 그들에게 보내게 될 것이다. 그렇게 되면 그들은 살아 있다는 환상을 지니게 될 것이다. 비록 그들 속에 있는 것이 생활의 희화(戱畵) 말고는 아무것도 아니라 할지라도 그 나름대로의 값어치가 있는 것이다. 그런 사람은 춤과 다이아몬드, 시의 진정한 의미를 꿀 시렁에 얹힌 마초와 혼동할 것이기 때문이다. 그것들을 완전히 정복하고 극복해야만 그대는 보이지 않는 부분에서 나오는 양분을 받아 낼 수 있다. 춤이란 전쟁이요, 유혹이요, 암살이요, 회한이다. 시란 산에 오르는 일이다. 다이아몬드는 별로 되돌아간 일 년 동안의 노동이다. 그러나 그것들에는 본질이란 것이 없다.

구주희 놀이도 이와 마찬가지다. 기쁨이란 상대방의 작은 기둥을 쓰러뜨리는 것이므로 그대는 몇 백 개의 기둥을 한 줄로 늘어놓고 그것들을 일시에 쓰러지게 하는 기계를 하나 만들고 난 다음에야 기쁨을 끌어낼 수 있게 될까…….

114

그러나 내가 그대의 요구를 조금도 경멸한다고 생각하지는 말라. 또한 그들이 그대의 뜻에 반대하고 있다고도 생각지 않는다. 왜냐하면 그대는 나의 진실을 보여 주기 위해서 필요불가결한 것과 불필요한 것, 그리고 원인과 결과, 주방과 무도실 등으로 표현되는 언어로써 나를 나타내고 싶어하기 때문이다. 그러나 나는 거기서 인간들의 움직임을 읽기에 부적당한 언어와 험준한 산을 선택하는 데서 시작되는 이 같은 분할은 조금도 믿지 않는다.

왜냐하면 도시의 의미와 마찬가지로 오직 신이 총명한 보초들의 눈과 귀로 내 성채의 방비를 더욱 튼튼하게 해 줄 때, 갓난아기의 울음이 지금 막 숨을 거둔 사람의 주위에서 들리는 탄식과 대립되지 않을 때, 그리고 통제 구역이 충실히 다른 곳으로 확장되지 않을 때에만 나의 보초가 그러한 경지에 다다를 수 있는 것이다.

그러나 이러한 다양성으로부터 도시가 생겨나면 그 도시는 다른 것을 흡수하고 병합하며 또 통일하는 것이다. 그리고 이와 마찬가지로 신전은 그의 침묵의 질에 의해 입상들, 기둥들, 제단과 궁륭의 부조화를 지배하고, 그런 식으로 그가 밀을 탈곡하는 사람에 어울려 노래하거나 밭이랑에 씨를 뿌리는 사람과 마주서서 춤을 추거나 또는 못을 만드는 사람에 맞서서 별을 관찰하는 사람처럼은 보이지 않고 그저 그런 차원에서만 인간을 만나는 것이다. 왜냐하면 내가 그대를 그런 것에서 분리시키면 나는 조금도 이해하지 못하고 결국 그대를 잃어버리고 말 것이기 때문이다.

그러므로 내 사랑의 침묵 속에 나 스스로를 가두어 놓고 나는 나의 도시 속에 있는 백성들을 감시했던 것이다. 도시를 이해해 주리라는 소망을 품고서 말이다.

(훗날을 위한 노트 : 여러 가지 활동에 대한 보고서를 가려 뽑는 것이 조금도 편견이라고는 생각하지 않는다. 그 이유는 보고서를 파악하는 것과는 아무런 관계가 없다. 왜냐하면 그대는 총계로서 육체를 건설하지는 않기 때문이다. 그러나 그대는 한 알의 씨를 심고 있다. 그리고 난 다음 나타나는 것이 바로 총계인 것이다. 사랑의 본질에서 오로지 균형이 알맞게 생겨나게 마련이다. 그러나 논리학자들과 사학자들 그리고 비평가들의 어리석은 언어 속에서는 그것이 보여진다. 하지만 그들은 그대의 부분을 보여 주면서 용이하게 이쪽보다 저쪽을 더 크게 해야 한다는 것을 증명해 주고 그대가 어떻게 한쪽을 희생시켜 다른 한쪽을 크게 하였는가를 보여 주게 될 것이다. 그러나 그들은 또한 이와는 반대되는 사실을 입증할 수도 있을 것이다. 왜냐하면 그대가 주방의 모습과 무도실의 구조를 고안해 낸다면 둘 중의 하나가 중요하다는 사실을 판가름해 줄 저울이 반드시 없어지기 때문이다.

미래를 건설한다는 것이 곧 현재를 이룩하는 것이다. 말하자면 오늘을 위한 하나의 소망을 창조해 내는 것이다. 내일을 향한 오늘의 소망, 그것이 내일을 위해서만 의미를 지니는 것은 아니다. 그대 몸의 기관이 현재에서 떨어져 나가면 그대는 죽은 것이 아니겠는가. 인생이란 현재에의 적응이며 현재 속의 영원은 언어로 파악할 수 없는 무수한 유대 위에 버티고 서 있는 것이다. 한 가지 균형은 또 다른 수많은 균형으로 형성되고 있다. 숱한 혈관 중에서 하나만 잘라도 곧 죽어 버릴 코끼리처럼 아무리 거대한 짐승도 그대가 추상적인 증명을 계속하면서 그중 단 한 가지만 잘라 낸다면 균형을 잃고 마는 것이다. 그런 경우 그대가 아무것도 바꾸지 않기를 원한다 해도 그것이 조금도 문제가 되는 것은 아니다. 왜냐하면 그대는 모든 것을 바꿀 수 있기 때문이다. 그리고 그대들도 거친 평야를 삼나무 밭으로 만들 수 있다. 그러나 문제는 그대가 삼나무를 세우는 것이 아니라 씨를 뿌려야 하는 것이다. 그리하여 매순간에 그 자체나 또는 그 씨를 싹트게 할 요인이 현재 속에 균형을 취하고 있을 것이다.)

그러나 사물을 보는 데는 여러 가지 관점이 있다. 그리고 생활 필수품에 대한 그들의 권리가 나에게 인간들을 판결할 수 있는 권능을 선택하게 한다면 내가 설정한 정의감에 어긋나면 화를 내는 경우도 있을 법한 일이다. 그러나 나는 모든 재판이 이루어지기를 바란다. 그러므로 나는 인간들을 관찰하게 된다.
"왜냐하면 그것은 결코 재판이 아니라 끝없는 수자의 나열이기 때문이다. 그리고 나는 영예와 책임감 속에서 나의 장군들을 키우면서 그들에게 상을 내릴 때는 나이를 잘 판별할 수 있다. 그러나 나는 그들에게서 책임을 덜어 주고 젊은 어깨를 두들겨 주면서 날이 갈수록 휴식을 늘여 줄 수도 있다. 그리고 나는 왕국의 관점에 따라 그들을 판단할 수도 있다. 그리고 개인의 권리에 따라서나 그들에 맞서서나 사람 사람에 따라서 그들을 판단할 수 있다."
그리고 나는 내 군대의 계급을 따져서 그가 지닌 공정성을 판단하고자 하면 나는 돌이킬 수 없는 모순의 그물 속에 사로잡히고 만다.
  왜냐하면 그가 세운 공훈과 능력과 왕국이 받아들일 이익이 문제 되기 때문이다. 그리고 나는 항시 이론(異論)의 여지가 없는 장점의 척도를 발견하게 되는데 그런 척도는 관점이 다른 경우엔 내게 오류를 지적해 줄 것이다.
  그리고 말로써 표현하는 진리가 아니라 무게를 지닌 권리를 획득하기 위해서 어느 정도 충분히 생각하고 진리를 궁리해 내는 일이 중요하다는 것을 나는 이미 알고 있었다. 그리하여 사람들이 나에게 엄연히 중요한 법전이 존재하고 그 법전에 따르자면 나의 판결이 괴이한 것으로 드러난다고 지적해도 그것이 나를 그토록 당황하게 하지는 않을 것이다.

115

  그러므로 다만 수익자의 관점에서 나의 도시를 파악하는 것은 헛된 일이라고 간주하겠다. 모든 것은 비판을 가할 수 있다. 그리고 그것은 전혀 내가 상관할 바가 아니다. 왜냐하면 그 후에도 나는 나의 수혜자(受惠者)들이 그들의 이익을 누리면서 타락하지 않고 진취성을 보여 주기를 바라기 때문이다. 그러나 무엇보다 내게 소중한 것은 도시의 모습이다.
  그리하여 나는 중위 한 사람을 대동하고 산보에 나섰다. 그가 행인들에게 질문을 했다.
  "당신은 무엇을 생업으로 삼고 있습니까?" 하고 우연히 만나는 사람에게 물었다.
  "나는 목수요."
  첫 사내가 말했다.
  "나는 농부올시다."

두번째 사내의 대답.

"나는 대장장이입니다."

세번째 사람이 말했다.

"나는 양치기입니다."

네번째 사람이 또 말했다.

그것도 아니면 우물을 판다든지, 병자들을 돌본다든지, 글씨를 쓸 줄 모르는 사람들을 위해서 대신 편지를 써 준다든지, 쇠고기 파는 푸줏간 주인이라든지, 혹은 망치로 두들겨 찻잔을 만든다든가 또는 옷감을 짠다든지 아니면 옷을 꿰맨다든지 제가끔 하는 일들을 말해 주었다. 그래서 나에게 이들은 모든 백성을 위해서 일하는 사람처럼 보였다. 누구나 가축, 물, 약, 판자, 홍차와 옷가지를 소비하고 있기 때문이다. 누구나가 저 혼자서는 지나친 소비를 하고 있지는 않다. 누구나 한 번 먹고 한 번 치료하고, 옷 입고 홍차 마시고 편지 쓰고 하는 것도 한 번 정도에서 그치고 한 집에서 침대도 하나만 쓰고 있기 때문이다.

그런 그들 중 어느 한 사람이 내게 이렇게 대답한 적이 있다.

"나는 궁전을 짓습니다. 나는 다이아몬드를 자릅니다. 나는 석상도 조각합니다……."

그런데 이 사람들은 모두를 위해서 일하는 것이 아니라 단지 소수의 몇몇 사람들을 위해서 일하고 있다. 왜냐하면 그들 활동의 생산물은 조금도 나누어 가질 수 없는 것이기 때문이다. 그리고 자기의 화병 하나를 채색하는데 일 년 동안 노력하는 그런 사람을 생각해 보자. 어찌 그토록 애쓴 화병을 모두에게 나누어 줄 수 있겠는가? 어느 한 사람은 한 도시 안에서 여러 사람을 위해서 일하고 있기 때문이다. 그는 여인들이나 환자, 불구자, 어린이, 노인들 그리고 오늘을 쉬는 사람들을 위해서 존재하고 있다. 또 전혀 물건 같은 것을 만들지 아니하고도 왕국을 위해서 봉사하는 사람들도 있다. 그들은 병정, 헌병, 시인, 무용수 그리고 총독들이다. 그러나 이들도 다른 백성들과 마찬가지로 소비하고 옷 입고 구두 신고 먹고 마시고 집안의 잠자리에서 쉰다. 그들은 자기네가 소비하는 것과 다른 물건을 전혀 교환하지 않기 때문에 어디엔가 가서 그 물품들을 생산하는 사람들에게서 훔쳐 내어 제조하지 않는 사람들에게 공급해 줘야 하는 것이다. 하지만 자기네 공장에서 일하는 그 어떤 사람도 그들이 생산하는 물건 전체를 소비하겠다는 주장을 내세울 수는 없다. 그러므로 그대가 모든 이에게 필요한 물건들을 다 제공하겠다고 말할 수는 없게 된다. 필요한 만큼의 물자를 다 만들어 낼 사람을 그대가 모두 부리고 있는 것은 아니니까.

그러나 그런 물건들이 그대 문명의 사치요, 꽃이요, 뚜렷한 의미가 되는 것인만큼 그런 것들을 구상하고 제조하는 것이 중요하지 않겠는가? 더 정확히 말해 값지고 인간에게 어울리는 물건을 만드는 데 많은 시간이 소요되는 것이다. 그리고 바로 이것이 다이아몬드의 존재 의미다. 다이아몬드는 구슬만큼의 숱한 눈물을 쥐어짜게 하는 일 년 동안의 노동이다. 아니면 꽃무덤에서 짜낸 향수 방울이다. 그리고 나는 이 다이아몬드가 모든 사람에게 조금씩이라도 고루 분배될 수 없다는 것을 이미 알고 있고, 또 하나의 물병이 물건의 발전 향상에 의존하고 있는 것이 아니라 그 물건이 세상에 생겨났느냐 생겨나지 않았느냐에 좌우된다는 것을 잘 알고 있기 때문에 나에게 눈물과 향수 방울의 운명이 어찌 중요치 않다 하겠는가?

영주인 나 자신은 나의 병사들, 나의 여인들에게 빵과 옷을 나누어 주기 위해서 노동자들에게서 이것들을 훔쳐 낸다. 내가 훔친 빵과 옷은 나의 조각사들과 다이아먼드를 윤내는 장인(匠人)들과 시인들에게 나누어 준다고 해서 내가 난처할 까닭이 어디 있겠는가? 시를 쓰고 있는 그들도 먹고 살아야 한다.

그렇게 쓰여지는 것이 아니라면 이제 다이아몬드도, 궁궐도 그 밖에 바람직한 것이 무엇이 있겠는가?

그리고 이것이 나의 백성들을 거의 여유 있게 해 주지는 못한.

백성들이 부유하게 될 수 있는 것은 문명 활동이 다른 분야에 흩어져야만 하는 것이고 그런 활동은 거기 고용되는 사람들에게 많은 시간을 필요로 하고 있지만 우리가 만나기가 어렵듯이 도시에서는 극소수의 사람만을 고용하게 될 것이다. 하여간 이 물건이 필요로 하는 모두에게 분배될 수 없고, 결과적으로 다른 사람에게서 훔쳤다고 우길 수도 없는 것이므로 이 물건을 전해 받는 사람이 별로 대단할 수가 없는 것이라면 수혜자의 요구란 참 다루기 어려운 것이다. 그리고 숱한 조심을 요하는 그것은 문명의 짜임새에서 비롯되었다는 사실을 증명하고 있다는 점을 충분히 숙고했다. 그러니까 그들의 도덕적인 바탕이나 정의감 같은 것은 대단할 것이 못 되었다. 그러나 그와 정반대되는 경우도 없지 않다. 그런 모순을 제거하는 말들을 가지고 생각한다면 나는 내 집에서 모든 불을 끄고 있어야만 하는 것이다.

116

(훗날을 위한 노트: 일하기 싫어하는 베르베르 족은 잠을 잔다. 말도 안 되는 것이다. 그러나 나는 행위를 강조하지 않고 어떤 구조를 요구한다. 하루하루의 의미가 다르다고 생각한다. 나는 백성들에게 계급을 설정하고 시기심을 일으키게 하기 위하여 어느 정도 아름다운 거처를 만들어 낸다. 그리고 또 다양한 움직임을 유도하기 위해서 어느 정도는 정당한 규칙을 만들어 낸다. 그러나 재판이란 것에는 흥미가 없다. 재판이란 이 고장에서 버려진 늪을 완전히 썩어 버리도록 방치해 두는 짓이기 때문이다. 내가 하는 말은 뚜렷이 하나의 의미를 지니고 있기 때문에 나의 언어를 백성들이 알아들어 주기를 강요한다. 그러나 그것은 하나의 약속 체계에 불과한 것이다. 나는 약속의 도움을 얻어 귀먹은 장님처럼 그들의 내면에서 잠들어 있

는 인간을 움직여 보고자 하는 것이다. 그대는 이처럼 귀먹은 벙어리에게 불로 몸을 지지면서 "이것이 불이다"고 말한다. 그리고 그대가 불로 지질 때마다 불이라고 말해 주고 있다. 그러기 때문에 그 사람 개인을 위해서는 옳은 일이 못 된다. 그러나 불이라고 말하면서 그에게 불을 가르쳐 주기 때문에 그대가 옳은 것 같기도 하다. 그리고 그대가 그에게 불이라고 말하면 지금엔 그가 손에 화상을 입지도 않았지만 내밀었던 손을 즉시 뒤로 가져가게 될 날이 올 것이다. 그리고 이것은 그가 사람으로서 세상에 태어났다는 표시가 될 것이다.

그러니까 그저 단순히 존재해 있기 때문에 그들이 어떤 것이라고 판단을 내릴 수 없는 그 절대적인 조직망 속에서 그들은 뜻과는 별 관계없이 묶어져 있을 것이다. 집들도 서로 "달라져 있다." 식사도 서로 "달라져 있다." 그리하여 나는 하루를 향해서 뻗어 나가고 거기서 발생하는 축제를 끌어들인다. "그러면 나는 그들에게 고통과 긴장감과 설정된 현상을 안겨 준다. 긴장감이란 모두에게 좋지 않은 것이므로 물론 온당치는 못하다. 왜냐하면 어느 한 날이 다른 날과 달라야 한다는 것은 공평한 것이 아니기 때문이다." 그리고 축제란 그들을 어떤 것으로부터 멀리하게 하거나 아니면 더 가깝게 해 준다. 그리고 어느 정도 아름다운 집을 얻기도 하고 또 잃기도 하는 것이다. 들어오게 하기도 하고 나가게 하기도 한다. 그래서 나는 야영지를 가로질러 흰 선을 긋고 위험한 지역과 안전한 지역을 구분하도록 할 것이다. 그리고 그들이 공간 안으로 들어서면 사형에 처하겠다는 통제 구역도 설치하겠다. 그리고 이처럼 강행하면 해파리에도 척추가 돋아날 것이다. 해파리는 걸을 수 있을 것이다. 이건 감탄하지 않을 수 없는 일이다.

인간은 공허한 언어를 지니고 있다. 그 언어는 인간에게 다시금 자갈처럼 될 것이다. 인간이 눈물을 흘리게 할 수도 있는 잔인한 말들이 생겨날 것이고 그의 마음을 환하게 밝혀 줄 노래말도 생기게 될 것이다.

"난 그대에게 만사를 쉽게 해 주겠소……" 그러나 아무런 가망이 없다. 부(富) 때문이 아니라 물질적인 여유가 무엇을 위한 발판이 되지를 못하고 단지 생활 필수품을 위한 발판이 되기 때문이다. 그대는 보다 많이 주기 때문에 잘못을 저지르는 것이 아니라 너무 적게 요구하기 때문에 옳지 않은 것이다.

공정과 평등, 그것은 곧 죽음이다. 우애란 단지 나무에서가 아니면 찾아볼 수 없는 것이다. 동맹과 공동체를 혼동해서는 안 된다. 공동체란 밭에 물을 대는 것이나 근육 조직을 지배하는 신(神)이 존재하지 않는 혼잡스런 것에 불과하다. 그러니 그것은 타락이다.

왜냐하면 평등과 공정의 총체적인 공동체 속에서 살아 왔기 때문에 해체되었고 그러기에 그저 뒤섞어 놓은 구슬들의 휴식에 지나지 않는 것이다.

나무의 불공평 속에 그들이 빨려 들어가도록 그에게 씨앗을 던져야 한다.

117

내가 이웃 나라에서 여러 가지 사건이나 사태, 기구 구조, 물질 등을 관찰해서 얻은 것은 별로 없지만 대체적인 경향을 검토한 것이 유익했다. 그대가 와서 나의 왕국을 검토하려면 우선 왕국의 대장장이에게로 가서 그들이 못을 만들고, 그 일에 열중하고 못을 만드는 작업을 찬양하는 노래를 그대에게 들려주면 알 수 있을 것이다. 다음으로 그대는 왕국의 나무꾼을 보러 가게 될 것이다. 나무를 차례로 부러뜨리고 나무의 위엄스런 모습이 쓰러지기 시작하고 거기서 와지끈하는 소리가 나고, 나무 베기에 열중한 후 나무꾼의 축제의 시간에는 강렬한 기쁨에 넘쳐 있는 모습을 보게 될 것이다. 다음으로 왕국의 천문학자들을 보러 가면 그들은 별들에 열중한 나머지 오로지 별의 침묵만을 듣고 있을 것이다. 그리고 그들 각자는 그렇게 존재해 있다고 자각한다. 그리고 지금 내가,

"나의 왕국에서 무슨 일이 일어났더냐? 당신에게는 내일 무슨 일이 일어날 것인가?" 하고 물으면 그대는 이렇게 대답하리라.

"왕국의 백성들은 못을 만들게 될 것이고 나무를 벨 것이고 별을 관찰하게 될 것이오. 그러니까 거기에 못들이 쌓여 있고 나무가 적재되고 별에 대한 관찰이 있을 것입니다."

근시안인데다 감각마저 둔한 그대는 왕국에서 한 척의 배를 건조하고 있는 사실을 전혀 알아보지 못하기 때문이다.

그러나 그들 배를 만드는 사람 중에서 어느 누구도,

"내일 우리는 배를 진수시킬 것이오"라고 그대에게 말해 줄 사람은 없다. 누구나 제각기 나름대로의 신을 섬기고 그야말로 많은 신들 중에서 바로 그 신을 찬송하기 위하여 어설픈 언어를 구사했었는데 여러 이름의 신들 중 바로 건조 중인 배가 그 신이었다. 배는 못 만드는 장인들이 못에다 퍼붓는 애착이기 때문에 중요할 수밖에 없다.

그리고 장래의 준비에 대해서 말하자면 그대는 이 잡다한 조립 체제를 지배하게 되었다. 그리고 만일 내가 바다를 향하여 기울어지는 열망을 만들어 주었던 나의 백성들의 영혼을 증가시켰다는 점을 자각했더라면 그에 대한 자세한 것을 더 많이 알게 될 것이다. 그랬더라면 못과, 판자와 나무줄기의 조립체이자 별들의 지배를 받게 되는 범선이 침묵 속에서 서서히 반죽되어 자갈밭의 진흙과 소금을 빼내어 햇빛을 보게 하는 상나무와도 비슷해진다.

내일을 위하여 엉성할 수 없는 거의 확고해진 효과의 경향을 대충 짐작할 수 있게 될 것이다. 거기엔 그대가 착각할 만한 것이라고는 아무것도 없다. 그러니까 그 경향은 나타날 가능성이 있는 곳에는 도처에서 발전하고 있기 때문이다. 그리고 아무리 짧은 순간이라도

그대가 쥐고 있던 돌을 잠시라도 놓으면 그 돌은 땅에 떨어질 수 밖에 없는 이치와 현상을 보고서야 땅으로 향해 발생하는 운동의 경향을 알게 된다.
　내가 산보하는 사람을 관찰했을 때 그가 동쪽으로 걸어가면 나는 그가 앞으로 어떻게 할지를 전혀 모른다. 왜냐하면 그가 방황할 수도 있고, 또 내가 그의 산보길의 자리가 잘 잡혔으리라고 생각했을 때 갑자기 그가 가던 길을 되돌아서서 나를 어리둥절하도록 만들 수도 있는 것이니까. 그러나 내가 데리고 갔던 개의 목줄을 조금이라도 늦추어 내가 한 발 내딛으면서 개를 내 앞으로 앞당기게 되는 경우엔 그 개가 다음 순간 어떻게 되리라는 것은 예측할 수 있다. 그 순간 동쪽에서는 사냥할 짐승이 나타났기 때문이다. 따라서 개는 내가 목줄을 풀어 주면 곧장 앞으로 달려갈 수 있게 만반의 준비를 하고 있다. 그러니까 그 개의 목줄 한 치가 한 발짝보다 더 값진 것이란 점을 알게 됐다.
　내가 유심히 관찰하고 있는 나의 이 포로는 모든 욕망을 아예 포기한 것처럼 앉아 있거나 누워 있다. 그러나 그 개는 자유를 향해 온갖 힘을 다 쓴다. 그래서 나는 벽에다 구멍을 하나 뚫고 개에게 그 구멍을 보여 주면 개는 으르렁거리면서 강건한 근육 조직의 긴장과 경계를 되찾을 수 있다는 것을 알고 거기서 나의 포로가 무엇에 신경을 쓰고 있느냐 하는 경향을 알아낸다. 벽의 구멍이 발판에 있다고 보는 것을 놓쳐 버린 사람이 있거든 그를 만나도록 해 달라!
　나의 지성으로 추론해 들어가면 그대는 이 구멍이나 또 다른 구멍을 잊어버리게 될 것이고 아니면 그것을 계속 바라보면서 마치 다른 것을 생각하기라도 하고 있는 것처럼 그것이 전혀 눈에 들어오지 않을지도 모른다. 아니면 구멍을 바라보면서, 그것을 이용하는 것이 유익한 일인지 아닌지를 알기 위해서 삼단논법의 격식을 갖추게 된다면 그대의 결단은 이미 시기에 늦어 버릴 우려가 있다. 왜냐하면 이미 그때는 석공들이 그 구멍을 메워 버렸을 테니까 말이다. 그런데 물이 압력을 가하고 있는 물탱크의 터진 틈바구니를 망각해 버릴 수 있을 것인지 그 가능성을 내게 보여 달라는 것이다.

　오히려 언어가 부족하여 그 경향이 어떻게 설명될 수 없는 경우에도 나는 그것이 이성보다 더 강력하다면 오로지 그것만 지배한다고 말한다. 그럼으로써 그대의 잡다한 생각들이 그대를 짓누르고 있었다는 점을 내가 믿게 되었다. 그대가 오로지 자신은 신에 의해서만 지배되었노라고 말하는 경우 그 신이란 신전, 영지, 왕국 또는 바다로 향한 경향이 아니면 자유의 필요성을 가리키는 말이 될 것이다.

　그리하여 나는 산의 다른 한쪽을 다스리는 이웃 나라의 행위에 대해서는 조금도 관찰하지 않을 것이다. 왜냐하면 일단 비둘기가 날기 시작하면 그것을 보고 비둘기 조롱으로 들어가기 위해서 방향을 잡고 있는 것인지 또는 바람에 날개의 기름을 치는 것인지 알아볼 수 없기 때문이다. 남편이 집으로 돌아가기 위해서 발길을 향하면 그것이 아내에 대한 욕망에서인지 혹은 지루한 의무를 다하기 위해서인지, 그것도 아니면 아내와 이혼을 하기 위한 걸음인지 또는 새로운 사랑을 이룩하기 위해서인지 나로서는 전혀 알아볼 도리가 없는 것이다. 그러나 감옥에 갇힌 저 사람이 기회를 놓치지 않고 내가 어디 두었는지 깜박 잊어버린 열쇠 위에 발을 올려 놓고, 창살 중의 어느 한 곳을 움직일 수 있나 없나를 살펴보고 간수들의 돌아오는 발걸음을 눈으로 재 보고 짐작할 수 있으면 그는 머지않아 자유로운 들판 한가운데를 산책할 수 있게 되리라는 것을 미리 알아낼 수 있다.

　나는 이웃 사람에 대해 그가 무엇을 하는지를 알고 싶은 것이 아니라, 그가 잊지 않고 있는 일이 무엇인가를 알고 싶다. 왜냐하면 그 때 그 이웃이 그런 것을 모른다고 해도 나는 어느 신이 그를 지배하는지 그리고 앞날 그가 나아가려는 방향이 어떤 것인지를 알 수 있기 때문이다.

118

 냉혹한 시선을 지니고 사팔뜨기인 한 예언자가 생각난다. 그가 나를 만나러 왔다. 그는 노여움이 솟구쳐 있었다. 아주 침울한 노여움이 말이다.
 "그들을 몰살시켜 버리는 것이 지당하옵니다"라고 그가 내게 말했다. 나는 그가 완전한 것을 좋아한다는 것을 알았다. 하긴 죽음만이 완전한 것이니까.
 "그들은 죄를 범했읍니다."
 나는 침묵을 지켰다. 눈 아래에 있는, 하나의 칼과도 같이 단호하게 깎아지른 영혼을 잘 보았다. 그래서 이렇게 생각했다. '그는 악에 대항하면서 버티고 섰다. 오로지 악이란 것 때문에 존재하고 있다. 그런데 악이 없다면 그는 어떻게 될 것인가?'
 "그대가 행복해지려면 무엇이 필요한가?" 내가 그에게 물었다.
 "오로지 선의 승리라고 하겠습니다."
 나는 그가 거짓말을 했다는 것을 당장 알아냈다. 그는 자신이 지닌 칼을 보지 않은 경우나 칼이 녹슬게 되는 것을 행복이라고 부르고 있으니까 말이다.
 그리고 선을 사랑하는 사람이란 악에 대해서 관대하고, 힘을 쓰는 사람은 나약한 것에 대하여 관대하다는 뚜렸한 진리는 내게 더욱 명백히 드러났기 때문이다. 말이란 선과 악을 뒤섞어 놓는 모순을 저질러도 하나의 언어로 일관된다. 그래서 나쁜 조각가들은 훌륭한 조각가를 탄생시키는 밑거름이 되고 폭정은 인간의 영혼을 더욱 굳세게 단금질을 하는 굶주림이 되어 빵의 분배를 유도한다. 굶주림은 빵보다 더 튼튼한 것이기 때문이다. 그리고 나의 헌병들에게 고역을 당하고 지하실 속에 갇혀 빛을 빼앗기고 머지않아 찾아올 죽음과 가까워진 사람을, 자기 스스로보다는 다른 사람을 위해 희생되고 내게 음모를 꾸몄던 사람들은 자유와 정의에 대한 사랑 때문에 위험, 불의와 빈곤을 받아들인 사람들이다. 그렇기 때문에 그들은 항시 눈부신 매력을 지니고 있다. 적어도 내가 보기에는 말이다. 그 매력은 고문을 받고 있는 곳에서도 눈부시게 타오르는 것이었다. 그렇기 때문에 나는 그들을 죽음으로 꺾어 놓지는 않았다. 다이아몬드를 감추고 있는 한 개의 모암(母岩)이 경련하고 있지 않으면 그 다이아몬드가 무슨 가치가 있겠는가? 적이란 것이 하나도 없다면 칼은 또 어디에 쓸 것인가? 사랑의 부재(不在)란 것이 없다면 귀환이 무슨 의미가 있겠는가? 선의 승리, 그것은 여물통 앞으로 모인 얌전한 가축들의 승리다. 그래서 나는 주둔병이나 포식한 사람들을 결코 믿지 않는다.

"그대는 악에 대항하여 투쟁하고 있는 것이구먼. 그런데 투쟁이란 하나의 춤이니라."

하고 나는 그에게 말했다.

"그리고 그대는 춤 즉 악(惡)에서 기쁨을 끌어내고 있다. 나는 그대가 자랑으로 인하여 춤추기를 바라겠노라."

"왜냐하면 숱한 시작(詩作)을 위해 열광하는 그런 왕국을 그대에게 세워 준다면 논리학자들이 궤변을 쏟아 놓고 시와는 반대되는 것에서 시를 위협하게 되는 위험을 그대가 발견해 내도록 해 줄 시기가 오게 될 것이기 때문이다. 세상에는 반드시 어느 것과 정반대되는 것이 존재하듯이 말이다. 그리하여 시에 대한 사랑과 시에 반대되는 것에 대한 증오를 혼동하여 사랑하는 것이 아니라 미워하는 일에 파묻혀 버릴 탐정들이 그대에게서 태어날 것이다. 마치 올리브나무를 짓뭉개려고 하는 힘이 삼나무를 사랑하는 마음의 힘과 대등한 것으로 여겨지는 것처럼 말이다. 그리고 그들은 하필이면 음악가이고 조각가이고 또는 천문학자이기 때문에 막연한 추론만으로 그들을 감옥으로 보내게 될 것인데 그 추론이란 바로 어리석은 입놀림에 지나지 않아 공기를 약간 진동시킬 뿐인 것이다. 나의 왕국은 지금부터 쇠퇴할 것이다. 왜냐하면 왕국에 생기를 불어넣어 주고 있는 삼나무, 그것이 조금도 올리브나무를 파괴하거나 장미의 향기를 거부하지 않기 때문이다. 돛단배의 사랑으로 돌아가 그대 백성에게 심어 줄 것이다. 그것은 그대 영토에 흩어져 있는 모든 열성을 끌어들여 돛으로 만들어 낼 것이다. 그러나 그대는 이교도를 추격하고 정의에 고발하고 그들을 몰살해서라도 새로운 돛들이 솟아오르는 것을 지켜 보고 싶을 것이다. 그리하여 전혀 돛단배가 아닌 것은 무엇이든 돛단배의 반대라고 이름 붙일 수 있다는 것을 알게 된다. 왜냐하면 논리란 것은 그대가 원하는 쪽으로 기울어지기 마련이니까. 그리고 불순분자들을 숙청에 숙청을 거듭함으로써 그대는 백성들을 몰살시킬 우려가 있다. 우리들 모두는 제각기 다른 것을 사랑하는 경향이 있기 때문이다. 그뿐 아니라 그대는 돛단배 그 자체를 송두리째 없애 버리게 될 것이다. 돛단배를 찬양하는 노래란 것은 못을 만드는 장인의 집에서는 못에 대한 송가다. 그래서 나는 그를 투옥하게 될 것이다. 그렇게 되면 배를 만들 못이란 더 생산되지 못하는 것이다.”

"이런 식으로 사악한 조각가들을 없애면서 훌륭한 조각가들을 우대한다고 생각하는 사람도 그와 같은 것이다. 단지 어리석은 입을 놀리는 가운데서 저열한 조각가들을 위대한 조각가들과는 반대라고 규정한다. 그리하여 나는 그대가 아들에게 그토록 해 나가기 힘든 직업을 선택하지 말도록 하기 바란다.”

나는 그대에게 이렇게 말해 줄 것이다.

"영주님의 말을 따르자면 악덕도 너그럽게 봐 주어야 합니다!"

하고 사팔뜨기 예언자가 왈칵 성을 냈던 것이다.

"결코 그런 것이 아니지. 내가 말하는 것을 전혀 못 알아들었구면.”

하고 내가 그에게 말했다.

119

 내게 전쟁을 일으키고 싶은 생각이 없는 데다 류머티즘으로 내 다리가 당겨진다면 그 류머티즘은 전쟁에 대한 반론이 될 것이다. 그리하여 내가 전쟁을 일으키고 싶은 생각으로 기울어진다면 나는 류머티즘을 치료하려고 서두를 것이다. 왜냐하면 평화에 대한 나의 열망은 내가 가정에 기울인 애정이나 다른 나라에 대한 나의 신뢰나 혹은 이 세상 무엇에라도 기울일 수 있는 애정처럼 나의 류머티즘이란 옷을 입고 있기 때문이다. 그대가 인간들을 이해하고자 하면 무엇보다 그들의 말을 전혀 듣지 않는 데서부터 시작해야만 한다. 왜냐하면 못장이는 그가 만드는 못에 대해서만 이야기하고, 천문학자는 별에 관해서만 이야기하고 있기 때문이다. 그리하여 모두가 바다를 잊어버리고 있는 것이다.

120

 나는 바라본다고만 해서 잘 보이는 게 아니란 것이 매우 중요하다고 생각했다. 테라스 꼭대기에서 나는 그들에게 나의 영지를 보여 주었고 그 주위를 일일이 설명해 주었다. 그들은 내가 말할 때마다 그저 "예, 예……" 하면서 머리를 주억거렸다. 또 그들에게 수도원을 열어 보여 주고 그곳의 규범을 설명해 주었을 때 그들은 하품을 했다. 또 나는 그들에게 새로 지은 신전, 또는 지금까지 보았던 것과는 다른 조각 작품과 화가가 그린 그림을 보여 주었다. 그들은 곧 시선을 딴 곳으로 돌리는 것이었다. 사람의 심금을 울려 주는 대목에 가서도 그들은 오직 무관심할 뿐이었다.

그래서 나는 혼자서 이렇게 중얼거렸다.

"사물을 통해서 그것들끼리를 연결시켜 주는 신성한 매듭과 접할 수 있는 사람들은 이런 영구한 권한을 마음대로 활용하지 않고 있구나. 이 영혼들은 지금 잠에 어리어 있다. 훈련되지 않은 영혼은 더욱 더 그런 것이다. 어떻게 이 사람들이 벼락을 맞았을 때처럼 계시를 받고 감동을 받기를 바라겠는가? 하긴 저 사람들만이 벼락을 만나고 벼락이란 충격 속에서 그들의 해결점을 찾을 수 있기 때문이다. 이미 다 이루어진 정열을 불태우기 위해 이 얼굴을 기다렸기에 말이다. 내가 기도에 대한 훈련을 시키면서 사랑으로 해방시켜 준 사람의 경우도 마찬가지다. 나는 그의 바탕을 잘 마련해 주었고 그러기에 어떤 미소는 그에게 있어 칼보다 더 큰 효험을 주었다. 그러나 다른 사람들은 오로지 욕망만을 알고 있다. 내가 백조들과 잿빛 물오리 떼들이 넓은 공간을 가득 채우는 부르짖음으로 북극의 전설을 그들에게 들려주고 주위를 흔들어 잠재운다면 얼음에 쌓인 북쪽은 대리석으로 된 하나의 신전과도 마찬가지로 오직 한 가지 외침으로만 가득 찰 것이다. 그런 경우 그들은 잿빛 눈(眼)으로 흰 눈 속의 신비스런 주막처럼 그 속에서 아름다운 미소가 준비된 것을 볼 수 있으리라. 그리고 나는 그들의 마음으로부터의 감동을 볼 수 있게 될 것이다. 그러나 불타는 사막을 거슬러 올라가고 있는 저 사람들은 이런 모습을 보고도 조금도 가슴 설레이지 않는다."

이와 같이 그대가 어렸을 때 내가 다른 사람과 똑같이 길러 냈다면 그대 백성의 얼굴과 똑같은 모습을 그들에게서 찾아보았을 것이다. 그리고 사랑도 같은 비중으로 느끼고 있어서 서로 간격 없이 사랑을 나눌 수 있었을 것이다. 왜냐하면 한 사람 한 사람 개별적으로 교통을 하는 것이 아니라 사람들을 연결시켜 주는 신성한 매듭에 의해서 가슴을 터놓고 이야기할 수 있는 것이다. 그리고 그 매듭의 크기는 모든 사람에게 있어서 균등해야만 하는 것이다.

그리고 내가 똑같은 유사성을 강조하는 것은 존재하고 있는 것의 부재와 죽음에 불과한 이 질서를 창조해 내는 것을 말하는 것이 아니다. 마치 줄지어 늘어선 돌무더기나 발맞추어 걸어가는 군인의 행진과도 같은 것이다. 비슷한 얼굴들을 알아보고 또 같은 사랑을 느끼도록 당신들을 훈련시켰다는 것을 말한다.

사랑한다는 것은 곧 인식하는 것이요, 사물을 통해 읽을 수 있는 얼굴을 알아보며 인식하는 것임을 지금 내가 알고 있기 때문이다. 사랑이란 다시 말해서 신에 대한 인식, 그것 말고는 아무것도 아닌 것이다.

영지와 조각 작품, 시와 왕국, 여인이나 또는 신이 사람들의 연민을 통해서 그 전체적인 통일성으로 파악할 수 있는 능력을 그대에게 부여하였을 때 그대 마음속에 곧장 열려진 이 창문이 사랑이라고 나는 부르고 싶다. 그리고 이 모든 것들이 그대에게 단순한 집합체에 불과하다면 그건 그대 사랑의 죽음이라고 부르겠다. 단지 감각의 길을 따라 그대에게 인도된 것은 조금도 변하지 않는 것이다.

바로 그런 이유로 우리 안으로 되돌아온 가축이나 다름없이 신을 단념한 사람들은 눈에 보이는 일방적인 것밖에는 더불어 교통할 수가 없다고 나는 강조하고 있다.

그렇기 때문에 뻔히 보고도 찾아내지도 못하는 내게로 온 저 사람들, 그들을 개종시키는 것이 긴요한 일이다. 그렇게 해야만 그들을 깨우치고 폭을 넓혀 줄 수가 있는 것이다. 또 그렇게 함으로써 그들에게 가식을 없애 줄 수 있다. 배불리 먹을 수 있는 방책을 추구하는 그대의 노력을 제외하고는 또 무엇을 그대가 원할 것이며, 어디로 가야 하고 또 환희의 불을 어디서 지필 것인가?

개종을 시킨다는 것은 모두가 신을 바라볼 수 있도록 신을 향해 방향을 돌려 놓는 것이다.

그러나 그대에게 이런 사실을 잘 설명할 수 있도록 해 주는 다리가 내게는 없다.
 그대가 들판을 바라보고 내가 막대기를 들고 내 영지가 어디쯤이라고 가리켜 주어도 그대 마음속에 나의 사랑을 옮겨 줄 수가 없는 것이구나. 그렇게 하면 그대가 너무 쉽게 감동할 수 있게 되고 또 권태로운 날이면 그대는 스스로 열광하기 위해 막대기를 휘저어 돌리려고 산 위로 냉큼 올라가게 될 것이다.
 나의 영지를 그대에게 환히 보여 줄 수밖에 없다. 그러니까 나는 행동을 믿는 것이다. 행동과 생각을 항시 구별하는 사람들이란 내가 보기엔 유치하거나 멍청한 사람으로 보였기 때문이다. 시장의 상품들과 바꾸어질 수 있는 생각은 행동과 엄격히 구별되어야만 한다.
 그러므로 나는 씨앗들을 처리하라고 그대에게 쟁기와 여러 황소들과 도리깨를 맡기겠다. 아니면 우물 파는 이들의 감독이나, 올리는 수확을, 또는 엄숙히 진행되는 혼례식, 죽은 자들의 장례 행렬, 그렇지 않으면 눈으로 볼 수 없는 건물 속에 그대가 들어가도록 하고 숱한 힘의 연관이 닿는 것이면 무엇이든지 그대에게 떠맡기겠다. 그 힘의 연결선이란 것이 그대에게 어떤 몸짓은 쉽게 그리고 또 어떤 몸짓은 어렵게 할 것이다.
 그대는 또 의무와 저항을 만나게 될 것이다. 이 들판은 갈아 심기가 적당치 않지만 저쪽은 그렇지 않다. 이 우물은 마을을 갈증에서 구해 줄 것이고 다른 우물은 마을 사람들을 병들게 할 것이다. 이 처녀가 혼례식을 거행하고 있으니 그 마을은 온통 송가로 뒤덮인다. 그런가 하면 다른 마을은 죽음으로 눈물 바다가 되어 있다. 그리고 그대가 물 가장자리 한끝을 그대 앞으로 끌어당기면 물은 한 무더기로 되어 그대 앞으로 다가든다. 밭 가는 이는 물을 마셔야 한다. 우물을 파는 인부는 그의 딸을 시집보낸다. 그리고 신부는 지아비의 빵을 먹고 물은 제 것을 마신다. 모두들 다 같이 이 잔치를 축복하고 동일한 신에게 다 함께 기도하고 상사(喪事)에서도 다 함께 슬퍼하는 것이다. 그리고 그대도 이 마을 사람들과 똑같이 된다. 그리고 그대는 내게 지금에야 비로소 새상에 태어난 것이라고 말할 것이다. 그리고 마을 사람들이 조금도 그대 마음에 들지 않게 될 무렵에 가서야 나의 마을을 버릴 것이다.

왜냐하면 무료한 산보객이 보도록 되어 있는 것도 전혀 볼 줄을 모르기 때문이다. 사물의 집합체란 아무것도 아닌 것인데 그것만이 나타나게 되어 있다. 그리고 신이란 것이 단지 그대 마음의 수련으로서만 경험할 수 있을 때 그대는 어떻게 단번에 신을 파악할 수 있을 것인가?

그리고 나는 그대를 열광케 하는 것만이 진실이라고 말하겠다. 거기에 대해서 어느 누구도 가타부타할 수 없는 것이기 때문이다. 그러나 그대가 그런 상황에 대해서 반응을 보인다면 그대는 미(美)란 것에 대해서 조금도 의혹을 품지 않게 된다. 바로 그런 것이 아름다운 것이라고 내게도 자신 있게 이야기할 수 있을 것이다. 일단 노출되어 그대가 영지나 왕국을 위하여 죽을 수 있다는 명제를 받아들일 수가 있기만 하면 영지나 왕국도 아름다울 수밖에 없는 것이다. 이런 가정이 진실이라면 어찌 돌들은 진실인데 신전은 그렇지 아니하다고 말할 수 있을 것인가?

또 수도원을 다 지은 다음 그 수도원 건물에서 가장 위대한 얼굴들을 그대에게 보여 주어 그대가 열광토록 하기 위해서 가장 깊숙한 곳을 내가 보여 준다면 어찌 거절할 것인가? 또 그 얼굴에서 볼 수 있는 아름다움만은 진실인데 세상의 신은 그렇지 않다고 말할 수 있을 것인가?

얼굴의 아름다움이 당연하여서라고 생각하고 있기 때문이다. 그런데 나는 단지 그것이 그대의 유일한 훈련에서 얻은 결과라고 말한다. 왜냐하면 치료되어 볼 수가 있게 된 선천성 장님이 미소를 보고 감동을 받는 예를 나는 한 번도 보지 못하였기 때문이다. 그 장님도 미소를 배워야 하는 것이다. 그러나 그대에게 있어서는 어린 시절부터 어떤 미소가 그대의 기쁨을 마련해 주어 왔었다. 사람들이 아직도 그대에게 숨기고 있는 것은 놀라움이다. 어떤 이의 찌푸린 눈썹은 그대에게 고통을 주고, 또 어떤 이의 입술은 그대에게 눈물을 알려 주고, 어떤 이가 뿜어내는 눈의 광채는 그대 마음을 사로잡을 것이란 계획을 알려 주고, 어떤 이의 인사는 그의 가슴속에서 우러나온 평화와 신뢰를 알려 준다.

그리고 지금껏 숱한 그대의 경험으로 그대의 전부를 받아들일 수 있고 또 그것으로 가득 차게 할 수 있으며 활기를 줄 수 있는 완벽한 조국의 영상을 건설할 수 있다. 그리고 또 군중 속에서 바로 그것을 그대는 알아내고 그것을 잃느니보다는 죽음을 택하기에 이르렀다.

벼락이 그대 마음을 때렸다. 그러나 그대의 마음은 이미 벼락을 받아들일 준비가 되어 있었다.

세상에 태어나는 데 오랜 시간이 걸린다고 내가 이미 말했던 것은 사랑이 아니다. 왜냐하면 내가 그대에게 배고픔을 알려 주었던 것이 빵의 계시일 수도 있기 때문이다. 나는 이처럼 시에서 반영을 보여 줄 메아리를 그대 마음속에 준비하도록 했었다. 시는 이미 더 자랄 수가 없는 사람에게는 입을 크게 벌리고 바라보고만 있도록 해 주지만 그대에게는 개안(開眼)의 계기가 된다. 나는 그대에게 지금껏 겪어 보지 못한 배고픔과 아직 이름을 매기지 못한 욕망 한 가지를 준비해 두었다.

그것은 도로의 구조와 건축을 다 합한 총체다. 바로 이것을 위해서 존재하는 신은 단번에 그 총체를 잠에서 깨어나게 할 것이며 이 모든 길은 곧 빛이 될 것이다. 물론 그대는 이런 것에 대해서 아무것도 모른다. 그대가 그것을 알고 추구한다면 그것은 이미 하나의 이름을 가졌을 것이고 벌써 그것을 찾아내어 그대 것으로 파악했어야 됐을 테니까 말이다.

121

 (훗날을 위한 노트: 잘못된 대수학 때문에 이들 바보는 반어라는 것이 존재한다고 믿는다. 민중을 흥분시키는 이 반어는 잔인하기 짝 없는 것이다. 그런데 인생에 있어서의 연결망이 그대의 두 가지 상반된 언어 중 한 가지를 없앤다면 그대는 죽어 버리도록 되어 있기 때문이다.

 왜냐하면 그것이 무엇이든 간에 그것과 반대의 입장에 있는 것은 죽음뿐이라고 내가 말하기 때문이다.

 이처럼 그는 완전히 반대만을 추구한다. 그리고 삭제에 삭제를 거듭함으로써 그는 그대의 모든 원고를 소각시킨다. 아무것도 완전한 것이 없기 때문이다. 완벽한 것을 사랑하는 사람은 항시 미화하는 사람이다.

 이처럼 이 사람은 고아(高雅)한 것의 반대만 추구하는 사람이다. 그리고 그는 모든 그대의 부하들을 완전하지 않다는 이유로 불태워 죽인다.

 이런 식으로 그는 자기의 적을 없앤다. 그리하여 그는 적 때문에 살아가고 또 적으로 인하여 죽어 가기도 하는 것이다. 배의 반어는 바다가 된다. 그러나 바다는 배의 이물과 배 밑바닥을 그려 주었고 또 뾰족하게 만들어 주었다. 그리고 불의 반대는 재다. 그러나 재는 불이 꺼지는 것을 막아 준다.

 그리하여 이 사람은 증오에 호소하여 노예 신분과 싸우고 자유를 위하여 투쟁하는 대신 사랑에 호소한다. 그리고 모든 계층 어디에든지 노예 상태의 흔적이 있기 때문에, 그리고 홀로 의연히 하늘을 향해 쌓아 올라간 돌멩이가 지탱하고 있는 신전의 추춧돌 역할을 노예 상태라고 부를 수 있기 때문에 그대는 신전을 없애 버리지 않을 수 없게 되어 있다.

　왜냐하면 삼나무는 삼나무 아닌 것에 대한 거부와 증오가 아니라 오히려 삼나무에 흡수되어 한 그루의 나무가 된 자갈밭이기 때문이다.
　내가 생각해 내는 유일한 불의는 창조라는 것에 대하여 품고 있는 것이다. 그리고 그대는 가시덤불에 양분을 공급해 주었을 수액을 조금도 파괴하지 않았다. 그러나 그대는 자신을 위해서 나무에서 수액을 앗아가는 한 그루의 삼나무를 심었던 것이다. 그래서 가시덤불은 결코 생겨나지 않을 것이다. 내가 어떤 나무가 된다면 그대는 결코 다른 무엇이 되지는 않을 것이다. 그리고 다른 것들에 대해서는 그대가 온당하지 못했었다.)

　그대의 열성이 사라질 경우 그대는 헌병들과 더불어 왕국이 지속되게 한다. 그러나 헌병들만이 왕국을 위험에서 구해 낼 수 있다면 그것은 이미 왕국이 죽어 있기 때문이다. 나의 속박은 그의 매듭 속에 수액과 땅을 연결시켜 주는 삼나무의 힘이 지닌 구속이지 가시덤불과 수액을 송두리째 말려 죽이는 것은 아니다. 물론 그 힘이 가시덤불에게 가기는 했었지만 거기뿐 아니라 삼나무에도 가 있었기 때문에 더욱 그러한 것이다.
　사람들이 어떤 곳에서 화합하지 못하고 전쟁을 일으키는 것을 그대는 어디서 보았는가? 자신을 반성하고 가시덤불을 말살하는 삼나무는 그 가시덤불을 매우 업신여긴다. 삼나무는 가시덤불의 존재를 전혀 알지도 못한다. 삼나무는 그 자신을 위해서 전쟁을 일으키고 가시덤불을 삼나무로 변화시킨다.
　그대는 반대 개념을 아예 말살시켜 버릴 셈인가? 누군가가 죽기를 원하는가? 사람들은 살인하기를 원해도 저절로 죽어 가는 것은 원치 않는다. 그런데 전쟁을 받아들인다는 것은 죽음을 수락하는 것이다. 한 죽음의 수락이란 그대가 어떤 것과 자신을 바꿀 때에만 가능하다. 그런 과정은 오로지 사랑 속에서만 가능한 것이다.

　이들은 타인을 증오한다. 그리고 그들이 감옥을 소유하고 있다면 그들은 거기에다 죄인들을 빽빽히 채운다. 그리하여 그대는 그대의 적을 만들어 낸다. 왜냐하면 감옥이란 수도원보다 더 큰 영향을 미치는 곳이니까.

　이 사람이 죄인을 투옥하고 사형을 집행하는 것은 우선 자기 자신을 의심하고 있기 때문이다. 그는 증인들과 판사들의 말도 아예 묵살시켜 버린다. 그대는 자신이 얕볼 수 있는 사람들을 모두 말살해 버린다고 해서 위대하게 되는 것은 아니다.

　그는 투옥하고 사형을 집행한다. 그 행위 역시 자신의 잘못을 타인의 잘못으로 돌리기 때문이다. 그러니까 그는 나약할 수밖에 없다. 왜냐하면 그대가 강하면 강할수록 그대는 자신의 의무에서 그만⋯⋯ 과오를 끄집어내고 말기 때문이다. 이 잘못은 사실 또 그대 승리를 위한 교훈이 되기도 한다. 부왕은 그의 장군들 중에서 어느 하나가 일부러 잘못을 저질러 놓고 자신이 매를 맞게 만들고 나서 사과를 한다. 부왕은 그를 가로막았었다.

　"그대가 잘못을 범할 수 있었던 점에 대해서 자랑삼을 만큼 잘난 체할 것 없다. 내가 당나귀를 타고 가다가 당나귀가 길을 잃으면 길 잃은 것은 당나귀가 아니라 나 자신이노라. 배반자들이 변명하는 것은 그들이 남보다 먼저 배반할 수 있는 가능성이 있었기 때문이니라." 하고 부왕은 말씀하셨다.

122

　여러 가지 사상(事象)이 진실임이 분명하고 동시에 이것이 절대적으로 모순될 경우 그대는 언어를 바꿀 수밖에 없는 것이다.

논리란 것는 그대를 도와 한 층에서 다음 층으로 올라가도록 해 주지는 않는다. 그대는 결코 돌이 명상을 하는 것을 도울 수는 없다. 그리고 그대가 돌의 언어로써 명상에 관해서 이야기한다면 그대는 실패하고야 만다. 그대가 자신의 돌들이 이룩한 어떤 건축을 이해하기 위해서는 새로운 어휘를 지어 내야만 한다. 이는 하나의 새로운 존재로서 태어난 것이기 때문에 분리될 수도 없고 달리 설명할 도리도 없다. 왜냐하면 설명한다는 것은 곧 분해하는 것이기 때문이다. 그러니 그대는 하나의 이름을 가지고 그것을 명명하는 것이다.

그대는 명상이란 것을 놓고 어떻게 추론할 것인가? 사랑에 대하여는 어떻게 추론하겠는가? 이것들은 사물에 예속된 것이 아니라 신의 것이니라.

나는 죽기를 원하는 그 사람을 만났다. 그는 북국 어느 곳의 전설이 담긴 담시(譚詩)의 노랫소리를 들었고 거기에선 사람들이 일 년 내내 눈 속에서 밤새 걸어야 한다는 사실을 알고 쓸쓸하게 죽고 싶은 생각을 갖게 된 것이다. 불빛이 스며 나오는 통나무집에서는 한밤에 바스락 소리가 난다. 그리고 그대가 길을 걷다가 불빛 속으로 들어가 그대의 얼굴을 창유리에 대면 그대는 바로 그 불빛이 나무에서부터 그대를 향해 온 것이란 점을 알게 될 것이다. 그리고 니스 칠한 나무 장난감의 흥취와 양초 냄새가 몸에 배이기까지는 하룻밤이면 족하다고 누군가가 그대에게 말해 주리라. 왜냐하면 그들은 하나의 기적을 기다리고 있기 때문이다. 그리고 그날 밤의 모습들이 범상치 않았었다고 사람들은 말할 것이다. 그리고 그들은 숨결을 죽이면서 어린애들의 눈망울을 응시하고 심장의 심한 박동을 기다리는 노인들도 만나 보게 될 것이다. 어린애들의 눈망울 속에서 값을 정할 수도 없고 뭐라고 파악하기 힘든 어떤 것이 생겨날 수 있을 것 같기 때문이다. 왜냐하면 그대는 기다림과 이야기에 의해서, 이해되는 태도와 은밀한 암시와 무한한 사랑에 의해서 일 년 내내 일으켜 세워졌기 때문이다. 그리고 지금 막 그대는 니스 칠한 나무토막을 나무에서 막 떼어 냈고 전통적인 방법으로 그것을 아이들에게 내밀어 주었다. 바로 그 순간 아무도 숨쉬지 않는다. 어린애들은 잠에서 막 깨어났기 때문에 눈꺼풀을 주먹으로 비빈다. 잠에서 깨어난 어린아기에게서 풍겨 나오는 아기 냄새를 맡으며 무릎 위에 아기를 앉혀놓고 있다. 아기를 포옹할 때 아기는 그대에게 그토록 간절하게 그리던 마음을 적셔 줄 샘물로 그대 목 언저리를 흠씬 적셔 준다. 따라서 어린애들에겐 샘물을 빼앗긴다는 것은 여간 큰 괴로움이 아니다. 그 점은 바로 그들 속에 있다. 그들은 그 샘을 조금도 알지 못하지만 마음이 늙은 사람들은 젊어지기 위해서 그 물을 마시러 샘으로 온다. 그러나 여기서는 입맞춤이 정지된다. 그리고 어린아이는 나무를 바라보고, 그대는 어린아이을 바라본다. 이제 문제는 눈 속에서 꼭 일 년에 한 번 피어나는 희귀한 꽃 같은 경탄스런 놀라움을 얻는 것이기 때문이다.

  그리고 그대는 지금 침울해진 눈빛을 하고 있다. 말미잘이 그렇게 하듯이 어린애는 손에 선물을 만지자마자 내부에서 그것을 밝혀 보기 위해 그 보물을 몸 전체로 휘감아 안는다. 그리고 그대가 허용하기만 하면 도망가 버릴 것이다. 일단 놓치고 나면 그를 잡을 수 있는 희망은 전혀 없는 것이다. 어린이에게 더 말하지 말라. 그 애는 더 이상 듣지도 않는 것이다.

  거의 퇴색하지 않은 이 색깔은 목장 위의 구름보다 더 가볍지만 흐릿하다고 말할 수는 없을 것이다. 가령 이것이 그대가 일 년 내내 계속한 노동과 땀 그리고 전쟁에서 잃어버린 그대의 다리와, 그대가 명상을 거듭했던 밤과 그 숱한 모욕과 참고 견뎌온 고통의 보상이라 해도 그것은 그대에게 그만한 보답을 되돌려줄 것이고 그리하여 그대가 감탄하게 만들어 줄 것이기 때문이다. 왜냐하면 영지에 살고 있는 사람과 이 신전의 고요에 대해 전개해 나갈 추론은 없고 다시 거듭될 수 없는 이 순간을 위한 추론 또한 반복될 수 없는 것이기 때문이다.

그리하여 나의 병사는 죽기를 원했다. 오로지 태양과 모래로만 살아 왔고 빛의 나무를 조금도 알지 못했으며 안다고 해야 막연히 북방을 약간 알 뿐이었다—왜냐하면 사람들은 어디에선가 어떤 정복이나, 양초 냄새나 어떤 눈빛에서 위협을 받았고 그리고 바람이 섬들의 냄새를 약간 실어다 주었듯이 옛날에 그에게 가져다 주었었다고 말했기 때문이다. 그래서 내가 죽기를 원하는 데 있어 그 에샹 그럴듯한 구실을 내가 찾아낼 수가 없는 것이다.

이는 사물들을 맺어 주는 신성한 매듭만이 그대를 먹여 살리고 있기 때문이다. 이 매듭은 바다와 벽을 비웃는다. 그리고 사막에서 어디엔가 그대가 모르는 방황, 그대가 전혀 알지도 못하는 이방인들의 집이나 도무지 어림도 해 낼 수 없는 낯선 고장에서 니스 칠한 나무 토막에 지나지 않는 시시한 물건에 대한 영상을 기다리는 심정으로 가득 차 있다. 이 잠자는 물 속에 잠기는 하나의 돌처럼 그 사물에 대한 영상은 한 어린아이의 눈 속에 가서 박혀 있는 것이다.

그리고 거기서 받는 그대의 양식이 당신에겐 죽음의 고통과도 같을 때가 있다. 그리고 내가 그것을 원하는 경우, 나는 이 세상 어디엔가에서 바로 그 양초의 냄새를 찾아내기 위해서 군대를 일으킬 것이다.

그러나 생활 필수품 같은 물자를 보호하기 위해서 군대를 일으키지는 않는다. 식료품이란 이미 만들어져 있기 때문에, 그대가 한갓 음울한 짐승이 되어 버린다면 몰라도 그렇지 않다면 그대가 물자에게서 기대할 수 있는 것이 무엇이란 말인가?

그런 연유로 그대의 신들이 사라진다면 그대는 더 이상 죽기를 응낙하지 않을 것이다. 그렇지 않더라도 그대 자신은 더 이상 실수를 저지르지 않을 것이다. 왜냐하면 상반된 사랑이란 조금도 존재할 수 없기 때문이다. 죽음과 생명이란 서로 상반된 개념이라지만 그대는 자신을 죽게 할 수 있는 경우에만 살아 나갈 수 있다는 것 또한 사실이다. 그러니까 죽음을 거부하는 자는 동시에 생명를 거부하는 사람이다.

그대 위로 아무것도 없다면 그대는 받을 것이 없기 때문이다. 그대 자신을 제외하고는 말이다. 하지만 텅빈 거울에서 그대는 무엇을 끌어낼 것인가?

123

나는 홀로 있는 그대에게 말해 주겠다. 왜냐하면 그대 내면에 빛을 모아 주고 싶기 때문이다.

침묵과 고독 속에 잠겨 있는 그대에게 내가 양식을 대주는 것이 가능하다는 것을 알았다. 신은 바다와 벽을 비웃기 때문이다. 그리고 이 세상 어디엔가 양초 냄새가 존재해 있다는 것만으로 그대 역시 넉넉해졌다. 비록 내가 양초 냄새를 맡기 원하지 않는다 해도 말이다.

내가 그대에게 공급해 주는 양식의 질을 따져 볼 유일한 방법은 그대 자신이 판단하는 도리밖에 없다. 양식을 받고 그대는 어떻게 할 것인가? 애태우며 기다리던 보물을 받은 어린애처럼 그대는 침통한 눈으로 말없이 두손을 모으기를 바란다. 내가 그대에게 주는 것은 물건이 아니고 어린이에게 주는 선물도 아니었기 때문이다. 조약돌 세 알로 전투함대를 구하고, 폭풍우를 불러 전함을 위협할 줄 아는 사람, 내가 그에게 나무로 만든 병정을 준다면 그는 그것으로 군대와 선장들을 만들고 왕국을 향한 충성과 준엄한 규율과 사막에서 목이 타 죽는 어려움을 만든다. 음악을 연주하는 악기도 이와 마찬가지일 것이기 때문이다. 악기란 기구와는 본디 다른 것이어서 그대의 포로들을 위한 함정이 되기도 한다. 그러나 포로들은 함정의 본질이 아니다. 단지 그의 마음이 그 속에 깃들도록 그대를 비추어 줄 것이다.
 왜냐하면, 내가 잿더미 속에 있는 불에 대하여 그대에게 말해 준 것이 있었지만, 그대가 창을 통해서 바라보는 잠든 도시는 그와 똑같은 것이 아니기 때문이다. 그리고 그것은 왕국의 장소지만 나의 보초가 순찰하는 똑같은 길은 아니다.
 내가 헌신하면 그대는 내가 주는 것 이상으로 받아들인다. 아무것도 아닌 상태에서 그대는 무엇이 되어 가고 있기 때문이다. 그리고 주고받는 말들이 서로 모순된다 해도 내겐 아무런 상관이 없는 것이다.

 나는 그대의 내면에 기거하기를 바라기 때문에 홀로 있는 그대를 위해 말해주리라. 그대의 집에서 한쪽 어깨가 빠지고, 아니면 한쪽 눈이 먼 사내의 육체를 남편으로 받아들이는 일이 그대로서는 어려울 것이다. 그러나 그보다 더욱 강력한 존재도 없지 않다. 어느 승리의 아침이 되면 초라한 제집 침대에 누운 궤양 환자는 이제 그전과 똑같은 사람이 아니며, 두꺼운 벽이 군인의 나팔 소리를 막아버려도 그의 방안은 가득히 충만되어 있음을 내 눈으로 보았다.
 그렇지만 벽돌과 바다를 비웃는 사물의 매듭들을 제외하고는 외부에서 인간 내부에까지 일어난 일이란 것이 무엇인가?
 사물들의 매듭, 그것은 곧 승리인 것이다. 그리고 아직도 열정적인 신은 어째서 존재하지 않는 것일까? 그런 신은 그의 마음을 더욱 불타게 하는 그대를 알차고 신비롭게 만든다.
 왜냐하면 진실한 사랑은 조금도 소모되지 않기 때문이다. 그대가 많이 주면 줄수록 그대에게 더 많이 남아 있는 것이다. 그대가 참다운 샘으로 물을 길러 가면 거기서 물을 퍼 올리면 퍼 올릴수록 샘은 더욱 풍요해진다. 그리고 양초 냄새는 모든 사람을 위한 진실이다. 그리하여 다른 사람이 양초의 냄새를 맡아 보면 그것은 또 그대 자신을 위해 더 풍요하게 될 것이다.

그러나 그대 집에 있는 육신의 남편, 그가 다른 곳에 가서 미소를 짓는다면 그것은 그대를 약탈하는 것과도 같고 그대가 사랑하다가 지치게 할 것이다.

이런 까닭에 내가 그대를 방문하려는 것이다. 그러나 그대는 나를 알아볼 필요가 전혀 없다. 나는 왕국의 매듭이고 그대에게 하나의 기도를 지어 준 것은 딴 사람이 아닌 바로 나였다. 그리고 나는 여러 가지 취미에 대한 궁륭의 열쇠다. 그리고 나는 그대를 동여맨다. 그것으로 그대의 고독은 끝나는 것이다.

도대체 어떻게 그대가 나를 따르지 않을 수 있겠는가? 나는 이제 그저 자신과 다른 존재가 아닌 것이다. 그대 속에 어떤 구조를 건축하는 음악도 마찬가지다. 이 음악은 그대를 불태운다. 그리고 음악은 진실된 것도 거짓도 아닌 것이다. 지금 막 이루어진 것은 바로 그대 자신이다.

그대의 완성 속에서 고독해지는 것을 나는 조금도 바라지 않는다. 외롭고 슬퍼지는 것으로 나는 그대를 깨우쳐 주겠다. 열성이란 남에게 그대의 열성을 위해 주면서 그 대신 무엇을 약탈하는 법이 없다. 열정이란 소유나 어떤 존재를 요구하는 것이 아니니까 말이다.

그러나 시란 차원이 다른 것이어서 논리 이전의 연유가 있어 아름다운 것이다. 그리고 도시가 그대를 공간 속에 보다 더 잘 정착시켜 줄수록 더욱 감동적이다. 왜냐하면 그것은 그대에게서 끌어내야 할 음성이란 것이 있고, 언제나 똑같은 질의 음성은 아니라 할지라도, 그대는 음성을 낼 수 있는 것이기 때문이다. 하긴 그대 마음속에다 보잘것없는 길을 열어 주는 나쁜 음악도 없지 않다. 이럴 때 그대에게 나타나는 신은 나약한 것이다.

그런데 그토록 열렬하게 사랑은 하면서 그대를 잠들어 있는 상태로 방치해 두는 방문(訪問)이 있다.

그런 까닭에 홀로 있는 그대를 위하여 나는 이 기도를 지어 낸 것이니라.

124

고독의 기도.

"주여, 나를 불쌍히 여기소서, 고독이 나를 괴롭히고 있습니다. 내가 기다리고 있는 것은 아무것도 없습니다. 지금 여기 방안에 있는 것입니다. 내게 말을 거는 사람도 없습니다. 군중 속에 묻혀 있을 때보다 더욱 고립된 자신을 발견하면서 제가 간청하고 있는 것은 다른 사람들이 나타나 주기를 기다리는 것이 아닙니다. 그러나 저와 비슷한 처지에 있는 어느 여인은 제가 앉아 있는 곳과 비슷한 방안에 홀로 있지만 그녀는 사랑하는 사람들이 집을 비우면 오히려 기쁨에 가득 차 있는 것이랍니다. 그녀는 그들의 소리를 듣지도 못하고 얼굴을 볼 수도 없는 것입니다. 단지 그녀가 행복해지기 위해서 그녀의 집에 사람이 살고 있다는 것을 알고만 있으면 그것으로 충분한 것입니다. 주여, 누구를 보거나 누구의 목소리를 듣기 위해서 누구를 요구하지는 않습니다. 당신의 기적들은 감각을 위한 것이 전혀 아닙니다. 그러나 주님께서 나의 집 위에서 나의 영혼에 빛을 내려주시면 그것으로 저는 충분히 고독이란 병으로부터 치유될 수 있습니다."

"주여, 사막을 다니는 사람은 사람이 살고 있는 집이 보이면 그것이 세상의 끝에 있다는 것을 알아도 그저 기뻐할 뿐입니다. 아무리 먼 데 있어도 힘을 얻을 수 있고 그것이 도중에 없어지지만 않는다면 지칠 줄 모릅니다. 그리고 거기에서 이 여행자가 죽는다면 그는 사랑 속에서 숨지는 것입니다. 주여, 그러니까 제가 쉴 수 있는 처소가 꼭 제게서 가까운 데 있게 해 달라고 요구하지도 않습니다……"

"군중 속에 있는 산보객이 어느 얼굴을 보고 충격을 받았습니다. 나타난 그 얼굴이 산보객을 위해서 존재하지 않는다 해도 그 모습은 바뀝니다. 여왕을 사랑하고 있는 병사도 마찬가지입니다. 그는 여왕의 병사가 되는 것입니다. 주여, 그러므로 저는 이 처소가 제게 약속되어야 한다고 요구하지도 않으렵니다."

"넓은 바다에 있지도 않는 섬을 위해 열렬하게 바쳐지는 운명들이 있습니다. 그 뱃속에 있는 사람들은 섬을 위한 찬송을 부르면서 행복하다고 느끼고 있는 것입니다. 그런 때 그들을 만족하게 해 주고 있는 것은 섬이 아니라 송가인 것입니다. 주여, 그러므로 저는 이 처소가 어디엔가 꼭 있어야 한다는 것조차 요구하지 않습니다……."

"주여, 고독은 나약하게 되어 영혼의 결과에 지나지 않는 것입니다. 영혼의 조국은 오직 하나, 그것은 사물의 의미입니다. 신전이 돌들의 의미가 될 때 그 신전도 마찬가지인 것입니다. 그 신전은 오로지 공간을 위해서만 날개를 가지는 것입니다. 그것은 눈으로 보고 만질 수 있는 사물 때문에 기뻐하는 것이 아니라 사람들이 꿰뚫어 읽고 물건끼리를 맺어 주는 유일한 얼굴을 반가워하는 것입니다. 내가 읽는 것은 배울 수 있도록 해 주십시오."
"그리하여 주여, 저의 고독은 끝나게 될 것입니다."

125

대성당은 돌들을 일정하게 배열한 것이고 그 돌멩이들은 모두가 비슷한 것이지만 구조란 것이 정신에게 지시하는 지력선(指力線)에 따라서 분배된 것과 마찬가지로 나의 돌멩이들은 의식이 있기 때문이다. 그래도 성당은 어느 정도 아름다운 것이다.

한 해 동안 나의 예전(禮典)이 처음에는 모두 비슷하면서도 그 구조가 정신에게 지시하는 지력선에 따라서 분배된 일정한 배열인 것과 마찬가지로 내게도 예전이 있다. 그래서 이제 그대가 단식해야 하는 날들이 있고 또 다른 날에는 그대가 즐기도록 초대받고 또 그대가 일하지 않아야 하는 날들이 있다. 이것이 그대가 만나는 나의 지력선들인 것이다. 그래서 한 해의 날들이 어느 정도 활기를 띠고 있는 것이다.

그것과 마찬가지로 얼굴의 표정에 대한 예식이 있다. 그리고 얼굴은 어느 정도 아름답다. 그리고 나의 군대 예식이 있다. 왜냐하면 이 몸짓이 거기서는 그대에게 가능하지만 나의 지력선을 그대에게 만나게 하는 다른 몸짓은 그렇지 않기 때문이다. 그리고 그대는 한 군대에 소속된 병사다. 그리고 군대는 어느 정도 강력하다.

그리고 나의 마음에 예식이 있다. 잔칫날에나 조종(弔鐘)을 울리는 날이나 포도 수확을 하는 시간이 있고 또는 힘을 합쳐 세워야 하는 벽이나, 다 함께 굶주림에 허덕이게 될 때 가뭄 속에서 해야 하는 물의 분배가 있다. 그리고 이 다른 평야는 단지 그대만을 위해서 있는 것이 아니다. 그리고 그대에게는 하나의 조국이 있다. 그리고 조국은 다소 뜨거운 것이다.

또 나는 세상에서 예전이 아닌 것은 아무것도 모른다. 건축이 없는 성당, 축제일이 없는 한 해, 균형을 잃은 얼굴, 규율이 없는 군대, 풍속이 없는 한 조국으로부터 기대할 것이 아무것도 없기 때문이다. 뒤엉켜 아무것도 아닌 것으로 되어 있는 나의 물질을 가지고 그대는 무엇을 만들어야 할지 모른다.

어찌해서 현실로 존재하고 있는 뒤죽박죽이 된 물질이 실재이고 예전은 단지 환상에 지나지 않느냐고 그대는 물을 것이다. 왜냐하면 물건 그 자체는 그 부분부분 모두가 예전이 되는 것이기 때문이다. 그대의 말대로라면 어찌서 군대라는 것이 하나의 돌멩이보다 덜 실제적인 것인가? 그러나 나는 그에 앞서서 하나의 돌멩이를 이루고 있는 먼지의 어떤 격식을 예전이라고 명명하였다. 그리고 한 해가 나날의 예전이라고 하면 한 해가 돌멩이보다 덜 실제적이란 것인가.

저들은 개인들 밖에는 발견하지 못했다. 물론 개개인들이 번영하고, 영양을 섭취하고, 옷을 입고 지나치게 괴로워하지 않게 되는 일들은 다 좋은 것이다. 그러나 내가 그대의 왕국 속에 인간 생활의 예전을 세우지 않으면 본질이란 것이 없어지고 나중에는 뒤죽박죽이 된 돌멩이에 불과하게 되는 것이다.

그렇지 않으면 인간은 아무것도 아닌 것이 되어 버린다. 그리고 그대는 그대 형제가 죽었을 때 언젠가 물에 빠져 죽은 개에게 보내 준 감정 이상으로 슬퍼하지 않게 될 것이다. 그러나 그대는 잃었던 형제가 돌아왔을 그때의 기쁨을 조금도 느끼지 않는다. 왜냐하면 형제의 귀환은 아름답게 꾸며지는 신전이어야 하고 형제의 죽음은 신전의 붕괴이어야 하기 때문이다.

그리고 피난민 집에서 나는 죽음 앞에 슬퍼하는 베르베르 족을 전혀 보지 못했던 것이다.

내가 추구하고 있는 것을 어떻게 그대에게 보여 줄 수 있을까? 이제는 감각에 말하는 물질이 문제가 아니라 정신에 말하는 물질이 문제다. 내가 강조하는 예전을 정다화시키라고 요구하지 말라. 논리란 물건들의 계층에 속하는 것이지 그것들을 맺어 주는 매듭의 계층에 속하는 것이 아니다. 여기에 대해서라면 더 할 말이 없다.

그대는 그것들을 보았다. 눈 없는 애벌레들이 빛을 향해서 기어가고 나무 위로 오르는 것은 인간이라는 입장에서 그대가 관찰하고 그것들이 어디를 향해서 나아가고 있느냐를 정의하는 것이다. 그대는 '빛'이나 '정상'이라고 이름짓는다. 그러나 그것들은 명명한 것을 알리가 없다. 이처럼 그대가 나의 성당, 나의 항해, 나의 얼굴, 나의 조국으로부터 무엇을 받는다면 여기에 그대의 진실이 있다. 물건들을 위해서만 합당한 그대의 입놀림은 내게 중요할 것이 없다. 그대는 애벌레에 지나지 않는다. 그대가 추구하는 것을 조금도 생각지 않고 있다.

나의 성당, 나의 항해, 나의 왕국으로부터 더욱 훌륭해지고 성스러워지면서 보이지 않는 양분을 섭취해 나간다면 나는 혼자서 이렇게 말할 것이다.

"여기 인간을 위한 아름다운 성당이 하나 있다. 아름다운 한 해가, 그리고 아름다운 왕국이 있다." 내가 원인을 알아내기 위해서 어디서 고찰해야 될지를 모른다 해도 말이다.

애벌레처럼 나는 나를 위해서 존재하는 어떤 것을 찾아냈다. 겨울 날 손바닥으로 불을 찾아내는 한 장님처럼 말이다. 장님은 불을 찾아내서는 그의 지팡이를 내려놓고 책상다리를 하여 불 옆에 앉는다. 그는 눈을 가진 그대가 어떤 것을 알아내는 방식으로는 불을 찾아낼 수는 없다.

장님은 육신의 진리를 찾아낸 것이다. 왜냐하면 이제 그대는 자리를 옮기지 않는 장님을 발견할 것이기 때문이다.

그리고 나의 이 진실이 전혀 진리가 되지 못하는 것이라고 그대가 우기고 비난한다면 나는 내 친구인 오직 하나밖에 없는 기하학자의 죽음을 그대에게 얘기해 주겠다. 그는 죽을 준비를 할 때 내게 와서 도와 달라고 간청을 했다.

126

나는 그를 사랑하고 있었기 때문에 천천히 느린 걸음으로 그에게 다가갔다.

"내 친구 기하학자여, 나 그대를 위해 신에게 기도드리겠네."

고통을 받고 있었기 때문에 그는 지쳐 있었다.

"내 육신으로 인하여 걱정하지 마십시오. 내 팔과 다리는 이미 죽어 있는 것이오. 그리고 나는 한 그루 늙은 나무처럼 이 자리에 서 있는 것이라오. 나무꾼이 하는 대로 내버려두고 있소."

—당신 아무것도 후회하지 않는 거요?

—내가 무엇을 후회하겠소? 나도 건강한 팔과 건강한 다리를 가지고 있었다는 추억을 지니고 있소. 그러나 인생은 그 모두가 시작이 아니겠어요? 그리고 인간이란 자기가 처해 있는 그대로를 살아가는 것이지요. 그대는 유아기, 열다섯 살 때의 그대, 또는 갱년기를 아쉬워해 보지 않을 때가 있었던가? 이건 사실 시시한 시인이나 품는 아쉬움이오. 진정 후회란 거기에 없고 그저 달콤한 우울이 있을 뿐이오. 이 우울이란 조금도 고통이 아니고 병 속에 든 김빠진 향수라고나 할까. 물론 그대의 눈, 그대가 그 눈을 잃는 날 그대는 한탄할 것이오. 왜냐하면 모든 탈바꿈은 괴로운 것이기 때문이오. 그러나 단 하나 외눈을 가지고 인생을 살아 나가는 데는 크게 문제될 것이 없을 거요. 그리고 나는 장님들이 웃는 것을 보았소.

—사람들은 기뻤던 나날을 회상할 수가 있겠지요……

—거기에 고통이 있다는 것을 당신은 어디서 보았소? 물론 나는 한 사내가, 그가 사랑했고 그에게 있어서 시절들과 시간들과 사물들의 의미였던 한 여인의 떠남으로 괴로워하는 것을 보았지요. 그 사내의 신전은 붕괴되었기 때문이오. 그러나 당신은 사랑의 격정을 알고 난 후 사랑을 포기하고 즐거운 가정을 잃은 또 다른 남자의 고통은 전혀 보지 못했을 것이오. 그리고 시를 읽고 감동을 받은 후 시에서 권태를 느끼는 사람도 마찬가지지요. 그가 괴로워하는 것을 어디서 보았던가요? 정신은 잠들어 버렸고 이미 인간은 존재하지 않는 것입니다. 권태란 것이 본디 아쉬움이란 게 없지 않습니까. 내 인생의 재료들은 궁륭으로 들어갈 수 있는 열쇠가 없어진 순간에 무너지는 것입니다. 이것이 바로 탈바꿈의 고통인 것이구요. 그런데 내가 그것을 어떻게 알고 있을까요? 진정한 궁륭의 열쇠와 진정한 의미가 이제야 내게 나타났기 때문이오. 권태는 건축되고 있지만 결국은 나의 눈을 위해서 밝혀진 성당인데 어떻게 내가 권태를 알아볼 것입니

까?

　—기하학자여, 거기서 내게 말하려는 것이 무엇이오? 어머니란 죽어 간 아이의 추억 때문에 슬퍼할 수가 있는 것이오.

　—물론 어린아이가 죽어 버리는 순간에는 그렇겠지. 사물이 의미를 잃어버리는 것이니까. 어머니 품에서는 젖이 솟아나고 있지만 그것을 먹을 수 있는 어린아이가 이제 없지. 그대는 애인에게 들려줄 속내 이야기가 괴로운 것이오. 이제 애인이 없으니까 말이오. 그리고 당신의 영지가 팔려 버리고 흩어져 버리게 되면 그대 영지에 대한 사랑을 어디에다 쏟을 것인가. 이젠 탈바꿈을 해야 할 시간이오. 탈바꿈이란 항시 고통스러운 것, 그러나 당신은 무엇인가 잘못 생각하고 있는 것이오. 말이란 본디 인간의 머릿속을 어지럽게 만드는 것이오. 옛날의 사물들이 망실됐던 그 의미를 되찾게 되는 때가 온다오. 그리고 그것이 그대를 이루어 주게 되어 그 옛날 그대가 사랑해 준 만큼 풍요하게 되는 때가 오는 것이오. 이것 역시 우울이지만 이 우울은 어딘가 달콤한 것이오. 늙은 어머니가 말을 무서워하고 죽은 지아비에 대한 추억이 그녀를 달콤하게 하여 감히 이를 고백하지 않는다해도 그 어머니의 얼굴이 더욱 감동을 주고 마음을 더 밝게 해 줄 때가 오는 것이라오. 어느 어머니가 자기 아이를 좀더 알고 싶어 하지를 않고 조금도 먹여 주고 싶어하지를 않으며 조금도 귀여워해 주지를 않는다고 말하는 것을 들어본 일이 한 번이라도 있소?

　기하학자는 한동안 침묵을 지키고 나서 다시금 입을 열었다.

　"이처럼 잘 정리된 나의 족적이 오늘날 내게는 이미 추억이 되어 버렸으니—오, 이 친구여! 그처럼 평온한 영혼을 당신에게 빚어준 진실을 아는 힘, 그것은 아마도 침묵 속에서만 바라볼 수 있는 것이리라. 진실을 아는 것, 그것은 아마도 영원한 침묵을 요구할 권리를 갖게 되는 것이리라. 나무는 진실이라고 말하는 습관을 나는 알고 있는 것이오. 나무는 그의 부분들 사이의 어떤 관계인 것이오. 그 다음에는 영지, 영지는 나무들과 평야들과 영지의 다른 물질 사이의 관계라고 할 수 있을 것이오. 그 다음으로는 왕국, 왕국은 영지들과 도시들과 다른 물질들 사이의 관계요. 다음으로 신, 신은 왕국과의 사이에 걸쳐진 하나의 완전한 관계인 것이오. 비록 세상에서의 일이라 해도 신은 나무만큼 진실한 것이라오. 비록 신을 읽기가 힘들기는 하지만 이제 더 이상 내게 그것에 관하여 물어 볼 질문이라고는 없을 것이오.

그는 한참 동안 생각하고 있었다.

"나는 다른 진실을 전혀 모르고 있소. 세상을 말하는 데 있어 어느 정도 편리한 구조만을 나는 알고 있을 뿐이라오. 그러나……"

다시 오랫동안 침묵을 계속했다. 그리고 나는 감히 그의 침묵을 중단시킬 수 없었다.

"그렇지만 이따금 그 구조들이 내게 어떤 것과 비슷하게 느껴진 경우가 있었는데……"

―그대가 말하고 싶은 것이 뭐요?

―내가 추구했을 때 나는 찾아내는 것이오. 정신이란 그 속에 담겨져 있는 만큼만 추구하기 때문이오. 그러니 찾아낸다는 것은 보는 것이지요. 내게 아무런 의미도 없는 것을 내가 어떻게 찾는단 말이오. 사랑에 대한 아쉬움이 곧바로 사랑이란 점을 일찍이 그대에게 말해 준 적이 있었소. 그리고 나는 아무에게도 알려지지 않은 것에 대한 욕망 때문에 괴로워하지는 않아요. 하지만 아직 나는 의미를 갖지 않은 몇 가지 사물들에 대하여 미련을 못 버리고 있소. 그렇지 않다면 어찌하여 내가 생각해 낼 수 없는 진실을 향해서 걸어가겠소. 나는 알 수 없는 우울을 향해 돌아오는 길과 흡사한 직선길을 선택했지요. 눈먼 애벌레들이 태양을 향하여 갖는 본능과 다를 것이 없는 본능을 나의 구조 속에서 가지고 있는 것이지요.

"그런데 그대가 신전을 지을 때 그리고 그 신전이 아름다울 때 그 것은 무엇과도 비슷하였소?"

"그리고 인간의 예전(禮典)에 관하여 어떤 법률을 제정할 때, 그리고 불이 장님을 열광케 할 때 그것은 무엇과 흡사했었소? 모든 신전들이 모두 아름답지 않고 또 흥분할 만한 예전도 없었기 때문이오.
 그러나 애벌레들은 그들의 태양을 결코 알지 못하오. 장님들은 결코 그들의 불을 알지 못하오. 그리고 그대가 사람의 마음에 감동을 주는 한 신전을 지어 올릴 때 그대는 자신이 신전을 무엇과 흡사하게 하는지 그 모습은 결코 알지 못하는 것이오.
 내게 한쪽만을 밝혀 주고 다른 한쪽을 밝혀 주지 않는 얼굴이 있었지요. 그것은 나로 하여금 그의 쪽으로 향하도록 하였기 때문이오. 그러나 지금껏 나는 그 얼굴을 알지 못한다오."
 신이 나의 기하학자 앞에 나타난 것은 바로 그때였다.

127

 비천한 행동은 비천한 영혼을 수단으로 선동하는 것이다. 고상한 행위들은 고상한 영혼을 수단으로 선동하고…….
 비천한 행동은 역시 비천한 동기로 이루어지고 고상한 행위는 고상한 동기로 이루어 진다.
 내가 남에게 배반하게 하려면 배반자들로 하여금 배반하도록 하겠다.
 내가 건축을 하도록 시키려면 석공들이 건축을 하도록 하겠다.
 내가 평화를 이룩하려고 하면 겁쟁이들로 하여금 평화에 서명토록 하겠다.
 내가 살인을 하려고 하면 나는 영웅들로 하여금 선전 포고를 하도록 시키겠다.

 여러 가지 경향들 중에서 어느 한 가지가 우세하면 그 방향에서 가장 크게 소리친 사람이 그에 대한 책임을 지는 것이다. 그리고 피할 수 없는 경향이 모욕적인 경우 그것이 조금도 필요하지 않는데도 비천한 취미로 갈구했던 사람이 그대를 그 방향으로 인도할 것이다.
 그리고 어떤 관점에서 볼 때, 어느 행동이 분명히 모욕적인 것이라도 소박한 것이 아니라면 아주 견뎌 내기 힘든 것인만큼 가장 덜 까다롭게 굴 사람을 앞장 세우게 될 것이다. 나는 후각이 예민한 사람들을 선택하지는 않겠다. 넝마주이를 내보낼 때 말이다.

 나의 적이 정복자인 경우 그와의 형상도 이와 같은 것이다. 나는 그들을 인도하기 위해서 적의 친구를 선택해서 만날 것이다. 그러나 나를 한쪽만 존중하고 내가 자진해서 다른 사람에게 굴복하러 들어간다고 비난할 생각일랑 하지 말라.

 나의 넝마주이들, 그들에게 생각하고 있는 바를 말해 보라고 하면 그들은 쓰레기에서 풍기는 냄새에 대한 취미 때문에 쓰레기를 뒤진다고 말할 것이다.
 그리고 사형 집행인은 피의 맛 때문에 죄수의 목을 자른다고 말할 것이다.
 그러나 그들의 말만 믿고 내가 그들을 충동질한다고 판단한다면 그건 잘못된 생각이다. 내가 넝마주이들에게 도움을 청하게 된 것은 쓰레기에 대한 혐오감과 반질거리는 문지방에 대한 애착 때문이다. 그리고 내가 본의 아니게 사형 집행인을 만들어 낸 것은 사형수가 죄만 없으면 일어나는 낭자하게 퍼지는 피에 대한 혐오감 때문인 것이다.

 그대가 지금 백성들을 이해하고 싶으면 그들이 말하는 것에 귀를 기울이지 말아야 한다. 내가 왕국의 곡창들을 구해 내기 위해 전쟁으로 생명의 희생을 각오하게 되면 가장 용감한 군인들을 선두에 내세우게 되며 그들에게 당신은 오로지 전사하는 외로운 명예와 영광에 대해서만 말하게 될 것이다. 어느 누구도 곡창을 구해 내겠다고 죽고 싶어하는 사람은 없을 테니까 말이다.

배에 대한 사랑도 이와 다를 것이 없다. 못 만드는 장인의 사랑은 바로 못 그 자체다.

그리고 포화가 모든 것을 파괴해 버리고 전쟁이냐 평화냐 하는 것이 문제되거나 죽음의 잠이 문제가 되기 이전에 도시를 뒤흔드는 모든 약탈자의 손에서 곡창에 들어 있는 재물을 구해 내기 위해서 내가 억지 평화를 결정했을 때, 적에 대하여 가장 적개심이 높은 시민들에게 화평 조약에 서명을 하라고 내세운다면 그들은 당신에게 그 조약 문구의 아름다움과 나의 결정이 정당하다는 것을 말해 줄 것이다. 그러나 문제는 그것과는 전혀 별개의 것으로 남아 있는 것이다.

내가 딴 사람을 시켜 무엇을 거부하도록 한다면 사실상 거부하는 주체는 모든 것을 거부해 버리는 바로 그 사람이다. 또 내가 어떤 이를 시켜 무엇인가를 승낙하도록 한다면 그것을 승낙하는 것은 모든 것을 승낙한 바로 그 사람이다.

왜냐하면 왕국은 헛된 풍문 속에 이끌려 나가지 않을 만큼 강력하고 무거운 것이기 때문이다. 이 밤 나는 테라스 꼭대기에서, 잠을 자고 있거나 또는 밤을 세우고 행복해하거나 또는 불만스러워하고, 자신에 가득 차 있거나 또는 절망 속에 빠져 있는 수많은 백성들이 살고 있는 이 어두운 대지를 내려다보고 있다. 그것은 소리 없는 왕국으로 보인다. 언어를 지니지 않는 거인이라고나 할까. 바다밖에 모르는 그대의 가슴에 다시금 산을 옮겨다 줄 어휘를 내가 전혀 찾아 주지 못한다면 그 열망, 그 열성 그리고 그 무지한 권태와 함께 내가 어떻게 그대 가슴속에 왕국을 옮겨다 줄 것인가.

저 사람들은 제각기 서로 다르게 왕국의 이름으로 모든 것을 말하고 있다. 그리고 그들이 왕국의 이름으로 말하려 하는 것이 어쩌면 당연한 것이기도 한다. 언어를 상실한 이 거인에게 하나의 외침을 되찾아 돌려준다고 하는 것은 좋은 일이기 때문이다.

그리고 나는 그대에게 찬성이란 것에 대하여 말해 준 적이 있었다. 아름다운 송가는 보잘것없는 송가에서부터 생겨나는 것이다. 아무도 송가를 부르는 연습을 쌓지 않으면 아름다운 송가는 결코 생겨날 수가 없기 때문이다.

그러므로 그들은 서로 모순된 말을 하고 있다. 왜냐하면 왕국을 말하는 데 있어 아주 적절한 언어가 아직은 없기 때문이다. 그대는 내버려두어야 한다. 모두가 옳다. 하지만 그들은 각자 상대방의 말이 옳다는 것은 파악하지 못할 만큼 산들을 높이 오르지 못하였다.

그리고 그들이 서로 욕하기 시작하고, 서로 투옥하고, 죽이기 시작한다면 그것은 그들이 아직도 서로의 대화를 만들어 나갈 줄 모르기 때문이다.

오히려 나는 더듬거리며 말을 한다면 그들을 용서해 주겠다.

128

그대는 내게 묻기를,

"어째서 이 백성들은 노예 상태로 남아 있는 것을 견디며 마지막 순간까지 투쟁을 계속하지 않는 것입니까?"

그러나 고결한 사랑에서 나오는 희생은, 비천하고 난폭하게 절망 속에서 나온 자살과는 엄격히 구별돼야만 한다. 희생을 위해서는 영지나 공동체 또는 신전과도 같이 신이 필요하다. 신은 그대가 위임하는 몫을 받아들이고 그대는 그 속에서 교환되는 것이다.

어떤 사람들은 모두를 위해 죽음을 받아들일 수 있었다. 비록 그 죽음이 소용없는 것이라 해도 말이다. 그런데 죽음이란 결코 있어도 좋고 없어도 좋은 무용지물일 수는 없다. 왜냐하면 그 죽음으로 다른 사람들은 더 아름다워지고, 더 밝은 눈과 보다 폭넓은 정신을 갖게 되기 때문이다.

아들이 빠져 죽은 소용돌이 속으로 뛰어들려고 할 때, 어떤 아버지가 꽉 붙든 그대의 팔을 뿌리쳐 빠져 나오려 하지 않겠는가? 끝내 그대는 그를 붙잡을 수가 없을 것이다. 그렇다고 당신이 그들 부자가 모두 소용돌이 속에 빠져 죽기를 바랄 것인가. 어느 누가 그들의 생명으로 풍요를 누릴 수 있는 것인가?

영예란 자살이 아니라 거룩한 희생의 섬광인 것이다.

129

나의 작품을 그대가 평가해 주려면 그 판단 속에 나라는 개인을 끼워 놓지 말고 작품에 대하여만 이야기해 주기를 바란다. 왜냐하면 나는 한 얼굴을 조각할 때 그 얼굴과 나 자신을 완전히 바꾸어서 오로지 얼굴 하나에다 전력을 기울이기 때문이다. 결국 나의 창작을 완성시키는 순간까지 죽음의 위험도 받아들이는 것이다.

그러므로 나는 허영을 손상시키지나 않을까 하는 두려움으로 그대의 비판을 이끌어 가지는 말아야 한다. 내게는 그런 허영이 전혀 없다고 말할 수 있기 때문이다. 설혹 있다 해도 그 허영이란 내가 문제삼을 정도가 아니다. 이 조각 작품의 얼굴에 걸리는 것이기 때문에 사실상 내게 아무 의미가 없는 것이라고 해도 좋을 것이다.

그러나 조각된 얼굴이 일단 그대 마음속에 무엇을 가져다 주고 난 다음 그대를 변화시킬 일이 있었다면, 혹시 나의 겸허함을 손상시키지 않을까 하는 두려움 때문에 나를 비판하기를 삼가하지 않기 바란다. 왜냐하면 나의 마음속에 겸허함도 없기 때문이다. 문제는 작품에 대한 의미가 우리를 지배했었지만 거기에다 힘을 합해 협력하는 것이 하나의 좋은 사양이었기 때문이다. 나는 화살이고 그대는 하나의 과녁인 것이다.

130

나는 언젠가 임종이 오면 이렇게 기도하리라.
"주여, 저는 당신께 다가갑니다. 저는 당신의 이름으로 밭을 갈았기 때문입니다. 거기다 씨를 뿌린 것은 주 당신입니다."
"저는 이 양초를 만들었습니다. 거기다 불을 켠 것은 당신이었으니까요."

"제가 이 신전을 지었습니다. 신전의 침묵 속에 안주한 것은 당신이었습니다."

"포로란 전혀 저를 위해 존재하는 것이 아니었습니다. 그래서 저는 함정을 못 만들게 할 수 없었습니다. 저는 포로들에게 활기를 띠게 해 주기 위해서 이 방법을 취했던 것입니다. 그리고 나는 그들이 걸어다닐 수 있도록 당신의 지력선(指力線)을 따라 한 인간을 만들어 내는 것입니다. 거기서 당신의 영광을 찾아볼 수 있으시다면 하나의 수단을 사용한 것은 다름아닌 당신이었던 것입니다."

이처럼 성벽의 꼭대기에서 깊은 한숨을 쉬었다. 그리고 이렇게 생각했다.
"나의 백성들이여, 잘 있어라. 이제 나의 사랑을 비도록 했으니 잠들겠다. 무엇보다, 씨앗을 어찌할 수 없듯이 이제 나의 육신은 어찌할 수 없으니까. 내가 창작해 둔 조각의 얼굴이 지닌 모든 모습을 어느 하나도 말하지 않으리라. 창조하는 것은 곧 발표하는 것이 아니다. 밖으로 토해 낸 소리가 다른 것이 아니라면 나는 내 감정을 완전히 표현했다고 말할 수밖에 없다. 다른 것이 아니라 창작하는 태도로 파악한 것이다. 효모를 밀가루 반죽 속에다 넣었다. 이제 그대 모두가 내게서 태어난다. 당신네가 문제삼는 것은 다른 것들 중에서 선택하는 한 가지 행위인 것이다. 그리하여 그대들은 나의 나무를 성장하게 하고 이처럼 나를 따라 형성되어 보이지 않는 하나의 경향을 보여 주게 될 것이다."

"물론 그렇게 되면 그대들은 자유롭다고 느끼게 될 것이고 나는 죽음을 감지하게 것이다. 마치 바다를 향해 흘러내리는 강이나, 밑으로 떨어지도록 놓아 버린 돌과 같이 말이다."

"나뭇가지를 만드시오. 꽃을 피우고 열매를 맺도록 하시오. 사람들은 오로지 포도 수확으로 그대를 평가하게 될 것이다."

"나의 백성, 내가 가장 사랑하는 사람들이여, 내가 그대의 유산을 불려 놓았거든 그것으로 자손 대대로 불리면서 성실한 사람이 되도록 하시오."

이와 같이 기도하고 있을 때 보초는 서성거렸다. 나는 다시 명상에 잠겼다.
"나의 왕국은 내게 밤을 지새우는 파수꾼들을 보내 주었다. 그리하여 나는 파수꾼 속에서 경계의 불꽃이 되는 이 불을 켠 것이노라."
"응시하고 있는 나의 병사는 아름다운 것이리니……."

131

내가 그들에게 하나의 다른 역할과 다양한 자질을 부여한다면 마치 놀이에서 세 개의 조약돌을 가진 아이처럼 그대에게 세계를 변모시켜 보여 주겠다. 그리고 아이들에게 있어서의 현실은 하나의 좋은 뜻에서의 함정에 지나지 않는 조약돌이나 그들을 제약하는 규율 속에 있는 것이 아니라 놀이가 만들어 낸 유일한 열정 속에 자리잡고 있다. 그리고 조약돌들은 변모되어 돌아오고 있다.

그리고 그대 물건들, 집과 사랑과 귀를 즐겁게 하는 소리와 눈을 위한 그림들, 이 모든 것이 그것들을 변모시키는 보이지 않는 나의 궁궐의 재료가 된다면 나는 그것들을 가지고 무엇을 만들 것인가?

그러나 활기를 불어넣는 왕국이 없기 때문에 그들이 지닌 물건들로부터 아무런 풍미도 끌어낼 수 없는 사람들, 그들은 이와 같은 물질들에 대하여 화를 낸다.

"당신이 조금도 나를 넉넉하게 해 주지 않으니 이는 어찌된 것인가?"라고 그들은 탄식하고 오로지 물건을 증가시키는 것만이 옳은 것이라고 계산하고 있다. 왜냐하면 그들의 부가 결코 충분하지 않기 때문인 것이다. 그리하여 그들은 돌이킬 수 없는 권태 속에서 처벌한 꼴이 되어 간다. 그들은 전혀 다른 것이란 만나 본 적이 없어 다른 것을 탐색한다는 것은 아예 기대도 해 볼 수 없기 때문이다. 그들은 사랑의 편지를 맡아 읽게 되어 행복을 가져다 주는 어떤 사람을 만나게 되었다. 그들은 그가 몸을 쭈구리고 새하얀 종이 위 까만 글자에서 기쁨을 끌어내는 것을 바라보고는 그들 노예를 불러 하얀 종이 위에 검은 글자를 말없이 늘어놓은 연습을 하라고 말했다. 그리고 그들은 기쁘고 행복하게 해 주는 부적을 훌륭히 만들어 내지 못하는 노예들에게는 회초리로 매질을 했다.

왜냐하면 그들 세계에서는 물건들 상호간에 반란을 일으켜 주는 것이라고는 아무것도 없기 때문이다. 그들은 돌들이 뒤죽박죽 엉켜져 있는 사막에서 살고 있다.

그런데 나는 이곳에 와서 사막 한가운데에 신전을 건축하고 있는 것이다.

아무렇게나 버려진 그들의 돌과 같은 것들이 끝내는 그들에게 기쁨을 안겨 준다.

132

내가 그들을 죽음에 민감하도록 만들어 주었기 때문이다. 그에 대해서는 아무 후회도 없다. 그리하여 그들은 생명에 대하여 민감해진 것이다. 내가 그대의 집단에다 장자 상속권을 제정했다면, 그대가 형을 증오하게 될 이유를 거기서 더 많이 찾아낼 것도 당연하겠지만 또 그대 형을 더 많이 사랑하게 되고 그가 죽으면 슬퍼할 이유도 거기서 찾아내게 될 것이다. 비록 내가 만든 법률의 테두리에서 그대의 희망을 꺾어 놓는 것이 다름아닌 형이라고 해도 말이다. 이처럼 어떤 의미를 지니고 종족에 대하여 책임을 진 그대의 형이 죽게 되면 그대 형은 그대를 도왔던 사람, 또 당신이 사랑했던 것을 사랑한 사람, 저녁 등잔 아래서 충고를 해 주던 사람이었으니 그대가 죽게 되더라도 역시 슬퍼 눈물을 흘릴 사람인 것이다.

그러나 내가 그대 형제를 서로간에 동등하고 자유롭게 만들었다면 죽음이 와도 변하는 것이라고는 아무것도 없고 죽음에 대하여 슬퍼할 것도 없게 될 것이리라. 나는 전투에 임하는 당신네 병사들에게서 그것을 잘 관찰해 두었다. 그대들의 전우는 죽었다. 그러나 크게 변한 것은 없다. 그 자리는 다른 사람으로 교체되었던 것이다. 그대는 병사들 앞에서 신중한 태도란 병사의 품위, 희생에 대한 이의 없는 수락, 사내로서의 고귀한 매력이라고 강조한다. 그리고 눈물에 대한 거부 반응도 그와 같은 것이라고 했다. 그러나 자칫하면 그대는 빈축을 사게 될지도 몰랐다. 나는 그대에게 이렇게 말했으리라. 그대는 울 만한 이유가 없을 때는 결코 울지 않으리라. 왜냐하면 죽어 있는 저 사람, 그대는 그가 죽어 있다는 사실을 전혀 모르고 있기 때문이다.

　그리고 그대 바른편에 있는 사람이 총을 겨누고 있다. 지금 당장 그 사람만이 할 수 있는 일은 그에게 요구할 수는 없다. 마치 그것은 그대 형에 대한 경호 같은 것이라 해도 괜찮다. 한 사람이 주었던 것은 다른 사람도 줄 수 있는 것이기 때문이다. 한 자루 가득 들어 있는 구슬에서는 그중 하나쯤 없어져도 슬퍼하지 않는다. 그 자루 속에는 비슷한 구슬로 가득 차 있기 때문이다. 죽어 가고 있는 사람들에 대해서 그대는 간단히 말할 것이다.

　"내겐 시간이 없어요……. 그는 조금 있으면 죽게 될 것이오."

　그러나 그는 곧 죽지는 않을 것이다. 머지않아 전쟁이 끝나게 되면 살아 남은 자들은 흩어질 것이기 때문이다. 그대들이 모아서 한 덩어리로 뭉쳤던 얼굴들이 이렇게 흩어지는 것이다. 살아 남은 자들과 죽은 자들이여, 그대들은 모두가 대등한 것이니라. 부재자들은 죽은자와 비슷하게 될 것이오.

　그러나 그대들이 한 그루 나무에 속한다면 각자는 나무라는 전체의 개념에 의존하게 되고 전체는 또 각자에 의지하게 되는 것이다. 그리고 그대들 중의 하나가 가 버리면 당신들은 눈물을 흘릴 것이다.

　그대들이 어떤 형상에 복종한다면 그것은 그대들 사회에서 계급이 있기 때문이다. 그리하여 상호간의 중요성이 나타나는 것이다. 계급이란 것이 전혀 없다면 형제간 개념도 없어지는 것이기 때문이다. 그래서 종족으로 얽힌 집단에서 나는 항시 '나의 형제'란 말을 자주 들었던 것이다.

　그리고 죽음에 관해 그대들 마음을 경직시키고 싶은 마음이 나지 않는다. 여기서 문제가 되는 것은 피에 대한 공포나 타격에 대한 두려움, 창피스러운 나약함이 마음을 굳어 버리게 하는 것이 아니기 때문이다. 하지만 마음을 경직하게 하는 것은 그대를 성장하도록 해 줄 것이다. 보다 적은 것들만 죽어 가기 마련이기 때문에 여기서 문제가 되는 것은 죽음을 덜 고통스럽게 해 주는 일뿐이다. 당신들의 마음을 위해 그대 형제가 자양 없는 먹이 역할을 해 준다면 그것이 이유가 되어 그대가 그의 죽음 앞에 덜 슬퍼하게 될 것은 뻔한 이치다.

나는 그대들을 부유하게 하고 그대 형제가 그대들에게 큰 영향력을 줄 수 있게 되기를 바란다. 그리고 당신들이 사랑한다면 당신네 사랑이 숫염소처럼 그냥 분출되는 것이 아니고, 하나의 왕국에 의하여 알려지게 해야 할 것이다. 이럴 때 숫염소는 조금도 울지 않기 때문이다. 그러나 당신들이 사랑하는 여인, 그녀가 죽게 되면 여러분은 유배당한다. 그리고 이 사람이 인간으로서 자신의 죽음을 받아들인다고 한다면 그것은 그가 그녀를 가축으로 만들었기 때문이다. 그녀는 자신의 죽음을 가축의 것으로 받아들이면서 이렇게 말하리라.

"인간들이 전쟁에서 죽어간다는 것은 나쁘지 않은 일이거든……"

그래서 나는 당신들이 전쟁에서 죽을 것을 바란다. 하지만 병사가 아니라면 누가 전장에 나가기를 달가워할 것인가? 그러나 보물을 덜 아쉬워한다고 해서 그대들이 보물의 값어치를 깎아내리도록 하는 것을 나는 원치 않는다. 이런 식으로 죽어 간다면 싸움터에서 죽는 것은 무력한 인형 병정이 아니고 무엇이겠는가? 그리고 그 자동 인형은 왕국을 위해서 아무것도 희생하지 않고 있다는 이야기가 되는가?

나는 사람들이 내게 최선을 다할 것을 요구한다. 그렇게 해야만 당신네들이 위대해지기 때문이다.

그러니까 나는 그대들에게 생명을 경멸하라고 권하고 있는 것이 아니다. 오히려 당신들에게 생명을 사랑하도록 권유하고 있다.

그리고 죽음이란 것이 왕국과의 교환이라고 하면 당신들 스스로가 죽음을 사랑하도록 해야 하는 것이다.

세상에는 서로 상치해야만 되는 것은 없기 때문이다. 신에 대한 사랑이란 당신들에게 왕국에 대한 사랑을 증대시켜 주고 있는 것이다. 왕국에의 사랑은 영지에의 그것을 키워 주고 영지에 대한 사랑은 아내에 대한 그것을 증대시키고, 아내에 대한 사랑은 사랑을 즐긴 연후에 그 여자 곁에서 마시는 홍차 잔을 받친 은쟁반에 대한 애착을 키워 준다.

그러나 내가 당신들에게 죽음이란 비통한 것이라고 일러 주었던만큼 그것에 대한 위로의 말을 이번에는 들려주어야 하겠다. 그런 까닭에 눈물을 흘리는 사람을 위해서 나는 이런 기도를 올렸다. 죽음을 항의하는 기도를 말이다.

133

"제가 시를 지었습니다. 이제 고쳐야 할 일만 남았습니다."
부왕은 화를 내셨다.
"퇴고를 한 다음에 시를 써야지! 퇴고하는 것을 빼고 나면 시를 쓴다는 것이 도대체 무엇이란 말이냐! 수정하는 과정을 빼고 나면 조각한다는 것이 무엇이란 말이냐! 넌 진흙 반죽하는 것을 보지도 않았더냐? 수정에 수정을 거듭하여 하나의 얼굴이 만들어져 나오는데 그래서 맨 처음 마무리는 진흙덩이 자체에 대한 고침이었던 것이다. 내가 도시를 건설할 때 나는 모래를 바로잡았던 것이다. 그 다음에 바로잡은 것이 나의 도시였던 것이다. 이렇듯 수정에 수정을 거듭하여 신에게 가까이 나아갔었느니라."

134

그대는 필시 여러 관계로써 그대 자신을 표현하고 있다. 그래서 종을 쳐서 또 다른 종이 울리게 하고 있다. 그대가 반향을 일으킨 물건들은 별로 중요하지 않은 것들이다. 그것은 포로들에게 대한 함정을 만드는 재료가 된다. 그러나 그것들 하나하나가 결코 함정의 본질이 되는 것은 아니다. 그리고 나는 그대에게 연결된 물체가 있어야 한다고 말했었다.

그러나 춤이나 음악에는 시간 속에서의 전개가 있는 것이어서 그대의 메시지에 대하여 내가 자칫 오해하게 되는 것을 허용하지 않고 있다. 그대는 여기서 시간을 끌고, 저기서 늑장을 부리고, 저기도 올라가고 여기로 또 내려오는 것이다. 그리고 지금은 혼자서 그것을 되풀이하고 있는 것이다.

그러나 내게 그 전체를 보여 주는 경우에도 나에게는 하나의 규약이 필요하다. 코도, 귀도, 눈도, 입도, 턱도 없다면 그대가 어떻게 늘리고, 줄이고, 두껍게 하기도 하며 가볍게 할 것이며 펴고, 휘고, 움푹하게 파기도 하고 불룩하게 하는지 내가 어찌 알 수 있겠는가 말이다. 내가 어찌 그대의 움직임을 알 것이며, 그대의 반복과 메아리를 구분할 수 있단 말인가. 그리고 내가 어찌 그대의 메시지를 읽어 낼 것인가? 그러나 얼굴은 나의 규약일 것이다. 그중에서도 완숙하며 동시에 진부한 한 가지를 알고 있는 것이다.

물론 그대가 시시한 얼굴을 내놓는다 해도 그대는 분명 나에게 단순한 규약의 제공이나 참고의 대상, 또는 학교 표본 정도로밖에는 표현하지 못하게 될 것이다. 나를 감동시키기 위해서 그것들이 필요한 것이 아니다. 내가 추구하는 방향으로 그대가 날라다 주는 상황을 내가 읽어 내기 위해서 있어야만 한다. 그리고 그대가 표본 그 하나만 내게로 넘겨준다면 그대는 아무것도 운반하지 못할 것이다. 그러면 나는 열쇠를 쥐고 있는 한 표본에서 멀어지고 그것을 변형시키고 뒤섞는 것을 수락하게 된다. 그리고 그대가 나의 이마 위에 눈을 대기 원한다면 나는 그대를 비난하지 않으리니.

그렇게 되면 나는 어쩔 수 없이 그대를 서투르다고 판단할 것이다. 그것은 자기 음악을 듣게 하려고 많은 소리를 내고 그의 시 속에 지나치게 이미지를 드러내는 그런 사람과 별로 다를 것이 없다.

왜냐하면 나는 그대가 신전을 완성했을 때 발판들을 걷어올리는 것이 합당하다고 말하기 때문이다. 나는 그대의 방법을 읽을 필요를 느끼지 않는다. 내가 거기서 그대의 방법을 더 이상 찾아내지 못한다면 그대의 작품은 완벽한 것이다.

내게 있어 흥미로운 것은 코가 아니므로 내 이마 위에 코를 바싹 대고 내게 너무 보여 주면 안 된다. 말이란 것도 이와 마찬가지다. 너무 과격한 어휘를 골라 써도 안 된다. 너무 힘찬 어휘를 골라 쓰면 그 말이 영상을 삼켜 버리기 때문이다. 영상의 경우도 마찬가지다. 영상은 스타일을 망가뜨려 놓는 경우가 많다.

내가 그대에게 간청하는 것은 함정과 그 본질이 다르다. 그런데 물질이란 걸 경멸해야 하고 본질을 추구해야 한다고 내게 강조한 것은 당신이다. 그리고 나는 이 훌륭한 야망에 근거를 두고 거의 판독하기조차 어려운 메시지를 내게 주려고 했었고 투명하고 거대한 함정을 내게다 이루어 주었었다. 그것은 나를 압도하고 그대가 잡은 사산한 생쥐를 내게 보이지 않도록 감추는 것이다.

왜냐하면 그대가 생기발랄하고 재치 있고 또 역설적이라고 인정은 하지만 나는 그대로부터 받은 것이 아무것도 없기 때문이다. 또 그대가 장바닥에서 아무렇게 뒹굴듯이 처신하고 있기 때문이다. 그러나 그대는 창조의 목적에 대하여 잘못 생각하고 있는 것이다. 이것은 그대 자신의 모습을 자신에게 보여 주는 것이 아니라 나를 변모하게 하고 있기 때문이다. 그런데 그대가 내 앞에서 참새 쫓는 허수아비를 흔든다면 나는 다른 곳으로 정착하러 옮기겠다.

그러나 나를 원하는 곳으로 인도해 주고 물러간 그 사람은 내가 세상을 발견하고, 그가 원했던 대로, 내가 성장하고 있다고 자각케 했다.

그러나 이처럼 사려 깊은 행동이 불에 거슬린 밀랍처럼 되어 버린 코와 입, 턱이 희미하게 기복을 이룬 공 모양으로 번쩍이며 윤을 내

게 하기 위한 것이라고는 생각하지 말라. 그대가 원하는 방법을 그
처럼 강력히 경멸한다면 우선 이 대리석, 또는 이 찰흙, 이 청동을
내게서 앗아 가는 것이 낫다. 그것들은 하나의 입술 형태를 이루고
있기보다는 아직 더 물질에 가까운 것이기 때문이다.

 신중하게 군다는 것은 그대가 내게 보고하고자 원하는 것을 고집
하지 않는 데 있다. 나는 진종일 수많은 얼굴을 보고 있기 때문에
그대가 거듭 내 코를 없애겠다는 생각을 품는 것을 당장 알아볼 것
이고 컴컴한 방안에 대리석을 들여 놓는 행위를 더 이상 신중성이라
고 부르지는 않을 것이다.

 정말 보이지 않는 얼굴, 이제 더 이상 아무것도 받지 않게 될 얼
굴, 그것은 진부한 얼굴이다.

 그러나 그대들은 난폭한 사람이 되었다. 소리지르지 않으면 아무
도 그대들의 말을 들어 주지 않게 되었으니 말이다.

 그대는 물론 얼룩덜룩한 양탄자를 내게 그려 줄 수 있다. 그러나
그것은 두 개의 차원밖에는 가지지 못한다. 그리고 그것은 하나의
감각에는 호소할 수 있으나 나의 정신이나 마음에까지 호소하지는
못한다.

135

 섬의 신기루에 대해 그대의 눈을 뜨게 하고 싶다. 나는 그대가 나
무들, 초원 그리고 가축떼의 자유 속에서, 커다란 공허의 고독한 흥
분 속에서, 제동이 빠진 사랑의 열정 속에서 한 그루 나무처럼 곧게
뻗어 오르리라고 믿는다. 그러나 내가 지금껏 보아 왔던 나무 중에
서 곧게 뻗어 올라간 것들은 조금도 자유롭게 자라난 것이 아니었
다. 왜냐하면 이 나무들은 성장 과정에서 성급하게 굴지 않았고 그

저 빈둥거리고 뒤틀리면서 하늘을 향한 공간으로 올라가기 때문인 것이다. 한편 다른 나무들에게 자기 몫의 햇볕을 빼앗기고 적의 모진 공격까지 받았던 처녀림의 나무들은 긴급한 신의 소명에 따라 하늘을 향해 꼿꼿하게 올라간다.

왜냐하면 그대는 그대의 섬에서 자유도, 흥분도, 사랑도 찾아내지 못할 것이기 때문이다.

그리고 내가 오랫동안 사막에 깊숙이 들어앉게 된다면(번잡스런 도시에서 벗어난 그대가 그 속에서 휴식을 취한다는 것은 문제가 다르다) 나는 그대를 위해서라도 사막에 생기를 불어넣어 주고 그곳에 계속 머물러 있고 싶게 하고 그대 열정으로 사막을 부식토로 만들 수 있는 유일한 방법만 알고 있는 것이다. 그 까닭은 지력선의 구조를 거기다 설치하는 것이기 때문이다. 그리고 그 지력선들이 자연이나 왕국에 귀속되기를 바란다.

그리고 그대에게 그곳으로 찾아가게 하기보다는 그대 발길이 닿는 곳에만 우물이 하나씩 있도록 아주 경제적으로 우물을 설치할 계획이다. 어차피 일곱째 날에 가서는 가죽 부대에 들어 있는 물을 아껴야 하니까. 그리고 그 모든 힘은 우물 쪽으로 집중되도록 해야 한다. 사막이란 희생을 치를 만큼 가치가 있는 것이기 때문이다. 우물을 하나도 찾아내지 못하고 모래 속에 묻힌 대상(隊商)들이 영광을 증명해 주는 것이다. 그리고 대상들의 해골이 널려 있는 사막이 태양 아래서 번쩍이고 있다.

이처럼 출발하는 시간에 그대가 화물을 점검하고 상품이 좌우로 흔들려서 내용물이 움직이는가를 확인하기 위해서 밧줄을 끌어당겨 보고 물탱크의 물을 체크할 무렵 그대는 그대 자신에게 최선의 도움을 청하는 것이다. 그리고 사막의 의식에 맞추어 추어야 하는 춤이 있고 정복해 내야 하는 적이 있기 때문에 층계를 밟아 올라가듯이 한 우물의 면적에서 다른 우물터에까지 기어오르면서 모래 사막을 넘어 물이 축복하는 멀고 먼 그대 자신의 왕국을 향해 길을 떠난 것이다. 그리고 나는 그대에게 근육과 동시에 하나의 영혼을 만들어 주었던 것이다.

하지만 내가 그대를 더욱 풍요하게 만들어 주고 자석의 양극과도 같이 우물들이 서로 큰 힘으로 끌어당기고 있거나 또는 서로 밀어내기를 바란다. 그럼으로써 사막이 그대의 육체와 영혼을 위한 건축이 되기를 바란다. 그러나 나는 사막에 그대의 적이 가득 깔려 있도록 하겠노라. 그대의 적은 우물이란 우물은 죄다 차지할 것이고 그래서 그대는 물을 마시기 위해 그들에게 속임수를 쓰거나 싸워서 정복해야만 할 것이다. 그리고 여기저기에 진을 치고 야영하는 여러 종족들 가운데서 어느 종족이 더욱 잔인하고 어느 종족이 덜 잔인한가, 또 어느 종족이 영혼이나 알아들을 수 없는 언어에 더 가까울 수가 있으며, 또는 더 잘 무장되어 있을 것인가. 그 무장된 정도에 따라 그대의 걸음걸이가 재빨라지거나 그렇지 못하게 되고, 조심스럽거나 떠들썩한 행각을 계속하게 될 것이다. 겉보기에는 사막이 비슷한 점이 많겠지만 매일 행군하는 거리를 변화시킬 필요가 있다. 그래서 처음엔 광대 무변한 거리가 누르스름하고 단조로워도 그대의 정신과 마음을 위해서는 시원한 계곡, 푸른 산들, 호수와 초원들이 깔린 이 행복한 자연들이 보다 뚜렷이 부각될 것이다. 그리하여 거기서 자기(磁氣)를 띠게 되어 다양해지며 제각기 다른 색채를 띠게 된다.

그러니까 여기서의 그대의 걸음은 죽음을 향한 걸음이 될 것이고 또 저기서는 감옥에서 석방되어 나가는 사람의 걸음걸이가 될 것이고, 이쪽에선 경악의 걸음걸이요 뒤쪽에선 놀라움에서 해방된 걸음이 될 것이다. 여기서는 추격, 저기서는 여인이 잠자고 있는 방으로 향한, 행여 잠이라도 깨울까봐 신중한 움직임이 된다.

그리고 그대가 여행한 도중에는 대개 별일이 일어나지 않게 될 것이다. 그대에게 그런 정도의 차이가 큰 영향을 입혀 주게 된다는 사실과, 거기서 그대가 추는 춤의 질(質)을 보다 더 풍요하게 하기 위해 의식이 정당한 근거가 있고 절대적으로 필요하다는 사실, 그것으로 충분하다. 내가 그대의 마차에 딸려 보낸 사람이 그대의 말을 알아듣지 못해 당신의 두려움과 희망과 즐거움을 알지 못하고 단지 그대의 마부 노릇밖에는 할 수 없게 되어 버리면 그는 텅빈 사막을 빼고는 만나볼 것이 없게 되고 끝없는 공간을 횡단하면서 하품만 하게 된다. 그리하여 나의 사막에서 이 여행자는 어느 무엇도 변화를 얻지 못하게 될 것이다. 어쩌다 그가 조그마한 변화라도 얻을 수 있게 되면 그 사실 자체가 하나의 기적이 된다. 그러나 사실 그에게 그 일은 아주 보잘것없는 것이어서 자그만 크기의 모래를 없애야 하는 구멍에 지나지 않게 되리라. 그리고 적이란 것은 본디 눈에 보이지 않는 것이어서 그가 적에 대해서 알면 얼마나 알게 될 것인가. 거기서는 한 웅큼의 소금이 잔치의 맛을 바꾸어 놓는 것과 마찬가지로 씨앗들이 거기 연관되어 있는 사람들을 위해서 그 후면의 모든 것을 변모시킬 수 있기는 하지만 별수없이 바람에 날리는 한줌의 씨앗 그 이상의 것이 될 수는 없다. 그리고 내가 그대에게 놀이의 규칙만 알려 주면 사막은 그대 앞에 큰 권력과 상당한 지배력을 제공하게 된다. 나의 도시 외곽 지대나 쓰레기가 넘쳐 흐르는 나의 오아시스에서 진부하고 이기적이며 침울하고 회의적인 그대를 선택해서 단 한번이라도 사막을 가로질러가게 되면, 씨앗이 깍지 밖으로 튀어나오듯 그대의 내부에서 남자아이가 튀어나와 그대의 지성과 감성을 개화시켜 줄 것이다. 그리고 강자로 살아가기 위해 탈바꿈을 하여 골격을 제대로 갖추고 보다 훌륭한 모습으로 내게 돌아오게 될 것이다. 그런데 나는 그대가 그와 서로 한 가지 언어를 나누게 된 것에 흐뭇하였다. 그 까닭이란 본질이 사물 그 자체가 아니고 사물의 의미이며 사막은 그대를 태양처럼 싹트게 할 것이고 또 무럭무럭 자라게 해 줄 것이기 때문이다.

그대는 하나의 기적으로 이루어진 양어장을 건너가듯 수월하게 사막을 횡단할 것이다. 그리고 웃음 띤 얼굴과 씩씩하고 감동적인 모습으로 양어장 건너편 가장자리로 다시 기어오르면 지금껏 그대를 찾아왔던 여인들이 알아보게 될 것이고 당신이 그녀들을 못 본 체하면 이 여자들은 모두가 당신 차지가 될 수 있다.

걷고 있는 사람들을 바라보고 인간에게 가장 소중한 것은 목표에 다다르는 것이라 생각하면서, 인간의 행복을 욕망 충족에서 찾고 있는 사람들은 얼마나 멍청한 사람들인가? 자기 자신은 스스로의 나아갈 목표가 아니라는 듯이 말이다.

그런 까닭에 사람에게 있어서도 맨 먼저 자신을 연마하는 지력선의 팽팽한 긴장과 거기서 비롯되는 자신의 내면적인 밀도, 그의 발걸음이 일으키는 영향력, 우물이 지닌 매력 그리고 올라가야 할 산비탈 등이 소중한 것이라고 나는 그대에게 재삼 강조한다. 그리고 그것들을 극복해 나갈 수 있었던 저 사람, 그가 자기 손목의 힘을 다하고 무릎이 벗겨지면서까지 험한 산등성이를 막 넘으려는 순간의 기쁨이란 휴식일에 긴장이 풀린 육신을 이끌고 힘 안들이고 오를 수 있는 어느 둥그스름한 언덕빼기 풀밭 위에서 뒹굴고 있는 저 주둔병의 시시한 만족감과는 근본적으로 같다고 주장할 수 없으리라.
그러나 그대는 사물을 맺어 주는 이 신성한 매듭을 돌면서 모든 자력(磁力)을 잃어버렸다. 왜냐하면 그대는 백성들이 중요하다고 생각한 나머지 그들에게 일일이 우물들을 파 주었기 때문이다. 사람들이 제7요일의 휴식을 향해서 열심히 매진하는 것을 보고 그대가 휴식일을 증가시켜 주었기 때문이다. 그리고 사람들이 다이아몬드 갖기를 원하는 것을 보고 그들에게 정제되지 않은 다이아몬드를 내주었고, 그들이 적을 두려워하는 것을 보고 그들의 적을 몰살시켜 주었기 때문이다. 또 그들이 사랑에 굶주려 갈구하는 것을 보고 수도(首都)만큼 널따란 홍등가를 만들어 놓고 그들에게 몸을 파는 여인들을 거기다 풀어 주었기 때문이다. 그리고 그대는 전에 내가 이야기해 준 적이 있는 구주희놀이의 노름꾼보다 더 바보스럽게 굴었다.

구주희 노름꾼들은 노예들이 다시 일으켜 세워 주는 작은 기둥을 모으는 데서 쾌락을 찾아내지 못하였기 때문이다.

그렇다고 해서 내가 그대의 욕망을 발전시켜야 한다고 생각하는 것은 아니다. 지력선의 범위 속에서 아무것도 움직이지 못한다면 그 지력선은 사실상 존재하지 않기 때문이다. 그리고 우물이란 것이 그대 가까이에 있다면 그대는 갈증으로 죽게 되어야 그것을 원하게 되리라. 그러나 어떤 이유로 인하여 우물에 접근하지 못하거나 거기서 받을 수도 줄 수도 없게 되면 그것은 처음부터 없었던 것이나 다를 것이 없다. 그대가 어쩌다 마주쳤고 또 그 우연한 만남이 아무 의미도 없는 저 지나가는 여인과도 같은 것이다. 거리가 가까운 곳에 있어도 그 여자는 다른 도시에서 살고 또 다른 지방에서 결혼한 여인과도 같아 보인다. 내가 그대를 위해서 긴장된 지력선 구조 안에서의 한 요소를 만든다면, 예를 들어 어느 날 그대가 그녀를 납치하여 그대가 탄 말 위에 태우고 그대가 숨어 사는 곳으로 끌고 가서 그녀를 혼자서 즐겨 보겠다는 소망을 품었다가 그녀의 창문에 사다리를 걸쳐 놓고 올라가는 꿈을 꿀 수만 있다면 나는 당신에게 그녀를 변모시켜 주겠다. 아니 그대가 병사가 되고 그녀가 여왕이 되어서 그녀를 위해 죽기를 희망할 수만 있다면 말이다.

장난삼아 지어내는 허황된 구조에서 끌어낸 기쁨은 약하고 하찮은 것이다. 그대가 이 다이아몬드를 사랑한다면 감동적인 인생을 살아가기 위해서 잰 걸음으로 다이아몬드를 향해서 달려가고 그것으로 족하게 여기기 때문이다. 그러나 다이아몬드를 향한 당신의 걸음은 당신을 유폐시키고 보다 빨리 나아가는 것을 금지시키는 하나의 의식이 되어 버렸다. 그리고 당신이 온힘을 다해 그것을 밀어붙이고 그것을 만나게 되는 것은 나의 제동이다. 이 제동기는 그대가 속력을 내는 것을 막아 주고 있지만 그대에게 다이아몬드를 향한 접근을 막아 버리는 것은 아니다. 단지 가치 없는 구경거리로 바꾸어 놓음으로써 그대에게 그 의미를 사라지게 할 것이다. 쉽사리 그대에게서 끌어낼 것이 아무것도 없다. 어리석은 속임수를 쓰기 때문에 어려울 것이 아무것도 없다. 어려운 것이 있다면 이는 단지 인생의 풍자화일 것이다. 그러나 그대는 강력한 구조와 여러 가지 훌륭한 자질을 가지고 있기 때문에 부자다. 그리고 내가 앞으로도 그대를 일으켜 세워 줄 수 있다는 사실을 알고 있는 것은 당신의 적이다. 그 까닭이란 전쟁을 하기 위해서는 들판이 있어야 하기 때문이다. 그대가 부유하게 되는 길은 우물을 파는 것과 휴식의 날에 가까워지는 것이며 또 사랑을 얻게 되는 것이다.

그러나 이것이 우물, 휴일, 다이아몬드 그리고 사랑 속에서 자유를 소유하는 것은 결코 아니다. 마찬가지로 이것이 그토록 열망케 하는 것은 더욱 아니다.

또 욕망과 소유와 같이 상반된 개념을 지닌 어휘를 대치시킨다면 당신은 인생에 대해서 아무것도 모르게 되고 만다. 인간으로서의 진실이 이것들을 지배하게 되고 거기엔 아무런 모순도 없기 때문이다. 그대는 욕망에 대한 전체적인 표현이 있어야 하고 애매한 장애물을 만나게 되는 것이 아니라 인생의 장애물 그 자체이면서 당신의 경쟁자인 다른 무용수를 만나야 하기 때문이다. 그렇게 되어야만 진정한 춤이 나온다. 그렇지 않으면 당신은 자기 스스로를 놓고 앞이냐 뒤냐 하는 놀이를 해대는 저 사람들만큼이나 어리석은 것이다.

나의 사막에 우물이 주체할 수 없을 만큼 많다면 그중 몇 개를 쓰지 못하도록 하는 금지령이 신에게서 내려져야 한다.

창조된 지력선들은 당신을 보다 높은 곳에서 지배하여 그대는 긴장과 경향과 자신의 처신을 거기서 찾아낼 수 있어야만 하기 때문이다. 그러나 모든 것이 다 좋은 것은 아니기 때문에 그중 무엇인가를 하나 닮아야 하는데 그것을 애써 당신이 이해할 필요는 없다. 그렇기 때문에 나는 사막에 우물의 의식이 있는 것이라고 말한다.

그러기에 쓰러진 구주희용 작은 기둥의 수확처럼 그대를 위해 영구히 만들어진 식료품이 있는 섬에 대하여 더 이상 아무것도 바라지 말아야 한다. 그곳에 가면 당신은 그저 슬픈 가축이 되어 버릴 수밖에 없기 때문이다. 그리고 자신이 반향을 일으킨다고 상상하는 이 섬의 보물들, 한 번 접근해 보면 그대를 권태롭게 할 그 섬의 보물들이 당신에게 어떤 반향을 일으켜 주기를 바라는 경우 나는 그대에게 한 사막을 만들어 줄 것이다. 그리고 사물의 본질에서 발생하지 않을 한 얼굴의 선을 따라 공간 속으로 그것들을 분배해 놓을 것이다.

또 내가 당신의 섬에서 당신을 구해 주고 싶어질 경우, 나는 섬의 보물들을 가지고 벌이는 의식을 그대에게 주리라.

136

내게 죽음의 위협을 받고 있는 태양에 대해서 말하고 싶거든 '시월의 태양'을 말하라. 그 태양은 이미 쇠잔하여 당신을 노쇠하게 했기 때문이다. 그러나 십일월이나 섣달의 태양은 죽음에 대한 주의를 환기시켜 주었다고 이미 그대가 신호 보낸 것을 나는 보았었다. 그러나 나의 관심을 끌 수는 없었다. 이런 경우 내가 그대에게서 받은 것은 죽음에 대한 감각이 아니라 죽음에 대한 어림을 계획해 주는 감각에 지나지 않기 때문이다. 결코 그것은 추구하는 목적이 될 수는 없기 때문이다.

그대의 문장 한가운데서 죽음이란 낱말이 고개를 쳐들거든 머리를 잘라 버려라. 왜냐하면 내게는 한마디의 말을 보여 주는 것이 문제되지 않기 때문이다. 그대의 문장은 체포를 위한 하나의 함정에 지나지 않기 때문이다. 그리고 나는 끝내 함정을 보고 싶은 것은 아니다.

그대가 운반 대상물을 표현할 수 있다고 생각할 때 그것은 그것에 대해서 당신이 잘못 생각하기 때문이다. 그렇지 않으면 그대는 내게 '울적하다'고 말할 것이고 나는 또 우울하게 될 것이다. 이것이야말로 지나치게 손쉬운 것이다. 내가 말한 것과 비슷하게 그대를 만드는 나약한 모방 습성이 그대 마음속에서 꿈틀거리게 됨은 두말할 것도 없다. 내가 '파도의 분노'라고 말하면 그대는 막연하게 떠밀려 나간다. 또 내가 '죽음의 위협을 받고 있는 병사'라고 말하면 그대는 나의 병사 때문에 공연히 불안하게 된다. 버릇 때문이다. 그리고 표면적인 작용에 불과하다. 가치가 있는 유일한 것은 내가 원했던 것처럼 그대가 세상을 넘겨다보았던 바로 그곳으로 그대를 인도하는 일이다.

그대를 향한 행위가 아닌 시 속에서 나는 시도 영상도 알 수 없기 때문이다. 그대에게 이것이나 저것을 설정해 주는 것은 문제가 아니다. 그리고 보다 예민한 사람들이 생각하듯 그대에게 암시해 주는 것도 문제가 될 수 없다. 이것들은 모두가 아무 중요성을 지니고 있지 않기 때문이다. 문제는 그대를 어떻게 되도록 해 주느냐이다. 내게 조각에서 코 하나 입 하나 턱 하나가 소중한 까닭은 그 하나하나가 다른 것에 대하여 반향을 일으키게 하고 그대를 나의 조직 속에 포함시키려고 하는 것과 마찬가지로 그대를 다른 것이 되도록 하려고 암시하거나 혹은 발표하기 위해서 이것이나 저것을 이용할 뿐이기 때문이다.

내가 달빛을 활용한다고 곧장 달빛 속에 있는 그대를 문제삼는다고는 생각지 말라. 태양 속에 있거나, 집 안에 있거나 또는 사랑 속에 파묻혀 있거나 간에 항시 당신은 당신 이외 딴 상황일 수가 없는 것이다. 한마디로 요약해서 당신은 당신인 것이다. 그러나 나는 달빛을 선택했다. 나는 내 자신을 이해시키기 위해서 하나의 표지가 필요했던 것이다. 그러나 나는 그것 모두를 포함할 수 있었고 처음에 나의 행동은 곧은 나무처럼 단순했다가 차츰 다양한 가지를 번창시키는 기적을 가지게 된 것이었다. 씨앗이란 결코 축소시킨 나무가 아니라 시간 속에서 길게 펼쳐졌을 때 나뭇가지와 뿌리로 발전돼 나가는 것이다. 인간이란 것도 이와 마찬가지다. 내가 인간에 대해서 무엇인가를 덧붙인다면, 한 귀절로 표현될 수 있는 무엇을 첨가할 수 있으면, 나의 힘은 머지않아 다양하게 될 것이다. 그리하여 나는 그 인간의 본질부터 변모시킬 것이고 그도 달빛 아래서나 집 안에서 또는 사랑의 날개 속에서 자신의 행위를 변모시켜 나갈 것이다.

그러므로 그 영상이 참다운 것이라면 나는 그 영상을 두고 당신을 가두어 둘 수 있는 하나의 문명이라고 말하겠다. 그런데 당신은 내게 그 문명이 지배하는 한계선을 그을 줄 모르고 있다.

하지만 어쩌면 내 지력선의 그물이 그대에게는 약한 것인지도 모른다.

그리고 그 효과란 것도 몇 걸음 나가지 못하고 스러지고 마는지도 모른다. 그 힘이란 곧 소멸되고 마는 씨앗들과 비약이 결여된 존재들이다. 그러나 하나의 세계를 이룩해 나가기 위해서 그것들을 차츰 개발해 내야 하는 과업이 바로 당신에게 남아 있다.

이와 같이 해서 '내가 여왕의 병사'를 두고 말한다면 여기서 문제될 것은 군대란 세력이 아니고 오로지 사랑이다. 그 사랑이 그 자신을 위해서는 아무것도 원하지 않으면서 자기보다 더 위대한 어떤 것에 대해서는 자신을 바친다. 그리고 이 사랑은 품위를 높이고 또 스스로 증대시켜 나간다. 이 병사는 다른 병사들보다 힘이 세기 때문이다. 그리고 그대가 이 병사를 살펴보면 여왕을 위해서 자기 스스로를 존경할 줄 알고 있다는 사실을 알게 된다. 그러나 누군가가 그에게 여왕에 대해서 물어 보면 그는 수줍어서 얼굴이 빨개진 모습을 보여 준다. 그리고 그가 전쟁에 소집을 받게 되면 어떻게 그의 아내를 떠나게 되느냐는 것도 알게 될 것이다. 그의 감정은 적에 대한 분노 속에 담겨져 있고 자기 내부에 정성들여 심어 둘 만큼 군왕을 섬기는 그런 병사의 감정이 결코 아님을 알게 된다. 그러나 적들은 그를 당장 개종시키려고 들 것이다. 그리고 겉보기에는 똑같은 전투의 결과로 곧 그들을 사랑 속으로 빠져들게 할 것이다. 그렇지 않으면 여전히……

그러나 여기서 내가 계속 말을 하게 되면 나는 결국 영상을 으깨고 말게 되리라. 영상이란 본디 나약한 힘에 지나지 않기 때문이다. 그리고 그들이 빵을 먹을 때는 그들이 밤의 군사인지 혹은 여왕의 병사인지 쉽게 구별할 수 없도록 내가 그대에게 말해 주지는 않게 되리라. 비록 모든 등잔이 우주 전체를 비추어 준다 해도 그대 눈에 비치는 것은 광활한 대상 중 일부에 지나지 않기 때문이다. 이처럼 영상이란 하나의 약한 등잔일 따름이다.

그러나 뚜렷하고도 명백한 모든 사실들의 정수는 그대가 그 속에서 세상을 끌어낼 수 있는 하나의 씨앗이다.

그런 까닭에 나는 씨앗이 일단 땅 위에 뿌려지고 나면 거기 대하여 당신의 주석을 끌어낼 필요도 없고 또 당신은 교의를 세울 필요도 없게 된다. 그대의 행동 방법을 그대 자신은 꾸며낼 필요도 없다고 말했었다. 씨앗은 인간을 부식토 위에서 자라나게 할 것이고 거기서는 숱한 부하들이 태어나게 될 것이다.

이처럼 그대가 어느 인간 속에 여왕의 병사들을 옮겨다 놓을 수 있다면 거기에는 그대 문명이 탄생할 것이다. 그러고 나면 그대는 여왕을 잊을 수 있을 것이다.

137

그대의 문장이 하나의 행동이란 것을 잊어서는 안 된다. 내 마음을 움직이게 하느라고 이론을 내세우면 그건 내게 조금도 중요하지 않다. 이론이란 것 때문에 내가 무언가 결심을 하게 되리라고 생각하는가? 그렇다면 난 그대에게 대항할 최상의 이론을 찾아낼 것이다.

버림받은 아내가 당신을 상대로 낸 소송에서 이겼다고 해서 남편인 당신을 되찾게 될 것이겠는가? 소송이란 누구에게든 진저리나는 것이다. 그 여자가 당신이 좋아하는 방법대로 처신한다고 해도 이제 더는 그 여자를 사랑하지 않기 때문에 그대 마음을 다시금 사로잡을 수는 없다. 그리고 결혼식을 마치고 난 다음의 구성진 노래와 똑같은 노래를 이혼하기 전날 다시금 부르던 그 불행한 여인에게서 잘 보았던 것이다. 그런데 이 구슬픈 노래는 남편을 몹시 화나게 만들었다. 아마도 남편이 그녀를 사랑하던 시절의 그 마음 그대로를 일깨움으로써 다시금 남편의 마음을 고쳐 잡을 수 있으리라고 생각했음이리라. 그러나 그렇게 되기 위해서는 창조적인 재능이 필요한 것이다. 왜냐하면 인간에게는 무엇인가를 부과시켜 주는 것이 중요하고 그래서 어떤 이에게 바다에 대한 임무를 부과함으로써 배를 짓게 되는 동기를 주는 것이 중요하기 때문이다. 그렇게 되면 나무는 계속 자라게 될 것이고 여러 갈래의 가지를 뻗어 나갈 것이 뻔하다. 그렇게 되면 이 나무도 다시금 구슬픈 노래를 요구하게 될 것이다.

내게로 향해 줄 어떤 사랑을 이룩하기 위해서는 나를 위해 존재하고 있는 어떤 사람을 그대의 마음속에서 태어나게 한다. 나는 당신에게 내가 겪은 고통을 전혀 말하지 않겠다. 그 고통은 그대에게 나에 대한 싫증만 불러일으키게 하기 때문이다. 나는 조금도 그대를 비난하지 않을 생각이다. 비난이란 건 마땅히 그대를 화나게 만들 테니까. 그대가 나를 좋아하고 있는 이유를 당신에게 말하지도 않겠다. 그대가 날 좋아하고 있는 바로 그것이 이유인데 무슨 말이 필요한가? 그대가 내게 원하고 있는 그대로 처신하지는 않을 것이다. 당신도 이제 그것을 원치 않고 있을 테니까 말이다. 그렇게라도 하지 않으면 그대는 나를 계속 사랑할 것이니까 말이다. 그러나 나는 나 스스로를 위해서 그대를 키우려는 것이다. 내게 더 많은 힘이 있게 되면 그대가 나의 친구가 되도록 만들어 준 풍경을 그대에게 보여주겠노라.

내가 한때 망각했던 그 여인은 나를 향하여,
　"당신은 잊어버린 종소리를 듣고 계십니까?"라고 말하면서 내 가슴에 하나의 화살을 꽂은 것이다.

　결국 내가 당신에게 무엇을 말해 주었단 말인가? 나는 자주 나가 산 위에 앉아 있었다. 거기서 물끄러미 도시를 내려다보곤 했다. 그것도 아니면 나는 내 사랑의 침묵 속에서 사람들이 말하는 소리에 귀기울이곤 했다. 그리고 아버지가 아들에게 말한 경우처럼 여러 가지 이야기들이 행동으로 이어지는 경우를 귀담아들었던 것이다.
　"샘에 가서 이 항아리에 물을 길어 오라."
　혹은,
　"자정이 되면 내가 보초 설 차례야."
　하는 등의 상관이 병사에게 하는 이야기를 귀담아들었다. 그러나 이런 말들이 항상 신비스런 것이 아니란 것쯤은 잘 안다. 말이 통하지 않아 습관이나 행동을 보고 눈치껏 행동하는 여행자들이 어떤 행위에서도 아리송하게 보이지 않는 개미떼의 움직임에서보다 더 놀라운 것을 찾아내지 못했던 것으로 생각된다. 그리고 나는 수송과 건축, 환자들의 간호 그리고 나의 도시 속에 있는 공업과 상업을 관찰하면서 어느 동물에게 있어서는 다른 동물들과 비교해서 보다 창의력이 풍부하고 이해성이 있음을 알게 되었다. 그러나 그런 것으로 그들이 나날의 임무를 다하는 것을 조심히 살펴보면서 나는 아직도 인간을 관찰하지 못하고 있다는 사실을 뚜렷이 느끼게 되었다.
　왜냐하면 모든 것이 개미의 규칙으로는 설명될 수 없음을 알았고 내가 말을 몰라서 미처 뜻을 짐작할 수 없었던 경우는 다음과 같은 때였다. 시장의 광장에서였다. 사람들은 둥글게 둘러앉아 어느 이야기꾼의 전설을 듣고 있었다. 그가 이야기를 해 나가는 동안 그에게 재치만 있었더라면 그가 이야기를 끝내고 자리를 뜨면 군중들이 그의 뒤를 따라 도시에 불이라도 지를 만큼 영향력이 있었을 것이다.

한 예언자의 이야기 속에는 화평 속의 군중들이 일어나 그를 따라 싸움의 도가니 속으로 곧장 뛰어드는 경우가 있었다. 군중들이 예언자의 얼굴을 보지 못하고 오로지 소문만 듣고, 개미떼와 같이 맹목적인 행위가 아니라고 부인하면서도 죽음의 불길 속으로 뛰어드는 것을 보게 되면 그 소문은 누구나 참을 수 없는 어떤 위력을 지닌다.

그 까닭은 일단 자기 집으로 되돌아간 사람들의 마음이 완전히 움직였기 때문이었다. 그리고 그 예언자가 남긴 말들이 집에서 일터에서 또 풍습에서 나로 하여금 죽음에 뛰어들게 할 수 있을 만큼 기적적인 말의 조립이었던 것을 본다면 바로 그 마술적인 효험을 믿기 위해서, 그 비결을 점성가들의 시시한 이야기 속에서는 아예 찾아볼 엄두도 내지 말아야 할 것 같다.

그렇기 때문에 나는 항시 전달코자 하는 내용의 목적을 배우기 위해서 아무것도 창조해 낼 것 같지도 않은 사람들의 이야기를 잘 판별해서 주의 깊게 듣곤 했었다. 따지고 보면 진술이란 별로 중요한 것이 못 되기 때문이다. 진술을 대단하게 본다면 어느 누구든 위대한 시인이 안 될 사람이 없을 것이다. 그리고 누구든,

"포화의 공격 속에서 불에 타버린 향수 냄새를 맡고 싶어하는 자는 나를 따를지니……"라고 선동하면서 사람들의 지도자가 될 것이다. 그러나 당신이 그런 말을 시험삼아 해 보게 되면 누구든 웃는 사람을 보게 되리라. 착한 일만 하라고 권장하는 사람들도 이와 다를 바가 없다.

그러나 누군가가 성공하여 백성들을 변화시켰다는 말을 듣는다. 그리고 신이 내게 빛을 밝혀 주게 되기를 기원하고 난 후는 씨앗들이 제각기 지니고 있는 풍문을 식별하는 방법을 배울 수가 있었다.

138

 그래서 행복에 대한 지식을 향하여 한 걸음 더 앞으로 내딛기 위해서 그 문제를 스스로 제기하게 되었다. 그것은 내게 있어도 좋고 없어도 좋은 그런 선물이 아니라 행복한 영혼을 창조하는 한 의식을 선택하는 결과로 생각되었다. 인간 누구에게든 행복이란 것을 무슨 필수품 주듯 나누어 준다는 것은 불가능한 일이다. 그런데 베르베르족의 피난민들을 행복하게 해 줄 수 없는 부왕은 사실상 그들에게 줄 것이라고는 아무것도 없었다. 나는 가장 거친 사막에서 가장 헐벗고 굶주리고 있는 상황 속에서도 기쁨에 가득 찬 눈을 반짝이고 있는 그들을 살펴보았다.
 그러나 내가 고독과 공허 그리고 헐벗음의 행복으로부터 형성된 순간을 믿을 수 있으리라고는 생각지 않기를. 그런 식의 행복도 끝내는 당신을 실망시킬 것이기 때문이다. 그러나 나는 그들에게 나누어 준 필수품의 품질과 행복이 다르다는 것을 잘 분별하도록 해 주고 이 행복의 출현을 의식의 무게 속에 완전히 다르도록 하는 감동적인 예를 그대에게 펼쳐 보여 줄 것이다.
 그리고 누구나 행복한 것이라고 말하는 오아시스나 혹은 섬들의 주둔병들보다도 사막과, 수도원과 희생 속에서 더 많은 사람들이 행복스러워 보인다는 것을 내 경험이 내게 가르쳐 주었다. 그렇다고 해서 내가 어리석게도 필수품의 질이 반드시 행복의 무게와 반비례되는 것이라고 단언한 것은 아니다. 단지 보다 많은 재산이 있는 경우에는 자신의 기쁨이 지닌 성격에 대해서 잘못 생각하고 있는 경우가 많다는 결론을 내린 적이 있었을 뿐이다.
 그 기쁨은 어느 왕국, 어느 처소, 어느 영지에서 사물들이 지닌 의미로부터 오는 것처럼 보이기 때문이다. 그렇게 되면 물질적인 풍성함 속에서 그들은 더 쉽사리 오해하게 되고 헛된 부를 추구하게 되는 빈도도 잦게 된다.

이 같은 논리로 보면 사막이나 수도원에서는 사람들이 지닌 것도 없으면서 그들의 기쁨이 어디서부터 오는지를 분명히 알고 있기 때문에 그들은 열성의 샘 그 자체를 그처럼 쉽사리 활용하고 있는 것이다.

여기서도 그대를 성장시키거나 또는 그대를 죽이는 적은 있게 마련이다. 왜냐하면 그 진정한 샘을 알아보고 그대가 행복한 섬이나 오아시스에서 열정을 살릴 줄 알면 거기서 태어나게 되는 다음 세대들은 틀림없이 위대해지는 것이니까. 또 여러 개의 줄을 가진 악기에서 단 하나의 줄을 가진 악기보다 더 풍부한 소리를 내어 주기를 바랄 수도 있다. 그와 마찬가지로 나무, 배, 음료수와 음식이 지닌 격조는 오직 부왕의 궁전을 고상하게 할 수밖에 없었고, 그러기에 그곳엔 발걸음 하나하나에 신중한 의미가 깃들어 있었던 것이다.

하지만 이처럼 그들의 가게 속에는 아무 가치가 없다가도 일단 그들의 금고에서부터 밖으로 나와 그 모습을 더 미화시켜 주는 처소로 나뉘어 옮겨졌을 땐 제 의미를 지니는 새로운 금박이 나올 수도 있는 것이다.

139

밤낮으로 성스런 분노에 불타면서 냉혹한 시선을 던지는 사팔뜨기 눈을 한 이 예언자가 나를 찾아온 것이다.

"그들은 희생을 치루어도 지당합니다."

하고 그는 내게 말했다.

"물론이오. 그들이 지닌 재산에서 생활 필수품 값을 징수함이 옳은 일이오. 그렇게 하면 그들의 재산 일부가 축은 나겠지만 그들은 부가 의미를 띠게 되어 더욱 풍요하게 되는 것이니까요. 이 재산이 그들의 모습 가운데 자리잡지 않으면 아무런 의미가 없기 때문이오."

그러나 예언자는 화가 치밀어 주체할 줄을 모르고 이미 내 말을 듣고 있지 않았다.

"그들이 속죄에 몰두해 있다는 것은 좋은 일이긴 한데요······."

"물론이지요." 내가 그에게 대꾸했다.

"단식일에 먹을 양식이 없으면 그들은 가난한 상태로 되돌아가게 되는 기쁨을 알게 될 것이고, 또 본의 아니게 단식하는 사람들에 대하여 동류 의식을 갖거나 혹은 그들에게서 동지애를 발견하여 신과 결합하게 될 것이오. 그런 의미가 아니더라도 단순히 살만 찌게 되는 상태에서 초월하게 되기 때문이오."

다시금 그에게 분노가 용솟음쳤다.

"무엇보다 그들은 마땅히 벌을 받아야 하는 것입니다."

그래서 이 예언자는 빵과 햇빛을 빼앗기고 감옥 속에서 초라한 침대에 쇠줄로 묶여 살고 있는 인간에 대해서만 너그럽게 대하고 있다는 것을 나는 알게 됐다.

"왜냐하면 그들로부터 아예 악을 뿌리뽑아야 하기 때문이지요."

"하지만 자칫하면 당신이 모든 것을 다 뿌리뽑을 위험이 있군요. 선을 증가시키는 것보다는 악을 근절시키는 것이 더욱 바람직하지 않을까요? 그리고 인간을 더욱 고귀하게 만드는 축제라도 만들어 내는 쪽이 더 낫지 않을까요? 그리고 인간을 덜 추하게 보이기 위해서는 옷을 입혀야 되겠지요. 그리고 그들의 자녀가 배고픔에 시달리지 않고 기도의 가르침으로 보다 더 아름다워질 수 있도록 키우는 편이 더 바람직한 일이 되겠지요."

"문제는 인간의 힘으로 가하는 선의 제한이 아니라 오로지 정신과 마음에 호소하는 품격과 모습을 지배하는 힘의 영역에서 구출해 내는 작업이기 때문인 줄 압니다."

"내게 작은 배를 만들어 줄 수 있는 저 사람들, 그들이 작은 배를 타고 항해를 하면서 고기를 잡을 수 있도록 나는 허락할 것입니다. 그리고 내게 원양 항해를 떠날 수 있는 배를 건조해 주는 저 사람들에게 그 큰 배를 마음놓고 진수시킬 수 있도록 해 줄 것이며 또 세계를 정복하도록 해 줄 것입니다."

"그러니 당신은 재물을 가지고 저들을 부패시킬 작정이로군요!"

"만들어 낸 생활 필수품은 내게 아무런 흥미도 끌 수 없는 것이오. 그리고 당신은 내 말을 전혀 알아듣지 못했군요."

나는 그에게 이렇게 말해 주었다.

140

헌병들을 불러 그대를 위한 하나의 세계를 건설해야 하는 임무를 부여한다면, 그대 생각에 아무리 그 일이 바람직한 것이라 해도 바라는 세계가 태어날 수는 없다. 왜냐하면 그대의 종교를 선양하는 것은 헌병의 임무나 그들의 자격에 해당되는 것이 아니기 때문이다. 헌병이 해야 하는 기본적인 기능은 인간들을 평가하는 것이 아니라 다만 그대의 명령을 거행하는 일일 따름이다. 그대가 내려줄 수 있는 명령이란 세금을 지불하게 하고, 이웃에 도둑질을 하지 않게 하고, 또 어떠어떠한 규칙 따위에 복종케 하는 등 명확한 법규의 테두리 안에 있는 일들이다. 그리고 당신이 실현시킬 수 있는 사회 의식이란 다름아닌 이 헌병들을 일으켜 세워 주는 일이다. 그리고 그대의 가족과 함께 나누는 식사에서 느껴 보는 어떤 풍미인 것이다. 이것은 그대로 하여금 활기를 띠게 하는 어떤 힘의 영역에 속하는 것들이다. 그런 테두리 안에서야 결코 헌병이 눈에 띄지 않는다. 그들은 단지 벽이나 창틀 혹은 건축물의 뼈대처럼 그냥 서 있기만 하는 존재들이다. 그들이 아무리 무자비하게 굴어도 그대가 솔선해서 만날 필요는 없다. 무자비하다는 개념이란, 밤이면 햇빛을 누릴 수 없고, 바다를 건너려면 여객선을 기다려야만 한다는 사실, 또는 왼쪽에 문이 없을 때 오른쪽으로 나가라는 강요를 받는 사실 등이다. 그것은 그대에게는 무자비한 구속이며 그저 모든 것이 단순히 그렇게 되어 가고 있을 뿐이다.

 그렇지만 당신이 그들의 역할을 강화시키고 이 세상 어느 누구도 해 내지 못하는 임무를 부과시키고 자기 관할 구역에 대한 부정적인 행위를 감시하는 일에 그치지 않고 자기의 고유한 판단에 따라서 악을 추적해야 할 임무를 맡기면, 간단히 끝나는 일이란 아무 데도 존재하지 않게 된다. 그리하여 생각이란 것은 항시 유동적이며 표현하기가 어려운 것이어서 실제로 모순되는 것이라고는 없다. 오직 인생에 대한 자신의 희화(戲畵)를 제거하지 않을 사람들만이 자유로운 상태로 남아 있게 될 것이며 권력에 이르게 될 것이다. 문제는 하나의 씨앗에서부터 태어나는 나무가 아니라 논리학자들이 이루어 보겠다고 주장하는 나무에 대한 열정이 모든 것에 우선하는 하나의 질서이기 때문이다. 또 그 질서는 원인이 아니라 생명의 결과이기 때문이며, 도시의 힘의 기원이 아니라 하나의 도시에 대한 강력한 표시이기 때문이다. 생명과 열정과 지향은 질서를 창조하는 것이지만 질서가 생명이나 열정, 또는 지향을 창조한다.

 그리고 저 사람들만이 성장하게 될 것이고 정신마저 저속하게 되어 헌병들의 상스런 말투에서나 나오는 잡다한 상념을 받아들이게 될 것이며 그들의 영혼을 교과서와 맞바꾸게 될 것이다. 그도 그럴 것이 인간에 대한 그대의 영상이 높고 그대의 목표가 원대하다 할지라도 일단 헌병을 통해서 그것을 표명하게 되면 별수없이 저속하고 바보스런 것이 되고 말기 때문이다. 하나의 문명을 지고 가는 사람은 헌병이 아니다. 이유를 알지도 못하면서 단지 행위를 저지시키는 것만이 그의 임무이다.

 인간은 절대적인 힘의 영역에서 완전히 자유로우며 보이지 않는 헌병이라고 할 수 있는 절대 구속으로부터 완전히 자유로운 것이다. 이것이 나의 왕국에서의 정의다.

그런 까닭에 나는 헌병들을 내게로 오게 하여 이렇게 말했다.
"너희들은 오로지 행위만 판단하라. 너희들에게 정해진 행위란 근무 수칙 속에 쓰여져 있다. 그리고 나는 너희들의 정의만을 받아들이겠다. 그 이유는 그들이 이 벽을 뚫고 지나가게 될 것이 가슴 아픈 일이기 때문이다. 전에는 공격을 받는 여인이 저쪽에서 비명을 지르면 이 벽은 도둑으로부터 그녀를 보호해 줄 수가 있었다. 그러나 이제는 벽은 벽이고 법률은 법률로서 제각기 다른 별개의 것으로 떨어져 있다.

그러나 너희들은 인간을 결코 심판해서는 안 된다. 나는 사랑의 침묵 속에서 인간을 이해하기 위해서 인간의 말을 들어서는 안 된다. 나는 사실을 익히게 되었다. 선과 악을 가늠하여 평가한다는 것은 내겐 불가능하기 때문이요 또 내가 악을 근절시키다 보면 선을 오히려 용광로 속에다 넣어 버릴 위험이 없지 않기 때문이다. 그리고 너희들에게 벽처럼 아예 장님이 되라고 요구하는 주제에 어찌 악을 근절시키겠노라고 자청하고 나서겠는가?

그러므로 고문을 받는 사람들을 화형에 처할 때 나는 화재 속에서 아름답게 부각되어 나타나는 어떤 부분을 내가 불태우고 있다는 것을 배웠지. 그러나 단지 뼈대를 구해 내겠다는 욕심에서 그런 희생을 감수했던 것이다. 왜냐하면 나는 죽음이란 것 때문에 휘어 버리도록 방치해서는 안 되는 용수철을 지금 잡아당기고 있기 때문이다."

141

그러니까 그대에게 다음과 같이 말하면서 나의 강론을 시작하겠다.

"그대 욕구 불만에 허덕이고 권력에 학대받고 또 항시 성장하는 것마저 저해를 받고 있는 인간이여……."

내가 이렇게 말해도 그대는 항의하지 않으리라. 그대가 사실상 욕구 불만 속에서 권력의 학대를 받고 또 항시 성장하는 데 저해를 받고 있는 것이 사실이기 때문이다.

그리고 나는 당신들의 평등이란 이름을 걸고 왕자와 싸우기 위해 그대들을 이끌고 나가겠다. 혹은 이렇게 그대에게 말하리라.

"그대 인간은 사랑을 해야만 하고 다른 사람들과 더불어 이루어 나가는 나무를 통해서만 존재하고 있는 것이다."

역시 내게 조금도 항의하지 않을 것이다. 그대가 사랑을 해야겠다는 필요를 잘 알고 있으면 오로지 봉사하는 일을 통해서만 세상에 존재하고 있다는 것이 거짓이 아니기 때문이다.

그리고 나는 왕자를 다시금 왕위에 옹립하기 위해서 그대를 데리고 갈 것이다.

그러므로 나는 무엇이든지 그대에게 말하게 되리라. 모두가 사실이기에 말이다. 혹시 내게, 어떻게 그 많은 진리 중에서 어느 것이 생동하여 저절로 싹이 돋아날 것인지를 미리 알 수 있느냐고 묻는다면, 그것은 오직 단순한 말, 그대의 어려운 문제들을 단순하게 만들어 주는 핵심에의 열쇠, 오직 그것이노라고 대답하겠다. 그런데 여기서 나의 진술이 지닌 품격 같은 것은 하나도 중요할 것이 없다. 오로지 그대를 여기나 혹은 다른 곳에 자리잡아 정착시키는 일이 중요하다. 이러한 내 생각이 그대와의 논쟁의 윤곽을 밝혀 주고 그리하여 더 이상 언쟁이 없어지게 된다면 결국 그대의 견해를 나타내는 것은 다름아닌 그대 자신이고 여기저기에서 그대가 잘못 표현했거나 내가 잘못 생각하고 있다는 것은 대수로울 것이 못 된다. 결국 그대는 내가 얼마나 그렇게 되기를 소망하고 있었는가를 알게 될 것이다. 결국 내가 그대에게 가져다 준 것은 하나의 추론이 아니라 어디서부터 논리를 전개해 나가야 할 것인가 하는 관점이기 때문이다.

　여러 가지 언어가 그대에게 세상을 또는 그대 자신을 설명해 줄 수도 있다. 그리고 그 상이한 언어들이 그 속에서 싸움을 일으키는 경우도 있다. 언어는 제각기 논리적이며 확고 부동한 요소를 지니고 있다. 그리고 어느 것도 언어의 상이성을 식별해 주거나 상대편에 대해서 반대론을 펴야 하는 권리가 있는 것이 아니다. 그것도 나와 마찬가지로 옳은 당위성을 지니고 있는 것이기 때문이다. 무엇보다 그대가 모두 신을 위해서 투쟁하고 있으니 그런 것이다.

　"인간이란 생산하고 또 소비하는 주체이니까……"

　사실 생산과 소비를 같이 하는 것이 인간인 것이다.

　"인간은 시를 쓰고 천체를 연구하고……"

　사실 시를 쓰고 천체를 연구하는 것도 인간이란 것은 사실이다.

　"인간이란 신의 나라 속에서 열락을 찾아내는 존재다."

　인간이 수도원에서 희열을 배우는 것도 사실이다.

　그러나 그것 말고도 인간에 대해서 말해야 하는 무엇이 있는데 그것도 그대의 모든 진술 속에 포함시킬 수 있는 것이며 동시에 모든 증오의 모체일 수도 있다. 왜냐하면 양심의 영역은 미소를 짓고 하나의 공식을 찾아낸 사람은 다른 사람들이 거짓말을 하거나 잘못 생각하고 있다고 믿기 때문이다. 그러나 그들 모두가 옳다.

　그렇지만 궁중 요리처럼 생산하고 소비하는 것만이 주요한 것이 아니고 일상 생활을 통하여 그것이 가장 긴급한 것이란 점을 최대한으로 분명하게 배워 왔기 때문에 나의 원칙의 테두리 속에서 그것에 대한 반영을 희구하고 있는 것이다. 긴급하다는 것이 나에게 아무런 도움도 주지 않고 있으며 '인간은 오로지 건강한 상태에서만 쓰여질 곳이 있다'고 말하게 될 테니까. 그로부터 하나의 문명을 연역해 낼 수 있고 또 이러한 긴급이란 구실 아래 의사를 인간 행위와 사상을 재판하는 판관의 자리에 올려놓겠다. 그러나 역시 건강이란 하나의 목적이 아니고 한갓 수단에 지나지 않는 것이란 점을 나 자신으로부터 터득하고 나서 이러한 계통들이 나의 그러한 원칙 속에 반영되기를 원한다. 그대가 세워 둔 원칙이 부조리하지 않다면 생산과 소비를 장려할 필요성이나 건강에 대한 규칙을 세워 주기를 바랄만도 하기 때문이다. 하나의 씨앗이 성장함에 따라서 다양하게 변모해 가는 것처럼 하나의 영상을 지닌 문명이 그대가 처해 있는 상황에 따라서 그대를 다르게 움직이도록 할 수 있듯이 나의 원칙이 지배하지 않는 것이 없기 때문이다.

그러므로 나는 인간을 두고 이렇게 말하리라.

"인간이란 힘의 영역에서만 값어치가 있는 존재이고, 스스로 그려 보는 신들, 그리고 그와 다른 사람들을 지배하는 신들을 통해서만 대화를 나누는 존재다. 또 인간이란 자기의 창조에 의해서 서로 교환하는 데서만 기쁨을 발견하고, 자신을 대표로 내세우는 경우에만 행복하게 죽는 것이고 양식을 벌기 위해서 자신을 소모해 버리거나 눈에 띄는 모든 조화에서 감동을 받는 것이며 무엇인가 끈질기게 알려고 애쓰고 무엇이든 발견하면 그것에 도취하는 존재이고 또 인간은……."

나의 생각으로는 인간의 본질적인 영상은 억제되거나 뒤섞이지 않는 방식으로 명백하게 표현되는 것이다. 질서를 만들어 내느라고 창조의 정신을 해치는 경우가 있다면 그런 질서는 사실 나와는 아무 상관이 없다. 배[腹]의 둘레를 크게 키우려고 힘의 영역을 지워 버리는 일이 있다면 그런 배의 둘레는 나와 아무런 관련이 없다. 그와 마찬가지로 인간의 창조적 정신 속에서 대상을 지우려 한다든가 무질서로 그것을 잠식하는 일이 생긴다면 인간 자체를 망치는 그런 종류의 정신은 나와 조금도 상관이 없는 것이다. 그리고 이 힘의 영역을 선양하기 위해서 죽이는 일이 있으면 그것 역시 마찬가지다. 그런 경우 하나의 힘의 영역은 있으되 인간은 그 속에 없다. 그런 힘의 영역은 나와는 무관한 것이기 때문이다.

그러므로 도시를 감시, 관리하는 우두머리인 나는 오늘 밤 인간이란 것에 대해서 이야기하겠다. 그리하여 여행의 품격이 내가 창조할 경향에서부터 생겨나게 될 것이다.

142

이처럼 나는 모든 것을 알면서 나의 적수가 될 만한 사람들을 설득할 수 있는 절대적이고 증명이 가능한 하나의 진실을 포착하지 못했다. 그러나 잠재적인 인간성을 내포하고 있는 사람에게 고귀한 면을 권장하면서 다른 모든 이들을 이 원칙에 추종하도록 하려는 것이다.

그렇지만 비록 내가 모순이나 뚜렷한 명분 없이 가능한 한 모든 것을 그에게 마련해 주겠다고 주장은 하지만, 그의 배가 점점 앞으로 튀어나오는 것을 보면서 그가 지닌 사랑의 품격과 가치와 기쁨에의 열정이 인간을 생산하고 소비하는 존재로 만들어 복종케 하려는 것은 결코 아니다. 오로지 자기의 배가 얼마나 커지면서 앞으로 나왔느냐에 열중하는 사람들이 자기 정신을 조금도 멸시하지 않는다고 주장하는 것과도 마찬가지다.

그러므로 나의 이미지가 강력하다면 그것은 씨앗처럼 성장해 나갈 것이다. 따라서 알찬 씨앗을 선택한다는 것은 여간 중요하지 않다. 그런데 그대는 바다를 향한 경향이 선박으로 변하지 않는 경우를 어디서 보았던가?

이처럼 지식이란 것이 내게는 강조해야만 하는 필수 과정으로 소중한 것은 아니었다. 가르치는 것과 성장시키는 것은 그처럼 다른 것이기 때문이다. 인간의 품격이란 것은 여러 가지 사상의 혼합에 좌우되는 것이 아니라 그런 것을 손아귀에 넣을 수 있는 도구가 지닌 품성에 달린 것이라고 확신한다.

내게 맡겨진 재료는 그 어느 것이든지 항시 똑같이 대등한 것이고 어느 한 가지라도 소홀히 할 수가 없는 것이다. 그리고 그대는 똑같은 재료에서 모든 얼굴들을 묘사해 낼 수가 있다.

정복이란 것이 장한 일이라는 구실 아래 아무 쓸모 없는 오아시스를 정복하기 위해 병사들에게 죽음을 강요하는 것과 마찬가지로 선택한 얼굴이 제멋대로 되어 있고, 백성들을 무모한 독단에 복종케 한다고 비난하는 사람에 대하여 할 수 있는 온갖 변호는 공격할 수 없는 차원에 있다고 나는 말한 바 있었다. 왜냐하면 나의 얼굴은 모든 참다운 얼굴들과도 공존할 수 있기 때문이다. 우리는 결국 신들을 위해서 투쟁하고 신들은 또 동일한 대상을 통해서만이 구조를 선택하고 있기 때문이다.

그리고 단지 첫사랑의 계시와 출현만이 우리를 판가름해 줄 수 있는 것이다. 그리고 그것은 좋지 못한 꼭두각시에 불과하다. 신이 내게로 나타나기 위해서 나와 비슷한 모습을 지니게 된다면 그건 이미 신도 아닌 것이다. 신이라면 내 정신을 읽을 수 있을지 모르지만 나의 감각은 읽어 낼 수가 없는 것이다. 그리고 내 쪽에서 신을 읽어낼 수 있는 요소는 내 정신이지만 이는 오로지 신의 내게 대한 반향에 따라서만이 알아볼 수 있는 것이다. 신전이 지닌 아름다움에서도 마찬가지다. 그리고 그것은 손바닥으로 불을 향해서 자신을 이끌어 가는 장님의 수법과도 같은 것이다. 불이란 자신의 만족감이 아니 다른 것으로는 감지할 수 없는 것이다. 나는 그 불을 찾아 나설 것이고 끝내는 찾아내고 말 것이다(신이 나를 거기서 벗어나게 했다고 말한다면 그의 인력이 다시 나를 자기에게로 이끌어 간다). 그것은 그대가 삼나무가 반성하는 것을 지켜볼 때 태양이 삼나무를 위해서 아무런 의미 없는 존재라 해도 어쩔 수 없이 삼나무가 태양 속에 잠길 수밖에 없는 것과도 같다.

유일하고 진정한 나의 친구 기하학자의 말에 따르면 우리의 구조는 그 무엇과도 흡사한 것이기 때문이다. 그것은 미지의 우물로 향하는 설명할 수 없는 걸음걸이이기 때문이다. 그래서 나의 걸음걸이의 인력(引力)을 지배하는 알려지지 않은 이 태양을 신이라고 부른다면 나는 효과적인 언어로써 그의 진실을 읽고 싶은 것이다.

도시를 지배하고 있는 나, 나는 오늘 밤 바다에 있는 한 선박의 선장처럼 존재해 있는 것이다. 그대가 이해 관계와 행복과 이성이 인간을 지배하고 있다고 생각하기 때문이다. 그러나 나는 그대의 이해 관계나 행복, 이성을 거부하였다. 인간들이 단순히 지향하고 있는 그 무엇을 그대가 이해 관계나 행복이라고 명명하는 것 같아 보이기 때문이다. 그리고 탈바꿈을 하는 해파리를 어디다 써야 할지 모르겠다. 사람들이 원하는 곳으로 향하는 이성을 두고 말하자면 그것이 내게는 어떤 것이 모래 위에 남긴 흔적으로 보이기 때문이다.

나의 유일한 친구 기하학자를 이끌어 나가는 것은 결코 이성이 아니기 때문이다. 이성은 주석을 달고 법률을 연역해 내고 칙령을 속이기까지 한다. 따라서 결과에 결과를 거듭하여 나무가 죽게 되므로 이성이 아무런 효과를 가져오지 못하게 되는 날까지 나무를 씨앗에서부터 이끌어 내게 되면 이제 그대에게는 하나의 새로운 씨앗이 필요하게 된다.

그러나 도시를 지배하면서 바다 위의 선박처럼 존재하고 있는 나는 정신만이 인간들을 지배한다는 것과 또 그것이 그들을 절대적으로 지배한다는 것을 알고 있다. 인간이 하나의 구조를 예감하여 시를 쓰고, 각 사람의 마음속에 씨앗을 운반한다면 이해 관계나 행복 또는 이성은 하인들처럼 엎드려 복종한다. 이해 관계나 행복이나 이성은 마음속의 표현이거나 또는 현실의 벽, 아니면 씨앗이 나무로 변하면서 벽에 드리워진 그림자이기 때문이다.

그리고 정신에 대항하여 그대를 지켜 나갈 힘이 당신에게는 전혀 없다. 내가 다름아닌 어느 특정한 산 위에다 그대를 자리잡게 한다면 도시와 강들이 다르게 되어 있지 않고 현재 보고 있는 바와 같이 그저 그렇게 흩어져 있다는 것을 어떻게 부인하랴?

그리하여 이런 이유를 바탕으로 내가 당신을 성장케 하리라. 그런 이유로 나는 여기 숱한 별빛 아래서 모든 것에 대한 책임을 지고 있고, 비록 나의 도시가 잠들어 있고 인간들의 행위에서 서로간의 이해 관계, 행복에의 추구, 아니면 이성적인 거동밖에는 찾아볼 수 없지만 나는 지도해야 할 책임을 지고 있다.

지도라는 방법을 택한 그들이 사실 그것에 대해서는 전혀 아는 바가 없다. 그들은 오직 이해 관계, 행복에의 추구 또는 이성으로 행동하고 있다고는 믿고 있으면서 이성과 행복에 대한 취향과 이해 관계가 왕국에 따라 그 형태와 감각이 바뀐다는 사실을 전혀 알지 못하고 있기 때문이다.

또한 내가 그들에게 제의하는 내용 속에는, 어린아이가 놀이에 빠져 딴 일에 신경을 쓰지 못하고 있는 것과도 같이 이해 관계란 것이 생기 있게 꿈틀거리고 있는 것이다. 행복이란 자기 창조의 대상 속에서 교류되고 지속되는 것이다. 그리고 이성이란 일관성 있게 법률을 제정한다. 군대의 이성, 그것은 어떤 특정한 방식에 따라 사물끼리 어떤 반향을 일으키게 하는 규율이다. 선박의 이성은 곧바로 그 선박의 규율이다. 그리고 왕국의 이성은 나에게 일관성 있게 사물 상호간에 반향을 일으키게 하는 모든 법률, 습관, 교리와 법규 전체인 것이다.

그렇지만 유일하고도 달리 증명할 수 없는 나의 목소리는 바로 그 메아리가 일으키는 소리다.

하지만 그대는 내가 어째서 거북해하고 있는지를 물을는지도 모른다.

내가 하나의 얼굴을 이루어 놓으면 그 얼굴을 반드시 오래도록 지속해야만 한다. 흙으로 빚어 낼 하나의 얼굴을 반죽하게 되면 단단하고 오래도록 견딜 수 있게 하기 위해서 상당한 기간 동안 가마 속에 넣어 둔다. 어차피 나의 진실이 풍성해지기 위해서는 아무튼 단단해야 하니까. 그래서 매일같이 그대가 사랑의 대상을 바꾼다면 그대는 진정 누구를 사랑하게 될 것인가? 또한 그대의 중대한 행위란 어디에 있는가? 오직 지속해 나가는 힘만이 그대의 노력이 풍성해지는 것을 허용하게 될 것이다. 창조란 흔하지 않은 것이기 때문이다. 그대를 구출해 내기 위해 이따금 창조가 그대에게 시급히 깃들어야 하는 경우 매일 거듭될 수는 없는 일이다. 한 사람을 세상에 태어나게 하기 위해서는 내겐 여러 세대가 필요하다. 그리고 나는 나무를 개량하느라 씨앗 하나로 나무를 대신하여 매일같이 나무를 자르지는 않을 테니까 말이다.

그리고 나는 실제로 태어나고 살다가 스러져 버리는 존재들만을 알고 있다. 또 그대는 염소들, 양들, 처소와 산들을 보았다. 그래서 오늘 그 모임으로부터 인간들의 행실을 바꾸어 놓을 하나의 새로운 존재가 탄생할 것이다. 그것은 오래도록 살다가 후에 힘이 지칠 것이고 마을이 내려준 생활 필수품을 다 쓰고 난 다음 죽을 것이다.

또한 탄생이란 항시 순수한 창조이며 하늘에서 내려온 불이요 생기를 주는 것이다. 그리고 생명이란 계속되는 곡선을 따라가는 것이 아니다. 지금 그대 앞에는 이 달걀이 있기 때문이다. 그것은 차츰차츰 탈바꿈하여 달걀의 논리가 되는 것이다. 그러다가 주변에서 코브라가 슬그머니 나오는 순간이 온다. 그대에게 모든 문제가 달라진다.

작업장에는 일꾼들과 돌무더기가 있기 때문이다. 거기에는 또 돌더미의 논리가 있다. 그러다가 일정한 시간이 오면 신전이 열린다. 신전은 인간의 얼굴을 변모시킨다. 따라서 인간 주변의 모든 문제들이 변하는 것이다.

그리하여 나의 문명에 대해서 내가 그대를 향해 씨앗을 던졌을 경우 그 가지들, 잎사귀 그리고 그 열매들을 자라나게 하기 위해서는 사람의 수명 이상의 시간이 필요한 것이다. 그래서 나는 매일 조각의 얼굴을 변화시키는 것을 거부한다. 거기서는 아무것도 태어나지 않을 것이기 때문이다.
 그대의 큰 과오는 인간의 생명을 연장시킬 수 있다고 믿는 바로 그 점이다. 사람이 죽음의 순간에 와서 누구에게, 무엇에게 자신을 의지하게 되는가? 내게는 나를 받아 줄 하나의 신이 필요하다.
 그리고 존재해 있는 사물들처럼 단순함 속에서 죽어야 하는 것이다. 그러면 일 년 후 나의 올리브나무들은 내 아들을 위해 열매를 맺어 줄 것이다. 그래서 임종이 다가든 시간에도 내 마음은 오직 평온할 뿐이다.

143

 그래서 나는 인간들을 더 잘 이해하겠다고 그들의 말에 더 귀기울여야 할 필요를 느끼지 않는다. 저기 눈 아래 보이는 저 도시에 살고 있는 그들은 도시란 것에 대해서 거의 의식조차 하고 있지 않다. 그들은 스스로를 건축가, 석공, 헌병, 사제 혹은 린네르 직조공이라고 생각한다. 또한 이해 문제나 행복에 대하여 자신을 믿고 있으며, 집에 붙어 있지 않는 사람이 사랑이란 것을 느껴 볼 겨를이 없듯이 여러 가지 어려움에 골몰한 나머지 사랑이란 것을 느끼지 못하고 있다. 낮시간은 곧 집안 일의 수리 장면이 겹친 시간이다. 그러나 밤이 되면 싸움하고 다툼질하던 저 사람들도 사랑을 되찾는다. 사랑이란 말로만 다투는 싸움질보다 위대한 것이기 때문이다. 그리고 인간은 이미 잠든 사람에 대하여, 미래의 양식에 대하여, 자기 곁에서 나약하고 섬세하고 순간적인 아내의 다짐에 대해 다시금 책임감을 느끼며 별빛이 쏟아지는 창가에서 팔을 괴고 생각에 잠긴다. 사랑, 그것은 사람이 생각하는 것이 아니다. 그저 존재하고 있을 뿐이다.
 그러나 사랑의 이 목소리는 침묵 속에서만 이야기한다. 그래서 그대의 집에서도, 도시에서도 또 그와 마찬가지로 왕국에서도 오로지 침묵 속에서만 이야기한다. 유별난 평온이 유지되면 그대는 그대의 신들을 향하게 될 것이다.

　그리고 하루의 생활 가운데서 누구나 죽게 되어 있다는 것을 아는 사람은 아무도 없다. 그리고 개인의 이해 문제나 행복이란 이미지를 통하지 않는 도시에 대해서 누군가가 이야기해 주면 그것은 별 도움이 되지 않는 허튼소리로 받아들이게 되리라. 그런 것들이 모두 도시의 영상이란 것을 전혀 알지 못하고 있기 때문이다. 엄청나게 커다란 무엇에 비기면 초라한 언어에 지나지 않는 것이기에 말이다.

　그러나 당신이 도시의 높은 곳을 곧장 올라가서 도시의 행적을 보기 위해서 과거를 되짚어 생각해 보면 거기서 혼합과 이기주의 그리고 인간들의 동요 속에 커다란 선박이 느릿느릿 움직이고 있는 것을 보게 될 것이다. 그리고 지금의 이 도시인들이 남긴 자취를 보려고 몇 세기 후에 다시 올라와 보면, 당신은 여기서 시와 석상들, 지식에 대한 규칙들, 모래 그리고 다시 나타날 신전들 속에서 그 사실을 알아보게 될 것이다. 일상적인 것은 지워지고 커다란 궤적에서 용해될 것이다. 그들이 이해 문제, 행복의 음미라고 말하는 것은 어떤 커다란 것에의 형편없이 작은 반향에 지나지 않는다는 것을 잘 알 것이다.

　내가 언젠가 당신에게 말해 준 적이 있는 그 사람은 길을 떠났을 것이다.

　야영할 때 나의 군대도 마찬가지다. 내일 아침 적이 도사리고 있는 모래 바람의 도가니 속에서 나의 군대를 전진시킬 것이다. 그러면 적은 나의 군대를 용해하는 용광로 바닥처럼 될 것이다. 그리하여 나의 군인들이 피를 흘리고 장검을 들고 내리치다 보면 행복이란 물거품처럼 사라지고 수많은 이해 문제들이 빛 속에 사라져 이제 그들의 한계점을 드러내게 될 것이다. 그래도 나의 군대는 반란이란 것을 알지 못하리라. 군대의 움직임은 어느 개인의 이동이 아니라 인간 자신의 움직임이기 때문이다.

그렇지만 나의 군대가 내일의 죽음을 받아들일 것을 알고서 오늘 밤 나의 사랑의 침묵 속에서 느린 걸음으로 천막과 막사의 등불 사이로 걸어가면서 사람들이 주고받는 이야기를 들어 보면 그들의 이야기 속에서 당신은 죽음을 받아들이는 사람의 목소리는 듣지 못할 것이다.

그러나 여기서는 비뚤어진 당신의 코를 두고 놀려댈 것이고 저쪽에서는 고기 한 점을 두고 서로 먹겠다고 아귀다툼을 하게 될 것이다. 그리고 여기서 웅크리고 앉은 무리들은, 이 군대의 지휘관을 모욕하는 말로 들릴 신랄한 욕지거리를 하기 때문에 당신이 발끈 성을 내고도 남을 것이다. 그리고 그가 희생에 도취되어 있다고 누구에겐가 말해 주면 그가 당신의 면전에서 곧장 비웃는 소리를 하게 될 것이다. 그처럼 그는 자신을 업신여기는 허풍쟁이라고 판단했기 때문이다.

조그만 선물을 받기 위해서, 자기 분대장을 위해서 목숨을 끊는 일은 본의에서 우러나오는 일일 수는 없고 그 사람의 품격에도 문제가 되는 것으로 간주되기 때문이다. 그러나 어차피 내일이면 그는 별수없이 그의 분대장을 위해서 죽어야 할 몸이다.

당신은 죽음에 대항하여 맞서고 사랑에다 자신을 바치는 그런 위대한 모습을 어느 곳에서도 보지 못하리라. 그런 소문을 그대가 진지하게 받아들였다면 결국 쓸쓸한 패배를 엿보면서 천막으로 천천히 되돌아올 것이다. 왜냐하면 그 사람들은 전쟁을 우습게 여겼고 장군들에게 욕지거리를 퍼부었기 때문이다. 물론 간판을 닦는 사람들, 범선의 돛을 묶는 선원과 못을 만들어 내는 대장장이들을 보았을 것이다. 왜냐하면 그대는 근시안이어서 장엄한 선박을 피했기 때문이다.

144

그날 밤 나는 감옥을 둘러보러 갔었다. 나의 헌병들이, 확고부동하고 솔직 담백한 그네들의 진실을 포기하지 않고 주장한 사람들을 모조리 지하 감옥으로 던져 넣었다는 사실을 알게 됐다.

그래서 몸을 자유롭게 움직일 수 있는 사람들은 거짓 맹세를 했거나 속임수를 썼던 사람임을 나는 알았다. 내 말을 거듭 기억해 둘 필요가 있다. 헌병의 교양이 어느 정도이고 당신의 교양 정도가 어떻든지 간에 자신을 스스로 심판할 수 있고 자신을 겸허하게 낮출 수 있는 그런 사람만이 헌병 앞에서 굽히지 않을 따름이다. 왜냐하면 모든 진실은 그것이 어떤 것이든 간에, 또 어리석은 논리학자의 진실이 아닌 진정한 인간의 진실이라면 헌병에게는 위법이요 오류가 되는 것이기 때문이다. 어리석은 논리학자는 한 권의 책, 또 하나의 인간, 단 한마디 말들에 기대를 걸고 있기 때문이다. 왜냐하면 바다를 없애려고 노력을 하면서 선박을 짓고 있는 것이 헌병이기 때문이다.

145

서로 어긋나고 상반된 말들에 지쳐 버렸기 때문에 속박의 내성(內省)에서 나의 자유에 대한 내성을 찾는다는 것이 조금도 부당하지 않은 것 같다.

전쟁 속에서 볼 수 있는 사람의 용기가 지닌 내성에서 사랑의 내성을 찾을 수 있는 것과도 같이 말이다.

말하자면 결핍의 내성에서 사치의 내성을 찾아볼 수 있는 것같이.

죽음에 대한 수용의 내성에서 인간 쾌락의 본질을 찾을 수 있는 것과도 같이.

계급 사회의 내성에서 내가 융화라고 부를 수 있는 평등의 내성을 찾는 경우처럼.

재산에 대한 거부의 내성에서 그 재산을 이용하는 내성을 찾는 것처럼.

왕국에 대한 순종의 내성에서 백성 개개인이 지닌 품위의 내성을 찾는 것처럼 부당함을 느끼지 않는 것이다.

당신이 그를 도와 주겠다고 우기는 경우 사람이 혼자 있을 때 어떤가를 내게 말해 보자. 나는 문둥병 환자에게서 그것을 잘 보았노라.

그리하여 그대가 풍요하고 자유로는 공동체를 잘 도와 주겠다고 주장할 경우 그 공동체가 도대체 무엇인지 내게 말해 보라. 나는 베르베르 족에게 그것이 무엇인가를 잘 보았다.

146

나의 속박을 이해하지 못하는 사람들에게 이렇게 대답했다.

"당신네들은 이 세상을 한 개의 항아리 형태로밖에 보지 못하였기 때문에 그것이 오직 절대적인 것이라고 생각한 나머지 항아리의 자리가 바뀌면 왜 자기 집에서 가장 소중한 자리를 옮겨 놓고 우그려뜨렸는지를 이후에라도 전혀 이해하지 못하는 어린애와도 비슷한 것이오. 그래서 이웃 왕국에서 그대 중 어느 누구와도 닮지 않는 사람을 만들어 내면 그대들은 이질감을 갖고 그에 대해서 사랑하고 불행하고 또 증오하면서 무엇 때문에 저 사람들이 인간을 변형시켰는가 자문할 것이오. 당신의 무력함이 바로 거기서 비롯되는 것이라오. 건축이란 손상되기 쉬운 청사진이며 자연에 대한 인간의 승리란 점을 당신네가 알지 못하면 당신네 신전의 건축은 결코 완공되지 않을 것이오. 그리고 그 신전 어디엔가는 분명히 주요한 십장(什長)들과 기둥들과 궁륭과 그리고 그것을 지탱하는 여러 개의 버팀벽이 있는 것이라오.

그런데 그대는 억누르는 위험은 조금도 생각하지 않고 있소. 그 까닭은 다른 사람이 만들어 놓은 작품 속에서 단지 일시적 방랑의 결과만을 파악하기 때문이오. 그래서 이 세상에 다시 태어나지 못할 한 인간을 삼켜 버리겠다는 영원한 위협을 조금도 이해하고 있지 않다는 말이오.

그런데 당신은 자신이 자유롭다고 생각하면서 당신에게 나의 속박에 대한 이야기를 끄집어내면 벌컥 화를 내고 있지 않소. 나의 속박이란 눈에 보이는 헌병의 속박과도 같은 것이 아니라 벽 저 너머에 있는 문처럼 보이지 않는 것이기 때문에 더욱 절박한 것이오. 밖으로 나가자면 비록 들러가야 하는 것이지만 그 문이 결코 당신의 자유에 대한 모욕적인 것은 아니오.

하지만 당신은 다른 방법으로써가 아니라 이런 식으로 생각하고 사랑하고 불평하고 증오하면서 이러한 당신을 움직이게 하고 확립하도록 해 주는 힘의 영역이 나타나 주기를 바란다면 바로 내가 말하는 것을 느끼게 될 것이오. 따라서 그대 이웃에서 이 힘의 영역을 주시하고 있어야 하오.

그렇지 않으면 언제까지나 알아볼 수 없게 될 것이오. 왜냐하면 떨어지는 돌은 낮은 곳으로 끌어당기는 힘을 받지 않기 때문이라오. 하나의 돌맹이는 움직이지 않고 있어야 그 무게를 가늠할 수 있는 것이 아니겠소.

그대가 나를 움직이고 있는 사실을 알게 되면 바로 그때가 저항하는 순간이오. 그래서 바람에 던져진 나뭇잎에 이제 바람이 없는 것과 마찬가지로 해방된 돌맹이에게도 중력이 없는 것이오."

"그러므로 당신을 짓누르는 무거운 속박을 조금도 느끼지 못하고 있는 것이오. 예컨대 도시를 불살라 버리겠다는 생각이 당신에게 떠오른 때에만 그 벽과 같은 구속을 실감할 수 있게 될지 몰라도, 그처럼 보다 단순한 당신의 언어가 지닌 속박은 언제까지나 당신에게 나타나지는 않을 것이오."

"모든 법전이 속박이지만 눈에 보이지는 않는다."

147

정신적인 차원에서 살아가는 사람들과 그들을 바로잡아 주고 지배하며 또 영속시켜 주기 위하여 공포된 법률들 사이의 관계를 간명하게 연결지으려 애쓰면서 군주들의 전서(典書)와 왕국에서 공포된 법령들 그리고 여러 종류의 종교 의례, 장례, 결혼, 출생 등에 관한 의식과 지난날의 의식들을 연구했다.

그런 의식들이 월등하게 발달한 이웃 왕국에서 온 사람들에게 볼 일이 있으면 나는 그에게서 꽃다발과 향기, 사랑하고 증오하는 데 있어서의 그들 나름대로의 방식을 여러 가지 발견했었다. 사랑과 증오는 결코 비슷한 것이 아니다. 그리고 나는 의전과 여러 의식의 기원에 관해서 자문해 보았다.

"사랑과는 관련 없는 별개의 분야를 취급하기 때문에 내게는 아무 연관도 효과도 없으며 아무 작용도 하지 않고 있는 것처럼 보이는 그 의식이 어찌 다른 사랑이 아닌 바로 이 사랑을 확립시켜 주고 있는 것인가? 그리고 행위와 행위를 지배하는 여러 성벽과 이웃 사람들의 미소가 아닌 저 사람 특유의 미소가 지닌 어떤 품위와의 관계란 어디에 있는 것일까?"

비록 처음엔 당신에게 인간 서로간의 차이란 것이 보이지 않아서 이야기를 나누면서도 어떻게 설명할 수가 없는 것이라고 해도 인간이란 본디 서로 다르고, 그렇기 때문에 당신이 사람 사람의 고통에 있어 통역의 역할을 하고 있다는 사실을 충분히 깨달았던 것이다. 그리고 통역의 임무란 다른 사람의 말들을 한마디 한마디 옮겨 통역하는 것, 즉 생경한 언어로 표현되는 것을 바로 당신의 언어에서 가장 비슷하다고 생각되는 자신의 어휘로 바꾸는 작업이다. 그렇기 때문에 나의 거동은 불필요한 것이 아니다. 이와 같이 사랑이나 정의 또는 질투가 그대의 내면에 들어갔다가 나오면 질투, 정의, 또는 사랑으로 표현되어 나오는 경우가 있기 때문에 당신의 말뜻과 전혀 다른데도 불구하고 단지 그 엉뚱한 유사성 속에서 황홀한 나머지 넋을 잃게 되는지도 모른다. 그리고 당신이 번역에 번역을 거듭하면서 계속 언어의 분석을 해 나가면 당신은 오직 유사성만을 찾을 것이고 또 찾아내고야 말 것이다. 그러나 언제나 그렇듯이 그대가 포착했다고 주장하는 것은 분석에서는 빠져 있다.

그대가 인간들을 이해하기 원할 때는 그들이 하는 말을 전혀 들을 필요가 없기 때문이다.

그렇지만 언어 사이의 상이점이란 거의 절대적인 것이다. 사랑, 정의, 질투, 죽음, 성가, 어린이와의 교류, 행복의 모습, 이해 문제의 형태, 이 모든 것이 서로 비슷한 어휘가 아니기 때문이다. 손톱이 엄청나게 길게 자라는 것을 불만스럽게 여기지 않으면서 입술을 꾹 다물거나 눈을 찡긋하면서 겸손한 척하는 사람들, 그리고 자기 손에 박힌 못을 보여 주면서 당신에게 똑같은 유희를 하는 사람들을 나는 알고 있다. 또한 지하실 속에 넣어 둔 금의 무게에 따라 사람을 평가하는 그런 사람들도 알고 있다. 산 위에 있는 쓸모 없는 돌덩이를 굴리면서도 어느 누구에 못지않는 자만심을 느끼고 만족하는 또 다른 사람들을 그대가 찾아내지 못하는 한 그런 따위의 연극이 당신에게는 비열한 탐욕으로 보일 것이다.

그러나 나의 시도에서 내가 무엇인가 잘못 생각하고 있었다는 것이 분명히 보였다. 나의 행동 양식이 한 계층에서 다른 계층으로 옮겨 가기 위한 추론이 전혀 없고 당신과 함께 석상을 찬탄하면서, 예를 들면 코의 선이나 귀의 크기를 축제 저녁의 우울증을 전달할 대상으로 삼아 당신에게 설명하겠다고 주장하는 것은 포로로 잡혀 내 고장에 살고 있는 수다쟁이의 행동거지만큼이나 부조리하기 때문이다. 그런데 어디서나 포로들이란 사물의 핵심이 될 수 없는 존재들이다.
 나는 나무에서 광물질의 정수(精粹)를 돌멩이에서 침묵을, 인간 관계에서 우울증을, 여러 가지 의식에서 영혼의 품격을 설명하겠다고 애쓴 것이 결국 헛된 일이었다는 사실을 명백히 밝혀 냈다. 광물의 상승을 나무의 발생으로, 돌멩이의 배열을 침묵에 대한 취향으로, 연관 관계의 구조를 연관선에서의 우울증의 지배로, 의식들을 영혼의 품격으로 풀어 나가야만 했었던 것이다. 영혼의 품격이란 유일하고 단일적인 것이어서 이를 파악하고 통제하고 또 영속시켜 나가기 위해서 당신은 이런 함정을 파 놓고 나를 기다렸던 것이다. 그 함정이란 다름이 아니라 하나의 특정한 의식이므로 이는 말로 표현될 수 없는 것이어서 결과적으로 당신은 창조의 자연적인 질서를 뒤집어 놓는 셈이 되는 것이다.
 그리고 나는 젊었을 때 표범 사냥을 했었다. 그때 어린 양 한 마리를 미끼로 말뚝이 많이 쳐져 있고 풀로 덮여 있는 표범잡이 덫을 사용했었다. 새벽에 내가 덫을 살펴보러 나가면 그 함정 속에서 죽어 있는 표범을 찾아낼 수가 있었다. 만일 표범의 습성을 알고만 있다면 당신도 말뚝과 어린 양, 그리고 풀 더미로 표범잡이 덫을 만들어 낼 것이다. 하지만 내가 그 덫을 만들어 달라고 당신에게 권한다 해도 표범에 대해서 그대가 아는 것이 없다면 내게 덫을 만들어 줄 수 없는 것이 아니겠는가.
 그런 근거로 하여 나는 일찍이 유일하고 진실한 나의 벗 기하학자에 대해서 그대에게 이야기했었다. 그로 말하면 단지 표범 냄새만 맡고도 덫을 만들어 내는 사람이다. 그는 그전에 표범 덫을 한 번도 만들어 본 적이 없는 사람이다. 그래서 그 기하학자를 화제에 올리는 사람들은 그런 사실을 잘 알고 있었다. 번번이 표범이 그가 만든 덫에서 사로잡혔기 때문이다. 그러나 그는 당신에게 그 말뚝, 그 어린 양, 그 풀 더미와 함정을 만드는 데 필요한 다른 것들과 더불어 이 방면에 대하여 곰곰이 생각을 하게 하고 그것들의 논리를 좇아 그에 대한 진실을 끌어내고 싶어했던 것이다. 그러나 진실이란 그토록 쉽게 그들에게 떠올려지는 것이 아니다. 그래서 그들은 표범을 한 번도 구경하지 못하고도 오직 그 냄새만을 맡고 사로잡아 당신에게 보여 줄 사람이 나타날 순간을 기다리고 있는 것이다.

그런데 그는 당신을 자기에게로 인도하기 위해서 귀로와도 똑같은 길을 아주 신통하게 이용하고 있다.

부왕은 그 옛날, 인간을 생포하기 위해서 자기의 의례를 만들어 낸 기하학자였다. 그런데 저 사람들은 다른 고장에서 그와는 다른 의례를 만들어 다른 사람들을 체포했던 것이다. 그러다가 논리학자들, 역사학자들 그리고 비평가들이 천하를 지배하는 암울한 시대가 왔던 것이다. 그리하여 그들은 당신네 의례를 뻔히 바라보고도 거기서 인간의 이미지를 조금도 끌어내지를 못했던 것이다. 이것을 끌어 낼 만한 능력이 없었기 때문이다. 그리고 그들이 소위 이성이라고 부르는 풍설의 이름으로 마음 내키는 대로 당신에게 표범 덫의 재료를 흩뿌려 주고 당신의 의례를 파괴하고 포로를 도망치도록 방치해 두고 있는 것이다.

148

낯선 시골에서 산책을 하다가 한 인간을 키워 내게로 보내 준 둑을 우연히 발견하게 됐다. 천천히 걸어가는 몇 발자국 앞에 있던, 한 마을과 다른 마을을 연결해 주는 길로 들어서게 됐다. 벌판을 곧바로 가로질러 갈 수도 있었으나 밭을 돌아가는 길을 택했다. 그래서 나는 그 돌아가는 길에서 잠시 길을 잃었었다. 네모진 넓다란 귀리밭이 부담스러웠다. 내가 본능을 따랐더라면 나는 곧바로 건너지를 수가 있었지만 결국 귀리밭이란 부담이 내게 그만큼 힘을 빠지게 하여 다리를 휘청거리게 했고, 그래서 나의 일생 동안 귀리밭이란 하찮은 존재는 나를 피곤하게 만들었던 것이다. 다른 일에 쓰여질 시간을 온통 거기다 쏟게 된 것이었다. 그 귀리밭에다 내가 타고 갔던 말을 버릴 수도 있었지만 그때 나는 그 밭을 하나의 신전처럼 존귀하게 여기고 있었다. 그러고 난 뒤에 담으로 둘러싸인 하나의 영지 쪽으로 나를 인도했다. 그런데 그 길은 영지를 침범하지 않았다. 그 길은 돌로 쌓아 올린 벽들이 밖으로 튀어나온 데도 있었고 쑥 들어간 곳도 있었기 때문에 완만한 커브를 그리며 구부려져 있는 것이었다. 그리고 나는 그 담장 너머로 우리 고장의 오아시스를 둘러싼 나무들보다 더 울창한 나뭇가지 뒤에서 반짝이고 있는 물을 보았다. 오직 계속되는 침묵에만 귀를 기울이고 있었다. 그러고 난 뒤 나는 나무 잎사귀에 덮인 정원 입구의 울타리를 끼고 걸었다. 거기쯤에서 길이 달라졌다. 그중 한 가닥 길이 영지에서 쓰고 있는 것이었다. 천천히 길을 따라 돌고 있는데 나의 말은 수레바퀴 자국이 나 있는 수렁에 빠져 제대로 걷지를 못했다. 또 이 말은 담장 밑을 따라 자라난 연한 풀을 뜯느라고 고삐를 잡아당기고 있었다. 그 미묘한 굴곡에 놀라움을 금치 못하면서 한가함을 안겨 주는 어떤 의식이나 아니면 궁전 대기실에서처럼 잃어버린 시간을 따라가고 있던 나의 길은 어느 왕국의 군주 얼굴을 그려 나가고 있었다. 그리고 나는 작은 포장마차 속에서 흔들리거나, 또는 느린 당나귀를 타고 거기서 좌우로 흔들리는 사람들 모두가 사랑을 연습하고 있는 것이라고 느꼈다.

149

부왕은 이렇게 말했다.

"저들은 늘어놓은 어휘를 불림으로써 풍성해진다고 믿고 있다. 나는 물론 한마디쯤 말을 더 할 수는 있다. 내가 덧붙이는 말이란 다른 태양에 대치되는 시월의 태양이 될 수도 있다. 그러나 이 어휘 한마디가 내게 그리 큰 도움이 될 것인지는 나도 모른다. 그와는 달리 나에게 시월과 시월의 과일들과 그리고 그 계절의 시원함은 이미 쇠잔했기 때문에 이젠 더 끝까지 오지도 못하는 이 태양과 연결시켜 주는 인과 관계의 표현들, 거기에서 나는 상실하고 만다는 사실을 발견하게 된다. 예컨대 '질투'라는 말처럼 내가 다른 곳에서 사용할 인과 관계의 체계를 단번에 표현하면서 내게 어느 고정된 이미지를 가져다 주는 말들은 그리 흔하지 않다. 왜냐하면 '질투'란 이미지 속의 모든 인과 관계를 당신에게 일일이 부가적으로 설명해 주지 않아도 내가 비교하게 되고 이미지와 이것을 동일하게 봐 주는 일을 용납할 수 있기 때문이다.

그래서 내가 '갈증이란 물에 대한 질투다' 하고 당신에게 말할 수 있게 되리라. 갈증 때문에 죽어 가는 것을 본 사람들은 내가 보기에 엄청난 고통을 당하는 것 같았기 때문이다. 그렇다고 해서 그 말 자체가 당신을 우둔하게 만들고, 페스트에 걸렸을 때보다 덜 심하게 신음 소리를 내게 하는 질병은 아니다.

왜냐하면 물이란 것은 그대가 목말라 찾는 것이기 때문에 그대를 울부짖도록 만들고 있는 것이다. 그리고 당신은 물을 꿀꺽꿀꺽 마시고 있는 사람을 꿈속에서도 보는 것이다. 그리고 당신은 다른 곳으로 흘러내리는 물에게서 완전히 배반당하고 말았다고 생각한다. 그대 적에게 미소를 보내고 있는 저 여인도 마찬가지다. 그러니까 이런 경우 그대 고통은 조금도 병이 될 수도 없다. 그러나 그대의 종교, 사랑, 이미지, 이것들은 모두가 효과적인 것이다. 왜냐하면 그대는 결코 사물이 아니라 오로지 사물의 의미가 이루어 놓는 왕국에 좇아 살고 있는 것이기 때문이다."

"그러나 '시월의 태양'이란 너무 특이한 것이어서 당신에게는 미미한 도움밖에 주지 못하게 될 것이다. 그와는 반대로 내가 같은 말을 되풀이해서 약간씩 다르면서도 여러 개의 함정들을 만들어 모든 포획이 가능할 수 있도록 하는 행동 방식을 당신에게 훈련시키면 그대를 더 훌륭하게 키울 수도 있다. 그대가 그 덫에서 여우를 잡거나, 당신의 범선을 지탱해 나가면서 바람을 잡기에 적당한 밧줄의 매듭을 끌어낼 수만 있다면 하나의 밧줄도 똑같이 쓰여진 어휘와 다를 것이 없다. 그러나…… 문법에서의 삼입절이나 나의 동사변화 놀이와 복문에 있어서의 종지부, 보어에 대한 행위와 반향 그리고 재현 등 그대가 이 모든 놀이춤을 한꺼번에 추고 나면 그것은 그대가 전달하겠다고 마음먹은 것들을 이미 타인에게 옮겨 놓았을 것이다. 또 책 속에서 그대가 파악해야겠다고 마음먹은 것을 이미 포착했을 것이다."

또 부왕은 언제가 내게 이렇게 말씀하셨던 것이다.

"의식한다는 것, 그것은 우선 하나의 스타일을 획득하는 것이다."

"의식한다는 것, 그건 결코 잠들어 버릴, 관념의 잡동사니를 받아들이는 것이 아니다."

하고 단언하셨다.

"네가 알고 있는 지식이란 대단한 것이 못 된다. 왜냐하면 그것들은 내게 다리 하나를 건설해 준다거나, 내게 금괴를 캐 준다거나 아니면 주요한 도시들의 거리에 대해 내가 알고 싶을 때 내게 알려 주는 직업상의 대상이나 수단으로서만 쓰임새가 있는 것이다. 하지만 이 서식집은 결코 인간일 수는 없다. 의식한다는 것도 그대의 어휘를 증대시켜 주는 것은 아니다. 어휘의 증대란 그대가 지닌 질투심을 내게 비교하여 당신을 지금보다 더 먼 곳으로 갈 수 있게 해 주는 정도 말고는 다른 목적을 지니고 있지 않은 것이다. 그러나 당신의 행동 방식이 지닌 품위를 보증할 수 있는 것은 역시 그대가 지닌 스타일의 품격이다. 그렇지 않다면 그대 사상을 그처럼 잘 요약한 것들이 내겐 아무 소용이 없다. 나는 그대가 만들었다는 새로운 어휘보다 '시월의 태양'이란 말을 듣는 것이 더 좋다. 더욱 민감하게 나의 눈과 마음에 무엇인가를 호소해 주고 있다고 하는 그대의 돌멩이들도 훗날 그것들이 모여서 기둥이 되고 그 기둥들이 모여서 하나의 신전을 이룩하게 된다. 내가 그보다 더 큰 종합 건물을 당신에게 제공할 수 있는 것은 나의 건축 기사가 지닌 재능 때문일 것이다. 건축 기사는 자기 스타일, 다시 말하면 돌멩이 속에서 자기의 지력선들이 더 크게 작용하는 까닭에 종합 건축물들을 이룩해 낼 수 있다. 그리고 문장 속에서 그대가 나에게 하나의 작용을 한다. 그리고 무엇보다도 중요한 것이 바로 그 작용이다."

"내게서 이 미개인을 데려가거라."

"그대가 미개인에게 말을 증가시켜 줄 수도 있는데 그렇게 되면 이 사람은 이야기의 끝을 낼 줄 모르는 수다쟁이가 될 것이다. 당신은 그대가 가진 지식 전부를 가지고 그의 머리를 가득 채울 수도 있다. 그렇게 되면 그 수다쟁이는 우쭐거리고 건방져질 것이다. 당신이 저지할 수도 없게 된다. 제 나름의 속 빈 수다에 도취하고 말 이 미개인, 또 장님과도 같이 되어 버릴 그대는 이렇게 중얼거리고 있겠지. '어찌하여 내 지식이 남을 교육시키기는커녕, 이 미개인을 더 더욱 타락시켰고 내가 상상한 것 같은 지혜로운 자를 만들어 주지 않고 아무짝에도 쓸모 없는 인간 찌꺼기로 만들어 놓고 말았는가? 차라리 그가 무지한 상황 속에 있을 때가 위대하고 고상하고 순수했다는 사실을 절실히 깨닫게 되는구나.'"

"그 이유란, 지식은 그에게 줄 하나의 선물에 불과했었는데 그대가 점차 그것을 잊어버리고 소홀히 다루었기 때문이다. 그것은 말하자면 한 스타일의 이용이었다. 왜냐하면 그는 여러 가지 색깔로 된 공들처럼 자기 지식의 대상들을 가지고 놀거나 그들이 만든 소리를 즐기거나 아니면 자기 재능에 도취하기는커녕 적은 물건을 가지고 갑자기 인간의 상승을 보여 주는 정신의 양식 쪽으로 향하였기 때문이다. 그래서 장난감 하나를 받고 좋아서 소리지르는 어린아이들처럼 조심성 있게 잔잔해질 것이다. 그런데 그대는 그의 지식으로 조립품을 만들어 낼 수 있다고 그에게 가르쳐 주었다. 바로 그때 당신은 그가 생각에 잠기고 침묵하는 것을 보았다. 방 한구석에 틀어박혀 이마에 주름을 짓는 인간으로 되어가고 있는 것을 당신은 보았다.
　그러므로 짐승과도 같은 그 사람에게 그대가 문법과 동사의 사용법을 가르쳐 주어라. 무엇에 대해서 행동을 해 달라고 말하기에 앞서 그에게 처신하는 법을 가르쳐 주어라. 그런데 당신이 너무 큰 소리를 내어 말하듯 지나치게 관념을 남용하는 사람들은 결국 그대를 피로하게 만든다. 그대는 그들의 침묵을 발견할 줄 알게 될 것이다."
　"그것이 품위의 유일한 표적인 것이다."

150

　내가 진실에 익숙하게 되면 진실도 지금 말한 경우와 같은 것이다.
　그래서 그대는 놀라게 된다. 하지만 내가 알기에는 그대가 마시는 물, 또 그대가 먹는 빵이 모두 눈을 밝게 해 줄 때, 그리고 태양이 나뭇가지와 열매와 씨앗을 만들 때 그대는 조금도 놀라지 않는다. 그리고 태양을 닮은 열매 속에서 아무것도 발견하지 못하고 단지 삼나무 씨와 비슷한 삼나무에서는 아무것도 찾아내지를 못하게 될 것이다.
　그 이유는 씨앗에서 생겨났다고 해서 반드시 비슷하다는 법은 없는 것이니까.
　아니 그런 것보다도 나는 그대의 눈이나 지성을 위해서가 아니라 그대의 정신을 위해서 존재하고 있는 그 무엇을 '유사성'이라고 부른다. 그리고 창조란 것은 신과 비슷하고 열매는 태양과 비슷하며, 시는 시의 대상과 비슷하고 내가 그대에게서 끌어낸 인간은 왕국의 의식과 비슷하다고 설명할 경우 내가 뜻하는 것이 바로 그 유사성이다.

그리고 그것은 매우 중요한 것인데 정신에 있어서만 의미를 갖는 하나의 혈통 관계를 그대는 눈으로 알아볼 수 없기 때문에 당신이 소유하고 있는 위대성의 조건들을 거부하고 있다. 열매 속에서 태양의 표적을 찾아낼 수 없다고 하여 태양을 거부하는 나무와도 같은 것이다. 보다 더 정확히 말하자면 어떤 작품 속에서 그 작품의 원천이 되는, 표현할 수 없는 운동을 찾아내지 못하고 작품을 연구하거나 구도를 찾아내거나 내재하고 있는 법칙을 찾아낼 수 없어서 작품을 분석해 놓고 그 다음으로 적용하는 작품을 당신에게 가르쳐 주는 교수와도 흡사하다. 하지만 당신이 그것을 전혀 이해하지 못하면 당신을 도망가게 만들어 버린다.

양치는 소녀나 목수 또는 거지가 나의 왕국에 있는 논리학자들과 역사가 또는 비평가들보다 더 많은 재능을 보여 주는 것은 바로 이 무렵이다. 그들의 깊이 파인 길이 돌아서 가는 길을 잃게 하여 그들을 불쾌하게 만들어 놓기 때문이다. 어째서 그런 것인가? 그들이 자신의 재능을 사랑하고 있기 때문이다. 그리고 그것에 대한 사랑도 곧 그들에게 젖줄을 이어 주는 신비스런 통로다. 사랑하고 있기 때문에 거기서 무엇인가 꼭 보상받아야 한다. 당신이 그것을 공식적으로 표명할 줄 안다는 것은 대단한 일이 아니다. 세상에 대한 문장을 만들 줄 아는 사실만을 받아들인 사람은 세상에서 논리학자들과 역사가들 그리고 비평가들뿐이다. 왜냐하면 아직 장성하지 못한 그대의 경우 하나의 언어를 배우기 시작하고 더듬거리면서 연습하고 세상에 대해서는 겨우 얇디얇은 껍질밖에는 포착하지 못한 것이라고 생각하기 때문이다. 세상을 운반해 가기에는 너무 무거운 것이다.

그러나 저 사람들은 그들이 지닌 자질구레한 관념의 잡동사니 속에 든 나약한 내용물밖에는 믿을 줄 모른다.

그대가 어떤 대상물이나 내게 전달하고 싶어하는 의미를 표현할 줄 모른다고 해서 나의 신전과 의식과 시골의 오솔길을 거부한다면,

나는 그대 자신의 더러운 내면에다 그대의 코를 박아 넣어 버리겠다. 나를 깜짝 놀라게 해 줄 수 있는 말이나 확실한 증거를 가지고 내 마음을 움직이게 할 수 있는 영상이 없는 곳에서 이름을 밝힐 수 없는 방문객을 받아들일 것이니까 말이다. 그대는 단 한 번이라도 음악을 들어 본 적이 있는가? 있다면 왜 듣는 것인가?

바다 위에서 해가 지는 장관을 그대는 흔히 아름답다고 받아들인다. 내게 그 까닭을 말해 줄 수 있겠는가? 내가 말하던 그 시골의 오솔길을 따라 그대가 나귀를 타고 갔었다면 나는 그대가 변했다고 말할 수 있으리라. 그리고 아직 내게 그 이유를 말해 줄 줄 모른다 해도 그건 아무 상관이 없다.

모든 의식, 예의, 제사, 그리고 모든 도(道)라는 것이 한결같이 좋은 게 아니라는 것이 바로 그런 이유에서다. 퇴폐 음악처럼 나쁜 것도 있다. 하지만 나는 의식으로 그것을 식별할 수는 없다. 내가 바라는 유일한 표적, 그것은 바로 당신이다.

내가 도나 의식이나 시를 평가하고자 할 때 내가 바라보는 것도 그 속에서 탄생하는 인간인 것이다. 혹은 그 인간의 심장에서 들려오는 고통 소리다.

151

이는 마치 못을 만드는 장인과 판자를 마름질하는 목수들의 배는 못을 이용한 판자의 집합체라는 것을 이유로 자기가 조선 과정을 감독하려 하고 바다 위에서 자기의 지배력을 행사하려 하는 것과 별로 다를 것이 없다.

과오란 언제나 똑같은 것이고 모든 방법 속에는 어디든 과오가 들어 있기 마련이다. 못 만드는 철공소에서나 판자를 자르는 목공소에서 배가 만들어지는 것은 아니다. 철공소와 판자 베는 목공소의 바다를 향해 달리고 싶어하는 기질은 배가 점점 커짐으로써 생겨나게 된다. 배는 그런 과정을 통해서 이루어지고 삼나무가 자갈을 흡수하듯 그렇게 못과 나무 판자를 흡수하는 것이다.

판자를 켜는 목수와 못을 만드는 대장장이들이 그들이 만든 물건을 바라보게 되어야 한다. 잘 알고 있어야 하니까. 그들의 언어로 말하자면 배에 대한 사랑이란 곧 판자와 못에 대한 사랑이어야만 한다. 그렇게만 되면 배를 두고 그들에게 물어야 할 것은 아무것도 없기 때문이다.

내가 세금 징수의 임무를 맡긴 사람들의 경우도 이와 마찬가지다. 나는 그들에게 문명의 양식에 대해서 묻지는 않는다. 단지 내게 슬기롭게 복종해 주기만 하면 된다.

만일 내가 더 빠른 돛단배를 만들기 위해서 판자의 모양과 못의 길이를 바꾼다면 내게 봉사해 주던 기술자들이 투덜거리면서 반대할 것이다. 내가 시도하는 새로운 의도 때문에 배의 본질을 파괴하게 되면 그보다 훨씬 앞서 그들은 자기네 판자와 못들에 의존하게 된다.

그러나 그 배는 어디까지나 나의 욕망 위에 근거를 두고 있는 것이다.

그래서 만약 내가 재정에 관한 어떤 상황을 변경하고 지금까지의 세금 징수에 관한 사항을 변경하면 그들은 당장 투덜거리며 반항한다. 그 까닭은 그들이 의지하고 있는 왕국을 내가 파괴하는 것이 되기 때문이다.

그들은 아무튼 입을 다물고 있어야 한다.

그러나 다른 한편 나는 그들을 존중하게 될 것이다. 그러나 일단 신이 그들에게 강림하기만 하면 나는 못을 만드는 철공소나 판자 켜는 데 대해서 그들에게 조언하러 갈 필요가 없는 것이다. 그런 것들에 관해서 더 알고 싶지가 않다. 성당 건축가는 조각가가 열정을 쏟도록 사기를 북돋아 준다. 그러나 어떤 미소의 형태에 대해서만은 이렇다 할 충고를 해 주지 않는다. 여기서 문제가 되는 부분은 유토피아가 거꾸로 된 세계의 건설인 것이다. 못에 대해서 책임을 지는 것은 곧바로 미래의 세계를 창조하는 것이다. 이건 부조리한 일이다. 규율의 기본 동기와 전혀 관계없는 것을 규율로 얽매려는 것과 같다. 바로 그 힘은 생활의 질서가 아니라 이론만을 좇는 한갓 교수형의 질서로 국한되는 경우다. 어느 땐가 나무 판자와 못의 전성기가 오고야 말 것이다. 이는 아직 태어나지도 않는 세계를 가지고 나를 피곤하게 만들 것이기 때문이다. 또한 못과 판자의 형태가 인생의 현실에 맞서 마멸에서 벗어나 자신을 드러내 보이게 될 것이다. 인생에 주어지는 현실은 단지 못 만드는 대장장이와 판자 켜는 목수의 손을 통해서만 볼 수 있게 된다.

 인간에게 있어서 속박이란 바다를 향해 달려가고픈 기질이다. 내게 주어진 속박이 강해지면 강해질수록 나의 폭정은 둔화될 것이다. 나무 속에는 폭정이나 강압이 없지 않은가? 그대가 딴 곳에서 수액을 가지고 한 그루의 나무를 이루어 보겠다고 나타날 때에만 강압이란 것이 나오는 법이다. 이때 나무가 수액을 흡수해 버리면 그런 일이 일어날 수 없다.

 항상 그대에게 말해 왔듯이 미래를 세운다는 것은 무엇보다 현재만을 생각하는 것이다. 그와 마찬가지로 배를 만든다는 것도 바다를 향한 기질을 확립하는 데 있는 것이다.

 재료에서 재료를 지배하는 방향으로 옮겨 가도록 하는 논리적인 언어란 결코 존재할 수 없다. 이는 왕국을 나무, 산, 강과 사람으로 설명하려는 경우와도 같은 것이다. 그것이 아니라면 대리석상에 미친 우수를 신과 코, 턱, 귀 등이 지닌 질량감으로 설명하려고 하는 것과 마찬가지다. 영지를 두고 영지가 지닌 여러 가지 요소로써 설명하는 것과, 또 단순한 나무를 광물질 수액으로 설명하고자 하는 것이나 다를 것이 없다.

"그래서 폭정은 그대에게 불가능한 작전을 성공시키겠다고 우기다가 결국 당신이 저질러 놓은 실패와 다른 사람에 대한 비난에 흥분한 나머지 잔인하게 구는 상황 속에서 우러나오는 것이다."

논리적인 언어란 없는 것이다. 논리의 계통이란 더더구나 존재하지 않기 때문이다. 결국 광물질 속에서 그대가 나무를 생겨나게 할 수는 없어도 씨앗으로부터 나무를 피어나게 할 수는 있다.

의미는 그 속에 내재하고 있으되 순수한 창조와 방향에 의한 것이기 때문에 어휘를 가지고 설명할 수 없는 유일한 방법. 그것은 당신을 신에게서 어떤 의지와 색깔 그리고 어떤 움직임을 받은 대상물 쪽으로 옮겨갈 수 있게 하는 것이다. 왜냐하면 왕국은 은밀한 힘으로 나무, 산, 강, 가축과 협곡, 왕국의 여러 저택을 당신에게 맡기기 때문이다. 조각가의 열정은 점토나 대리석에다 은밀한 힘을 넣어 준다. 성장이란 그들의 의미를 돌멩이에 부여하면서 침묵의 저장고로 만들고 있다.

그리고 새로이 건립할 왕국에 대하여 내게 말해 주는 두 가지의 인간형을 나는 알고 있다. 논리학자들은 지성으로써 이를 구축하려고 든다. 그래서 나는 그들의 행위를 유토피아라고 부른다. 그러나 그 속에는 아무것도 없다.

조각가가 빚어 낸 이 얼굴과도 같은 것이다. 창조자가 지성적일 수는 있다고 해도 창조란 지성으로 이루어지는 것이 아니기 때문이다. 그래서 이 사람은 대개 창의력이 빈곤한 폭군으로 되어 버리는 것이다.

그리고 또 다른 한 사람의 경우, 무엇이라 부를지 알지 못하는 강력하고 명백한 사실이 그를 움직이게 하고 있다. 왜냐하면 창조란 지성으로 움직이는 것이 아니기 때문이다. 그래서 그는 당신에게 점토를 반죽하게 한다. 자기가 빚어 낼 것이 무엇인가를 잘 알지 못하고 반죽하지는 않는다. 그는 엄지손가락으로 왼쪽을 누른다. 그리고 엄지손가락으로 아래를 누른다.

그의 얼굴이 이름은 없으나 자기 내면으로 무게를 느끼게 하는 그 무엇을 만족시킨다. 그러면 그의 얼굴은 점차 얼굴이 아닌 다른 무엇과 비슷한 모습을 띠게 된다. 나는 이 경우 닮는다는 것이 무엇을 뜻하는지 알지 못하게 된다. 그리고 표현하기 힘든 유사성을 띠게 된 그 반죽된 얼굴은 조각가를 움직이게 하고 그대에게 무언가를 전달해 주는 권한을 부여받게 된다. 그리고 그 조각가가 그러했듯이 나도 거기 매달려 있는 것이다.

그 까닭은 그가 지성에 의해서가 아니라 정신으로 행동했기 때문이다. 그런 이유로 나는 그대에게 세상을 이끌어 나가는 것은 정신이지 결코 지성이 아니란 것을 말해 둔다.

152

그래서 나는 그대에게 이렇게 말했었다.

"장님 노예들을 제외한 모든 사람들은 온갖 의견을 다 갖고 있다. 단지 그들은 각자 내면의 진실, 즉 자기 치수에 맞는 옷을 언어 속에서 찾지 못하기 때문이다. 그래서 당신은 여기서도 약간, 저기서도 약간 취하지 않을 수 없게 되는 것이니……."

그 까닭은 그대 자신의 자유와 속박을 단순화시켰기 때문이다. 결국 갈피를 잡지 못하게 된다. 진실이란 그 어느 쪽이나 혹은 양쪽 사이에서 존재하는 것이 아니고 양쪽 저 바깥에 존재하는 것이기 때문이다. 그런데 어쩌다 말 한마디 속에 내면에 있는 진실을 죄다 담아 놓을 수가 있겠는가. 마치 신통치 못한 상자와도 같은 것이다. 당신이 혼자서 성장하겠다는 욕심으로 누구의 이름을 빌려다 그 보잘것없는 상자 속에다 집어 넣을 수 있겠는가?

어떤 현악기를 가지고 즉흥 연주를 하는 가수의 자유에서 당신이 풀려 나오려면 나는 당신에게 손가락 연습을 시키고 가수로서의 기능을 가르쳐야 할 것이다. 그것이 바로 전쟁이요 속박이며 또한 인내력인 것이다.

그리고 시골 사람이 지니고 있는 자유로부터 당신이 풀려 나오기 위해서는 무엇보다 당신의 근육을 단련시켜야 할 것이다. 역시 이것이 전쟁이요 속박이며 인내인 것이다.

시인의 자유로부터 그대가 해방을 누리자면 당신의 머리를 훈련시키고 문체를 형성하도록 닦아야 하지 않겠는가. 그것이 바로 전쟁, 속박, 인내인 것이다.

행복에의 여러 가지 조건들이 곧 행복에의 탐구가 아니란 것을 그대는 생각해 보지 못했던가. 당신은 어디로 내달아야 할지를 모르고 그 자리에 주저앉아 버리고 말 것이다. 행복이란 일단 그대가 창조하고 난 후 그 창조에 대한 응보로서 그대 몫으로 생기는 것이다. 그래서 행복의 여러 조건은 곧 전쟁이요 속박이요 인내가 되는 것이다.

아름다움을 이루고 있는 여러 가지 조건들이 곧 미에 대한 탐구가 아니란 것을 생각해 보지 않았던가? 어디로 내달아야 할지를 몰라 그 자리에 주저앉아 버릴 것이다. 일단 당신이 작품을 이룩해 놓았을 때 그 노력에의 응보로서 작품 속에 아름다움이 주어지는 법이다. 그래서 아름다움의 여러 조건들은 전쟁이고 속박이며 인내력이 되는 것이다.

내가 이렇게 말한다면 당신은 불쾌하게 여길지 모르지만 당신의 우애가 내포하고 있는 여러 가지 조건들은 당신의 평등이 될 수 없다. 그대의 평등은 보상이고 그것은 신에게서 이루어지기 때문이다. 질서를 나타내 보이는 나무에게서도 마찬가지다. 다른 부분을 지배하는 하나의 부분을 어디서 보았던가? 질서를 이루고 있는 신전의 경우도 이와 마찬가지다. 자기의 터전에서 굳건히 자리잡고 있으면 그것은 궁륭의 열쇠에서 매듭을 짓게 된다. 그런데 두 가지 중에서 어느 쪽이 우세하다고 알고 있는가? 군대 없는 장군이란 어떤 것인가? 장군이 없는 군대는 또 어떨까? 하나의 평등은 어디까지나 왕국에서의 평등이고 그들 사이의 우애는 평등이 지닌 보상으로 주어지는 것이다. 왜냐하면 우애란 것이 말을 허물없이 해대고 욕을 하라는 권리는 아니기 때문이다. 그러니까 그대가 누리는 우애는 당신의 계급에 합당한 보상이고 그대가 하나씩 지어 올린 신전에 대한 보상인 것이다. 그 까닭이란 아버지가 존경받고 맏아들이 막내동생을 보살펴 주는 가정에서 내가 그런 사례를 보았었기 때문이다. 제일 어린 아우는 맏형을 그만큼 믿고 있는 것이다. 그 가족의 저녁 축제와 귀가 시간은 매우 흐뭇할 것이다. 그러나 그들이 아무렇게나 쌓여 있는 건축 재료처럼 서로 의지하지 않고 그저 서로의 팔굽만 마주대기만 하고 구슬처럼 그냥 뒤섞여 있다면 당신은 그들의 우애를 어디서 찾아볼 수 있을 것인가? 그들 구성원 중에서 한 사람이 죽으면 다른 사람으로 대치한다. 없어진 사람은 어차피 필요치 않은 것이니까. 당신이 어디 있고 또 당신이 누구인지 알고 싶다.

그래서 내가 당신을 다시금 바다의 물결 속에서 끄집어낸다면 그대 생명에 대한 책임을 내가 져야하는 것인만큼 나는 그대를 더 더욱 사랑할 것이다. 그대가 괴로워할 때 내가 그대를 돌보아 줄 것이고, 등불이 되어 나를 도와 주는 봉사자라면, 나의 양떼를 지켜 주는 목동이라면 그대를 더욱더 사랑할 것이다. 그래서 나는 당신 집에 염소젖을 마시러 갈 것이다. 당신도 나를 맞아들이겠지. 나는 또 그대의 대접을 받아들이고……. 그러나 우격다짐으로 화를 내면서 나와 동등하다고 우겨대는 사람에게 건넬 말은 없다. 그 사람이 내게 예속되고 싶어하거나 또는 내가 그에게 예속되고 싶지 않으니까 말이다. 죽어서 나를 비통하게 해 줄 그런 사람들을 사랑한다.

153

그날 밤 나는 사랑의 침묵 속에서 산으로 오르고 싶었다. 산으로 올라, 내가 침묵 속에 정돈해 두었고 움직이지 못하게 해 놓은 도시를 다시금 관찰하려는 것이었다. 그런데 들판에서 신음 소리가 들려와 동정심이 솟구쳤다. 그래서 산행도 중간에서 그만두었다. 내가 그들을 이해해야 된다는 생각이 들었기 때문이다.

  시골 외양간에서 유순한 가축들이 자라고 있었다. 들짐승이나 날짐승, 물가에 사는 짐승들도 마찬가지였다. 식물 세계에서는 말이란 것이 없고 인간은 정신 생활을 하고 있어서 침묵을 행사할 줄 알기 때문에 짐승들만이 대상들의 무리 속에서 생명을 증언해 주고 있기 때문이다. 암에 걸린 환자가 입술을 깨물면서 말을 하지 않는 것을 당신은 보았다. 그 환자의 고통도 시끄럽고 야단스런 육체적인 아픔을 초월하여 정신 세계에서 하나의 나무로 변하여 가지와 뿌리를 왕국 속에 뻗치고 있는 것이다. 이런 까닭에 말없는 고통이 시끄럽게 외치는 고통보다 더욱 강렬하게 당신을 불안 속에 빠뜨릴 수 있는 것이다. 말없는 고통이 방안에 가득하다. 도무지 피할 도리도 없다. 그대에게서 멀리 떨어져 고통을 받고 있는 여인을 사랑한다면 당신이 곧바로 그녀가 지닌 고통의 지배를 받고 있는 것이다.

  그리하여 나는 생명에게서 신음 소리를 듣게 되었다. 생명이란 외양간이나 들판 혹은 물가에서 영속하고 있는 것이다. 외양간 속에서는 아직 새끼를 낳아 보지 못한 어린 암소들이 울고 있기 때문이다.

  늪 속에서 개구리들도 사랑에 취한 목소리들을 늪 가로 흘려 보내고 또 그들이 죽어 가고 있는 소리도 들렸다. 나무 그늘이 우거진 속에서 수탉이 여우에게 사로잡혀 꺼억꺼억 울고 있었고 당신이 요리해 먹으려고 잡아 둔 염소가 메에 하고 울어대기 때문이다. 때로는 한 마리의 야수가 한 번 내지른 포효로 모든 생명을 지닌 짐승들이 공포에 질려 땀을 흘리고 있는 침묵의 왕국을 당장 깨뜨리고 그 고장 전체를 침묵 속에 잠겨 버리도록 하는 것이었다. 야수들이란 고통의 시큼한 냄새를 좇아가고 있는 것이니까. 그 고통의 냄새는 바람에 실려 간다. 한 번 포효하기만 하면 그의 모든 제물들은 번쩍이며 빛을 내는 것이다.
　땅과 하늘과 물가의 짐승들은 그들의 어리석음을 깨닫고 곧장 흩어진다. 그리고 다시금 사랑과 죽음의 고통을 맛보게 된다.
　"아! 그건 마차 소리다. 생명이란 한 세대에서 다음 세대로 권리가 이양되는 것이고 시간이 흐름에 따른 이런 진행 과정에서 차축이 삐걱대는 마차와도 같은 것이었다" 하고 나는 중얼거렸다.
　바로 그때 드디어 나는 백성들의 고통이 무엇인가를 처음으로 이해하게 되었다. 그들 역시 한 세대에서 다음 세대로 자신의 권리를 넘겨주기 때문이다. 그리하여 밤낮없이 도시나 시골에서 육체의 세포 조직이 찢어졌다가는 다시 아물듯이 냉혹한 분열이 계속되고 있는 것이다. 나의 상처를 새삼스레 아프게 느끼는 것처럼 나는 마음속에서 서서히 그리고 끊임없이 계속되는 변모의 과정을 받아들이고 있었다.
　'그러나 백성들도 사물 그 자체가 아니라 사물의 의미와 더불어 살고 있으며 그들은 암호를 위임받아 전달해야만 하는 것이다.'
　하고 나는 생각해 보았다.
　"이런 이유로 나는 그들에게서 어린애가 태어나자마자 은밀한 규약이라도 쓰듯이 말하는 법을 가르쳐 주기에 열중하게 된다. 그것이 그들이 지닌 보물을 찾아내는 열쇠이기 때문이다. 마음속의 이런 경이로운 다발을 전하는 데 전력을 쏟기 위해 그들은 마음속에 마차길을 부지런히 뚫어 내려는 것이다. 수확한 것을 한 세대에서 다음 세대로 넘겨준다는 것은 어렵고 힘겹고 또 미묘한 일이기 때문이다. 분명히 이 마을은 빛나고 있다. 이 마을의 이 집도 감동을 주고 있다. 그러나 새로운 세대가 이러한 이용 방법 이외는 다른 아무것도 모르는 집을 만든다면 그들은 그 사막에서 무엇을 할 것인가? 그와 마찬가지로 하나의 현악기를 가지고도 그들을 즐겁게 해 줄 수 있는 것과 같이 그대는 후계자들에게 음악을 연주하는 기술을 가르치지 않으면 안 되고, 또 그들이 인간의 여러 가지 감정을 느낄 줄 아는 사람이 되도록 하기 위해서 잠다한 사물 속에 들어 있는 당신의 집 영토와 그리고 왕족의 모습을 읽어 내는 방법을 그들에게 가르쳐 주어야만 한다."

"그렇게 하지 않으면 새로 태어난 세대는 당신에게서 도시를 약탈하는 야만족들처럼 도시에 군대 막사를 치게 될 것이다. 야만인이 되어 버린 그들이 당신네 보물에서 어떤 즐거움을 찾을 것인가? 그들은 당신네와 통할 수 있는 언어의 열쇠를 갖고 있지 않기 때문에 활용할 줄도 모른다.

죽음 속으로 옮겨 온 그들에게 이 마을은 벽돌, 나무, 샘 그리고 집들의 의미를 지니고 있는 하나의 현악기 하프와도 같은 것이다. 그리고 나무들은 또 제각기 서로 다른 자기네 이야기를 간직하고 있다. 집집마다 그 풍습이 다른 것이다. 그 속에 지닌 비밀이 제각기 다르기 때문에 벽들도 다르기 마련이다. 그리하여 그대는 당신의 산책을 하나의 음악처럼 구성했다. 발걸음 하나하나에서 그대 특유의 음향을 내고 있는 것이다. 그러나 야영을 하고 있는 야만인은 그대 마음을 찬양할 줄 모른다. 그곳에서 그는 지루함을 느끼고 어디로 가도 출입 금지의 팻말에 부딪치고 만다. 그가 자기가 쓸 줄 모르는 악기에 대한 분풀이를 하기 위해 악기에다 불을 질러 버리면 그것으로 약간의 불빛은 얻게 된다. 그러고 나서는 곧 실망하고 하품을 해댄다. 무엇을 태웠는가를 알아야 불꽃이 아름다운 것을 알게 되기 때문이다. 신 앞에 켜 놓은 그대의 양초도 마찬가지다. 그러나 그의 집 불꽃은 축제의 불꽃이 아니기 때문에 야만인에게는 아무 의미가 없는 것이다."

그리하여 내 머리 속에서는 다른 사람의 조개껍질 속에 불청객으로 자리잡고 있는 어느 세대의 영상이 떠나지 않고 있다. 따라서 나의 왕국 안에서 백성들에게 자기의 유산을 위임하거나 받아들이도록 하는 종교 의식은 필요불가결한 것이라고 생각된다. 나의 집에 있어야 하는 야영자가 아니라 영주민들이어야 하고 다른 곳에서 온 사람들이 아니어야 한다.

 이런 이유들로 하여 나는 꼭 필요한 의식으로 분열된 백성들을 다시 연결시키고 그러므로 백성들의 유산은 아무것도 없어지지 않게 될 것이다. 물론 나무는 자기 씨앗들에 대해서 조금도 걱정하지 않는다. 바람이 그것들을 뽑아 내고 휩쓸어 가는 한이 있어도 문제될 것이 없다. 곤충도 물론 까 둔 알에 대해서 걱정하지 않는다. 태양은 그것들을 키워 줄 것이다. 그것들이 지니고 있는 것은 모두 그들의 몸 속에 들어 있는 몸과 더불어 다음 세대로 전달되는 것이다.

 그러나 사물 자체가 아니라 사물의 의미인 꿀의 저장을 당신에게 보여 주기 위해서 어느 누구도 당신의 손을 끌어 주지 않는다면 당신은 무엇이 될 것인가? 책에 인쇄된 활자는 물론 눈에 보인다. 그러나 나는 시의 열쇠를 당신에게 넘겨주기 위하여 당신을 괴롭히지 않을 수가 없다.

 그것은 장엄하게 되기를 요구하는 장례식과도 같다. 땅속에 묻힌 시체를 정리하는 것이 문제가 되는 것은 아니기 때문이다. 하지만 문제는 깨져 버린 항아리를 갖고 있는 때와 마찬가지로 그 어느 것도 잃어버리지 않고 그대의 죽음이 남겨 두고 간 유산을 모두 모아 두는 것에 있다. 모든 것을 구해 내기란 어려운 것이다.

 죽은 자들은 거두어들이는 데 오랜 시간이 걸린다. 나는 그들을 위해 오랫동안 울지 않을 수 없고 늘 마음속에 그들의 존재를 담고 있어야 하고 그들의 생일을 축하해 주어야만 한다. 그리고 이런 사항 중 그 어느 것도 잊지 않고 있다면 나는 돌아서서라도 관찰해야만 하는 것이다.

 그것은 새 생명 탄생의 서곡을 준비하는 결혼의 경우와도 마찬가지다. 그대를 감싸 주고 있는 집은 술 창고가 되고 곳간이 되고 상점이 되기 때문이다. 어느 누가 그 집 속에 있는 것을 시원하게 말할 수 있을까? 그대 사랑의 기술, 시를 음미할 줄 아는 재능, 웃음을 지을 수 있는 능력을 새길 줄 아는 기능, 그리고 울음과 명상을 할 수 있는 재능을 다음 세대에 넘겨줄 수 있도록 모아 두지 않으면 안 된다. 당신의 사랑은 별로 의미 없는 양식을 헛되게 나누어 주는 축첩(蓄妾)의 경우가 아니라 한 세대에서 다른 세대로 이어지는 심연의 강을 건너가는 화물선이 되어야 하는 것이다. 나는 그렇게 되기를 바란다.

그토록 흩어져 있는 사상(事象)을 다시 연결시키는 것이 무엇보다 화급한 일이기에 탄생이란 것의 의식이 소중한 것이다.

그래서 나는 당신이 결혼할 때, 아기를 낳을 때, 죽을 때, 헤어질 때, 되돌아올 때, 집을 짓기 시작할 때, 포도 수확을 하고 저장물을 곳간에 쌓게 될 때, 전쟁이나 평화가 시작될 때에 반드시 의식을 갖추어야 한다. 왜냐하면 그것은 유산을 전달하는 과정도 아니고 그의 비방록에 적어 둘 사항도 아니기 때문이다.

당신이 아닌 다른 사람들이 그대의 잡다한 관념의 보퉁이를 가지고 가르칠 때처럼 자신을 가르칠 그가 당신과 분리되어 있다면 쉽사리 표현하거나 파악할 수 없는 것은 모조리 잃어버리게 될 것이다. 당신은 그들에게 텅빈 야영지에 지나지 않는 어느 지역에 가서 아무런 즐거움도 없이 단지 이리저리 끌려다닐까 두려워서 당신의 영상대로 그들을 세워 나갈 것이다. 그들은 열쇠가 어떤 것인지 모르기 때문에 그 보물을 썩게 내버려둘 것이다.

154

왕국의 공무원들은 나를 놀라게 했다. 그들은 낙천주의자들이었기 때문이다. 그들은 이렇게 말했다.

"낙천주의자가 되는 것은 좋은 일이고, 완전이란 사람의 손이 미치지 못하는 곳에 있는 것이다."

완전이란 물론 사람의 힘이 미치지 못하는 곳에 있는 것이 분명하다. 그것은 당신의 항해를 인도해 주는 별의 의미와도 같은 것이다. 완전이란 어떤 것을 향한 방향이며 하나의 경향이기도 하다. 그러나 지금 항해는 계속해야만 한다. 그대가 안주할 수 있도록 해 주는 양식이 없다. 왜냐하면 당신에게 힘을 부어 넣는 힘의 영역이 없어지고 그것이 마치 송장과도 다름없는 꼴이 되어 버리기 때문이다. 그래서 어느 누가 별을 우습게 여긴다면 그것은 그 자리에 주저앉아 잠이나 자고 싶어한다는 것을 뜻할 뿐이다. 그런데 당신은 어디에 주저앉고 싶은가? 어디서 잠을 자고 싶은가? 나는 쉬고 있는 장소를 전혀 알지 못한다. 왜냐하면 당신을 열광시켜 주는 어떤 장소가 있다면 그것은 당신이 이룩해 내는 승리의 목표가 되는 것이기 때문이다. 그러나 막상 당신이 새로운 승리를 맛보게 되는 전쟁은 바로 그 장소와는 판이한 것이 된다. 거기서 살 수 있도록 당신이 만들어 주는 그 보금자리는 이것과 다르다. 당신은 자신의 작품에서 무엇과 비교해서 만족을 얻어낼 수 있겠단 말인가?

155

그대는 나의 종교 의식이 지닌 힘이나 나의 마을 길을 보고 놀란다. 그렇게 놀라는 당신이야말로 장님이었던 것이다. 조각가를 잘 관찰해 보라. 그는 마음속에 이루 다 표현할 수 없는 무엇을 지니고 있다. 왜냐하면 이미 죽은 사람의 두개골이 아닌 산 사람의 머리 속에 든 내면 세계는 결코 쉽사리 표현될 수 없는 것이기 때문이다. 그래서 조각가는 바로 그것을 진흙으로 빚어 내는 얼굴에다 옮겨 놓기 위해서 반죽을 한다.

그리고 계속 길을 걷고 있는 당신은 그의 작품 앞을 스쳐 지나가 버렸다. 어찌 보면 오만한 것 같고 우수에 젖어 있는 것 같기도 한 모습을 보기도 했을 것이다. 그리고 당신은 계속해서 가던 길을 걸어갔을 것이다. 일단 조각들을 보고 지나친 그대는 이미 그 전의 당신이 아니다. 약간의 개종을 마친 사람이며, 아니 완전히 개종한 사람일는지 모른다. 다시 말해서 새로운 방향으로 몸을 돌리고 허리를 굽히게 된 것이다. 한동안, 아니 잠시 동안이라도 말이다.

그러다 보니 어떤 사람이 표현할 수 없는 감정을 느꼈다. 그는 진흙 속에 엄지손가락을 넣어 자국을 만들었다. 그는 그 자신이 다니는 길 위에다 진흙을 내다 놓았다. 그래서 당신도 이 길로 스쳐 가면 그처럼 표현할 수 없는 감정을 느낄 것이다.

그가 이렇게 해 놓고 난 다음 십만 년이 지난 후 당신이 그곳을 스쳐간다 해도 마찬가지다.

156

사막에 모래 바람이 일었다. 멀리 있는 오아시스의 잔해들을 그대 곁으로 실어 날랐다. 그리하여 야영지는 새들로 뒤덮였다. 천막마다 기어들어 우리와 함께 사는 야생조가 아닌 것도 있었다. 우리 어깨 위로 올라앉기도 했다. 그러나 먹을 양식이 없어 새떼들은 날마다 무수히 죽어 갔다. 말라 죽은 나무껍질처럼 우지직 소리를 내면서 죽은 새들은 땅 위로 악취를 내뿜었다. 나는 그것들을 거두어들이게 했다. 커다란 바구니에 가득 찼다. 그리고 그 잔해를 바다에 쏟아 버리게 했다.

태양이 열기를 내뿜을 무렵, 처음으로 우리가 갈증을 느꼈을 때 우리는 신기루란 환영을 보았다. 질서가 잘 잡힌 이 도시가 선명하게 고요한 물 속에 환히 비치고 있었다. 어떤 사람이 소리지르며 그 도시가 떠 있는 방향으로 달려가기 시작했다. 살던 곳을 떠나가는 야생 오리의 외침이 여러 마리의 오리들 속에서 들려 오는 것처럼 나는 조금 전의 그 사람이 지른 외침이 다른 사람의 마음을 흔들어 놓았다는 것을 알았다. 그들은 모두 우르르, 영감을 받은 사람의 뒤를 따라 신기루의 공허를 찾아 나설 준비를 끝낸 것처럼 보였다. 소총 한 자루가 영감을 받은 사내를 향해 정확히 겨냥해서 불을 뿜었다. 그는 쓰러졌다. 그 사내는 하나의 시체로 굳어 버렸고 우리 모두를 안심시켰다.

나의 병사 하나가 울고 있었다.

"무슨 일이냐?"

내가 물었다.

나는 이 병사가 눈에 보이는 죽음을 슬퍼하고 있는 줄로 알았다.

그러나 그는 그의 발 밑에서 바스락거리는 나의 나무껍질 하나를 끄집어올리는 것이었다.

결국 그는 그의 새들이 사라져 버리고 난 빈 하늘을 슬퍼하고 있는 것이었다.

"하늘이 그 솜털을 잃게 되면 사람의 육체에 대한 위협이 찾아들기 마련입니다."

하고 내게 말하는 것이었다.

우리는 노동자에게 우물 속에서 다시 올라오라고 했다. 그는 정신을 잃고 있었다. 그러나 그 경황 속에서도 그는 우리에게 우물이 말라 있다는 것을 암시해 주었다. 그가 들어갔다 올라 온 곳은 단물의 지하수가 있기 때문이다. 그 물은 여러 해 동안 북쪽의 우물을 향해 흘러가고 있는 것이다. 그 우물들은 피의 샘이 돼 있었다. 그러니까 이 우물은 날개에 박힌 목처럼 우리를 비끄러매 놓고 놓아 주지를 않았다. 모두가 고목의 나무껍질이 가득 들어 있는 바구니를 꿈꾸고 있었다.

그렇지만 우리는 그 이튿날 엘바르(작가의 가상의 지명)에 우물을 다시 팠다.

나는 안내자들을 소집했다. 어둠이 내렸다.

"너희들은 우물의 상황에 대하여 우리를 속였다. 엘바르는 텅비어 있었다. 너희들을 내가 어떻게 처치해야 할까." 약간 처량하고 화려한 밤 하늘에 별들이 총총히 빛나고 있었다. 우리에게 먹을 양식이라고는 가진 것이 없었고 오로지 다이아몬드뿐이었다.

"너희들을 내가 어떻게 해야 할까?"

나는 안내자들에게 물었다.

백성들의 정의란 것도 한갓 헛된 것일 뿐이다. 우리 모두가 가시덤불처럼 말라 버리는 것이 아닌가?

태양이 세모꼴로 사막에 깔린 안개를 헤치고 떠올랐다. 햇살은 우리의 살을 꿰뚫어 내는 송곳과도 같았다. 그 지글거리는 직사광선을 맞고 백성들은 하나씩 쓰러지는 것이었다. 직사광선으로 정신이 나가 버린 사람들이 쓰러진 자리에서 소리치며 일어나는 것이었다. 그러나 그들을 무리한 직사광선에서 구출해 주는 시원한 도시의 신기루는 없었다. 신기루나 깨끗한 지평선이나 탄탄한 대로 같은 것이 있을 수 없었다. 사막은 탁탁 튀기는 벽돌 가마의 불빛이 되어 우리를 둘러싸고 있는 것이었다.

내가 머리를 들자, 받침대에서 불이 붙은 희미한 깜부기불이 얼핏 보이는 것이었다. 나는 이렇게 생각했다

'이 불이란 짐승에게처럼 우리 몸뚱이에 낙인을 찍어 주는 철인과도 같은 것이구나.'

"무슨 일이야?"

어느 비틀거리는 사람에게 나는 이렇게 물었다.

"난 장님이오."

나는 우리가 지닌 낙타 세 마리 중 두 마리의 배를 가르게 했다. 내장 속에 들어 있는 물을 우리는 마셨다. 우리는 생존자들에게 비어 있는 가죽 부대 모두를 내맡겼다. 그래서 나는 이 대상들을 지휘하면서 그들을 엘크수르 쪽에 있는 샘으로 내보냈다. 그들은 그곳의 샘물 역시 말라 버린 것이 아닌가 하고 의심했다.

"엘크수르마저 말라 버렸다면 여기서 죽는게 낫다. 어차피 거기서도 죽게 될 것이다"라고 말했다.

그러나 이틀 후 그들은 이곳으로 되돌아왔다. 그러나 그들의 삼분의 일은 죽었다.

"엘크수르의 샘물은 생명의 창문처럼 열려 있습니다."

하고 그들은 증언했다.

우리는 물을 마셔 갈증을 풀고 또 물을 갈무리하기 위해서 엘크수르로 되돌아갔다.

사막의 바람이 가라앉아 우리는 밤중에 엘크수르에 도착할 수 있었다. 그러나 거기서 우리는 나뭇잎이 없는 앙상한 나뭇가지도 아닌 빼빼 마른 막대기 위에 공과 같은 먹물 빛이 꽂혀 있는 것을 보았다. 우리는 처음 그 환영이 무엇인지 알 수 없었다. 그런데 우리가 이 나무 부근으로 다가가자 그 공 같은 것은 하나씩 하나씩 커다란 분노의 음향을 내면서 폭발하기 시작하는 것이었다. 그곳에서 횃대에 올라앉았던 까마귀떼가 갑작스레 자리를 뜨면서 날아가자 마치 뼈대 둘레에서 파열되는 몸뚱아리의 일부와도 같았다. 까마귀의 비상이 멀리 사라져 없어지기는커녕 이마 위로 잿빛 회오리바람을 오랫동안 일으키고 있는 것이었다. 우리는 그들 중에 삼천 마리는 더 죽였다. 우린 먹을 양식이 없었기 때문이다.

대단한 잔치였다. 모두들 모래로 화덕을 쌓고 거기다 마른 쇠똥을 가득 채웠다. 그것은 건초처럼 빛을 내며 타고 있었다. 까마귀의 기름이 타는 냄새가 사방으로 퍼졌다. 우물가에 늘어선 감시조(監視組)는 있는 힘을 다해 쉬지 않고, 땅을 파헤치는 데 쓰여질 이십 미터의 끈을 꼬아 내는 데에 여념이 없었다. 다른 조들은 메마른 땅에서 자라는 오렌지나무를 섬기듯이 야영지에 물을 끼얹어 주고 있었다.

나는 발길을 천천히 옮기며 백성들이 활기를 되찾은 모습을 지켜

보았다. 그리고 그들로부터 멀리 간격을 두고 떨어져 나갔다. 고독의 시간으로 되돌아온 나는 신에게 이렇게 기도했다.

"주여, 저는 보았습니다. 단 하루 사이에 말랐던 우리 군대의 몸이 다시금 회복되는 것을 말입니다. 그 살은 이미 말라 죽은 나무 등걸과도 같은 것이었습니다. 그러나 이제 원기와 능률을 되찾았죠. 다시금 기운을 되찾은 우리의 근육은 우리가 원하는 곳으로 우리의 육체를 이끌고 나갈 것입니다. 그러나 만일 그때 작렬하는 햇살이 한 시간만 더 계속되었더라면 우리는 이 땅 위에서 사리져 버리고 없을 것입니다. 우리의 육체와 우리들의 발자취마저 없어져 버릴 것입니다. 우리는 웃음 소리와 노래하는 소리를 들었습니다. 나와 더불어 함께 나온 군대는 곧 추억의 창고인 것입니다. 그것은 아득하여 손에 닿지 않는 존재들을 파악하게 되는 열쇠이기도 한 것입니다. 희망과 절망, 고통과 기쁨이 그 열쇠 위에 있는 것입니다. 그것은 단지 한 가지만 돌연히 존재해 있는 것이 아니라 수천 번이나 다른 것과 연결되어 있는 것입니다. 하지만 그때 강렬했던 햇살이 한 시간만 더 내리쬐었더라면 우리는 이미 이 땅에서 사라져 버리는 것이었습니다. 우리의 육체와 함께 우리의 발자취마저 그런 식으로 사라져 버렸을 것입니다. 저는 그들을 이끌고 정복해야 할 오아시스를 찾아 나아가고 있는 것입니다. 그들은 황폐한 땅에 심겨지는 씨앗에 지나지 않는 것입니다. 그들은 우리의 관습을 모르는 사람들에게 가르쳐 주게 될 것입니다. 그 사람들은 먹고 마시고 오늘 저녁 그저 최소한의 생존을 위한 생활을 엮어 갈 뿐입니다. 그들은 풍성한 평야에 나타나기만 하면 풍습과 언어뿐만 아니라 모든 것, 성벽과 신전의 건축 양식마저 새로운 것으로 바꾸어 버릴 것입니다. 그들은 한 세기 이상을 행사해 나갈 권력을 지니고 있습니다. 그렇지만 그때 햇볕이 한 시간만 더 지속되었더라면 우리는 지상에서 영영 꺼지고 말았을 것입니다. 우리의 육체와 우리 발자국의 자취마저 함께 말입니다.

그들은 그것을 알지 못 합니다. 그들은 갈증을 느낍니다. 그들은 주린 배를 채웁니다. 엘크수르의 샘물은 시와 도시와 거기에 부속된 큰 정원을 구출해 줍니다. 그것을 지금의 현상대로 이룩하려는 것이 나의 결심이었기 때문이지요. 엘크수르의 샘물은 세상을 변하게 하고 있습니다. 그렇지만 태양이 한 시간만 더 계속되었더라면 우리는 지상에서 사라져 버렸을 것입니다. 우리와 무리의 발자국 자취가 말입니다.

맨 먼저 돌아온 사람들이 우리에게 말했습니다. 엘크수르의 샘물은 생명에 이르는 창입니다. 그때 천사들이 커다란 광주리 속에 나의 군대를 거두어들여서 죽은 나무껍질처럼 그대 주님의 영원 속에 그 군대를 부어 넣어 버릴 만반의 준비를 갖추고 있었던 것입니다. 우리는 바늘구멍을 통해 그들을 달아나게 했던 것입니다. 더 이상 뭐가 뭔지를 알 수 없었습니다. 그 후부터 나는 태양이 진흙땅과 빛 사이에 균형을 이루어 가면서 곡식을 익혀 가고 있는 보리밭을 쳐다보기만 하면 수레와 은밀한 통로를 보게 되는 것입니다. 설사 수레와 길이 무엇으로 이루어져 있는지 모른다고 해도 말입니다. 저는 도시와 신전과 성벽 그리고 엘크수르 샘이 딸려 있는 큰 정원이 모두 외부로 나오고 있는 것을 보았습니다.

저의 부하들은 물을 마시면서 그들의 배를 생각합니다. 그들은 지금 배의 포만감 말고는 생각하는 것이 없게 되었습니다. 그들은 바늘구멍의 주위에 모여들었습니다. 그 바늘구멍 속에는 흔들면 출렁거리는 검은 물의 동요가 있을 뿐 그것 말고는 아무것도 없는 것이었습니다. 그러나 메마른 씨앗에다 물을 뿌렸으니 물 마시는 즐거움 말고는 씨앗에게 남아 있는 것이 아무것도 없었던 것이지요. 물은 도시, 신전, 성벽 그리고 또한 큰 정원 등이 잊혀진 힘을 일깨워 주고 있는 것입니다.

나는 주님이 궁륭의 열쇠인지, 아니면 누구에게나 다 알맞은 척도인지, 혹은 상호간의 의미인지 알 수가 없는 것입니다. 보리밭과 엘크수르 샘과 또 나의 군대에서 나는 아무렇게 쌓아 둔 재료만을 찾아볼 수 있을 뿐입니다. 나로 하여금 별 아래에 총안을 뚫어 둔 성벽 안의 도시를 읽어 볼 수 있게 해 주는 당신의 존재가 거기 없다 해도 말입니다."

157

우리는 곧 도시가 보이는 곳에 이르렀다. 거기서 엄청나게 높고 붉은 성벽 말고는 아무것도 찾아볼 수 없었다. 거기 성벽에는 이렇다 할 장식이나 돌출물 또는 총안 하나 없고 바깥에서 안을 들여다 볼 수 없는 설계로 사막과 정면으로 대결하려는 듯 거만스런 자태를 드러내고 있었다. 그대가 도시를 바라보면 도시도 그대를 보고 있는 것이다. 도시는 그대가 바라보고 있는 정면에 탑을 세워 올린다. 도시는 그 탑신에 뚫어 놓은 총안으로 그대를 관측한다. 도시는 그대에게 문을 열어 주기도 하고 닫기도 하는 것이다. 혹은 도시는 그대의 애정을 받고 싶어하거나 그대에게 미소를 지어 보이거나 하면서 도시의 표면에 나타난 장식을 그대 있는 쪽으로 내보이는 것이다. 도시란 원래 외방의 방문객들을 받아들이기 위해서 잘 건축되었기 때문에 우리가 도시를 일단 정복하게 되면 언제나 그 도시는 우리 편이 되어 있는 것처럼 느끼기 십상이다. 기념문과 왕도(王道)는 당신이 부랑자건 정복자건 간에 언제나 왕자처럼 맞아들이는 것이다.

그러나 한걸음 한걸음 성벽으로 다가갈수록 크게 부각되는 성벽의 깎아지른 모습이 도시란 것을 제외하고는 아무것도 없는 것처럼, 침묵을 되씹으며 우리에게 등을 돌리는 것처럼 보이자 나의 부하들은 불안에 사로잡혔다.

첫날 우리는 그 성벽 주위를 천천히 돌면서 성벽의 돌파구나 어떤 약점, 그것도 아니면 최소한의 막힌 출구라도 찾아내는 데 시간을 보냈다. 그러나 그런 것들이 없었다. 우리는 사정 거리에까지 들어가게 되었다. 불안이 점점 커져 나의 부하들 몇몇이 도전 사격을 했다. 끝내 성벽의 침묵은 깨뜨릴 수 없었다. 그러나 바로 그 성벽 너머에는 그대가 가위눌림에서 벗어날 엄두도 못낼 갑각류의 악어와도 같은 도시가 문을 걸어 두고 있는 것이다.

성벽의 발 아래로 내려다보지는 않았지만 멀리 솟아 있는 높은 고지로부터 물냉이처럼 빽빽하게 들어찬 초록 풀밭이 보였다. 정말 성벽의 밖에서는 한 포기의 풀도 발견할 수가 없었다. 거기엔 태양에 메마른 모래와 자갈만이 끝없이 펼쳐져 있을 뿐이었다. 그만큼 오아시스의 샘물은 오로지 도시 내부를 활용하기 위해서 줄기차게 물을 끌어올리기만 했던 것이다. 투구가 머리카락을 위험에서 감싸 주듯이 이 성벽이 모든 식물의 자라남을 억제했던 것이다. 우리는 너무 빽빽하게 들어선 나무와 새들 그리고 꽃들이 있는 이 우뚝한 낙원으로부터 몇 발자국 떨어진 곳에서 멍하니 왔다갔다하고 있었다. 분화구에서 현무암이 그러했듯이 오아시스는 바로 이런 성벽으로 둘러싸여 있었다.

그 성벽에서 아무런 틈바구니가 없다는 것을 잘 알게 된 우리들 중 몇 사람은 겁을 먹었다. 왜냐하면 이 도시는 적어도 사람의 기억으로는 대상(隊商)을 내보내거나 받아들인 적이 없었기 때문이다. 어떤 여행자도 자기의 것을 지고 와서 먼 고장의 생활 습성을 옮겨 주지 못했던 것이다. 어떤 상인도 다른 곳에서 흔히 쓰여지는 성문의 사용법을 일러 주지 않았다. 멀리서 포로의 몸이 된 어떤 소녀도 그들에게 자신의 핏줄을 남겨 놓지 않았다. 이런 사항들이 내 부하들에게는 이 세상 어느 민족과도 비길 만한 점이 없는 그런 형태 없는 괴물의 껍질을 더듬어 보는 것만 같았다. 왜냐하면 아주 외따로 떨어진 섬들도 배를 한 번쯤 파선시킴으로써 그대 혈족을 이어나갈 여지를 찾아볼 수 있게 되고 또 웃음을 강요할 수 있게 된다. 그러나 이 괴물은 전체의 윤곽은 보이지만 그 얼굴은 보여 주지 않고 있는 것이다.

그와는 반대로 무어라 표현하기 어려운 괴상한 사람들에 대해서 괴로움을 느끼는 사람도 없지 않다. 왜냐하면 언제나 한결같이 흔들리지 않으며 그 살 속에 다른 반죽이 섞이지 않았고 자기네 종교나 관습에 있어서도 언어가 부패되지 않았고 모든 것이 뒤범벅이 된 민족의 정화조에서 나온 여자가 아니라, 감탕밭에서 그대로 녹아 버린 빙하와도 같은 그 여자에게서 감화를 받았기 때문이다. 그 여인은 얼마나 아름다운가. 이 사랑스런 여인은 그녀가 지닌 향료와 정온과 관습 속에서 남이 샘을 낼 만큼 훌륭하게 교육을 받은 여자였다. 그러나 다른 사람들과 마찬가지로 나 자신도 일단 사막을 다 건너고 나면 헤아릴 수 없는 그 무엇에 부딪치고 만다. 왜냐하면 당신에게 대항하면서 내 몸을 그대 칼에다 내놓듯이 그대에게 마음의 길을 열어 주는 사람은 그대가 정복할 수도 있고 그를 사랑하거나 그로 인해 죽고 싶게 할 수도 있는 것이다. 그러나 당신을 받아들이지 못하는 사람에 대해서는 그대가 무엇을 할 수 있을 것인가? 나는 이미 그런 고통을 겪어 온 것이니 우리는 아무것도 보지도 듣지도 않는 벽 둘레에 하얀 모래 지대가 있는 것을 발견해 내었다. 그것은 먼 고장에서 파견된 자들의 말로를 증명해 주는 해골이 쌓인 곳으로서 절벽에 부딪친 파도가 이루는 거품이 물가에서 맴도는 것과도 같았다.

해질녘 우리 앞에 계속 버티고 있어 도무지 들어갈 수 없는 이 성벽을 바라보면서 나는 천막 문턱에서 명상에 잠겼다. 그리하여 그것은 우리가 정복하고자 하는 도시라기보다는 바로 그 도시가 우리를 향해 공략하려는 것같이 보이는 것이었다. 가령 그대가 기름진 땅에다 딱딱하게 잘 여문 씨앗을 심는다면 그대의 씨앗을 둘러싸고 포위하는 것은 땅이 아니다. 왜냐하면 그 땅속에서 당신의 씨앗이 눈을 틔우게 되면 그 낟알은 땅 위에서 그의 통치를 이룩하게 되기 때문이다.

　나는 생각했다. '예컨대 우리가 알지 못하는 어떤 악기가 담 너머에 있고, 그 악기에서 구슬프고 우울한 선율이 흘러나오고, 그 선율이 우리가 미처 알지 못하는 그 어떤 취향의 멜로디였을 경우 그 은밀한 저항을 깨뜨려 버리기만 하면 나의 부하들이 제 고향으로 돌아가고 난 한참 후 저녁 나절에 나의 야영지에서 보기 드문 그 악기를 가지고 그들 감정에 잘 맞는 새로운 취미의 선율을 연주하고자 하는 모습을 보게 될 것이다. 그러면 그들의 마음도 달라질 것이다.'

　'정복자가 될 것인가? 아니면 피정복자가 될 것인가? 이를 어떻게 분간할 수 있을까? 나는 이렇게 생각했다. 그대는 지금 군중 속에서 말없는 이 사람을 쳐다보고 있다. 군중들이 그를 에워싸고 그를 밀쳐 내어 꼼짝 못하게 붙들고 있다. 그가 속이 빈 사내라면 군중들은 그를 당장 짓밟아 버릴 것이다. 그러나 내가 춤추게 시키는 무희와도 마찬가지로 그의 내면에 어떤 심리가 들어 있고 바탕이 단단한 사람이라면, 또 말을 하고 그 말을 하고 난 연후에 그대 군중 속에 자기의 뿌리를 박고 함정을 묶어 놓아 자기의 지배력을 심어 놓는 사람이라면 그가 발자국을 옮겨 놓을 때 그대의 군중들도 그에게 힘을 내어 걸어갈 수 있도록 해 줄 것이다.'

　'이 영지의 어느 곳에서 침묵의 보호를 받고 있는, 명상의 중심이 되어 있는 유일한 지혜는 한낮의 곡식과도 같은 것이기 때문에 그대가 지닌 무기의 무게와 균형을 취하기 위해서는 명상의 한복판에 현명한 이가 한 사람만 자리하고 있으면 그것으로 충분하다. 그러면 그의 목을 자르긴 해야 할 텐데 어디서 찾아낼 것인가? 이는 오로지 그의 작업이 성취됨에 따른 영향력에 의해서만 나타날 뿐이다. 세계와 조화를 이루게 되는 생명이란 것도 그런 것이기 때문이다. 그렇게 되면 당신에게 유토피아를 제공하는 정신 빠진 사람과 다투고 싸우게 된다. 그러나 눈에 보이는 바와 같이 현재를 생각하고 구축해

가는 사람과는 싸울 수 없는 것이다. 모든 창조의 경우도 이와 마찬가지다. 창조자는 결코 그런 속에 나타나지 않는 것이니까. 내가 그대를 인도한 산에서 그대가 자신의 문제를 해명했다면 그대가 어찌 나에게 대항할 수가 있을 것인가? 그대는 별수없이 어디엔가 가 있어야만 하는 것이다.

성벽을 쳐부수고 여왕의 왕도(王都)를 침입했던 그 야만인의 경우도 마찬가지다. 여왕의 병사들은 몰살됐기 때문에 이제 여왕에겐 아무런 힘도 없는 것이다.

그대는 어쭙잖게 장난삼아 하는 놀이에서 실수를 저질렀을 경우, 창피하고 자존심이 꺾인 상태에서도 실수를 바로잡고 싶어할 것이다. 그렇지만 그 같은 장난이 그대 마음속에서 항의하는 또 하나의 당신을 제외하고는 당신을 꺾어 내겠다고 하는 판관은 존재하지 않을 것이다. 그리하여 그 어떤 무용수, 아니 어느 누구도 그것을 두고 당신을 비난할 자격이 없는 한 당신은 무용을 하면서 스텝을 잘못 밟게 될 것이다. 그래서 그를 나의 죄수로 삼기 위해 당신에게 내보이러 가지는 않겠지만 무용에 대한 나의 취미는 당신에게 넘겨줄 것이다. 그렇게 되면 당신은 내가 원하는 곳으로 오게 된다. 이런 경우 갑작스레 문을 부수고 도끼를 쥔 손에 힘을 뽐내면서 허영심이 많고 허풍을 잘 떨어 누군가를 놀라게 하고 싶다고 생각하는 야만인 우두머리의 강렬한 욕망은 결국 남모르는 실망과 어설픈 관용을 보이며 씁쓸한 미소를 지어 보이게 하는 것이다. 완전한 침묵 말고는 여왕을 놀라게 해 줄 수 있는 것은 아무것도 없었다. 그리고 여왕은 잠음 같은 소리는 아예 들으려고 하지 않았다. 말하자면 하수구 청소를 꼭 해야 할 필요를 느끼고 있으면서도 그것을 당신이 무시해 버리는 것과도 같은 이치다.

짐승 한 마리를 길들인다는 것은 사람에게 유용한 어느 방향으로 움직이도록 가르치는 것이다. 당신이 당신네 집에서 나오고 싶으면 아무 생각 없이 집안을 한바퀴 돌아 보고 문으로 빠져 나온다. 그대의 강아지는 뼈다귀를 갖고 싶으면 당신이 뼈다귀를 찾아다 주기 바라는 몸짓을 취할 것이다. 그런 개의 행동 자체가 뼈다귀와는 직접적인 상관이야 없을지라도 동물이란 것은 반드시 그런 과정을 밟고야 마는 것이다. 강아지는 이상이 아니라 본능에 다라 행동하는 짐승이기 때문이다. 무용수가 자신도 잘 모르는 놀이에서 규칙에 따라 무리들을 이끌어 가는 경우도 이와 마찬가지 이치다.

당신의 규칙을 당신이 모르는 것과 마찬가지로 규칙들이란 하나의 숨겨진 언어라고 하겠다. 그러니까 당신은 어떤 몸놀림이었으며 왜 당신의 말(馬)을 원하는 대로 복종시키지 않을 수 없게 되는지 정확하게 내게 말해 줄 수 없으리라. 그런데 그 야만인 우두머리의 약점이란 처음엔 여왕을 놀라게 해 주고 싶은 심사였지만 그의 본능은 그것이 단지 하나의 방법에 지나지 않았다는 것과, 다른 모든 방법은 여왕에게 더욱 먼 거리감을 갖게 하고 더 너그럽게 더 큰 실망을 안겨 줄 뿐이란 것을 깨우쳐 주었던 것이다. 그래서 그는 침묵을 지키기로 했다. 그리하여 왕은 시끄러운 도끼 소리보다 말없는 존경심을 보내 주는 것에 더욱 마음이 끌렸고, 야만인은 다시 자기가 생각하는 방향으로 행동을 바꾸기 시작했던 것이다.'

그리하여 나는 나의 장군들을 모아 놓고 이렇게 말했다.

"나는 도시를 놀라게 뒤흔들어 놓고 점령하겠다. 그리하여 도시 사람들이 우리에게 여러 가지 질문을 해 오도록 할 것이다."

경험을 쌓아 보다 현명해진 나의 장군들은 내 말을 전혀 이해하지는 못하였으나 내 뜻에 동의를 표하는 여러 가지 소리를 지르는 것이었다.

나는 부왕이 어떤 이에게 제기하던 반론을 기억한다. 인간이란 중요한 일에는 위대한 힘을 이겨낼 수 없는 것이라고 부왕에게 항변했던 것이다.

"물론 그런 경우도 없지 않지." 하고 부왕이 그들에게 대답했다.

"하나의 힘이 강자를 꺾어 누를 때 그 힘이란 것이 위대하리란 점에 있어서는 당신네들 말이 옳다. 그러나 박력은 있다지만 오만하고 탐욕스런 상인이 여기 있다고 가정해 보자. 그가 허리띠 속에다 많은 다이아몬드를 집어 넣고 다닌다고 하자. 그 상인을 전혀 알지 못하는, 몸이 약하고 가난하고 소심한 곱추가 제 말이 아닌 다른 언어로 그 보석들이 자기 것이라고 말하고 싶어한다고 가정한다면 여러분은 바로 그 곱추의 힘이 어디서 나오는지를 알 수 있겠는가?"

"우리는 알 수 없습니다.'"

하고 장군들이 말했다.

"그런데 몸이 허약한 이 곱추는 거인에게 다가와서 날씨가 더우니 같이 차나 한잔 나누자고 초대하지 않았겠나. 하긴 자네가 지금 허리띠에 보석을 페차고 있다고 해도 차 한잔쯤 같이 나누는 데는 별로 불편을 주는 것이 아닐 테니까 말일세."

하고 부왕은 말씀을 계속했던 것이다.

"물론 위험할 것은 없겠지요."

장군들이 그 말에 동의했다.

"그렇지만 그들 두 사람이 차를 마신 후 헤어지기 전에 곱추가 상인의 주먹에까지 모르게 하고 춤을 추게 한 후에 보석을 훔쳐가 버린 것을 알자 상인은 미처 펄펄 날뛰게 되었지."

"어떤 춤을 추게 했는데요?"

"뼈로 깎은 세 개의 주사위 놀이란 이름의 춤이란 거지."

하고 부왕은 대답해 주고 난 다음 그들에게 이렇게 설명했다.

"놀이란 건 원래가 놀이의 대상보다는 그 자체가 더 강한 것이지. 장군, 자네는 만 명의 병력을 거느리고 있다. 그들은 모두 무기를 지닌 병사들이며 서로 유대로 묶여져 있다. 그런데 자네는 그들 중 한 명씩 감옥에 집어 넣겠지. 사물 자체를 가지고 사는 것이 아니라 사물의 의미를 가지고 살기 때문에. 다이아몬드란 물건의 의미가 주사위에 대한 보상이 된다면 그 다이아몬드는 의당 곱추의 호주머니 속으로 들어가게 마련인 것이다."

나를 둘러싸고 있는 장군들은 대담하게 말했다.
"그러나 도시의 사람들이 영주님의 말을 듣지 않으려고 거부한다면 그들을 어떻게 장악하시렵니까?"
"그렇지. 바로 그 점이 자네들이 말하기는 좋아하지만 결국 쓸모 있는 말은 한마디도 못하게 되는 까닭이라니까. 하긴 이따금 사람이란 귀담아 듣기를 거부하는 때도 있을 수야 있지만 귓가에 들리는 소리를 거절할 수는 없는 노릇이지."
"우리 편으로 끌어들이고자 하는 사람의 담이 클 때는 나의 약속이 제시하는 유혹 같은 것에 둔감해질 경우도 있지 않겠습니까?"
"그렇게 말한다면 또 그럴 수도 있는 거지. 하지만 바로 그 사람이 어떤 음악에 민감하고 또 자네가 그 음악을 연주해 준다면 그가 귀기울이는 것은 자네의 말이 아니라 음악이 아니겠는가. 그래서 자기가 열중하는 문제에 관심을 기울이게 되고, 또 자네가 그에게 회답을 제시하면 그는 어쩔 수 없이 그것을 받아들이게 되지 않겠나. 자네에 대한 증오나 경멸 때문에 그가 자신의 내부에서 계속 그 문제를 추구하는 체하는 몸짓을 해 보이는 것이라고 생각하는가? 그가 애를 썼지만 끝내 찾아내지 못하고 마는 비밀을 노름꾼에게 가르쳐 주게 되면 그때부터 자네는 그를 지배할 수 있게 되지. 겉으로는 설사 자네에게 아는 체하지 않는다 해도 끝내는 자네에게 복종하게 될 것이오. 자네가 찾는 것을 어느 누가 품속에서 빼내게 되면 자네는 그것을 자네 것으로 만들어 버리고 말 것이라네. 어떤 여인이 있어 잃어버린 반지를 찾거나 하나의 수수께끼 말을 찾는다면 내가 그 반지를 찾아서 그대에게 되돌려주거나 또는 그녀에게 수수께끼의 말을 속삭여 준다면 그녀는 극도로 증오심 어린 눈으로 나를 쏘아보며 거부할 수도 있는 것이다. 그러나 그녀의 의사와 상관없이 나는 그녀를 지배하고 말았지. 결국 나는 그녀를 꿇어앉히는 데 성공한 것이니까. 그래도 잃어버렸다는 반지를 계속 찾아댄다면 그 여자는 미친 사람이다."

"그 도시 사람들도 틀림없이 어떤 것을 구하려고 갈망하고 소망하며 또 보호하며 그리고 조용하게 키우고 있는 것이다. 그렇지 않다면 그 둘레에다 그들이 어떤 성벽을 쌓겠다는 것인가? 만일 자네가 메마른 우물 주변에다 성벽을 쌓아 올리고 그 바깥으로 호수를 판다면 자네가 세운 성벽은 저절로 무너져 버리고 마는 것이지. 그리고 자네가 자네의 비밀 둘레에다 성벽을 쌓았을 경우, 그 성벽 언저리에서 나의 병사들이 목청이 찢어지라고 자네의 비밀을 외쳐댄다면 자네의 성벽은 허물어지고 마는 것이 아니겠는가.

그 까닭을 대라면 그것들은 이미 목적을 가지고 있지 않기 때문이었다고 말할 수 있지. 또 자네가 다이아몬드를 포개 놓고 그 둘레에다 성벽을 쌓았는데 내가 거기다 벽 허물어진 폐물 따위를 뿌려 놓는다면 자네의 성은 역시 무너져 버리고 마는 것이라네. 오직 그 성벽은 자네의 가난을 드러내 보이는 결과가 될 것이니까. 그리하여 자네가 또 극치의 무용 둘레에 남이 볼 수 없도록 성벽을 쌓아 올리는 것을 내가 보고 그와 똑같은 무용을 자네보다 훨씬 더 잘 춘다면, 자네는 춤추는 것을 내게 배우기 위해서 자네의 성벽을 허물어 버릴지도 모르지…….

도시의 사람들, 나는 우선 그들이 내 말을 들어 주기를 바랄 뿐이지. 일단 내 말을 듣기만 하면 저절로 귀를 기울이게 될 것이다. 하지만 정말 내가 그들의 성벽 아래서 나팔이라도 불어댄다면 그들은 성벽 꼭대기에서 편안히 휴식을 취하고 나의 허허로운 나팔 소리에는 귀를 기울이지 않게 될 것이다. 자네는 자네를 위한 일만 할 테니까 말일세. 그리고 자네를 성장시키도록 하는 일에만 귀를 기울일 게다. 혹은 자네의 논쟁 가운데서 하나라도 해결해 주는 것만 골라서 듣게 될 테니까 말일세."

그러니까 그들이 나를 못 본 체해도 나는 내가 할 일을 계속하련다. 위대한 진리란 자네 혼자만이 지니고 있는 것이 아니라는 사실 때문이지. 자네를 둘러싸고 있는 세상은 자꾸만 변하는데 자네 혼자만이 영원히 변하지 않고 있을 수는 없지 않은가. 자네가 원하든 원치 않든 간에 나는 자네가 지니고 있는 의미를 변화시킬 수 있지만 자네는 그것을 결코 견뎌 내지 못하기 때문이다. 자네는 비밀을 지닌 사내였었다. 그런데 그 의지가 변질하고 보니 비밀은 이미 자네에게서 떠나 버린 셈이지. 나는 고독 속에서 춤을 추고 시를 읊어대는 사람들에게 몰래 비아냥거리는 청중들로 그들을 둘러싸게 하고 나서 그의 춤을 단숨에 중단시키는 것이다.
"그렇게 했는데도 계속 춤을 춘다면 그건 분명히 미친 사람이다."

"자네가 원하든 원하지 않든 간에 자네의 감정은 다른 사람의 감정으로 이루어지는 것이다. 자네 뜻과는 관계없이 자네의 취미란 다른 사람들의 취미로 이루어지는 것이다.
자네의 행동은 곧 놀이의 움직임인 것이다. 춤이 아니다. 내가 자네의 놀이나 춤을 바꾸어 놓으면 자네의 행동은 다른 것이 되어 있다. 자네는 단순히 놀이삼아 성벽을 지어 올린다. 나중에 놀이가 아닌 다른 이유로 바로 그 성벽을 자네는 부숴 버리게 된다. 그 까닭이란 자네는 사물로 살지 않고 사물의 의미를 가지고 살기 때문이다."

"나는 도시에 살고 있는 사람들의 자만심을 나무라겠다. 그들은 그들의 성벽을 믿고 있는 것이니까."
"그러므로 자네의 유일한 성벽은 바로 자네가 반죽해서 스스로 이루어 놓은 구조의 힘이다. 삼나무의 성벽은 다름아닌 씨앗의 힘이므로, 그 씨앗은 폭풍우와 가뭄 그리고 자갈로부터 막아 주는 것이 되니까 말이다. 그러고 난 다음 자네는 나무껍질로 잘 설명해 줄 수 있는 것이다. 그 껍질이란 처음에는 씨앗의 한 열매였던 것, 뿌리와 껍질과 나뭇잎들은 바깥으로 드러난 씨들이다. 그러나 보리싹 하나의 힘은 나약하기 그지없다. 그리하여 보리는 시간이 꾸며 내는 의도에 대하여 강인하지 못한 성벽을 거기다 대치시킨다.

그런데 한결같이 기초가 튼튼한 것은 우선 눈에 보이지 않는 힘의 선(線)을 따라 바로 그 힘의 영역 한가운데서 꽃을 피울 준비를 갖추었던 것이다. 나는 그것을 아주 훌륭한 성벽이라고 말했다. 왜냐하면 시간은 이것을 소모시키는 것이 아니라 오히려 그것을 하나하나 지어 나가기 때문이다. 그렇게 도와 주도록 마련돼 있다.

악어 가죽은 바로 그것이 감싸 주던 짐승의 생명이 죽어 버리고 나면 아무것도 보호하지 못한다."

콘크리트 철근 속에 박혀 있는 적군의 도시를 바라보면서 나는 그 쪽의 약점과 강점을 조용히 생각해 봤다.

'춤을 이끌어 가는 것이 도시인가 아니면 나일까?' 밀밭에다 독보리 씨앗을 뿌린다는 것은 위험한 일이다. 독보리의 존재는 밀의 존재를 지배하는 것이기 때문이다. 그러니까 어떻게 자라고 있으며 독보리의 수자가 문제되는 것은 아니다. 그대의 보리 낱알의 수자는 씨앗 속에 들어 있는 것이니까. 수를 헤아려 보려면 적당한 시간이 흘러야 하는 것이다.

158

이렇듯 나는 성벽을 두고 오랫동안 생각에 잠겨 있었다. 오래된 성벽은 바로 나 자신 속에 있는 것이다. 그대에게 칼을 휘둘러 대는 병사들은 그것을 잘 알고 있다. 그렇게 되면 그대는 무사하게 있을 수는 없다. 사자란 딱딱한 껍데기를 갖고 있지는 않지만 낚아채는 발길은 번개와도 같다. 그래서 사자가 당신네 황소에게 덤벼들면 벽보를 찢어 놓듯이 두 토막으로 갈라놓아 버리는 것이다.

어린아이는 나약한 것이라고 당신은 내게 말하겠지. 그리하여 나중에 세상을 바꾸어 놓을 큰 인물도 어릴 때엔 촛불처럼 혹 불면 꺼져 버릴 수도 있었다. 그러나 아브라함이란 어린이가 죽는 것을 보았다. 그 애가 건강할 때 짓는 미소란 하늘이 내려준 천성같이 보였다. 어떤 이가 "이리 오너라"하고 아브라함을 불렀다. 그 애는 노인에게로 갔다. 노인에게 미소를 지었다. 그 미소는 늙은이 표정을 환히 밝혀 주었다. 늙은이는 아이의 볼을 튕겨 주고는 그 애에게 무엇이라고 말을 건네 볼지를 몰랐다. 어린아이는 약간의 현기증을 일으키는 거울이거나 아니면 하나의 창문이기 때문이다. 어린아이는 언제나 여러 가지 지식을 가지고 있기라도 한 듯이 그대를 어리둥절하게 만들고 있는 것이니까. 그래서 그대는 항시 그런 일에 속지 않는다. 당신이 그 애를 자라지 않게 하기 전에는 언제나 그 애의 정신은 강한 것이기 때문이다. 그리고 어린아이는 세 개의 조약돌을 가지고 전쟁 함대를 만든다. 물론 노인은 그 어린이가 함대의 함장이 된다는 것은 알지 못하지만 그 애의 힘은 알고 있다. 그런데 아브라함이란 아이는 제 스스로의 꿈을 만들기 위하여 사막에서 꿀을 따오는 꿀벌과도 같은 것이다. 모든 것이 이 아이에게는 꿀이 된다. 그래서 그 애는 하얀 이를 드러내며 당신에게 미소를 짓는다. 당신은 이 아이의 미소에서 무엇을 파악해야 할는지 모르고 그 자리에 멍하니 서 있게 된다. 표현할 말이 없기 때문이다. 커다란 태양이 바다 위에서 솟아 오르며 펼치는 봄의 기운처럼 세상에 알려지지 않은 이 보물들은 놀라울 만큼 멋있는 자태로 바로 눈앞에 전개되는 것이다. 그리고 선원들의 갑작스런 기도가 자신도 모르게 우러나오는 것을 느낀다. 영광을 향하여 배는 오 분 동안 앞으로 나아간 것이다. 두 손을 가슴에 얹고 배를 맞아 줄 것이다. 아브라함의 경우도 이와 마찬가지로 무엇으로 이루어진 미소인지 또 어떻게 포착해야 좋은 것인지를 알지 못하는 기회처럼 스쳐가 버리는 것이다. 그것은 당신도 탐사해 볼 시간이 없이 태양이 비치는 영지와 풍요에 대하여 너무도 짧은 기간에 군림하는 무엇과도 같은 것이다. 그러면 그것을 두고 당신은 아무 말도 할 수 없게 된다. 바로 그때 다른 것을 향한 창문과도 같이 눈꺼풀을 떴다 감았다 하게 된다. 그리고 별로 많은 말을 하지 않고서도 당신을 일깨워 주는 것이다. 진정한 교육이란 당신에게 말을 하도록 시키는 데 있지 아니하고 당신을 어디론가에 인도하는 데 목적이 있는 것이기 때문이다. 그래서 내가 당신을 늙은 짐승에 비긴다면 그 애는 어린 목동이 되어 당신을 보이지 않는 초원으로 인도하는 것이다. 거기에서 잠시 동안 당신은 젖을 마시고 포식한 데다 물을 한껏 마신 것으로 느꼈다는 것 이외는 아무것도 말할 수 없게 되었다. 그런데 바로 그 애가 당신에게는 지금껏 알려지지 않은 태양의 징조였던 것이다. 그러고 난 다음 당신은 그 애가 죽어 가고 있다는 사실을 알게 되었다. 그래서 도시 자체는 깜박이는 야등이 되고 부화기로 변한다. 모든 노인들이 탕약과 노래를 시험하러 왔었다. 사람들은 거리에서 소음이 나지 않게 하려고 문 앞에 서 있었다. 그러고는 그대에게 그를 감싸 주고 진정시키며 또 부채질하게 해 주었다. 그리하여 죽음과 그 노인 사이에는 도무지 함락시킬 수 없는 성벽이 세워졌던 것이다. 죽음과 맞서 있는 이 공략을 지원하기 위하여 도시의 모든 병사들이 그를 둘러싸고 있었다. 어린아이에게 있어서의 질병이란 몸이 허약한 어린이가 나약한 육체를 가지고 벌이는 투쟁에 지나지 않는 것이라고 말하지는 말라. 먼 곳에 약이 있다면 기사들이라도 그쪽으로 파견했을 것이다. 그렇게 되면 당신의 병이란 사막을 달리는 기사들의 말발굽에 달려 있다. 약을 사오기 위해서 말을 세우느냐 세우지 않느냐에 달려 있는 것이다. 가쁜 숨을 몰아쉬는 말에게 먹일 물통을 갖고 있나 없나에 달려 있는 것이다. 말의 배를 타고 내린 박차에도 달려 있다. 한 순간이라도 빨리 달려 죽음을 이겨 내야 하기 때문이다. 표정도 없이 땀으로 번뜩이는 얼굴만을 보았을 것이다. 그러나 투쟁을 계속하고 있는 자들은 말의 배에다 박차를 가하면서 싸우고 있다.

　허약한 아이라구? 어째서 허약하다고 하겠는가? 그가 꼭 허약해야만 한다면 군대를 인솔하는 징조만큼 허약하다고 할 것인가…….
　나는 몸소 그를 바라보면서 그를 잘 알게 되었다. 나는 노파와 노인, 그리고 어린아이들을 바라보면서 여왕벌을 둘러 주위에 모여든 꿀벌떼, 금광 언저리에 모여든 광부들, 지휘관 주위에 모여든 모든 병사들을 바라보면서 그들이 마음을 합하여 하나의 힘으로 묶어지듯이, 또 씨앗이 여러 가지 물질을 흡수하여 나무를 이루어 내듯이 탑과 성벽과 조용한 사색에 잠긴 은밀한 미소가 그들을 모두 흡수해 버렸기 때문이다. 그리고 미소는 투쟁을 위해 그들 전부를 소집할 것이기 때문이다. 어린이의 말 속에는 당신이 말하듯이 그토록 허약한 취약점이 들어가 있는 것이 아니다. 그것은 소집이란 행위로 모든 예비 병력이 그때 주변에 모여 질서 있게 정돈되듯이 그 어린아이는 잘 알지도 못하면서 그들과 더불어 아주 자연스럽게 증대되고 있기 때문이다. 그리하여 드디어 그 도시 전체가 그 아이의 하인이 된다. 그것은 씨앗의 부름을 받고 씨앗의 힘에 의하여 정돈되어 단단한 껍질 속에서 삼나무의 성벽이 되는 경우와도 같다고 할 것이다. 만약 하나의 싹이 주변의 다른 싹을 모으고 싹의 성벽을 저해하는 것들을 굴복시킬 만한 힘을 갖고 있다면 누가 일러 그 싹이 나약하다고 할 것인가? 당신은 이 거인의 외모와 주먹과 그리고 외치는 환호를 믿는가? 그 순간에는 그럴 수밖에 없지만 그 순간은 곧장 잊어버리고 말게 된다. 그러나 시간이란 뿌리를 내리고 뻗는 법, 그리고 당신은 그 거인의, 눈에 보이지 않는 구조에 의해 이미 자유를 박탈당해 버렸다는 사실을 전혀 알지를 못하고 있다. 그리고 그 허약하다는 아이가 군대의 선두에 나서서 행군하고 있다는 사실을 알지 못하고 있다. 바로 그 순간에 그 거인이 그 아이를 단숨에 짓밟을 수 있는 것이다. 그러나 어린아이가 거인의 머리 위에 올라가 거인의 몸을 부숴 버리는 것을 보게 될 것이다.

159

　항시 약자가 강자에게 짓밟히는 것을 보았다. 그런 것을 보았을 순간에는 그것이 허위일지도 모른다. 그렇기 때문에 그대는 언어를 착각하고 있는 것이다. 시간을 잊어버리고 있기 때문이다. 허약한 어린애가 거인의 분노를 불러일으킨다면 거인은 그 애를 짓밟아 버릴 것이다. 그러나 어린애의 허약한 감정이나 놀이에서 거인의 분노를 끌어내는 법은 없을 것이다. 눈에 뜨일 만한 일이란 것이 없으니까. 사랑을 받을 만한 것이 없다고 말하는 편이 옳으리라. 그 애가 자라나서 어른이 되면 거인이 필요로 여길 만큼 도와 주게 될 수도 있다. 그런 이후부터 그 어린이는 키와 몸집이 남보다 뛰어나게 커 간다. 그러다가 그 아이가 보다 더 단순하게 일을 하고 천여 명의 동료를 끌어모아 거인을 향해 이끌고 가면 그들도 거인에게 갑옷으로 전신을 무장한 것처럼 든든하게 해 줄 것이다. 그 갑옷을 통하여 거인을 만져 볼 수 있는지 시험해 보아라.
　또한 보리밭에서 독보리 씨앗 한 알을 발견하게 된다면 나는 그 독보리 씨앗을 정복하게 된 셈이다. 그리고 폭군과 그의 병사들과 헌병들은 바로 그 아브라함 소년 같은 아이들이 숱한 백성들 가운데서 자라나기 시작하여 세상이 철로 된 갑옷처럼 정돈된 새로운 영상을 가꾸어 나가게 되면, 더 뻗어 나갈 지력선이 없다는 것을 알고 있기 때문에, 성공한 한 개의 씨앗을 제외하고는 모든 것이 파괴되어 무너지는 것을 보게 된다. 왜냐하면 바로 그 씨앗이란 거목에서 잉태되어 나왔고 또한 잠에서 깨어나 기지개를 켜고 팔의 근육을 팽창시키는 끈기를 가지고 뿌리를 뻗어 가고 있기 때문이다. 그러나 이 뿌리는 버팀벽을 쓰러뜨렸다. 다른 뿌리 하나는 버팀 기둥을 꺾어 놓았다. 그리고 줄기는 궁륭의 기둥을 이루고 있는 둥근 천장을 부숴 버렸다. 그리하여 궁륭의 열쇠가 무너져 버리는 것이었다. 그리고 나무는 먼지가 되어 버려 뒤엉킨 재료 위에 군림하게 된다. 그 재료에서 자신의 영양을 취하는 데 필요한 수액을 뽑아 올렸다.

그런데 나는 이 거목을 무너뜨릴 수가 있다. 신전이 나무가 되어 버렸기 때문이다. 그러면 나무는 덩굴 포플라가 될 것이다. 바람을 타고 날아다니는 씨앗만 있으면 그것으로 나는 족한 것이다.

그대 앞에 시간이 펼쳐지면 무엇을 보여 줄 것인가? 물론 이 도시는 무기로 위장되어 겉으로는 모습이 드러나지 않는다. 그러나 나는 그것을 읽을 줄 안다. 그래서 자신의 저장물 속에 스스로를 감춰 두고 있는 것은 바로 그 도시가 죽음을 받아들이고 있기 때문이다. 나는 사막에서 요새를 구경하지 않고 알몸으로 사막으로부터 북쪽으로 거슬러 올라가는 사람들이 두려운 것이다. 거의 아무런 무기도 지니지 않고 길을 가는 사람들, 그러나 아직 싹이 돋아나지 않는 씨앗은 자신의 힘을 알지 못한다. 나의 군대는 엘크수르의 샘 저 길바닥에서부터 솟아난 것이다. 우리는 신이 구축해 놓은 씨앗들이다. 누가 우리의 행동 방식을 거역할 것인가. 이 신전을 궤멸시키는 데는 씨앗 속에 갇혀 있는 나무를 또 한 번 깨우침으로써 갑옷 속에서 균열을 찾아내는 것만으로 족한 것이다. 그대가 남성에서 여성으로 변신하여 집에 갇혀 있는 주부의 모습이 되는 것처럼 거친 이 도시도 이제는 길들여진 도시가 되기 위하여 추어야 할 춤을 알게 되는 것만으로 충분한 것이다. 그대는 이제 꿀사탕처럼 나의 여인, 즉 너무나 그대를 믿는 도시가 되어 버리는 것이다. 이제 그대의 파수꾼들은 잠을 자야만 한다. 그대가 마음을 상해 놓았기 때문이다.

160

나는 이렇게 생각해 보았다.

'성벽이란 존재하지 않는 것이다. 내가 방금 지어 올린 그 성벽들이 내 권력에 보탬이 되는 것은 내 권력에 효능을 주기 때문이다. 나의 영속성을 뒷받침해 주는 것은 바로 그 성벽들이 내 영속성의 효능이기 때문이다. 그러나 악어가 죽었다고 해서 바로 그 성벽을 악어 가죽이라고는 이름붙일 수 없는 것이 아니겠는가.

그리고 백성들이 신앙의 품속으로 기어들지 않고 신앙의 처분에 순종하지 않는다고 종교가 불평하는 것을 들으면 그대는 웃으리라. 종교가 백성들을 포옹해야 하지 사람들이 종교에 복종해서는 안 된다. 어차피 그저 평범한 땅에 삼나무 한 그루를 이룩해 주지 않는다고 불평할 수는 없지 않은가.

전도하는 사람들이 세상에 새로운 신앙을 퍼뜨려 사람들이 그 종교를 따르도록 한다면, 그것은 그들이 내는 소음이나 환심을 사려는 감언이설의 수완이 아니면 떠들썩한 사치 때문이라고 생각하는가? 그러나 나는 사람들이 하는 말을 너무도 많이 들었기 때문에 언어의 의미를 잘 알아듣는다. 그런데 그것은 다른 사람에게서 온 그대 자신 속의 강력한 그 무엇이고 해로운 관점이고 자립하고자 하는 노력인 것이다. 그대가 씨앗을 뿌리듯 내던지는 말들이 있다. 그 씨앗들은 흙을 빨아들이며 삼나무를 키운다. 그리고 누구나 자신이 스스로를 성장시키면서 번영하는 것이다. 삼나무가 크게 자라면 자랄수록 거기서 나는 더 세찬 바람 소리를 듣게 될 것이다. 그리고 숲 속에서 하이에나가 번식하면 할수록 당신은 점차 밤을 가득 채우는 하이에나의 울부짖는 소리를 더 많이 듣게 될 것이다. 그런데 당신은 땅의 수액이나 야생 양의 살을 하이에나 몸뚱이의 일부로 만들어 버리는 그 울부짖음의 마력을 두고 삼나무 잎에 불어대는 바람 소리라고 나에게 말할 것인가? 그러니까 하이에나의 살은 양의 살코기에서 얻어진다. 삼나무의 살은 조약돌 사이에서 빨아올리는 수액으로 불어난다. 당신의 새로운 종교를 믿을 신자들은 믿음을 갖지 않은 비신자들의 집에서 나온다. 그러나 언어가 포용하는 능력을 갖지 못한다면 그 언어는 결국 아무것도 결정짓지 못하게 된다.

그러니까 그대가 무엇을 표현하고자 할 때는 말을 함부로 과용하고 있는 것이다. 내가 그대를 표현하게 되면 그대는 내게 속해 버리게 된다. 필연적으로 그대는 내가 되어 버리는 것이다.

그대의 언어도 그 후부터는 나의 언어가 되어 버리는 것이니까. 그런 까닭에 나는 삼나무의 언어를 조약돌의 언어라고 말한 적이 있었다. 조약돌은 언어를 통하여 바람의 속삭임을 만들어 내기 때문이다. 내가 아니면 누가 무엇을 이루어 놓을 나무를 당신께 제시하겠는가?'

그래서 한 인간의 행동을 보게 될 때는 언제나 팡파르의 소음을 가지고 그를 설명하려고 애쓰지는 않는다. 왜냐하면 그대가 그런 행동을 증오하고 배척할 수도 있기 때문이다. 또 나는 그의 헌병들의 뜻에 좇아 행동하려고 하지도 않는다. 그들은 죽어 가고 있는 한 인간을 살려 낼 수는 있어도 사람을 키워 줄 수는 없기 때문이다. 그래서 나는 잠든 파수병의 목을 자르는 강력한 왕국에 대하여 그대에게 이야기했던 것이다. 그런데 그들의 힘이 너무나 엄격했기 때문에 당신은 잘못 추론하고 있다. 약한 왕국이 잠든 파수꾼의 목을 닥치는 대로 잘라 버린다면 왕국이란 결국 살생을 일삼는 망나니의 집단에 지나지 않는 것이기 때문이다. 그러나 강력한 왕들은 백성에게 힘을 부여하고 근무를 이탈하는 졸음을 결코 용납하지 않는다. 나는 그저 진술하는 말이나 동기나 지성적인 토론으로 인간의 행동을 설명하려 하지 않는다. 그러나 바라보면 당신을 변화시켜 주는 석상의 경우와 같이 무어라 명백하게 표현할 수 없도록 새롭고 풍요한 구조의 어떤 힘에 의하여 설명하려는 것이다.

161

밤이 깊었다. 나는 도시가 잠들고, 어둠 속에서 나의 야영 부대를 비추는 대부분의 불이 하나 둘 사라져 가는 것을 먼발치서 바라보면서 이 지방에서 가장 높은 산으로 올라갔다. 사태를 탐색하기 위해서였다. 나의 군대가 전진하고 있는 힘으로 표현될 수 있듯이 나의 도시는 화약통처럼 밀폐되어 있는 것이 지닌 바 한 가지 힘이란 것을 잘 알고 있다. 일정한 지역 주변에 밀집하는 군대의 영상에 비해 다른 영상은 전진을 계속하면서 뿌리를 굳혀 가고 있는 중이었다. 나는 무심히 똑같은 재료를 경합시키면서도 막상 그것에 대하여는 아무것도 알지 못했다. 그리고 어둠 속에서 이 신비스런 잉태의 징조를 읽어 내려고 노력했었다. 단지 영상을 예견하려는 것이 아니라 그것을 지배하기 위해서였다. 몇 사람의 보초병을 제외하고는 모두가 잠을 자러 가 버렸기 때문이다. 그리고 다른 군대는 휴식에 들어가 있었다. 그러나 그대는 시간이란 강을 건너는 한 척의 선박. 아침, 한낮 그리고 저녁의 광선이 알을 품는 시간처럼 사물을 약간씩 진전시키면서 그대 곁을 지나간다. 뜨거운 뙤약볕이 지나가고 나면 밤의 조용한 도약이 찾아든다. 풍성한 밤은 꿈을 위한 것. 소생하는 육군, 동화되는 수액, 파수꾼들의 익숙한 발걸음, 주인이 잠자리에 든 다음 저절로 이루어지는 하녀들의 주어진 작업이 영속되는 것이기 때문이다. 밤은 잘못된 것을 바로잡기 위해서 존재하고 있다. 그 결과는 낮으로 미루어지기 때문이다. 그래서 내가 밤중에 승리자가 되는 경우 나의 승리를 낮으로 미룬다.

수확이 오기를 기다리고 있는 포도의 밤, 추수가 유예된 밤, 날이 밝아야 내가 풀어 주게 되는 포로들의 밤. 노름으로 밤을 지새운 도박꾼은 눈을 붙이러 나가고 상인도 잠자러 갔다. 그러나 그는 순찰을 계속하는 파수꾼들에게 밤새 백 보는 더 걸어 다녀야 한다고 일렀다. 장군도 잠자러 갔다. 그러나 그는 파수꾼에게 명령을 내렸다. 선장도 잠자러 갔다. 그는 키잡이에게 명령을 내렸다. 그래서 키잡이는 돛대 근처에서 맴도는 오리온 성좌를 그가 있어야 할 자리로 데려오게 된다. 명령이 곧잘 전달되는 밤, 그리고 창조가 중단된 밤.

그러나 이 밤은 사람들이 속임수를 쓰는 시간이기도 한 것이다. 도둑들이 과일을 훔치고, 화재가 곳간을 휩싸고 반역자가 성채를 점령하는 밤, 울부짖음이 크게 울리는 밤, 암초가 배를 노리고 있는 밤, 성모 방문(성모 마리아가 성 엘리자베스를 찾아간 일을 말함)이 있고 기적이 일어나는 밤, 신이 잠을 깬 밤, 그리고 도둑이여, 그대가 사랑하는 그녀가 깨어나기를 기다릴 수 있기 때문에 밤을 틈타 도둑질을 할 수 있는 밤이다.

망치뼈가 삐걱대는 소리를 듣는 밤, 나의 백성들 속에 내가 일일이 파고들어 있다고 느끼는 어느 날엔가 내가 해방시켜야 할 미지의 천사의 목소리를 듣듯이 망치뼈가 삐걱대는 소리를 늘 듣고 있는 그런 밤……

씨앗들을 받아들이는 밤.

신이 용서하시는 밤.

162

아무것도 더 요구하지 않고 가정에서 지킬 미덕을 준수하고 제삿날을 간소하게 치루며 아이들을 성심껏 가르치면서 검소한 생활을 하고 있는 사람들에 대하여 그대가 내게 이야기했을 때 나는 그대가 환상에 사로잡혀 있음을 알았다.

"그렇구 말구." 하고 나는 그대에게 대답해 주었다.

"그러나 그들의 미덕이란 것이 어떤 것인지 말해 주게나. 그리고 그들의 제사 의식이 무엇이며 그들의 신들은 어떠한가? 다른 나무의 방식이 아니라 자기 고유의 방식으로 모래에서 물을 빨아올리는 나무처럼 그들은 특수한 존재들인 것이오. 그렇지 않다면 당신이 그들을 어디서 찾을 수 있겠단 말인가?

그들은 단지 조용한 생활만 하고 있다고 말했었지. 그건 잘못이오. 그러나 그들은 이미 영원이라는 이름으로 전쟁을 시작한 것이오. 그들은 가능한 한 모든 것에 맞서면서 자신을 지속하겠다고 요구하는 모든 것 속에 용해될 수 있기 때문이오. 나무 역시 전쟁을 치루고 있는 것이니까, 적어도 그 씨앗 속에서는 말이오—그렇지만 일단 이룩된 그들의 영혼은 지속할 수 있는 것이니까. 도덕이 확립되기만 하면 말이오.—두말할 것 없이 한 백성의 역사가 혁신되기만 하면 한동안 그 역사는 지속될 수 있다. 당신이 알고 있는 그 약혼녀는 젊어서 죽었다. 그녀는 미소를 짓고 있었다. 영원히 아름답고 웃음을 머금고 있었던 그녀는 이제 더 이상 늙지 않으리라……. 그러나 그대의 백성은 적들을 굴복시켜 세계를 정복하기 위해서는 목숨을 바치지 않으면 안 된다. 말하자면 죽어 가기 위해서 살아 있는 생명들인 것이다."

"그러나 그대 애인에 대한 추억이 끊기지 않기를 바라듯이 그대는 자신의 영상이 지속되기를 바라고 있소."

그러나 당신은 내게 반박을 하는 것이었다.

"만일 백성을 다스리는 형태가 바뀌고 전통과 의식이 그대로 용납된다면 백성들은 여러 세대가 흐르는 동안 그 율법을 계속 전달할 것입니다. 그러면 그들 후손의 눈에서 반짝이는 빛을 봄과 아울러 영주님의 백성이 행복하다는 것을 영주님 스스로 아시게 되는 것이 아니겠습니까?"

"그렇고 말구요." 내가 그에게 말했다.

"그대가 필수품을 저장해 두면 그대는 한동안 비축해 둔 꿀로 살아가게 될 것이다. 산을 오르는 사람들은 정복한 높은 정상의 경치를 바라보면서 한동안 살아갈 수가 있지요. 그 등산가는 자기가 딛고 올라간 돌들을 기억하고 있소. 그러나 그 돌멩이에 대한 추억은 이내 사라지고 마는 것, 그리하여 경치마저 기억에서 없어지고 마는 것이라오."

나는 이어서 또 이렇게 말했다.

"물론 그대의 축제는 당신에게 자율과 종교를 창조하도록 해요. 그것은 발전하는 과정과 노력, 그리고 회상의 추억들이기 때문이오. 그러나 그 힘이란 점차 약하게 되는 것이어서 나중에는 없어지고 마는 것이지. 왜냐하면 그것들은 당신에게 낡아빠지고 무익한 취미를 갖도록 하고 있기 때문이오. 이런 과정을 당신은 필연적으로 믿고 있는 것이요. 당신네 행복한 백성은 한 곳에 정착하여, 활기 있게 생활하는 것도 그것으로 종막을 짓게 되오. 만일 그대가 그 경치를 믿는다면 그곳에 머무르게 되지만 머지않아 권태를 느끼고 생존하는 것도 끝맺게 되는 것이라오."

"그대 신앙의 정수는 바로 그것을 획득하는 행위였다오. 단 그것을 하늘이 내린 선물이었다고 당신은 믿었다오. 그러나 당신은 그 선물로 무엇을 해야 할지를 몰라 다락방에다 치워 버렸던 것이오. 그것은 힘을 이용할 수 있는 물체가 아니라 단지 선물이란 것이 주는 기쁨 그것뿐이었으니까요."

"그렇다면 이제 저는 휴식을 취할 수 있는 희망조차 없다는 말입니까?"

"양식을 내주는 곳, 오로지 죽음의 평화 속에서 신이 모든 것을 거두어들일 때, 그 땐 휴식을 취할 수 있으리라."

163

누구에게나 다시 찾아오는 생활의 계절이 있는 것이다.

그대 친구들은 언젠가 반드시 그대를 지겹게 여기게 되리라. 그대를 비방하려고 그들은 딴 사람 집으로 찾아가게 된다. 그러다가 일단 그들의 기분이 잘 풀리게 되면 그대를 용서하고 다시금 그대를 찾아와서 그대를 아끼고 그대의 생명을 위해서 자기네 생명을 바칠 준비를 서두르게 된다.

그러나 당신이 알면 안 되는 당신에 대한 싫증을 제삼자를 통해서 알게 되고 그대를 사랑하는 사람, 즉 다시금 당신을 아끼려고 찾아오는 사람을 당신이 거부하게 되는 때가 온다.

그런데 당신이 한 번이라도 바로 그 사람을 사랑한 적이 있으면 당신은 그들의 돌변한 태도를 다행스럽게 여기게 될 것이다. 또 그런 변화를 그대가 바라고 있었던 것이므로 그들을 맞아 잔치를 벌여 주었을 것이다.

그리고 하루를 두고 보더라도 음식을 앞에 놓고 식욕에 따라 음식이 더 마음에 들고 더 먹고 싶은 생각이 없거나 구미가 동하는 여러 가지 식욕의 '계절'이 있을 수 있는 것과 마찬가지로 인간의 생애를 통해서도 여러 가지 계절이 있는 법이다. 당신이 어찌 그런 것을 모르겠는가?

그리고 나는 한 가지 풍경을 항시 활용하는 능력을 지니고 있지 않다.

164

이제 당신에게 인간에 관해서 가르쳐야 할 때가 왔다.

북해에는 산만큼이나 두꺼운 빙산들이 떠다닌다. 그러나 햇빛 속에 드러난 것은 빙산의 큰 덩어리 중에서 그야말로 일각에 지나지 않는다. 그 나머지는 잠긴 채 잠자고 있다. 인간에 있어서도 이와 마찬가지, 인간이란 것을 두고 그대는 자신이 지닌 언어의 마력으로 인간의 비참한 한 부분만을 말할 수가 있었다. 왜냐하면 여러 세기에 걸쳐 내려온 지식이란 인간이 무엇인가를 파악하기 위한 열쇠를 만들었고, 이는 나타내려고 애쓰는 의식을 만들기 위함이었고, 아직 규명해 내지 못한 그대의 의식을 가꾸어 나간 것이었기 때문이다. 새로운 열쇠 덕택에 얻어 낸 것은 내가 언젠가 한 번 말했듯이 '질투'와도 같은 죽음이었던 것이다. 또 이 어휘는 한꺼번에 어떤 관계와 그 뜻을 표현하는 것이어서 지금껏 표현되지 못한 부분을 여자의 욕망에다 연관지워 갈증으로 죽음과 그 밖의 다른 것들이 어떤 것인지 밝혀 주고 있는 것이다. 어째서 갈증이란 것이 페스트보다 더 나를 괴롭히고 있는지 그 내력을 설명할 수는 없어도 당신은 나의 행동 양식에서 나를 포착할 수 있는 것이다. 그러나 인생에 대해서 어느 한 가지라도 작용할 수 있는 말이란 이미 밝혀진 약한 부분에 연결된 말이 아니다. 아직까지 보호해야 하고 정확한 표현 수단을 지니지 못한 부분을 설명하고 있는 말이다. 따라서 사람들은 인간의 언어가 표현 가능한 부분을 보다 풍요하게 하는 방향으로 나아가려 한다. 왜냐하면 당신은 자신의 양식에 대한 막중한 필요 대상을 잊어버리고 있으니까 말이다. 그러나 나는 그대에게 그 대상을 가져다 제공하고 또 그대는 그것을 흡수한다. 그렇게 되면 논리학자들은 광적인 행위에 대해서만 이야기하게 된다. 논리학자는 어제 자기가 한 말을 오늘은 이해하지 못하고 있기 때문이다.

  나의 성벽은 바로 이런 '지하 자원'을 조직하고 모든 의식으로 이끌어 나가는 힘이다. 당신의 욕구는 모두가 부족하고 부조리하고 모순적이기 때문이다. 당신은 평화와 자유를 추구하고 놀이를 즐기려고 그 규칙을 추구하고 또 그대 자신을 즐기려고 자유를 추구하고 있는 것이다. 또 그대의 투명한 정신을 위해 성스러움을 추구하고 당신의 지성과 감각의 사치를 위해서는 육체의 승리를 갈구하고 있는 것이다. 또 가정에 쏟을 열정과 도피 속에서의 열정을 추구한다.

사랑이란 강요된 성실성 속에서 구축된다. 그리고 사랑의 발견은 성실성의 외부에서 구축된다. 평등은 정의 속에서 그리고 불평등은 상승 속에서 구축된다. 그러나 흩어져 있는 조약돌처럼 아무렇게나 쌓인 이 모든 요구들에게 당신이 어떤 나무를 심어 줌으로써 그 나무가 그것들을 흡수하고 또 정리하며 그리고 하나의 인간을 그대에게서 끄집어내는 것이다. 당신은 이 돌들을 사용해서 어떤 성당을 세울 것인가?

그러니 나의 성벽은 무엇보다도 내가 그대에게 제시하는 씨앗이다. 그리고 나무 둥치나 가지의 형태인 것이다. 땅에서 수액을 잘 빨아들일 수록 나무는 가능한 한 오래도록 지속할 것이다. 결국 그대의 왕국은 광산에서 잘 흡수할수록 가능한 범위보다 더 오래 지속될 것이다. 그래서 돌로 쌓아 올린 성벽은 그것이 죽음의 비늘에 지나지 않는 경우에는 결국 공허하기 짝없는 것이다.

165

"돼지들이 송로 버섯을 찾듯이 그들은 사물을 찾고 있단다."
하고 부왕은 말씀하셨다.
"찾아내야만 하는 사물이 있기 때문이지. 그러나 그 사물들이 네 개는 아무 소용이 없다. 네가 살고 있는 근거는 어디까지나 사물의 의미가 아니었겠나."
"그러나 그들이 찾고 있는 것은 사물의 의미가 아닙니다. 사물의 의미란 찾는다고 해서 되는 것이 아니고 창조하는 것이 아닙니까?"
"내가 네게 말한 것이 바로 그런 뜻이었지."
다시 부왕에게 나는 이렇게 말했다.
"그러면 이 사건들이 내포하고 있는 의미가 무엇입니까?"
"그 사건들은 내가 반죽해서 만드는 얼굴을 포함하고 있는 것이지."

 언제든 당신은 시간을 잊어버리고 있기 때문에 그대가 헛소문을 믿고 있는 동안은 그 시간이 근본적으로 잘못 결정되어 버리게 될 것이다. 왜냐하면 그 헛된 소문은 씨앗을 심은 작업이 되고 가지를 번성하게 만드는 일이 되기 때문이다. 비록 곧 이어 그대 자신이 잘못을 깨닫는다 해도 별수없이 다른 사람이 되어 버린다. 그리고 내가 그대에게 이것이나 저것을 결정해 주면 당신은 거기서 모든 징조와 모든 사실에 대한 검증과 표시를 발견하게 될 것이다. 가령 그대 아내가 당신을 속이고 있다는 확언만 당신에게 준다면 그대 아내도 마찬가지다. 당신은 그녀가 귀엽다는 것을 알게 될 것인데 그것은 거짓 아닌 사실이다. 그리고 아내가 시간을 가리지 않고 외출을 하고 있다는 것도 사실이다. 그러나 당신 혼자만이 그런 사실을 알지 못하고 있다. 가령 내가 거짓말을 해 놓고 곧 시정해도 거짓말의 구조는 그대로 남는 것이다. 나의 거짓말에는 항시 무엇인가 남아 있다. 그것은 또한 실제로 존재하는 진실을 파악하기 위한 관점이 되는 것이니까.
 만일 내가 페스트를 옮기는 것이 곱추들이라고 말한다면 그대는 곱추들을 보면 소름이 끼치고 말 것이다. 당신은 지금까지 곱추들을 눈여겨보지를 못했기 때문이다. 그러니까 당신은 오랫동안 믿으면 믿을수록 곱추들을 더욱더 잘 관찰하게 될 것이다. 그러고 나면 곱추의 수를 알아야 하는 일만이 남아 있을 것이다. 그것이 바로 내가 원하는 바이다.

166

 "나는 모든 백성들의 행동에 대하여 책임을 지고 있다."

부왕은 이렇게 말씀하셨다.

누군가가 부왕에게 물었다.

"어떤 이들은 비겁하게 행동하고 또 어떤 사람들은 남을 배반하고 있습니다. 그러면 영주님의 잘못이 어디에 있다는 것입니까?"

"가령 비겁하게 행동하는 사람이 있다면 그것은 다름아닌 바로 나다. 또 어느 누가 배반한다면 그것도 내가 나 자신을 배반하고 있는 것이니라."

"어떻게 영주님이 자신을 배반할 수가 있다는 것입니까?"

"나는 사건이 지닌 영상을 받아들이는데 그 영상에 따라서 사건들이 나를 해치고 있다. 그 영상을 사람들에게 부과하는 것이 바로 나 자신이기 때문에 거기에 대한 책임을 내가 지는 것이니라. 영상은 하나의 진실이 되는 것이다. 그러니까 내가 문제삼고 섬기는 것은 나의 적수가 지닌 진실이다."

"그렇다면 영주님이 비겁하다는 것은 무슨 뜻입니까?"

"움직이지는 않으면서 모든 것을 깔축없이 알고 있는 자를 나는 비겁하다고 말한다. '강이 나를 이끌어 가고 있다'는 식으로 말하는 것은 비겁하다. 이는 바꾸어 말해서 사람이란 근육이 있기 때문에 헤엄칠 수 있는 것이고 그러기에 강을 건너는 것 아니겠는가?"

그리고 부왕은 이렇게 요약했다.

"나는 남의 잘못을 비난하거나 자기 적이 지닌 힘에 대하여 불평하는 자들을 가리켜 모두 비겁자 내지는 배반자라고 부른다."

하지만 아무도 그 말을 이해하지 못했다.

"그러나 우리들이 전혀 책임을 질 수 없는 명백한 사실들도 없지는 않습니다."

"아니, 결코 그렇지를 않아!"

부왕은 단호히 잘라 말했다.

부왕은 여러 사람의 회식자 중에서 한 사람을 불러 내어 창 쪽으로 나갔다.

"저기 보이는 구름은 어떤 형태로 보이는가?"

하는 말에 그는 한동안 저쪽 구름을 바라본 다음,

"누워 있는 사자 모습입니다."

"저들에게 그것을 보여 주게."

그리고 나서 부왕은 모여 있는 일행들을 둘로 나누어 한쪽을 창문께로 나가라고 등을 밀었다. 그리고 맨 처음 목격자가 손가락으로 구름을 향해 알아볼 수 있도록 가리키자 그들은 모두 누워 있는 사자의 모습을 보았다.

곧 이어 부왕은 적당한 거리를 두고 그들을 정렬시킨 후 다른 사람들을 창가로 데리고 갔다.

"이 구름은 무슨 형태를 하고 있는가?

그는 한참 바라보더니 드디어,

"웃음 띤 사람의 얼굴입니다."

"그것을 이 사람들에게 보여 주어라."

그러자 두번째 목격자가 구름을 향해 알아볼 수 있도록 손가락으로 선을 그어 가리키자 사람들은 거기서 모두 웃음 띤 얼굴을 보았다.

그리고 난 다음 부왕은 또 모인 사람들을 창문에서 떨어진 곳으로 데리고 갔다. 그들에게 부왕은 말했다.

"구름이 나타내는 이미지에 대하여 같은 의견을 모으도록 노력해 보시오."

그러나 그들은 무턱대고 서로 제 말이 옳다고 우기고 욕만 퍼붓는 것이었다. 그 구름은 어떤 사람에게는 틀림없이 미소 띤 얼굴이었고 또 어떤 이들에게는 누워 있는 사자의 모습으로 굳어 버렸다.

"모든 요건은 창조자가 부여해 준 모습 이외에는 용납될 수 없다. 그 경우 모든 형태는 모두 진실한 것이거든."

하고 부왕이 말씀하셨다.
"구름을 두고서야 영주께서 말씀하시는 그 이치를 깨달았습니다. 그러나 인생에 있어서만은……."
하고 누군가가 부왕에게 반박했다.
"이제 막 전쟁의 동이 트려는데 영주님의 군대가 적의 군대에 비하여 힘이 보잘것없었다면 이미 영주님께서는 전쟁의 결과를 좌우할 힘이 없는 상황이기 때문이지요."
"그야 물론이지."
부왕이 말씀하셨다.
"구름이 하늘에서 자리를 잡듯이 사건들은 시간 속에서 자릴 잡는다. 거기서 내가 나의 얼굴을 반죽해서 빚어 놓으려면 그만한 시간이 필요하다. 내가 오늘 밤 결론지어야 하는 데는 다른 아무것도 교환하지 않을 것이지만 내일의 나무는 나의 씨앗에서부터 나오는 것이다. 따라서 나의 씨앗은 오늘에 있는 것이다. 창조라는 것은 너희가 승리를 노리고 그 동안 너희 마음속에 감추어 두었다가 오늘 갑자기 뚜껑을 열게 되는 그런 것이 아니다. 그 비결에는 내일이 없다. 너의 질병을 숨겨 주는 약이 될 수도 없다. 비록 그렇게 될 수 있다 해도 병의 근원이 되는 밑뿌리는 그대로 남아 있는 것이기 때문이다. 결국 창조한다는 것은 나무의 성장처럼 없어서는 안 될 승리다. 질병의 치유를 가져다 주는 것이다."
그래도 그들은 여전히 알아듣지를 못했다.
"사실의 논리란 것은……."
드디어 부왕은 화가 치밀어 그들에게 욕설까지 퍼부었다.
"이 바보 녀석들! 불알 깐 짐승만도 못한 것들! 역사학자, 논리학자, 비평가 녀석들, 너희들은 죽음에 붙어 사는 짐승 같은 놈들이다. 앞으로도 너희놈들은 인생에 대해서라면 쥐뿔도 알지 못하게 될 것이다."
그리고 부왕은 수상 쪽으로 시선을 돌렸다.

"이웃나라 왕이 우리와 전쟁할 생각인 것 같소. 그런데 지금 우리는 준비가 되어 있지 않은 것이오. 그렇다고 창조란 것이 하루만에 나의 군대를 일으켜 주는 것은 아니오. 그런 일을 기대한다면 유치한 일에 불과한 것이 아니겠소? 그러나 우리의 사랑을 필요로 하는 우리 이웃의 왕을 우리 손으로 빚어 내는 것이 창조가 아니겠어?"

"하지만 그런 것을 빚어 내는 것이 신의 권한은 아니올습니다."

"나는 일찍이 한 여가수를 알고 있었다네. 내가 그대에게 싫증을 느끼게 되면 그 여가수를 생각하게 될 것일세. 그녀는 가슴속의 사랑을 고백하지 못하는 어느 청중의 절망을 우리에게 노래해 주었는데 그녀의 노래를 듣다가 참모 총장이 울고 있는 것을 보았어. 그런데 이 참모 총장이란 위인은 돈이 많다고 거만을 떨며 처녀들을 강간하기도 했었다네. 그 가수는 단 십 분 동안 이 장군을 온갖 양심의 가책을 다 느끼고 천진하기 이를 데 없는 천사로 만들 만큼 노래를 불렀어."

하는 부왕의 말에 수상은

"저는 노래를 할 줄 모릅니다."

고 대답했다.

167

그대가 논쟁을 하게 되면 인간에 대하여 매우 단순한 생각을 갖게 된다.

이 백성들은 왕을 둘러싸고 있다. 왕은 어떤 목적을 향해서 백성들을 인도하는데 그대는 그 목적이 인간에 합당하지 못하다고 판단한다. 그리하여 왕에게 논쟁을 벌이는 것이다.

그대와 같은 생각을 지닌 많은 사람들도 결국 왕의 통치로 살아가고 있다. 그들은 왕을 사랑하거나 아니면 보다 관대하게 보아 줄 다른 이유가 있었기 때문이다. 그래서 당신은 그들 자신의 빵과 자식들에 대하여 자주 맞서고 있다.

　그렇게 되면 제삼자는 왕을 부인하고 그대를 힘껏 따르면서도 양심에 거리낌을 느끼게 될 것이다. 그들에게 왕을 사랑하거나 너그럽게 본 다른 이유들이 있기 때문이고 그들의 자식을 먹여 살리는 것이 의무였기 때문이다. 또한 그 두 가지 의무 사이에는 그대를 편안하게 해 주는 균형이 없기 때문이다. 그런데 그가 의심 속에서 헤어나지 못하게 되어 있을 때 그대가 활기를 주고 싶으면 그를 해방시켜 주어야 한다. 그를 해방시켜 준다는 것은 곧 그를 표현하는 것이다. 그를 표현한다는 것도 그로 하여금 모순적인 열망에 대한 열쇠가 되는 그 언어를 발견해 주는 것이다. 모순 속에 자리잡고 있는 요인들이 저절로 지나가 버릴 것을 기다리면서 그대는 죽어 가고 있다. 그런데 당신이 이 모순을 차츰 크게 키우면 그는 혐오감을 느낀 나머지 잠자리로 돌아가 버릴 게다.

　또 다른 제삼자는 그대를 추종하지 않을 것이다. 그러나 그대는 그에게 당신 앞에서 자신을 변명하게 하고 있다. 왜냐하면 그대의 논쟁이 이제 효력을 보이기 시작했기 때문이다. 그리고 당신은 그로 하여금 당신처럼 군건한 이론을 만들게 하여 당신의 이론을 파괴하게 된다. 늘 그런 것이다. 왜냐하면 이성이란 당신이 원하는 곳으로 가게 마련이니까. 결국 지배하는 주체는 정신이다. 그런데 정신이 정의되고 표현되어 든든한 증거로 강화되어 버린 지금, 당신은 거기서 더 이상 파악할 수가 없게 되어 있다.

　당신과 맞설 백성들의 생각을 나약하게 만들고 있는 왕으로 말하자면 그대가 행동하지 않을 수 없게 만들고 있다. 그는 바로 가수, 역사가, 논리학자, 교수, 궤변가 그리고 그 왕국의 해설자들에게 호소한다. 누군가 당신에게서 사팔뜨기의 영상을 만들어 버린다. 그리고 언제든 그것은 가능한 것이다. 그리고 누군가는 또 그대가 비열함을 증명해 준다. 그것도 언제든 가능하다. 그리고 자신의 의지를 결정하지 못하면서 그대를 파악하려는 제삼자는 선의의 인간이다. 바로 그 사람이 그대가 억지로 확립하려고 한 논리의 기념물 속에서 자기의 신앙을 찾고 있다. 그리고 당신의 사팔뜨기 같은 행위는 그로 하여금 구역질이 나게 만들고 그의 왕 곁에서 자리를 잡게 된다. 그리하여 드디어 진실이라는 순연한 얼굴에서 기운을 되찾게 된다.

그런데 바로 그때 당신에게 절실한 일은 무엇에 반대하며 싸우는 것이 아니라 어떤 일을 긍정하기 위해서 싸우는 것이다.

왜냐하면 인간이란 당신이 생각하는 것처럼 단순하지 않기 때문이다. 왕 자신도 결국 당신의 의견과 같은 것이다.

168

그대는 이렇게 말했다.

"나를 지지하는 그를 나는 이용할 수 있습니다. 그러나 나의 반대편 적수인 이 사람은 편리하게 다른 진영에다 자리잡게 할 것입니다. 그리고 전쟁이 일어났을 때를 제외하고는 구태여 그를 문제삼지 않을 작정입니다."

그대가 말한 대로 실천하여 그대의 적을 더 강인하게 만들어 주었다.

그러니 친구와 적이란 것은 결국 당신이 만들어 낸 말에 불과한 것이다. 그리고 그 단어들은 어떤 것을 특별히 규정짓는 것이어서 당신네가 전쟁에서 서로 만나게 되면 어떤 일이 일어날 것이라 정의하는 것과도 같다. 그러나 인간이란 것은 말 한마디 따위로 지배되는 것이 아니다. 그러나 적이라고 해도 친구들보다 더 가까운 적들을 나는 알고 있다. 그들 중에는 나를 더욱 유익하게 이끌어 주는 사람도 있고 나를 어느 누구보다 더 깊이 신뢰하고 있는 사람들도 있다. 그리하여 인간에 대한 나의 행동 능력은 말로만 떠드는 사람의 지위와는 전혀 다르다. 그러니 내 친구에게보다 나의 적에게 더 많은 영향력을 끼친다고 말할 수 있는 것이다. 왜냐하면 나와 똑같은 방향으로 나아가고 있는 그는 나와 반대되는 방향으로 가고 있는 사람들보다 만나고 교류할 기회를 보다 적게 가진 데다 내 몸짓 하나도 놓치지 않고 내 언행 어느 한 가지도 소홀하게 지나쳐 버리지 않고 있기 때문이다.

그러나 이쪽 사람이나 저쪽 사람에게 해 보인 행동은 두 가지 모두가 같을 수는 없다. 나는 내 과거란 것을 유산으로 물려받았지만 그것을 무엇과 교환할 수 있는 권리는 없다. 그래서 내가 강과 산으로 두루 장식된 이 지방을 차지하고 거기서 전쟁을 치루게 된다고 해서 산이 서 있는 위치와 강이 흐르는 방향을 두고 불안해 하지 않는 것이 오히려 불안할 지경이다. 정신이 건강한 승리자는 누구도 그 같은 푸념은 하지 않을 것이다. 나는 그런 강을 엄연한 자연의 강으로 또 산으로 충분히 활용할 것이다. 또 적의 공세가 강하게 되면 당신에게는 당신의 동맹군의 경우보다 덜 유리하게 쓰여질 것이다. 그러나 그렇다고 불평하는 것은 자신이 다른 시대에 태어나지 않은 것을 한탄하는 것이나 다를 바가 없다. 아니면 다른 왕국의 우두머리처럼 꿈이 좋지 않은 정도로 여기게 될 것이다. 그러나 현재 주어진 여러 가지 여건만을 생각해야 하기 때문에 남은 일은 나의 친구들에게 대하듯 나의 적에 대해서도 같은 행동을 지니도록 해야만 한다. 이 행동이란 어떤 방향에 있어서는 다소 유익하고 또 다른 방향에서는 약간 불리하게 되기도 한다. 그러나 평형 저울대 위에서 어떻게 작용하고 있느냐를 생각해야 할 차례다. 바꾸어 말하자면 행동에 있어서거나 힘에 의해서거나 문제는 결국 그대 자신을 어떻게 표현하느냐 하는 것이다. 저울 오른쪽에서 추를 하나 빼거나 혹은 왼쪽 저울대에서 추를 하나 더 첨가하면 계산은 균형을 이루게 된다.

그러나 다른 사람이 아닌 그대는 자신이 꾸려 나가는 모험 같은 것과는 아무런 상관없이 도덕적인 관점에서 출발하게 된다. 당신을 화나게 하고 욕하고 비난하는 사람을 그대가 투정하고 저버리면 결국 그를 다시 화나게 하고 욕지거리를 하게 하여 내일이면 보다 깊이 그대에게 등을 돌려 보이게 될 것이다. 그러나 나는 나를 배반했던 사람을 하나의 배반자로서 활용한다. 왜냐하면 그 사람은 이미 장기판의 말판이 되어 위치와 기능이 결정된 사람이기 때문이다.

그리하여 나의 승리를 구상하고 또 조직해서 실현시키기 위해 그에게 나의 상당한 부분을 의탁할 수 있는 것이다. 나의 적에 대한 지식은 그만큼 나의 무기가 되어 있다.

그래서 그들을 잡아다 교수대에 앉혀 놓기 전에 나의 승리를 위해 그를 곧장 이용하게 될 것이다.

169

"내가 기다리고 있었을 때 넌 거기 없었지?"
하고 그대 아내에게 당신이 불평한다면, 그대 아내는,
"이웃집에 제가 가 있었는데 어떻게 그때 집에 있었겠어요?"
하고 대답할 것이다.
그녀가 이웃집에 가 있었다는 것은 사실이다.
그대가 의사에게
"왜 선생께서는 우리가 물에 빠진 어린애를 살려 내려고 애쓰고 있을 때 거기 안 계셨단 말입니까?"
하고 불평하면, 의사는 당신에게,
"나는 그때 딴 곳에서 노인을 치료하고 있었으니 어찌 거기 있을 수 있었겠소?"
하고 대답할 것이다.
그런데 그 의사가 그때 노인을 치료하고 있었던 것도 사실이다.

또 그대가 왕국의 어떤 사람을 잡고
"왜 당신은 여기서 왕국을 섬기지 않는 거요?"
하고 물으면,
"나로 말하면 저 곳에서 일을 하고 있는 사람인데 어찌 이 왕국에 와서 섬길 수 있겠소?"
하고 그는 대답할 것이다.
그런데 그가 저 곳에서 일을 하고 있었다는 것도 거짓 아닌 사실이다.

그러나 만일 당신이 백성들의 행동에서 나무에 올라가는 것을 볼 수 없다면 그건 바로 씨앗이 없기 때문이란 것을 알아 두어야 한다. 왜냐하면 씨앗이란 필요한 쪽을 아내의 존재, 의사의 몸짓, 국가에 대한 공무원의 봉사를 흡수하는 것이기 때문이다. 그리고 그런 일들을 통해서 당신이 꼭 태어나도록 해야겠다는 일들이 생겨나기 때문이다. 왜냐하면 못을 만들어 내는 사람에게 있어서의 행위란 못을 벼리어 내는 신앙의 힘에 의하여 여러 가지 못 종류를 만들어 내고 있는 것과 같은 이치다. 그 못은 또 선박의 못이 되기도 한다. 그리고 더 잘 보겠다고 물러서는 당신에게 이런 사항들은 혼돈이 아니라 탄생임을 알려 줄 것이다.

인간이란 존재는 능력도 없고 쇠약도 없다. 그러기에 언어가 없고 비슷한 유형에게 알려지지 않는 것이다. 단지 인간이 지니는 특유한 언어에 맞추어 제각기 존재를 밖으로 드러내 놓고 있는 것이다.
인간은 여러 존재를 놓치지 않는다. 인간은 스스로 먹이를 취하고 자신을 성장시키고 또 개종한다. 인간은 자기 신분의 논리만을 알고 있기 때문에 각자가 그런 사실을 잊어버릴 수가 있다(여자는 자기의 시간 선용만 알 뿐이지 집에 남아 있고 싶은 욕망이 없는 것이다).
원래부터의 과실(過失) 그 자체는 없는 법이다. 모든 행동은 그 자체가 정당한 것이기 때문이다. 보는 관점에 따라서 고상하기도 하고 저속하기도 한 것이다. 인간과의 조화에서 과실이 있을 수도 있고 개개인으로부터 과실이 나올 수 있는 것이다. 또 각자는 어떤 방향으로든지 행동하지 않고자 하는 고상한 의지도 가질 수 있는 것이다. 고상하고 또 논리적인 의지를 말이다. 이는 인간이 강력하게 흡수하지 못했기 때문이다. 못을 만드는 사람은 차치하고라도 돌을 새기는 사람의 경우도 마찬가지인 것이다. 그는 돛단배를 저버린다.

그대가 어떻게 처신했느냐에 대한 이유 같은 것을 나는 듣고 싶지 않다. 그대는 언어를 가지고 있지 않기 때문이다.

더 정확히 말해서 왕의 언어가, 건축가들의 언어가 작업 반장의 언어가 그리고 그 다음으로 일꾼들의 언어가 있는 것이다.

당신은 이 사람에게 그가 일한 만큼의 품삯을 지불한다. 물질적인 봉사에서라기보다 일꾼이 지닌 기술에 대하여 경의를 표하고 감사를 드리려고 당신은 꽤 후하게 지불하는 것이다. 왜냐하면 그가 이룩한 조각이나 그의 생명을 담보로 받은 보수가 너무 엄청난 것이라고는 여기지 않기 때문이다. 조각품은 누군가가 돈을 치루고 살 수 있는 것이니까. 그래서 그대는 돈으로 조각가의 조각품을 샀을 뿐 아니라 영혼까지 사들인 것이다.

그대가 살아가도록 해 주는 것을 칭송하는 것은 퍽 건전한 생각이다. 그 같은 일은 아이들을 길러 주는 양식이 되기 때문이다. 그것은 또 어린이들의 웃음으로 바뀌어지기 때문에 결코 비천한 것이 아니다. 폭군도 어린아이를 거두어 줄 줄 알기 때문에 폭군을 섬기는 사람이 있다. 그러니까 인간의 행동 속으로 혼돈이란 것이 끼어들었고 당신은 폭군을 명료하게 판단할 수가 없게 되어 버린 것이다.

그대는 자신의 행동이 흡수당할 수 있는 사람에게 모든 길 가운데서 통제된 길을 선택하도록 하고 그를 배반하는 존재만을 심판할 수 있다.

 그리하여 인간이란 햇빛 아래서 어떤 돌멩이를 다른 것과 섞어 쌓는다. 그의 행위에 대해서 그만큼 대가가 지불되고 또 그만한 피로를 감수하지 아니할 수 없는 것이다. 그러나 그는 그 작업 과정에서 돌을 접착시키는 데 치뤄진 희생만 보게 된다. 그럴 때 그 돌이 신전의 돌이 아니라면 당신이 그에게 아무것도 비난할 수가 없는 것이다. 당신은 돌의 접착에 대한 사랑을 신전으로 끌어올리기 위해 신전에 대한 사랑을 확립했다.

 왜냐하면 인간은 스스로 먹이를 구하고 스스로 커 나가는 경향이 있기 때문이다.

 당신이 이런 이치를 이해하는 데는 많은 시간이 필요한 것이다. 못, 돛, 그리고 판자들을 통하여 배를 알 수 있게 되는 경우도 이와 마찬가지다.

 인간이란 이성에 도달할 수가 없는 존재다. 인간의 의미는 존재하면서 어디론가 지향하는 데 있다. 여러 가지 행동의 단계에서 이성은 차츰 이루어지게 된다. 그러니까 단번에 이성으로 도달하는 것이 아니다. 그렇지 않으면 어느 어린이도 존속해 나갈 수가 없다. 세상을 대항해서 살아가기엔 어린이란 너무나 약하기 때문이다. 그러나 삼나무란 사막에서 허약하지 않다. 삼나무는 사막과 대결하면서 생겨난다. 삼나무는 사막을 흡수하니까.

 처음에 당신의 행동은 이성에 의존하지 않는다. 당신의 행동을 이룩해 나가기 위해서 이성을 구사하고 있는 것이다. 당신의 적에게 당신보다 훨씬 더 이상적으로 처신해 주기를 원하지 말라. 일단 시간과 공간 속에 펼쳐져 이루어진 작업만이 논리를 지니는 법이다. 하지만 다른 사람이 아닌 바로 이 안내자가 당신을 사막으로 인도했을까? 모든 행동은 우연이다. 그러나 우연이란 것이 어떻게 하여 나무를 가루로 만들어 흩날리도록 하지 않고 중력과 반대 방향으로 곧추 세울 수가 있었을까?

그대는 자신이 고안했던 것을 곧장 만들어 낸다. 그대가 어떤 정의를 내림으로써 그 인간이란 존재를 세상에 탄생하도록 하기 때문이다. 그리하여 그는 힘들여 먹을 것을 찾고 영속하고자 하며 성장하려고 애쓴다. 그는 자신이 무엇인가 되기 위하여 일을 한다. 그대는 인간의 부를 감탄한다. 그리고 인간은 자신이 부자라는 것을 의식하고 그 이전에는 부자가 되는 것을 꿈꾸지 않았지만 지금은 재물이 불어나는 것에 몰두하게 됐다. 이렇게 되면 자신이 가진 재물이란 것이 자기의 존재 이유가 되어 버린다. 그러나 개인을 지금의 상태에서 다른 형태로 바꾸어 놓으려고 생각지는 말라. 그대가 도무지 남이 대항할 수 없을 만큼 강인해진 이유란 당신을 그렇게 되도록 할 수밖에 없었던 필연 때문이다. 하지만 당신은 인간이 지닌 그대로를 무엇과 바꿀 수가 있다. 인간의 본질에는 모든 것이 뒤섞여 들어 있기 때문이다. 인간은 모든 것의 주인이다. 인간에게서 그대 마음에 드는 것을 가려 뽑는 사람은 다름아닌 당신 자신이다. 그리고 마음에 드는 것을 모든 사람과 자기 자신에게 분명하게 보이도록 하려고 데생을 해 보는 것도 당신이다. 그가 데생을 보고 나면 받아들일 것이다. 그는 그전에도 그것을 받아들인 적이 있었다. 그 일이 그를 도와 주는데 아무런 열성이 없었다 해도 그렇다. 일단 충분히 검토되어 자기 자신의 일부가 되고 영속하며 성장을 추구하는 존재 등의 생명을 살아가게 할 것이다.

왜냐하면 그는 작업을 계속하는 경우와 작업을 하지 않는 경우 등 두 가지를 노예 우두머리에게 주기 때문이다. 인생도 그와 마찬가지다. 그가 일을 더 할 수도 있고 덜 할 수도 있기 때문이다. 지금 어느 한편이 다른 편을 파산시키고 작업이 작업 거부를 불러일으키기 원한다면 당신은 그런 사람에게 이렇게 말할 것이다.

"그대는 몸이 괴로운 상태에서도 작업을 받아들이고 있군. 그 작업에서만이 그대의 품위를 되찾고 그대 창조에 대한 훈련을 되찾을 수 있으니까 말일세. 그대가 옳다. 창조란 것은 누군가가 이루어 놓을 수 있는 곳에서만이 가능한 것이니까. 이럴 때 창조의 주인이 다른 사람이 아니라고 후회해도 아무 소용없는 것이다. 당신이 태어난 그 시절 그도 똑같이 태어날 것이다. 그대가 사는 고장의 산과도 같이 엄연히 존재하는 것이니……"

그리고 당신은 그가 더 일해 주기를 바라지도 않고 그와 더불어 그가 내세운 토론을 더 퍼뜨리게 하지도 않았다. 그러나 당신은 그에게 하나의 진실을 제공하여 자신과 이해 관계가 있는 존재에다 넣어 두 가지 부분을 융화시켰던 것이다. 그는 전진할 것이고 또 성장하여 작업을 향해서 나아갈 것이다.

그렇지 않으면 작업을 거부하는 쪽이 작업을 진행하는 쪽을 삼켜버리는 것을 보고 싶어한다. 그래서 당신은 그에게,

"당신은 회초리와 양식을 강탈해 가는 위협 속에서도 바람직한 작업에 대해서, 없으면 당신이 살아갈 수 없는 그런 엄연한 부분만을 제공하려는 사람이다. 당신의 행동 속에 어찌 그토록 대단한 용기가 들어 있었단 말이오! 그리고 당신의 옳은 것은 아무리 강조해도 모자란다. 만약 작업장의 주인이 방어 태세가 되어 있지 않다면 우선 일단은 당신 자신이 승리자라고 믿을 수밖에 없소. 그대 마음속을 받아들일 수 없는 것은 속이는 도리밖에 없소. 그리고 논리는 창조를 다스릴 수 없는 것이오."

그리고 당신은 그가 일을 적게 하는 것을 바라지 않고 자기 자신과의 논쟁을 확대하기를 바라지도 않았다. 그러나 그에게 당신은 하나의 진실을 제시했고 그 진실은 그대와 상관이 깊은 두 가지 관점을 융화시켜 준 것이다. 그는 이제 전진할 것이고 또 성장할 것이다. 그리고 인간은 반항으로 치닫게 되는 것이다.

이런 이유로 인해 내게는 적이 없다. 적이란 여러 사람 속에서 생기는 친구라고 생각한다. 그러면 그는 내 친구가 되는 것이다.

나는 어느 부분이든 가리지 않고 취한다. 나는 어느 특정한 부분을 다른 것과 바꿀 필요가 없다. 단지 그것들을 하나의 언어로써 서로 엮어 놓는다.

그대가 내게로 가져 올 모든 당신의 자료들을 나는 진실이라고 말하고 싶다. 그리고 그것들이 구성하고 있는 영상을 애석하다고 말하리라. 나의 영상이 그것들을 잘 흡수하고 내가 바라는 대로 된다면 그대는 내 사람이 될 것이다.

그런 이유로 그대가 우물가를 삥 둘러 벽을 쌓아 올리는 것이 잘 한 일이라고 말하게 될 것이다. 그러나 거기에는 전혀 납득할 수 없는 다른 우물들이 있는 것이다. 그리고 일단 쌓아 올렸던 벽을 다시 짓겠노라고 무너뜨리는 것도 다름아닌 당신이다. 그러고 나서 그대는 나의 영지에다 다시 벽을 이룬다. 그리하여 나는 그대의 성벽 안쪽에서 씨앗이 된다.

170

나는 그대의 허영을 힐책한다. 그러나 그대의 오기를 나무라는 것은 아니다. 만일 그대가 다른 여자보다 춤을 더 잘 춘다면 어째서 춤을 잘 추는 사람 앞에서 자신을 낮추면서까지 스스로를 비방하려 드는가? 춤을 잘 추는 것에 대한 애착은 한 오만의 형태로 나타난다.

춤에 대한 사랑이란 춤을 추고 있는 그대를 사랑하는 것이 아니다. 그대 자신의 의미는 당신이 이루어 내는 작품 속에서 뽑아 내야 하는 것이다. 결코 당신 자신을 훨씬 능가하는 작품이란 나오지 않는 법이다. 그러니까 당신 자신은 오직 죽음에서만이 완성되는 것이다. 허영이 많은 여자만이 스스로를 취하고 자신을 관조하기 위해 발걸음을 멈추고 자신에 대한 경의를 표하기에 여념이 없는 것이다. 그녀가 지금 받아들일 것이라고는 당신, 당신의 갈채밖에 없는 것이다. 하지만 우리는 이 같은 욕심을 경멸한다. 우리는 단지 신을 향하여 끝없이 걸어가는 유랑민이다. 왜냐하면 신을 제외하면 어느 무엇도 우리를 만족시킬 수가 없기 때문이다.

허영 많은 여자는 죽음의 시간이 오기 전에 누군가가 자기의 모습을 탈취해 갈 것이라고 믿으면서 자기 자신 속에 갇혀 꼼짝하지를 못한다. 그리하여 마치 죽어 있는 사람처럼 받아들이지도, 줄 줄도 모르는 것이다.

마음으로부터 우러나온 겸손이란 그대 자신을 낮추라고 요구하지 않고 마음을 열어 두기를 바라는 것이다. 말하자면 겸손이란 마음을 주고받는 열쇠인 것이다. 그런 까닭에 그 열쇠만이 그대가 남에게 줄 수도 받을 수도 있는 것이다. 나는 외길로 가면서 두 가지 단어를 구별할 줄 모른다. 겸손은 인간에 대한 복종이 아니라 신에 대한 복종이다. 돌의 경우도 그렇다. 돌멩이 끼리의 복종이 아니라 신전에 대하여 복종하는 것이다. 그대가 도움을 주는 것, 그것이 바로 창조다. 어머니란 어린아기 앞에서는 겸허하다. 그리고 정원사는 장미꽃 앞에서 겸허한 것이다.

왕인 나 자신도 농부의 충고에 거리낌없이 따르겠다. 그는 농사에 관해서만은 왕보다 더 많이 알고 있기 때문이다. 나를 깨우쳐 준 데 대해 감사의 뜻을 표하고 왕으로서의 지체를 잃지 않으면서 충고에 대하여 감사한다. 경작에 대한 기술은 의당 경작자로부터 왕에게로 전달되는 것이기 때문이다. 그러나 모든 허영을 달갑지 않게 여기고 그가 나를 칭찬해 주는 것도 허용치 않을 작정이다. 옳고 그른 것을 심판한다는 건 왕으로부터 농부에게 건너가야만 하는 것이기에.

나는 그대가 평생을 두고 우상처럼 받드는 여인을 만난 일이 있다. 그녀는 사랑에서 무엇을 받아들일 것인가? 그녀를 다시 찾아 그대가 기쁘게 되는 날까지 그녀에게 바쳐지는 것은 존경뿐이다. 그러나 존경이란 값비싼 것일수록 정말 고귀한 법이며 그녀는 당신의 절망을 더욱 값지게 음미할 것이다.

그녀는 딴 사람을 삼켜 버리지만 살이 찌지는 않는다. 그녀는 그녀에게 더 열렬한 존경을 표해 주기를 바라면서 그대를 사로잡고 만다. 그녀는 화장터 가마와도 같다. 욕심이 지나쳐서 불필요한 포로들도 많이 잡아 둔다. 무엇이든 곁에다 잔뜩 쌓아 놓는 데서 기쁨을 찾아낼 수 있다고 믿기 때문이다. 사실은 그런 것이 결국 유골을 쌓아 두는 것 말고는 아무것도 아니다. 당신의 재능을 참되게 사용하는 것은 한쪽에서 다른 길로 건너가는 것이지 꼼짝 못하는 포로가 되는것이 아니기 때문이다.

그녀는 포로를 소유하고 있는 것이 어떤 보상받는 일이라고 알고 있기 때문에 당신에게는 그렇게 대해 주지는 않을 것이다. 결국 그녀에게는 당신을 만족시켜 줄 만한 정열이 없기 때문에 마음이 일치되면 의견 따위는 밖으로 드러내지 않아도 되는 것이라고 겸손을 꾸며내 보일 것이다. 이는 사랑할 수도 없을 만큼 무기력하다는 것이지 사랑의 승화가 아니다. 조각가가 진흙을 경멸한다면 그는 바람 같은 것에나 만족할 수밖에 없다. 본질에 도달해야겠다는 핑계로 그대의 애정이 사랑의 표시 자체를 경멸한다면 그건 결국 말장난에 지나지 않는다. 결국 나는 당신에게, 당신은 나에게 기원과 선물과 칭찬을 주기 바란다. 그대는 너무 별나서 물레방아와 가축과 집을 하나씩 하나씩 없애 버리면서도 영지를 사랑한다고 말할 수 있겠는가? 사랑이란 씨줄을 따라 읽어 내는 모습인데 그려 낼 씨줄이 없다면 어떻게 사랑을 이루어 나갈 수 있겠는가? 이는 돌멩이에 대한 의식이 없이 성당이 이루어질 수 없다는 것과도 같다.

사랑이란 관점에서, 의식을 갖추지 않은 사랑이란 존재하지 않는 것이다.

나무가 뿌리, 줄기, 가지의 의식에 따라 천천히 땅을 반죽해야만 내가 나무의 정수를 얻을 수 있는 것이다. 그래야만 온전한 하나의 나무가 된다. 다른 나무가 아닌 바로 그 나무가 말이다.

그러나 허영 많은 이 여자는 자기가 세상 밖으로 드러나게 되는 이 교역들을 싫어하고 있다. 오직 사랑에서 포로의 대상을 추구하고 있다. 결국 그런 사랑은 아무런 의미도 없는 것이 된다.

사랑이란 자신 속에다 숨겨 둘 수 있는 선물쯤이라 믿고 있다. 만일 당신이 그녀를 사랑한다면 그녀는 당신을 얻은 셈이 된다. 그녀는 자신이 풍요해졌다고 믿으면서 그녀 자신 속에다 당신을 가두어 둔다. 사랑이란 손아귀에 넣고자 하는 보석이 아니라 상대방과 이쪽이 서로 지켜야 하는 의무다. 그리고 받아들여진 의사의 결과로 남는 것이다. 즉 교차로의 모습인 것이다.

그녀는 결코 세상에 얼굴을 내밀지 못하게 될 것이다. 당신도 연관된 바닥에서 태어난 것이었으니까. 결국 그녀는 싹이 트지 못한 씨앗이 될 것이며 힘을 쓸 수 없이 영혼과 마음이 메마른 상태로 남아 있을 뿐이다. 결국 그녀는 포로에 대한 허영 속에서 음침하게 늙어 갈 것이다.

그대의 소용돌이라고 할 수 있는 것이 전혀 없기 때문이다. 그대는 하나의 상자가 아니다. 그대는 자신의 다양성을 얽매어 둔 매듭이다. 신전도 마찬가지로 돌의 의미에 얽혀 있는 저 끝의 매듭인 것이다.

그녀에게서 벗어나라. 당신은 그녀를 보다 더 아름답거나 부유하게 호강시켜 줄 가망이 없다. 그대가 지닌 다이아몬드는 그녀에게 왕권의 상징이나 왕관, 또는 지배의 표지가 됐던 것이다. 단 한 알의 다이아몬드라도 감탄하기 위해서는 누구나 겸허한 자세가 있어야 한다. 그녀는 감탄하는 것이 아니라 단지 부러워하고 있을 뿐이다. 감탄은 사랑을 준비할 수 있지만 부러워하는 시샘은 경멸을 받을 수밖에 없다. 그녀는 결국 자신의 포로가 된 남자의 이름으로 이 땅 위의 다른 모든 다이아몬드를 경멸할 것이다. 그렇게 되면 다른 사람보다 앞질러 그대는 그녀의 목을 베게 할 것이다.

그대는 자신과 더불어 그녀를 참수할 것이다. 그 다이아몬드는 그녀를 향한 당신의 길도 아니고 또 그대 품에 안기기 위한 그녀의 길도 아니며 노예에게 주게 되는 공물이 될 뿐이다.

이런 까닭에 모든 존경은 그녀를 더욱 거칠고 고독하게 만들어 버리는 것이다.

그녀에게 당신은 이렇게 말하라.
"지금 그대 있는 곳으로 서둘러 달려가고 있소. 오로지 당신을 만난다는 즐거움과 함께 그대에게 줄 메시지를 지니고 있었지. 그대를 기쁘게 해 줄 것이오. 내게 달콤했던 사랑이란 그대가 염원했던 하나의 선택이 아니었겠소. 나 스스로가 당신과 결합되어 있는 것으로 느끼기 위해 선택하는 권리를 당신에게 넘겨줄 셈이었소. 내겐 지금 뿌리와 가지가 필요하오. 어찌 되었든 나는 그대를 구출하려고 도울 생각이었소. 내가 가꾸고 있던 장미나무의 경우도 마찬가지요. 나는 내 장미나무에 복종하고 있소. 아무리 대단한 나의 장담도 내가 이미 맺었던 약속을 깨뜨릴 수는 없는 것, 나는 내가 이루어 놓은 사랑에 이바지할 의무가 있소. 또 나 자신은 소박한 것도 두려워하지는 않소. 그래서 나는 탄원이란 것까지 해야 하게 됐어요. 지금까지 이 세상 그 어느 누구도 나를 막을 수 없기 때문에 나는 혼자서 거침없이 나아갈 수 있었던 거요. 그런데 당신은 나의 호소를 착각하고 있었던 거요. 바로 그 호소에서 내가 어디에 복종해야 하는 것인가를 읽었던 것이오. 나는 어느 누구에게도 종속된 사람이 아니오. 나는 어디까지나 의젓했던 것이오.

그러나 당신은 나의 사랑 그 자체가 아니라 내 사랑에 대한 경의를 양식삼아 그대를 향해 걸어가는 내 발걸음을 세웠던 것이오. 그러니 그대는 내 정성이 지닌 뜻을 잘못 생각했었소. 그러니 이제부터라도 나의 사랑을 더욱 값지게 받아 줄 겸손한 여인을 찾아 존경하기 위해서 당신의 굴레에서 벗어나리다. 단지 내 사랑을 키워 줄 여인을 성장시켜 줄 것이요. 나는 그와 같은 마음가짐으로 불구자에게 가서 그가 완전히 치유되도록 돌봐 주겠소. 물론 이는 그에게 아첨하기 위해서가 아니오. 앞으로 나는 벽이 아닌 하나의 길이 필요하오. 그대는 사랑이 아니라 하나의 숭배를 요구했소. 결국 당신은 나의 길을 가로막은 것이오. 하나의 우상처럼 내 길 앞에 당신은 우뚝 섰던 것이오. 그러나 내가 그대를 만나 볼 필요가 없었던 것이오. 결국 나는 다른 곳으로 가고 있었던 것이니까.

나는 누군가가 섬겨야 할 우상도 아니며 또 누구를 섬겨야만 할 노예도 아닌 것이오. 무엇이든 내게서 전적으로 요구하는 자를 나는 거부해 버릴 것이오. 나는 담보에 잡힌 물건도 아니오. 어느 누구도 내게 대한 권리를 갖고 있지 않소. 그와 마찬가지로 나 역시 어느 누구의 권리도 쥐고 있는 것이 아니오. 나는 나를 사랑해 주는 여인만을 영원히 받아들일 생각이오.

그런데 당신은 나를 마음대로 다루는 소유권을 도대체 누구에게서 얻어냈다는 말이오? 난 당신의 당나귀가 아니오. 내가 그대에게 충실할 수 있는 것은 오로지 신의 가르침 때문이지 당신을 위해서 그런 것이 아니오."

한 병사가 왕국에 생명을 바치는 것도 이와 마찬가지 이치다. 왕국에 대한 믿음에서가 아니다. 신에 대한 신앙 때문이다. 신은 사람들에게 하나의 의지를 가지라고 명령한다. 그런데 그 사람에게 있어서의 의미는 왕국의 병사가 되는 것이다.

내게 경례를 해야 하는 보초들의 경우도 마찬가지다. 나는 존경을 요구한다. 하지만 나 개인을 위해서는 아무것도 요구하지 않는다. 보초병들은 이때 나를 통해서 맡은 바 임무를 다한다. 나는 보초병들의 임무에 대한 매듭이다.

사랑의 경우도 이와 다를 것이 없다.

그러나 만약 얼굴을 붉히고 살을 더듬는 데다가 선물 같은 것이나 던져 주어야 웃음을 짓는 여인을 내가 만난다면 그 선물이란 사랑의 포로가 아니다. 그녀에게는 바닷바람이다. 그런 경우 그녀를 해방시키는 것만이 나의 도리다.

사랑에 있어서도 나는 스스로를 낮추거나 상대방 여자를 낮추지도 않는다. 나는 이 공간 속에서 그대 곁에 있게 될 것이다. 시간 속에서도 그대 마음 가운데에 자리하게 될 것이다.

나는 그녀에게,

"나를 알려고 서두르지 마시오. 내게는 알아내야 할 것이 아무것도 없소. 나는 다름아닌 나 자신이 되고자 하는 공간이요 시간일 뿐이오"라고 말하리다.

만일 그녀가 나를 필요로 하게 되면 나무가 되고 싶어하는 땅의 씨앗처럼 자신을 가지고 그녀를 억누르지 않을 것이다.

나는 그녀 자신을 존경하지는 않으리라. 사랑의 발톱으로 그녀를 꽉 움켜잡을 것이다. 내 사랑은 그녀에게는 감당하기 힘든 날개를 지닌 독수리가 될 것이다. 따라서 그녀가 발견한 것은 그 사랑의 독수리 자체가 아닐 것이다. 오로지 나라는 사람을 통해 산과 별과 신을 발견하게 될 것이다.

나를 문제삼을 필요가 없다. 나는 단지 전달하는 사람에 불과하다.

당신도 문제될 것이 없다. 당신은 동틀 무렵 농부가 목장으로 건너갈 때 하나의 오솔길에 불과하다. 우리들도 문제가 되지는 않는다. 우리 모두가 신에게 이르는 하나의 통로에 지나지 않고 신이 우리 세대를 빌어 잠시 이용하고 있는 것에 지나지 않으니까.

171

불의란 증오할 것이 못 된다. 불의는 과정의 순간이어서 결국은 정의로 바꾸어지기 때문이다.

불평등이란 것은 역시 증오할 것이 못 된다. 왜냐하면 눈에 보이거나 보이지 않거나 하는 계급에 지나지 않을 테니까.

인생에 있어서 경멸이란 것도 증오할 대상이 못 된다. 만일 당신보다 더 큰 것에 복종하면 그대 인생의 몫이란 하나의 거래를 이루게 될 테니까.

하지만 증오란 것은 끊길 줄 모르는 독단에서 비롯된다. 그 독단은 인생의 의미마저 파괴해 버리고 또 그 의미는 거래하는 물건 속에서 지속되는 수밖에 없는 것이니까.

172

이 시점에서 그대는 미래에 이루어질 그대의 존재를 잃게 되리라. 그대는 곧 그것을 발표하게 될 것이다. 그 존재란 인간 행동에 대한 의미를 부여하게 된다. 그 존재란 지금 그들이 주거나 이미 과거에 주었던 것 가운데서 그 어느 것도 요구하지 않을 것이다. 용기 이상의 것도 그 이하도 요구하지 않을 것이고 희생 그 이상도 그 이하도 요구하지 않을 것이다. 당신에게 그것을 요구하는 것이 문제되지 않는다. 오직 당신에게 그것을 알리는 것이 문제일 뿐이다.

왜냐하면 동일한 그들의 요소를 가지고 그대는 내가 원하는 건축물을 세울 수 있기 때문이다. 그래서 그들은 이 발표를 기다리고 있는 것이다. 그들을 쪼개 낸 파편으로 무엇을 할지 모르면서도 말이다.

그러나 당신이 누구에 대해 발표한다고 하더라도 주인은 역시 당신이다. 왜냐하면 그는 자기의 길 혹은 자기 해결책을 찾지 못하고 그 목적을 찾는 자를 지배하기 때문이다. 왜냐하면 인간은 당신의 지배를 받고 있기 때문이다.

당신은 그들을 재판관으로 생각하는 것이 아니라 지배하는 신이라고 생각한다. 당신은 그들을 일단 배치해 놓고 무엇인가가 되게 한다. 그 나머지는 스스로 따라가게 된다. 그대는 이미 존재를 확립하였기 때문이다. 이제부터 그는 스스로 영양을 취하여 세상의 나머지를 자기 내부에서 변화시킬 것이다.

173

그것은 고요한 바다 위 저 멀리서 가물거리는 한 척의 배에 지나지 않았답니다.

주여, 그것은 어김없는 또 하나의 척도인 것입니다. 그리하여 내게는 아내와 자식들 때문에 배를 탄 어부는 물에서 사랑의 빵이나 굶주림의 대가를 끌어내는 열정의 불꽃 혹은 분노의 매듭처럼 보일 것입니다. 그렇지 않으면 그의 죽음에 대한 원인이 그를 가득히 채워주고 또 그를 불태우는 악이 내게 보일 수도 있었을 것입니다.

인간의 왜소함을 말입니까?

주님께서는 어디서 인간이 왜소한 것을 보았습니까? 주님께서는 인간을 측량사가 가진 자로 재지 않으신다는 것쯤은 잘 알고 있습니다. 제가 배 안으로 들어설 때 모든 것이 무한하게 됩니다.

주여, 당신께서 내 마음속에 고통의 닻을 내려주시면 저는 제 자신을 충분히 알 수 있습니다. 당신은 내게서 끈을 잡아당기고 그래서 나는 잠에서 깨어나는 것입니다.

이럴 때 배 안의 인간은 아마도 불의를 좇아야 하겠지요. 환경이란 조금도 달라지지 않는 것입니다. 똑같은 배와 언제 보아도 여전한 바다며 한가로운 대낮까지 말입니다. 하나도 변한 것은 없습니다.

만일 제가 사람들 앞에서 겸손해지지 않으면 제가 그들에게서 무엇을 받을 것입니까?

주여, 제발 저를 다시 본연의 나무에 매어 주십시오. 저 혼자 떨어져 있다는 것은 아무런 의미도 없는 것입니다. 누군가가 제게 의지하게 해 주시옵소서. 제가 다른 사람에게 의지하게 해 주십시오. 당신의 계급 질서가 저를 구속하게 해 주십시오. 저는 이 세상에서는 패배자며 단지 일시적인 존재에 지나지 않는 것입니다.

저는 하나의 존재로 남아 있고 싶습니다.

174

나는 당신에게 밀가루 반죽을 만들어 주는 빵가게 주인에 대하여 이야기해 준 적이 있었다. 그런데 이 반죽이 물러지면 아무것도 될 수가 없다. 하지만 그들이 이야기했던 대로 반죽이 굳어지게 되는 때가 온다.

그리고 손이 형태도 없는 총체를 통하여 지력선(指力線)과 장력과 저항을 발견하게 된다. 그리고 그 밀가루 반죽에서 뿌리의 근육이 자라난다. 마치 나무가 땅을 사로잡듯이 빵이 반죽을 사로잡게 된다.

그대는 자신의 문제를 여러 가지로 깊이 생각하지만 아무것도 나타나지는 않는다. 거기서 하나씩 하나씩 해결책을 모색한다. 왜냐하면 그 어느 것도 당신을 만족시키지는 못하기 때문이다. 그대는 아무런 행동도 못할 만큼 처참하게 되었다. 전진만이 영광을 누릴 수 있는 것이다. 그래서 당신은 자기 자신이 산만해지고 분열되어 있음을 느끼고 또 그런 혐오감에 사로잡힌다.

그래서 내가 당신의 고민을 해결해 줄 수 있도록 나를 향해서 몸을 돌린다. 물론 나는 하나하나에 대한 해결책을 선택하여 그대의 문제를 풀어 주게 된다. 만약 그대가 정복자의 포로라면 난 당신에게 이렇게 말할 수 있는 것이다. 어떤 것에 저항하는 하나하나의 선택에 의해서 그대 자신은 감명을 받고 행동에 들어갈 수 있는 준비가 다 되었지만 그대가 찾아볼 수 있는 것은 광신자의 평화, 흰개미의 평화, 비정한 사람의 평화인 것이다. 용기란 진리의 배달부에게 주먹질을 하는 데 있는 것이 아니기 때문이다.

그대의 고통이란 확실히 그 고통이 지니고 있는 조건에서 당신을 벗어나게 하고 있는 것이다. 그러나 그대는 자신의, 상승을 향한 추진력을 위해서는 그 고통들을 받아들여야만 한다. 병든 팔다리가 주는 단순한 고통의 경우도 이와 마찬가지다. 이 고통은 그대 자신이 돌보고 부패하는 것을 거부하도록 강요하고 있다.

그러나 자기의 사지가 아플 때 치료를 할 생각은 하지 않고 아픈 부분을 절단하려는 사람더러 용기가 많다고는 하지는 않을 것이다. 그런 사람이 있다면 미친 사람이거나 비겁한 사람이다. 나는 고통받는 환자의 사지를 절단하지 않고 치료하기를 바란다.

이런 이유로 해서 도시를 내려다보았던 산 위에서 나는 신에게 이렇게 기도했다.

"주여, 저들은 제게서 그들 자신의 의미를 찾아내려고 거기 있습니다. 그들은 내게서 진리를 기다리고 있습니다. 주여, 그러나 그 진리는 아직 이루어지지 않고 있는 것입니다. 제게 확연히 가르쳐 주십시오. 저는 뿌리가 생겨나도록 빵을 반죽하고 있습니다. 그러나 아직은 아무것으로도 주어지지 않고 있는 것입니다. 그리고 저는 잠 못 이루는 백야의 께름한 마음을 알고 있는 것입니다. 저는 또한 과일의 무위함도 알고 있습니다. 또한 모든 창조는 무엇보다 자신을 형성하는 시간 속에 침잠해 있기 때문입니다. 그들은 자신들의 소망, 욕망, 자기들의 요구 등을 무질서하게 내게로 가져오고 있습니다. 저는 그런 것들을 뜯어 맞추어 신전이나 배가 모조리 흡수해 버리도록 합니다. 그들이 털어놓는 그 같은 사연들을 무슨 재료라도 되는 듯이 나의 작업장 위에다 쌓아 두고 있습니다.

그러나 저는 한쪽의 요구를 핑계삼아 다른 한쪽의 요구를 묵살 또는 희생시키거나, 한쪽의 위대성을 핑계삼아 다른 쪽의 위대성을 희생시키거나, 한쪽에 평화를 유지시켜 주기 위해서 다른 쪽의 평화를 희생시키지는 않겠습니다. 저는 단지 그들 모두가 신전이나 선박이 될 수 있게 서로에게 복종하도록 애쓸 것입니다. 복종한다는 것이 제게는 바로 받아들이고 위치를 결정하는 것이라고 생각되기 때문입니다. 저는 돌들을 신전에 따르도록 하였고 그래서 작업장 위에다 아무렇게나 방치하지는 않았습니다. 그리고 여러 가지 종류의 못들을 선박 건조에 사용하고 있습니다.

저는 대다수의 말을 듣지 않겠습니다. 그들의 머리 위에 배가 존재해 있기 때문에 쉽사리 배를 보지 못하는 것입니다. 만일 거기 못을 만드는 대장장이들이 압도적으로 많이 몰려 있다면 그들의 진리를 판자를 켜는 목수들에게 따르도록 강요할 것입니다. 그렇게 되면 배는 만들어지지 않을 것입니다.

저는 터무니없는 선택으로 흰개미집의 평화를 창조하지는 않을 것입니다. 그리고 머지않아 평화가 닥쳐온다 해도 사형 집행인과 감옥을 만들어 내지는 않겠습니다. 흰개미집에 의해 만들어지는 사람은 흰개비집을 위해서 존재하는 것이기 때문입니다. 그러나 씨알이 제 집을 다음 세대에게 전달하지 않는다면 그 씨알이 영속된다는 것은 아무 중요성이 없습니다. 두말할 것 없이 술병도 당장 있어야 할 것이지만 그 값어치를 매기는 것은 그 속에 들어 있는 술인 것입니다. 이젠 전 더 이상 타협하지 않으렵니다. 타협을 이룬다는 것은 찬 술과 뜨거운 술을 한데 섞어 미지근하여 마실 수도 없는 혼합물을 만들어 놓고 그것으로 만족하는 것이기 때문입니다. 그래서 저는 그 따위 멋에서 인간을 구출하고자 하는 것입니다. 그들이 추구하고 있는 모든 것은 전부 바람직한 것이고 그들의 진실이란 너무도 명료한 것입니다. 그들이 흡수할 수 있는 이미지를 찾아야 할 사람은 다름 아닌 저올시다. 판자 켜는 목수들의 진실과 대장장이의 진실을 다 같이 잴 수 있는 잣대는 선박이기 때문입니다."

"그러나 주여, 아무것도 거절하지 못한, 가슴이 찢어질 듯한 이 슬픔을 당신께서 가엾게 여기실 때가 오고야 말 것입니다. 단지 제가 그토록 열망하는 것은 논쟁을 극복해 내고 그 위로 마음의 고요가 빛을 내게 되어야 하는 것이지 사랑과 증오가 반반씩 섞여진 평화는 아니기 때문입니다. 제가 혼자서 화를 내고 있는 것은 확실히 이해하지 못하고 있기 때문일 것입니다. 제가 어떤 이를 잡아다 사형에 처하고 더러는 감옥에 집어 넣는 것은 제 힘으로 그들을 감싸 줄 줄을 모르기 때문이겠지요. 내가 형벌을 내린 그 사람은 말뜻이 서로 상반되는 언어를 구사하지 못하여, 이를테면 구속보다는 자유를 더 좋아하거나 또는 자유보다는 구속을 좋아하는 그런 사람처럼 불안한 진리를 이루어 놓았기 때문입니다. 그는 누구든 자기에게 반론을 제기하려 하면 치솟는 분노를 참지 못하기 때문입니다. 만일 주님께서 그에게 큰소리로 외치시면 그건 주님의 언어가 그만큼 불충분하기 때문이며 그것도 아니면 주님께서 애써 다른 사람의 목소리가 들리지 않게 훼방하려는 계산이기 때문이겠지요. 하지만 주여, 내가 만일 당신의 신에 이르러 제가 순간적인 언어를 통해 그 작업이 이루어지는 것을 보았다면 전들 어떻게 주님께 화를 내겠습니까? 저는 제게 다가오는 그를 받아들일 것입니다. 제게 저항의 반기를 드는 그자의 과오를 이해할 것입니다. 그리고 그에게 다시 오라고 부드럽게 이야기할 것입니다. 이 같은 부드러움은 결코 양보나 아첨이나 동의를 구하는 호소가 결코 아닙니다. 이런 과정을 거쳐 저는 그의 비장한 욕망을 극명하게 읽어 냈습니다. 저는 그에게서 흡수했기 때문에 그것을 제것으로 만들었습니다. 분노는 다시 맹목적인 것이 되도록 하지 않습니다. 물론 분노의 시초는 맹목적인 데서 발생합니다. 당신은 역정을 내기 시작하는 그녀에 대해 화를 냅니다. 그러나 그녀가 당신에게 제 옷을 들추어 주면 당신은 그녀에게서 암을 앓은 흔적을 보고는 용서해 줍니다. 당신은 이런 절망에서도 역정을 내시겠습니까?

제가 명상해 왔던 평화란 고통을 겪고 난 다음 얻어지는 것입니다. 저는 잠 못 이루는 백야의 괴로움을 받아들입니다. 저는 주님 당신을 향해서 나아가고 있지만 당신은 질문을 하시고 또 지우시며 침묵을 내려주시기 때문입니다. 저는 천천히 자라고 있는 나무, 그러나 결국 한 그루 나무임에 틀림없는 것입니다. 그리고 주님 덕택으로 땅의 수액을 빨아올리게 될 것입니다.
　오, 주여, 저는 영혼에 대하여 잘 알았습니다. 영혼이 지식을 지배한다는 것을 말입니다. 지식은 물질을 가누지만 배를 바라볼 수 있는 것은 영혼이기 때문입니다. 그들은 제가 만든 그 배를 칠하고 조각하고 더 굳건히하며 단단한 모습을 보여 주기 위해 자기들의 정성을 다해 줄 것입니다.
　그런데 그들이 왜 저를 거절하겠습니까? 저를 박해하는 자는 아무도 데려오지 않았습니다. 그래서 제각기 지닌 사랑 속에서 그들 하나하나를 구출해 냈습니다. 그 무렵까지 자리를 얻지 못해 무관심했던 사람까지도 마음을 고쳐 먹고 바다로 내닫는 것입니다. 모든 존재는 주위에 있는 것을 변화시키고 흡수하고자 노력하고 있기 때문입니다.
　만일 배가 있는 곳으로 가는 것을 모른다면 누가 인간들의 존재를 예측할 수 있겠습니까? 물질이란 그들의 행동 양식에 대하여 아무것도 가르쳐 주는 것이 없기 때문입니다. 그들은 또 어느 존재로라도 태어나지 않았다면 세상에 존재해 있을 수도 없는 것입니다. 그러나 침묵의 바다에서 인간의 마음에 어떤 영향을 미칠 수 있는 것은 그 돌들이 한 곳에 모아져 있을 그때이기 때문입니다. 땅이 삼나무의 씨앗으로 흡수되면 저는 땅의 행동을 미리 관찰할 수도 있습니다. 그리고 제가 건축가를 알고 있다고 하면 그가 무엇을 향해 몸을 굽히게 되면 작업장의 이 같은 물질들이 멀리 떨어진 외딴 섬에 도착할 것이라는 사실도 알게 되는 것입니다."

175

그대가 영원히 그리고 확고 부동하기를 바란다. 또 나는 당신이 성실하기를 바란다. 성실하다는 것은 곧 자기 스스로에게 착실하다는 말이다. 반역 행위를 저지르고 난 다음 그대가 기대해 볼 것은 아무것도 없다. 그대를 다스리고 활기를 주며, 당신 혼자서 자신의 의미와 빛을 만들도록 해 주는 매듭을 짓는 데는 오랜 시간이 필요하다. 신전을 쌓도록 해 준 돌도 이와 마찬가지다. 나는 보다 낫게 신전을 향하는 길을 다듬기 위해서 매일 그 돌들을 아무렇게나 깔지 않는다. 만일 그대 눈에 더 낫게 보이는 다른 영지와 당신의 영지를 당신이 솔선하여 바꾸어 버리면 다시는 되찾을 수 없는 당신 자신의 그 무엇을 상실해 버린게 된다. 그런데 왜 당신은 새 집에서 권태를 느끼고 있는 것인가? 전에 살던 집에서 겪는 비참한 생활 속에서 조망했던 것보다 더욱 편리하고 훨씬 살기 좋은데도 당신은 지금 싫증을 내고 있다. 당신의 물 없는 우물도 팔을 아프게 했고 꿈에도 샘물을 갈구하지 않았던가. 그런데 바로 그대 눈앞에 샘물이 있지 아니한가. 이제 그대에게는 우물에 매달린 도르래의 노래도, 태양에 번쩍이며 그대를 비춰 주던, 대지의 한복판에서 솟아나는 물도 다 잃어버렸다.

그대가 산 위에 올라 자신의 키를 한층 더 높이고 자신을 단단히 여미며 시간마다 앞으로 전진하는 것을 내가 원하지 않았기 때문에 그런 것은 아니다. 그러나 그대의 집을 아름답게 꾸미는 샘—바로 그것은 당신의 손이 이룩한 승리다—그리고 당신이 다른 사람의 조가비에 빌붙어 사는 것과는 근본적으로 다른 것이다. 왜냐하면 신전을 보다 풍요하게 하는 것과 마찬가지로 한 가지 방향에서 점차 많은 것을 얻게 되는 것과 아무런 사랑을 느끼지 못하고 이사하는 것은 같은 성질의 일이기 때문이다. 전자는 교회를 부유하게 하는 것과 같은 성질이고 그때 얻어낼 수 있는 것은 나무의 성장이다. 그 나무는 제 특성에 따라 자라나고 있는 것이다.

그대가 독단적으로 무엇이든 결정할 때 나는 경멸한다. 거기서 당신은 가장 값진 그대 재산을 잃어버릴 위험을 지니고 있으며 또 그것은 물질이 아니라 사물의 의미이기 때문이다.

나는 언제나 이주민들이 슬프다는 것을 알고 있다.

그대는 숱한 말에 속아넘어갈 우려가 있기 때문에 그대의 영혼을 항시 개방해 놓기를 바란다. 어떤 사람은 제 나름대로 여행의 의미를 만들었다. 그는 한 기항지에서 다른 기항지로 간다. 그래서 빈곤하게 된다고는 말하지 않는다. 그가 지속하고 있는 것은 여행이다. 그러나 그를 제외한 다른 사람들은 제집을 사랑한다. 그런 사람도 날마다 집을 바꾼다면 그 또한 행복할 수가 없을 것이다. 주둔병을 두고 내가 말할 때도 무엇보다 제집을 사랑하는 사람에게는 아무 말도 하지 않는다. 집을 좋아하지도 돌보지도 않는 사람에 대해서만 나는 말을 하고 있다. 왜냐하면 새벽녘에 집을 새로 단장하는 그대 아내가 알고 있는 것처럼 그대의 짓은 역시 영원한 승리이기 때문이다.

그리하여 당신에게 이제 배반이란 것에 대해서 가르치겠다. 당신은 관계에 있어서의 매듭이지 다른 것이 아니기 때문이다. 그리고 당신은 얽매인 연관의 힘에 의해서 존재하고 있는 것이기 때문이다. 또 그대의 연관도 당신으로 인하여 생겨난 것이고. 신전은 쌓아 올린 하나하나의 돌멩이에 의해서 존재한다. 당신이 돌멩이들을 들어내면 신전은 무너진다. 그러니 그대는 하나의 신전으로 하나의 영지로 또 하나의 왕국으로 이루어졌다. 그리고 그것들 역시 당신이 있기 때문에 존재한다. 그러나 당신은 마치 외부에서 온 사람이 심판하는 것처럼 그런 것들과 전혀 얽혀 있지 않은 그대로의 당신을 심판하지는 못한다. 그대가 무엇인가를 심판하게 되면 다름아닌 자신을 심판하게 되는 것이다. 그것이 바로 당신의 중책인 동시에 그대의 찬양이 되기도 하는 것이다.

 나는 자기 자식이 뭔가 잘못을 저질렀을 때 그 아들을 나무라는 아비를 경멸한다. 그 자식이란 결국 자신의 일부다. 자식을 사랑한다면 자신을 벌주면서 아들을 훈계하고 꾸짖는 것이 중요하다. 그리고 이때 자식에게 자신의 진실을 뚜렷이 보여 주어야만 한다. 하지만 이 집에서 저 집으로 돌면서 자식에 대한 불평을 늘어놓아서는 아니 되겠다. 왜냐하면 이럴 경우 그가 자식과 헤어지게 되면 그때부터는 아비가 아니기 때문에 거기서는 오직 쓸모 없는 휴식, 즉 죽음의 휴식을 얻게 될 수밖에 없기 때문이다. 항시 나는 가난한 사람들이란 무엇과 유대를 맺고 있는지를 몰라서 외롭다고 알고 있다. 그래서 늘 그들이 하나의 종교나 단체나 의미를 스스로 찾아내고 적선을 받으려고 쏘다니는 사람들이라고 알고 있다. 그러나 그들이 만나게 되는 것은 환대의 유형뿐이었다. 오로지 뿌리 속에만 진정한 환대가 있을 뿐이다. 그대는 땅속에 뿌리깊게 심어지고 보다 큰 권리와 의무를 가지고 책임을 질 줄 아는 존재가 되기를 요구하고 있기 때문이다. 작업장에서 노예 우두머리와의 계약에 따라 미장이가 도급 일을 떠맡듯이 그대가 살아가는 인생에 있어 인간에 대한 책임을 맡지는 않는다. 만약 그대가 여기서 탈출해 나가면 아무런 의미도 남지 않게 된다.

 자기 자식이 죄를 범했을 때 그 불명예를 자기 탓으로 돌리고 속죄하며 슬퍼할 줄 아는 아비가 나는 맘에 든다. 그 자식은 결국 아비의 일부니까. 그리고 그건 마치 아들이 연결되어 아비의 지배를 받고 또 아비는 자식의 지배를 받고 있기 때문이리라. 나는 한 가지 방향뿐인 외길에 대해서는 아는 것이 없다. 만일 그대가 패배에 대한 책임을 회피한다면 승리에 대해서도 전혀 책임을 질 수가 없게 된다.

만일 그대가 그대의 집에 있는 당신 아내를 사랑한다면 그녀가 어떤 죄를 범했어도 당신은 그녀를 심판하려고 군중들이 있는 곳으로 끌고 가지는 못할 것이다. 그녀는 당신의 일부분이며 어차피 당신의 책임 아래 그녀가 존재해 있으니까. 우선 당신 자신을 심판해야 할 것이다. 또 당신네 나라가 잘못을 저질렀다고? 당신은 당신네 나라의 일부이므로 나는 당신 자신을 심판하라고 이르겠다.

낯선 증인들이 그대 곁으로 올 것이 확실하기 때문에 당신은 얼굴을 붉히리라. 그리고 수치심을 그대 마음에서부터 제거하기 위해 당신은 그의 잘못과 인연을 끊어야만 한다. 그러나 당신에겐 어떤 유대를 지속하기 위한 무엇인가 있어야만 한다. 당신 집에 침을 뱉는 자들과 손을 잡겠다고? 당신은 그들이 틀리지 않았다고 하겠지. 어쩌면 그럴는지도 모른다. 그러나 나로서는 그대가 당신네 집의 일부가 되기를 바란다. 그렇게 되면 당신네 집에 침을 뱉는 사람에게서 떨어지게 될 것이다. 그대는 자신에게 침을 뱉지는 않는다. 그대는 설교를 하기 위해서 그대의 집으로 돌아가게 될 것이다.

"당신이 말해 준 대로 나는 창피하다. 어찌해서 나는 당신네 마음에서 그토록 미운 존재가 되었을까?"

하고 말하리라.

만약 그들이 당신에게 영향을 미치고 그리고 당신에게 부끄러움을 안겨 줄 때 그대가 그 부끄러움을 그대로 받아들이다면 그 후로 당신은 그에게 어떤 영향을 끼칠 수 있고 그들을 아름답게 다듬을 수가 있다. 물론 이런 경우 미화시키는 주체는 다름아닌 당신 자신이 되어야 한다.

침 뱉기를 당신이 거부하는 것은 과오를 엄폐하겠다는 것이다. 그것은 과오를 제거하기 위해 잘못을 나누어 떠맡는 과정이다.

"이 부패한 모습을 좀 보시오. 이 부패는 나와 아무 상관이 없는 것이오……"라고 말하는 사람은 스스로 협동을 파괴하고 본 적도 없었던 사람을 선동하고 있는 것이다. 그러나 그들은 아무것과도 유대를 맺고 있지 않다. 자기들은 남들과 유대를 맺고 있거나 아니면 덕행이나 신과 연관을 맺고 있다고 말할 것이다. 그러나 그들이 내뱉은 그런 말들이 끝내 연관의 매듭을 뜻하지 않는다면 실속 없는 헛말에 불과할 뿐이다. 그리고 신은 지상에 내려와 사람들의 집이 되어 준다. 촛불을 켜는 가난한 사람들을 위해서 신은 촛불을 점화시키는 의무가 된다. 그리고 백성들과 유대를 맺고 있는 사람에 있어서 인간이란 그저 단순한 어휘가 아니고, 인간이란 견지에서 그가 자신에 대해서 책임질 줄 아는 그런 사람이다. 인간은 도피를 너무 쉽게 알고 양초에 불을 붙이기 보다는 신을 더 좋아하는 습성이 있다. 그러니 나는 인간을 알지 못하지만 백성들은 알고 있다. 자유란 것이 무엇인지 모르지만 자유스런 인간들은 알고 있다. 행복이 무엇인지 모르지만 행복한 사람들은 나는 알고 있다. 아름다움은 몰라도 아름다운 사람들은 알고 있다. 신은 몰라도 촛불의 열기는 알고 있다. 그리고 발명을 추구하는 것과는 다른 방법으로 본질을 추구하는 사람들은 그들의 허영심과 마음의 공허만을 보여 줄 뿐이다. 그리고 그런 사람들은 계속 살아가지도 못하고 죽지도 못하게 될 것이다. 왜냐하면 말로써 사람이 죽거나 살거나 하지는 않기 때문이다.

그렇기 때문에 그대는 벽에 부딪쳤을 때처럼 세상 사람들과 아무 유대를 맺고 있지 않으면서 자신을 혼자서 판단하는 사람의 허영과 대결하게 된다. 그것은 그가 지닌 사랑이 문제되는 것이 아니라 그의 이미지가 문제되기 때문이다. 또한 그는 인간 관계 속에서의 그가 차지하는 비중이 중요한 것이 아니라 바라볼 수 있는 하나의 대상으로서의 그가 문제인 것이다. 그러나 그것은 실상 아무 의미가 없는 것이다.

그러니까 당신의 집, 영지, 왕국에 살고 있는 사람들이 그대를 모욕한다면 당신도 그 사람들의 일부이기 때문에, 그들을 순연한 사람들로 정화시키기 위해 거짓으로라도 자신이 결백하노라고 내게 주장할 것이다. 한편 여러 사람의 증인 앞에서는 그들의 일부가 아니기

때문에 자신의 명예만 회복하려고 애쓸 것이다. 사람들은 의당 당신에게,

"만일 그들이 당신과 같은 사람이라면 어째서 그들은 여기서 당신과 더불어 침을 뱉지 아니하오……"

하고 말할 것이기 때문이다. 당신은 그들을 치욕 속에 내던지고 그들의 참담한 모습을 양식으로 삼아 자라날 것이다.

물론 이 사람들은 자기 집과 영지와 왕국이 주는 치욕과 비천한 신분, 그리고 악덕에 대하여 분개할 수도 있다. 그래서 그는 명예를 되찾고자 거기서 벗어나려고 발버둥친다. 그리고 자기가 가족의 일원인 이상 가족의 징표가 된다. 그리고 가족을 대표하는 명예이기도 한 것이다. 자기 가족의 명예에 대해 생동하는 그 무엇이 그를 대표하기도 한다. 그는 다른 사람들이 빛을 향해 거슬러 올라가고자 하는 경향의 표적이 된다. 그러나 그것은 극히 위험한 일이다. 왜냐하면 여기에는 죽음 앞에 설 때보다 더 많은 덕행이 있어야만 하기 때문이다. 그에게 이렇게 말하려고 하는 증인들을 찾아낼 것이다.

"당신, 당신도 이 부패의 일부다!"

그래서 자신을 가만히 반성해 보고 난 연후에,

"그렇다. 하지만 나는 거기서 빠져 나왔다."

고 대답할 것이다. 그러면 재판관들은

"죄 없는 자들은 부패에서 빠져 나오라! 그리고 난 다음 남은 사람이 부패와 유관한 것이다. 그렇게 되면 누군가가 그대를 받들어 모실 것이다. 당신 혼자만을 말이다. 그대와 연관된 모든 연고자를 물리치고, 결국 당신은 타인의 영광을 당신 것으로 만들어 버릴 것이리라. 그러나 당신은 마치 욕심쟁이나 죽음처럼 동반자도 없이 혼자 남아 있게 될 것이다."

거기서 당신이 떠나게 되면 당신은 위험한 사명을 걸머지게 된다. 그대는 계속해서 고통을 받고 있으므로 남아 있는 사람들의 명예스런 표적이 되기 때문이다. 이런 식으로 당신은 그들과 분리하게 된다.

그대는 당신의 이미지 속에서 허영을 말끔히 없애 버려야만 성실하게 될 희망을 가질 수 있다.
"나는 그들을 나와 구별하지 않고 일체로서 생각한다."
고 말할 것이다. 그러나 사람들은 당신을 경멸한다.
이런 경멸은 당신에게 대수로울 것이 못 될지 모른다. 하긴 당신은 그 육체의 일부니까. 그리고 그대는 그 육체에다 당신의 기질을 넣어 줄 것이다. 그리고 당신은 그들의 명예로부터 당신의 명예를 받아들이게 될 것이다. 다른 것은 더 이상 바라지 않게 될 것이니까.
당신이 부끄러움을 느끼게 되는 것이 그르지 않았다면 밖으로 나타내 보이지는 말라. 말하지도 말고 수치심에 대하여 괴로워할 줄 알아라. 당신의 집에서 자신을 더욱 튼튼하게 보완하도록 하는 이 포만은 아주 훌륭한 것이다. 당신의 집은 당신 손에 달려 있기 때문이다. 그런데 여기 사지를 앓고 있는 사람이 있다. 그는 아픈 사지를 절단하려고 한다. 바보짓이다. 당신은 마음속으로 존경하는 연고자를 위해 죽으려 나설 수는 있어도 그들을 결코 부인하지는 못한다. 그럴 때 당신이 부인한다는 그 행위는 바로 자신을 부정하는 것이기 때문이다.
그대의 나무는 좋으면서 나쁘기도 하다. 모든 열매가 한결같이 당신을 기쁘게 해 주지는 않는다. 그러나 그 속에는 아름다움이 있다. 훌륭한 열매의 아름다움에 거드름을 피우기도 쉽지만 다른 열매를 부인한다는 것도 아주 쉬운 일이다. 그것은 한 그루가 내보여 주는 다양한 모습이기 때문이다. 가지를 골라잡는 것도 쉬운 일이지만 다른 가지들을 밀어내는 것도 그렇다. 아름다운 가지를 자랑해도 괜찮다. 그러나 나쁜 것이 더 많이 있으면 숨겨 주어라. 그리고 입을 다물어라. 그리고 밑둥치로 내려와서,
"이 둥치를 고치려면 내가 뭣을 해야 하나?"
하고 말하는 것은 바로 당신이다.
마음으로부터 떠나 유랑하는 사람, 백성들은 그를 경멸한다. 한편

그 사람 쪽에서도 백성들을 부인할 것이다. 그것은 필연적인 일이다. 당신은 다른 재판관들을 받아들였다. 그러니까 앞으로 당신이 재판관들과 유사해지는 것은 좋은 일이다. 그러나 그대가 거기서 뿌리를 내리자면 당신의 땅이 아니기에 곧 죽고 말리라.

괴로움을 주는 것은 바로 당신의 본질이다. 당신의 과오는 구별해 내는 데 있다. 당신이 거절할 수 있는 것은 아무것도 아니다. 여기서 당신이 고통을 받는 것이다. 바로 당신 자신에게서 우러나는 것이니까.

나는 자기 아내를 부정하거나 그의 마을이나 고향을 저버리는 사람을 부인한다. 당신도 이런 대상을 아니꼽게 여기는가? 당신은 어김없이 그것들의 일부다. 당신은 그런 존재들 가운데서 선을 지향하고 있는 사람이다. 당신은 나머지 사람들을 이끌고 나가야만 한다. 바깥에서 그것들을 판단하지 말라.

판단에는 두 가지가 있다. 당신 자신이 판관이 되어 당신의 입장에서 판단하는 경우와 당신을 객관화시켜서 판단을 남에게 시키는 경우가 있다.

문제는 흰개미집을 짓는 것이 아니기에 당신이 한 채의 집을 부인하면 모든 집들을 죄다 부인하는 것이 된다. 당신이 한 여인을 마다하면 그대는 사랑을 부인하는 것이 된다. 또 당신이 한 여인에게서 떠나가면 어디에서도 당신은 사랑를 찾아볼 수 없게 된다.

176

당신이 내게 이렇게 말한다.

"영주께서는 물질을 규탄하고 계시지만 그중에는 저를 키워 주는 것도 있습니다. 그리고 명예욕마저도 규탄하고 계시지만 그 욕심은 나를 성장토록 하고 있습니다."
 가치를 떨어뜨리는 명예도 있는 걸 보면 그 비밀은 도대체 어디에 있는 것일까?
 그 까닭은 거기 물질도, 명예도, 담보도 모두 존재하지 않는 것이기 때문이다. 단지 그대 문명이 비추는 조명에 따라 그것들의 값어치가 달라질 뿐이다. 그것들은 우선 구조의 일부가 된다. 그리고 또 구조를 풍요하게 만들어 준다. 만일 그대가 동일한 구조 속에서 봉사를 계속하는 자신을 발견하게 되면 그대는 현재보다 더욱 부유해질 것이다. 성실한 작업반이 있다면 그 작업반에서 어느 한 사람이 상을 타게 되면 작업반원 모두는 각자 마음속에서 풍요함을 느낀다. 그리고 상을 탄 사람은 작업반을 위해 자랑스러움을 느끼게 된다. 그래서 그는 얼굴을 붉히면서 팔 밑에 상을 받아 들고 대중 앞에 나타난다. 그러나 작업반원이 없고 구경꾼들만 있다면 그 상의 의미는 탄 사람에게만 있을 뿐이다. 결국 그 수상자는 상을 타지 못한 다른 사람들을 깔보게 될지도 모른다. 따라서 다른 사람들은 누구나 상을 받은 자를 부러워할 것이며 심지어 시기하기까지 할 것이다. 그들 모두는 남모르는 불만을 느꼈기 때문이다. 그러니까 상이란, 받은 사람을 더욱 돋보이게 하고 받지 못한 사람의 기를 꺾어 놓는 물질이 된다. 오직 그대와의 통교의 길을 트는 것만이 당신을 도와 주는 것이 되기 때문이다.
 만약 내가 대위로 진급시켜 주기만 하면 왕국을 위해서 목숨을 바치겠다고 열망하는 중위들의 경우도 다를 바 없다. 영광을 찾고자 빛나는 눈망울을 보라. 무엇이 그들의 가치를 떨어뜨릴 수 있겠는가? 나는 그들을 더 유능하고 더욱 희생적인 일꾼이 되도록 만들었다. 그래서 그들을 존귀하게 하고 또 그보다 더 위대하게 만들어 주었던 것이다. 배를 위해서 보다 더 잘 봉사한 선장의 경우에도 마찬가지다. 내가 그를 선장으로 임명했던 그날 그는 영광에 도취했었고 그의 선원들까지 도취되었다. 남자를 빛나게 해 줌으로써 더욱 아름다워지고 더 행복해지는 여인의 경우도 마찬가지다. 다이아몬드는 그녀를 아름답게 장식해 주었다. 그리고 그것은 사랑을 아름답게 하였다.

어떤 이들은 제집을 사랑한다. 보잘것없는 집이다. 그러나 그 집주인은 이 집 때문에 고생도 많이 했고 그 집을 이루기 위해 밤일도 했었다. 그렇지만 그 집에는 몇 장의 고급 양탄자와 부부가 동침을 시작하기 전 사랑하는 연인 곁이라면 있어야 하는, 차가 든 은항아리도 없었다. 그는 고심하여 잠을 이루지 못하던 어느 날 밤 어느 가게로 들어갔다. 가장 아름다운 양탄자와 가장 아름다운 물항아리를 의식을 치루듯 경건하게 골랐다. 얻고 싶은 물건을 손에 넣어 상기된 얼굴로 집에 돌아왔다. 그날 밤부터 정말 집다운 집에서 살게 되었기 때문이다. 그는 은항아리를 축하하기 위해 모든 친구들을 초청한다. 그리고 소심한 그는 잔치 도중에 말을 끄집어낸다. 나는 거기서 감동하지 않을 수 없었다. 집으로 인해서 한층 높아 보이는 그가 또 제집을 위해서 더 한층 희생하게 될 것이기 때문이다. 그의 희생도 집이 아름다워졌기 때문이리라.

그러나 만약 그대가 섬기는 왕국이 없고, 그대를 위한 존경이나 물질, 또는 명예가 없다면 그것은 그저 텅빈 우물 속에 던져지는 것과 같을 것이다. 그리고 당신도 지금의 상태에서 더욱 빛나고 싶지만 그런 욕망은 끝내 충족되지 않을 것이다. 그래서 그 동안 당신이 그토록 갈망했던 것들이 허망하게 되는 어느 날 저녁 당신을 덮치는 쓰라림을 전혀 이해하지 못할 것이다. 그래서 당신은 거듭 말한다. 재산은 허영이라고 허영······.

따라서 그렇게 외치는 자는 누구나 자신을 섬기고자 노력한다. 그럼에도 그는 자기 자신을 확연히 찾아볼 수가 없었던 것이다.

177

이런 이유로 나는 그대에게 말하게 될 것이고 그대는 내게서 하나의 징표를 받을 것이다. 당신에게 그대의 신을 돌려 주겠다. 어떤 이들은 천사를 믿었고 악마를, 요정을 믿었다. 그래서 천사는 악마나 요정이 머리 속에 떠오르면 곧 행동을 벌인다. 그와 마찬가지로 그대가 자비심을 표명하면 그 시간부터 그 자비심은 백성들의 마음을 차지하기 시작한다. 당신은 샘을 소유하고 있었다. 거기는 여러 세대가 대를 이어 사용한 우물 둘레에 있는 돌뿐만 아니라 졸졸 소리내어 흐르는 물, 바구니 속에 담긴 과일처럼 저장 탱크에 고인 물(당신의 소들은 물통에 받아 둔 물로 배를 채우러 가고 있다), 물과 물의 노래, 물 저장 탱크의 침묵, 그리고 그대 손발 사이로 흘러 빠지는 신선한 물, 별빛에 흔들리며 물 위에 깃든 밤, 그리고 마시기만 하면 목이 부드러워지는 물이 있었다. 그뿐 아니라 샘을 지켜 주는 신의 품안에서 그와 일체가 되고, 샘은 이들과 저들, 이 우물 둘레의 돌과 그 위를 넘쳐흐르는 행위, 이 개울과 소들의 느린 행렬 속에서 물을 고루 나누어 주기 위해서는 여러 신들이 있어야 했다. 당신은 여러 가지 물질도 가졌지만 이 물을 잃어버리지 않도록 하라. 무엇보다도 샘이 주는 기쁨을 당신이 누려야만 하기 때문이다.

그리고 나는 당신의 밤을 샘으로 가득 채울 것이다. 설사 샘이 멀리 있다 하여도 나는 거기까지 가서 당신을 깨우는 것만으로 충분하다. 내가 당신에게 다이아몬드나, 혹은 늘 쓰는 것이 아니라 약속된 잔치, 기쁨에 충만했던 잔치에서만 가치를 지니는 패물을 주는 경우, 내가 덜 합리적이라 한 것은 어떤 점에서 였을까? 그와 마찬가지로 당장엔 자기에게 소용이 없지만 영지의 주인이 시골의 울퉁불퉁한 길을 산보한다면 다른 사람이 아닌 바로 그가 주인이다. 가축떼가 아직 외양간에서 잠자고 있는 시간 그가 소작인들과 이야기의 꽃을 피우는 것이 나무 사이에서 당장 눈에 띄지는 않지만 끝내 자신이 책임을 느끼게 되는 앞으로의 풍족한 수확 때문에 그는 마음이 흔쾌해진다. 그리고 그것은 사물을 맺어 주고 벽과 바다를 코웃음치는 신의 가슴속에서 영지와 연관을 맺어 주는 신의 영험에 의해서만이 이루어진다.

그리하여 설사 당신이 사막에서 목이 말라 죽어 간다 해도, 아니 신이 찾아왔던 우물이 거의 말라 버려 우물을 뒤덮은 모래를 없애 버리기 위해 그대 생명의 피를 다 쏟는다 해도 그대가 그대 속에 자리잡고 있기를 나는 바란다. 단순히 그 샘들이 그들 덕분에 살아가는 사과나무, 오렌지나무, 그리고 편도나무가 노래하는 마음과도 같다고 내가 당신에게 말한다면(또 그 샘들이 말라붙을 때 그 나무들도 함께 죽어 가는 것을 당신이 지켜보고 있다면) 새벽의 사막에서 볼 수 있는 침착하고 자신에 차 있는 병사들 중 한 명과 마찬가지로 당신도 든든한 한 인간이 되어 주기를 바란다. 나는 사막으로 파종을 하기 위해 씨앗을 가져 갔었다. 그리고 그것이 멀리 떨어져 있었기 때문에 그에게는 당장 쓰여지지는 않았다. 또는 있어야 할 곳에 있지 않고 잠들어 있었기 때문에 죽은 것이나 다름 없는 여인과도 같은 것이다. 그래서 만약 목소리가 들린다면 그것은 마음으로 노래하는 것처럼 들리는 환청일 뿐이다.

시체조차 찾아볼 수 없는 비둘기의 죽음처럼 소리 없이 사라져 갈 당신의 나약한 신들이 당하는 죽음을 원치 않는다. 그대는 신들의 죽음에 대하여 아무것도 모르게 될 것이기 때문이다. 거기에는 항시 우물 둘레의 돌과 물, 물 소리, 백랍으로 된 주둥이 그리고 모자이크가 있을 것이다. 당신은 그것이 무엇인지 알아보기 위해서 세어 보지만 정작 자신이 잃어버린 것은 알지 못하리라. 왜냐하면 그 모든 재료에서 그들의 생명을 제외하고는 아무것도 잃은 것이 없기 때문이다.
　그에 대한 증거로 나의 시에서 이 어휘를 뽑아 선물로 그대에게 줄 수 있다. 나는 그것을 서서히 이루어진 다른 신(神)들과 결합시킬 수도 있다. 밀짚이나 곡식과 농기구를 쌓아 놓고 약간의 소망과 선망, 분노와 동정을 안고 있는 당신의 마음도 역시 하나가 되는 것이다. 거기엔 나뭇가지에서 떠나가는 다 익은 과일처럼 떨어져 죽는 노파가 있고, 또 마음에서는 새로 태어날 어린애가 있고 그곳에서 이루어진 범죄는 그의 존재를 괴롭히는 병마와도 같다. 그리고 지난 해에 당신이 이미 수습하였기 때문에 아직도 잊혀지지 않고 기억되는 화재 사건이 있었다. 그 마을은 대단치도 않은 조각배에 지나지 않은 것이었지만 세월이란 바다 위에서 배를 저어 가듯 그들이 동리를 이끌어 가는 것으로 자부심을 느끼는 마을 회의도 있다. 그래서 나는 당신에게 "그대 마을의 우물은……" 하고 말할 수가 있다. 당신의 마음을 새롭게 해 줄 수 있고 점차 당신을 만족시켜 나갈 수 있는 유일한 존재, 그대의 신을 향한 이 행진을 가르쳐 줄 수도 있는 것이다. 신의 표적으로 따라가 보면 당신은 언젠가 도달할 수 있기 때문이다. 사실의 하나하나를 통하여 신을 읽을 수 있으며 신의 말씀을 적어 넣은 책에서 나는 신을 느끼고 있다. 그는 곧 '지혜'요 '존재하고' 있다. 당신은 신으로부터 모든 것을 다시 받는다. 한 계단 한 계단씩 당신에게 재료를 맺어 주고 거기서 의미를 깨닫게 하고 있다. 유일신인 그는 마을과 우물을 지키는 수호신이다.
　나의 사랑하는 백성들이여, 그대는 사물이 아니라 사물의 의미인 당신의 꿈을 상실했다. 그리하여 당신은 살아 나가는 데 초조하여 길을 찾아내지 못한다. 죽으면서 경작하지 않은 정원을 남겨 놓고 간 어느 정원사를 나는 알고 있다. 그는 나에게 "누가 내 나무를 잘라 주고 나의 꽃씨를 뿌려 줄 것인가?" 하고 말했었다. 그는 자기 정원을 가꾸기 위해 여러 날이 있어야 했다. 그의 씨앗 저장소에는 골라 놓은 꽃씨가 있었고 창고 속에는 땅을 파는 연장도 있었고 나무둥치 허리에 전지용 칼을 매달아 두었다. 그러나 이것들은 이미 흩어진 물건들이라 의식에는 쓰여질 수가 없는 것이었다. 그래서 당신의 식량 곁에 자리하고 있는 당신도 마찬가지다. 사물을 연결시키고 영혼과 마음을 달래 주는 유일한 신의 매듭이 이루는 기적에서, 당신의 초가집, 곡식, 소망과 동정, 그리고 당신의 논쟁, 또한 거의 죽어 가는 노파들과 우물의 돌과 그리고 당신의 모자이크, 또 당신이 아직도 용해하지 못한 노래하듯 흐르는 물을 담은 우물이 있는 마을에 사는 당신도 마찬가지다.

178

나는 귀기울여 듣지 않아도 그녀들의 말을 듣게 된다. 어떤 이들은 현명하고 또 다른 이들은 현명하지 못하다. 그런데 그 여자들은 일부러 나쁜 짓을 저질렀다. 왜냐하면 그녀들은 거기서 그들 얼굴의 열기와 표범의 움직임과도 흡사한 그저 막연한 감정 이외의 다른 즐거움을 찾지 못했기 때문이다. 표범은 대상을 현혹시키기 위해 푸른 발을 앞으로 내민다.

나는 거기서 화산의 불길과도 같은 것을 보았다. 그것은 쓸모도 가늠도 없는 힘이다. 하지만 그것은 태양을 이루고 있는 불과도 같았다. 꽃을 피우는 태양과도 같았다. 결과에 결과를 거듭함에 따라 당신의 아침 미소나 혹은 사랑하는 여인을 향한 당신의 움직임이 모든 것에 대한 의미가 되는 것과 마찬가지다. 당신에게 촛점만 있으면 당신을 집중시킬 수 있는 것이어서 그때에야 비로소 당신이 태어나게 되기 때문이다.

그러나 그 여자들은 불에 덴 여인들에 지나지 않는다……

그리고 당신은 나무에서 그런 사실을 잘 볼 수 있다. 겉으로 보기에는 잠자고 있지만 서서히 저장하는 하나의 척도이며 왕국처럼 언저리로 자리잡은 향기가 있다. 그러나 그것은 화약과 화재에다 양분을 공급하면서 자신의 힘을 영원히 탕진하는 것이다. 숨어 있는 그대의 분노와 질투, 그리고 당신의 교활함. 밤이면 그토록 자신이 다루기 어려운 관능의 혈기로 나는 평화스런 나무를 만들고 싶어한다. 절단으로써가 아니고 얼음을 녹이고 그 얼음과 함께 썩어 드는 태양을 나무 속에 담아 놓는 씨앗과도 흡사한 방법으로 말이다. 그리고 그대 자신의 씨앗 속에 그대를 이룩하고자 하면서 그대가 지닌 것은 어느 하나도 거절하지 않고, 자신의 육체를 자르지도 않고, 거세하지도 않고, 당신의 통일성 속에 수천 가지 특성을 녹혀 주는 영혼의 씨앗과도 같은 방법으로 이루는 것이다.

이런 이유로 나는 "내 집에 와서 당신 자신을 재단하고 축소시켜 일정한 모형을 따르도록 하라"고 말하지는 않는다. 오로지 "내 집에 와서 그대 자신을 탄생케 하라"고 말할 것이다. 그대는 아무렇게나 쌓아 둔 재료를 내게 맡기고 나는 하나가 된 그대 자신을 되돌려준다. 내 마음속에서 움직이는 것은 내가 아니라 바로 그대다. 나는 바로 그대의 척도다. 흥분한 그녀는 악을 저지를 흉계를 꾸민다. 그대가 아무것도 되어 있지 못하고 돌아누웠다가는 되돌아눕기만 하는 좌절당하고 버려진 패배자가 될 때 무더운 밤의 잔인한 행위는 그대가 악에 이끌려 들었다는 내용이 된다. 그럴 때 당신은 무기가 부숴진 도시의 못된 보초병과도 같다. 그리고 나는 흩어진 재료를 가지고 무엇을 만들어야 할지 모르면서 그녀를 바라본다. 그러나 그녀는 가수를 부른다. 가수는 노래를 부른다. "시끄러워, 당장 꺼져 버리라고 해." 하고 그녀가 소리지른다. 그녀는 다른 가수와 또 딴 사람을 부른다. 그리고 그들을 이용한다. 드디어 피곤해진 그녀는 친구를 깨운다.

"오, 돌이킬 수 없는 이 권태. 노래도 이런 기분을 풀어 주지 못하는구나."

그러고 나서는 이 남자 저 남자와 연애를 한다. 그녀는 사내들을 차례차례로 쌓아 놓는다. 거기서 그녀는 자신의 통일성을 찾으려 하기 때문이다. 그런데 그녀는 어떻게 그것을 찾을 수 있겠는가. 물건들이 쌓인 무더기에서 물건을 잃는 것이 아닐진대.

하지만 나는 말없이 다시 오련다. 눈에 보이지 않는 물건들을 꿰매 놓겠다. 재료 가운데서 어느 것도 위치를 바꾸어 놓지 않고 그들에게 하나하나의 의미를 되돌려주겠다. 나는 그 무엇이 되도록 만들어 주는 보이지 않는 연인이다.

179

악기는 있는데 악사가 없다. 그 악기를 가지고 당신이 내는 소리는 스스로를 황홀케 한다. 줄을 잡아 튕기면서 기뻐하고 자기 손의 능력을 보고 기쁜 웃음을 짓는 어린아이를 나는 보았다. 그러나 그 소리는 내게 아무런 상관이 없는 것이다. 그대가 나의 내부로 옮겨 가는 과정을 관찰해 주기 바란다. 당신이 무엇이 되고자 하는 생각을 소홀히 한 나머지 결국 어디엔가 당신 자신이 존재하지 않게 되기 때문이다. 그리하여 당신이 옮겨다 놓을 것이 없게 되고 만다. 당신은 다른 소리보다 더 이상한 소리를 기대하면서 악기의 줄을 되는대로 잡아 뜯는다. 왜냐하면 도중에 다른 작품을 만나게 되지나 않을까 하는 생각과(마치 당신의 외부에 있는 과일을 찾아내는 경우처럼) 그대의 시를 포로처럼 이끌고 가게 되지 않을까 하는 허망이 당신을 괴롭히고 있기 때문이다. 그러나 나는 당신이 그 시를 위해 둘레에서 물을 빨아들이는 든든한 씨앗이 되기를 바란다. 나는 당신을 위해 이루어지고 이미 준비가 된 영혼이기를 바란다. 그리고 저녁바람이 불어 오면 당신을 사로잡을 어떤 얼굴을 찾지 말기를 바란다. 그대 마음속에는 이제 사로잡을 것이라고는 아무것도 없기 때문이다.

그리고 당신은 사랑을 찬미해야 할 것이다.

그리하여 당신은 정당한 사건이 아니라 정의를 사랑해야 한다. 그리고 특별한 경우에는 정의를 위해서 당신 자신이 쉽사리 부당한 행동을 하게 된다.

당신은 동정을 찬미할지어다. 그러나 특별한 경우에는 남에게 동정을 베풀기 위하여 그대 자신이 쉬 잔인하게 되기도 하리라.

당신은 자유를 찬양할지어다. 그리고 당신은 자신과 같은 노래를 부르지 않는 사람들로 그대 감옥을 가득 채울지어다.

그러나 나는 정의로운 사람을 알고 있지만 정의는 모른다. 자유로운 사람은 알고 있지만 자유는 알지 못한다.

사랑에 넘쳐 있는 사람은 알고 있지만 사랑은 모른다. 아름다운 행복은 알지 못하지만 행복한 사람과 아름다운 사람은 잘 알고 있다.

그러나 무엇보다 먼저 행동하고 설계하고 또 배우고 창조해야만 한다. 거기에 대한 보상이란 나중에 오는 것이다.

그러나 그들도 겉치레뿐인 잠자리에 살면서 우선 다양성을 확립하지 않고 본질에 관여하게 되는 일이 더 간단하다고 생각한다. 동전 몇 닢이면 창조자의 도취를 맛볼 수 있는 마약 중독자의 경우도 마찬가지일 것이다.

그들은 누구에게나 응대해 주는 창녀를 닮았다. 그런데 누가 그들에게 사랑을 한 번이라도 봉사해 줄 것인가?

180

배가 불룩 나온 사람을 경멸하면서도 나는 그 불룩한 배보다 더 고상한 무엇을 위하겠다는 조건으로 묵인하기로 한다. 하수도 청소부가 피우는 그 고약한 냄새도 마찬가지다. 그것이 도시의 환경 미화라는 조건 아래서라면 그럴 수도 있다. 완성미란 바로 죽음이라는 것을 알고 나서부터 나는 그렇게 생각하게 된 것이다. 또 나는 나쁜 조각가가 있기 때문에 좋은 조각가가 있게 된다는 조건 아래서 그 나쁜 조각가의 존재를 묵인하게 된다. 나쁜 취미가 있어야 좋은 취미가 있을 수 있다는 조건 아래서 나쁜 취미를 묵인 할 수 있게 된다. 자유의 조건이 존재하는 경우에 내면의 속박을 묵인하게 되고, 배불뚝이의 풍요가 그 자체를 위한 것이 아니라 그것이 키우는 모든 사람들의 정신적인 고양을 위해서 존재한다는 조건 아래서만 그 배불뚝이의 존재를 인정한다. 조각가들에게 오직 그들의 조각 작품에 대한 대가를 치름으로써 자신은 오직 창고 역할만 할 뿐이며 또 좋은 시인이 먹고 살아가기 위한 곡식을 그의 창고에서 꺼내기 때문이다. 그 곡식은 농부들이 땀흘린 작업으로부터 약탈해 온 것이고 그 곡식을 내어 준 대가로 받은 시는 자기가 이해하지 못하는 난해한 것이며 또는 자기가 한 번도 쳐다보지도 못한 조각 작품이다. 그리하여 약탈자가 없었더라면 조각가들이 지금껏 살아 남지도 못하였겠지만 결국 그 창고가 어떤 사람의 이름을 지니고 이었느냐 하는 문제는 나에게 아무 상관이 없는 일이다. 그것은 오직 전달 수단이며 통로에 불과하다.

그리고 만일 그가 곡식 창고를 시와 조각과 궁전의 창고로 만들어 놓고 백성들의 귀와 눈을 속이고 있다고 나를 비난한다면 나는 우선 당신에게 배불뚝이의 허영을 심은 그녀에게 그녀가 지닌 보물을 죄다 공개하도록 하겠다고 답한다. 왜냐하면 문명이란 발명한 물건의 사용에다 바탕을 두는 것이 아니라 오로지 창조에 대한 열성에다 바탕을 두고 있기 때문이다. 그것은 이미 그대에게 말한 바 있거니와 무용 예술이 더욱 빛나게 해 주는 왕국의 경우에 있어서도 마찬가지인 것이다. 그런 왕국의 박물관 진열장 속에는 배불뚝이나 백성들의 무용을 간직하고 있지는 않은 것이다. 그런 것은 저장할 수 있는 것이 아니다.

그리고 만약 당신이 배불뚝이에게 열 번 중 아홉 번에 걸쳐 저속한 취미를 보여 주고 그저 감상에만 젖어 있는 시인들과 유사한 조각가들을 감싸 주고 있다고 비난한다면 나는 그대에게 이렇게 대답해 주리라. 내가 나무에서 꽃이 피어나기를 바랄 때 누가 뭐라 해도 나는 나무 전체를 하나로서 받아들이지 않으면 안 된다. 엉터리 조각가들의 수자가 많다고는 하지만 그중에서 그럴듯한 조각가가 한 사람만 나온다면 그것으로 족하다. 그래서 저질 취미만 가득한 창고가 많다 해도 그중에서 분별 있는 창고 하나만 나오면 그것으로 충분하기 때문에 나는 저질 취미의 창고라 해도 많이 있어도 된다고 주장한다.

그러나 서로 상반되는 상황이란 원래부터 없는 것이어서 바다가 배를 있게 하는 조건은 될 수 있지만 바다에 희생되는 배들도 없지 않은 것이다. 그리고 하나의 수레며 길이 되고 교통 수단이 되는, 그러니까 있을 수 있는 조건이 아니고 자기들이 소화시키는 즐거움만을 위해서 백성들을 닥치는 대로 집어삼키는 배불뚝이도 있을 수 있다. 요컨대 바다가 배를 삼켜서는 안 된다. 또한 속박이 자유를 말살하고, 나쁜 조각가가 훌륭한 조각가를 구축하고, 배불뚝이가 왕국을 집어삼켜서는 안 된다는 말이다.

그대는 여기서 내게 멸망에서 우리를 구출해 줄 수 있는 체계를 나의 논리로 찾아 달라고 요구할 테지만 그런 일이란 있을 수 없다. 당신이 돌멩이들을 모아 하나의 성당이 설 수 있도록 하자면 돌을 어떻게 다스려야 하느냐고 내게 물어 보지는 않는다. 성당은 다만 돌들의 층계만으로 이루어지는 것이 아니다. 성당 건물이란 돌을 흡수하는 자기 씨앗으로 넘겨받은 건축가의 손에 의해 이루어진다. 무엇보다도 내가 존재해 있고, 나의 시를 가지고 신을 향한 비탈길을 이룩해 낸다면 그 비탈길이 다 신의 영광을 위해서 백성들의 열정과 창고의 곡식과 배불뚝이의 행동 방식을 흡수하게 되는 것이다.

창고에는 주인의 이름이 있기 때문에 내가 창고의 구조 작업 같은 데 흥미를 느끼고 있다고는 생각지 말아야 한다. 고약한 냄새가 맡기 좋아 하수구의 악취를 없애지 않는 것이 아니다. 하수도는 길이며 전달 수단이요 하나의 수레에 불과한 것이다. 재료가 아닌 것에 대한 재료의 증오에만 내가 흥미를 느끼고 있다고는 믿지 말아라. 나의 백성이란 내게 있어서 길이며 전달 수단이요 또한 수레일 뿐이다. 첫번째, 사람들의 아첨에 대해서와 마찬가지로 음악을 무시하고, 두번째, 사람들의 증오에서 박수를 무시하고 그리고 모든 것을 통해 오직 신 하나만을 섬기며 동굴 속의 멧돼지보다 더 고독해진 나, 내가 선 산비탈에서 시간이 흐르는 동안 조약돌을 한줌의 꽃씨로 바꾸어 바람에 날려보내면서—그리고 부식토도 그처럼 하나의 빛이 되어 바람에 날려간다—나무보다 더욱 부동 자세로 움직일 줄 모르는 나, 돌이킬 수 없는 유배 속에서 헛된 논쟁에 관여하지 아니하면서 한쪽을 저지하거나 한 쪽을 반대하지 아니하고 오로지 한 그루 나무를 위해 나무의 요소들과 싸우고 또 나무를 위해 나무의 요소를 옹호하는 나에게 어느 누가 항의할 것인가?

181

나는 논쟁에서만 아니라 오직 행동을 통해서 나의 백성들을 진리의 빛으로 인도해 나갈 수 있다는 주장을 하기에까지 이르렀다. 생명이란 신전과도 같은 것이어서 하나의 모습을 보여 주기 위해 생명이 구축돼야 한다는 것은 중요한 일이기 때문이다. 그러나 당신은 변함없는 나날과 가지런히 늘어놓은 돌멩이들을 가지고 무엇을 할 것인가? 그대가 나이 들게 되면 이렇게 말하리라.

"선조들을 모시는 제사를 베풀었다. 그리고 나는 자식들을 가르쳤고, 그들을 결혼시켰다. 그리고 신이 내게 보내 주셨던 몇몇 아들들을 경건하게 땅속에 묻었다. 어차피 그 아들들은 신의 영광을 위해서 존재했던 것이었으니까."

　당신에게는 대지를 송가의 경지로까지 끌어올리고 그 땅을 다시 태양에 바치도록 하는 놀라운 씨앗이 있기 때문이다. 그리고 그것은 또 당신에게 미소짓는 사랑하는 여인이 지켜보는 밀을 빛의 높이에까지 끌어올린다. 그러면 그녀는 기도의 말을 당신에게 만들어 준다. 그래서 내가 씨앗을 뿌리면 그것은 이미 저녁에 암송해 버린 기도로 변하는 것이었다. 그러면 나는 별빛 아래서 밀을 뿌리면서 천천히 지나가는 사람이 된다. 그리고 내가 너무 가까이 코를 맞대고 바라보고 있노라면 나는 무엇을 하고 있는 사람인지를 잘 모르게 된다. 그 씨앗에서 이삭이 나올 것이다. 그 씨앗은 다시 인간의 육신으로 복귀할 것이다. 바로 그 인간에게서 신을 찬양하는 신전이 탄생하게 될 것이다. 그렇게 되면 나는 그 밀이 돌을 모으게 하는 힘을 가지고 있다고 말할 수 있게 된다.

　대지가 대성당이 되기 위해서는 바람부는 대로 날아가는 한 알의 씨앗이 존재하는 것으로 충분하다.

182

　나는 무엇을 하고 있는지 알려 하지도 않고 그저 밭이랑을 파 나갈 뿐이다. 그저 밭을 갈 뿐이다……. 나는 왕국의 일부이고 왕국은 나의 일부다. 그런 것을 구별할 필요도 느끼지 않는다. 내가 처음으로 세운 것이 아닌 왕국으로부터 나는 아무것도 기대할 것이 없다. 나는 내가 낳은 자식들의 아버지다. 관대하지도 인색하지도 않고, 희생적이지도 못하고, 또 남에게 희생을 강요하지도 않는다. 내가 성벽 위에서 죽는다면 나는 도시를 위해 희생되는 것이 아니라 도시의 일부인 나를 위해 몸을 바치는 것이 된다. 나는 두말할 것 없이 도시와 더불어 살고 죽는다. 그러나 당신은 그것을 포상으로 부여된, 활기찬 기쁨을 파는 물건처럼 생각하고 또 추구하고 있다. 그래서 모래 한가운데 있는 도시는 당신에게 붉고 봉오리 풍성한 꽃이 된다. 그러면 당신은……그 꽃을 아무리 오래 만져 보아도 지루한 줄 모르고 즐긴다. 이 도시의 장터 여기저기를 산책하면서 울긋불긋한 채소 더미와 피라미드처럼 쌓아 놓은 귤에서 당신은 기쁨을 맛본다. 귤들은 향기 풍기는 시골에서 여기 시장에까지 실려와 도시의 방식으로 쌓여져 있다. 그리고 다이아몬드와도 같은 힘을 지닌 과일 사탕과 크림에서 큰 기쁨을 맛보았다. 왜냐하면 깃발을 단 범선의 행렬들이 먼 지역에서 싣고 온 매큼한 후추만이 그대 마음속에 바다의 소금과 항구의 콜타르 그리고 가죽끈의 냄새를 다시 안겨 주고 있기 때문이다. 그 가죽끈의 냄새를 두고 말하자면 끝없는 가뭄이 계속되는 가운데 그대가 바다를 향해 기적을 행하던 무렵 대상들이 그대에게 풍겨 주던 바로 그 냄새였다.

 이런 이유로 양념 시장에서 받은 감동은 당신이 받은 찰과상과 종양 그리고 그대 자신의 살을 소금에 절임으로써 형성해 냈다고 말할 수 있다.

 그러나 여기서 만일 당신이 아직도 남아 있는 기름을 태우듯이 승리를 노래하는 것이 문제가 아니라면 이제 당신이 찾으러 나갈 것이 무엇인가?

 오, 엘크수르의 샘물을 한 번 맛볼 수 있는 것이 얼마나 엄청난 행운이었던가? 축제 의식만 있으면 샘이란 하나의 송가가 되는 것이려니…….

 그리하여 나는 나아가리라. 내게 열정이야 없지만 창고를 씨앗의 저장지로 만들어 나가기 시작하리라. 나는 곳간에 있는 밀을 소비하고 있다. 밀을 쌓아 두는 것을 구별할 줄 모른다. 나는 앉아서 평화를 음미하고 싶었던 것이다. 그러나 평화란 존재하지 않았다. 나로 하여금 과거의 승리 위에 안주시키고자 하였던 사람들이 잘못 생각했었다는 것을 알게 되었다. 승리란 것은 바람과도 같은 것이어서 당신이 그것을 보관하고자 하면 없어져 버리는데 그래도 당신은 승리를 한 번 금고 속에 담아 두면 언제까지나 보존할 수 있다고 생각한다. 샘물이 흐르는 소리를 좋아한다고 해서 항아리 속에다 물을 넣어 두는 사람은 정신나간 사람이다.

'오, 주여 제 자신이 길이 되고 수레가 되고자 합니다. 저는 왔다갔다 하면서 끈질긴 인내로 노새나 말이 하는 일을 다 하려는 것입니다. 저는 제가 파고 있는 땅만을 알고 있을 뿐 입니다. 그리고 찢어진 작업복에 담아 두었던 곡식의 부스러기가 손가락 위에 흘러내리는 것을 알고 있습니다. 봄을 창조하고 당신의 영광에 따라 수확을 펼치는 것은 주님께서 하셔야 할 일입니다.'

그리하여 나는 흐름을 거슬러 올라가련다. 보초병이 저녁 식사만 애태우게 기다리면서 졸려서 고개를 꾸벅거리고 서글픈 발소리를 내는 것은 나의 가슴을 아프게 한다. 그가 들을 수 있는 것은 기껏해야 일 년에 한 번쯤 보초병의 신이 하는 말이다.

"이 저택은 충실하고 아름다운 것, 그러니까 경계를 삼엄히 해야 한다."

나는 그대에게 순찰대의 수많은 발자국을 보상해 줄 것이다. 나는 당신을 방문하러 그곳으로 가겠다. 그리고 나는 손에 무기를 들 것이다. 나의 팔은 무기를 위임받은 팔과도 같을 것이고 당신의 팔과 나의 팔이 한데 어울리게 될 것이다. 그렇게 되면 그대는 자신의 왕국을 엄호하고 있다고 느끼게 될 것이다. 성벽 높은 곳에서 도시의 장려함을 지켜보게 되는 것은 나의 눈이다. 그리고 그대와 나, 그리고 도시는 혼연 일체가 된다. 사랑은 불에 데었을 때처럼 뜨거울 것이다. 그리고 그대가 한 개비씩 쌓아 올린 나무의 대가를 지불해 줄 수 있을 만큼 불꽃이 아름다울 수만 있다면 나는 그대에게 죽음을 허락해 주리라.

183

씨앗은 자신을 돌이켜보며 다음과 같이 말한다.

"나야말로 얼마나 굳건하며 아름답고 힘에 차 있는가! 나는 삼나무다. 더 정확하게 말해서 나는 삼나무의 진면목인 것이다."

그러나 그 삼나무의 본질 자체를 두고 말하자면 아직 아무것도 아니다. 그것은 짐수레이자 길이며 탈것에 지나지 않는 것이다. 실험자다. 씨앗이 자기의 실험을 하도록 하라. 흙이 나무를 향해 서서히 올라가도록 하라. 신에게 영광을 돌리기 위해 삼나무로 하여금 대지에 자리잡게 하라. 나는 누구에게든 삼나무의 가지를 보고서 그 나무를 판별하도록 하겠다. 그러나 그들도 다 같이 생각해 본다.

"나는 이러저러한 사람이다"고 말하면서 각자 자기 자신이 기적의 식량이 되는 양 믿고 있다. 그들의 마음 가운데는 아주 구성이 잘된 보석으로 향하는 문이 있다. 더듬어 가면서 그분을 찾기만 하면 된다. 그것들은 당신에게 무심히 트림하듯 시를 읊어 내게 된다. 그러나 당신은 아무런 감동도 없이 그저 트림만 해대는 그들의 목소리를 들을 것이다.

흑인 마법사의 경우도 이와 마찬가지다. 그는 뭐든 다 알고 있다는 표정을 지으며 온갖 종류의 풀로 된 재료와 잡동사니와 이상한 기관들을 잔뜩 긁어모은다. 그는 달이 뜨지 않는 밤 당신에게 커다란 수프 그릇 속에 모든 것을 집어 넣고 흔들게 한다. 계속해서 주문을 중얼중얼 왼다. 그는 그의 음식 속에서 당신의 군대를 물리칠 눈에 보이지 않는 힘이 생겨나기만 고대한다. 당신의 군대는 곧 그의 은신처를 향하여 진군하게 된다. 그런데 아무것도 나타나지를 않는다. 그는 다시 시작한다. 외우던 주문을 바꾼다. 그리고 풀도 바꾼다. 물론 그가 소망했던 야망이 잘못된 것은 아니다. 왜냐하면 나는 거무스름한 액체가 묻은 목재 펄프가 왕국을 뒤엎은 것을 보았기 때문이다. 전쟁을 벌이기로 한 나의 포고가 문제되었다. 나는 거기서 승리의 징조가 튀어나온 수프 그릇을 알았다. 누군가가 거기서 화약을 반죽하고 있었다. 허공에서 무엇인가 파르르 떨리고 있는 소리를 들었다. 처음에는 누군가의 가슴에서 그 소리가 나더니 불꽃 모양으로 번져 나가 나의 백성들을 불타게 했다. 어떤 이는 반역을 선동했다. 나는 침묵의 배를 열어 주는 잘 배열된 돌멩이들을 알고 있었다.

그러나 만약 그들이 인간 정신에 입각한 공동의 척도를 가지지 못했다면 우연의 어떤 물질들에게서 무엇이 나오는 경우는 한 번도 보지 못했다. 그리고 시가 나에게 감동을 줄 수 있는 반면 어린아이들이 글자 놀이를 뒤엎어 놓은 듯이 뒤죽박죽이 된 글귀로는 결코 눈물을 짜내게 하지 못했다. 자기가 기르지 않은 나무들을 가지고 남에게 감동을 주겠다는 덧없는 씨앗이란 아무것도 아니기 때문이다.

물론 그대는 신을 향하고 있다. 그러나 그대가 만들 수 있는 존재로부터 현재 그대의 존재에 이르기까지 사물을 연역해 내지는 말라. 그대의 트림은 아무것도 전달하지 못한다. 태양이 이글거릴 때는 삼나무의 일부인 씨앗은 내게 그림자를 만들어 주지 못한다.

잔인한 세월은 잠든 천사를 깨운다. 그는 우리들이 보는 앞에서 배내옷을 짝짝 찢어 버리고 또 여러 사람이 보는 앞에서 분통을 터뜨리고 있다. 제발 미묘한 말들일랑 모두 삼켜 버리고 그대들의 관계를 맺어 주도록 우리에게 진정한 절규를 외쳐대기를, 부재의 여인을 향한 외침, 무리들을 향한 증오의 외침, 빵을 향한 절규, 밀을 거두어들이는 사람들이나 밀, 밀 위로 깊숙이 스며드는 바람과 사랑, 완만한 흐름 속에 젖어드는 것은 무엇이든 의미를 가지고 그들을 가득 채워 주기를 바랄 뿐이다.

그러나 약탈자인 당신은 도시의 환락가에서 복잡한 놀이를 가지고 사랑을 메아리치게 하고 싶어서 그곳으로 가고 있다. 그런데 그 사람의 역할이란 당신의 어깨 위에 얹은 순박한 아내의 어쭙잖은 손길이 반향을 일으키게 해 주는 것이다.

하긴 그것은 마술에 불과하다. 그리고 함정의 핵심에 빠져들지 않은 포로들에게 당신을 이끌고 가는 것은 단지 의식에 지나지 않는다. 그것은 마치 북국 사람들이 일 년 동안 한 번만 니스 칠한 나무, 뜨거운 밀림의 혼합물에서 마음의 회상을 끌어내는 것과 마찬가지다. 그러나 나는 내가 마련하지 않은 기적을 기다리면서 우연이란 요소가 들어 있는 함유물이 담긴 수프 그릇에서 음식을 끄집어내어 씹는 것이란 거짓 마술이고 게으르며 또한 모순이라고 말하겠다. 왜냐하면 당신은 무엇이 되는 것을 잊어버리고 오직 자신과의 만남을 향해서만 걸어가는 셈이 되는 것이니까 말이다. 그렇게 되면 이제 더 바라볼 희망은 없다. 청동으로 된 문이 당신을 다시 가두어 버리고 만다.

184

나는 우울했었다. 인간에 대하여 고민하고 있었다. 사람들은 모두가 저마다 자신만을 향해서 돌아서지만 무엇을 소망해야 할지도 모르고 있다. 당신에게 재산이 자꾸 불어나고 당신이 재산을 보다 많이 지배하게 될 때 결국 어떤 재산을 선택할 것인가? 나무가 수액을 갈구하는 것은 거기서 양분을 취하고 그 양분을 자신의 것으로 변화시키기 위해서다. 짐승은 풀이나 또 다른 동물을 먹고자 하는데 그것도 모든 먹이를 자신의 일부로 변화시키기 위해서다. 당신 자신도 양분을 취하고 있다. 그런데 그대 자신이 사용할 수 있는 정도의 양식을 제외하고 나면 무엇을 더 바랄 것인가? 칭찬이란 자존심을 만족시켜 주는 것이기 때문에 당신에게 갈채를 보내 달라고 사람들을 부추기고 있다. 그런 박수 갈채란 사실상 당신에겐 아무 쓸모가 없는 것이다. 고급 양탄자가 집을 온화하게 해 주기 때문에 시장 구석 구석을 뒤지며 사오려고 한다. 그러나 사들인 양탄자로 인하여 집안을 더욱 혼잡하게 만들어 버린다. 그러니 그것들도 당신에게는 아무 쓸모가 없는 것이다. 그 사람의 영지가 왕국의 것이라고 해서 당신은 이웃을 시기한다. 그리하여 그 영지를 그에게서 박탈하고 그곳에 자신이 자리를 잡는다. 그러나 그 영지에는 당신의 관심을 끌 만한 것이 아무것도 없다. 단지 그대가 열망해 마지않는 어떤 자리가 하나 있을 뿐이다. 그 자리를 얻기 위해서 당신은 온갖 음모를 다 꾸민다. 그리하여 끝내 그대 손아귀에 넣고 만다. 그렇게 되면 집은 텅 비고 만다. 왜냐하면 집이란 거기 사는 사람을 만족시키기 위해 사치스럽다거나 혹은 편리하다거나 장식이 많다거나 하겠지만, 그 집이 당신의 집이라고 생각하고 여러 가지 것들을 벌여 놓는다고 해서 반드시 그 안에서 그대가 행복할 수 있는 것은 아니기 때문이다. 언젠가는 죽어야 할 몸이기에 결국 당신 것으로 남는 것은 아무것도 없다. 당신의 소유물이 된다는 것은 그리 대단한 일이 못 된다. 아름답게 가꾸거나 혹은 집안 규모를 줄이는 것은 바로 그 집 이상일 수는 없는 것이기 때문이다. 문제는 그대가 그 집의 일부라는 사실이다. 그 경우 그 집은 당신을 어떤 곳으로 이끌어 주는 것이 된다. 마치 그대 왕가를 옹호해 줄 궁전의 경우처럼 말이다.

　나는 물건들로 인하여 기뻐하는 것이 아니라 그 물건들이 당신에게 길을 열어 주기 때문에 기뻐하는 것이다. 우울한 방랑자는 기껏 궁전 앞을 이리저리 돌아다니기만 하면서 임금이 된 환상을 품고 풍요하고 호사스런 생활을 해 보겠다고 선뜻 나서게 될 것이다. 그 방랑자는 "이곳이 바로 나의 궁전이다"고 말할 것이다. 그러니까 진실한 임금에게는 그의 풍만 앞에 서 있는 궁전이 당장은 아무 소용이 없을지 모른다. 결국 그라는 사람은 한꺼번에 방 하나밖에 차지하지는 못할 것이니까 말이다. 그는 눈을 감거나 책을 읽거나 혹은 남과 더불어 이야기를 나누거나 한다. 그래서 그는 바로 이 방에서 아무것도 보지를 못하게 된다. 그와 마찬가지로 그는 정원을 거닐면서 웅장한 건축물에 등을 돌리는 수가 있다. 그렇지만 그는 궁전의 주인이자 거만하면서도 마음이 우아한 사람이어서 잊혀진 회의실의 침묵과 다락밑방에서 지하실에 이르기까지 모든 것을 마음속에 품고 있는 사람일는지도 모른다. 생각하는 것을 제외하고는 어떤 점으로도 그를 군주로서 구별해 내기 어려운 것이기 때문이다. 기껏해야 머리 속으로나 군왕이어서 옷자락이 긴 옷을 입고 뽐내며 서서히 궁전 뜨락을 거닌다고 상상할 것이기 때문이다. 그렇지만 놀이에 지나지 않을 그런 거동은 별로 효과를 내지 못할 것이다. 그토록 억지로 꾸며진 감정이란 좋지 못한 꿈과도 비슷하다. 어떤 살육을 눈앞에 그려 내면 그대는 어깨를 움츠릴 것이며 노래를 들으면 그저 막연한 행복감에 젖어들게 될 것이고 힘없이 움직이는 기계적인 남의 흉내는 별다른 작용을 하지 못하게 될 것이다.

그대의 육신을 두고 당신의 것이라고 하여 자신의 손으로 어떤 변화를 주려고 한다. 그러나 그대의 정신과 마음에 관한 일처럼 육체에 대해서도 쉽사리 행동하려고 하면 그것은 그릇된 생각이다. 당신이 먹은 식품을 소화시키는 것에서 이끌어 내는 기쁨은 그렇게 풍요한 것이 아니기 때문이다. 더구나 소화라는 것을 두고 말하자면 그대는 궁전이나 은항아리나, 또는 친구의 우정마저 새겨 내지 못하고 있지 않은가. 궁전은 어차피 궁전인 채로 남아 있는 것이고 은항아리는 은항아리대로 남아 있어야 한다. 그리고 그대의 친구들은 그들 나름의 생활을 계속 영위해 나갈 것이고…….

그런데 나는 조각을 하는 기술자이다. 겉으로 보아서는 왕의 모습을 하고 있는 거지. 그래 바로 이 거지는 궁전을 바라보면서도 아니 궁전뿐만 아니라 바다, 바다보다도 은하수를 바라보면서도 서글픈 눈으로 하늘을 바라보면서도 자신을 위해서는 아무것도 뽑아 내지를 못한다. 그러니 외관상으로 변하는 것은 거기 아무것도 없는 것이다. 결국 군주와 거지는 똑같은 사람이고 저녁의 평화로운 자기 집 문턱에 앉아 가슴에 사랑을 품게 되는 사람이다. 잃어버린 사랑을 슬퍼하며 눈물짓는 사람도 똑같은 것이다. 그러나 그들 중 한 사람, 어쩌면 가장 건장하고 돈이 많고 정신과 마음을 가장 잘 갖춘 한 사람이 오늘 밤에 바다로 나가서 빠진다고 해도 어느 누구도 그를 말리지 않으리라.

그러니 몸뚱이가 하나인 그대 자신으로부터 다른 것을 끄집어내느라고 눈에 보이는 물질적인 것을 그대에게 마련해 주거나 아니면 어떤 면으로로도 그대를 교환하려고 애쓸 필요가 없는 것이다. 내가 그대 주위에서 또한 그대 자신 속에서 마음에 새롭게 불타는 모습을 읽을 수 있도록 해 주는 언어를 당신에게 가르쳐 준다면 그것만으로 충분하다. 만약 그대가 판자 위에 아무렇게나 놓여 있는 나무 조각처럼 우울하게 하고 내가 그대를 장기 놀이라는 지식에까지 끌어올린다면 그들은 그 문제들의 후광을 그대에게 온통 쏟아 놓게 될 것이다.

이런 이유로 나는 내 사랑의 침묵 속에서 그들을 생각하면 그들 자신의 것이 아니고 그들이 쓰는 언어의 일부에 지나지 않는 권태를 비난하지는 않겠다. 사막에 불어오는 바람을 들이마시는 승리의 왕과 같은 강에서 물을 마시고 있는 거지를 구별하게 해 주는 것은 언어 말고는 아무것도 없다는 것을 나는 알고 있었다.

그러나 내가 만일 거지를 그의 신분에서 끌어내지 못하고 승리감에 차 있는 왕의 감정을 구별해 내지 못한다면 온당한 사람이 못 되는 것이다.

나는 평등의 열쇠를 건네 주는 사람이다.

185

나는 세상의 필수품과 갓 따낸 꿀 사이에서 그들 두 사람을 바라보고 있었다. 그러나 그들은 죽은 도시로 가는 사람, 그를 위해 죽었으나 담벽 너머에서 보면 기적적인 도시, 그것과 흡사하였고, 아니면 배우지도 못한 언어로 된 시를 암송하는 것을 듣는 사람, 아니면 죽음이라도 받아들일 여인과 같이 있으면서 그녀를 사랑하는 것을 잊어버리고 있는 그런 사람과도 흡사한 듯⋯⋯.

그대들에게 사랑의 쓰이는 법을 가르쳐 주겠다. 예배를 위한 물건들은 아무 상관이 없다. 우물가의 매복소에서 더 오래 목숨을 유지할 수도 있었을 사람이 사막의 검은 담비 때문에 눈에 어둠을 가득 채우는 것을 보았다. 그런데 그 검은 담비는 그의 사랑을 받고 오랫동안 살다가 나중에는 제 천성대로 어디론가 도망쳐 갔었다. 또 나의 병사들의 휴식이란 것도 이와 흡사하다. 그들이 겪는 비참도 역시 딴 사람들이 겪는 비참과도 흡사하다. 오늘 밤이 귀향의 밤이 되도록 하고 이웃이 기다리는 친구가 되도록 할 것이며 불 위에 얹어둔 양고기가 생일 식사에 쓰이도록 하며 이 말이 곧장 노래의 가사가 되도록 하면 충분히 그대들을 열광케 해 줄 것이다. 그대들에게 건축과 음악 그리고 그대 스스로가 충분히 의미를 부여할 수 있는 승리만 있으면 그것으로 충분하다. 조약돌을 가지고 어린아이를 다루듯이 그대들에게 전달할 수 있는 방법을 가르치는 것으로 충분하다. 그렇듯 한 가지 놀이로서만도 충분하다. 그렇게 되면 즐거운 바람이 나무 위로 스치고 지나가듯 그대들을 감싸 주리라. 그러나 그대들도 이미 패잔병이요 오합지졸에 지나지 않는다. 그리고 추구하는 것은 오직 자기 하나밖에 없기 때문에 결국 찾아볼 수 있는 것은 공허뿐이리라. 왜냐하면 그대들은 다른 것이 아니라 모든 연관의 매듭이기 때문이다. 따라서 그런 연관이 없다면 그대들은 자신 속에서 텅비고 죽어 있는 네거리만 발견할 뿐이리라. 그리고 그대 마음속에 그대 자신에 대한 사랑만 들어 있다면 이제 당신에게 기대할 것이라고는 아무것도 남지 않게 된다. 이미 신전에 대해서 그대에게 이야기한 바가 있지 않았던가. 돌멩이는 돌멩이 자신이나 다른 것은 만들어 내지 않는다. 돌멩이들은 모든 돌멩이 전체가 구성하고 또 그 것들을 다시 뒷받침해 주어 무엇인가를 만들어 약동시켜 주기 위해 서 존재하는 것들이다. 그리하여 어쩌면 당신과 당신의 동료들은 모 두가 왕의 병사들이기 때문에 왕을 향해 쏟아 내는 열정을 가지고도 얼마든지 살아 나갈 수 있는 것이다.
 "주여, 저에게 사랑의 힘을 주시옵소서. 그 힘은 산을 오르는 데 짚고 가야 할 마디 굵은 지팡이 입니다. 저로 하여금 이들 백성을 모두 인도해 갈 수 있는 목자가 되게 하여 주시옵소서."
 나는 이렇게 기도 했었다.

 이젠 그대에게 보물이 지닌 의미에 대해서 말하겠다. 내가 말하려 는 보물이란 우선 물건의 본질이 아니기에 눈에 보이지는 않는다. 그대는 저녁에 찾아드는 손님을 알고 있다. 허름한 여관 문 앞에 멍 하니 앉아 있는 그 길손은 지팡이를 곁에 놓고 얼굴에 미소를 머금 는다. 사람들이 그를 둘러쌌다.
 "그대는 어디서 온 사람이오?"
 그대는 미소가 지닌 힘을 알고 있다.
 음악이 있는 섬일랑 찾아 나서지 말라. 그 섬이란 바다가 다 이루 어 놓고 내보이는 선물처럼—바다는 그 언저리에 하이얀 레이스로 수를 놓는다—만일 내가 그대를 바다의 의식에 좇아 행동하도록 해 주지 않는다면 또 내가 그들의 왕관이 있는 모래 위에다 당신을 데 려간다 해도 그대가 찾아볼 수 없는 그런 선물이다. 또 당신이 거기 서 힘 안 들이고 잠에서 깨어난다 해도 소녀들의 가슴속에서 사랑을 잊어버리는 힘 외에 끌어낼 것이 없다. 그러니까 당신은 망각에서 망각으로 죽음에서 죽음으로 헤쳐 나갈 뿐이리라……. 그 음악의 섬 을 두고 내게 이렇게 말하리라.
 "도대체 살아 있어야 할 만한 가치가 무엇이란 말입니까?"
 언젠가 그 섬에 대해서 잘 알게 되고 나면 그대는 한 사람의 선원이 되어 오로지 섬을 위한 사랑의 일념으로 죽음까지 각오하게 될 것이다.

그러니까 당신을 구출해 낸다는 것을 결국 그대를 풍부하게 한다는 것도 아니고 그대 자신을 위해서 무엇을 갖다 주는 것도 아니다. 마치 신부를 위해 주듯 오로지 어떤 놀이에 대한 의욕에 당신을 복종시키도록 해 주는 것일 뿐이다.

아, 사막에서 먹을 끼니가 없을 때보다 더 절실하게 나는 고독에 빠져 있다. 사막을 향기롭게 해 줄 오아시스로 내가 가까이 갈 수가 없다면 이 사막에서 나는 무엇을 하란 말인가. 야만인 풍습과 한계 지을 국경이 없다면 이 지평선 끝에서 나는 무엇을 하고 있으라는 말인가. 가령 먼 곳에서 열리고 있는 회담의 소식이라도 전해 주지 않는다면 사막의 바람으로 내가 무엇을 하라는 말인가. 도대체 이 사막에서 모습을 드러내 놓지 않는 물질을 지니고 내가 해야 할 일이 무엇일까. 하지만 모래 위에 우리는 언제까지나 앉아 있게 될 것이다. 당신은 스스로에게 겪어 본 사막에 대해서 이야기할 것이고 지금 보이는 이 사막의 모습이 아니라 그대의 사막이 지닌 모습을 보여 주게 될 것이다. 단지 세상의 형편에 의지하고 있는 당신은 돌변할 것이다. 당신네 집 방 한구석에 앉아 있는 그대에게 거기는 불 타고 있다고 알려 줘도 당신이 여전히 앉아서 버틸 수 있겠는가? 그 때 당신이 사랑하는 애인의 발소리를 들었다면 앉은 채로 가만히 있을 수 있겠는가? 그때 그 여자가 당신께로 걸어오지 않고 서 있다고 해도 마찬가지일 것이다. 내가 지금 터무니없는 환상을 당신 앞에 늘어놓고 있다고 하지는 말라. 내가 하는 말을 믿으라는 것이 아니고 그대로 새겨서 듣기만 하라. 전체가 없고 부분만 있다면 무슨 소용이 있겠는가? 신전은 없고 돌만 있다면 무슨 소용이 있는가? 사막이 없는 오아시스란 무엇이란 말인가? 그래서 당신이 섬 한가운데서 살면서 그대 자신이 무엇인가를 알고자 할 때는 내가 그곳으로 건너가 그대에게 바다를 말해 주어야 한다. 또 그대가 사막 한가운데 살고 있다면 그대에게서 멀리 떨어져 있는 곳에서 벌어지는 결혼식이나 포로 석방 또는 적의 진군에 대한 이야기를 들려주려 그대 곁으로 나는 가야만 한다. 그리고 당신에게서 멀리 떨어져 설치된 캠프 아래서의 결혼식 불빛이 그대가 사는 사막에까지 비추어지지 않았다고 내게 말한다면 그것도 틀린 것이다. 그대의 권능이 미치는 곳이 어디란 말인가?

나는 그대의 관습과 마음씨의 기질에 어긋나지 않게 말해 주리라. 내가 주는 말은 사물의 의미가 될 것이고 그것을 통해 모든 것을 알 수 있게 될 것이고 또 길을 따라 내닫고 싶은 갈망이 되게 하겠다. 그리고 왕인 나는 그대를 보다 크게 성장시킬 수 있는 한 그루 장미나무를 주겠다. 나는 거기서 장미꽃을 요구하고 싶기 때문이다. 이제 그대가 해방되는 길목을 향한 층계가 만들어질 것이다. 그대는 우선 곡괭이로 땅을 파고 가래질하는 사람이 될 것이다. 그리고 그대는 애써 가꾸는 작품을 보살피고 벌레와 송충이를 잡아 나무를 보살피게 될 것이다. 그리고 거기서 피어나는 꽃봉오리가 그대 감정의 대상이 될 것이요, 축제가 다가올 때면 장미는 나무에 하나 가득 만발하여 누구라도 그 꽃을 꺾으려고 할 것이다. 그리고 그대를 위해 가지에서 꺾은 장미송이를 내게로 가져오게 될 것이다. 나는 그대 손에서 꽃송이를 받아 들은 그대를 기다리게 된다. 그대는 한 송이 장미를 피어나게 한 바로 그 장본인인 것이다. 이제 그 장미 한 송이와 나의 미소를 그대가 바꾸게 되었으니……. 그래서 왕의 미소를 온몸 가득히 받고 기쁜 마음으로 집으로 돌아가게 되리라.

186

그들에게는 시간의 의미란 없다. 그들은 아직 피지도 않은 꽃을 죄다 꺾어 버리고 싶어한다. 그래서 꽃이란 것이 남아 있지를 않는다. 그들이 꽃을 찾아볼 수 있는 곳은 다른 곳일 수밖에 없다. 거기서 피어나는 장미란 장미나무가 지닌 의식에서 피어나는 개화가 아니라 더도 덜도 아닌 바로 시장바닥에 내놓은 팔 물건에 지나지 않는 것이다. 이런 상황에서 꽃이 그들에게 무슨 즐거움을 줄 수가 있을 것인가?

　나는 정원으로 발걸음을 옮겼다. 정원은 달콤한 레몬을 가득 실은 배나 아니면 밀감을 싣고 오는 대상, 또는 우리가 도착하려는 섬이 되어 바다를 더욱 향기롭게 해 주는 바람을 일으켜 주고 있다.

　나는 먹고 사는 일용품이 아닌 하나의 약속을 받았다. 그것은 정복해야 하는 식민지와도 같은 정원이었다. 혹은 아직 완전히 소유하지는 않았지만 나의 품안에서 내게 순종하는 신부와도 같은 것이었다. 정원은 나를 향해서 펼쳐져 있다. 작은 담장 안에 담겨 있는 정원에는 나의 산책을 다소곳이 받아들일 밀감나무와 레몬나무들이 서 있다. 그렇지만 밀감나무나 레몬나무의 향기와 미소의 입김이 영원히 거기 있는 것은 아니다. 그런 것을 다 알고 있는 내게는 모든 것이 하나의 의미를 지니고 있는 것이었다. 정원 아니 신부와 만나는 시간이 나를 기다리고 있다.

　기다림을 모르는 사람들은 시를 이해할 수도 없다. 욕망을 보상해 주고 몸을 다듬어 주고 과일을 익게 하는 시간이 그들에게는 원수같이 여겨지기 때문이다. 그들은 오로지 사물에 대한 물욕에서 즐거움을 풀어 내려고 한다. 사물을 꿰뚫어 완전히 자기 것으로 인식하는 과정 속에서 기쁨이란 찾아들기 마련이다. 그래서 나는 길을 가고 또 나가고 나아갈 뿐이다. 그래서 내가 정원 속에 발을 들여놓으면 정원은 내게 향기의 고향이 된다. 벤치에 앉아 나는 바라본다. 잎사귀가 이리저리 흩날리며 사위어 가는 꽃들이 있다. 모든 것이 죽어가서 다시 생성되어 가는 것을 느낀다. 거기서 추호도 비애를 느끼지 않는다. 높은 파도가 밀어닥치는 바다에서처럼 나는 사위를 경계한다. 그렇다고 꾹 참고 있는 것은 아니다. 정원에 들어선 목적이 문제가 아니라 단지 들어와서 거닐고 있다는 데 기쁨을 느끼기 때문이다. 이렇게 우리는 꽃에서 과일에 이르기까지 정원 속을 걸어가고 있는 것이다. 거기서 그치지 않고 과일을 꿰뚫어 씨앗에 이르고 씨앗을 통해서 다음에 피어날 꽃을 향해서 걸어가고 있다. 나는 사물을 잘못 판단하고 있지는 않다. 이것들은 단지 내가 치루어 낼 의식의 대상에 지나지 않는다. 나의 의식에 쓰여질 도구를 만지고 기도의 색깔로서 그것들을 파악한다. 그러나 세월을 모르고 있는 사람은 맞부딪쳐 싸운다. 그들에게는 자신의 어린애들마저 자신의 완성 앞에서는 싸워야 할 하나의 대상으로 변해 버린다(왜냐하면 어린아이는 어느 누구도 알릴 수 없는 신을 향한 길이 되어 있으니까). 그들은 먹고 살아가는 양식인 양 그 아이를 순수한 우아함 속에다 고정시키고 싶어했다. 그러나 한 어린이를 만나게 되면 나는 그 애가 미소를 지으려 하고 곧 얼굴을 붉히며 내게서 도망치려는 것을 볼 수 있다. 내가 그에게 괴로움을 주게 된다는 것도 알고 있다. 그래서 그의 이마를 짚어 본다. 바다를 잔잔하게 가라앉혀 보기라도 하겠다는 심정으로.

그들이 당신에게 "나는 이러이러한 사람이다. 나는 이런 것 저런 것을 가지고 있다"고 말한다. 그들은 또 당신에게 다음과 같이 말하지는 않는다.

"나는 판자를 켜는 목수다. 나는 바다가 신부라면 그 신랑이 될 수 있는 나무에 이르게 하는 통로다. 나는 하나의 축제에서 다른 축제를 향해 행군하고 있는 중이다. 나의 아내가 지금 또 잉태하고 있다. 나는 봄을 위해 일하는 정원사이다. 왜냐하면 봄은 나를 활용하고 내 삽과 쇠스랑을 쓰고 있기 때문이다. 나는 어디론가를 향해서 나아가고 있는 사람이다."

왜냐하면 그들은 아무 곳에도 가지 않기 때문이다. 그러니까 그들의 죽음은 배가 닿을 항구가 될 수는 없는 것이다.

굶주림에 시달리는 그자들이 당신에게 이렇게 말하리라.

"나는 아무것도 먹지를 못하였소. 내 속은 지칠 대로 지쳐 있소. 그래서 나의 이웃들이 배가 쓰라리다는 소리를 들으면 나는 정신이 혼미해지기까지 한다오."

그들은 고통이 무엇인지를 모르고 있기 때문이다. 그 고통이 하나의 치유를 향한 과정이거나 혹은 죽음에 이르는 접근이거나 혹은 하나의 탈바꿈을 알려 주는 표시, 아니면 논쟁의 해결을 향한 감동어린 호소라는 것을 모르고 있기 때문이다. 그들에게는 탈바꿈도 해결도 혹은 약속된 치유도 보상도 있을 수 없다. 그들에게는 단지 순간적인 불편함이 곧 고통으로 되어 있는 것이다. 그와 같은 이치로 당신에게 어떤 기쁨이 있는 경우 그들이 어느 순간에 느낄 수 있는 하잘것없는 기쁨이란 마치 식욕이나 다른 욕망을 채워 주는 것과 같이 그대가 누릴 수 있는 유일한 즐거움이기도 한 것이다. 하지만 그 기쁨이란 사람에게 그토록 가치 있는 것은 아니다. 결국 가치 있는 기쁨이란 당신도 당장에 알아볼 수 있는 것이어서 많은 운전사의 앞길을 인도해 주는 안내자의 길이요 전달 수단이요 교통 수단이 되는 것이다.

대상의 의미는 한결같이 비슷하고 단조로운 발걸음 속에 묻혀 있는 것이 아니다. 가령 신이 풀어진 매듭을 조이기 위해 줄을 잡아당기고, 낙오자를 격려하여 일으키고 또 야영을 준비하여 그대가 끌고 다니는 짐승들에게 물을 따라 주면 이미 사랑의 의식 절차 속에 들어가 있게 되는 것이다. 종려나무 숲 속보다 더 깊이 알맞는 거리에까지 들어가면 오아시스의 면류관이 당신의 고된 여행을 끝맺어 주게 될 것이다. 또 당신이 빈민가의 나지막한 담들이 내다보이는 도시를 산책하게 되면 그 빈민가도 역시 당신의 신이 다스리는 도시의 일부이기 때문에 거기에도 벌써 불빛이 번쩍이고 있을 것이다.

신이 다스리기에 싫증을 느낀 곳에는 감격이란 것이 없다. 무엇보다 그곳의 규석과 가시덤불 속에서 그것을 알게 된다. 그것들은 도시의 전례에 쓰이는 물건이자 도시를 건설하는 재료가 된다. 이들은 모두가 신방에 이르게 하는 층계 계단이고 시를 이루는 어휘가 되는 것이다. 또 그대가 부릴 마술의 재료가 되기도 한다. 그대가 땀 흘리고 무릎을 다쳐 피를 흘림으로써 도시의 출현을 준비하기 때문이다. 나는 이미 그런 재료들 모두가 도시와 흡사한 양상을 띠고 있다는 사실을 발견하게 된다. 과일이 태양의 모습과 흡사해지는 방식을 따라, 아니면 점토 속에 남아 있는 자국이 빚어 낸 조각가의 어떤 영혼의 움직임과 흡사한 양상을 띠고 있듯이 당신은 삼십 일째 되는 날 당신이 다루던 규석이 그들의 대리석을 없애고, 당신의 엉겅퀴가 그들이 가꾼 장미를 뒤엎어 버리고 당신의 목마름이 샘들을 모조리 메말라 버리게 하리라는 것도 나는 알고 있다. 조금씩 어떤 도시를 꾸며 가고 있다는 사실을 알고 있는 당신이 어찌 자신의 창조 작업에 대해서 싫증을 낼 수 있는 것인가?

나는 항시 나의 낙타 부리는 하인에게 말해 두었었다. 그들이 지쳐 있는 것처럼 보일 때 그들은 푸른 저수지에다 하나의 도시를 건설하고 밀감나무 밭에다 밀감을 심고, 또 자갈을 나르는 수레나 아니면 정원사가 되어야 한다고 일러 주곤 했다. 또 그들에게 이렇게 말했다.

"당신들은 의식을 지낼 때의 몸짓을 하고 있는 것이오. 당신들은 지금 모습을 보여 주지 않는 도시를 잠에서 깨어나게 했소. 당신네가 지닌 재료를 가지고 아름다운 소녀의 우아한 자태를 새기고 있는 것이오. 그렇기 때문에 당신의 규석과 가시덤불은 벌써 여인의 향기를 지니고 있는 것이라오."

하지만 다른 사람들은 일상 생활만 읽을 뿐이다. 근시안으로 인해 코를 바싹 들이대도 뱃속에서는 판자에 박아 둔 못밖에는 바라보지 못한다. 사막을 질러가는 대상에게서도 단지 그들이 남긴 모래 위의 발자국밖에 보지 못한다. 따라서 그들의 눈에는 모든 여인이 창녀로 보일 뿐이다. 그들은 여자를 그려 주고받는 선물이나 순간의 의미로 여기고 있기 때문이다. 규석 더미와 가시덤불을 헤치고 종려나무 숲을 통과하여 문고리에 부드럽게 부딪치는 손가락의 움직임을 따라서야 그녀에게 도달할 수 있는 경우에도 그들은 여인을 순간적인 것으로밖에 보지 않는다. 누군가 아주 멀리서 그들에게 다가오는 경우 그것은 죽음에서 깨어나게 하는 하나의 기적이다.

 아, 그 순간에라야 그녀는 먼지처럼 쌓인 시간을 헤치며 되살아나고 고독한 당신의 밤에서부터 천천히 벗어나 꽃을 피우게 될 것이다. 그것은 자신을 구출해 낸 향기이자 당신을 위해 다시 시작한 세상의 젊음이 될 것이다. 오로지 그들만이 서서히 우리 속으로 돌아온 영양에게서 보상을 받았던 것이다.

 나는 지식 나부랭이에 지나지 않는 회계원의 지성을 증오했다. 그런데 이 회계원은 이미 다 소비해 버린 물건들의 대차대조표 따위 말고는 아무것도 관심이 없는 사람이었다. 당신이 성벽을 따라 걸어갈 때면 거기 쌓이고 쌓아 올려진 돌멩이밖에는 보지 못한다. 그러나 세월에 대한 의미를 파악하고 있다는 사람도 마찬가지다. 그들은 이 돌에도 저 돌에도 부딪치지 않는다. 그들은 그와 같은 돌을 애석해하지를 않고 다른 숱한 돌멩이들 중에서 어떤 돌 하나에게서 마땅히 자기가 받아 내야 할 것도 요구하지 않고 있다. 그저 도시나 한바퀴 휭 돌아 볼 뿐이다.

187

 나는 살아가고 있는 사람이다. 그대들을 언 땅 위에서 알몸으로 받아들인다.
 오, 밤의 어둠 속에서 방황하고 있는 슬픈 백성들이여, 사막 쪽으로 드러난 산등성이에 아직도 물기가 마르지 않은 틈난 표토에 생겨난 곰팡이여!

나는 당신들에게 이렇게 말했다.
"여기 오리온자리와 큰곰자리 그리고 북극성이 있다."
그러면 당신들은 당신들의 별을 알아본다. 그리고 당신들은 서로 이렇게 말한다.
"여기 큰곰자리가 있고 여기 오리온자리와 북극성도 있다."
또 나는 당신들에게
"나는 큰곰자리 쪽으로 두 해 동안 행군했다."
라고 말할 수도 있다. 그리고 그대들은 서로를 이해하기 위해 어디엔가 모여 살고 있다.
부왕의 궁전도 그와 마찬가지다.
내가 어렸을 때 누군가가 어렇게 말해 주었다.
"달려가라. 지하 술창고로 가서 과일을 찾아라……"
과일 향기를 풍기면서 단지 그 말만으로 누군가가 나를 깨우쳐 주었다. 그래서 나는 무화과가 잘 익는 나라를 행해 떠났던 것이다.
그런데 내가 만일 당신들에게 "북극성"이라고 말한다면 그대는 그 말 한마디로 방향이 주어진 것처럼 솔선해서 가던 길의 진로를 바꾼다. 그리고 그대는 북방 종족의 무기가 맞부딪치는 소리를 듣는다.
만일 내가 축제를 벌이기 위해 동쪽의 석회암 테이블을 선택하고 형벌을 주기 위한 장소로서 남쪽에 있는 염전을 택한다면—그리고 한 묶음의 종려나무를 가지고 나와 대상이 쉴 수 있는 오두막을 만들어 주면—그때는 그대가 바로 당신의 집에 있다는 것을 알게 될 것이다.
당신은 이 샘물의 기능을 다시 원상태로 환원시키고 싶었다. 그 샘물의 기능이란 물을 공급해 주는 일이다. 그러나 물이 말라 흐르지 않는 우물은 아무 소용도 없다. 그리하여 단지 갈증으로 죽지 않는다는 것으로 생존이라고 말할 수는 없는 것이다.
사막에서 물을 못 얻어 목이 마른 사람들은 그가 알고 있는 어느 우물을 꿈꾸면서 더 잘 살아 나갈 수가 있다. 그 사람은 하나의 착

란상태에서 우물에 달린 도르래의 삐걱거리는 소리를 듣고 밧줄이 드르럭거리는 소리를 듣는다. 이런 사람은 갈증을 느껴 보지 않고 별들이 다정한 우물 쪽으로 자신을 끌고 나갈 것을 잊고 있는 사람보다는 훨씬 더 행복하다.

　나는 당신의 갈증이 본능적으로 물에 쏟는 중요성과 더불어 물을 더욱 동요하게 한다는 이유로 그대가 느끼는 갈증을 존중해 줄 생각은 없다. 그러나 바로 그 갈증이 당신에게 별을 이해하게 하고 바람과 모래 위에 있는 적의 발자취를 읽어 내게 한다는 근거가 되기 때문에 그대의 갈증을 높이 산다. 살아가는 데 있어 생기를 불어넣어 줄 술을 마실 수 있는 권리를 내가 당신에게 금한다는 것은 단지 인생의 회화(戱畫)에 지나지 않음을 이해하는 것이야말로 본질적으로 중요하다. 그런 경우 당신의 뱃속은 물이 들어오라고 자극하고 있기 때문이다. 만약 내가 당신에게 물을 마시라고 요구한다면 별빛 아래서의 행진에 대한 절차와 송가가 되는 녹슨 손잡이에 대한 의식에 순종해야 하는 것만이 중요하다는 사실을 그대가 이해한다는 것도 아주 본질적인 일이다. 그런데 녹슨 손잡이는 그대의 행동을 기도의 의미가 되게 한다. 그대의 배를 채울 양식이 마음의 양식으로 바뀌도록 하기 위해서 말이다.

　그대는 외양간에 든 가축이 아니다. 당신은 외양간을 다른 것과 교환한다. 구유도 짚으로 된 잠자리도 마찬가지다. 그리고 그러한 행위는 사육 짐승들에게 더 좋지도 나쁘지도 않은 것이다. 그러나 배를 채우는 끼니는 배뿐만 아니라 마음을 채워 주는 것이 되기도 한다. 그래서 만일 당신이 배가 고파 죽게 되어 그대 친구가 문을 열어 당신을 자기 식탁으로 데리고 가 우유병을 가득 채워 주고 빵을 찢어 나누어 준다면 그대 당신이 먹고 마시는 것은 다름아닌 미소다. 왜냐하면 식사란 의식의 미덕이기 때문이다. 두말할 것 없이 거기서 당신은 포식을 하였고 인간의 선의에 대한 감사의 뜻이 당신 표정에 활짝 피어 오르게 된다.

나는 그 빵이 당신 친구의 것이 되고 젖이 당신 종족의 것이기를 바란다. 보릿가루 또한 추수 감사절의 것이기를 빈다. 그리고 샘물은 도르래의 노래이거나 별빛 아래서의 어떤 방향이 되기를 바란다.
 나는 이 같은 사실을 배 위의, 자기 띤 쇠바늘처럼 움직이기를 좋아하던 나의 병사들에게서도 보았다. 그래서 그들이 신부를 맞아들이려고 하는 것은 그들이 지닌 세상의 재산이나 절제 있는 정조를 뺏기 위한 것이 아님을 알았다. 이때 그들의 육체가 그들을 순결 쪽으로 이끌어 남쪽과 북쪽, 서쪽과 동쪽을 구별할 수 있게 하기 때문이다. 그리고 사랑할 사람이 있는 방향을 가리키는 별의 경우도 마찬가지다.

 만일 대지가 그들 사랑의 묘미를 혼자 마음속에서 스러지게 하기 위해 광대한 홍등가의 문을 두드리는 것과 같다고 말하고, 또 모든 창녀들이 그들에게 호의를 베풀어 자신이 가야 할 길을 구별하지 못하고 단지 지상의 표피에서 방향도 없이 여기서 저기서 머무르게 된다면 그들은 이제 지상 어느 곳에서도 살고 있지 않게 되는 것이다. 부왕은 베르베르 족들을 배불리 먹이고 창녀들을 제공하여 그들을 희망도 잃은 가축처럼 만들어 버렸다.
 그러나 나는 생활을 하고 있는 사람이다. 그래서 그대는 결혼식을 치룬 다음에야 신부를 손댈 수 있다. 그것은 그대의 잠자리가 승리에 충만해 있도록 하기 위함이다. 물론 결합될 수 없는 사랑 때문에 목숨을 끊는 사람도 없지는 않지만 사랑에 있어서 죽음이란 사랑의 한 가지 조건이 되는 것이다. 그래서 사랑하는 사람들을 동정하게 되는 나는 방파제와 성벽과 사랑의 모습을 이룩하는 의식에 맞서서 그들을 도와 주고 있다. 그러나 내가 그들에게 부여하는 것이란 사랑이 아니라 사랑을 잊을 권리다.
 그가 다이아몬드를 가지게 된다는 것이 모든 이의 희망이 아니라는 이유 하나 때문에 내가 인간의 잔인한 욕망에서 그대를 구출해 내기 위해서도 다이아몬드를 모두 큰 가마 속에 던져 넣어 버려야 한다고 주장한다면 나도 그 사람 못지않게 정신나간 사람이 된다.

만약 그들이 사랑하는 여인을 애타도록 원한다면 나는 그에게서 사랑을 구출해 내야만 한다.

나는 살고 있는 사람이다. 나는 자기 띤 자석의 극이다. 나는 나무 줄기와 뿌리, 가지, 그리고 다른 꽃과 과일이 아니라 바로 그 꽃과 과일이다. 그리고 다른 왕국이 아닌 바로 이 왕국, 다른 사랑이 아닌 바로 이 사랑은 다른 사람들에 대한 거부나 멸시에 의하지 않고 이루어지게 하는 나무의 씨앗이요 침묵 속에 있는 지력선인 것이다. 왜냐하면 사랑이란 사물 속에서 찾아낸 사물과 같은 본질이 아니라 의식의 완성이다. 나무가 지닌 본질이란 것도 그와 마찬가지다. 나무는 근본적인 다양성을 지배하고 있다. 나는 바로 물질의 의미다. 나는 곧 성당이며 그 성당의 돌이 지닌 의미다.

188

그대가 사물이 아니라 사물의 의미인 이 빛에 눈이 멀었다면 그대가 바랄 수 있는 것이란 이 세상에서 아무것도 없다. 그래서 나는 당신네 집 문간에서 당신을 다시 만나게 된다.

"거기서 뭘하오?"

그래도 당신은 내 말을 알아듣지 못하고 살아 나가는 것에 대하여 불평만 늘어놓는다.

"인생은 내게 아무것도 가져다 주는 것이 없어요. 내 아내는 지금 잠들어 있고 노새는 쉬고, 나의 밀은 익어 가고 있습니다. 나는 다만 어리석게 기다리고 있기만 하는 사람, 그것 말고는 아무것도 아닙니다. 나는 인생에 대하여 권태를 느끼고 있습니다."

사물을 통찰할 줄도 모르고 또한 놀이도 갖지 못한 어린이여, 그대 곁에 앉아 나는 그대를 가르치고 있다. 그리고 알 수 없는 고통으로 지금 그대 자신은 괴로워하고 있다.

다른 사람들은 그 이유를,

"단지 목격하는 것이 필요해"

라고 말하고 있다. 그대가 치는 헤엄은 보기에도 좋다. 그 헤엄은 천천히 바다에서 그대 곁으로 해안을 끌어다 준다. 그리고 삐걱거리는 도르래는 그대가 마실 물을 만들어 준다. 해안 갯밭에서 자는 황금빛 밀의 경우도 마찬가지다. 따스한 가정의 사랑스런 연관에서 태어난 어린이의 미소도 그와 마찬가지다. 축제를 준비하기 위해 찬찬히 꿰맨 금박의 옷도 그런 것이다. 그러면 도르래의 소리를 내느라고 손잡이를 돌리고 옷을 만들어 내기 위해 천을 꿰매고 육체 관계만을 위해 성행위를 한다면 당신 자신이 무엇이 되겠는가?

하지만 지금 나는 그대에게 인간으로서 아무런 자질을 갖고 있지 않은 사람들을 가두어 둔 도형수의 감옥에 대한 말을 했다. 그들의 곡괭이질은 곡괭이질을 해야 할 만큼의 가치가 남아 있다. 그래서 그대들은 곡괭이질을 연거푸 하게 된다. 그러나 그들의 본질에는 아무 변화가 없다. 그것은 강변이 없는 헤엄이고 제자리걸음만 하는 헤엄에 지나지 않는다. 창조란 것이 존재할 수 없다. 그들은 빛을 향한 길이나 운반 수단이 될 수가 없다. 그러나 태양은 한결같고 험한 길은 여전하여 땀 흘려 일하면서 일 년에 단 한 번 순수한 다이아몬드를 캐내게 되면 당신은 그 빛 속에 잠겨져 근엄하게 된다. 그렇게 되면 당신은 나무의 평화 속에 안주하고 생활의 의미 속에 자리잡고 살게 된다. 그런데 그것은 신의 영광을 위하여 한 계단씩 그대를 높이 끌어올리는 것이다.

그대는 밀을 수확하기 위해서 밭을 간다. 그리고 축제를 위해서 바느질을 하고 다이아몬드를 골라 내기 위해서 모암을 부순다. 그대가 보기에 행복해 보이는 사람들이 당신보다 더 많은 부를 가진 것은 무엇이겠는가? 사물들을 맺어 주는 신의 인식을 제외하고서는 말이다.

만일 당신이 자신의 방식으로 아무도 변형시키지 못한다면 그대는 어디서도 평화를 찾지 못하리라. 가령 그대 스스로가 뜻을 전달할 수단과 길과 수레를 만들지 않는다면 왕국에는 오로지 피만 순환할 뿐이다. 그러나 나는 그대 자신이 존경받고 존중을 받을 수 있는 인물이 되기를 바랄 뿐이다. 그리하여 그대는 자신을 위해서 달아야 할 무엇을 세상에서 억지로 탈취해 내고자 한다. 그러나 결국 당신은 아무것도 찾아내지 못하고 만다. 그래서 당신의 물건을 휴지통 속에다 아무렇게나 내버린다.

그대는 바깥 세계에서 오는 당신과 흡사한 모습을 지닌 천사장을 기다리고 있다. 그런데 그 천사장의 방문에서 단지 이웃사람이 들려 주는 평범한 방문에서는 얻을 수 없는 어떤 것을 끌어낼 수 있다고 설명할 수 있겠는가? 그러나 병든 이를 향해 걸어가는 사람과 사랑하는 여인을 향해 걸어가는 사람과 빈집으로 걸어가는 사람은 겉으로는 비슷하게 보일지는 모르나 난 그들이 전혀 유사하지 않다는 것을 알고 난 뒤로부터 나 자신이 있는 그대로의 사물을 꿰뚫는 만남이 되는 해안이 되도록 한다. 그러면 모든 것이 변한다. 그대는 경작지 저 너머에 있는 밀이요, 어린아이 너머에 있는 인간이요, 사막 너머에 있는 샘이요, 땅 너머에 있는 다이아몬드가 되게 한다.

나는 그대에게 마음속에 한 채의 집을 짓게 한다.
집이 완성되면 그대 마음속에 불을 질러 줄 주인이 온다.

189

돌로 된 외투와도 같은 산 위에서 내가 쉬고 있을 때 사랑하는 나의 백성이 이러한 논쟁거리를 가지고 내게로 왔다. 서서히 타오르는 화재라고는 하지만 연기와 불빛 그 이상은 아니었다. 적어도 내게는 말이다.

"주여, 그들은 어디를 향해서 가고 있는 것인지요. 나는 그들을 어디로 인도해야 되는 것입니까? 내가 그들을 가만히 꿰뚫어 보면 서로가 닮아 있습니다. 저는 관리에 대해서 아는 게 없습니다. 그런데 주여, 경영은 관리의 대상을 경화시킬 뿐입니다. 그런데 씨앗이 나무를 향해서 나아가지 않는다면 씨앗으로서 무엇을 할 것입니까? 그리고 주여, 만일 미소가 사랑을 향해서 가지 않는다면 그 미소가 무엇에 쓰일 것입니까?

그런데 저는 우리 백성을 위해 무엇을 해야 옳겠습니까?

오, 주여, 그들도 여러 세대를 걸쳐 서로 사랑해 왔습니다. 그들은 시를 지었고, 집을 지어 올리며 고급 양탄자를 깔고 그 집에 살았습니다. 그리고 그들은 대를 이어 가며 살았습니다. 그들도 자식을 길렀고 당신의 포도 바구니 속에 낡아빠진 세대를 집어 넣었던 것입니다. 축제날이면 서로 모여 기도를 올렸고 노래를 부르며 달음박질도 했습니다. 달리고 난 다음 그들은 휴식을 취하기도 했습니다. 손바닥엔 못이 박혔습니다. 눈에 보이는 대로 보고 감탄하고…… 곧 주위가 어둠으로 가득 찼던 것입니다. 다음 순간 그들은 서로를 똑같이 증오했습니다. 그들은 서로 분열되었습니다. 그리고 그런 상황을 괴로워했었습니다. 그들에게서 생겨난 왕자를 돌로 쳐 죽였습니다. 그리고 그들이 왕자의 자리를 차지했고 나중에는 그들 서로가 돌로 찍어 죽이기까지 했습니다. 오, 주여, 그들의 증오, 그들의 엄청난 선고, 그들의 고문은 음험하고 어둡기 짝없는 의식, 바로 그것이었습니다. 오, 주여, 그런 의식을 높은 곳에서 내려다보면 신음하고 파멸하는 소리와도 같았지만 저는 그것을 두려워하지 않았습니다. 그것은 마치 산고와도 흡사한 것이었습니다. 주여, 태양을 좇아 서로 밀리고 짓누르고 질식당하고 있는 나무와도 흡사했지요. 그러나 태양을 두고서 다음과 같이 말할 수도 있는 것입니다. 태양은 땅에서 불을 끌어내고 나무들의 찬양을 받습니다. 그리고 모든 나무가 서로 적이기는 하지만 숲은 나무들로 이루어져 있는 것입니다. 그리고 바람이 이 하프에서 그 송가를 이끌어 내고……. 오, 주여, 근시안의 눈을 가지고 바짝 눈앞에 들이대고 보는 제가 그 다양한 나무들에 대해서 무엇을 알겠다는 것입니까? 그러나 그들은 쉬고 있는 것입니다. 탐욕과 계산은 밤을 위해 거짓말을 남겨 두고 잠들어 있는 것입니다. 이제 질투심이 가라앉았습니다. 오, 주여, 나는 그들이 채 경작하지 않고 뒤죽박죽으로 남겨 두었던 작업에다 눈길을 돌리고 진리의 시발점에서처럼 아직 빗장을 풀지 않은 하나의 의미 때문에 어리둥절해 있는 것입니다. 이제 그 진리가 빛을 볼 수 있도록 제가 바로 그 의미를 찾아내어야 합니다. 주여, 화가인 그 사람이 그림을 그릴 때 그의 손가락, 귀, 그리고 머리카락이 무엇을 할 수 있겠습니까? 발목과 엉덩이, 팔은 또 무엇을 할 수 있는 것이란 말입니까? 아무것도 할 수 없는 것입니다. 새로 만들어지는 작품은 여러 가지 상반된 소망에서 그 움직임을 흡수하여 열렬한 힘으로 태어나는 것입니다. 그러나 근시안으로 코를 바짝 들이대고 바라보노라면 엇갈리는 움직임이나 붓으로 긁어대는 행위 또는 색으로 얼룩이나 만들어 내는 작업밖에는 알 수가 없습니다. 그리고 못 만드는 사람이나 판자 켜는 사람이 장엄한 배에 대해서 무엇을 압니까? 제가 우리 백성을 분리시켜 놓으면 그들의 경우도 마찬가지지요. 구두쇠와 둔한 배불뚝이 대신(大臣)과 사형 집행인, 그리고 목동인들 무엇을 알겠습니까? 모든 사람이 보다 명료한 상태에 놓여 있다면 그들은 짐승들을 구유에 데리고 가는 사람이거나 분만하는 여인이거나 그것도 아니면 죽어 가는 사람일 것입니다. 그들은 학자가 아닙니다. 잉크 묻은 손가락이 오그라진 사람입니다. 왜냐하면 그들은 완만한 것이 무엇인지를 모르기 때문입니다. 판자를 대패질하는 사람은 판자가 이루어지고 켜지는 것을 바라보는 데 비하여 학자나 손가락이 오그라든 사람은 아무것도 하지 못합니다.

  그들의 갑갑한 걱정을 잠들게 해 주십시오. 저는 구두쇠가 이루어 놓은 재산을 바라봅니다. 그리고 아무 가치도 없는 욕심을 채우기 위해 다른 사람의 재산을 약탈하는 대신은 이제 그 재산을 상아와 금붙이를 세공하는 사람의 손안에다 쏟아 줍니다. 그리하여 황금과 상아는 그의 손으로 새겨집니다. 그리고 억울한 선고를 내리는 사람은 진리와 정의에의 존엄한 사랑을 확립하는 것입니다. 그리고 신전들을 이루는 재료를 만지는 사람들은 신전을 이룩하기 위해서 더욱 더 노력합니다.

  저는 인간들의 욕망을 가로질러 일상적인 것이 무시되는 가운데서 신전들이 세워지는 것을 보았습니다. 감독이나 간수들에게 매를 맞으며 돌을 운반하는 노예들을 보았습니다. 작업 반장이 봉급을 훔쳐 가는 것도 보았습니다. 오, 주여, 근시안으로 코를 들이대야 볼 수 있는 저는 비겁함과 어리석음, 그리고 돈에 대한 탐욕을 제외하면 아무것도 보지 못했습니다. 그러나 저는 제가 앉아 있는 산으로부터 빛을 받으며 신전이 하늘로 오르는 것을 봅니다."

190

  죽음을 받아들이는 것과 죽음에의 위협을 받아들이는 것은 똑같은 성질의 것이 아니라는 생각이 떠오른다. 당당한 자세로 죽음에 도전하는 젊은이들을 나는 만났었다. 그것은 여자들이 갈채를 보내는 예사스런 일이다. 전쟁터에서 돌아온 당신에게는 그 젊은 장정들의 눈빛이 송가가 되어 그대를 기쁘게 해 준다. 그대가 패전할 위험을 무릅쓰고라도 제의하는 것만이 중요하기 때문에 오로지 남성다운 씩씩함을 내건 결투를 수락하게 된다. 그러니까 자기 재산을 주사위에다 거는 도박꾼들은 그런 심리를 잘 안다. 그럴 것이 그들이 지닌 재산이라고 해도 지금 당장에는 쓰여지지 않기 때문이다. 그러나 그 재산은 주사위의 담보가 되고 주사위를 쥔 손은 아주 감동에 차 있게 된다. 그리하여 볼품없는 테이블 위에다 황금의 입방체를 던지면 거기엔 그대 영지의 수확과 목장과 평원을 펼쳐 놓게 되는 것이다.

그래서 그 사람은 전쟁에서 돌아와 승리의 후광을 받고 거닐고 있다. 그는 자신이 정복하여 노획한 무기의 중량으로 어깨가 무겁다. 그리고 그 무기들은 피에 물들었는지도 모른다. 그리고 그의 명성이 계속되는 것도 잠시다. 승리를 오래도록 먹고 살 수는 없는 것이니까.

그러니까 죽음의 위험을 받아들이는 것은 곧 생명을 받아들이는 것이 된다. 그러니 위험에 대한 애착은 곧 인생에 대한 애착도 되는 것이다. 그대의 승리는 곧 당신의 창조에 의하여 패배에 대한 위험을 극복해 낸 것이다. 그와 마찬가지로 아무런 위험 없이 가축들을 지배하며 남을 정복했다고 자랑하는 것은 내가 보지 못했었다.

그러나 나는 당신이 왕국을 위해 풍요한 병사가 되기를 바라면서 더 많은 것을 요구한다. 여기에는 반드시 넘어서기 어려운 문턱이 있지만 그것은 죽음의 위험을 받아들이는 것과 죽음을 받아들이는 것이 전혀 다른 일이기 때문이다.

나는 그대가 나무에 속하고 나무에 복종하기를 바란다. 나는 그대의 자존심도 역시 나무 속에 묻혀 머무르기를 바란다. 그리고 당신의 인생이 하나의 의미를 지닐 수 있도록 나무 속에 있기를 바란다.

위험을 받아들이는 것은 당신 스스로에게 주는 선물이나 다를 바 없다. 당신은 심호흡을 하기 좋아한다. 그리고 알려진 명성을 미끼로 곧잘 소녀들을 꾄다. 나중에는 그런 위험을 받아들였다는 사실을 이야기하고 싶어진다. 그러니까 그것은 교환을 전제한 하나의 상품이다. 내 휘하에 있는 허풍쟁이 하사관들 역시 그렇다. 그러나 그들 역시 여전히 자신밖에 존경하지를 아니한다.

당신은 재산을 손안에 움켜쥐고 싶어하며 구체적으로 손아귀에 닿아야 실감을 한다. 그러니까 오두막과 곳간 안에 넣어 둔 이삭의 무게와 더불어 목장에 있는 짐승들의 무게, 사람들이 살고 있다는 표시가 되는 가벼운 열기를 내뿜는 마을의 무게 등 바로 이 순간에 존재하는 재산을 느끼고 싶기 때문에 그것을 주사위에나 걸어 잃고 만다는 것은 별개의 것으로 생각한다. 그리고 보다 멀리 떨어져 살기 위해서 곳간, 짐승, 마을 등을 당신에게서 박탈한다는 것도 별개의 문제로 되어 있다. 그러니까 그대의 재산을 자극하고 그것을 위험의 순간으로 몰아넣는 것을 포기하는 것도 그렇다. 그것은 자기 옷을 하나씩 벗는 사람과도 같고 오만하게 알몸으로 바다에 뛰어들기 위해서 해변에다 자기의 샌들을 벗어 던지는 사람과도 같다.

바다와 결합하기 위해서는 당신은 죽어야만 한다.

그대는 교회에서 쓰는 옷감을 바느질하느라고 눈을 못 쓰게 된 노파들의 생활 방식을 따라 살아가야 한다. 그녀들은 신의 옷을 만들었던 것이다. 그리하여 베 올의 줄기는 그녀들 손가락이 낳은 기적의 힘으로 기도가 됐던 것이다.

왜냐하면 그대는 곧 길이요 통로이며 뭣으로는 실제로 변화시킬 수 있는 것으로 살아가기 때문이다. 나무는 흙을 가지로 바꾸고 꿀벌은 꽃에서 꿀을 만든다. 그리고 그대의 경작지는 불타는 듯한 밀밭으로 바꾸어 놓는다.

그러니까 무엇보다 그대에게 소중한 것은 그대가 이빨로 깨무는 빵이 그대의 신보다는 더 현실적인 존재가 된다는 것이다. 그런 경우에는 그대 자신의 희생까지도 그대를 도취하도록 만들 것이다. 그리고 그 희생은 사랑 속에 이루어진 결혼이 될 것이다.

그러나 당신이 축제의 의미를 상실하고 그날그날의 양식을 나누어 주는 것만으로 자신이 풍요를 누리는 것이라고 믿었기 때문에 당신은 모든 것을 파괴하고 탕진했었다. 왜냐하면 시간의 의미를 잘못 생각하고 있었기 때문이다. 당신네 나라의 역사가, 논리학자 그리고 비평가들이 찾아왔다. 그들은 물질을 관찰하기만 했었지 사물을 통해서 아무것도 읽어 내지는 못하였다. 그래서 당신은 축제 조건의 하나였던 절식을 거절했다. 그대는 축제 때에 땔감으로 쓰게 될 짚에서 빛을 창조했던 밀의 부분을 잘라 내기를 거절했다.

그래서 당신은 비참한 산술에 눈이 가리워져 생명과 같은 가치를 지닌 순간이 그들 속에 있다는 사실을 이해하지 못했다.

191

죽음을 받아들이는 문제에 대한 명상이 떠올랐다. 논리학자, 역사학자, 그리고 비평가들이 그대의 성당을 짓는데 쓰였던 건축 재료들 그 자체를 찬양했기 때문이다(그리고 사실상 은항아리의 손잡이 곡선이 아주 잘 되었을 경우에는 순금 물병보다 더 많은 값이 나가고 정신과 영혼을 보다 더 잘 어루만져 주는 것인데 오로지 당신은 건축 재료가 더 큰 문제가 된다고 생각했었다). 그런데 당신의 욕망 쪽에는 불빛이 더 밝지 못하기 때문에 그대가 가진 것에서 보복을 끌어내고 돌더미를 쌓아 올리느라고 가쁜 숨을 몰아 쉰다. 그런데 거기가 아닌 다른 곳에서라면 그 돌들은 성당을 짓는데 사용되었을 것이고 그것을 행복의 조건으로 삼았을 것이다. 다른 사람의 경우는 돌 하나에도 자기가 섬기던 신의 모습을 그려냄으로써 자기의 정신과 영혼을 따뜻하게 하였을 것이다.

그대는 장기 놀이를 할 줄 모르기 때문에 금화와 상아를 쌓아 두는 데 즐거움을 찾아 보았다지만 거기에선 권태밖엔 맛볼 수 없다. 그런데 규칙의 신이 세련된 놀이에 대한 눈을 뜨게 해 주었기 때문에 조잡한 나무로 된 대팻밥을 가지고 광명을 만들어 낼 수 있을 것이다. 왜냐하면 모든 것을 헤아리고 싶어하는 욕망은 당신이 그 재료를 만드는 모습에 집착케 하는 것이 아니라 재료 그 자체에 집착케 하기 때문이다. 그러나 가장 중요한 것은 그 모습을 알아보는 일이다. 그렇기 때문에 하루하루를 쌓아 가는 데 집착하는 것과 마찬가지로 우선 인생에 집착하게 되고 신전의 신이 순수하게 되는 경우에는 신전이 보다 많은 돌을 끌어모으지 않은 것을 유감으로 생각하게 된다.

그리하여 당신은 나를 놀라게 하겠다고 당신네 집에 돌이 몇 개가 된다든가 영지 안에 목장의 수가 얼마며 가축의 수며, 아내가 지닌 보석이 얼마나 많고 또 연애는 몇 번이나 했는지를 말하지 말라. 그런 것이 대단할 것은 하나 없다. 내가 알고 싶은 것은 오로지 그대가 지어 놓은 집의 품격과 영지에 퍼져 있는 종교에 대한 열정 그것이다. 밭갈이가 끝난 다음 저녁 식사를 즐겁게 들 수 있느냐 없느냐 하는 것이다. 그리고 당신이 어떤 종류의 사랑을 이루어 나갔으며 그대란 존재가 자신보다 더욱 영속하는 무엇과 교환되었느냐 하는 점이다. 오로지 나는 당신이 발전하기를 바란다. 그대에게 허망한 명예를 가져다 주는 쓸데없는 재료를 보지 말고 자신의 창조에 대해서만 이해하기를 바랄 뿐이다.

그러나 본능에 대한 시비를 당신은 내게 걸어 온다. 그 본능이 당신으로 하여금 죽음을 피하게 하고 모든 동물이 살려고 허덕이는 것을 관찰했기 때문이다. 당신은 내게 이렇게 말할 것이다.

"살아 남고 싶어하는 성향은 다른 모든 성향을 제압합니다. 생명이 내려준 선물은 절대 손댈 수 없는 것입니다. 그러니까 생명의 빛을 저의 가슴에 간직해야만 하겠습니다."

그리하여 당신은 자신을 구출해 내기 위해서 영웅적인 투쟁을 벌일 것이 확실하다. 당신은 성채의 포위나 정복, 또는 약탈을 감행하는 용기를 내보일 것이다. 그러면 저울대에다 모든 것을 맡겨 놓고 자기의 무게를 재어 보도록 하여 요새가 풍겨 주는 도취감을 만끽하게 되리라. 그리고 은밀한 가운데 바치기로 한 선물을 받고 침묵 속에서 죽어 버리지 않도록 해야 할 것이다.

그런가 하면 나는 당신에게 고통의 심연 속에 빠져 죽어 간 아버지를 보여 주겠다. 그 아들이 심연 속에서 몸부림치고 몸 전체가 지면으로 보일 듯 말 듯 간헐적으로 나타나고 얼굴이 몹시 창백하게 되어 갔다. 구름 사이에서 달이 나타났다가 또 들어가는 모습이라고나 할 수 있을까. 그래서 나는 그대에게 이렇게 말하리라.

"그러니까 그대 아버지는 생존의 본능이 시키는 대로 하지는 않았던 것이구먼……."

"그렇겠습니다……."

하고 그대는 말하리라.

"하지만 본능이란 거기서 더욱 먼 곳까지 가는 것이 아니겠습니까? 본능이란 그 부자를 위해서 존재하는 것입니다. 부대원들을 파견하는 수비대에게도 본능이란 존재하는 것, 그러니까 아버지란 아들에게 매여 있는 것이 아니겠습니까……."

그러나 당신의 대답은 희망스럽지 못하고 복잡하며 명백하지 못하다. 그러니까 당신을 깨우쳐 주기 위해서라도 다시 한 번 말해야겠다.

"생명을 지향하는 본능이란 게 있는 것은 사실이오. 그러나 그것은 보다 강렬한 그것의 한 양상에 불과한 것이오. 가장 중요한 본능이란 영구불변을 추구하는 것이오. 그러나 육체적인 생존에만 집착하고 있는, 생명을 지향하고 있는 본능은 그 자체의 개념이 지닌 영구성을 육신의 개념에서 찾아내려고 하려는 것이오. 그리고 어린아이에 대한 사랑 속에 이루어진 생명에의 본능은 오로지 그 아이를 키워 나가는 속에서만이 궁극적인 목적을 추구하지요. 또 신에 대한 사랑 속에 이루어진 본능은 승천하여 신과 혼연일체를 이루어 나가는 데서 그 영구성을 찾으려 하오. 당신은 그대가 겪어 보지 않은 것에 대하여는 조금도 추구하려 들지 않고 오로지 감각을 통해서 느낄 수 있는 한도 안에서만 당신이 위대하다는 조건들을 끄집어내고 있지 않소. 당신이 사랑을 느끼는 데 따라서 사랑의 조건들이 있는 것이오. 그런데 나는 지금 있는 그대로의 당신을 두고 그대의 삶을 보다 고양된 상태로 변화시킬 수가 있소."

192

나무 그 자체는 단지 껍질 속에 갇혀서 오직 나무 속에서만 살아가고 있는 것이라고 생각한다면 당신은 기쁨이란 것에 대하여 아무 것도 짐작해 낼 수 없을 것이다. 나무란 날개 달린 씨앗의 모체이고 대를 바꾸어 가면서 더욱더 모습이 아름답게 가꾸어진다. 그러니까 나무는 당신이 생각하고 있는 것과 같지 않고 바람 부는 대로 모습이 달라지는 불길과도 같은 것이다. 가령 당신이 산 위에 한 그루 삼나무를 심었다 하자. 몇백 년이 지나는 사이 그곳에는 누군가가 서서히 산보를 즐길 수 있는 숲이 생기기 마련이다.

나무란 그 자신에 대하여 무엇을 신뢰하고 있는 것일까? 뿌리와 둥치와 잎새들을 믿고 있다. 나무는 자신의 뿌리를 땅 밑에 내리는 맡은 바 임무를 다하고 있다고 생각할는지도 모른다. 하지만 나무란 오직 통로에 지나지 않는다. 대지는 나무를 통하여 태양의 꿀과 혼인을 하고 싹을 움트게 하고 꽃을 피우며 나아가서 씨앗이 여물게 한다. 그 씨앗은 눈에 뜨이지 않는 불길처럼 생명을 준비해 두고 있는 것이다.

바람이 부는 대지에 내가 씨앗을 날려 보낸 것은 곧 대지에 불을 지르는 것이다. 당신은 거기서 서서히 씨앗이 퍼져 나가는 것을 보게 되리라. 조금도 미동하지 않는 잎새와 잘 자리잡힌 가지들이 지닌 무게를 느끼고 나무는 한 곳에 뿌리박고 그 나름대로 살아가는 속에서 성숙해 간다고 당신은 믿는다. 하지만 근시안에다 냄새까지 잘 못 맡는 당신은 사물을 틀리게 본다. 하기야 숲이란 침묵 속에서 불타고 있는 것이기 때문에 그대가 뿌린 씨앗에서 불꽃이 터져 나오고 그 불꽃에서 또 다른 불꽃이 번쩍인다. 그렇게 불길 속에 타버린 잎사귀를 낙엽으로 땅에다 떨어뜨리며 번져 가는 것을 바라보려면 일단 거기서 물러서서 세월이 빨리 흐르도록 기다려야 할 것이다. 그렇게 되면 당신은 지금까지 말한 그 나무나 또 다른 나무들도 보지 못하게 된다. 당신은 이제 나무 뿌리들이 어떤 나무에 도움을 주기보다는 창조자마저 삼켜 버리고 마는 그 불길에 도움을 주게 된다는 사실을 충분히 이해하게 되리라. 그리고 당신이 소유하고 있는 산을 뒤덮고 있는 울창한 나뭇잎 더미는 이제 한갓 태양의 열기로 기름진 대지에 불과한 것이다. 숲 속의 빈터에서는 산토끼가 뛰놀고 나뭇가지에는 새들이 와서 앉게 되리라. 이 이상 더 당신이 심은 나무 뿌리들이 맨 먼저 누구에게 이바지하는가를 말할 수는 없으리라. 오직 그것은 우리가 겪어 나가야 할 과정에 불과한 것이니까.

어째서 당신이 씨앗에 대해서 믿어 주지 않는 것을 나무에게 기대하려고 하는가? 설사 당신이 이런 말이야 하지 않을 테지.

"씨앗이란 그 자체를 위해서 살아가고 있어. 줄기 또한 그럴 테지. 그것으로 충분하지. 꽃은 꽃대로 모습을 바꾸어 가며 살아가면 되는 것이다. 그 꽃이 다시금 여물어 놓은 씨앗은 그 자체를 위해서만 살아가면 되는 것이라니까."

그리고 돌틈으로 강인한 줄기를 뻗어 나가는 새싹에 대해서도 마찬가지다. 당신은 줄기들이 끝을 맺도록 하기 위해서 어떤 과정을 내게 선택해 주겠는가? 나는 태양과 대지가 혼연일체로 이루어지는 것 말고는 전혀 생각할 수가 없는 것이다.

이런 생각은 내가 인간과, 또 인간이 지향하는 바를 제대로 파악할 수 없는 나의 백성에 대하여서도 마찬가지다. 밤이 되면 집들은 담벽을 굳게 하려 하고 헛간문도 닫혀진다. 어린이나 노인 모두가 잠이 든다. 그런데 내가 그들의 목표에 대해서 무엇을 말할 수 있겠다는 것인가? 노파의 얼굴에 주름살이 하나 더 늘어났다거나 어린이의 말이 몇 마디 더 늘어났다거나 또는 겨우 미소를 바꾸어 주는 한 계절의 움직임이란 판명해 내기가 어렵고 불안전하기까지 한 것이다. 그러나 나의 백성이여, 내가 여러 세대를 포용하는 것은 그대들이 깨우쳐 스스로를 인정하는 것을 볼 수 있기 때문이다.

그러나 어느 누구도 자아를 떠나서는 생각도 할 수 없다. 마땅히 그렇게 돼야 하고 말고. 조각가들이 한눈을 팔지 않고 정신을 집중시켜 조각을 하고 있다는 것은 중요한 일이다. 기하학자는 기하학에만 몰두하고 왕은 다스리는 것에 전념하는 것이 중요하다. 왜냐하면 그들은 모두가 발전에 참여하고 있기 때문이다.

그와 마찬가지로 못을 만드는 대장장이와 판자를 켜는 목수가 모두 선박을 만드는 일에 참여하고 있으면서 대장장이는 못 만드는 일을 찬양하는 송가를 부르고, 목수는 자기 일에 어울리는 송가를 부르고 있는 것이다. 더욱이 시를 가지고 돛단배를 인식한다는 것은 그들에게 퍽 유익한 것이다. 바닷바람으로 자라난 날개를 펴고 있는 큰 백조와도 같은 그 배 속에서 자신을 다시 발견하여 맡은 바 임무를 완수하고 있다고 생각하는 사람들은 그들이 만든 널빤지와 못을 더욱 사랑하게 될 것이다. 그처럼 당신의 목적이 그 위대성으로 인해 새벽잠에서 깨어나는 대로 당신 방을 청소하거나, 한줌의 보리를 밭에 뿌려 심거나 아니면 그와 같은 작업을 반복하거나 혹은 당신의 아들에게 하고픈 말을 더 하게 된다. 그것도 아니라면 기도로써 가르치는 데서 벗어나지 못한다 해도 돛단배를 인식한다는 것, 그것은 당신의 널빤지와 못들을 멸시하지 않고 존귀하게 여기도록 해 준 것에 틀림없다. 그래서 그녀의 식사나, 기도나, 노동이나, 자식들과 더불어 함께 보내는 축제나 혹은 당신의 집을 영광스럽게 해 주는 물건이 문제가 아니라는 것을 명확히 알아야 한다. 왜냐하면 그것들은 모두가 조건이요 길이요 통로에 불과한 것이니까.

지금 열거한 것들을 당신에게 깨우쳐 준 것은 그것들을 멸시하라는 것이 아니다. 길에는 모퉁이가 있고 들장미에는 향기가, 언덕을 따라 오르자면 낭떠러지와 밭이랑이 있듯이 그대는 내 말을 지겹고 쓸모 없는 곡절로서가 아니라 오로지 바다를 향한 통로로서 받아들이기를 바란다.

그리고 당신은 이런 말을 해서는 결코 아니 된다.

"청소나, 끌고가야 할 무거운 짐이나 혹은 양육해야 할 자식, 알아야 한다는 이 책들이 도대체 내게 무슨 소용이 있는 것입니까?"

예를 들어 당신이 파수꾼이라면 근무중에 잠을 자거나 나라 일은 제쳐 놓고 수프 생각이나 하는 것이 상책이라면 즉시 서 있지만 말고 순찰을 떠나도록 하는 것이 좋을 게다. 즉시 알려지지야 않는다지만 곧 당신의 눈과 귀에 빛을 주고 지겨운 청소를 제지해 주는 말 없는 종교 의식을 통한 봉사 업무로 바꾸어 줄 것이기 때문이다.

그처럼 당신 심장의 고통 소리나 한숨과 소망, 그리고 밤의 우수, 모든 식사와 일에 대한 노력과 미소, 그리고 세월이 지남에 따라 생기는 권태와 단잠 등이 모두 통찰 끝에 알게 되는 신의 의미를 갖고 있다.

당신들이 한자리에 눌러앉아 움직이지 않는 주둔병과 같은 인간으로 변해서 여러 생활 양식 가운데 당신네 자신을 그저 통조림 정도의 필수품으로 생각한다면 끝내 아무것도 발견하지 못하게 될 것이다. 성장하기를 포기하고, 가운데서 죽어 버리는 것은 결코 생활 양식이라고 할 수 없는 것이니까 말이다.

193

그대의 평등이 결국 당신을 망치게 하리라. 그래서 당신은 이런 말을 하게 될 것이다.

"이 진주 한 알을 우리 모두가 나누어 갖도록 해야 한다. 어떤 잠수부건 진주알을 캐내 올 수 있었을 테니까."

그런데 바다는 더 이상 황홀하지도 않고 환희의 샘이 되거나 기적을 낳는 곳도 아니다. 거기다 이듬해 발견하게 되는 똑같은 흑진주 때문에 어떤 잠수부도 바다의 기적에 대하여 종교 의식을 지키지 않고, 싸움터에서와 같은 모험에 대해서도 놀라지 않는다.

왜냐하면 그대에게 예사 잔치가 아닌 유별난 축제를 위해 당신의 정력을 아끼도록 하고 매사를 절약하고 금욕하기를 바라는 것과도 같기 때문이다. 축제란 오직 일시적인 것이므로 결국 환희요 승리요 왕자의 방문과도 같다. 그러나 그런 축제의 의미는 일년 내내 소망에 대한 취향과 보상에 대한 추억으로 향기롭게 하고 있는 것이다. 길이란 바다로 향해 뻗어 나가 있을 때만 아름다운 것이기 때문이다. 그리고 당신은 보금자리의 본질에는 관계없이 단지 부화를 목적으로 하는 보금자리만을 마련하고, 투쟁의 본질에는 맞지 않는 한갓 승리만을 겨냥한 투쟁에만 힘쓰고 있다. 그리하여 당신은 일년 내내 왕자의 방문을 기다리며 당신의 집을 가꾸고 있다. 그래서 나는 정의의 이름으로 만든 사람을 다 같이 일률적으로 대하지 말기를 바란다. 어떤 사람은 늙고 어떤 사람은 젊어서 다 같이 동등하게 대할 수 없는 것이므로 당신의 평등이란 개념은 항시 균형을 잡지 못하고 절름거릴 것이기 때문이다. 그와 마찬가지로 그 진주알에서 갖게 되는 당신의 몫이란 어느 누구에게도 나누어 줄 수 없을 것이지만 보잘것없이 조그만 모습을 당신이 내버리기만 바랄 뿐이다. 진주알을 통째로 찾아낸 사람은 기쁨이 얼굴에 충만하여 자기 집에 돌아와, 그것이 무엇이냐고 묻는 아내에게 자꾸만 호기심을 불러일으키고 손가락을 펴기만 하면 주르르 쏟아질 것만 같은 행복을 혼자서 만끽하면서 움켜쥔 주먹을 내 보인다.

"어디 알아맞혀 봐."

하고 말하도록 해 보아라.

그러면 모두가 풍요해질 것이다. 왜냐하면 바다에서의 발굴이란 다른 비참한 노동일과는 별개의 것이란 점이 증명된 셈이니까. 그처럼 나의 이야기꾼들이 당신에게 읊조리는 사랑의 이야기들은 당신에게 사랑의 묘미를 가르쳐 주게 될 것이다. 그리고 그들이 찬양해 마지않는 미는 모든 여성들을 아름답게 해 준다. 한 남자가 목숨을 던져 줄 만한 가치가 있는 아름다운 여인이 있다면 그녀에게 그만한 값어치의 사랑이 있기 때문이리라. 또 그 여자의 전부는 그 사랑으로 인하여 아름다워지고 찬양을 받게 되는 것이다. 여인들은 제각기 저마다 바다처럼 자신들의 은밀한 곳에 한 알 진주와도 같은 보물을 속으로 은밀히 감추고 있기 때문이다.

그래서 당신은 마치, 산호만(珊瑚灣)의 잠수부들이 바다 속으로 뛰어들 때처럼 심장이 고동치는 것을 느끼며 여인에게로 접근하게 될 것이다.

내가 잔치 준비를 할 때 당신은 일상적인 나날에 대해서는 소홀하게 다루게 된다. 그러나 앞으로 다가올 축제는 일상의 날들을 향기롭게 하고 사실 축제일보다 더욱 풍요해진다. 당신이 이웃과 진주를 나누어 갖지 않는다면 당신은 자신에 대해서는 외롭지 않다. 그러나 이웃에게 굴러들어온 진주는 앞에 있던 당신의 잠수에 서광을 비춰 주게 될 것이다. 마치 먼 오아시스 한가운데로 흐르는 샘이 사막을 매혹시켜 주는 것처럼 말이다.

오, 당신의 정의란 나날이 모두가 서로 공통점이 있고 모든 사람이 모두 닮은 점이 있어야 한다고 강요하고 있다. 가령 당신 아내가 웃음을 그치고 소리를 지른다면 큰소리를 지르지 않는 딴 여자를 골라 들이느라고 당신은 아내를 내보낼 수도 있다. 당신은 선물을 담아 둘 찻장과도 같은데 당신 몫으로 받아 넣을 것이 아무것도 없기 때문이다. 그러나 나는 애정을 영속시켜 주기를 바란다. 한 번의 선택이 결코 변하지 않을 수 있는 것에서만 사랑이란 존재하고 있는 것이다. 앞날에 대하여도 결코 흔들리지 않아야 하는 것이 중요하니까 말이다. 그리고 누군가를 함정에 빠뜨리고 마는 기쁨이나, 사냥과 포획으로 얻는 기쁨은 사랑의 그것과는 판이한 것이다. 그대가 품은 사냥에 대한 의미는 사냥꾼의 기쁨이다. 여자에 대하여 당신이 갖고 있는 생각이란 한갓 포로의 대상일 뿐이다. 그런 까닭에 여인이 일단 포로로 잡히면 시중들어 주는 일 말고는 더 이상 가치가 없게 된다. 이미 쓰여진 시가 시인에게 무슨 소용이 있겠는가? 시인이 뜻하는 바는 보다 넓게 창조하는 데 있다. 그러나 내가 당신네 집에서 이어 맨 밧줄 위로 문을 다시 닫아 버린다면 당신은 그 문에서 보다 멀리 가도록 해야만 한다. 당신의 존재 의미는 지아비가 되는 것이고 여자의 의미는 지어미가 되어야 하는 것이다. 내가 이 말에 보다 더 심각한 의미를 부여했더니 당신은 "저의 아내는……" 하면서 조심스런 마음으로 이야기를 시작하곤 한다. 그러나 머지않아 또 다른 즐거움을 찾아볼 수 있게 된다. 물론 거기에는 새로운 고통이 뒤따르는 것이지. 그런데 그 고통은 바로 당신의 즐거움이 갖추어야 할 여건이다. 이제 당신은 당신 아내를 위해 죽을 수도 있는데 그건 당신이 그녀에게 연줄이 닿아 있듯이 그녀 또한 당신의 한 분신이기 때문이다. 당신은 자신이 잡아 둔 포로 때문에 죽지는 않는다. 그래서 당신의 성실성은 마음으로부터 우러나오는 것이지 지쳐 있는 사냥꾼의 충성 같은 것은 아니다. 샤냥꾼의 충직한 생각이란 당신과는 다른 것이어서 권태를 가져올 뿐 결코 빛을 뿌리지는 않는다.

  물론 세상에는 죽는 날까지 진주를 찾아내지 못하는 잠수부도 있다. 자신이 선택한 잠자리에서 고통만 맛보는 사람들도 있다. 그러나 그 잠수부들의 불운은 바다의 명예를 드높이는 데 이바지한다. 바다의 명예란 그 속에서 아무것도 발견하지 못한 사람들이나 그 밖의 모든 백성들에게 두루 이바지하고 있다. 또 그 불행한 잠자리의 사람들이 겪는 비참함은 사랑의 불빛에 이바지하는데 이 불빛은 모든 사람을 위하여, 불행한 사람들에게까지도 가치가 있는 것이다. 때문에 소망과 후회, 사랑을 향한 우주는 사랑이 전혀 어울리지 않는 가축의 평화보다 더욱 가치가 있다. 그와 같은 이치로 사막에서 갈증과 고난 속에서 괴로움을 겪고 있는 당신도 샘을 망각하기보다는 오히려 하나의 영상으로 언제까지나 소망하는 자세로 있기 바란다.

　당신이 터득하게 되는 신비는 바로 그런 곳에 있는 것이니까. 그처럼 당신은 자신이 종사하고 있는 일, 바로 그것을 위해 투쟁하고 있거나 거기에 대항해서 투쟁하거나 간에 바로 그 신비에다 기초를 튼튼히 세워 놓아야만 한다. 그러니까 당신이 적으로 삼고 있는 신에 대한 증오로 적과 투쟁하고 또 죽음을 받아들이기 위해 신으로 향한 사랑을 위해 싸워야 할 양이면 투쟁을 잘못하고 있는 것이다. 그러므로 당신은 후회하고 갈망하고 또는 눈물을 흘림으로써 그만큼 포로에게서 활기를 찾고 양식을 삼을 수 있었던 것이다. 그래서 이제는 주름진 얼굴로 슬픔 속에서도 웃음을 지을 수 있게 된 어머니는 아기의 죽음에 대한 추억을 지니고 살아갈 수 있는 것이다. 만일 그대가 어떤 일에도 고통을 맛보지 않게 해 주기 위해서 사랑의 여건들을 내가 당신에게서 없애 버린다면 당신에게 줄 수 있는 것이 무엇이란 말인가? 차라리 그런 상태보다는 샘 없는 사막에서 길을 잃고 갈증으로 죽어 가는 자들에게 더욱 다정하게 될 것이다.

　그리하여 나는 그대에게 이렇게 말할 수 있다. 그대 마음 가운데 샘이 생겨나서 흘러내리며 노래한다면, 당신은 일단 모래와 결합하여 물질적인 면에서가 아니라 정신적인 뜻에서 조용한 물줄기를 당신에게 부어 주게 될 것이고, 당신은 샘물의 달콤한 노래 소리를 말하면서 웃고 있는 모습을 내게 보여 줄 수 있을 것이다.

　어째서 당신은 나를 이해할 수가 없다는 말인가? 나는 그대가 뜻하는 것을 잘 알고 있다. 동정하는 마음으로 당신의 사막을 노래하고 당신에게 사랑을 열어 보이며 향기로 나의 왕국을 가득 채울 것이니라.

194

　당신이 의식에 대하여 잘못 알고 있으므로 깨우쳐 주고 싶다. 당신은 의식을 무상의 협상이난 보충하는 장식 정도로 생각하고 있다. 당신은 사랑을 느끼는 사람을 약간 환상적인 사람이라고 판단하고, 감정을 빼라고 말하면서 사랑이란 것이 영원한 생명에 속하는 것처럼 투덜거리며, 당신을 돕기 위해서 최선을 다해 법규를 만드는 어느 신이 뽑아 낸 규율 때문에 고통을 받는 사람으로 규정짓고 있다. 그런데 그 규율은 당신이 이 사람도 되게 하고 저 사람도 되게 하고, 단번에 당신을 곯려 줄 수도 있다. 당신이 존재하고 있는 한 그러한 한계에 늘 부딪치고 있기 때문이다. 그리고 이것은 나무가 그 씨앗이 갖는 힘 줄기에 따라 그려지는 것과도 같은 것이다. 그런데 나는 그 영상이 아름다울 때 당신에게 이야기해 준 적이 있었다. 영상이란 관점이고 사물에 대한 감식안이 되기도 한다. 그런 관점에서 당신이 식사나 휴식, 그리고 기도, 유희, 사랑에 대해 다르게 생각할 수도 있는 것이다. 나는 이러한 요건들을 어떻게 구분해야 좋을지를 전혀 알 수가 없다. 왜냐하면 당신은 여러 가지 부분의 총화가 아니고 또 그것을 여러 갈래로 쪼갤 수 없지만 한 가지 질서 아래 지배할 수가 있는 것이기 때문이다. 나의 조각가가 만들어 놓은 석조상에서 코의 모양을 만들 수가 있다면 귀의 모습도 바꾸어야만 한다. 더 정확히 말해서 귀의 모든 능력과 역할을 바꿔 놓았다는 것이다. 그러므로 당신에게 다시 한 번 일년 내내 사막을 향해 엎드려 사막 위의 구름 사이에 숨어 있으면서 노래하는 오아시스를 찬양케 하는 태양을 강요한다면 당신은 사내와 일과 가정에서 다시금 신비를 발견할 수 있게 될 것이다. 그처럼 별이 총총한 하늘을 내가 당신에게 이야기해 줌으로써 당신의 모든 관계, 즉 노예, 왕, 죽음과의 관계를 일제히 개선하게 될 것이다. 당신은 잎새의 모체가 되는 뿌리다. 내가 당신을 뿌리로 바꾸어 놓으면 당장 당신이 잎새를 바꾸어야 한다. 논리학자의 논리에 따라 변질된 인간을 나는 본 적이 없었다. 그리고 인간들이 사팔뜨기 예언자의 허풍을 따라 인간 본연의 자세를 바꾸는 사랑도 본 일이 없다. 나도 인간의 호탕함을 호소하거나 종교 의식이나 장난을 통해 그들을 광명으로 인도해 나갔다.

당신은 사랑을 금지하는 율법에 대항하여 목마르게 사랑을 외쳤다. 그런데 그 율법이 인간 사회의 기조를 이루었다. 따라서 사랑은 전혀 느낄 수 없다. 우수, 바로 그런 울적한 심사를 율법에다 부여해야만 한다. 바로 거기서 사랑이 싹트기 시작한다.

사랑을 갈구하는 것, 그것이 바로 사랑이다. 당신이 한 번도 느껴 보지 못한 것을 갈망하지는 않을 것이니까 말이다. 형제들끼리 우애가 없는 것은 형제라는 조직이나 형제가 많은 역할에 의미를 부여하는 관습이 붙어 있지 않았기 때문이다(그렇다고 해서 식탁이 뒤죽박죽이 되어 가는 통에 덮어놓고 좋아할 수만 있겠는가?). 나는 형을 좀더 사랑하지 않았다고 후회하는 사람을 본 적이 없다. 당신은 마음속에 품고 있는 사랑을 그리워하며 떠나간 여인을 후회스럽게 생각하고 있다지만 어느 행인도 당신을 자극하여 이 같은 말을 하도록 하지는 않을 것이다.

"그녀를 사랑했더라면 내가 행복해질 수도 있었을 것인데……."
하고 말이다.

당신이 사랑으로 인하여 눈물을 지우게 될 때는 이미 그대에게 사랑이 싹텄기 때문이다. 그리하여 어떤 규율들이 사랑의 근원을 이루게 되면 그 규율들이 그대가 사랑을 슬퍼하고 당신이 규율들을 초월할 수 있다는 신념을 주게 되는 것은 당연한 일이다. 그렇게 되면 그 규율은 사람을 불러일으키면서 규율 속에 숨겨진 즐거움을 그대에게 내보여 주게 될 것이다. 그와 마찬가지로 종려나무 숲의 샘은 당신에게 불만의 사막이 이끄는 유혹에 빠져들지 않도록 해 주고 샘의 부재는 샘이 존재하고 있는 것이나 다를 바 없다는 생각을 신념으로 심어 준다. 왜냐하면 당신은 스스로 구상할 수 없는 것에 대해서는 눈물을 짓지 않기 때문이다. 나는 샘을 파면서 동시에 샘의 함몰을 파고 있는 것이다. 나는 누구에게 다이아몬드를 선물하면서 다이아몬드에서 생길 수 있는 궁핍의 가능성을 제시하고 있었다. 또 일 년에 한 번밖에 캐내지 못한다는 바다의 흑진주는 그 동안 여러 차례의 승산 없었던 잠수부가 큰 뒷받침이 되어 주었던 것이다. 흑진주의 선물은 당신에게 유괴와 모욕과 부정의 의미로 받아들여질 것이다. 그래서 당신은 진주를 가진 바 가치대로 나눔으로써 아주 못쓰게 만들어 버리고 만다. 그렇게 되면 당신은 진주를 가진 것보다 더 여유 있게 되기 때문에 다른 사람들을 위해서 바다의 한결같은 공허함은 알지 않아도 된다.

사람들은 그들 집 안에 있는 연장걸이가 나란히 일률적이기를 바라는 가운데 그들의 비대한 모습을 키워 나가고 있었다. 차라리 그 연장들을 이용하기라도 했더라면 좋았으련만⋯⋯. 그래서 만일 당신이 그들 한 무리에게 영광을 베푼다면 당신은 그들 사이에서 군중을 이루게 된다. 그러나 한 사람 한 사람에게서 당신이 인간의 존엄을 지킨다면 당신은 인간의 기본적인 토대를 이루게 되고 그렇게 되면 그 인간들은 신과 교통을 갖게 된다.

그들은 누가 보아도 명확한 사실을 외면해 버림으로써 그들의 진리를 뒤흔들어 놓았다는 사실이 나를 괴롭힌다. 그 진리란 바로 한 척의 선박을 만들기 위해서는 다른 배들을 파괴해 버린다는 것, 예를 들면 사랑에 실패를 해 본 사람들만이 사랑을 할 수 있고, 등반에서 실수를 하고난 연후에야 등반에서 성공할 수 있다는 사실이다. 대기 중에 중력이란 것이 없으면 등반할 수도 없다.

그러나 그 사람들은 이렇게 투덜댄다.

"우리 등반은 아주 잡쳐 버리고 말았는데……."

그들은 자기네 편견으로 당신을 구속하면서 망치려 하고 있지만 그들의 세계가 더 이상 나쁜 상태로 기울어지지는 않는다. 그리하여 발자국 하나하나가 의미를 지니고 있는 부왕의 궁전이 파괴되면서 그 자리에 혼잡한 시장이 서게 되는 것이다.

그런 까닭에 당신은 인간들의 정신에 생기를 불어넣고 그들의 마음을 보다 더 고상하게 해 주기 위해 그들에게 나누어 주기 알맞은 정신의 양식이 어떤 것일까 하고 자문하는 사람들을 이해하게 될 것이다. 그들은 당신 앞에 난잡한 인간들을 쏟아내 보일 것이다. 그들을 연장 시렁 위에다 올려 놓고 키우면서 짐승과도 같은 상태로 바꾸어 놓을 것이다.

인간애에 바탕을 두고 행동했듯이 백성들을 고귀하고 위대한 상태로 끌어올리기 위하여 정신과 영혼의 범위를 넓게 가져야 한다고 강조하게 될 것이다. 그러나 당신을 혼돈 상태에 빠뜨리고 난 다음에야 그들이 도대체 무엇을 어떻게 하겠다는 것인가? 그들을 감동시키자면 도형장의 노래를 불러 줄 것이고, 도형장에서의 비극을 잊고 오직 당시의 충격에 대한 공포만 가지고 막연히 허리를 구부리며 유령 행세를 하는 비열함을 그들의 마음속에서부터 일깨워 주어야 할 것이다. 그러나 그저 막연히 그들 맘속에 시적인 어휘들만 옮겨다 주었다. 한데 인간의 능력은 쇠퇴해 갈 뿐이다. 머지않아 아무런 쇼크도 받지 않고 도형장의 노래를 듣게 될 것이고 외양간에 깃든 평화는 더 이상 인간들의 마음으로 동요되지 않을 것이다. 당신은 바다의 힘을 가지고 조절했으니까 그렇게 되는 것이 하나도 이상스럽지 않다. 그래서 당신이 먹이를 되새김질하는 사람들과 마주쳤을 때 당신에게는 생의 의미에 대한 불안과 죽어 없어질 정신의 승화에 대한 신비가 떠오르게 될 것이다. 그래서 당신은 잃어버린 당신의 목표가 다른 사람들에게도 공통된다고 여기며 찾아 나설 것이다. 그리고 양식에 대한 몇 마디의 찬송도 생각해 낼 것인데 그것은 빵의 맛에 대해서는 전혀 언급하지 않고 그저 "나는 먹는 것이려니……" 하는 소리만 숨막히게 되풀이하고 있을 뿐이다. 다른 대상물들 사이에서 구별되거나 여러 사람들 사이에서 이름이 두드러지거나 하는 것이 문제는 아니다. 나무의 본질은 나무 속 어디엔가 숨겨진 것이 아니고 유일한 본체를 묘사하고 싶어하는 사람치고 그릴 수 있는 것이란 아무것도 없기 때문이다.

전혀 바탕이 되어 있지 않고 침체된 인간의 문화만 탐구해 내기 위해 자신을 혹사한다는 것은 조금도 놀라운 일이 아니다.
"문화의 유산을 만들어 내는 것, 그것이 바로 기갈을 풀어 주는 선물이다. 그것이 끝나고 나면 그 나머지는 저절로 풀어지기 마련이다."
하고 부왕은 말씀하셨다. 그러나 당신은 배부른 사람에게 먹을 것과 마실 것을 대주고 있다.
사랑은 사랑을 찾는 소명이다. 문화란 것도 그와 마찬가지다. 문화란 갈증 속에서 이루어지는 필요다. 그러면 갈증은 또 어디서 어떻게 캐내는 것인가?
당신은 가늠할 수 있는 영원성이 지닌 여러 조건을 주장해 나갈 뿐이다. 술을 만든 사람은 술만 우겨댈 것이다. 알코올로 인하여 그가 죽어 가고 있기 때문에 만들어 낸 알코올이 그에게는 별 이익을 못 준다. 문화를 구성해 나갈 사람들은 문화를 고집하고 있다. 영원성이란 것도 사실상 본능에 지나지 않는 것이고 그 본능이란 것은 또 생존의 본능을 지배하게 되는 것이다.
그들이 살고 있는 마을이란 현실 밖으로 내던져진 삶보다는 차라리 죽음을 택하는 많은 사람들을 보아 왔다. 그리고 그대 역시 그런 경우를 영양이나 새들에게서 보지 않았던가. 당신이 이 짐승들을 산 채로 잡았더라도 얼마 가지 않아서 죽어 버리지 않던가!
당신의 아내와 자식들 그리고 생활 습관에서 당신을 억지로 떼어

내거나 또는 당신에게 생기를 주던 빛을 세상에서 꺼 버린다면(그 빛은 수도원 깊숙이까지 비추어 주었었다) 당신은 그 속에서 죽을 수밖에 없다.

가령 내가 당신을 죽음에서 구출해 내고자 할 때엔 당신의 애인이 그대를 맞이하기 위하여 빚어 둔 영혼의 왕국을 그대에게 끌어다 주면 되는 것이다. 사람이 견딜 수 있는 인내란 무한한 것이므로 당신은 계속 기다리고만 있을 것이다. 당신의 집은 아무리 먼 사막에 있다 해도 당신에게 무엇인가 헌신하고 있는 것이다.

그러나 당신은 지금까지 사물들을 뒤죽박죽 모든 것을 연결하고 있던 하나의 매듭이 헝클어 놓은 것을 전혀 감당해 낼 수 없을 것이다. 그리하여 그대의 숭배 대상이 죽어 버리고 말면 당신 또한 살아남지를 못할 것이다. 왜냐하면 당신은 그런 사물에 의존하여 살았기 때문이다. 그러므로 당신은 그것을 위해 죽을 수 있는 바로 그것을 위해서만 살아갈 수 있을 것이다.

내가 당신에게 어떤 비장한 생각을 갖도록 해 준다면 당신은 그 감정을 자손 대대로 물려주리라. 물질의 영역 중에서도 인간이 사랑을 부어 줄 만큼 특별한 영역이 있을 수 없는 것과 마찬가지로 여러 가지 사물들 가운데서 참다운 모습만 읽어 내도록 당신의 자식들에게 가르칠 것이다.

물질적인 것을 위해서 당신이 죽을 수야 없는 것이니까 말이다. 물질이 이바지해야 할 것은 세상이지 당신이 아니다. 당신은 단지 통로에 불과한 것이다. 그러므로 당신은 물질을 세상에 맡겨 버려야 한다. 그러나 세상이 진보하게 되면 그때엔 당신은 세계를 보전키 위해서도 죽게 될 것이다.

당신은 오직 책 속에 담겨진 의미를 위해서 죽을 수가 있는 것이지 외형적인 잉크나 종이 따위를 위해 생명을 내걸 수야 없지 않은가.

당신은 여러 가지 관계들을 묶어 놓고 있는 매듭이기 때문에 당신

개인은 결코 세계의 현상, 육체, 소유물과 미소에 묶여 있는 것이 아니고 당신을 통하여 구축된 어떤 구조, 또 그대 자신에 속해 있고 그대의 근본을 이루고 있는 어떤 모습에 얽매여 있는 것이다. 결국 세계라는 공동체는 당신 자신을 통해서만이 연결되어 있는 것이다. 바꾸어 말하자면 당신은 그 공동체에 예속되어 있는 것이다.

당신은 다음과 같은 말을 이따금 할 수 있을 것이다.

"다른 사람과의 유대를 가져오게 할 수 있는 말들은 결코 존재하지 않을 것이다."

물론 당신 애인과의 유대에 대해서도 마찬가지다. 당신이 설사 내게 당신 애인의 이름을 말해 준다 해도 그 음절 자체가 마음속으로 사람을 실어다 줄 힘을 갖고 있지는 않는 것이다. 오히려 나로 하여금 사랑을 내보내야만 할 입장이 될 것이다. 힘을 이루어 나가는 것은 행동이지 어차피 말이 될 수는 없는 것이니까.

당신은 삼나무를 알고 있다. 내가 "삼나무 한그루." 이렇게 말하면 그것으로 당신의 마음속에 이미 그 웅장함을 환기시켜 주는 셈이 된다. 그 까닭은 말 한마디가 당신에게 단순한 삼나무 그 자체 말고도 둥치와 가지, 뿌리, 그리고 잎새들까지도 함께 일깨워 주는 것이 되니까 말이다.

오로지 그대에게 사랑에 희생하는 것 말고 사랑을 실천하는 다른 방법을 나는 모른다. 그러나 잠자리 위에서 끼니를 받아 먹는 그런 사람들, 대체 그들이 섬기는 신은 어떤 것일까.

지금 당신은 선물로써 그들을 살찌우고 증식시키고 있다고 내게 주장하고 있지만 사실 그들은 선물로 인하여 죽어 가고 있는 것이다. 끊임없이 유대를 개선해 나감으로써만이 살아갈 수 있게 될 것이다. 그런데 당신은 그런 변형의 대가를 받고 있으므로 날마다 그런 변화로 인하여 사실 자체는 조금씩 죽어 가고 있는 것이다.

바느질을 하느라고 시력을 버린 노파들은 그런 사실을 잘 이해하고 있을 것이다. 당신은 노파더러 눈을 보호하라고만 말하겠지. 그러나 노파의 눈은 더 이상 노파에게 일을 해 주지 못하도록 되었다. 당신이 그 노파의 눈을 더 이상 교환 가치가 없게 만들었단 말이다.

그러나 이미 그대가 싫증을 내어 버렸으니 이제 무엇과 유대를 맺고 있는 것일까?

당신은 소유에 대한 갈망을 품을 수는 있지만 서로 교환할 수는 없는 것이다. 당신은 또한 수놓인 아름다운 천을 쌓아만 두고 싶은 생각을 가질 수도 있다. 그러나 당신은 단지 보세 창고의 망령만 쌓아 두고 있을 뿐이다. 어떻게 당신이 바느질로 눈을 버리게 하고 싶을 것인가? 그것이야말로 진정한 삶의 갈망이다.

나는 내 사랑의 침묵 속에서 당신의 정원사들과 방직 공장의 여공들을 유심히 살펴보았다. 그래서 세상이 그들에게 숱한 노력을 요구하면서도 대가는 보잘것없이 치르고 있다는 것을 알았다.

그들과 여공들에게 세계의 문명이 달려 있기라도 한 것 같았다.

보초병들 개개인이 모두가 왕국 전체에 대한 책임을 져 주기 바란다. 그들은 마치 정원의 울타리 앞에서 유충을 막아 내고 있는 정원사와도 같으니까. 황금빛 사제복을 꿰매고 있는 여공들은 희미한 불빛만 퍼뜨리고 있는 것 같지만 사실은 실을 꽃으로 장식하고 있다. 그래서 그 전날 밤 그녀의 등을 비쳐 주었던 빛 이상으로 신은 더욱 빛나게 장식되는 것이다.

사물들을 통해 여러 측면을 파악하도록 가르치는 일만을 제외하고 인간을 기른다는 것이 무슨 의미인지 나는 알 수가 있다. 나는 신들을 영속시키고 있다. 번연히 실패할 줄 아는 놀이의 즐거움을 맛보듯이 나는 일정한 규칙을 지키면서 실패한 놀이에서 기쁨을 얻어내려고 애쓰는데 그대는 이미 실패한 싸움을 승리로 이끌어 줄 노예들을 신들에게 바치고 싶어한다.

당신은 사랑의 편지들을 받고 눈물을 흘리던 사람들을 지켜보았기 때문에 사랑의 편지를 선물하고 싶어한다. 그러나 당신은 지금 그 사랑의 편지들을 받고도 눈물이 나오지 않아 몹시 당황하고 있는 것이다.

 주는 것만으로는 당신에게 충분하지 못하다. 받은 자들은 그것을 기초로 하여 무엇인가 이루어 나가야만 한다. 경기자들은 실패에서 얻어낸 쾌락으로 인하여 훈련을 쌓아 가고 있는 것이다. 사랑을 위해서는 사랑에 대한 갈망이 쌓아져야만 한다. 그처럼 신을 응대하기 위해서는 우선 제단이 있어야만 한다. 나는 보초병들에게 성벽 위를 강제로 백 보씩 걷도록 명령함으로써 그들의 마음속에다 왕국을 심어 주었다.

195

 완전한 시란 행동 속에 굳게 하고 당신의 말단 근육 하나하나에 이르기까지 그대 자신의 모든 점을 선동하고 있는 것이다. 이것이야말로 나의 종교적 신념이다.

 가냘픈 메아리, 희미한 형체의 움직임, 이것들을 힘을 가진 말들로 당신의 마음속에 묶어 놓는다. 나는 생지옥의 유희들을 고안해 냈다. 당신이 어깨를 조금 굽히면 그곳에 비집고 들어갈 수 있을 것이다.

 질서나 의식 혹은 의무와 신전의 건축, 일상으로 거듭되는 종교 의식, 이런 것 속에 또 하나의 인간 활동이 있는 것이다.

 글이란 다소나마 당신에게 자신을 알도록 해 주고 그리하여 희망을 품도록 해 줌으로써 당신을 개심시켜 주고 있는 것이다.

 당신은 방심한 상태에서 내 말을 알아듣고 거기서 조금도 느낌을 받지 못할 수도 있는 것과 마찬가지로 과장되지 않은 종교 의식에 복종할 수도 있다. 그리고 당신의 인색함은, 의식이 지닌 관용 속으로 편안히 흡수될는지도 모른다.

그러나 나는 그대에게 늘 자제하라고는 요구하지 않는다. 나의 보초병들에게 항시 왕국을 위해 열성을 다해 달라고 강요하지 않는 것과 마찬가지다. 그렇게 해 주는 것만으로 나는 만족한다. 그리고 한 보초병에게도 매시간 계속해서 열광된 상태를 지켜 달라고 요구하지도 않는다. 그러나 그가 식사 시간을 기다리고 있을 때, 그에게는 보초병으로서의 신비가 떠올라 정신이 잠들고 영원 속에서 두 눈을 부시게 할 불빛 이외는 보이지 않게 된다. 그러나 바다는 이미 발견된 흑진주의 의미를 지녔고, 세월은 유일한 축제의 의미를, 인생은 죽음 속에 자리잡은 완성의 의미를 지니고 있다는 것은 꼭 알아 두기를 바란다.

나의 종교 의식이 마음의 사생아들에게서 볼 수 있는 것 같은 조잡한 의미를 가져온다 해도 내겐 별로 상관없다. 내가 정복을 거듭하는 동안에 흑인 부족들과 그들을 탐내는 마법사가 부당한 욕심을 부려 그들이 바친 공들을 가지고 초록색 칠을 한 막대기를 부풀게 하는 장면을 관찰하였다.

마법사가 자기의 역할에 혐오를 느낀다고 해 본들 그게 무슨 소용이 있으랴. 조각가의 엄지손가락이 생명을 창조해 낸다는데······.

196

진리의 확인을 요구하는 사람이 있다. 그는 다른 사람을 위하여 이것저것 하지 않은 것이 없다. 그러나 그에게는 거두어들인 식량이나 이미 만들어 둔 필수품이 없다. 당신이 내다 준 선물은 이 사람에게서 저 사람에게로 돌아가면서 쓰인다. 그러니까 당신이 더 이상 내놓지 않으면 결국 당신께 돌아가는 몫이란 것도 그만큼 적어지기 마련이다. 당신은 내게 이렇게 말할지 모른다.

"나는 이미 지난날 존경을 받아 둔 것이 있기 때문에 그것으로 이익을 보존하고 있는 셈이다."

그러면 나는 이렇게 답하리라.

"아니지. 차라리 당신이 어제 죽었더라면 그 영광을 그대로 안은 채 죽었을 것이 확실하지만 지금 죽지를 않았으니까 당신이 죽은 뒤에 무엇이 될 것이냐를 한번 생각해 봐. 지난날의 그대는 그래도 어느 정도 염치가 있는 편이었다지만 지금은 아주 수전노가 되어 있어. 얼마 있지 않아 죽을 사람은 인색할 것이니까."

당신도 결국 자신과 함께 자라고 있는 나무의 뿌리다. 당신은 나무에 연결되어 있다. 나무는 당신의 의무다. 그러나 뿌리는 "나는 너무 수액을 낭비했구나!" 하고 생각할 것이다.

그리고 얼마 가지 않아 나무는 죽는다. 뿌리는 줄기를 인정할 권리를 가졌다고 자만할 수 있는 것일까?

보초병이 지평선을 감시하는 일을 게을리하고 잠들어 버린다면 그 도시는 망하고야 마는 것이다. 충분히 순찰을 했다고 해서 그것이 저장되어 있는 것은 아니다. 당신의 마음 한구석 어딘가에 감추어진 심장의 고동 소리도 저장물이 될 수는 없다. 당신의 다락방 자체도 저장물이 되어 있지는 않은 것 아닌가. 그것은 배가 정박하는 기항지와 다를 것이 없다. 그러므로 당신은 땅을 뺏아 거기다 곡물을 경작한다. 그러나 당신은 모든 일을 잘못 생각하고 있다. 당신은 만들어진 작품을 그저 박물관에다 쌓아 두기만 하면 가만히 앉아 있어도 창조가 이루어지는 것으로 생각하고 있으니 말이다. 그러나 창조에는 다름아닌 당신의 동포들이 참여해야만 하는 것이다. 이럴 때 동포는 대상물이 아니다. 한 대상을 가지고도 여러 가지 언어로 표현할 수 있으며 거기에 여러 가지 의미가 존재하고 있다. 흑진주, 잠수부, 상인 또는 창녀 등 각기 대상에 따라 다르게 받아들여지는 것이다. 다이아몬드라는 것도 그것을 당신이 깎고 다듬을 때, 혹은 그것을 팔거나, 주거나, 잃어버리거나 또는 다시 찾았을 때, 그리고 특히 축제일에 당신의 이마에서 하나의 장식물로 쓰여졌을 때 제각기 다른 가치를 나타내는 것이다. 나는 그 밖에 일반적으로 쓰여지는 다이아몬드에 대해 전혀 아는 바가 없다. 우리네 일상 생활에서야 다이아몬드란 그저 아무 뜻 없는 조약돌에 불과하다. 그러나 다이아몬드를 얻게 된 여인들은 그 가치를 잘 알고 있다. 그녀들은 다이아몬드를 가장 은밀한 상자 속에다 잘 감추어 두며 자물쇠를 채운다. 왕의 생일 잔치 같은 날에만 그것을 꺼낸다. 그러는 사이 다이아몬드는 어느새 자랑스런 물건이 된다. 그녀들은 시집가는 날 밤 다이아몬드를 선물로 받았고 그래서 사랑의 표현 수단이 되었던 것이다. 그러자 어느 날 기적이 일어나 다이아몬드의 맥석이 파괴되어 버렸다.

꽃들은 눈에 아름답게 비침으로써 제값을 지니는 것이다. 하지만 꽃 중에서 가장 아름다운 것은 죽은 사람들을 영예롭게 하기 위해 내가 바다 위에 띄웠던 꽃들이다. 어느 누가 그 꽃을 바라보며 생각에 잠기지 않을 수 있었겠는가.

과거만을 가지고 말하는 사람들은 "나는 바로 이러이러했던 사람인데……" 하고 말할 것이다. 그렇기 때문에 나는 그가 죽었다는 조건 아래서만 그에게 영광을 안겨 준다. 그러나 내 친구인 한 성실한 측량사가 삼각형을 가지고 자랑하는 것을 일찍이 본 일이 없었다. 그는 삼각형에 매달려 일에 종사하는 한 일꾼에 지나지 않고 정원에서 일하는 정원사에 지나지 않는다.

어느 날 밤 내가 그에게,

"자네는 자신이 하는 일에 자부심을 가지고 있는 것이군. 자네는 백성들에게 많은 것을 베풀어 주고 있구먼."

하고 말했더니 그는 처음엔 말이 없었다. 이윽고 이렇게 대답하는 것이 아닌가.

"준다는 것은 문제될 것이 없습니다. 저는 무엇을 주고받고 하는 자들을 경멸합니다. 예술을 공납하라고 요구하는 왕자의 욕심을 제가 어떻게 존경합니까? 게걸스레 뭐든 먹어대도록 내버려두는 자들도 마찬가집니다. 이처럼 왕자의 권위가 백성들의 권익을 깎아 뭉개고 있습니다. 어차피 이것 아니면 저것 중에서 선택해야만 합니다. 왕자가 저를 굽신거리도록 한다면 저는 그를 경멸하지 아니할 수 없습니다. 어차피 저는 그의 집에 예속된 몸이어서 당연히 저를 성장시킬 의무도 있는 것입니다. 그리하여 제가 훌륭한 인재로 자라면 저는 저의 왕자를 보다 위대하게 섬기게 되는 것입니다."

"제가 백성들에게 무엇을 주었습니까? 저는 그들과 마찬가지로 어울려 있는 한갓 백성의 한 사람일 뿐입니다. 저는 삼각형의 한 선상에서 백성들이 해야 할 명상의 한 부분을 맡고 있을 뿐입니다. 그러니까 저를 통해서 백성들이 삼각형에 대한 명상을 하고 있는 것입니다. 그들을 통해서 저는 매일 매일의 빵을 먹고 그들이 만들어 준 양젖을 마십니다. 또 그들의, 쇠가죽으로 만든 구두를 신고 있는 것입니다."

나는 백성들에게 무엇이든 공급하고 있지만 동시에 모든 것을 그들에게서 받고 있다. 어떤 이유로 하여 한 사람이 다른 사람의 상위(上位)에 설 수 있겠는가? 가령 내가 더 내놓는다 해도 나는 그만큼 더 받게 되는 것이다. 보다 나은 왕국을 건설하는 것을 나의 임무로 생각하고 있다. 당신은 가장 비천한 재산가들에게서 보다 나은 왕국의 형성을 볼 수 있을 것이다. 그들은 개개인으로서는 결코 살 수 없다. 그들이 에머랄드빛 재물로 어느 창녀를 묶어 놓으면 그녀는 훤히 신수가 드러나 보일 것이다. 그러나 그녀는 바로 그때부터 그 광채에 얽매이게 된다. 그 에머랄드가 그토록 빛을 내고 있다는 데 만족해 버리는 것이다. 그러나 실상은 그들이 빈약한 것이다. 오직 한 창녀에게 예속되어 있기 때문이다. 또 왕에게 모든 것을 가져다 바치는 사람도 있다.

"자네는 누구에게 속해 있나?"
"나는 왕에게 속해 있는 것이오."
그런 사람이야말로 진실된 빛으로 각광을 받는 사람들이다.

197

나는 온갖 아첨꾼들을 멀리하고 오직 자기 자신만을 믿고 사는 사람을 알고 있다. 언젠가 당신에게 이야기한 바 있었던 배불뚝이인데다 눈꺼풀이 졸리는 듯 무겁게 내려앉은 그 대신 말이다. 그는 나를 배반하고 또 고통을 겪는 고비에서는 자신마저 배반하면서 거짓말만 늘어놓고 종교마저 개종하였다. 그런 따위 인간이 자신인들 왜 배반하지 않았겠는가. 만약 당신이 어느 가정에, 어느 한 지역에, 어느 한 왕국에 아니면 어떤 한 신에게 속해 있다면 당신 자신을 희생시켜서라도 당신이 소속된 그곳을 구해 낼 것이다. 재물에 매달려 있는 구두쇠라 할지라도 마찬가지다. 단지 희귀한 다이아몬드를 신으로 받들어 모시고 있는 것이다. 그 보석을 보호하느라고 죽을 수도 있다. 그는 먹는 것에 돈을 많이 쓰지도 않는다. 오직 다이아몬드를 우상으로 섬기고 있을 뿐이다. 다이아몬드가 그의 소유물이 되어서 그에게 영광을 가져다 줄지는 몰라도 끝내는 이 다이아몬드에 아옹다옹 매달려서는 아니 된다. 다이아몬드란 한계나 벽이 될 뿐 길이 될 수는 없으니까 말이다. 이제라도 당신이 그를 지배하여 협박할 수 있게 된다면 그는 어떤 신의 이름으로 죽을 수 있을 것일까? 그 대신에게는 불룩한 배밖에는 남을 것이 없다.

드러내 놓고 남에게 과시하는 사랑이란 천박하다. 진실로 사랑을 하는 사람은 사색하고 침묵 속에서 신과 대화를 나누는 사람이다. 나뭇가지가 제 뿌리를 발견하고 입술로 제 젖꼭지를 찾았다. 마음은 기도에 바치고…… 타인의 뜻에 따라 행동을 취하고 그토록 구두쇠가 되어 있는 사람은 어느 누구에게든 자기의 보물을 숨긴다.
 사랑이란 말이 없다. 육체의 사랑은 떠들썩하니 자랑하기를 좋아한다. 조금도 드러내 놓지 않았던 육체의 사랑이 어디 있는가? 헛간 쓰레기 밑에서 잠들어 있는 채색된 나무로 이루어지는 영상은 아무 것도 아니다.
 그러므로 배가 나오고 눈꺼풀이 두껍게 내려앉은 대신은 버릇처럼 이런 말을 되뇌인다.
 "나의 관할 지역, 나의 군대, 내 궁정, 내 황금 촛대, 내 여자들……" 하고 말이다. 물론 이 대신도 존재하고 있어야 했다. 그는 자기 앞에 무릎 꿇는 신봉자들만 부유하게 살도록 해 준다. 그래서 무게도 없고 향기도 없는 바람이 밀밭을 물결치게 함으로써 자신이 존재해 있는 것이라고 인식한다.
 "나는 몸을 굽히기 때문에 존재하고 있을 거야."
 그 대신은 이처럼 숭배해 주는 맛만 즐겨 왔던 것이 아니고 그와 같은 무게로 증오도 맛보았다. 그 증오란 그에게 증명이라도 해 보이듯이 바로 코앞에 닥쳐 왔었다.
 "나는 남이 소리지르게 하기 위해서 존재하노니."
 하고 그는 짐마차처럼 백성들의 배 위로 지나갔었다.
 이 사람의 내면 세계에는 가죽 부대를 부풀게 하는 천박한 말투 이외는 아무것도 없었다. 왜냐하면 당신이 존재하기 위해서는 그대 마음속에 자리잡고 있는 나무가 자라나는 것이 중요한 일이기 때문이다. 당신은 단지 운반 수단이 되는 수레이자 통로에 불과한 것이니까. 당신을 믿기 위해서 나는 당신의 신을 보고 싶다. 그런데 그 대신도 물건을 쌓아 놓기 위한 구덩이에 지나지 않는 것이다.
 그래서 나는 다음과 같은 이야기를 그에게 해 주었다.
 "자네가 나는……나는……나는……하는 소리를 듣고서 선의로 당신의 부산한 초대에 응하여 참석했다. 바로 그 초대에서 나는 상품을 쌓아 둔 창고 이외에는 아무것도 볼 것이 없었다. 무엇인가를 소유한다는 것이 당신에게 어떤 점으로 이득이 되는가? 당신은 상점이나 찬장처럼 쓸모가 있는 것도 아니고 실용적인 것도 되지 못한다. 사람들이 당신에게 찬장이 그득하군요, 하고 말하는 것을 기쁘게 생각할지 모르지만 도대체 찬장이란 것이 무엇인가?

가령 내가 당신의 찌푸린 얼굴을 보려고 장난삼아 당신의 머리를 뎅겅 잘라 보면 그것이 이 왕국에 어떤 변화를 가져오게 될까? 당신의 보물 상자는 그 자리에 그대로 남아 있을 것이다. 그런 일을 피할 수 있었다는 사실이 당신의 재산에 무슨 보탬이 되었다는 것인가."

배가 나온 그는 이런 질문을 조금도 이해할 수가 없었지만 차차 거북하게 여기기 시작하더니 나중에는 숨을 가쁘게 몰아 쉬는 것이었다. 그래서 나는 다시 이렇게 말해 줬다.

"한가지로 매달아 둘 수 없는 정의로 인하여 내가 불안하게 여기고 있다고는 생각하지 마시오. 당신의 지하실에 쌓아 둔 보물은 아름답소. 그런데 나를 격분시키는 것은 그 보물이 아니오. 그것이 바로 왕국에서 약탈해 간 것도 사실이오. 하긴 씨앗도 나무를 키워 나가기 위해서 어느만큼의 땅을 앗아간 것도 사실이 아니겠소. 그렇다면 당신이 심어 둔 나무는 어떤 것인지 내게 보여 줄 수가 있지 않겠소?"

"조각가 한 사람을 옷 입히고 먹여 주느라고 모직 옷이나 보리로 만든 빵이 목동과 농부의 하나의 대가로 치루어졌다고 해서 나를 거북하게 여기지는 마시오. 그들이야 결과를 잘 모른다 해도 그들의 치룬 노고는 하나의 석고상으로 바뀌어져 있는 것이오. 시인은 자신이 추수하는 일을 거들어 주지 않는다 해도 창고 속의 곡식을 먹고 살기 때문에 사실은 창고를 약탈해 가고 있는 것이오. 그러나 그는 시작에만 종사하고 있는 것이오.

나는 왕국의 승리를 위하여 숱한 아들들의 피를 강요했었소. 그래서 나는 그들의 조국인 왕국을 세우는 것이오. 조각, 나무, 시, 왕국,

그 어디에 당신이 이바지하고 있는 것인지 내게 보여 주시오. 당신은 단지 짐마차의 길이요 교통 수단에 불과한 것이니까…….

한 천 년 동안이나 당신이 "나는, 나는……나는……" 하고 되풀이했을 때 그런 당신의 태도에서 나는 무엇을 배울 수 있었겠소? 당신의 영지와 보석들과 그리고 황금의 저장물은 당신의 손을 거쳐서 무엇이 되었다는 것이오?

내가 늪의 빙하를 가지고 고민하고 있다고는 결코 생각지 마시오. 씨알이 대지에서 자양을 너무나 많이 흡수하고 있다고 결코 비난하지는 않겠소. 씨앗은 단지 발효되어서 잊혀지는 것에 불과하고 결국 나무를 위해서 대지로부터 자양을 뺏아 가는 것이 아니오? 당신도 역시 약탈을 했소. 그러나 어느 누가 당신의 소유물을 약탈해 갈 것이란 말이오?

머나먼 왕국의 그 여왕은 아름다웠었다오. 그래서 백성들이 땀 흘려 캐낸 그 다이아몬드는 여왕의 소유가 되었던 것이오. 그리고 그 여왕의 나라 거지들과 군사들은 다른 나라에 착륙하여 그 나라의 같은 또래의 무리들에게 제각기 이렇게 놀려댔다오. '너희 나라 여왕은 다이아몬드로 치장하지도 못하였구나! 우리 여왕님은 달빛과도 같고 별빛처럼 아름다우시다니까.'

그렇다지만 당신이 가진 진주와 다이아몬드, 그리고 당신네 영지는 당신 소유로 되어 있으면서 오로지 당신의 물욕만 충족시켜 줄 뿐이라오. 이 어수선한 물질들을 가지고 당신은 천박한 신전을 세우겠지만 그 물질이 그 상태에서 더 이상 늘어나지는 않은 것이오. 당신은 여러 가지 물체들을 서로 연결시키는 매듭이어서 그 매듭을 통해서만 물체들은 엮어져 있는 것이오. 당신의 손가락에 끼어져 손을 장식해 주고 있는 진주는 바다의 하잘것없는 약속에도 비할 바가 못 된다오. 나는 나를 격분시키는 밧줄을 끊어 버릴 것이오. 다른 나무들을 온전히 기르기 위해서 당신의 건물들을 짚과 거름으로 쓰겠소. 그런데 나는 당신과 더불어 무엇을 만들 수 있겠소? 종기가 피부를 터뜨리고 생겨나듯 대지를 뚫고 돋아난 나무의 씨앗을 가지고 나는 무엇을 만들 수가 있다는 말이오?"

내가 추종하고 있는 고고한 정의와 별로 보잘것없는 정의를 사람들이 혼동하지 말기를 바란다.
나는 이런 생각을 했었다.
'천박한 태도가 저지른 우연한 사건이 형편없이 되어 버린 어떤 보물을 묶어 놓았다. 그 보물을 소유하고 있는 자가 점점 불어났다. 나는 그 보물을 깨서 나누어 주거나 그것을 빵으로 바꾸어서 백성들에게 나누어 줄 수도 있는 것이다. 그러나 나의 백성들은 너무 수가 많아서 조금 불어난 하루의 양식 정도로는 별로 큰 보탬이 될 수는 없을 것이다. 날씨가 화창한 어느 날 일단 세워진 나무, 그 나무를 장작으로 만들어 한 시간 가량만 불을 때도록 나누어 줄 것이 아니라 그것으로 범선의 돛대를 만들고 싶다. 한 시간 동안 지필 수 있는 장작불은 별로 큰 도움이 될 수 없을지라도 한 척의 배가 되어 바다에 닻을 내리게 하는 것은 완전히 모든 것을 아름답게 만들어 주기 때문이다.

나는 이 보물들에게서 백성들이 흥겨워할 수 있는 이미지를 끌어 내겠다. 기적에 대하여 누구나 흥미를 갖게 하고 싶다. 가난 속에 살면서 진주 캐는 어부들은 진주 한 알에서 바다의 깊이를 알아볼 수 있는 것이기 때문에 훌륭한 진주알에다 신념을 걸어 놓고 산다는 것은 좋은 일이다. 그들은 바다의 모든 진주들을 정직하게 나누어서 하찮은 양식의 보탬이 되고 마는 것보다 일 년에 한 번이라도 단 하나 캐낸 진주로 하여 더욱 부유하게 되고 팔자를 고치게 된다. 왜냐하면 세상에 다시 없는 유일한 진주알만이 모든 사람 앞에 바다의 비밀을 꽃피게 할 수 있기 때문이다.'

198

　몰수한 재산에 대하여 마땅한 판결을 나의 올바른 정의 속에서 찾고 있었다. 나는 돌멩이를 위해서 신전에 대항하여 투쟁하고 싶지는 않기 때문이다. 나는 늪 속에다 얼음을 퍼뜨리거나 신전이 여러 갈래 나뉘어지거나 보물을 약탈하도록 방치해 두는 무질서엔 별로 흥미가 없다. 내가 가치를 인정하는 유일한 약탈은 오로지 그 자신도 끝내는 약탈당하고 마는 씨앗의 경우 뿐이다. 씨앗이란 결국 나무의 이름으로 죽어 버리는 것이기 때문이다. 제각기 사정에 다라 창녀에게 보석 한 알을 더 주거나 농부에게 보리 한 말을, 목동에게는 양 한 마리를, 구두쇠에겐 금전 한 닢을 더 줌으로써 그들 개개인을 좀 더 여유 있게 만들어 주는 일에도 나는 흥미가 없다. 그런 식으로 부유해지는 것은 역시 자신에게 비참해지는 것이기 때문이다. 결코 쪼개 나눌 수 없는 진주에서처럼 모든 것 위에서 빛을 내도록 그 보물에서 조화를 이끌어 내는 것이 내게는 중요하다. 만일 그대가 한 가지 숭배의 대상물을 만들어 낸다면 당신은 그것을 변형시키지 않고 그 전체를 개개인에게 내 보일 수 있는 것이기 때문이다.
　그래서 바로 이런 점에서 정의를 찾아 목마른 당신의 욕구가 감동을 받게 되는 것이다.
　당신이,
　"농부나 목동의 생활은 비참한 것이오. 그들이 별로 원하지도 않는 이익을 추구한다는 명목으로나 또는 그들이 알지 못하는 어느 신의 이름으로 당신은 그들이 마땅히 받아야 할 것을 가운데서 가로채고 있소. 도대체 무슨 권리로 그렇게 하고 있소? 나의 작업에 대한 결심을 내 마음대로 양도하고 싶소. 나는 마음이 내키면 그것을 가로수로 가꿀 수도 있고 축제를 위해 저축해 둘 수도 있는 것이오.

그러나 내가 일단 거절하면 무슨 권리로 나의 노력에 대한 대가를 가지고 당신의 대성당을 지을 수 있을 것이오?"
라고 말한다면 나는 대답할 것이다.
"당신이 지닌 일시적인 정의란 어느 한 계층에만 해당되는 것이어서 소용없는 공허에 지나지 않는 것이라오. 그리고 선택한다는 것은 긴요한 일이오. 물질이란 계층이 바뀌면서 그 가치 척도도 바뀌어지는 것이니까. 당신은 대지를 향해서 보리를 만들고 싶은지 어떤지를 결코 물어 보지는 않지. 대지는 보리란 것을 조금도 생각하고 있지 않으니까 말이오. 대지는 그저 대지에 지나지 않는 것이니까요. 당신은 아직 누구를 통해서 생각으로 굳어지지 않은 것을 원하지는 않을 거요. 그러니까 대지와 같은 여성도 당신에게 무관심해 보일 것이오. 당신 쪽에서도 그녀를 추호도 사랑하고 싶은 생각이 없을 것이오. 비록 그녀의 사랑이 당신을 열광시킨 나머지 행복하게 만들어 준다 해도 말이오."

어느 누구도 처음에 기하학자가 되고 싶은 생각을 품지 않았던 것을 후회하지는 않는다. 그런 태도는 처음부터 부조리한 것이었을 테니까. 또 어느 누구도 후회하지 않았다는 그 사실을 두고 안타깝게 여기지도 않을 것이다. 역시 그런 태도도 부조리하기는 마찬가지일 것이니까. 대지에 의미를 부여하는 것은 보리다. 그리하여 대지는 보리밭이 되는 것이다. 그와 마찬가지로 보리에게 당신의 의식이 되어 달라거나 지식이 되어 달라고 요구할 수도 있는 것이다. 보리는 결코 그런 것을 생각하지 못하니까 말이다. 보리는 그저 아무것도 아닌 보리일 뿐이다. 보리로 만든 빵을 먹으면서 또 저녁 기도 시간 보리빵을 하느님의 은총으로 돌리는 것은 인간이 하는 일이다. 그러니까 나의 농부가 열심히 일해서 시인, 기하학자, 또는 건축가가 되기를 원하는지 아닌지는 묻지 말아야 한다. 나의 농부들은 그런 일을 결코 이해하지 못한다. 그는 단지 농부이기 때문에 자기가 쓰는 쟁기를 개량하기 위해서 자기의 노동력을 구사할 뿐이다.

그리하여 나는 돌멩이들과 신전을 비교하고, 대지와 나무들, 노동자와 쟁기의 인식에 대한 문제들을 비교해서 나의 뜻을 펴고 싶지는 않다. 나는 모든 종류의 창조를 존경한다. 당신이 신전을 지어 올리면서 돌멩이를 부인했기 때문이다. 겉으로는 창조란 것이 부정 위에서 건조된다고 해도 일단 하나의 창조가 이루어지고 나면 그것은 돌멩이의 의미가 되고 되찾은 정의라고 말할 수 있지 않겠는가. 나는 나무에 대해서 그것은 대지의 승화라고 말할 수 있지 않겠는가. 기하학에 대해서 내가 전혀 아는 것이 없다 해도 기하학이 한 사람의 인간인 그 농부를 고상하게 해 주고 있다고 말할 수 있는 것이 아닐까.

나는 비난받을 평등으로 이루어진 시시한 식당에서 무익한 분배를 함으로써 인간의 존엄성일랑 결코 세우지 않겠다. 병졸과 대위는 왕국 안에서 평등하다. 그래서 나는 이름 없는 조각가들이라도 그가 진심으로 창작해 낸 대표작이라면 저명한 조각가의 작품과 대등한 것이라고 말할 수 있다. 왜냐하면 그들은 작품의 품격을 높이기 위해서 저명한 조작품과도 같이 부식토를 썼기 때문이다. 그것은 작품이 맡은 임무의 여건 중에서 하나였기 때문이다.

그러나 여태까지 당신은 아무런 보상을 받지 못하고 있는 농부를 약탈하고 있다고 괴로워하고 있다. 그래서 당신은 길가에 늘어선 석공들, 항구의 하역 인부, 화물 창고의 책임자들이 모두 기하학에 심취하고, 당신의 시와 기하학을 잘 키워 나갈 수 있도록 그들의 자유의사로 작업 능률에다 전력으로 헌신할 수 있는 그런 왕국을 꿈꾸고 있다.

그렇게 하면서도 당신은 목표와 과정을 혼동하고 있다. 나는 어김없이 나의 농부들이 날로 향상되어 가는 모습을 눈앞에 볼 수가 있고 기하학에 심취할 사람도 아름다워 보일 것이다. 하지만 근시안에다 편견에 묶여 있는 당신은 한 인간이 지닌 생의 순환 과정을 자기의 실험 대상으로 삼고, 거기서 문제를 해결하고 세대에서 오는 격차에서와 마찬가지로 개인을 침해하려는 행위를 생각해 내서는 절대로 안 된다고 주장하고 있다. 이 점은 바로 당신이 자신에게 거짓말을 하고 있는 것이다.

당신이 쉬이 부숴질 돛단배를 타고서 자기 자식들에게 섬나라 왕국을 열어 보이면서 바다와 싸우다 죽은 넋을 칭송하고 있는 것이나 마찬가지기 때문이다. 당신도 또 다른 사람들이 그 발명품을 완성시킬 수 있도록 하기 위해서 실제 거기서 아무런 이익을 얻지 못했지만 거기다 목숨을 걸어 죽어 간 자들을 찬양한다. 흘린 피의 대가를 찾지 못하고 성벽 위에서 희생된 군인들을 칭송한다. 또 당신은 삼나무를 심어 놓고 늙어서 그 나무 그늘에서는 더 이상 아무것도 바랄 수도 없는데도 불구하고 계속 삼나무를 심어 나가는 그런 사람을 칭송한다.

이처럼 훗날 시(詩)가 영향을 주고 그들 노력에 대한 대가를 지불해 줄 수 있는 농부들과 목동들이 있다. 시란 서서히 영향을 미치는 것이다. 나무 그늘은 자손을 위한 것이다. 희생이 보다 더 일찍 보상을 받는다면 그것 역시 좋은 일이다. 그러나 나는 필요한 가치가 보다 빨리 없어져 버리는 것은 조금도 바라지 않는다. 왜냐하면 그것은 상승의 조건이고 길이요 표지가 되는 것이니까. 내가 배의 선구를 다 갖추고 못을 박는 데에는 삼 년이 걸렸던 것이다. 판자의 생목 냄새나 못질 소리로 보상을 받는 것은 아니다. 잔치를 벌이는 날은 어차피 좀더 기다려야 하는 것이다. 아직도 선구를 갖추어야 할 배들이 많이 남아 있다. 내가 거기서 더 이상의 희생을 바라지 않는 것은 건조된 배, 그 동안에 얻은 지식과 심어 놓은 나무 그리고 만들어진 조각에 대하여 그대가 만족스럽게 여기고, 저장품들을 유용하게 쓰기 위해서 다른 사람의 아성에서 편안하게 자리잡고 앉아도 좋을 때가 왔다고 생각하기 때문이다.

그렇게 되면 이때부터 나는 지평선을 관찰하기 위해서 제일 높은 탑 위로 올라가련다. 야성이 허용되는 시간이 왔으니까.

언젠가 당신에게 이런 말을 했었다. 세상에는 필요한 물자들이 이미 만들어져 쌓여 있는 것이 아니라 그런 것들을 위한 방향과 상승 그리고 부단한 시도가 있을 뿐이라고. 농부들은 기하학자들이 더 이상 창조를 해 내지 않을 때 그들이 땀 흘린 대가를 즐거움으로 바꾸어 얻을 수 있게 되도록 기하학자들과 유대를 맺게 될 수도 있다. 당신이 어느 친구의 등뒤에서 그와 똑같은 보조로 따라가면서 당신이 그와 나란하게 걸어가자면 그 친구로서는 걸음을 멈추어 주어야 할 것이 중요하다. 그리고 또 나는 당신에게 이런 이야기도 했었다. 더 이상 걷는 것이 무위라고 판단되면 죽음의 시간에 신이 비축한 양식이 낭비되는 바로 그곳에서 당신은 평등을 발견하게 될 것이라고.

 그러니까 보물을 결코 쪼개서는 안 된다는 것이 당연한 일이라고 생각된다.

 정의란 오직 하나뿐이기에 나는 무엇보다 먼저 당신이 소속되어 있는 것을 구출해 내고자 한다. 정의란 것이 신들을 위한 것일까? 아니면 사람을 위해 존재하는 것일까? 신은 당신에게 속해 있는 것이어서 당신을 구조하는 작업이 신을 위대하게 해 주는 것이라면 가능한 한 힘껏 당신을 구출해 낼 것이다. 그러나 나는 당신의 신이 지닌 뜻을 거역해 가면서까지 당신을 구출해 내고 싶지는 않다. 왜냐하면 당신이 섬기는 신들이 따로 있으니까.
 필요하다면 나는 어머니 품에 안긴 아기를 구출해 내고 싶다. 그 아기는 처음엔 그 어머니에게 속해 있었지만 이제는 반대로 그 어머니가 아이에게 속해 있는 것이다. 대지에서 내가 보리를 거두어들이듯 농부에게서 영감을 거두어들이겠다. 비록 당신에게 굴러들지지는 않는다 해도 나는 당신이 소속될 검은 진주를 캐낼 것이다. 그 진주는 당신 소유가 되어 있어도 당신을 부자로 만들어 주지는 않을 것이며 어쭙잖은 자기의 한 부분을 통해서 당신에게 바다의 영광을 가져다 주게 될는지는 모르겠다. 당신이 조금도 애정을 느끼지 못하면서도 획득이나 권리처럼 생각하고 있는 사랑을 반박하고, 그대가 사랑을 인식할 수 있도록 사랑의 의미를 밝혀 주고자 한다.

나는 정신적으로나 육체적으로 당신에게 물을 공급하는 샘을 지키려고 한다. 그 샘이 없으면 당신은 목이 말라 죽게 될 것이니까.

그런데 나는 어휘들이 언어에서 벗어나고 있다는 사실과 내가 사랑을 거부하면서도 당신에게는 사랑을 허용하고, 당신에게 죽음을 강요하면서도 당신에게 살아 나기를 권유하고 있는 사실, 그것을 나는 비웃고 있다. 왜냐하면 반어란 언어의 파생어인데 그것은 언어가 그만큼 안이했다는 것으로 나를 혼란시켰다. 그래서 당신이 어떤 사람에게 사형을 처한다는 데 찬성 내지 반대 의사를 표시하라고 강요할 경우 거기서 위대한 부정(不正)의 세기가 열리게 되는 것이다.

그러니까 보물을 깨뜨려 흩어 놓음으로써 그 대가를 지불하지 않으려 하는 것이 내게 공정한 것처럼 생각되었다. 이를테면 창녀에게 준 보석, 목동에게 준 양들, 농부에게 준 보리 한 말 그리고 구두쇠에게 내준 금전 한 닢은 모두가 약탈한 것들이라 결국 육체에서 꿔 온 것을 영혼에게 갚을 것이다. 내가 돌을 깨기 위해서 그대의 근육을 움직이게 하는 것과 같은 이치다. 그리고 언젠가 일단 승리를 거두고 나서 먼저 구덩이에서 빠져 나오려고 손을 마주치며 털고 일어날 때도, 보다 더 잘 살펴보기 위해서 눈을 찌푸리며 일단 뒤로 물러나 한쪽으로 머리를 기울이며 환상과도 같은 신의 미소를 받아들일 때도 그렇게 하는 것이 좋을 게다.

나는 순수하고 단순한 환원을 어느 빛으로 물들일 수도 있었다.

분명히 나는 순수하고 단순한 환원을 어떤 색깔의 빛으로 물들일 수도 있었다. 어떤 종류의 보석이라도 좋으니 보석 한 알과 양 한 마리, 보리 한 보와소(13리터들이 한 말에 해당되는 양), 금전 한 닢 등 거기서 당신이 더 이상 기쁨을 끌어낼 수 없는 것을 소유한다는 것과 잔칫날의 결산으로 받아들인다는 것과 의식 절차의 절정 속에서 이미 예를 들었던 사항을 받아들인다는 것은 별개의 문제이기 때문이다. 그 하잘것없는 예물은 임금의 하사품이고 사랑의 선물인 것이다. 나는 헤아릴 수 없이 많은 장미밭을 가지고 있는 사람을 알고 있는데 그는 자기 가슴에 달고 있는 한 송이의 장미가 허름하고 네모진 천에 싸인 채 시들어 가고 있는 것을 보는 것보다는 차라리 마지막 송이까지 빼앗겨 버리는 것이 더 낫다고 생각했다. 그런데 나의 부하들 중 한 사람은 어리석게도 보리나 양, 금전 혹은 네모난 천에 썩어진 채 시들어 가고 있는 장미 한 송이에서 즐거움을 끌어내고 있는 것이라고 착각하고 있었다. 그렇기 때문에 나는 그들을 일깨워 주고 싶었던 것이다. 내가 지닌 보물로써 그 대가를 치룰 수도 있었다. 당신은 왕국의 이름으로 개선 장군이나 혹은 새로운 꽃 한 송이 혹은 새 씨앗이나 배 한 척을 발명해 낸 사람을 표창했었다. 그러나 거기서 문제가 될 수 있었던 것은 거래였다. 당신이 이성에 대해서는 논리적이고 공정하며 만족할 만했었는지 몰라도 당신의 영혼에는 아무런 영향을 주지 못했던 것이다. 일단 당신에게 임무를 맡긴 지 한 달이란 시간이 흘러 일한 품삯을 지불한다면 그 영향은 어디에까지 미치게 될 것이라고 생각하는가? 그래서 나는 부정에 대한 속죄와 헌신에 대한 찬양이나 천재에게 표시하는 경의 같은 것은 별로 기대하지 않게 된다. 당신은 주욱 훑어 보고 난 다음 그저 단순히 "음, 좋아"라고 해 버린다. 그저 간단하고 질서정연하기 때문에 만족할 뿐이다. 집에 돌아가서 다른 일에나 손을 대려고 한다. 그리하여 아무것도 자기 몫의 빛을 받지 못하게 된다. 그저 누구든 힘 하나 들일 것 없이 부정은 응징을 받게 되고 헌신은 찬미를, 천재는 남으로부터 칭송을 듣게 되어 가기 마련이니까. 당신이 가령 문을 밀고 집 안에 들어설 때 당신 아내가,

"시내에서 뭐 새로운 일이라도 있었어요?"

하고 물으면 당신은 그저 잊었다는 듯이, "이렇다 하게 애기할 일은 없었소" 하고 대답할 것이다. 당신은 집들이 빛을 받고 눈부시게

빛나고 있으며 강이 바다로 흘러내린다는 따위는 얘기해 주고 싶은 생각이 없었을 테니까.

그래서 법무대신이 당신을 영광스럽게 해 주고 덕행에 대한 보상을 해 주겠다고 집요하게 제의해 온 것을 거부했다. 그러나 당신은 어떤 의미에서 자신이 찬양하고 있는 것마저 파괴하고 있는 셈이다. 또 한편으로 법무대신은 당신이 맛있는 과일을 싼 포장에 신경을 쓰고 있는 것으로 짐작했기 때문에 덕행에 관심을 기울이고 있지 않느냐고 의심했다. 그러나 그 과일 싼 포장에는 지나치게 난잡하지 않고 섬세한 일면도 숨겨져 있었던 것이다.

나는 그에게,

"나는 덕행을 징계하겠소."

하고 말하자 그는 아주 난처한 표정을 짓고 있었다. 나는 다시금 이야기를 계속했다. "사막에 있는 우리 장교들에 대해서 내가 당신께 이야기한 적이 있었을 거요. 모랫더미 속에서 왕국을 위해 바친 희생을 그들 마음에서 우러나오는 사막에의 애정으로 나는 보상했었소. 그리고 그들을 참담한 상황 속에다 유폐시켜 그들의 비극을 화려하게 장식했다오.

덕행이 훌륭한 여인들이 만약 금빛 판지로 만든 왕관이나 관리들의 도움이나 그들에게 굴러들어오는 재물에 맛을 들인다면 그녀들이 내세우던 덕행이란 어디 가서 찾을 것이오? 거기에 비하면 창녀들도 보다 너그러운 선물을 싼 값에 요구하고 있는 것이오."

나는 건축가들이 내민 제안을 결국 거절해 버리기로 했다. 그들은 내 말에 이렇게 대답했다.

"이것 좀 보십시오. 영주님은 이 보잘것없는 보물과 왕국의 영광이 되는 신전을 바꿀 수 있습니다. 여러 세기가 지나는 동안 그 신전을 찾아 나섰던 여행자들이 결국 지쳐 나자빠지고 말았던 그 신전 말이지요."

그야 나도 당신에게 조금도 보탬이 되지 않는 일상적인 것을 싫어하고 있다. 또한 공간과 침묵이 인간에게 가져다 주는 선물을 그대로 신뢰한다. 다락방을 쓰는 것보다 더 유용한 것은 하늘의 별, 아니 바다의 별들을 소유하는 것이라고 여겨진다. 비록 어떤 점에서 그 별들이 당신의 내면 세계를 개발시켜 주지 못한다고 하겠지만 숨이 막혀 죽어 가고 있는 빈민굴에서도 별은 있어야 하는 것이라고 갈망한다. 별들이란 신비의 세계로 이주시켜 주는 출발 신호이다. 실제로 그 이주란 것이 불가능하거나 가능하거나 그것은 별로 문제가 될 수 없다. 사랑에 대한 회한, 그것이 바로 사랑인 것이다. 그러니까 당신이 사랑을 위해 움직임을 기도하면 이미 구원을 받고 있는 상태에 들어가게 되는 것이다.

 그러나 그 방법이 대단하게 중요한 것은 아니라고 생각한다. 결코 즐거움이나 건강, 진정한 사랑 같은 것도 당신이 돈을 주고 살 수 없는 것이다. 별들도 돈으로 살 수 있는 것이 아니다. 신전 또한 마찬가지다. 당신의 수고를 끼치는 신전을 나는 믿는다. 백성들의 땀을 먹고 점점 커져 가는 신전을 나는 믿고 있다. 그 신전들은 멀리서 그들의 사도를 보내고 이 사도들은 신의 이름으로 당신을 착취하려고 한다. 나는 돌멩이 속에다 자만심을 세우려고 드는 잔인한 왕의 신전을 믿는다. 그는 자신의 작업장에다 나라 안의 남자란 남자는 모조리 몰아넣고 있다. 채찍질에 익숙한 상사들이 백성들로 하여금 마차로 돌을 실어 나르게 하고 있다. 나는 바로 이 신전이 당신을 착취하고 종국에는 집어삼켜 버릴 것이라고 생각한다. 그리고 엄청난 그 노동의 대가로 당신을 개종시키는 것이다. 왜냐하면 이 세상에서 신전만이 당신에게 대가를 치루어 줄 수 있는 것이니까. 잔인한 군왕의 돌멩이를 실어 나르는 짐수레꾼이 이번에는 왕의 자만심을 물려받을 차례다. 서서히 다가올 시대의 모래를 협박하기 시작하는 바로 그 선박의 이물 앞에서 그 짐수레꾼이 팔짱을 끼고 버티고 선 모습을 쉬 볼 수 있게 된다. 이 사람의 위엄은 다른 사람에게 과시하기 위해서인 것과 마찬가지로 자기를 위한 것이기도 하다. 왜냐하면 일단 이루어진 신은 모든 사람 앞에 다시금 변모를 일으키지 않고 그대로 시현되는 것이기 때문이다. 나는 승리의 열광 속에서 탄생을 본 신전을 믿는다. 당신은 영원을 향하여 출범하는 배의 선구를 다 갖추고 있다. 그리고 일꾼들 모두가 신전을 세우면서 노래하고 있다. 그러면 신전도 그에 화답하는 노래를 하게 될 것이다.

나는 신전으로 변형되는 사랑을 믿는다. 또한 신전으로 바꾸어지는 자만심도 믿고 있다. 당신이 내게다 분노의 신전을 세워 준다면 나는 그것을 믿을 수밖에 없다. 그렇게 되면 나는 사랑이나 자만심 혹은 승리에 도취한다. 또 분노에 깊이 뿌리를 박고 있는 나무를 보게 되기 때문이다. 그 나무는 앞으로 더 자라나기 위해 당신에게서 양분이 되는 매듭을 빨아들인다. 그러나 당신은 나무 뿌리가 지닌 야망 앞에 비록 허술하긴 해도 황금으로 가득 찬 지하 창고를 내놓을 것이다. 그 지하실은 다만 상품을 쌓아 둘 한 개의 창고 구실밖에 하지 못할 것이다. 바람이 불고 비가 오고, 모래가 휘몰아치는 사막의 세월은 그 지하실을 허물어뜨리고 말 것이다.

그리하여 보물이 재산이 된다는 생각을 경멸해 버리고 또 보물이 보상의 수단이 된다는 생각과 돌로 된 배로 바꿔질 수 있다는 생각을 경멸하고 또 인간들의 마음을 빛나게 해 주는 얼굴을 추구하는 데 있어 나는 조금도 만족스럽지 못했기 때문에 침묵 속에서 나는 반성해 볼 작정으로 길을 떠났다.

'세상에는 쓰레기와 퇴비만 있다. 세상에서 다른 의미를 끄집어내 겠다고 덤벼든 내가 잘못이었구나.' 하고 생각했었다.

199

처음에는 내가 비록 대상들과 태양의 비전이 나의 논리를 밝혀 주지나 않을까 하고 모든 것을 이해하지 못했다 해도, 신이 나를 깨우쳐 주기를 기구했고 또 신이 자비를 베풀어 내가 성스런 도시로 향해서 나아가고 있는 대상들을 생각해 낼 수 있도록 해 달라고 기도를 드리고 싶었다.

오, 나의 백성들이여, 나는 그대들이 나의 율법에 따라서 신이 멈추어 있던 곳을 순례할 준비를 갖추고 있음을 알고 있었다. 언제나 진귀한 꿀맛과도 같은 마지막 날 저녁의 행사를 즐기고 있었다. 그것은 완전한 조선 작업을 끝낸 후 출범하려고 선구까지 갖춘 한 척의 배가 겪기 시작하는 탐험과도 같은 것이다. 조각이나 신전의 의미를 간직하고 있었던 그 탐험은 망치를 써서 그대의 발명품, 그대의 계산, 그리고 그대 팔뚝에 힘의 자극을 주면서 이제 여행의 참뜻을 실현하기 시작하는 것이기 때문이다. 이 모두가 당신이 그것에 바람막이로서 옷을 입히고 있는 과정이다. 당신이 기르고 가르치고 했던 딸에게, 당신의 장신구를 탐낸다고 벌을 주었던 바로 그 소녀에게도 마찬가지다. 사랑이 딸을 기다리는 혼인 잔칫날 새벽이 왔다. 그때는 딸이 별로 아름답지 못하다고 생각한 나머지 린네르 옷감과 금팔찌를 해 주느라고 재산을 탕진하게 될 것이다. 왜냐하면 그런 행위가 당신이 바다에다 닻을 내리는 작업은 아니니까.

그런 까닭에 당신은 생활 필수품을 잔뜩 쌓아 놓고 상자에다 못을 박고 부대로 끈을 쫄라맨 후 짐승들 가운데서 우뚝 솟은 왕자나 된 것처럼 행세한다. 물건을 날라 줄 짐승들 가운데서 어떤 놈에게는 귀여워해 주고 또 다른 놈들에게는 혼을 내 주기도 하고 또 가죽을 아끼기 위해 무릎으로 약간씩 더 조인다. 그리하여 일단 화물을 등에다 끌어올려 놓고 나서는 오만해진다. 배가 나아갈 방향은 전혀 염두에 두지도 않고 단지 짐승들을 배에 태우고 항해를 계속하는 동안, 배가 흔들리거나 돌덩이 사이에서 짐의 무게로 비틀거리거나 정지해 있는 동안 꿇어 앉는다. 짐의 무게로 인한, 균형을 잘 잡고 있는 모습들을 보게 된다. 그것은 마치 오렌지나무가 가지에 매달린 오렌지의 무게에 위협받지 않고 바람에 흔들리면서도 균형을 잡고 있는 것과 같았다.
 나의 백성들이여, 그리하여 나는 사막에서 사십 일 동안의 기도를 계속할 채비를 차리고 있는 당신들의 열정을 음미하고 있다. 나는 뜬소문에 귀를 기울이지 않고 다만 그대들만 직시하고 있노라. 그대들이 출발하기 전날 밤 나는 내 사랑의 침묵 속에서 가죽띠가 삐걱거리는 소리와 짐승들이 으르렁거리는 소리를 따라, 나가야 할 길, 또 안내자의 선택 문제, 각자에게 지명해 줄 역할의 배당 문제 등에 대한 승강이로 왁자한 틈에서 거닐며 당신이 다음과 같은 이야기를 늘어놓는 것을 들어도 조금도 놀라지 않았었다. 당신이 한 이야기는 이번 여행을 찬성하는 것이 아니고 작년에 실시했던 탐험에서 곤경에 빠졌었던 이야기와 물이 말라 버린 우물이라든지 매섭게 휘몰아쳤던 모래 바람, 눈에 보이지 않는 신경처럼 모래 속에 숨어 있던 독사에게 물렸던 일 그리고 곳곳에 매복해 있던 도둑들, 질병, 그리고 예기치 않았던 죽음 등을 침울하게 설명했었는데 이는 사막에서야 사랑의 수줍음밖에 존재하지 않는다는 것을 그대가 이미 알고 있기 때문이다.
 우선 그대가 성시의 황금빛 둥근 지붕을 찬양하면서도 정작 그대의 신에 대해서는 열성을 기울이지 않고 있는 것은 잘하는 일이다. 왜냐하면 그대의 신은 기성품처럼 이미 만들어진 선물도, 그대가 쓰기를 기다리며 어디엔가 저장해 놓은 필수품도 아니고 그대의 곤궁한 생활을 축하해 주는 종교 의식이자 대관식이기 때문이리라.
 그러니까 조선 기술자들이 우선 배의 개선에 대하여 흥미를 가지는 것과 마찬가지로 배가 미리 건조되기도 전에 당신에게 돛단배와 바람과 바다에 대하여 성급하게 이야기했다면, 그것은 아직 채 자라지도 않은 딸이 얼른 아름다워지기를 바라는 아버지처럼, 못과 널빤지에 그들이 신경을 쓰지 않게 되지나 않을까 하고 두려워한 나머지 그들을 믿지 않게 될 것이다. 판자를 켜는 톱질 소리와 널빤지에 못을 박는 소리가 어울려 생겨 나는 합창을 나는 좋아한다. 그 소리는 시시한 저장품들을 찬미하는 것이 아니라 돛단배의 완성을 재촉하는 찬가이니까. 그리하여 일단 선구를 모두 갖춘 돛단배가 출범할 채비를 모두 차리고 나면 우선은 신비에 싸인 섬을 노래하는 것이 아니라 바다를 향한 모험을 노래한다. 그때 나는 그들의 승리를 목격한다.

그들은 개개인의 내면과 고통 속에서 길과 마차 그리고 연장들을 찾아낸다. 그들 마음속에 품고 있는 욕설과도 같은 원망에 그대가 불안을 느낀다면 이는 당신이 근시안인데다 고지식하다는 것을 보여주는 것이 된다. 또 이는 갈증의 위기를 망각하게 해 주고 사막에서의 황홀한 아름다움을 찬양한 달콤한 잼을 지닌 가수들을 그대에게 파견하는 것이다.

형체가 없는 행복이란 조금도 남의 마음을 끌지 못한다. 그러나 사랑의 계시는 나를 지배할 수 있는 것이다.

대상들은 계속 걸어가는 것이다. 그들이 걷기 시작할 때부터 사람들 사이에는 눈에 보이지 않는 인내와 침묵, 곤경에 빠진 막막한 밤과 혐오와 의심 그리고 죄악이 시작되는 것이다. 모든 변모의 과정은 고통스럽고 불안한 것이기 때문이다. 열광하기 보다는 이유를 묻지 않고 자신에게 충실한 것이 보다 합당한 것이 된다. 어제의 당신은 오늘 죽어 있어야 하기 때문에 오늘 그대에게 기대할 것이라고는 아무것도 없다.

이제 당신 집에는 서늘한 기운과 차를 마실 때 쓰는 은항아리 언저리에 어리는 향수만 남아 있는 것이다. 지난날 그대 창문 아래서 흔들리던 나뭇가지나 그대 마당에서 단조롭게 홰를 치며 울던 수탉의 울음 소리에 대한 기억까지도 그대 가슴을 아프게 할 것이다. 이제 그대는 더 이상 이 세상 어디에도 묶여 있지 않기 때문에 "나는 내 집에 속해 있다"고 말할 수밖에 없을 것이다. 당신에게 아침이면 잠을 깨우던 그 나귀의 신비가 다시금 되뇌어질 것이다. 왜냐하면 그대가 동물들에게 응답을 해 주기 때문에 말이나 개 같은 것에 대하여 그대는 무엇인가 알고 있는 바가 있기 때문이다. 하지만 당나귀에 대해서는 잘 모를 수도 있었을 텐데. 당나귀는 자기 속에 꼭 파묻혀 자기만의 풀밭, 자기만의 외양간, 혹은 당신이 좋아하든지 싫어하든지에는 개의치 않고 당나귀 나름의 생존 방식대로 살아가고 있기 때문이다. 그래서 당신이 추방을 당해 극히 외로운 상태에 놓이게 될 때 당신은 칠흑 같은 밤의 심연 속에서 당나귀를 조금이라도 기쁘게 해 주려면 목을 쓰다듬거나 주둥이라도 톡톡 두들겨 주어야 한다. 물론 악취까지 나던 썩은 물이나마 방울방울 떨어뜨려 주던 우물마저 바싹 말라 버리는 날에는 마침내 우물의 속내 이야기마저 당신 마음에 상처를 주게 되고 말 것이다.

 그리고 난 후 사막의 곤경이 당신을 엄습해 올 것이다. 길을 걷기 시작한 삼일째부터 당신은 질펀하게 깔린 아스팔트 위에 들어서고 거기서 발뒤축은 끈적끈적하게 달라붙기 시작할 것이다. 당신에게 대드는 사람들은 그대를 흥분시키고, 싸움꾼의 주먹질이 당신의 주먹을 얌전히 있도록 내버려두지 않게 될 것이다. 그러나 사막은 숱한 언어를 집어삼키면서 그대를 침묵으로 인도해 주는 수많은 청중처럼 발자국들을 차례차례로 저항 없이 받아들인다. 새벽부터 기운이 빠져 버리고 왼쪽 저 멀리에 지평선을 보여 주는 백악(白堊)의 고원은 밤이 이슥하도록 변치 않는 그대로 눈부실 것이다. 당신은 산을 떼다가 옮겨놔 달라고 졸라대는 어린이들처럼 터무니없이 자신의 힘을 소모시킨다. 그러나 산은 그런 힘든 작업을 이해할 리 없다. 감당하기 거추장스런 자유 속에서 정신을 잃은 듯이 그 열정이 숨을 헐떡이고 있는 것이다. 그러니 나의 백성들이여, 이런 여행이 자꾸만 반복될 때마다 나는 규석으로 연명하도록 하고 엉겅퀴를 씹어 거기서 나오는 물기로 목을 축이도록 했다. 밤이 당신을 얼게 했다. 그대의 전신을 휘몰아 때리는 모랫바람을 당신은 견뎌 내지 못하고 땅에다 몸을 웅크리고 얼굴을 옷으로 감싸고 이를 가는 소리를 낸다. 나중에는 태양에다 대고 물을 달라고 절규하여 결국 그것은 자신도 못 알아듣는 헛소리가 되어 허공 중에 맴돌고 마는 것이었다. 그러나 이럴 땐 경험이란 온갖 위로의 말도 소용이 없다고 가르쳐 주었던 것이다.
　나는 입을 열었다.
　"바다 속과도 같이 은밀한 밤이 내릴 것이다. 조용히 쌓인 저 모래는 그저 말없는 퇴비 더미 속에 잠들 것이며 당신은 서늘한 날씨에 탄탄한 대지 위로 걸어가게 될 거라고 말하긴 했다지만……."
　그러나 어쩐지 당신에게 거짓말을 지껄이고 있었던 것만 같다. 왜냐하면 나는 당신에게 언제나 창의력을 발휘해서 지금과는 다른 모습의 당신을 개발해야 한다고 일러 왔기 때문이다. 그러니 내 사랑의 침묵 속에서 그대가 나를 욕한다고 해서 심란해할 것도 없다.
　"주님, 당신의 말씀이 옳은 것 같습니다. 아마도 주님께서는 미래에 생존할 자들을 축복받은 무리로 변형시켜 나갈 것입니다. 하지만 그토록 낯선 사람들이 우리에게 무슨 상관이 있겠습니까. 우리는 이 순간 오직 둥근 숯불의 환원 속에 갇힌 한 마리의 전갈의 꼴에 지나지 않는 것입니다.
　주여, 그들도 결국은 당신의 영광을 위하여 그렇게 되어야 하는 것입니다.
　아니면 칼로 한 번 내리치듯이 하늘을 깨끗이 정화해서 북녘에서 불어 오는 삭풍으로 밤을 더욱 잔인하게 느끼도록 일깨워 주어야 합니다. 벌거벗은 대지에 열기가 식어 가고 별들에 얽매어 있는 듯한 인간은 별에 못박힌 사람들처럼 부들부들 떨고만 있었습니다. 이럴 때 제가 말해야 할 것이 무엇이겠습니까?
　새벽과 빛이 다시 올 것입니다. 태양의 열기는 핏덩이처럼 당신의 몸 구석구석에 퍼져 갈 것입니다. 두 눈을 감고 있으면 당신은 태양의 힘으로 살아가고 있다는 것을 실감하게 될 것입니다."
　하지만 그들은 이렇게 내게 대답했다.
　"신도 우리가 선 자리에서 커 나가게 될 행복한 식물의 밭을 이루어 놓고 그의 은총으로 자라나게 할 것입니다. 그러나 오늘날 우리의 존재는 바람이 휘몰아치는 작은 호밀밭과도 같이 별 가치가 없는 것입니다."

그러나 그것들이 주님의 영광을 위해서 무엇이 되어 있는 것인가?

그리하여 나는 그들의 비참한 상황 속에서 빠져 나와 신을 향해 다음과 같은 기도를 드렸다.

"주여, 이들 백성이 제가 만든 가짜 물약을 거절하는 것이 당연합니다. 하지만 그들이 내뱉는 불평이란 것도 별로 대단한 것은 아니었습니다. 저는 살이 터진 상처를 꿰매 줄 환자를 아픔으로 울부짖게 하는 외과의사와도 같습니다. 기쁨을 사람들의 마음에 끌어내 주는 열쇠와도 같은 말은 지껄일 줄 모릅니다만 그들의 내면에서 잘 무르익어 가는 기쁨의 저장물은 제가 알고 있습니다. 물론 그 기쁨의 저장물이 이 순간을 위해서 존재하고 있는 것은 아닙니다. 꿀과 같은 액체를 짜내기 전에 먼저 과일이 충분히 익어 있어야 하는 것이 중요하지 않겠습니까? 우리도 과일이 익어 가기까지 고통의 고비를 거쳐야 합니다. 우리들에게는 지금 신맛 이외는 아무것도 없는 것입니다. 우리를 치료해 주고 당신의 영광을 위해 우리를 기쁨으로 몰아넣는 시간이 있었을 것입니다."

그리하여 나는 멀리 내다보는 나의 백성들에게 규석을 퍼먹이며 돌을 마시게 했었다.

그런데 처음에는 다른 사람들과 비슷하여 이미 바깥으로 드러난 수많은 발자국들과 그 백성들을 전혀 구별하지를 못한 채 우리는 기적의 발자국을 내딛고 있었다. 그것은 다름아닌 신전이란 의식을 장식하는 축제, 곤경을 뚫고 나와 햇빛에 날개가 돋힌 보물들을 털어내놓는 축복받은 순간이 여러 시간의 흐름 속에 끼어 있게 마련이다.

이와 같이 나는 전쟁이란 어려운 상황을 거쳐 백성들을 승리로 이끌어 갔다. 밤을 지나서 광명으로, 돌멩이를 운반해 가는 수레의 소음을 지나 신전의 침묵으로, 무미건조한 문법에 얽매인 작시법에서 탈피하여 절찬을 받게 되는 시작에로, 바위의 균형과 무거운 바위들이 무너진 돌더미를 지나 산꼭대기에서 조감하는 경치를 지니고 나의 백성들을 이끌어 나갔다. 이런 여러 가지 경유 과정에서 절망이라고 표현하는 당신의 불편한 정도는 내게 별 중요한 것이 되지 못한다. 비상을 동경하는 유충의 정서 따위를 나는 경멸해 마지않는다. 자신의 존재가 변모해 가는 과정에서는 어디까지나 인내를 거듭하면서 불안으로 가슴 태우는 일은 당연하기까지 한 것이다. 지금은 무엇보다 당신 앞에 깔려 있는 사막을 가로질러야 한다.

당신은 내면 속에 봉함되어 있는 보물을 만지며 기쁨을 누릴 수가 없다. 일정한 시간이 되기 전에는 빗장을 뽑을 수도 없다. 물론 당신의 발명이 승리의 표지를 받게 되었을 때 장기판에서 얻은 기쁨을 선물로 줄 수 있을 것인지는 내 권한 밖의 일이다.

당신은 배가 완성되고 난 다음에 배의 진수를 축하하는 노래를 부르는 것이 아니라 배를 만드는 과정에서 못을 만드는 대장장이나 못질하는 일꾼들의 노동요를 칭찬해 주기를 바란다. 나는 당신에게 윤이 나는 판자와 쇠로 만든 못 등을 별 보잘것없는 승리로서 당신에게 제공하는데 그 승리들을 향하여 우선 전진해 나간다면 당신의 마음을 흡족하게 해 줄 수 있기 때문이다. 윤이 나는 판자를 위해 당신이 누구와 다툼질을 할 때 그 나무토막은 더욱 아름답고, 또 선박을 위해 당신이 겨냥하는 그 윤이 나는 판자도 아름다운 것이다.

장기 놀이의 규칙을 지켜 나가면서 조심스레 하품을 하고서는 마치 어린애들의 기분이라도 맞추어 주기 위해서 나온 사람처럼 무료한 기분에 싸인 어떤 남자를 나는 안다.

"이거 봐, 이건 내 전함이야!"

차돌 세 개를 가지고 당신과 맞서서 싸우는 일곱 살짜리 함장의 말이다.

"정말 아름다운 전함이구나……."

하고 희미한 눈으로 차돌을 바라보고 있던 자가 말을 했다.

이겨 보겠다는 허영심이나 가지고 장기 놀이의 규칙을 기본된 약속이라고 생각하지 않는 자는 결코 놀이에서도 이겨 낼 수가 없다. 판자와 못들을 신처럼 떠받들어 모시는 것이 허영심에서 우러나왔다고 여기는 자들이 있다면 그들도 결코 배들을 건조할 수 없게 되리라.

일찍이 아무것도 만들어 내지 못하고 잉크물만 뿜어대던 자들은 어느 편인가. 과연 섬세하기 때문에 목수나 대장장이의 송가보다는 완성된 배의 송가를 더욱 좋아한다. 그와 마찬가지로 일단 선구를 다 갖추고 닻을 올려 돛 폭에 바람이 부풀게 할 때는 순간순간 끊임없이 바다와 대결해 나갈 투쟁에 관하여 나에게 이야기하며 음악의 섬을 찬양하게 될 것이다. 물론 그 섬은 판자와 못 그리고 논쟁의 의미가 되는 것인데 그것은 세상에서 처음으로 이 섬이 생겨나게 된 변모 과정을 당신이 조금도 등한히 여기지 않았다는 조건 아래서만 그런 경우가 성립될 수 있는 것이다. 그러나 이 배는 처음에 의도했던 그 꿈이 사라지고 딴 데 정신을 잃어 말에 조리가 서지 않고 여러 빛깔의 새들과 산호 위에 내려앉은 황혼을 내게 노래해 줄 것이다. 왜냐하면 난 그런 끈적끈적한 잼보다는 빵이 더 좋기 때문이다. 잼은 내가 전혀 믿지 못할 것만 같다. 그리고 새들이 음울한 빛을 띤, 비가 퍼붓는 섬에 이르게 되면 나는 그 섬에 대한 애착을 느낄 수 있도록 핼쑥한 새들이 날아다니는 잿빛 하늘을 마음에 떠올릴 수 있게 하는 송가를 듣고 싶었다.

하지만 돌멩이들 없이는 나의 대성당도 결코 세워질 수가 없다. 나는 오직 다양성의 완성에 의해서만 핵심에 도달하려고 하는 몇 개의 꽃잎이나 어떤 선택된 빛깔도 개성도 없는 꽃에서는 아무것도 취하지 못한다. 못을 박고 판자를 켜며 바다의 위험한 공격을 하나하나 흡수해 버리면서 내 손으로 손수 바다에서 끌어낸 자양이 풍부한 섬을 당신에게 노래해 줄 수 있다. 사랑에서도 마찬가지다. 잉크를

뽐어대던 사람이 내게서 우주에 가득 차 있는 사랑을 찬양한다면 나는 그런 사랑에서 무엇을 이해해야 하는 것일까? 하지만 어느 특정한 충실감은 내게 하나의 길을 제시해 주고 있다. 그것은 한 여인이 하는 것처럼 이야기를 하지 다른 방식으로 하지는 않는다. 그녀의 미소는 다른 것이 아니고 그녀의 개성 바로 그것이다. 세상 어떤 여인도 그녀를 본받아 닮을 수가 없다. 그래서 내가 어느 날 저녁 창틀에 팔꿈치를 기대고 특수한 벽에 마주치지 않도록 앉아 있을 때 내가 발견했다고 느껴지는 것은 다름아닌 신이다. 왜냐하면 당신에게는 어떤 굴곡과 대지의 색깔과 함께 길가에서 들장미를 피워 놓고 있는 진정한 의미의 오솔길이 필요하기 때문이다. 그때야 비로소 당신은 그 어느 곳을 향하여 나아가고 있는 것이다. 갈증으로 목이 타 들어가는 사람은 샘물을 향해 공상의 날개를 편다. 하지만 그는 별수없이 죽어 가고 있는 것이다.

나의 동정심이란 것도 그와 마찬가지다. 어린이들이 몸으로 겪는 고통에 대하여 비난을 퍼붓고 있는 당신은 하품을 하고 있는 나를 놀라게 한다. 그러나 당신은 나를 그 어느 곳에도 끌고 가지 아니한다. 당신은 내게 와서
"어떤 배 한 척이 파손되어 어린이 십 명이 익사했다."
고 말한다. 하지만 나는 산술에 대해서는 아무것도 아는 것이 없으므로 익사한 어린이의 수자가 그 두 배로 커졌다고 해도 더 슬퍼하기 위해서 곱절이나 울지는 않을 것이다. 더구나 왕국이 이 땅에 세워진 뒤로 수백 수천 명이 죽어 갔지만 당신은 오히려 삶에 대한 애착을 느끼게 되고 더 행복하고 싶어하는 욕망이 생기게 된다.
그러나 가령 당신이 은밀한 오솔길로 접어들어 나를 그 죽은 사람에게 데려가 줄 수가 있다면 나는 죽은 자에 대해서 눈물을 흘릴 수 있을 것이다. 어느 한 가지 꽃을 통해서야 다른 꽃들에 접근할 수 있는 것과 마찬가지로 그 사람을 통해서 딴 아이들을 다시금 인식하

게 될 것이고 모든 어린애들에 대해서뿐만 아니고 넓은 의미의 인간 총체에 대해서까지 눈물을 흘릴 수가 있을 것이다.

　당신은 언젠가 내게 남루한 차림에 다리를 저는 비굴한 어떤 아이에 대해 이야기했었다. 어느 날 저녁 그 애는 어디서 왔는지도 모르게 굴러들어와 동네에서 걸식을 하거나 남의 집 문전에 붙어 살았기 때문에 사람들에게 미움을 받았었다.

　"저 앤 정결한 우리 마을을 망치려고 들어온 벌레 새끼다. 우리네 나무 뿌리에 돋아난 독버섯이야."

　하고 소리소리질렀다.

　그런데 당신은 그 거지를 만나서 말했다.

　"야, 이 거지야, 넌 아버지도 없니?"

　그 애는 대답을 하지 않았다.

　그런데 그 거지는 짐승이나 나무하고나 친해질 수밖에 없는 것이었다.

　"왜 네 또래 아이들과는 어울리려고 하지도 않니?"

　그래도 녀석은 여전히 어깨만 으쓱할 뿐 대답이 없었다. 동네 아이들이 이 애가 나쁜 곳에서 왔다는 이유로 돌팔매질을 해서 다리에 상처를 입은 눈치였다.

　어쩌다 이 거지 애가 용기를 내서 아이들 있는 곳으로 가노라면 애들 중에 건장하거나 좀더 키가 큰 아이들이 길을 가로막아 섰다.

　"야, 넌 게걸음을 걷는구나. 네 고향집에서 쫓겨났지? 넌 우리 마을을 더럽히고 있는 거야. 여긴 아름다운 고장이거든. 지금 당장 어디로든 꺼져 버려."

　그러자 그 애가 맥없이 발길을 돌려 다리를 끌며 멈칫거리고 저 멀리로 나가는 것을 당신은 보았다.

　당신은 또 그 애에게,

　"얘, 넌 엄마도 없니?"

　하고 말을 붙였지만 녀석은 여전히 입을 열지 않았다. 당신을 힐

끗 보더니 여전히 말이 없었다.
 그러나 이 애가 무엇인가 때문에 슬퍼하고 괴로워하는 것이라고 당신이 얼른 생각해 내기는 했으나 결코 부드러움은 거기서 알아채지 못했었다. 드디어 마을 사람들이 매를 들고 녀석을 멀리 내쫓아 버리기로 작정한 어느 저녁이었다.
 "애, 이 절름발이 자식아, 멀리 사라져서 딴 곳에나 나가 살아라!"
 하는 동네 사람들의 말에 당신은 그 애를 두둔하면서 부드러운 말씨로,
 "애, 그래 넌 형제도 없는 아이니?"
 하자 그 애는 눈빛을 밝게 하고 표정을 바꾸더니 그대 눈을 똑바로 응시했다.
 "예, 형이 한 분 있었어요!"
 그러고는 자존심이 상했다는 듯이 얼굴을 몹시 붉혔다. 당신에게 바로 제 형에 대한 이야기를 꺼내 놓기 시작했다.
 그 애의 형은 이 왕국 어디엔가에 살고 있을 대위였다. 어느 잔칫날 다른 색깔과는 다른 유별나게 독특한 색깔을 지닌 제 말(馬)의 뒷발질에 채여 다리를 절게 되었다고 한다. 그래서 언젠가는 다시 한 번 그의 앞에 형이 나타나게 될 것이라고, 그리하여 어느 날엔가 마을 사람들이 지켜보는 앞에서 자기를 말 꽁무니에다 태워 줄 것이라고 했다.
 "그런데" 하고 거지 아이가 다시금 당신에게 말했다.
 "이번엔 형에게 말의 앞쪽 목덜미에 태워 달라고 할래요. 그러면 시야를 마음껏 바라볼 수 있는 사람도 나고, 말을 호령할 수도 있는 것이죠. 왼쪽으로 바른쪽으로 더 빨리……하고 소리지르는 것이 나란 말이죠. 뭣 때문에 형이 나를 거절하겠어요? 형은 내가 웃고 소리치는 것을 보면 즐거워해요. 우리 혈육이라고는 단 둘뿐이라니까요."
 주근깨투성이의 얼굴과 절름발이라는 것과는 별개의 문제다. 외모

가 추악하다는 것과 자신의 내면과는 서로 다른 문제다. 그것은 형에게나 해당되는 문제이지 이 아이에게는 무관한 것이다. 이 애는 형이 부리는 군마의 꽁무니에 타고 행진을 하였다. 바로 이 나라에 승리를 가져온 영광의 날에 말이다.

드디어 귀향의 새벽이 왔다. 당신은 그 애가 나지막한 담 위에 두 다리를 떨어뜨린 채 앉아 있는 것을 찾아냈다. 딴 애들이 녀석에게 돌을 던졌다.

"뛰지도 못하는 녀석, 절름발이 녀석 같으니라고."

그러나 그 애는 당신을 바라보며 입가에 웃음을 머금어 보였다. 이제 당신은 말없는 가운데 한 가지 약속으로 녀석과 연관이 맺어져 있는 것이다. 이제 그 애의 주근깨투성이 얼굴과 절름발이라는 것만 보아서 알고 있는 마을 사람들에게 그 애의 불구에 대한 생생한 증인이 된 셈이다. 왜냐하면 그 애는 군마를 가진 형에 속해 있기 때문이다. 그래서 오늘 저녁 형이 그의 훈장을 가지고 아우의 얼룩진 마음을 씻어내 줄 것이고, 그가 따낸 영광으로 녀석에게 돌을 던지고 조소를 퍼붓던 마을 사람들을 막아 줄 것이다. 그리고 이 허약한 아이의 마음도 질주하는 말이 일으키는 큰 바람에 한결 부드럽게 가라앉게 될 것이다. 그러면 사람들은 이 애가 더 이상 추악하다고 생각하지 않을 것이다. 왜냐하면 그 애의 형은 미남의 대위이기 때문이다. 또 그의 형은 늘 쾌활하고 항상 영광으로 가득 찬 생활을 하고 있기 때문에 아우의 비굴한 마음씨까지 다 씻어내 줄 것이다. 그래서 그 애의 얼굴은 다시금 햇빛 속에서 더욱 선명해질 것이다. 그를 알고 있던 숱한 사람들이 그때부터 이 애를 그들의 놀이에 끼워 주기도 할 것이다.

"위대한 형과 꼭 닮았구나. 우리 여기서 함께 달리기라도 하자꾸나. 형을 알고서 다시 보니 너도 역시 근사한 어린이로구나."

그래서 녀석은 형에게 같이 놀게 된 아이들을 말발굽이 헤쳐 놓은 신선한 바람의 맛을 느끼도록 군마의 목덜미에 하나씩 차례로 태워 달라고 부탁한 것이다. 그 애는 잘 몰라서 저지른 동네 아이들의 욕지거리를 용서하게 될 것이고 그들을 사랑할 수도 있게 된다.

"우리 형이 싸움터에서 여기로 돌아올 때마다 너희들을 모아 놓고 전쟁 이야기를 들려 주도록 부탁할게."

드디어 녀석은 당신에게도 꼭 달라붙는다. 당신이 그 애를 형을 통해서 보아 주고 녀석의 모습이 이젠 조금도 흉하지 않다는 것을 당신이 알아주고 있기 때문이다.

그러나 방금 당신은 그 애한테 천국이나 속죄나 태양이라는 것을 잊으라고 말했다. 그러니까 당신은 돌멩이들의 공격에도 용감해질 수 있었던 갑옷을 그에게서 앗아가 버렸다. 당신이 그 애를 방금 비참한 상태로 밀어 넣고 만 결과가 되었다. 당신은,

"이 보잘것없는 녀석아, 이젠 군마 꽁무니에도 매달려 달려 볼 수 있다는 희망도 없어졌으니 달리 살아갈 방도나 찾아보려무나." 하고 그 애한테 말했다. 당신은 어떻게 그 애의 형이 군대에서 추방당해 수치감에 이를 갈며 터덜터덜 마을로 오게 된다는 것과 너무도 다리를 절기 때문에 사람들이 돌을 던지고 있다는 사실을 미리 알려 줄 수 있는가?

이제 내게 당신은 이렇게 말하겠지.

"그 애가 더 이상 버티고 살아갈 수가 없어서 늪에 빠져 죽으려는 것을 내가 살려냈었지요."

나는 백성들이 겪는 이 같은 참담한 현실에 눈물을 흘려야 한다. 다른 것이 아니고 주근깨투성이의 얼굴과 그 군마 그리고 영광의 날에 말 꽁무니에 타고 으스대는 것과 마을 어귀에서 당했던 창피, 이 모든 것 때문에 나는 신을 접하게 되었다. 그만큼 내가 지닌 동정심은 인간들을 초월하여 멀리까지 이른다. 왜냐하면 당신이 딴 사람이 아니고 바로 이 아이에 대한 이야기를 들려주면서 진정한 마음의 오솔길까지 나를 인도해 주었기 때문이다.

여러 가지 목표들 중 하나에 불과한 빛을 찾아 서두르지 말라. 신

전의 빛은 돌멩이들을 꾸며 준다.

　경건한 마음으로 당신의 총에다 기름을 바르고 순찰길로 떠나는 발걸음을 헤어 보면서 길을 걷는 것은, 하사관이란 개념과 경례에 철저하라는 생각에만 사로잡혀 하사관을 만나기가 바쁘게 경례를 하는 것은 파수꾼의 영감을 마음속에 준비하고 있다는 증거가 된다. 그대가 장기 놀이의 여러 규칙을 지키면서 신중하게 당신의 말을 장기판에 밀어 넣고 상대편에서 속임수를 쓸 때 화를 내면서 얼굴을 붉힌다면 이미 그대는 마음속에다 승리자에 대한 환상을 그리고 있기 때문이라고 말할 수 있다. 당신이 기르는 짐승들이 갈증으로 울부짖는 것을 보고, 당신은 애벌레와도 같은 상태에서 서투른 시(詩)에 지나지 않는 날개 따위에는 감동하지 않고 순간순간 의무에만 충실한다는 조건에서만이 순례자의 영광을 구할 수 있는 것이다. 그런데 그 순례자는 나중에 갑작스런 심장의 고동 소리와 함께 기적을 향해 발걸음을 내디뎠다는 것을 알게 될 것이다.
　내가 그대에게 말했듯이 시적으로 저장된 당신의 기쁨을 끌어낼 수 있는 힘이 내게는 없다. 그러나 이제 나는 물질적인 면에서 당신을 도울 수가 있다. 당신에게 나는 우물에서 물이 나오도록 유지하는 법, 손에 덧나는 종기를 치료하는 법, 별들의 움직임에 적용하는 기하학, 그리고 당신의 상자 중에서 하나가 비스듬히 미끄러질 때 밧줄 묶는 법에 대해서 나는 이야기했었다. 그가 그들의 송가를 부를 수 있도록 하기 위해 나는 낙타 몰이꾼이 되기 전에 바다를 항해하는데 십오 년을 보내고, 또 무희들의 장신구를 만드는 기술과 꽃다발의 진열에서 보다 열광적인 시의 원천을 결코 찾아내지 못한 어떤 이를 당신 앞에 불러왔다. 세상에는 그 배를 묶어 놓은 매듭이 있는데 그 밧줄은 어린애의 손만 가도 끊어질 수 있다. 또 백조의 율동보다 더 단순하게 보이는 사람도 있다. 그래서 그들 중의 한 사람을 당신 친구로 만들어 승리를 반대로 짐작케 하는 얘기를 걸 수도 있다. 그래서 그가 내기에 응한다면 당신은 그 밧줄 묶음이 격렬한 분노를 일으키게 하여도 편히 앉아서 웃을 수가 있다. 그리고 우리들의 선생은 비록 자신이 불완전하고 식별력이 모자라 지나치게 허술하다 할지라도 충분한 지식으로 사랑하는 여인에게 바칠 아리따운 꽃을 피울 필요한 고리를 잊지 않는 것이다. 사랑하는 여인이 꽃을 따는 것과 같은 몸짓으로 그것들을 해결할 수 있는 조건에서만이 성공을 이루게 되는 것이다.

그는 당신에게 이렇게 고함치리라.

"이제 당신의 선물이 그녀를 황홀하게 해서 그녀가 지금 소리를 지르고 있는 것이구나."

당신은 그가 사랑의 절규를 흉내내고 있을 때 너무 추하게 보여 눈을 감아 버렸던 것이다.

당신에게는 세세하고 시시한 얼굴에 지나지 않은 것에 대해 나는 왜 불쾌감을 느끼고 있는 것일까? 뱃사람들은 오랜 경험 속에서 가느다란 노끈 한 줄만 가지고도 배를 끌거나 인명 구조 작업에 쓰여지는 큰 밧줄을 만드는 기술을 찬양하였다. 바로 그 기술이 나와 우리 모두에게 있어 더 높은 곳에 오르기 위한 조건이 되는 것이라고 생각되었기 때문에 그것은 기도와 대등한 값어치가 있는 것이라고 인정했다. 그래도 조금씩의 세월이 지나감에 따라 당신의 대상들이 모두 늙어 버리고, 당신도 더 이상 대상들을 어떻게 해 보지 못하게 되어 단순한 기도의 힘마저 없어져 버린다. 그 기도란 노끈이나 가죽띠, 혹은 말라붙은 우물에서 모래를 없애 버리거나 혹은 별들을 읽어 내는 것에 지나지 않는다. 그렇게 되면 각자의 의심만 늘어나고 드디어는 마음이 굳어 버리는 단계에까지 이른다.

조금도 불안해할 것 없다. 이미 곤경이 사라지기 시작했으니…….

당신은 어떤 장애물을 묘하게 피하여 언덕으로 기어올라 왔다. 어느 누구도 여지껏 당신이 겪었던 사막에서의 고난을 가늠할 수가 없다. 그래서 당신은 마음속에는 큰 고통을 그대로 안은 채,

"저기 대상들이 왔어요!"

하고 소리친다. 그들 대상 가운데 당신의 동료들은 얼굴이 백지장처럼 챙백해져서는 당신 주위를 서성거리고 있다. 새벽에 날이 밝아올 때처럼 모든 것이 당신의 마음속에서 소용돌이치며 변화를 일으킨다. 온갖 종류의 갈등, 발바닥, 손바닥에 돋아나는 종기들, 대낮에 작렬하는 태양 아래서의 기진맥진해진 상태, 밤이면 얼어붙고 이를 갈게 하여 눈앞이 캄캄해지도록 만드는 모래 바람, 아무렇게나 사막에 내버려진 온갖 짐승, 질병, 그리고 당신이 모래 속에 묻은 가장 친했던 동료들까지도 당신에게서 한꺼번에 백 배 이상으로 보상을 받게 된다. 그것은 향연에 취한 분위기 속에서도 아니고 서늘한 그늘이나 푸른 물 속에서 내의를 말끔히 빠는 처녀들의 물에 비친 아름다운 모습도 아니고, 성채 위에 우뚝 솟아 이를 둘러싸고 있는 어떤 둥근 지붕들의 영광에 의한 것도 아니다. 예감할 수도 없는 하나의 표지, 무엇보다도 높은 곳에서 둥근 지붕들 사이로 태양의 은총을 내려주고 또 그렇게도 멀리 떨어져 지상에서는 보이지 않는 단 하나의 별의 힘으로 보상을 받는다. 그러고 난 후 심연 속으로 굽이쳐 내려간 발자취들이 있는 표토가 우지끈거리는 소리들을 귓결에서 듣지 못하게 된다. 당신의 체중 때문에 자꾸만 아래로 떨어져 내리려고 하는데도 기어 올라가야만 하는 낭떠러지들. 거기다 모래, 모래 또 모래. 물이 떨어져 바싹 말라붙은 당신의 가죽 부대들과 질병들, 그리고 죽어 가는 사람들 사이를 비집고 들어가는 불볕, 그 태양 아래서의 마지막 식사, 이런 것들이 차츰 그대에게서 떠나갈 것이다. 나의 내부에서 무르익은 기쁨의 양식들, 그것을 풀어 놓기 위한 연설은 전혀 없었고, 모래도 이제는 근육의 일부가 되어 그 속의 뱀들을 숨긴다. 갑자기 부싯돌과 가시덤불 한가운데서 눈에 뜨이지 않는 별이 하나 나타났다. 그 별은 천랑성보다 더 창백하고 열풍이 사막을 몰아치는 밤에만 눈에 뜬다. 그런 날 밤에도 이 별은 너무 멀어서 눈매가 독수리만큼 맵지 않은 사람은 알아볼 수도 없다. 또 너무도 희미해서 태양이 약간만 궤도에서 벗어난 시각엔 사라져 버릴 것이다. 그리고 독수리와 같은 눈을 가지지 못한 자들이 그 깜박거리는 별빛에서 바라볼 수 있는 것이란 눈속에 비친 별의 반사가 당신을 변형시켜 놓을 것이다. 모든 약속이 지켜졌고, 이제 모든 보상도 이루어졌고, 모든 비참함도 백 배로 되갚아졌다. 그렇게 될 수 있었던 것은 당신네들 중 어느 한 사람이 독수리의 눈매를 가지고 별을 바라보다가 갑자기 한 곳을 가리키며 멈추고는 손가락 방향으로 시선을 굳히며,

"저기 여보!"

하고 소리쳤기 때문이다.

모든 것이 해결됐다. 겉보기에는 아무것도 받아들이지 않았지만 이미 모든 것을 받아들였던 것이다. 이제 당신은 만족하고 충분히 만끽했다.

"나는 죽어도 좋아요. 나는 그 도시를 보았거든요. 난 이제 축복을 받고 죽습니다." 하고 말한다. 갈증을 겪은 여기서는 갈증에 대한 면역이 생기는 것처럼 시시한 덕행과의 비교 따위는 별로 문제가 되는 것이 아니다. 그들의 비정이 지닌 위력에 대해 당신에게 이야기해 준 적이 있다. 그런데 그대는 어찌하여 사막이 이미 그 속박을 묻어버렸다고 할 수 있는 것인가? 여기서 운명의 변화 같은 것은 문제삼지 않는가. 물이 부족하여 죽음의 문턱에 다가서게 되더라도 당신의 그 같은 환희는 뺏기지 않기 때문이다. 그러나 사막의 의식이 당신을 만들어 냈기 때문에 당신은 끝까지 사막에 복종해야만 축제에 이를 수 있게 된다. 그 축제란 당신에게 있어서 금으로 만들어진 별이 나타나는 것과도 같다.

내가 엄청난 과장을 하고 있다고는 생각지 말라. 아무도 지나가 보지 않은 모래톱 위에서 방황하던 날을 기억한다. 그날 내가 사람이 스쳐간 흔적을 다시금 기억하는데 나의 백성들 사이에서 죽어 간다는 것이 실로 내겐 다정한 느낌마저 들었던 것이다. 바람으로 반

쯤 지워진 모래 속의 희미한 흔적 말고는 다른 경치는 구별할 수가 없었다.

그런데 나의 백성들이여, 그대들을 동정하는 나는 내 사랑의 침묵 속에서 무엇을 보았겠는가? 나는 그대들이 짐승들을 가죽띠로 후려치거나 쨍쨍한 햇볕 속에 정신을 잃고 끌고 가거나 입에서 모래를 내뱉거나 비슷한 발자국을 모래톱에 쌓으면서 침묵을 하지 않고 이웃을 욕하는 것을 보아 왔다. 그대들의 초라한 식사와 끊임없는 갈증, 작렬하는 햇빛과 손바닥의 종기밖에는 내가 준 것이 없다. 나는 그대들에게 규석을 먹게 했고 가시덤불을 맛보게 했다. 그리고 시간이 되면 밀물은 반사 행동을 보여 주었다. 그러니까 그대들은 큰소리로 감사하는 마음과 사랑을 내게 말해 주었다.

오, 나의 재능은 깊이가 없는 것이로구나. 한데 무게나 수자가 무슨 소용이 있는가. 손을 뻗기만 하면 산으로 등반하는 것처럼 주욱 줄지어 서 있는 삼나무 무리들을 만들어 낼 수 있다. 한 알의 씨앗으로 부족할 것이 없으니까!

200

당신이 전혀 예기치 못했던 유산처럼 내가 미리 마련해 둔 행운을 선물로 준다면 어떤 점에서 당신의 성장을 도울 수 있을까? 잠수부들이 치루는 의식 절차를 거치지 않고 당신에게 바다 속 깊은 곳에 있는 흑진주를 내가 선물한다면 어떤 점에서 당신의 성장을 도울 수 있게 될 것인가? 당신은 씨앗이기 때문에 당신 힘으로 자신을 변형시키는 만큼은 성장할 수 있을 것이다. 그러므로 당신에게 주어야 할 선물은 어디에도 없다는 말이 될 수 있다. 그런 이유 때문에 잃어버린 기회를 두고 절망하고 있는 당신을 내가 안심시킬 수 있다. 세상엔 또 잃어버린 기회란 것이 없다. 상아로 조각한 작품은 상아라는 재료를 누구에게든 마음속에 감동을 주는 여왕이나 여신의 얼굴로 바꾸어 놓았다. 또 어떤 이는 순금을 조각하는 데 어쩌면 그 조각에서 얻어낼 수 있는 이득 같은 것이 사람들의 마음에 별로 감동을 못 줄지도 모른다. 금이건 상아건 그 작품이란 그냥 주어지는 것이 아니다. 둘 다 모두 오직 길이요 통로를 지나가는 수단에 지나지 않는 것이다. 결국 그것은 당신도 지어 올려야 하는 대성당을 위한 재료에 불과할 따름이다. 또 당신에게 돌멩이들이 없어서도 안 된다. 삼나무에게 땅이 있어야 되는 것과 마찬가지로. 그러나 대지로 보아서는 삼나무 정도는 없어도 된다. 이런 경우 대지는 그냥 자갈 투성이뿐인 광야로 머물러 있어도 별로 문제 될 것이 없다. 그런데 당신은 무엇에 대한 불평을 늘어놓을 것인가? 당신이 맡은 역할이란 단지 씨앗이 되는 것일 뿐이므로 이 세상에서 잃어버릴 기회가 없지 않은가. 가령 당신이 금을 얻지 못했다면 상아를 가지고 조각하라. 상아도 찾지 못했다면 돌멩이 하나라도 땅에서 주우면 그것으로 그만이다.

내가 나의 백성들에게서 격리시켜 놓은 그 눈꺼풀이 무거운 배불뚝이 대신은 자기네 영지에서 화차 한 대 분량만큼의 금도, 동굴에서 파낸 다이아몬드도 찾아내지 못하고 단 한번의 소득을 이룰 기회도 얻지 못했다. 오히려 자갈을 노리는 자는 금은보화를 얻어낼 수 있는 놀라운 우연에 맞부딪칠 수도 있는 법이다.

세상이 자기에게 기회를 덜 준다고 불평하는 사람은 세상을 소홀하게 관찰하는 사람이다. 사랑이 자신을 충족시켜 주지 않는다고 불평하는 이들은 사랑이 무엇인지 잘못 알고 있는 것이다. 왜냐하면 사랑이란 받아야 하는 선물이 결코 아니기 때문이다.

사랑을 해 볼 기회가 당신에게 전혀 없는 것도 아니다. 그대는 한 여왕을 섬기는 근위병이 될 수도 있다. 그 여왕은 그대가 맡은 직분에 만족하는지 않는지를 당신에게서 알아보려고 하지도 않는다. 나는 별들에 애정을 쏟고 있는 기하학자를 알고 있었다. 그는 오직 한 가닥 불빛으로 인간의 정신을 위하여 규칙을 변화시켰다. 그래서 그는 짐수레요 길이요 통로였던 것이다. 그래서 그는 하나의 별을 자신이 꿀을 따 오던 꽃으로 만들어 놓은 꿀벌이었던 것이다. 나는 그가 스스로 헌신해 왔던 몇 가지 규칙과 형태 속에서 만족하고 기쁨을 지닌 채 죽어 가는 것을 지켜보았다. 또 우리 정원에서 새로 개량한 장미 한 송이를 꽃피우던 정원사도 마찬가지였다. 기하학자는 별이 모자라 아쉬워하기도 했고 정원사는 그의 힘을 표현할 정원이 없어 아쉬워한다. 그러나 당신에게는 지금 별들이나 갯가의 동그란 자갈에 이르기까지 부족할 것이 없다. 그러니 당신이 가난하다는 말은 아예 입 밖에도 내지 말아야 한다.

저녁 식사 시간이 되어 나의 보초병들이 휴식을 취할 즈음 나는 깨닫게 되는 것이 많을 게다. 그 시간에 먹고 싶은 것을 먹고 농담을 하는 백성들도 많다. 그리고 이웃 사람들에게 함부로 폭언을 퍼붓는 사람들도 많으리라. 그러나 일단 그들이 순찰을 시작하거나 야근을 할 때는 서로가 적대 관계가 된다. 제 당번이 끝나고 나면 다시 모여서 즐긴다. 어차피 당직 시간이 그들의 적이 되었던 것인 동시에 그들의 존재 이유가 되었다. 전쟁이나 사랑이란 것도 이와 마찬가지다. 애인의 명성을 떨치게 해 주었던 어느 전사의 이야기를 전에 당신께 들려준 일이 있을 것이다. 한 사람의 전사의 자격을 부여해 준 전쟁 속에서 위험을 뚫고 나간 연인의 이야기 말이다. 사막을 헤쳐 나오지 못하고 거기서 죽어 가는 사람은 꼭두각시와는 판이하게 다를 것이다.

그도 당신에게 이렇게 말할 것이다.

"내 사랑하는 아내와 우리 집과 자식들을 좀 돌봐 주시기를······."

그래서 당신은 그 전사의 희생을 칭송하게 될 것이다.

한편 나는 피난 나온 베르베르 종족들을 유심히 관찰했다. 그들은 서로 농담을 주고받거나 주먹질 같은 것은 아예 하지 않았다. 그런 차이점에서 생기는 문제가 앓던 이를 하나 뽑고 난 다음에 오는 시원한 느낌 정도로 단순하게 비교해 버릴 생각일랑 아예 해서는 아니 된다. 비교를 한다는 것은 천덕스럽고 허약한 힘에 불과한 것이다. 하루에 한 번씩만 물을 마실 수 있도록 제한을 받아 가면서 당신이 가벼운 갈증을 견뎌 낼 수 있게 된다면 당신의 몸 속에 그 물은 아무것도 남겨 주는 것이 없게 된다. 그런 경우 참고 견디었다는 기쁨은 늘어날지 모르지만 그저 하잘것없는 욕심을 충족시켜 주는 일 말고는 아무 의미가 없다. 그처럼 휴식 시간에 잠깐 요기를 하는 보초병의 식사는 한갖 잡역이란 당번을 치룬 데 대한 대가로 얻어내는 기쁨일 뿐이다. 그들의 그 기쁨에서 당신이 발견해 낼 수 있는 것은 그들의 왕성한 식욕 말고는 아무것도 없을 것이다. 그러니까 베르베르 종족의 생활을 생기 있게 할 수 있는 것은 내겐 쉬운 일이다. 다만 그에게는 축제일에만 배불리 먹게 해 주면 되는 것이니까……

 그러나 나는 입초 서는 시간에 보초병들을 불러 세웠다. 그중에서 식사를 하려고 하는 사람이 있었다. 물론 그들의 끼니가 시장기를 덜어 주고 있기는 하지만 그 먹이가 짐승들에게 주어졌을 때와는 아주 다른 것이다. 보초병들의 밤참에는 서로 은밀히 뜻이 통하는 따스한 정이 깃들어 있는 것이다. 그런데 어느 누구도 그것을 모르고 있지 않은가. 그러나 빵으로 빚어진 보리가 보초병의 뱃속에 들어가 도시들을 감시하고 알뜰히 경계하는 역할을 받게 되는 것과 마찬가지로 보초병들에게 도시를 지키는 경계심과 빛나는 시선으로 인하여 그 빵에서 종교가 이루어지고 있는 것이다. 단순히 우리가 먹어 버리는 빵과는 다른 의미를 지니고 있다. 만일 그들 자신도 잘 모르게 내면에 감추어진 모습을 지닌 그들을 당신이 파악해 보고 싶으면 홍등가로 나아가 그들이 여자를 구슬리는 장면을 포착해 보라. 그들은 여자들에게 이렇게 말한다.

 "나는 지금껏 성벽 위에 서 있었어. 탄환 세 알이 내 귓전을 스치며 지나가는 것을 들었어도 하나 겁내지 않고 꼿꼿이 서 있었다 이 말씀이야."

그러고는 오만한 몸짓을 해 보이며 빵을 한입 가득히 베어 씹는다. 그러나 안타깝게도 당신은 그 말을 듣고서도 난폭한 군인의 허풍과 사랑의 수줍음을 혼동하고 있다. 왜냐하면 순찰 시간에 군인이 그렇게 이야기했다면 이는 스스로 위대해 보이려고 그랬었다기보다는 무어라 표현될 수 없는 감정 속에서 자족하고 싶었던 것 때문이리라. 그것은 이 순찰병이 도시에 대한 사랑을 고백할 줄 모르기 때문이다. 그는 결국 이름도 잘 모르는 신을 위해서 죽어 갈 것이다. 그는 이미 그 신에게 바쳐진 몸인데도 불구하고 당자가 그것을 모르기를 강렬히 바라고 있었던 것이다. 그러한 무지를 누구나 자신에게 강요하고 있는 것이기도 하다. 엄청나도록 위대한 말들에 그가 속아 넘어간 것같이 보이는 것이 수치스러운 모양이다. 그는 자기 자신을 명백하게 표현할 능력이 모자라기 때문에 그저 본능적으로 단순히 그의 나약한 신을 조롱하기를 거부하고 있다.

자신을 비웃는 자조란 것도 마찬가지다. 그래서 나의 병졸들이 어디에선가 자신의 깊은 곳에서 사기 놀음을 할 때처럼 사랑의 선물을 안겨다 줄 근사한 묘미를 음미하기 위해서 허세를 부리거나 혹은 깡패 노릇을 하고 당신이 저지르는 실수에 대해서 불만을 표시하지 않는 모습을 당신은 보게 될 것이다.

그래서 만일 어떤 소녀가,

"정말로 그대로 될지 모르겠지만, 여러분들 가운데 많은 사람들이 전쟁에 나가면 죽게 될 것이에요……"

라고 말하면, 그들이 시끄러운 소리를 내면서 손뼉이라도 치는 것을 듣게 될 것이다. 그런데 그들은 투덜거리며 욕지거리를 하면서 칭찬을 해대는 것이다. 그러나 그들 중에서 어떤 사람은 그 소녀를 알게 된 것만으로도 은근한 쾌락까지 맛보게 된다. 그들은 바로 사랑으로 죽어 가게 될 사람이다.

그리고 만일 당신이 그들에게 사랑에 관한 이야기를 하게 되면 그들은 당신의 면전에서 당신을 비웃게 될 것이다. 당신은 그들을 누군가가 말해 준 아주 유창하고 그럴듯하게 표현된 문장에 녹아 없어지는 얼간이쯤으로 생각하고 있을 테니까! 그토록 허영에 들떠 용감한 척 허세를 부리고 있는 자들이여! 당신이 그들은 어리석어야 한다고 바라는 때가 있으므로 그들이 그처럼 행동하고 있는 것이 옳은 일일지도 모른다. 당신은 당신네 집 곳간을 만드는 데 그들의 손을 빌리려고 이 도시에 대한 그들의 사랑을 이용하고 있는 것이다. 당신의 너절하기 짝없는 곳간은 아무에게라도 비웃음이나 사기에 알맞다. 그들은 당신에의 경멸감 때문에서라도 허영심으로 죽음에 저항하고 있다고 우기고 있을는지 모른다. 당신이야말로 정녕 도시에 대한 사랑을 조금도 생각하지 못하고 있다. 그들은 당신을 포식한 사람쯤으로 알고 있다.

그들은 당신에게 알리지도 않고 도시를 사랑으로 구출해 낼 것이다. 그리고 당신의 곳간이 도시 속에 자리잡고 있으므로 강아지에게 뼈다귀나 던져 주는 그런 모욕적인 기분으로, 구출된 당신의 곳간을 그대 앞에 던져 주게 되리라.

201

당신이 나를 나무라고 있을 때는 결국 나를 그만큼 도와 주고 있는 셈이다. 사실 그저 막연히 알고 있는 나라에 대하여 서술해 가면서 오류를 범하고 있었으니까. 이쪽 강물의 위치를 잘못 잡았거나 어떤 마을 하나쯤은 잊어버리고 있기를 잘 했었다. 그럴 때마다 그대는 아주 당당하게 내게로 달려 와서 내 잘못에 대하여 항변했다. 그대의 그런 반박에 대한 노력을 인정은 하고 있다. 그러나 내겐 모든 것을 일일이 재어 보고 따져 볼 시간이 없다. 내가 선택한 산의 세계를 당신이 판단해 주는 것이 소중한 것이었다. 당신은 그런 일에 아주 열심이어서 내가 한 것보다 훨씬 더 자세히 살펴볼 수가 있는 것이다. 그대는 내 힘이 미치지 못한 경우에는 나를 반드시 거들어 주게 되리라. 그래서 나는 만족스런 것이다.

  왜냐하면 그대가 나를 부인한다고 스스로 느낄 때 당신은 나의 행동 방식에 대하여 오해하고 있는 것이니까. 당신은 논리학자, 사학가, 또한 비평가들의 계열에 속해 있다. 그들은 조각품이 얼굴의 재료냐 무엇이냐 하는 문제를 놓고 논쟁을 벌이고 있기는 하지만 사실상 그들이 그 얼굴에 대해서 결코 알고 있는 것은 아니다. 법률의 조문과 특별법이 나에게 있어 뭐 그리 대단할 것인가. 그것들을 고안하여 기초(起草)해 내야 하는 것이 다름아닌 당신이다. 가령 내가 그대 마음속에다 바다로 달리고파 하는 기질을 심어 주고 싶으면 나는 항해를 계속하는 배와 별이 빛나는 밤, 그리고 섬 하나가 기적 같은 향기로 바다 위에다 세워 놓은 왕국을 묘사해 주겠다. 나는 당신께 말하리다.

  "아침이 되어 시계(視界)에 변화하는 것이라고는 아무것도 없다. 그대는 사람들이 살고 있는 세계로 들어간다. 마치 하나의 양념 바구니처럼 여전히 눈에 띄지 않는 섬은 바다 위에다 장터를 세운다. 당신은 자신이 그 이유를 알지 못하면서 마음속에 간직한 갈망으로 생을 불태우고 있는 잠수부들을 다시 보게 될 것이다. 다른 사람들은 종이 울리는 것을 듣기도 전에 종을 먼저 생각하기 때문에 조잡한 의식(意識)이 귀 속에 이미 들려 온 많은 소리를 요구하고 있다.

  그래서 내가 정원 속의 장미밭 근처로 걸어가면 난 벌써 행복에 젖기 시작한다…… 그런 까닭에 바다 위의 바람이 부는 데 따라서 사랑이나 휴식 혹은 죽음에의 맛까지 당신이 느낄 수 있게 되는 것이다."

  그런데 당신은 나를 비난하고 있다. 내가 묘사해 준 배는 폭풍의 시한 같은 것을 받지 않고 있으니 이러저러한 세부 묘사를 따라 변경하는 것이 바람직한 일이다. 나는 그 점을 인정해야만 한다. 그러니 그 배를 바꾸어라! 나는 널빤지나 못에 대해서는 전혀 아는 바가 없다. 그리고 그대는 내게 약속해 준 향료를 내놓으려 하지 않는다. 당신의 그 방면에 대한 전문 지식은 향료가 다른 것일 거라고 입증하고 있다. 그래서 나는 이의가 없다. 당신은 나의 식물학에 대하여는 전혀 아는 게 없으니까. 나에게 중요한 것은 오로지 당신이 배를 한 척 만들어 태양이 있는 멀고먼 섬들까지 나를 데려다 주는 일뿐이다. 그러면 그대는 오로지 내게 반박을 하기 위해서 항해를 계속할 테지. 내 말에 당신은 항변할 것이다. 나는 당신의 승리는 존중해 줄 지 몰라도 당신이 돌아온 다음에 침묵 속에서 서서히 항구의 골목길로 가서 기웃거려 보게 되리라.

그대는 돛을 올리고 별들은 측량하고 콸콸 흐르는 물에 갑판을 말끔히 씻어 내는 등 절차를 끝내고 난 다음 되돌아올 것이다. 그러면 나는 그대가 들어서 있는 그늘에서 당신의 자식들이 또 항해를 할 수 있도록 바다 위에 시장을 세우는 섬의 송가를 아이들에게 가르치는 소리에 귀를 기울일 것이다. 그 다음 순간에야 흡족하여 딴 곳으로 나는 발걸음을 옮기리라.

그대가 나의 실수를 꼬집어 흠을 잡아 낸다든가 기초적인 문제에 있어 진실로 나를 부인하고 돌아서고 싶지 않다는 것을 나는 잘 알고 있다. 나는 근원이지 결과는 아니니까. 당신은 조각가에게 전사의 흉상보다 오히려 어떤 여인의 얼굴을 조각했어야 했다고 주장할 수가 있겠는가? 당신은 그러니까 여인 아니면 전사의 모습을 받아들여야만 한다. 그들은 그저 딴 곳에 있지 않고 당신의 눈앞에 존재하고 있는 것이다. 내가 별들이 있는 곳으로 관심을 쏟고 있으면 전혀 바다에 대하여는 생각하지 않는다. 그 순간 나는 별들만 생각하고 있는 것이니까. 내가 어떤 창조에 몰두하고 있는 때는 다른 얼굴을 조각했고, 내가 당신의 자료를 썼다고 당신이 항의해도 나는 별로 놀라지 않으리라. 하긴 처음에는 당신이 항의도 하게 되겠지.

"이것은 이마에 쓰여야지 어깨에 붙이도록 해서는 아니 됩니다."

그러면 나는 그대에게 이렇게 대답하지.
"그럴 수도 있잖아, 전에는 그런 일이 있었으니까 말야."
그러면 당신은
"이 눈은……."
하고 말하겠지만 나를 눈도 못 뜨게 반박하고 물러섰다가는 다시 앞으로 나서고 그런가 하면 내가 해 둔 일을 비평하려고 좌우로 몸을 굽히며 살펴본 결과 당신은 나의 창조가 이루어 놓은 조화, 즉 위에서 말한 바 있는 바로 그 얼굴이 그 빛줄기에 나타나는 순간을 드디어 맞게 될 것이다. 그 무렵이 되면 어쩔 수 없는 침묵이 그대 내부에 이루어지고 말 것이리라.

당신이 내게 타박을 준 그 잘못들은 별로 중요할 것이 못 되었다. 진리란 그 너머에 존재하고 있는 것이니까. 말들이란 본디 그 속에 있는 진리를 좋지 않게 꾸며 놓은 것이어서 말 한마디 한마디를 가지고 왈가왈부할 것은 못 된다. 내가 지닌 언어의 결점이란 흔히 나 스스로 모순을 만들게 하고 있다. 그렇지만 나는 지금껏 이를 잘못 생각한 적이 없었다. 나는 함정과 포획을 조금도 혼동하지 않았다. 포획은 함정의 대상이 되는 물질들과 공동 척도의 관계에 있다. 이는 물질들을 묶어 주는 것은 논리가 아니라 그 물질들이 함께 봉사하게 되는 동일한 신이다. 내 말에 조리가 서지 않고 외면적으로 논리에 일관성은 없지만 그 가운데 서 있는 나는 그렇지를 않다. 난 그저 단순히 존재하고 있을 뿐이다. 만일 내가 어떤 진실된 여자의 육체에다 옷을 입혔다면 그 옷에 주름진 부분 같은 데서 생기는 진실 때문에 걱정에 싸일 필요는 없다. 그 여인이 그 옷을 입고 걸음을 걸으면 옷의 주름은 없어졌다가도 다시 살아나기도 하는 것, 그 주름들은 필시 서로 응답을 하기 마련이다.

나는 옷주름 같은 것에 대해서 체계 있는 이론은 알지 못한다. 그러나 다른 것이 아닌 바로 그런 것들이 내 가슴을 뛰게 만들고 또 소망에 눈뜨게 한다.

202

내가 당신에게 줄 수 있는 선물이란 예를 들면 도시를 굽어보고 있는 은하수에 대하여 이야기를 들려주고 또 그 은하수를 내주는 일이다. 무엇보다도 나의 선물은 이렇듯 단순한 것들이다. 나는 그대에게,

"여기 별빛 아래 백성들이 살고 있는 집들이 흩어져 있다."

라고 말해 준 적이 있었다. 그건 사실이다. 그대가 살고 있는 곳에서 왼편으로 가면 거기서 당신네 외양간과 당나귀를 볼 수 있는 것이다. 오른편으로 곧장 내려가면 당신의 집과 아내를 만날 것이고 눈앞에는 올리브나무가 즐비한 정원, 뒷켠에서는 이웃집을 볼 수 있다.

바로 이것이 안일한 세월의 소박함에서 계속되는 당신의 인생 행로라고 말할 수 있다. 당신의 생활 체험을 더 넓히기 위해서 다른 사람의 모험을 알고 싶어한다면(필요함을 느끼게 되는 그때서야 어떤 의미를 지닐 수 있으니까) 곧장 친구 집으로 가서 대문을 두드려야 한다. 질병에서 완치된 그 집 아이의 치료법은 곧 당신네 집 아이를 낫게 해 주는 처방이 된다. 그리고 밤 사이 도둑맞은 그의 쇠스랑은 밤에 소리 없이 걸어 다니는 모든 도둑들을 막아 내는 데 쓰일 것이다. 그리하여 당신의 철야는 불면증이 되어 버리고 끝내는 그 친구의 죽음이 당신을 죽게 만든다. 그러나 이런 일이 마음에 들지 않고 사랑을 성취하는 것이 마음에 든다면 곧장 그대는 집으로 돌아가야 할 일이다. 돌아가는 길에 선물로는 금박의 줄이 쳐진 천이나 새로운 항아리, 또는 향수, 혹은 소리 없는 나무를 넣어 겨울철 난로불의 즐거움을 북돋우면서, 웃음으로 일으킬 수 있는 것은 무엇이든 가져가 미소를 지어 보이도록 하라. 그리하여 새벽이 되어 그대가 일을 해야 할 때면 몸이 다소 무거워도 외양간으로 가서 선 채

로 잠든 나귀를 깨우고 목덜미를 쓰다듬어 주면서 그대 앞에 뻗어 나온 길로 몰고 가도록 하라.

만일 당신이 지금 겨우 숨이나 쉴 뿐 아무것도 사용하지를 못하고 아무것에도 목표를 두지 않는다고 해도 당신 마음에 끌리는 풍경 속에 빠져 있는 것이다. 그 풍경은 성향, 부름, 권고 그리고 거부가 존재하고 있다. 그곳에서 여러 사람의 발걸음은 당신에게서 여러 가지 상태를 이끌어 냈을 것이다. 당신은 보이지 않는 세계 속에 숲과 사막 그리고 정원으로 된 나라를 소유하고 있는 것이다. 그리하여 비록 당신이 지금 이 순간에는 별로 마음이 없지만 다른 것이 아닌 바로 그런 의식에 이미 가담하고 있는 것이다.

당신이 전후좌우로 살펴보았으니까 말이지만 만일 내가 당신의 왕국에 어떤 방향을 첨가하고, 또 숨막혀 죽을지도 모르는 당신네 빈민굴 속에서 바다에 나가 있는 선원의 정신 상황을 볼 수 있게 하는 이 성당의 둥근 천장을 당신에게 열어 준다면, 또는 내가 당신의 호밀을 익게 해 주는 시간보다 더 느린 시간이 흐르게 하고, 그리하여 오, 나의 인간 호밀이여! 별빛 아래서 당신을 수천 년이나 늙게 하거나 혹은 한 시간이라도 더 젊게 한다면, 그때엔 이미 있는 방향에서 전혀 새로운 방향이 첨가될 것이리라. 만일 당신이 관심을 사랑으로 돌린다면 당신은 무엇보다 먼저 당신의 마음을 씻어 내려 창가로 가게 될 것이다. 빈민굴 저 밑바닥에서 숨이 막혀 죽어 가는 아내에게,

"지금 별 아래에는 당신과 나 둘뿐이오." 하고 말하리라. 그리고 당신이 숨을 쉬고 있는 한 당신이 순수하다는 것은 내가 잘 알고 있는 일이다. 그리고 화강암과 별들 사이에 있는 한적한 고원 위에 솟아 있어 기상 나팔과도 비슷하고 연약하여 주위의 위협을 받으면서도 몇세기를 두고 행사할 권력을 품고 있는 어린 나무들처럼 당신은 생명의 지표가 될 것이다. 당신은 사슬을 이어 주는 고리가 되어 당

신의 임무를 충실히 수행하게 될 것이다. 그렇지 않고 아직도 이웃
집에서 사람들이 떠드는 소리를 들으려고 불가에 쭈그리고 앉아 있
다면(오, 그 시끄럽고 잡다한 소리 소리들, 그들이 당신께 하는 얘기
란 이웃집 얘기나 어떤 병사의 귀환이나 혹은 시집가는 처녀들 얘기
따위일 테지) 그럴 때엔 내가 그대의 맘속에 그런 잡다한 이야기에
나 귀를 기울일 영혼을 만들어 주리라. 혼인, 밤, 별들, 병사들의 귀
환, 침묵 등은 어쩌면 당신에게 새로운 음악이 되는지도 모른다.

203

  그대는 두툼하고 굳은살 배긴 이 손을 추하다고 말했다. 그 말에
는 동의할 수 없다. 나는 손을 알기에 앞서 입상(立像)을 먼저 인식
하고 싶다. 울고 있는 한 소녀가 문제된다고? 그 말이 맞다. 뼈마디
가 굵은 대장장이 말인가? 하지만 손은 아름다운 것이다. 내가 미처
알지 못하는 그 사람도 마찬가지다. 그대가 비록 내게로 찾아와,
  "그는 거짓말쟁이고 아내를 내쫓아 버리고 남의 물건을 약탈도 하
고 배신도 잘 하고······."
  하는 식으로 그가 지닌 수치스런 부분을 입증하고 있어도 말이다.
  그러나 누구의 짓이건 행위에 따라 잘잘못의 판정을 내리는 것은
헌병이 해야 할 일이다. 헌병의 수첩 속에 그런 행위가 죄가 되는지
아닌지가 구분되어 적혀 있을 것이니까. 그러니까 당신은 그 사람을
재판해 달라고 요청할 것이 아니라 질서 유지를 해 달라고 요구하는
것이 옳다. 당신의 지식이 반쯤 뒤틀려 있을 때 보여 주는 당신의
덕행을 신중하게 검토하는 특무상사의 경우도 마찬가지로 이에 해당
된다. 물론 나는 헌병을 지지하고 있다. 왜냐하면 의식을 중히 여기
는 신앙의 예배는 정의만이 보장해 주는 인간을 형성해 나가는 것이
라 하여 재판 의식을 지배하고 있기 때문이다. 가령 내가 정의라는

이름으로 그런 종교 관습을 타파해 버린다면 결국 나는 인간을 파멸시키게 될 것이고 나의 정의는 재판을 내려줄 대상을 유지할 수가 없게 될 것이다. 나는 그대가 매달려 있는 신들을 공평하게 다룬다. 그러나 당신은 내게 벌을 내리든지 아니면 내가 미처 알지 못하는 어떤 은총에 대하여 단정을 내려 달라고 간청해 보지 않고(이럴 경우 나는 나의 헌병의 위치로 물러서서 법전의 책갈피를 뒤적거리는 수고를 맡아 해야 할 것이었으니까) 다른 무엇을 멸시한다거나 혹은 하다못해 존경해 달라고 간하는 일이 있을 것이다. 그것은 내가 비난하는 사람들을 존중하는 일도 있고 또 내가 존경하는 사람들을 비난하는 일도 생겨나기 때문이다. 적군에 대항하는 내가 사랑하는 병사들을 여러 번 다스리지 아니했던가?

그런데 내가 알고 있는 몇몇 행복한 사람들이 행복 그 자체에 대해서는 전혀 알고 있지 못한 것과 마찬가지로 당신의 약탈, 살인, 이혼, 배반 등이 누가 저지른 어느만큼의 엄청난 행위인지도 내가 잘 모르고 있는 판국이다. 자기의 본질이 무엇인가를 알지 못하는 입장들이 비바람에 휩쓸려 내려가지 않는 것 이상으로 사람은 막연할 수밖에 없는 풍문을 따라 자기의 본질 속으로 휩쓸려 들어가지는 않는다.

그래서 이 사람은 그대의 주변 생활에서 어떤 음악을 사라져 버리게 하는 이유처럼 막연한 근거를 가지고 그대의 적개심, 분노 혹은 당신의 잠든 혐오감을 불러일으킬지도 모른다.

당신이 내게 그 어떤 행위를 실례로 든다면 거기다 당신의 개인적인 비난마저 곁들인다는 것은 타인에게 옮겨 놓고 싶어서 하는 짓일 것이리라. 왜냐하면 나의 시인도 마찬가지여서 그는 아직도 명예로운 예술인이면서 치명적인 운명 앞에서 어떤 우수를 느낀다고 해도 "시월의 태양"이라고 말할 것이니까. 반드시 태양이어야 한다든가 여러 달 중에서 그 어느 달이 특별히 문제되는 것은 아니다. 그리고 내가 고요 속에 잠겨 탄력 있는 모래에다 기반을 두고 적을 잠들게 해 놓았던 어느 심야의 학살을 그대 마음속에 옮겨 놓고 싶다면, 나는 예컨대 눈(雪)으로 된 장검이라고 말하면서 이루 말할 수 없는 감미로운 표현을 이말 저말에다 연결시켜 놓을 것이다. 결국 여기서는 눈도 칼도 문제가 되는 것은 아니다. 그처럼 당신은 인간으로부터 시 속에 깃든 영상의 가치가 있는 어떤 행위를 나에게 골라 주게 된다.

 그대가 품고 있는 한, 그것은 꼭 한탄이 될 수밖에 없다. 그것 역시 또 하나의 얼굴을 지녀야만 한다. 어느 누구도 유령들에게 홀려 가는 것을 참을 수 없다. 오늘 밤 당신의 아내는 무엇을 원하고 있는가? 그녀의 친한 벗에게 자기가 품었던 원한을 토하고 주변에다 자기의 원한을 깡그리 퍼뜨리고 싶어한다. 왜냐하면 당신은 당초부터 그렇게 태어났기 때문에 혼자서 살아갈 줄을 모르게 되어 있다. 그러니까 당신은 시를 가지고 식민지의 영역을 넓혀야만 한다. 그대 아내가 수다스런 목소리로 당신의 비행을 늘어놓고 다니는 것도 그런 이치에서다. 결국 그녀의 비난이 아무 가치가 없는 것으로 인정되어 그 말을 듣는 친구네가 어깨를 으쓱하는 일이 있다고 해도 아내는 전혀 수그러지지를 않을 것이다. 거기에는 다른 이유도 있기 때문이다. 그녀는 뭐랄까 자기를 태우고 갈 수레를 놓쳤을 뿐이다. 그러니까 영상을 잘못 택한 것이다. 그녀는 자기 감정의 존재 여부에 대해서는 의심하지 않는다. 감정이란 항시 존재하고 있는 것이라고 믿고 있으니까.

 당신이 병석에 누웠을 때 의사에 대해서도 마찬가지다. 이런저런 내력을 자기의 병세에 결부시켜 내세우고 앓게 된 원인에다 자신의 느낌도 첨가하여 말한다. 의사는 당신이 뭔가 잘못 생각하고 있다는 점을 깨우쳐 주기도 한다. 그것은 있을 수 있는 일이고 결국 몸 안에 아픈 곳이 있다는 진단을 듣고 당신은 의사에게 대든다. 결국 당신은 서투르게 자기의 병을 묘사하였지만 그렇다고 자신이 느끼고 있는 것이 병이 아니라고 의심해 볼 생각은 전혀 하지 않고 있었다.

그쯤 되면 바보가 되는 것은 결국 당신을 진찰하던 그 의사 쪽이 된다. 그래서 자신의 병이 명백하게 드러날 때까지 거듭 설명을 해댈 것이다. 그런 식으로 부정을 거듭하다보니 의사는 의식 속으로 병이 존재하고 있다는 느낌을 물리칠 권한이 희박해지고 마는 것이다. 결국 불만이란 것에 대항하여 싸운다는 게 아무 소용이 없는 일이니까. 그대 아내에게 에머랄드 팔찌를 끼워 주어라. 그러지도 못하겠거든 회초리로 아내를 갈겨 주어라.

그런데 나는 당신이 불화와 화해의 틈바구니에서 살아가고 있는 것을 보니 연민의 정이 솟구친다. 그런 것이 사랑과는 또 다른 계열에 속하는 감정이기 때문이다.

사랑은 뭐니뭐니해도 침묵 속에서 모든 청중 앞에 펼쳐지는 관심이다. 결국 사람이 사랑한다는 것은 관조를 한다는 뜻이다. 나의 보초병들이 도시를 도맡아 지킬 시각이 다되어 간다. 그대가 사랑하는 여인의 사소한 몸짓이나 얼굴의 이모저모, 혹은 그녀가 한 말들이 아니라 오직 그녀의 '전체'와 결합할 시간이 다가오는 것이다. 거기다 덧붙일 것이라고는 아무것도 없으므로 오직 그녀의 이름 하나만으로도 그대의 기도가 충분히 가능할 수 있는 시각이 다가오고 있다. 당신이 더 이상 요구할 것이 없게 되는 시각이 온다. 그러면 입술도, 미소도, 다정한 팔도, 그녀의 숨결도 필요 없다. 왜냐하면 당신에게는 오직 '그녀'가 존재해 주는 것만으로 족하니까 말이다. 또한 당신이 겪었던 그 발자국, 그 단어, 그 결정, 그 거부 그리고 침묵을 이해하려고 혼자서 자문해 볼 필요가 없는 시각이 오고 있다. 역시 그녀가 존재해 있다는 이유에서 말이다.

그렇지만 그 같은 여인은 또 당신이 자신을 증명해 보여 주기를 요구한다. 당신의 행위를 두고 소송을 제기하는 그녀였으니까. 확실히 그녀는 사랑과 소유물을 혼동하고 있다. 거기에 대답해 봐야 무슨 소용이 있겠는가? 그녀의 관심사에서 당신은 무엇을 발견할 것인가? 처음에는 침묵 속에서 당신이 받아들여지기를 바라고 있었는데 그것은 어떤 활동이나 또 어떤 덕행이나 이러저러한 소문에 있던 그 대로의 당신, 그 비참한 당신의 상황에 응집되기를 갈망했던 것이다.

204

단지 의미와 길에 지나지 않는 주어진 재능들을 사용하지 못하였고 또 내가 무턱대고 그것들을 탐냈으므로 허무한 결과만 얻고 말았다고 후회가 된다. 왜냐하면 절제를 육체나 정신을 아끼는 인색함과 혼동하고 있었던 나는 나 스스로를 거기다 적용시키고 싶지 않았기 때문이다. 내게는 불꽃이 보다 더 절실한 것 같아서 한 시간 동안이나 몸을 덥게 해 보려고 숲에다 불을 지른 것은 맘에 드는 일이었다. 그리고 내가 말을 타고서 총탄이 휙휙 날아다니는 전쟁터의 소리를 귓가에 듣고 지나간다면 내 시간을 조금이라도 더 아껴쓰겠다는 생각이 내겐 별로 흥미 없는 일일 것이다. 나는 매순간마다 충실하게 존재하고 있는 것으로 가치가 있다고 생각한다. 그리고 한 단계에서라도 소홀히 한 열매는 절대로 싹이 틀 수가 없는 것이다.

바로 그런 이유에서 그네들의 도시가 포위되어 있는 동안 성벽 위에 올라 경멸조로 자신의 담력을 과시해 보이기를 거부한 먹물 토하는 사람의 모습쯤은 내겐 우스꽝스럽게 보인다. 여기서 문제가 되는 것은 어떤 상태이지 통행이 아니다. 도시의 영속이 문제되는 것이지 단순한 조건이 아닌 것이다.

속된 욕망 따위를 멸시하고 있는 나 역시 고기 조각들이나 뱃속에 소화시키려고 살아가고 있는 것은 아니니까. 그러나 나는 칼을 휘둘러 고기 조각을 내주었고 나의 칼질을 왕국의 영속에 이바지하려고 했었다.

전투하는 동안 물론 내가 힘을 아끼고 혹은 두려워한 나머지 거짓

울음을 보여서 결투하기를 거부하긴 했어도 왕국의 사료 편찬관이 나를 상처투성이 제분기 취급을 한다면 난 기분이 상할 수밖에 없는 것이다. 왜냐하면 나는 나의 칼 속에 살고 있는 것이 아니니까. 콧구멍을 오무리고 약이나 먹듯이 식사를 꿀꺽이며 먹는 사람을 경멸하고 있다고 해서 사료 편찬관들이 나를 육식주의자로 취급하는 것은 결코 기분 좋은 일이 아니다. 먹는 것이 어차피 나의 전부는 아닌 것이니까. 나는 뿌리 위에 굳건히 자리잡은 한 그루의 나무여서 뿌리가 섞어 놓은 반죽을 조금도 경시하지는 않는다. 거기서 나의 가지들을 끌어내고 있는 것이다.

그러나 여자 문제에 관해서만은 내가 잘못 생각하고 있었던 것 같다.

내가 여자를 다루는 법을 전혀 알지 못하였다는 사실을 깨닫고 후회하는 밤이 찾아왔다. 나는 의식을 모르는 약탈자와도 같아서 장기놀이의 말판은 흐트러 놓고 그런 혼란 속에서 즐거움을 찾아보지도 못한 채 사방으로 뿔뿔이 던져 놓았던 것이다.

주여, 그날 밤 가축이 있는 외양간에 제가 던져져 있다는 사실을 깨닫고는 화가 치밀어 잠자리를 박차고 일어났던 것입니다. 주여, 저는 결코 여자들이나 시중들어야 하는 그런 사내는 아닙니다.

등산을 성공적으로 마친다든지 들것에 실려 가며 여러 가지 풍경을 바라보면서 완전한 것을 추구한다는 일은 전혀 별개의 일이다.

그도 그럴 것이 당신이 겨우 푸른 초원의 윤곽을 잡았다 싶었을 때 이미 싫증을 느끼고 안내인에게 곧장 다른 곳으로 옮겨 가라고 조를 테니까 말이다.

나는 그 여인에게서 그녀가 내놓을 수 있는 선물을 찾았다. 나는 은은한 향수(鄕愁)를 느낄 수 있게 하는 종소리와도 같은 저런 여자를 원해 왔다. 그런데 당신은 밤이나 낮이나 똑같은 종소리를 가지고 무엇을 하겠다는 말인가? 그대는 재빨리 종을 창고에다 집어 넣고 더 이상 쓰려고 하지 않는다. 그때 어떤 여자가 "나의 주인 님……" 하고 말했을 때 그 묘한 억양의 목소리 때문에 나는 그녀를 원했던 것이다. 하지만 그대는 금방 그 말소리에 싫증을 느끼고 또 다른 노래를 듣고 싶어하는 것이다.

그러니까 내가 당신에게 만 명의 여자들을 준다 해도 당신은 각자가 지닌 덕행을 한 사람 한 사람에게서 없애 버리고는 곧이어 그대 자신을 만족시키려고 또 더 많은 여자를 필요로 할 것이다. 그대는 계절에 따라 또 그날그날 바람 부는 대로 마음이 달라져 버리는 사람이니까.

그러나 어느 누구도 또 하나밖에 없는 인간의 영혼을 철저하게 인식하기에 이르지는 못하리라. 또 각자가 모두 제 나름대로 깊은 내면에까지 침범당하지 않는 평원과 고요한 계곡, 우람한 신과 은밀한 뜨락이 있는 내심의 풍경이 있다는 사실을 염두에 두어야 한다. 또 당신을 피곤하게 하지 않고도 일생 동안 잡다하게 여겨지던 일들에 대하여 항상 염두에 두고 있어야 한다. 내가 데리고 있는 여자들 중 어느 한 여자가 가져온 한 끼의 음식으로는 조금도 충분하다고 느낄 수 없는 것이었다.

오, 주여, 나는 여자들을 경작할 수 있는 땅으로 여기지는 않았습니다. 일 년 내내 해뜨기 전부터 진흙투성이의 무거운 장화를 신고 쟁기와 말을 끌고 쇠스랑과 곡식 자루를 짊어지고 바람과 비를 알아보는 짐작과 잡초를 구별하여 내게 이로운 것을 얻어내기 위해서 내가 성실성을 갖고 나아가야만 하는 그런 대지로서 여인들을 간주하지는 않았습니다. 나는 그녀들을, 왕국의 순찰대가 지나가는 초라한 마을의 유지들이 당신에게 보내는 환영 모델과도 같은 역할로 내세울 것이며 당신들에게 찬사를 보내거나 그 고장에서 나는 과일을 바구니에 담아 당신에게 경의를 표시하도록 내놓을 것입니다. 그 미소의 언저리가 순수하고 과일을 헌납하는 몸짓이 노래하듯 하고 인사말 또한 순진하므로 그대가 그녀의 뺨을 또닥거려 주고 또 그녀들의 눈 속에서 보드라운 망설임을 맛보았을 때 그녀들이 들고 있던 선물은 날개가 돋치도록 없어졌고 꿀이란 꿀은 단번에 먹어 치웠을 것입니다. 그러니 그 여자들이 다름아닌 광활한 지평선이 보이는 경작지인 것입니다. 만일 누군가가 그곳을 뚫고 걸어가는 길을 알고 있다면 그대는 영영 거기서 헤어나지를 못하게 될 것입니다.

그런데 나는 여기저기 흩어진 꿀통에서 완전히 만들어진 꿀을 모으려고 애썼지만 당장은 당신에게 아무것도 제공하지 못하고 당신에게 숱한 발자국만 요구했지 정작 파고들어 가야 할 지역은 손도 써 보지 못한 것이었습니다. 어차피 당신도 참여하게 되면 가능한 것으로 오랫동안 아주 조용한 가운데 당신은 영지의 주인을 따라가야만 하는 것입니다.

나는 유일하고도 성실한 기하학자를 알고 있었는데 그는 늘 나에게 무엇인가를 가르칠 수 있었고 그러기에 나의 소송 문제까지 그에게 가져 갔었던 것입니다. 그런데 그것은 그가 해결해 준다기보다 그저 보기만 하면 아주 풀기 쉬운 다른 문제로 바뀌어져 있는 것이었습니다. 다른 사람 아닌 바로 그 기하학자는 그런 문서들을 이해하는 것이 나와 같을 수가 없었기 때문이지요. 그는 태양을 그대처럼 바라보지 않았고 끼니로 먹는 음식의 맛을 당신처럼 느끼고 있지를 않았던 것입니다. 그래서 그에게 주어진 여러 가지 재료를 가지고 다른 맛이 아닌 바로 그러한 맛을 지닌 과일들을 생성시켰던 것입니다. 그 맛은 가늠할 수도, 측량할 수도 없는 것이려니와 다른 방향도 아닌 바로 그러한 방향이요, 다른 것이 아닌 바로 그런 특성을 지니고 나아갈 수 있는 힘이었던 것입니다. 나는 그 내부에 있는 공간의 깊이를 알았고 사람들이 해풍이나 고독을 찾듯이 나는 그를 향해 나아가곤 했었던 것입니다. 그런 내가 인간에게가 아니고 생활필수품에게, 나무가 아닌 그 열매에게 호소를 했었고 기하학의 몇 가지 정의를 가지고 나의 정신과 마음을 흡족하게 했노라고 우긴다면 내가 그에게서 얻는 것이 무엇이겠습니까?

주여, 내가 만든 모습 그대로 밭을 갈 수 있고 또 작물을 가꾸고 다시금 새로운 눈으로 발견할 수 있는 집을 제게 주십시오.

나는 속으로 이렇게 말했었다.

"주여, 자기의 땅을 갈고 올리브나무를 심고 보리를 뿌리는 자와, 가게에서 빵을 살 때에도 만족해할 줄 모르는 사람, 오직 그 사람을 위해 탈바꿈을 알리는 시각을 울려 주십시오. 추수 감사 축제의 시각을 울려 주십시오. 그러면 그는 어깨 너머로 조금 남은 햇빛을 향해 삐걱거리는 문을 천천히 열 것입니다. 때가 되면 그는 그대의 커다랗게 네모진 검은 색 토지와 그대가 방금 씨 뿌린 언덕을 불태울 힘을 쥐고 있기 때문입니다. 그리고 그 언덕 위에는 완전히 가라앉지 않은 무수한 소리의 후광이 아직도 맴돌고 있는 것입니다."

"아, 주여, 나는 길을 그만 잘못 들고 말았나 봅니다. 지향 없는 여행에서처럼 여자들 틈바구니에서 너무 조급하게 굴어 버리고 말았나 봅니다."

하고 나는 중얼거리고 있었다.

"저는 마치 지평선 없는 사막에서처럼 여자들 곁에서 사랑에 속해 있는 것이 아니라 사랑을 초월해 있는 오아시스를 찾느라고 무척 고생을 했습니다.

다른 사물들 틈에서 발견될 수 있는 어떤 물건처럼 거기 감추어진 보물을 찾고 있었던 것입니다. 뱃사공과도 같이 나는 그녀들의 짤막한 숨결 위에 몸을 숙였던 것입니다. 그러고는 아무 데도 가지 않았던 것입니다. 눈대중으로 그녀들이 완전하다는 것을 쟀고, 관절이 우아했었다든가 사람들이 그것으로 물을 마시고 싶어했던 작은 팔굼치의 곡선을 알고 있었던 것입니다. 저는 목적이 있는 고통을 당했던 것입니다. 또한 처방 있는 갈증의 시련도 겪었던 것입니다. 그런데 길을 잘못 들었던 저는 당신의 권리를 이해하지 못하는 그것을 정면으로 바라보았던 것입니다.

마치 밤마다 삽과 곡괭이와 끌로 무장을 갖추고 폐허의 한가운데에 나타나는 미친 사람과도 같았던 것입니다. 그런데 나는 벽을 부숴 놓고 돌멩이를 올려 놓았는가 하면 묵직한 포석에 귀를 대고 엿듣고 있었던 것입니다. 불길한 열정에 사로잡혀 미쳐 날뛰고 있었는데 그는 어차피 잘못 생각하고 있었던 것입니다. 주여, 그는 조개껍질 속에 들어 있는 진주알처럼 벌집과도 같은 작은 구멍 속 은밀한 곳에 이미 만들어져 수세기 동안 보존되어 있는 보물을 당신에게서 찾아내려고 했습니다. 그 보물이 노인에게는 젊음에의 보증을, 수전노에게는 재산에 대하여, 연인에게는 사랑의 보증을, 영광스런 자에게는 다시금 영광에 대한 보증을 주게 될 것입니다. 그러나 결국 그 보물은 잿더미와 허무에 지나지 않는 것입니다. 왜냐하면 나무에 속해 있지 않은 열매란 없고, 당신께서 만들지 않은 기쁨이란 없으니까 말입니다. 많고 많은 돌 중에서 더욱 자극적인 돌을 찾아다닌다는 것은 아무 보람없는 일일 뿐입니다. 폐허의 한복판에서 지닌 그의 흥분 속에서 영광도 재산도 사랑도 아무것도 끌어내지는 못할 것입니다.

그러므로 밤중에 불모지를 괭이질하러 가는 미치광이에 비교할 수 있는 저는 수전노의 기쁨과는 다른 것이지만 정말 쓸모 없는 쾌락 속에서 아무것도 찾아내지 못하게 될 것입니다. 거기서 제가 찾아낸 것이라고는 오직 제 자신 하나뿐이었습니다. 그저 저는 제 하나만을 형성해 가고 있을 뿐, 나 스스로의 즐거움이 남겨 주는 메아리는 나를 피곤하게 만들어 줄 뿐입니다.

저는 축제가 나를 딴 곳으로 이끌어 가게 하기 위해 사랑의 의식을 만들어 내고 싶습니다. 왜냐하면 제가 지니고 있으면서 갈망해 마지않고 또 남들이 애타게 갈망하고 있는 가운데 그 어느 것은 사람들이 마음대로 할 수 있는 단계에 들어 있지 못하니까 말입니다.

그런데 어떤 이들은 돌멩이들 중에서 그 본질에 속해 있지 않는 것을 찾아 방황하고 있는데 그것은 자신이 대성당을 세울 때 사용할 수가 있는 것이고, 또 그 기쁨은 다른 여러 돌멩이들 중에서 어느 한 개를 끌어내는 데 있는 것이 아니라 일단 성당이 완성되고 나면 돌에서부터 일종의 의식을 끌어내는 데 있기 때문인 것입니다. 그와 마찬가지로 한 여인에게 있어서도 제가 그 여자를 꿰뚫어 보지를 않았더라면 그 같은 여자와 내가 애당초 어울리지도 않았을 것입니다.

어느 아내가 옷을 벗고 잠이 든 것을 바라보고 있는 나에게 그녀는 아름답고 뼈마디마다 가냘프고 포동한 젖가슴은 감미로울 뿐입니다. 그런데 무슨 이유로 제가 보상을 받지 못한다는 말입니까?

그러나 저는 당신의 진리를 이해하지 못하였습니다. 중요한 것은 지금이야 잠이 들어 있지만 곧 저의 그림자로 덮어 깨워야 할 그 여인과 제가 마주치게 될 것은 벽이 아니라 우리를 다른 곳으로 인도하게 되는 문인 것입니다. 그러므로 중요한 것은 불가능한 보물을 찾겠다고 그녀를 여러 가지 물질 속에다 분산시켜 놓는 것이 아니라 매우 단단하게 달려 있는 당신의 문, 또는 나의 사랑의 침묵 속에 있는 문에다 그녀를 흩어져 존재하도록 하는 것입니다.

그러면 저는 어떻게 실망하게 되는 것일까요? 보석 한 개를 받은 그녀가 실망하리란 것은 확실합니다. 당신이 지닌 오팔보다 더욱 아름다운 에메랄드가 있고 그 에메랄드보다 더 아름다운 다이아몬드가 있으니까요. 그중에서도 더욱 아름다운 것은 왕이 지닌 다이아몬드입니다. 제가 사랑하는 물건이 완전이라는 의미를 지니고 있지 않다면 사실 물건 그 자체를 위해서는 아무것도 할 일이 없는 것입니다. 왜냐하면 저는 사물을 보는 것이 아니라 사물의 의미를 보고 있는 것이니까요.

그러나 엉터리로 만들어진 이 반지나 혹은 네모진 천 속에 꿰매어진 이 시든 장미나 혹은 사랑하기 전에는 그녀 곁에서 찻잔으로만 보이던 주석 손잡이 달린 항아리, 이 모든 것이 확실히 예식을 위한 물건들이기에 다른 것으로 대치할 수가 없는 것입니다. 제가 완벽을 기해 주기를 바라던 것도 오직 신 하나뿐이었던 것입니다. 그런데 조잡한 목제 그릇은 그런 제사에 사용되면서 신의 완벽한 성취에 하나의 역할을 맡고 있었던 것이 됩니다. 잠든 아내에게 있어서도 마찬가지입니다. 그녀만 주시하고 있어야 하는 데 지친 저는 이제 다른 곳으로 찾아가야겠습니다. 아내는 이제 다른 여자보다 덜 아름답고 성격마저 더 표독스러워진 것입니다. 겉으로 보기야 완전하다 할지라도 그녀는 여전히 제가 향수를 느끼는 그런 종소리를 들려주지 못하고 있으며 다른 여자의 입술이라면 마음속에다 음악을 만들어 놓을 '그대 나의 주인님'이라는 말을 그녀는 아주 엉뚱하게 말하고 있기 때문입니다.

그대 온전하지 못한 아내여, 그대의 불안전함 속에서 안심하고 잠드시라. 나는 그대와의 사이에서 어떤 장벽도 의식하지 않고 있소. 그대는 내가 곧 싫증을 내는 목표와 보상물, 그리고 저절로 존경을 받는 보석은 못되는 것이라오. 그대는 길이요 수레인 것이오. 그러나 나는 결코 변화하는 데 싫증을 내지는 않을 것이오."

205

나는 축제에서 활기를 얻었다. 축제라는 의식을 행함으로써 당신에게 하나의 탄생을 준비해 놓게 된다. 이는 당신이 한 상황에서 다른 상태로 옮겨 가는 계기를 마련해 주게 되는 것이다. 그래서 나는 배의 축제를 두고 이미 당신에게 이야기해 준 바 있었다. 배는 한동안 판자와 못으로 얽맨 이층집이었다가 일단 선구를 다 갖추어 놓게 되면 바다와 혼인을 하게 된다. 결국 당신이 그 배를 바다에다 장가 들이는 셈이 된다. 그것이 바로 다름아닌 축제의 순간이 되는 것이다. 그러나 당신이 오래도록 살아 남고 싶으면 배의 진수식에는 참석하지 말아야 할 것이다.

나는 일찍이 당신의 아기들에 대한 잔치에 대해서도 이야기한 바 있었다. 그 아기의 탄생은 축제의 일부다. 그러나 그 아기가 세상에 태어났다는 데 대해서 몇 년 동안 한결같이 만족한 표정을 드러내 놓지는 않을 것이다. 다른 축제를 위해 상태의 변화를 기다리게 될 것이다. 마치 나무 열매가 새 나무의 씨앗이 되어 더 먼 곳으로 날아가 당신의 새 왕조를 수립하게 되는 날을 기다리듯이 말이다. 당신에게 추수의 축제에 대해서 이야기한 바 있는 곡식을 곳간에 쌓아 두는 축제가 다가올 것이다. 그 다음으로 파종의 축제가, 또 잇달아 당신의 씨앗을 시원한 물이 고인 연못처럼 부드러운 풀로 변화시켜 놓는 봄의 축제가 오기 마련이다. 이런 식으로 당신은 죽을 때까지 축제에서 축제로 이어지게 될 것이다. 저장해 두고 기다릴 물건이 없을 테니까 말이다. 당신이 어떤 곳을 향해서 출발했으나 결국 목적지에 도착하지 못하는 그런 축제나 또는 다른 곳으로 빠질래야 빠질 수 없는 그런 축제는 내가 전혀 알 수 없다. 당신은 오랫동안 걸어갔다. 문이 열렸다. 축제가 벌어지는 순간이 찾아온 것이다. 그러나 당신은 다른 방에서보다 이 방에서 더 오래 살게 되지는 않을 것이다. 나는 당신이 어디론가 향해서 가게 되는 문턱을 넘어서는 즐거움을 누리며 자신의 번데기를 파괴해 버리는 순간 바로 그대가 느꼈었던 즐거움을 듣고 싶은 것이다. 왜냐하면 그대는 나약한 힘의 근원이고 또 매순간 파수꾼의 영감이 깃드는 것이 아니기 때문이다. 그럴 수만 있다면 나는 보병 나팔과 북이 울리는 승리의 날을 위해서 파수꾼을 계속 데리고 있을 작정이다. 그대 내부에 숨겨진 욕망과도 같은 그 무엇이 저장되어 자주 잠이라도 청해야만 한다.

　나는 금빛나는 포석 위에 느린 걸음을 내딛어 검은 포석을 거쳐 궁정 깊은 곳까지 나아가고 있었다. 정오쯤, 거기 고여 있는 신선함이 배어들어 나는 마치 물탱크가 되어 버린 느낌이 든다. 그래서 내 자신의 발자국 소리가 나를 잠재우듯 흔들어 준다. 가고 싶은 곳으로 자꾸만 나아가고 있는 지칠 줄 모르는 뱃사공과도 같은 것, 이제 나는 더 이상 이 나라에 묶여 있지는 않을 것이다.

　현관 벽이 서서히 무너져 버린다. 내가 둥근 천장을 향해 눈을 치

뜨면 다리의 아취와도 같이 천천히 흔들리고 있는 천장이 눈으로 가득 들어온다. 금빛 격자 모양의 포석에 느릿한 발자국을 내고, 또 그것은 격자 포석 위에 느릿한 발자국을 옮겨 놓으며, 나는 그대에게 돌 부스러기를 올려 보내는 착암기와 같은 우물 공사반처럼 천천히 작업을 시작하게 되는 것이다. 이들 작업반은 부드러운 근육과 같은 밧줄의 부름에 박자를 맞추어 일을 시작한다. 나는 내가 어디로 가고 있는지를 알고 있다. 그래서 더 이상 이 나라에 얽매여 있지 않게 되는 것이다.

이집 저집 문간으로 나는 여행을 계속한다. 벽과 벽들은 생김새가 엇비슷하고 벽에 걸린 장식들은 대개 그저 그런 모습들이다. 그리고 촛대가 얹혀 있는 커다란 은탁자를 스치며 지나간다. 손끝으로 대리석 기둥을 스치며 지나간다. 기둥이 차갑다. 늘 그런 것이다. 그래서 나는 사람들이 밀집해 살고 있는 주거 지역으로 스며들었다. 나는 이곳에 대하여는 전혀 생소하기 때문에 부시럭거리는 소리마다 꿈결같이만 들렸다.

그러나 집 안에서 들려오는 도란거리는 소음은 정답게 느껴지기도 했다. 항시 마음 가운데서 우러나오는 노래는 당신을 기쁘게 해 주는 것이었다. 어느 것도 완전히 잠들어 있는 것은 없다. 당신이 기르고 있는 개를 두고 말하더라도, 내가 잠이 들었다 해도 꿈속에서 작은 소리로 짖어대고 생각나면 꿈틀거리기까지 하는 것이다. 나의 지겨운 정오가 그 개를 잠재웠다 해도 나의 궁정 역시 마찬가지다. 아무도 어디 있는지 정확히는 몰라도 고요 속에서 덜커덕거리는 문이 하나 있다. 그래서 당신은 하녀들과 아내들이 하고 있는 노동을 생각하게 된다. 그것이 그녀들의 영역이기 때문에 그런 것일까? 그녀들은 빨래 바구니에다 당신의 시원한 속옷을 담는다. 그리고 바구니를 옮겨 가느라고 둘씩 짝지어 배를 저었다. 그리고 그 빨래감들을 정리하고 난 다음 그 높다란 옷장을 다시 닫는다. 거기서 해야 할 임무가 끝나는 것이다. 무엇인가가 지금 막 끝난 것이다. 어김없이 휴식이겠지만 내가 아는 것이 무엇이겠느냐. 나는 더 이상 이 조국에 속해 있지 않는 것이니까.

문전에서 문전으로, 검은 포석에서 금빛 포석으로 옮겨 다니면서 나는 천천히 부엌들을 돌아본다. 사기 그릇들의 노래를 들을 수 있다. 나의 손끝에 부딪친 손잡이 달린 은항아리의 노래와 고요 그리고 다급한 발자국 소리. 그리고 또 예를 들면 끓는 우유라든가 소리 질러대는 아이들, 아니면 더 단조롭게 귀에 익은 드르릉거리는 소리 등이 갑자기 끊어져 당신이라도 다급히 나타나야만 했었다. 방금 어떤 부분은 펌프나 방수기 혹은 제분기 속에 말려들어 움직이지 않게 돼 버렸다. 그러나 당신은 아주 소박한 마음으로 그것들이 다시 움직여질 수 있도록 기도를 드리게 되고……

그러나 발자국 소리가 사라졌다. 우유를 찾아냈고, 우는 아이를 달래었고 펌프와 제분기가 다시 부르릉거리며 움직이기 시작했었다. 미리 위험이 일어날 것도 대비하고 있었다. 상처도 치료되었고 결함도 보완됐다. 무엇을? 무엇인지 나도 정확히는 잘 모른다. 나는 더 이상 이 조국에 속해 있는 사람이 아니기에 말이다.

나는 이제 향기로 가득 찬 왕국에 진입하고 있는 것이다. 나의 궁전도 열매 속에 감추어진 꿀과 포도주 향기를 서서히 준비하는 지하 저장고를 닮아 가고 있는 것이다. 그리고 나는 아무것도 움직이지 않고 잠든 듯 고요한 시골을 거쳐 가듯 천천히 행하고 있는 것이다. 여기 마르멜로 열매의 향기가 풍겨 나고 있다. 나는 눈을 지그시 감고 멀리에까지 번져 나가는 향기를 음미한다. 여기는 목제 금고를 만든 자단의 은은한 향기가 퍼지고, 시원하게 씻겨진 포석에서의 향기가 몇 세대 전부터 훌륭한 향기의 왕국을 이루어 놓은 것이다. 그리하여 아무리 눈먼 사람이라도 이 향기를 느끼지 않을 수 없다. 그리고 어김없이 부왕께서 여기 식민지를 이미 다스리고 계셨던 것이다. 그런 것에 대해서는 별로 생각지도 않고 나는 걸어가고만 있는 것이다. 어차피 나는 이 지역에 얽매여 있는 것이 아니니까.

이곳의 대면 의식에 따라 내가 지나갈 때 노예들은 벽으로 향해 돌아서 있었다. 그러나 나는 노예의 신분이란 것도 세상에서 있어야 한다는 생각을 심어 주기 위해서 호의를 가지고,
"그대가 가진 바구니를 보여 주게나."
하고 말을 건넸다. 그러자 땀이 번들거리는 팔로 머리에서 조심스레 바구니를 내려놓는 것이었다. 눈을 내리깔고는 경의를 표하면서 대추야자, 무화과 그리고 밀감을 내게 보여 주었다. 나는 그 과일들의 향기를 들이마셨다. 미소를 지어 보였다. 그도 활짝 마주 웃으며 관습을 깨뜨리고 나를 빤히 바라보고 있는 것이었다. 팔을 들어 바구니를 머리에 다시 이면서 나를 바라보는 것이었다. 나는 이렇게 중얼거렸다.
"불이 켜져 있는 이 램프는 무엇을 의미하고 있는 것인가? 반역이나 사랑의 화재가 불타고 있는 것인가? 이 벽 저 너머 나의 왕궁 깊숙이서 불타고 있는 은밀한 불은 무엇이란 말인가!"
나는 그 노예가 바다의 심연이기나 한 것처럼 응시하였다.
"참, 인간의 신비란 광대 무변한 것이로구나!"
하고 나는 소리치고 말았다. 결국 그 수수께끼를 거기서 풀어 보지 못하고 그곳을 지나치고 말았다. 나는 어차피 더 이상 이 지역에 매여 있지 않았으니까 말이다.
휴게실을 나는 통과했다. 내 발자국이 무수히 박혀 있을 회의실을 지나갔다. 그러고 나서 느릿한 걸음으로 입구로 가는 층계로 한 계단 한 계단 밟아 내려갔다. 거기서 뚜벅뚜벅 걷기 시작했을 때 무슨 둔탁한 소리와 무기들이 서로 부딪치는 소리를 들었다. 너그러운 미소를 지었다. 보초들이 틀림없이 잠이 들어 있거나, 정오의 왕궁은 휴식을 찾지 못하는 수다쟁이 여자들, 망각으로 줄달음치는 건망증의 여자들, 또는 항시 화가 난 당신을 화해시키고 당신에게 온전한 감정을 지니게 해 주고 당신의 그 무엇을 망가뜨리는 끝없는 혼미가 지닌 순간적인 요동 때문에 간신히 움직이게 되는 꿀벌통과도 흡사

한 꼴이 되어 있으리라. 그리고 염소떼 가운데는 항시 웃어대는 놈이 한 마리 있어 잠이 든 도시로부터 알아듣지도 못하고 당신에게 늘 호소해대는 것이다. 또한 쥐죽은 듯 고요한 공동 묘지 울안에는 밤에만 산책하는 야경꾼이 있다. 그래서 나의 보초들이 서둘러 주위를 정돈하는 것을 보지 않으려고 고개를 숙이고 가던 길을 계속 갔던 것이다. 나는 더 이상 이 고장에 속해 있지 않는 것이므로 그건 어떻게 돼도 상관없다.

그들의 자세가 점점 굳어지면서 그들은 내게 인사를 하고 나를 향해 둘 달린 문짝의 하나를 열어 준다. 나는 작렬한 태양빛에 눈부셔 눈을 내리깔고는 잠시 문턱에 서 있었다. 그곳에 들판이 펼쳐져 있었기 때문이다. 나의 포도밭, 햇볕에 더워진 동그스름한 언덕들, 네모 반듯이 묶여진 보릿단들, 대지에서 돋아 나는 백합 향기, 그리고 꿀벌이나 메뚜기, 귀뚜라미가 만들어 내는 또 다른 대지의 음악, 그리하여 나는 나의 문화를 거쳐 다른 문화로 옮겨 가는 것이다. 왜냐하면 나는 나의 왕국 위에 깔린 정오의 향기를 호흡하고 싶었기 때문이다.

206

나의 방문 일정에 내 친구인 유일하고 성실한 기하학자의 집에 들르는 일도 끼어 있었다.

나는 그가 차와 숯불과 물 끓이는 주전자에 너무도 신경을 쓰며, 물이 끓으면서 내는 노래와 내가 처음 대하게 되는 그 차맛과 또 서서히 맛이 우러나기를 참을성 있게 기다리는 그 모습에 그만 감복하고 말았다. 그리고 잠시 내가 명상을 하고 있는 동안에 혹은 그가 차를 드는 순간에는 그가 기하학 문제를 푸는 순간보다 마음이 더욱 편해진다는 사실이 나를 한층 더 즐겁게 해 주었던 것이다.

"뭐든지 뚫어지게 알고 있는 자네는 아무리 사소한 일도 결코 무시하지 않고 있군." 이렇게 내가 말을 걸었지만 그는 대답하지 않았다. 한참 있다가 그는 매우 만족해하더니 우리들의 잔에 차를 가득 채운 다음, "모든 것을 알고 있는 자네라니, 그게 무엇을 뜻하는 거요? 기타를 뜯는 사람이 악보들 사이의 관계를 조금 안다고 해서 어찌 다도를 업신여길 수가 있다는 것이요? 이거 보시오. 나는 삼각형의 선들 사이에 엉킨 관계를 조금 알고 있지만 그것보다 물의 노래와 왕을 영예롭게 하는 의식이 다름아닌 나 스스로를 즐겁게 만들고 있는 것이라니까요."

그는 다시 생각에 잠겼다. 그러고 나서,

"내가 아는 게 있다면 뭘 얼마나 되겠어요. 삼각형이란 도형이 차를 마시는 즐거움보다 더 많은 것을 내게 깨우쳐 준다고 생각하지는 않는다오. 오히려 차가 내게 주는 즐거움이 삼각형에 비긴다면 약간은 더 나를 깨우쳐 줄 수는 있겠지만……."

"기하학자인 자네가 내게 그렇게 말할 수가 있나!"

"만일 내가 무엇을 느낀다면 나는 그것을 묘사할 욕심이 솟아나는 것이라오. 내게 사랑하는 여자가 있다면 그녀의 머리카락, 눈썹과 입술 그리고 마음 깊이 음악으로 되어 있는 그녀의 몸짓에 대하여 당신에게 빠뜨리지 않고 죄다 이야기해 줄 것이오. 내면을 통하여까지 필요성이 이해될 수 있는 그런 여인의 얼굴이 아니라면 내가 그 몸짓, 그 입술, 그 눈썹, 머리카락 하나를 두고 어찌 다 이야기할 수 있겠어요. 어떤 면에서 그녀의 미소가 아름다운가를 당신에게 보여 주고 싶은 마음뿐이오. 그런데 처음 그 시초는……

한 명상이 지닌 비밀을 찾아내기 위해 한 무더기의 돌멩이를 옮겨 놓고 싶은 생각은 없는 것이라오. 왜냐하면 돌멩이로 된 층계에서는 명상이란 것도 아무런 의미가 없는 것이니까. 하나의 신전이 되어야만 하는 것이지요. 결국 나의 마음에 변화가 찾아온 것이지요. 돌멩이들 사이에 얽혀 있는 여러 가지 연관이 일으키는 덕행에다 나 스스로를 투영해 보게 된 것이지요…….

 나는 지상의 소금에서 오렌지나무의 설명을 찾으려고 애쓰지는 않을 것이라오. 오렌지나무란 지상의 소금층에서는 아무런 의미가 없는 것이기 때문이지요. 그러나 오렌지나무의 상승을 내가 돕고 나면 그것으로 지금의 소금이 상승하는 것을 내가 설명할 수는 있는 것이오.

 무엇보다도 우선하여 나는 사랑을 느끼기를 바랍니다. 조화를 두고 깊이 생각하렵니다.

 그래서 나는 여러 가지 재료들과 그 집행 형태를 조사해 보려는 것이지요. 그리고 재료를 지배하고 있는 것이 비록 아무것도 없다 해도 내가 애당초 의도했던 방향으로 그 재료를 파고들어 가지는 않습니다. 우선 삼각형을 두고 생각했어요. 그 삼각형이란 도형 속에서 각기 신을 지배하는 정의를 찾아내었지요. 당신도 처음에는 속으로부터 일어나는 열정을 가지고 인간의 영상에 애정을 느꼈었지요. 그래서 덫에 걸린 짐승처럼 정해진 틀 속에 간직되고 왕국의 울타리 속에 보존해 두기 위해서 당신은 의식 절차를 만들어 낼 추론을 거듭했던 것이오. 그러나 어느 조각가치고 사람의 코, 눈, 그리고 수염이란 존재 그 자체를 두고 무슨 흥미를 느끼겠소? 그리고 당신은 스스로에게 무슨 의식을 강요할 수가 있겠소? 그리고 선들이 하나의 삼각형을 이루고 있지 않는다면, 그 선들에게서 내가 무엇을 끄집어낼 수가 있을 것이오?

 우선 나는 묵상에 복종하오. 그리고 난 다음에 가능하다면 이야기를 할 것이오. 결코 사랑을 거부해 본 일은 없소. 사랑을 거부한다는 것은 오만일 수밖에 없는 것이니까요. 나는 또 삼각형에 대해서 아무것도 알지 못하는 여성들을 찬미했어요. 그러나 그 여자들은 어떻게 웃으면 매력이 있는가 하는, 미소짓는 재주는 나보다 월등히 나았지요.

 당신도 미소를 보셨겠지요?"

"물론이지……."
"미소를 짓는 여인은 당신에게 아무런 의미도 없이 한갓 재료일 뿐인 그녀의 얼굴에 눈썹과 입술로 힘 안 들이고 아무도 흉내낼 수 없는 웃음이란 걸작품을 만들어 보였던 것이지요. 그래서 당신은 어떤 미소를 목격한 증인으로서 사물의 평화와 사랑의 영원함을 차지하게 된 것이 아닙니까. 그런데 그녀는 한 가지 몸짓을 지어 보이는 동시에, 신에 대하여 한 사람의 속죄자인 당신에게는 일찍이 그녀를 구출해 냈던 그 화재를 다시금 찾아내 보고 싶은 욕망에 젖어들게 할 것이오. 그렇게 되면 그녀는 다시금 비장한 상태로 긴장하게 될 것이고……. 당신이 차지하게 되는 다른 영역에 자신을 안존시키는 데 필요한 시간에 그 미소란 걸작을 깨뜨려 버리고 말 것이오. 따라서 그녀의 창조가 박물관을 풍성하게 해 주지 않았다고 해서 내가 어찌 그녀를 경멸하겠소? 나는 이미 세워진 성당에 대해서 어떤 감정을 표시할 줄도 알아요. 그런데 바로 그런 성당을 지어 준 것은 다름아닌 그녀였으니까요……."
"그러나 그녀들이 삼각형에서의 선들 사이의 관계에 대해서 당신한테 가르쳐 준 것이 뭐요?"
"묶여 있는 존재들이란 별로 대수로울 것이 없다니까요. 무엇보다 당신은 존재들에 얽혀 있는 상관 관계를 읽을 줄 알아야 하는 것이오. 나는 나이도 들었소. 그래서 내가 사랑하던 사람이 죽거나 아니면 병에서 쾌유해 일어나는 것도 보았소. 그리하여 사랑하는 여인이 어깨에 머리를 떨어뜨리고 이미 세상과는 담을 쌓고, 젖이 쓰디써서 젖가슴을 물리치는 갓난아기처럼 입가에 대어 준 우유 사발을 물리치는 그런 저녁이 다가왔어요. 그녀는 이제 더 이상 당신이 내놓는 양식으로는 살 수 없기 때문에 미안쩍은 미소를 띠고 있어요. 말하자면 그녀에게는 당신이 더 필요 없게 된 것이오. 그러면 눈물을 감추려고 창가에 나가서 기대기라도 하게 되겠지. 그런데 거기엔 들판이 펼쳐져 있는 것이오. 거기서 당신은 사물들과의 관계를 탯줄처럼 아프게 느끼게 될 것이오. 보리밭, 밀밭 그리고 육신의 영양을 마련해 주는 꽃핀 오렌지나무 그리고 아득한 태고로부터 당신이 연못의 풍차를 돌릴 수 있게 해 주는 햇볕, 세월이 털어놓은 도시의 갈증을 풀어 주려고 짓고 있는 수로의 수레 소리, 아니면 그저 귓결에 들리는 달구지 바퀴 소리, 혹은 자루를 등에 메고 터벅거리는 당나귀의 발굽 소리, 이 모든 것이 당신의 귓가에 들려오는 것이라오. 그러면 당신은 사물들을 지속시켜 주는 우주의 정기가 회전하는 것을 느끼게 될 것이오. 또 당신은 느릿느릿 여유 있는 걸음으로 침대를 향해 되돌아올 것이오. 땀으로 번쩍이는 얼굴을 훔치며. 그녀는 역시 거기 당신의 곁에 있지요. 그러나 죽는다는 생각에서는 완전히 벗어나 있는 것이오. 이제 들판에서는 건설중인 수로나 달구지 소리 혹은 터덜대며 지나가는 당나귀의 소리가 더 이상 그녀를 위해서 들려 오지는 않아요. 오렌지나무의 향기는 이제 그녀를 위해서도 또는 당신의 사랑을 위해서도 더 이상 존재하지 않는 것이라오.

그때엔 서로 사랑하던 친구 생각이 날 것이오.

어느 친구가 그저 단순히 농담이나 충고가 필요해서 아니 더 간단히 말해서 그저 얼굴이 보고 싶어서 한밤중에 친구를 찾아가는 일이 더러 있었지요. 그들 중 어느 누가 여행을 하고 있으면 다른 한 사람이 몹시 보고 싶어 하였던 것이오. 그런데 어처구니없는 오해가 그들 사이를 나쁘게 갈라 놓았던 것이오. 결국 그들은 서로 만나게 돼도 못 본 척하게까지 된 것이었다오. 여기서 한 가지 희한한 일은 서로가 그런 관계에 대해서 조금도 후회하지를 않고 있다는 사실이오. 사랑의 후회, 그것이 곧 사랑인 것이어서 그들이 서로에게서 얻은 것은 이 세상 누구에게서도 얻어내지 못할 것이었죠. 그들 각자는 자기들 특유의 농담을 주고받고 충고도 하고 또 자기 속으로 호흡을 했을 테니까 말이오. 그래서 그들은 서로가 단절되고 의기 소침해져서 그들 특유의 인간 관계란 것도 아무것도 아닌 것이 되어 버렸소. 거기다 아주 오만한 태도까지 보이게 된 것이라오. 또 한가

한 시간이 많은 척하게도 되어 버린 것입니다. 그래서 그들 각자는 자기 자신을 위해서 진열대 앞에서 계속 서성대고 있었던 것이오. 친구들하고는 더 이상 자기 시간을 잃지 않으면서……. 그들은 양식을 퍼내는 곳간에다 자신을 붙들어 놓을지도 모르는 온갖 수고를 거절하게 될 것입니다. 왜냐하면 그 양식으로 살아가는 부분이 죽어 버리고 말았을 테니까 말이오. 그러니 이제 존재하지 않은 그 부분에다 어찌 더 항의를 할 수 있을 것인가?

정원사로 통하고 있는 당신은 나무에게서 부족한 것이 무엇인가를 알고 있을 것이오. 나무의 관점에서 보면 나무에는 사실상 부족한 것이 하나도 없고 완전한 것이니까. 그런데 내가 말하는 것은 필요한 곳에 나뭇가지를 접붙여 주는 신(神)이 나무에 대해서 갖는 관점에서 말이오. 그리하여 당신은 끊어진 끈과 탯줄을 이어 놓는 것이오. 말하자면 당신이 화해를 시켜 놓은 셈이지요. 그렇게 해 놓으면 그들은 자신들의 연결 속에서 새출발을 하게 되는 것이지요."

"나 역시 화해를 시켜 주어서 사랑하는 여인이 당신에게 양젖과 말랑말랑한 빵을 요구하는 상쾌한 아침을 알게 되었어요. 그래서 당신은 그녀에게 몸을 숙여 한 손으로 목덜미를 안아 일으키고 다른 한 손으로 파릿한 그녀의 입술에까지 우유 그릇을 높여 주며 그녀가 마시는 것을 지켜보았지요. 당신은 길이고 수단이고 수레이니까요. 당신이 생각하기에는 당신이 그녀를 먹여 주거나 치료해 주는 것이 아니라 그 옛날 그녀가 속해 있었던 들판, 그 수확물, 그 연못 또는 그 햇볕에다 다시 그녀를 연결시켜 주는 것이지요. 그 후부터 태양은 그녀를 조금은 생각해서 풍차를 돌아가게 하여 샘물이 노래하게 했지요. 그녀를 위해서 수로가 만들어지고 있는 것입니다. 그녀를 생각해서 짐수레가 방울 소리를 내고 오늘 아침 깊은 지혜를 원하는 것이 아니라 오히려 어린아이처럼 장난감이나 친구들의 소식을 원하고 있는 것이랍니다. 그러면 그녀는 소리 내어 웃으면서 그녀의 태양인 당신에게 몸을 돌릴 것입니다. 어차피 그녀는 사랑에 목말라 있으니까.

 그리하여 늙은 기하학자인 나는 학교에 남아 있었지요. 당신이 생각하던 그 여자들하고만 관계가 있었으니까요.
 '당신도 그렇지 않고 별수없었으니까……' 하고 말하겠지요. 그러고 나면 한 가지 의문은 없어질 수 있는 것이지요. 친구의 갈증을 그런 사람에게 돌려보내 주었어요. 나는 그 사람의 불만을 해소시켜 주었지요. 또 우유와 사랑에 굶주려 있는 갈증을 그런 여인에게 돌려주었습니다. 그리하여 나는 다시금 '그것도 찬가지야'라고 말했으며 그를 치료해 주었던 것입니다. 그래서 나는 떠돌이 별과 다른 별들 사이의 관계를 밝혀 내면서 다른 사람과는 무엇을 하고 있었겠습니까? 나는 '그것도 역시 마찬가질 거야……' 하고 말했지요. 그런 식으로 나는 선들 사이의 관계를 이야기하면서 '삼각형에 있어서 이것과 저것은 똑같은 것이다'고 말했지요. 그리하여 그런 면에서는 다른 질문이 없어지고 또 그런 의문이 없어지므로 해서 나는 아무런 질문도 제기하지 않게 되는 신을 향해 가만히 나아갈 수 있었던 것입니다."
 그러고 난 후 나는 친구와 헤어져서 천천히 걸음을 옮겼다. 내가 오르던 산으로부터 화해도 포기도 혼합도 부활도 아닌 어떤 진정한 평화가 이루어졌기 때문이다. 그들이 논쟁을 보고 겪는 데서 나는 조건을 보고 있으니까 말이다. 자유의 조건인 나의 구속이나 혹은 사랑의 조건인 나의 규칙들 혹은 나 스스로의 조건인 사랑하는 나의 적이 있을 때처럼 말이다. 바다 없이는 선박이란 그 형체조차 찾아 볼 수 없는 것이니까.
 주여, 저는 화해한 적으로부터 화해한 적에게로 또 새로 생겨난 적에게서 새로운 적에게로 내가 올라가는 언덕을 따라 신 속에 있는 고요를 향해 한걸음 한걸음 나아가고 있는 것입니다. 배를 두고 말하자면 바다에서의 습격에 대해 마음을 놓고 있거나 또는 바다를 두고 말해도 배에게 부드럽게 대한다는 것이 문제가 되지 않는다는 사실을 알아야 합니다. 왜냐하면 처음에 예를 들었던 사실은 침몰하게 될 것이고 두번째 사실에서는 배가 세탁부들에게나 쓰일 납작한 그릇으로 전락해 버리고 마는 것이니까요. 그러나 평화의 조건이 되는 무자비한 전쟁에서 거짓 사랑에 굴복하지 않고 타협도 하지 않는 것이 중요하다는 것을 알고 난 뒤의 일이었습니다. 그리고 삶의 조건이 되는 죽은 자들을 길 위에 버리고 축제의 조건이 되는 포기와 그리고 날개의 조건이 되는 유충들의 마비 상태를 받아들이면서 말입니다.

주여, 왜냐하면 당신의 뜻에 따라 제 자신을 실제보다 더 높은 곳에다 매어 두시고 있기 때문에 당신 밖에서의 평화나 사랑을 내가 전혀 모르고 있기 때문입니다. 오직 저는 당신의 안에서 나의 명성과는 관계없이 내가 벌을 주어야만 했던 그 사람과 제 스스로가 이젠 완전히 화해를 할 수 있게끔 되었고, 오직 당신의 품안에서 사랑과 사랑의 조건들이 아무런 논의 없이 완전한 조화를 이루며 결합되기 때문입니다.

207

그대를 학대하고 무엇인가로 되도록 성장시키는 당신을 가로막는 계급 제도는 분명히 부당하다. 그러니 당신은 빙하가 뒤섞여 흐르는 널따란 늪에까지 가서 건축물들을 계속 부숴대면서 이 부정에 항거하여 싸우게 될 것이다.

당신의 동등함을 자신의 신분과 혼동하고 있는 상태에서 그 건축물들은 서로 닮아 대등하기를 바란다. 그러나 나로서는 그것들이 모두가 하나같이 왕국에 이바지하고 있다는 점에서 대등한 것이라고 주장한다. 그러나 본질적인 면에서 닮아 있는 것이라고는 우기지 않는다.

장기 놀이도 그렇다. 승자가 있고 패자가 있다. 그래서 승자는 패자에게 창피를 줄 생각으로 빈정거리는 웃음을 짓게 마련이다. 인간이란 그렇게 되어 있는 것이니까. 그래서 당신은 자신이 지니고 있는 정의의 논리로 장기의 승리를 훼방하면서 이렇게 말하리라.
 "승자의 가치가 무엇이란 말이오? 머리가 남보다 조금 더 좋거나 장기 두는 기술이 조금 더 낫겠지. 그가 이겼다는 것은 단지 한 상태의 표현에 지나지 않는 것이야. 얼굴 색깔이 남보다 더 붉거나 혹은 더 곱상스럽고 또 머리숱이 더 많거나 적다고 해서 그것이 영광을 누려야 할 이유가 될 수 있겠는가?"
 그런데 나는 장기 놀이에서 진 패자가 오로지 승리의 순간 축제 기분을 누리겠다는 염원 속에서 몇 년 동안 장기 놀이를 연거푸 해 대는 것을 보았다. 승리가 결국 당신을 위해서 존재하지 않는다 해도 언제든 승자란 것은 있게 마련이란 사실 하나만으로 더욱 마음을 든든히 갖게 될 것이니까. 마치 바다 깊숙이에는 진주알이 묻혀 있게 마련이란 이치와도 같이 말이다.
 당신은 욕망이란 것을 잘못 알고 있지는 않다. 욕망이란 우리에게 힘을 부어 주는 연관의 표시다. 나는 그런 장식과도 같은 감정을 만들어 본 일이 있었다. 그래서 선택된 자들은 가슴에 내가 준 훈장을 달고 으스대며 걸어다닌다. 물론 당신도 나의 훈장으로 성장한 사람들을 부러워하고 있다. 그리고 당신은 늘 당신의 정의에 좇아 행동하는데 그것은 보상의 정신에 지나지 않는다. 그러면 당신은,
 "누구든 가슴에 훈장을 달고 다니게 될 것이다."
 하고 결정을 내리게 된다. 사실 그 이후 어느 누가 그 같은 훈장을 우습게 여기게 될 것인가? 당신도 훈장을 위해서 사는 것이 아니라 훈장이 지닌 의미를 위해 살고 있었던 것이다.
 그래서 당신도 또 이렇게 말하겠지.
 "나는 인간의 비극을 줄여 놓았지. 대부분의 사람들이 해결할 수 없었던 훈장에 대한 갈증을 고쳐 놓았으니까."

당신은 갈망에 따라 판단을 내린다. 그 갈망이란 괴로운 것이기 때문이다. 그러므로 욕망의 대상은 일종의 질병이다. 그리고 당신은 자신의 힘이 미치지 못하는 곳에 있는 것은 아예 의식 속에서 생략해 버리고 있다. 어린아이는 두 손을 뻗어 별을 향해 소리를 지른다. 그러면 당신의 정의는 그 빛이 꺼져 버리도록 하리라.

보석들을 소유하게 되는 것도 그와 마찬가지다. 그래서 당신은 그 보석들을 박물관에다 집어 넣고는 "이 보석들은 모든 사람의 소유물이다"고 말한다. 그렇게 되면 비오는 날이면 당신네 백성들은 박물관으로 몰려갈 것이다. 수집된 각가지 에머랄드의 진열품을 보고는 하품을 하게 될 것이다. 더 이상 그 수집품의 의미를 빛나게 해 줄 의식 절차가 없으니까. 그것들이 깎아 늘어 놓은 유리 조각보다 더 빛나는 이유는 도대체 어디에 있는 것인가?

당신은 다이아몬드에 이르기까지 모든 보석의 불순물을 모두 제거시켜 놓았다. 그것들은 모두가 당신을 위해서 존재할 수가 있었던 것이었으니까 말이다. 결국 당신은 조금 전까지만 해도 다이아몬드에서 볼 수 있었던 그 광택마저 없애 버렸다. 당신이 만일 여자들을 전혀 가까이하지 않는다면 그녀들의 경우도 마찬가지다. 그 여자들이 아무리 아름답다고 해도 밀랍으로 된 인형과 다를 바 없는 사물이 되고 만 것이니까. 석관에 얕게 새겨져 그렇게 오래도록 지속해 온 어떤 여성의 영상이 아무리 훌륭하다 해도 어느 누구도 그녀를 위해서 죽어 가는 것을 지켜볼 수는 없다. 그녀는 지난날의 우아함이나 또는 우울함을 뿌려 놓는 것이지 잔인한 욕망을 뿌려 놓은 것은 아니다.

그런 식으로 나간다면 소유할 수 없는 당신의 다이아몬드도 똑같은 것은 아니리라. 그것은 오직 그 특질로서 반짝이고 있었던 것이다. 결국 그 다이아몬드는 그 반짝이는 섬광으로써 당신을 영예롭게 하고 숭배하고 또 당신을 높은 곳에까지 올려놓을 수 있었던 것이었으니까 말이다. 그런데 당신은 그것을 한갓 진열장 속의 장식품으로 바꾸어 놓았을 뿐이다. 이제 그것들은 진열장의 영광이 될 것이다. 그러나 당신 자신은 진열장이 되어 있기를 바라지 않으니까 당신은 다이아몬드를 원하지 않는 것이다.

그리고 만일 당신이 축제일을 더 우아하게 섬기기 위한 한 가지 제물로서 그중 하나를 불태워 그 빛을 당신의 영혼과 마음속에 더욱 많이 비치게 한다면 당신은 아무것도 불태우지 못하게 될 것이다. 그러니까 당신은 결코 다이아몬드를 제물로 삼는 것이 아니다. 단지 진열장을 위한 귀중품에 지나지 않는 것이다. 그러나 그 진열장은 다이아몬드를 비웃고 있다. 더 이상 당신에게도 아무 소용이 없는 것이다. 다이아몬드를 가지고 놀 수도 없는 노릇이다. 그리고 신들에게 바치려고 밤에 그것을 신전의 기둥에 감추어 둔다면 당신은 결국 아무것도 바치지 않는 셈이 되고 마는 것이다. 당신네 신전의 기둥은 진열장보다 더 조심스런 창고일 따름이어서 만일 태양이 당신네 백성들에게 도시를 떠나라고 권유한다면 그 진열장도 신전의 기둥만큼은 은밀한 곳이 되리라. 그대의 다이아몬드는 받는 물건이 아니기 때문에 선물로서의 값어치가 없는 것이다. 그건 단지 창고 속에 쌓아 두고만 있는 것이다. 더 이상 자기(磁氣)를 띄지도 않게 되어 성스런 자기 지력선을 잃어버렸다. 그런데 여기서 당신이 얻는 것이 무엇인가?

예언자의 혈통을 이어받지 않은 사람들이 붉은 관복을 입는 것을 나는 원한다. 거기서 내가 다른 이들의 자존심을 상하게 한 것이란 어떤 점인가? 아무도 붉은 색깔의 옷을 입지 않았고 또 붉은 색깔은 아무런 의미가 없는 것이다. 그러나 그 이후부터 모든 사람들이 붉게 차려 입고 싶어했던 것이다. 나는 붉은 빛깔의 권능을 수집해 두었고 그 색깔이 당신에게 해당되지 않는다 해도 권능을 지니고 존재하고 있다는 것만으로도 한층 더 부유해지는 것이다. 거기에 대한 당신의 갈망은 새로운 자기 지력선의 표시가 되는 것이다.

그런데 어느 도심지에서 두 다리를 꼬고 앉은 채 아무 일도 하지 않고 있는 사람이 갈증과 배고픔에 죽어 가고 있다면 왕국은 완전히 당신을 닮아 있는 것이다. 왜냐하면 아무것도 그를 전후좌우로 잡아끌지 않을 테니까 말이다. 그리고 그는 명령을 내리거나 받아들이지도 않을 것이다. 그의 마음속에는 만져보지도 못한 다이아몬드도, 가슴에 다는 훈장도 또는 붉은 옷에 대한 충동 같은 것도 없을 것이다. 그래서 채색된 피륙 앞에서 내가 욕망의 방향을 내 마음대로 채워 주기를 기다리면서 그 사람이 몇 시간이나 연거푸 하품하고 있는 것을 보게 될 것이다.

그리고 내가 붉은 색깔을 금지했으므로 그는 보라빛에나 눈길을 보내게 될 것이다. 그렇지 않으면 그는 저항을 하거나 자유롭거나 또는 명예에 대해서 적의를 품고 있거나 아니면 규정을 억제해 가면서 내 권한에 속하는 색깔이 지닌 의미를 비웃으며 가게의 선반들을 모두 치우고 붉은 색과는 전혀 반대되는 색깔, 말하자면 순초록색 같은 것을 자랑하면서 색채에 대한 나의 등급 의식을 멸시하고 으스대면서 도시로 걸어 들어가는 것을 당신은 보게 될 것이다.

그러나 나는 그를 얼마든지 선동할 수도 있었다. 그렇지 않았더라면 그도 붉은 옷으로 차려 입고 있는 날이면 어느 박물관 속에서 하품이나 하고 있었으리라.

부왕은 이렇게 말씀 하셨다.
"나는 축제를 열고자 한다. 그러나 내가 구상하고 있는 것은 단지 잔치가 아니라 어떤 관계이다. 나는 축제에 항거하는 움직임을 꾀하고 있는 반항자들이 조롱하는 소리를 듣고 있다. 그러므로 그 연관이란 것이 그들을 인정하고 영속시킨 관계와 똑같은 것이 된다. 그래서 나는 그들을 기쁘게 해 주려고 잠시 동안이라도 구금시켜 놓는다. 왜냐하면 그들은 자기네 의식을 소중하다고 생각하고 있기 때문이다. 나 역시 그렇게 생각하고 있는 것이다."

208

드디어 날이 밝았다. 나는 바닷바람을 들이마시는 수부와도 같이 팔짱을 끼고 거기 서 있었다. 다른 바다가 아니고 개척해 나가야 하는 그런 바다, 진흙 앞에 선 조각가처럼 나는 거기 서 있었다. 곧장 반죽을 해서 조각품을 빚어 내기 시작할 것 처럼 거기 언덕에 올라서서 신에게 기도를 올렸다.

"주여, 저의 왕국에 태양이 떠올랐습니다. 해방된 이 아침 나는 하프라도 뜯을 준비가 다 되었습니다. 주여, 도시와 종려나무 그리고 경작하기 좋은 토지 또 오렌지나무 재배지와 같은 운명의 빛이 태어나고 있는 것입니다. 여기, 제 바른편으로 선박들이 떠나갈 항구가 있습니다. 그리고 여기 제 왼편에는 사막에다 발톱을 박을 양들이 축복받을 언덕이 있는 푸른 산맥이 있습니다. 그리고 그 너머에 태양의 꽃을 피우고 있는 새빨간 사막이 있는 것입니다. 저의 왕국은 다른 모습이 아니고 그저 이런 양상을 띠고 있는 것입니다. 사막에 물을 대기 위해서 어느 강물의 흐름을 약간 돌려 놓는 것은 제 권한에 드는 일이라고 하지만 그렇다고 방금 되는 것은 아닙니다. 여기다 새로운 도시를 세우는 것도 제 권한에 드는 일입니다만 마찬가지죠. 씨앗을 나누어 뿌려 결정적인 삼나무 숲을 얻어내는 것도 제 권한이라지만 금방은 불가능합니다. 왜냐하면 저는 이미 과거가 되어 버린 바로 이 순간에 존재하고 있는 것이니까요. 저는 바로 어떤 노래를 마련하고 있는 하프와도 같은 것입니다.

주여, 그런데 제가 무엇을 불평하겠습니까? 바구니 속에 든 여러 색깔의 과일처럼 모든 것이 제자리에 자리잡고 있는 이 왕국을 족장으로서의 예지를 가지고 신중히 생각하고 있는 제가 말입니다. 무엇 때문에 제가 노여움과 쓰라림과 혐오 또는 복수의 욕망을 품고 있겠습니까? 내 작업을 위한 계획이 바로 그러한 것입니다. 노동을 해야 할 저의 들판이 바로 그런 것입니다.

영지의 주인이 새해에 제 농지로 가면서 눈에 뜨이기만 하면 돌멩이를 가려 내고 가시덤불을 뽑아 내는 것을 쉬 볼 수 있습니다. 그는 가시덤불이나 돌멩이 같은 것에 결코 화를 내지 않습니다.

아침이면 자기 집 대문을 열어 놓고 안주인이 열심히 먼지를 털어 내는 것을 당신은 보고 계실 것입니다. 그녀는 결코 먼지에다 대고 화를 내지는 않습니다. 그녀는 집안을 아름답게 꾸미고 또 거기서 애착을 느끼는 것 말고는 아무것도 느끼지 않고 있습니다.

어떤 산등성이가 다른 것도 아닌 바로 그 어느 국경을 덮고 있다고 제가 불평을 하다니요? 그 산이야말로 사막에서부터 국경으로 기어오르는 부족들을 손 하나 까딱하지 않고 막아 낸답니다. 그건 또 그런대로 좋습니다. 저는 저 멀리 왕국의 헐벗은 영토 어느 한구석에다 나의 성채들을 지어 올릴 생각입니다.

거기다 제가 왜 백성들을 못마땅하게 여기겠습니까? 저는 이른 아침, 있는 그대로의 그들을 받아들일 것입니다. 그들 중에는 물론 죄를 짓거나 속임수를 지어 내거나 거짓말을 꾸며대는 사람들도 없지 않습니다만 그와 반대로 노동이나 동정 또는 정의를 위해서 애를 쓰는 사람들도 있는 것입니다. 물론 제 자신도 경작할 수 있고 땅을 아름답게 꾸며 보려고 돌멩이나 가시덤불을 말끔히 치워 버리겠습니다. 그러나 저는 결코 가시덤불과 돌멩이를 싫어하지 않고 거기서 오직 사랑만을 느끼려 할 뿐이랍니다.

주여, 저는 기도를 드리고 있는 동안 평화를 발견했기 때문입니다. 저의 고향은 바로 당신이었기 때문입니다. 저는 제 자신의 나무들을 향해 천천히 걸음을 옮겨 놓는 정원사가 된 것 같은 느낌입니다."

살아가는 동안 나 역시 분노와 쓰라림, 혐오와 복수를 하고 싶은 욕망을 아니 느낄 수가 없었다. 반란과도 같은 패망한 전투의 막바지 더 이상 내 명령이 전해지지 않을 만큼 뒤엉킨 나의 군대나, 또 스스로 황제가 되고자 반역해 오는 장군들에게, 또 무작정 우격다짐으로 신도들을 잡아 놓고 있는 미치광이 선지자들에게, 나의 의사가 더 이상 미치게 할 수가 없어 나의 내면에 틀어박혀 버린 것만 같은 무력함을 아니 느낄 수 없게 되었을 때마다 나는 분노에 찬 인간의 유혹을 알게 됐던 것이다.

그러나 당신도 자신의 과거를 고치고 싶어한다. 당신은 그나마 다행스런 결정을 너무 늦게 생각해 냈던 것이다. 자기 자신을 구원해 낼지도 모르는 발걸음을 너무 늦게서야 옮겨 놓으면서 이미 시간이 지났기 때문에 꿈과도 같은 소망이 부숴지는 과정에 자신이 참여하고 있는 셈이다. 물론 자기 나름의 계산에 따라 당신을 서쪽으로 공략하라고 충고하는 장군도 있다. 당신은 역사를 다시 만들어 가고 있다. 당신은 유익한 조언을 하려는 사람을 교묘하게 회피한다. 그리하여 당신은 북쪽을 공격한다. 어느 산 화강암에 부딪쳐서 숨을 헐떡이는 만큼 그쪽 방향으로 길을 터 나가려고 애쓰고 있는 것이다. "아……" 하고 꿈이 무너지는 것을 느끼며 당신은 탄식하겠지.

"만일 그자가 움직이지 않았더라면, 만약 그자가 말도 하지 않고 전혀 잠을 자지 않았더라면, 만일 그자가 믿지 않았거나 믿는 것조차 거부했었더라면, 만일 그자가 자리에 있었더라면, 만일 그 자가 다른 곳에 있었더라면 나는 그때 승리자가 되었을 것인데……"

그런데 가책으로 뒤엉킨 핏자국처럼 없애 버리기 어려운 그들 적병은 결국 당신을 조롱하고 있는 것이다. 당신에게는 그들을 죽여 버리고 싶거나 그들을 고통 속에다 몰아넣어 박살을 내 버리고 싶은 욕망이 솟아난다. 그러면 당신이 존재하여도 당신을 방해하지 않을 그 왕국에 있는 모든 퇴비 더미를 그들 위에다 쌓아 놓을 것이다.

만일 당신이 꿈이 무너진 위에다 지나간 과거를 다시 꾸며 내면서 책임자들을 추적해 나가는 데 일생을 바친다면 당신은 비겁한 사람일뿐 아니라 나약하기 짝없는 위인이다. 그렇게 되면 쉬지 않고 추방령을 계속하여 당신네 백성들 모두를 무덤 파는 사람들에게 넘겨주고 말 것이다.

　패배의 수레들은 그랬을지 모르지만 승리의 수레였을 다른 사람들은 어찌하여 그들을 전혀 다스리지를 못했었던가? 백성들이 그들을 섬기지 못했기 때문에 그런 것이었을까? 그들이 거짓말을 했기 때문에? 거짓말이야. 어느 땐가는 나타나는 법, 진실과 거짓은 언제나 뒤섞여 말로 표현되어 나왔던 것이었으니까. 언제든지 타락시킬 수 있는 대상이 있기 때문에 돈이란 항상 헌납될 수 있었던 것이다.

　왕국의 그런 사람들, 만일 그들이 왕국에 훌륭하고 굳건한 뿌리를 내렸다면 남을 타락시키는 나의 부하들은 또 그것을 보고 웃으리라. 내가 그들에게 준 질병은 추호도 그들을 위해서 존재하는 것이 아니다. 가령 어느 다른 왕국의 사람들이 마음이 병약해진다면 내가 그들에게 제공한 질병은 먼저 죽은 누구누구를 통해서 전염될 것이다. 나의 질병이 그들을 위해서 존재하는 것이었으니까. 그러면 맨 먼저 병에 걸린 사람들이 왕국의 타락에 대해서 책임을 져야 할 사람들이란 말인가? 당신은 이제 가장 건전한 왕국 속에서는 부스럼을 가진 자들이 존재하지 않는다고 고집하고 있지는 않는구나! 거기도 반드시 질병을 지닌 자들이 있지만, 몰락하는 시기에만 존재하도록 별도로 비치해 놓은 것처럼 그들이 전혀 필요로 하지 않고 있을 그 때 질병이 퍼지게 될 것이다. 그 질병은 또 다른 것들을 불러낼 것이다. 만일 그 병이 뿌리와 뿌리를 통해서 포도밭을 썩혀들어 간다해도 나는 그 첫번째 뿌리를 탓하지는 않겠다. 왜냐하면 다른 뿌리가 썩어 들어 가는 관문 역할을 했을 그 첫번째 뿌리는 내가 그 전에 벌써 태워 없애 버렸을 것이니까 말이다.

　왕국이 부패해 들어갈 때 모든 것이 부패에 협력하기 마련이다. 모든 사람들이 참고 견뎌 나간다 해도 어찌 그들이 조금도 책임을 지지 않아도 된다는 말인가? 만일 어린애가 당신의 늪에 빠졌는데도 당신이 그 애를 구출해 내는 일을 등한히 한다면 나는 당신을 살인

자로 규정짓겠다.

　만일 내가 꿈이 망가져 버린 속에서 남을 타락시키는 사람들을 타락에의 공범자라고 목을 자르고, 비겁한 사람들을 비겁의 공범자라고 목을 자르고, 이미 지나간 과거들이나 추슬러 되새기려고 애쓴다면 나는 결국 헛수고만 하는 것이리라. 그런 결과가 자꾸만 되풀이되기만 하면 그들의 무능과 그들의 게으름, 그들의 참고 견디는 인내, 혹은 어리석음이 내가 탓하지 않을 수 없는 것이기에 결국 훌륭한 사람들마저 내가 처단하는 결과가 되고 말았다. 결국 나는 사람에게서 병들기 쉬운 것, 어떤 종자에서 기름진 땅을 제공해 줄 수 있는 가능성을 없애 버리기를 갈망하게 되어 결국 모든 것이 병들게 되고 마는 것이리라. 그리고 모든 상황이 어떤 씨앗에게도 적합하게 기름진 토지가 되어 줄 수 있는 것이다. 그런 때가 되면 악이 말끔히 없어져 정화된 나머지 세계는 완전하게 되리라. 그런데 나는 "완전이란 죽은 자들의 덕행"이라고 말하련다. 승천은 악취미와 엉터리 조각가들을 밑거름으로 이용한다. 오류를 범하는 자를 칭찬하는 것이 진리를 돕는 것은 결코 아니다. 진리란 여러 번 실패를 거듭한 끝에 이루어지는 것이니까. 어느 누구 창조를 그릇되게 하는 사람을 처단하는 것이 창조를 위해 조금도 도움이 되는 것이 아니니까. 창조란 실패를 통해서만이 이루어지는 것이니까. 나는 또 다른 진리에 도움을 주는 진리가 실천되고 있어도 그것을 주위에 억지로 강요하지는 않는다. 나의 진리란 자라나고 있는 나무와도 같은 것이니까 말이다. 그리고 나는 경작할 수 있는 땅 이외에는 아는 것이 없다. 그런데 그 땅은 아직 나의 나무를 키워 주지는 않았다. 나는 나의 왕국이 겪은 과거를 유산으로 받아들인다. 나는 자기의 토지를 향해서 걸어가고 있는 정원사이다. 선인장과 가시덤불을 키워 간다고 그를 탓하지는 않으리라. 만일 내가 삼나무의 종자라면 선인장이나 가시덤불을 비웃어 버릴 것이다.

　나는 증오란 것을 멸시한다. 그것은 너그러워서 그런 것이 아니다.

만물 속에 나타나 계신 주 당신에게서 태어나 왕국이 새 순간 나의 내면 속에 존재하고 있는 것이기 때문이다. 그래서 나는 순간순간 시작을 하는 것이다.

나는 부왕의 가르침을 기억하고 있다.

"씨앗을 가지고 삼나무가 아닌 샐러드용 야채를 만들어 놓는다고 대지가 불평을 털어놓고 있고 그 씨앗은 사실 우스꽝스럽기 짝없는 것이로구나. 너는 결국 하나의 샐러드용 소채 씨앗에 불과한 것인데 말이다."

부왕은 또 이런 말씀도 하셨다.

"사팔뜨기가 어떤 소녀에게 미소를 보냈단다. 결국 소녀는 시선을 똑바로 보내는 딴 사람에게 돌아서고 말았다는 것이지. 그러자 사팔뜨기는 눈길을 똑바로 보내는 사람들이 처녀를 타락시킨다고 떠들어 대면서 가 버렸다는 거야."

자신을 초월하려는 모순, 부정, 실수 그리고 수치 같은 것에 대해 아무런 책임이 없다고 생각하는 위인들이야말로 너무나 자만스런 존재들이다. 나무를 멸시하는 열매들이 결국 우스꽝스럽지 않을 수 없듯이 말이다.

209

물품을 풍성하게 쌓아 놓기만 하는 데서 기쁨을 찾아내는 사람들이 있다. 그는 실제로는 기쁨이 없는데도 그 생각을 떨쳐 버리지를 못하는 사람이다. 자기의 재산을 늘리고 피라미드와도 같이 물자를 쌓아 올리고, 소리를 잡아 보겠다고 북을 찢어 놓는 야만인들과도 같이 창고 속의 물품들 틈에 들어앉아 흥분하고 있는 것이다.

그와 같이 힘이란 것이 시적 어휘나 조각의 재료, 기타의 악보 속에 있는 것이라고 믿는다. 말들 사이의 필연적인 관계가 당신이 나의 시에 따르도록 하고 구속적인 구조가 나의 조각 작품에 따르도록 하며, 기타의 악보 사이에 있는 구속적인 구조가 당신으로 하여금 기타 연주자가 일으키는 감정에 따르도록 한다고 믿는 그들을 걷잡을 수 없는 혼란 속에서 뒤흔들어 놓는다. 그리고 거기엔 힘이 없기 때문에 힘을 전혀 발견해 내지를 못하고 남의 귀에 큰소리가 들리도록 요란한 소음을 내고 당신의 깊은 내면에까지 그 감동을 가져다 주지만 그것은 쌓아 둔 그릇이 깨지면서 내는 잡음 정도에 지나지 않는다. 그런데 그 감동에는 논의해 볼 여지가 있는 특성과 힘이 있다. 그것은 나의 헌병이 당신의 발을 밟았을 때, 그 무게가 자아내는 느낌이 당신을 지배하고 다스리며 또 당신을 자극하여 매우 훌륭한 효과를 빚어 낼지도 모르는 바로 그런 감동인 것이다.

그리고 만일 내가 "시월의 태양"이라든가 "눈빛 같은 장"이라고 말하면서 당신을 사로잡고 싶어한다면 나는 결국 진수(眞髓)가 아닌 것을 잡으려고 덫을 만들어야 되는 꼴이 되어 버린다. 그러나 내가 우울이라든지 석양이나 아니면 사랑하는 사람 등 당신을 구역질나게 하고 말 시장 바닥, 기성품처럼 팔리는 시어들을 당신에게 내놓고 말할 수가 없어서 덫의 물건 그 자체만을 가지고 그대를 감동시키고 싶다면 나는 모방이란 나약한 짓거리를 감행하게 될 것이다. 그러한 행위는 내가 '장미꽃 바구니'라고 말하지 않고 '시체'라고 말한다면 그 두 가지 모두가 당신의 마음에 들지 않을 뿐더러 더 유쾌하게 해 주지도 못할 것이다. 그렇게 되면 나는 다소 세련되어서 고통을 묘사하는 데 있어서도 상투적인 표현 같은 것에서 벗어날 수가 있을 것이다. 그리고 내게 기억이란 기계 작용을 작동하게 한다. 그대에게 겨우 군침이나 돌게 하던 어휘 따위는 힘이 없는 것이기 때문에, 그대는 거기에 없는 감동은 끌어내지를 못하고 미치광이처럼 흥분하기 시작하여 결국 나의 헌병이 내지른 발길질보다 덜하게 나를 억누르는 고통의 세부적 사항과 고통이 가져다 주는 향기가 있다면 그것을 더욱 늘이기 시작한다.

예기치 못했던 가벼운 충동의 힘을 빌어 당신을 그토록 놀라게 할 생각이다. 물론 내가 당신을 맞아들일 접견실 쪽을 향해서 뒷걸음질 치거나 아니면 보편적으로 논리에 맞지 않고 예상치 못하던 무엇을 호소하거나 하게 되면 결국 나는 그대들을 놀라도록 해 줄 것이리라. 그런식으로 행동해 나간다면 나는 약탈자에 불과하고 파괴의 소음을 끌어내고야 말 것이다. 그 이유는 그대의 두번째 알현시에 당신은 내가 뒷걸음질쳐서 들어와도 놀라지 않을 것이 확실하고 또 어떤 부조리한 몸짓뿐만 아니라 예상치 않았던 부조리한 상황에서도 습관이 되어 버리면 하나도 놀라지 않게 된다. 그리고 얼마 안 가서 당신은 지쳐 버린 인간들의 무관심 속에서 침울하고 말없이 주저앉아 버리고 말 것이다. 그러나 아직도 불평 속에서 하나의 움직임을 끌어낼 수 있는 단 한 편의 시는 못이 박힌 큼직한 순경의 구두를 노래한 시일 것이다.

왜냐하면 복종하지 않는 사람이란 없는 것이기 때문이다. 다시 말해서 외톨로 떨어져 절대적으로 고독한 사람이란 없는 것이기 때문이다. 진정으로 다른 사람과의 영광을 차단해 버리는 사람이란 없는 법이다. 그들은 시라는 명제 아래 사람과 달빛, 가을과 탄식, 그리고 이 돌을 뒤섞어 슈크림 만드는 사람보다도 더 순진한 사람들이다.

당신의 그림자는 말하리라.

"나는 그림자, 달빛이 싫어요."

하지만 그림자는 달빛 때문에 생기는 것이다.

210

나는 당신을 있는 그대로 받아들이겠다. 아주 우연히 당신의 눈 앞에 떨어지는 금붙이를 훔쳐 넣고 당신이 단지 시인이 되어 있다는 사실이 병이 되어 당신을 괴롭히는 수가 있다. 그래서 나는 당신을 시에 대한 사랑으로써 받아들이려는 것이다. 또 금붙이에 대한 애착 때문에 그것들을 감추어 두려는 것이다.

 여자들처럼 당신은 비밀을 다이아몬드로 된 장식품으로 간주할 수가 있다. 그런 여자가 잔치에 나간다. 뽐내며 내 보이는 물건은 결국 그녀를 자랑스럽고 돋보이게 만들어 준다. 다른 한편 당신은 무용수일 수도 있다. 그래서 무용을 존중하는 마음에서 그대를 받아들이고 또 비밀을 존중하는 마음에서 그대가 지닌 비밀이란 것도 몰래 간직해 둘 것이다.

 그러나 아무런 조건 없이 당신은 그저 단순히 나의 친구일 수가 있다. 그래서 나는 당신을 사랑하고 있는 그대로의 당신을 받아들이려는 것이다. 만일 당신이 다리를 절룩거린다면 나는 춤추자고 청하지는 않을 것이다. 또 나는 당신이 이러이러한 사람들을 싫어한다면 그런 사람을 당신과 함께 불러서 당신을 괴롭히는 일을 저지르지는 않을 것이다. 당신이 먹을 것이 필요하다면 나는 당신에게 음식을 내주리라.

 당신을 좀더 잘 알아보겠다는 생각으로 당신을 분석해 가면서 고찰하지는 않겠다. 이 행위나 또는 다른 행위가 모든 행위의 총체는 아닌 것이다. 이 말이나 또는 어떤 다른 말이 모든 말들을 대표하는 총체는 아닌 것이니까. 그러므로 나는 당신을 이 행위와 이 말을 가지고 따지지는 않겠다는 것이다. 그리고 나는 당신을 통하여 이 행위와 이 말을 판단하리라.

 나는 귀가한 당신을 만나겠다고 요청하겠다. 나를 이해하지 못하고 해명을 요하는 친구와는 별로 볼 일이 없다. 내게는 별 의미 없는 뜬소문에 나 스스로를 끌어넣을 힘은 없다. 나는 바로 산인 것이다. 산이란 바라볼 수가 있는 것이다. 그러나 손수레가 당신에게 산과 같은 의미를 가져다 주지는 않을 것이다.

 사랑으로 이해되지 못한 것을 내가 어떻게 무언으로 설명하란 말인가. 그런 소리를 어떻게 자주 이야기하란 말인가? 그건 비천한 이야기다. 사막에 있는 나의 병사들에 대해서 내가 이야기했었다. 전투를 벌이는 전날 밤 나는 병사들을 조용히 지켜보았다. 왕국이 그들의 덕분으로 잠이 들었다. 그들은 이제 왕국을 위해서 숨져 갈 것이다. 그리고 그들의 죽음은 그런 교환 속에서 보상을 받게 될 것이다. 그리하여 나는 그들의 진정한 열정을 알게 되었다. 뜬소문들은 내게 무엇을 알려 줄 것이란 말인가? 그들이 자신들의 고생을 불평하고 대신이 하사를 미워하고 먹을 식품이 모자라는 등 끝내 그들의 희생이란 가혹할 수밖에 없는 것이라고 말할 것인가? 그들이 꼭 그런 식으로 말을 해야만 하는 것인지. 나는 지나치게 센티멘털한 서정에 젖어 있는 병사들을 경계한다. 상관을 위해서 한 병사가 죽고 싶어도 그는 자기가 지은 시를 당신에게 낭독해 주는 것에만 열중한 나머지 죽음을 모면하게 되는 경우도 있을 것이니까 말이다. 나는 너무나 날개를 동경한 나머지 정신이 나가 어리둥절해 있는 애벌레도 경계한다. 번데기가 되기 위해 죽으려고 하지 않기 때문이다. 하지만 나는 그 따위 풍문에는 귀를 틀어막는다. 나의 병사인 그를 통해서 그가 누구라는 이름을 듣는 것이 아니다. 그가 우선 어떤 사람인가를 관찰한다. 그런 종류의 병사는 격전에서 적탄으로부터 자기의 상관을 제 가슴으로 막아 줄 것이리라. 나는 그가 어느 관점에서 이야기하고 있는지 들어 줄 필요가 있다. 왜냐하면 그의 관점에서 살펴보면 독자적인 왕국이 있고 또 결코 고갈되지 않는 저장품이 있기 때문이다. 그는 침묵을 지킬 수도 있고 또 다시금 나를 충족시켜 줄 수가 있는 것이다. 그렇게 되면 나는 그의 의견에 좇아서 세상을 주시하게 되고 또 세상을 다른 각도에서 고찰할 수 있게 된다. 그와 마찬가지로 내 친구 쪽에서 내가 어떤 관점에서 이야기하는가를 알아주기를 바라고 싶다. 그 때 가서야 그가 나를 진정으로 이해하게 될 것이니까 말이다. 말들이란 당장 놀려대는 혀끝에 달린 것이기에 말이다.

211

밤낮 굳어 있는 시선으로 거룩한 분노를 품고 거기다 사팔뜨기인 예언자가 나를 찾아왔다.
"정의로운 사람들을 구출해야만 합니다."
하고 그는 말했다.
나는 그에게 이렇게 대답했다.
"물론 구출해야 하고 말고. 그들에게 벌을 내려야 할 만한 뚜렷한 이유가 없는 것이니까."
"그들은 죄인들과는 구별되어야 합니다."
"물론이지. 가장 완전한 것을 본보기로 해서 말이다. 그대는 가장 훌륭한 조각가의 걸작품을 골라서 본보기로 삼아야 해요. 당신은 당신의 자녀들에게 가장 잘된 시를 읽어 주시오. 그리고 가장 아름다운 여왕을 만나 뵙기를 소망하시오. 왜냐하면 가장 완벽한 것이란 당신의 능력의 한도 밖에 있다 해도 어차피 밖으로 공개되어야 하는 하나의 방법이었으니까 말이요."
하고 나는 그에게 대답했다.
그 말에 예언자는 펄펄 뛰며 소리질렀다.
"어떤 일이 있어도 일단 정의로운 종족을 추려서 그들만 구출하여 이번만은 부패를 일소해야만 합니다."
"하지만 그건 너무 심한 말이군. 꽃과 나무를 동떨어진 별개의 것으로 구별하라고 우기고 있는 것이군. 비료를 주지도 않고 수확을 올리고, 형편없는 조각가를 잡아다 목을 베고, 위대한 조각가들만 원하고 있지만 나는 다소 불완전한 사람이나 꽃을 향한 혼란과 나무의 상습만 알고 있소. 그리고 왕국의 완벽함이란 어떤 점에서는 추한 행위를 위하여 이룩된 것이라고 생각하고 있소."

하고 내가 그에게 이야기했다.

"당신께서 추잡한 것을 존중하고 계시다니!"

"그와 마찬가지로 나는 당신의 어리석음도 같은 정도로 존중하고 있소. 전적으로 덕행이란 바람직한 것이고 실현 가능성이 있는 완벽한 상태로 주어지는 것이 좋은 것이니까요. 그러나 한편으로는 그토록 덕성스런 사람들이 존재하지 않는 곳도 있다고 가정하는 것은 좋은 일이오. 인간이란 무엇보다 불완전한 것이기 때문에 절대적인 완전함이란 그것이 어디에 들어 있든 죽음을 이끌어 나가는 것이니까. 그런데 방향이 목표의 모습으로 나타나는 것은 좋은 일이지요. 바꾸어 말하자면 당신이 감히 접근할 수도 없는 목표를 향해 걸어가는 데 싫증을 느낄 테니까 말이오. 나는 한때 사막에서 견뎌 내기 힘든 고통을 받은 적이 있었어요. 처음에는 사막을 가로질러 가는 일이 도무지 불가능한 것으로만 여겨지더니 드디어 멀리서 일어나는 모래 구름을 어차피 배가 닿아야 하는 기항지로 여기게 되었지요. 물론 내가 그곳에 닿고 보면 그 구름은 평범한 모래 언덕에 지나지 않았어요. 나는 또 다른 톱니모양의 지평선을 지극히 행복한 기항지로 삼는 것이오. 그러나 애써 그곳에 도착하고 보면 그곳은 기항지가 아니었어요. 그래서 나는 또 다른 목표를 점찍게 되고 그렇듯 여러 곳을 겨냥하다 보면 결국 모래 위로 붕 떠 버리고 말게 되는 것이지요.

염치없는 일이란 영양(羚羊)의 경우처럼 단순하고 천진하고 소박함의 징표가 되는 것이지요. 당신에게 그것을 누가 일러 주면 당신은 그것을 고결한 덕행으로 바꾸어 놓게 될 것이오. 그렇지 않으면 그것은 정숙에 대한 공격에서 자기의 환희를 끌어내게 될 것이오. 그리고 정숙을 바탕으로 삼게 될 것이고 또 정숙을 가지고 살아갈 것이며 또 그것을 토대로 덕행을 이루어 나가게 될 것이지요. 그래서 술취한 군인이 길을 지나가면 어머니들은 모두가 제 딸에게 달려가서 바깥에 나타나지 말고 들어앉아 있으라고 일러 주는 것을 볼 수가 있소. 그대 유토피아의 왕국에 있는 군인들은 아예 습관적으로 길을 걸을 때는 땅만 바라보고 다니기 때문에 마치 군인들이 길 한복판에 지나가지도 않는 것 같아서 당신네 나라 처녀들은 비록 발가벗고 목욕을 해도 아무런 탈이 없을 것이오. 그러나 나의 왕국에서의 정숙은 결코 염치가 없다는 것과는 아예 성질이 다른 것이오. '왜냐하면 여기서 말하는 가장 정숙한 사람들이란 죽은 사람일 것이니까.' 정숙한 것은 결국 은밀한 정열이고 겸허한 태도와 자존심인 동시에 용기인 것이지요. 그리고 그 어느 곳으로 술에 취한 군인이 지나간다해도 그는 나의 왕국에서 행실이 방정함을 배워 갈 수 있는 것이지요."

"그렇게 말씀하고 계시는 당신은 당신네 술취한 군인들이 상스런 말을 지껄이기를 바라고 있는 것만 같군요……."

"그와는 반대로 그들이 자신의 점잖음을 지키도록 벌을 내릴 참이오. 그러나 내가 정숙을 강요하면 할수록 그 정숙함을 무너뜨리고 싶은 유혹이 생기게 마련이오. 당신도 밋밋한 언덕보다는 높은 산꼭대기를 오르는 데서 더욱 큰 기쁨을 느끼고 있지 않소? 아무런 저항이 없는 얼간이보다는 당신한테 대항해 오는 적을 싸워 이기는 데서 더 큰 기쁨을 얻고 있지 않소. 아낙네들이 베일을 쓰고 있으니까 여자들의 얼굴이 어떻게 생겼는지 상상해 보고 싶은 욕망이 생기게 마련이오. 그래서 나는 욕망의 균형을 이루어 줄 수 있는 가혹한 처벌로 왕국이 지닌 지력선의 긴장을 평가할 수 있는 것이지요. 내가 산 속에서 강물의 줄기를 막을 때 나를 즐겁게 해 주는 것은 축대의 두께를 측정하는 일이요. 그것은 곧 내 힘의 표시인 것이오. 메마른 연못을 버티어 나가는 데는 확실히 판지(板紙) 같은 장벽으로도 충분한 것이기 때문이오. 그렇다면 어째서 나는 거세된 병사들을 원하고 있는 것이오? 나는 그들이 와서 나의 성벽을 짓눌러 버리기를 바라는 것이오. 그래야만 그들은 죄를 짓는 한편 그 죄를 초월하는 어떤 창조 속에서 위대해질 수 있는 것이기 때문이오."

"그렇다면 그들이 난폭한 행동이라도 하고 싶어하는 욕망에 들떠 있기를 바라겠다는 말이오?"

"그런 게 아니지, 당신은 내 말을 전혀 이해하지를 못하고 있구면."

하고 나는 말했다.

212

맹랑할 정도로 어리석은 나의 헌병들이 내게 찾아와서는,

"저희들은 왕국이 퇴락하는 원인을 알아냈습니다. 문제는 아주 발본색원해야 할 한 당파인 것입니다."

"그래? 그럼 그들은 무슨 목적으로 개개인이 결합됐단 말인가?"

하고 내가 물었다. 그러자 그들은 그 당파의 행동이 모두 일치하고 있다는 점과 이러이러한 의미 속에서의 엉킨 관계 그리고 그들이 모이는 장소를 내게 말해 주는 것이었다.

"그렇다면 그들이 왕국을 위협하고 있다는 것을 무엇으로 알아냈다는 말인가?"

그러자 그들은 이 당파가 저지르고 있는 죄상과 그들 중 몇몇 사람이 관여한 횡령 사건 그리고 몇몇이 벌인 비열한 추태를 내게 보고했다.

"그래? 나는 지금 그대들이 말한 것보다 더 위험스런 당파를 알고 있다네. 그 당파와 맞서서 싸우고 싶어하는 사람들은 아무도 없으니까 말일세."

"아니, 그건 또 어디 무슨 당파인데요?"

하고 나의 헌병들은 서슴없이 묻는 것이었다. 헌병들이란 우선 부딪쳐 보기 위해서 존재하고 있는 무리들이기 때문에 그렇게 부딪쳐 싸워 볼 대상이 없으면 우선 시들해지니까 말이다.

"왼쪽 관자놀이께 애교점을 달고 있는 사람들의 무리란 말야."
하고 그들에게 설명해 주었다.

그들은 조금도 분명히 알아듣지는 못하면서 투덜거리기부터 먼저 했다. 그들은 이해 같은 것은 하지 않아도 덤벼들 수는 있는 사람들이기 때문이다. 그들의 머릿속은 텅비어 있어도 다만 주먹을 휘두르기만 하면 되는 무리들이다.

그런데 그들 중 그전에 목수였던 한 헌병이 두세 번 헛기침을 하고는,

"그자들은 그들의 관계를 절대 노출시키지 않습니다. 모여드는 장소가 없으니까요."

"그래 바로 그 점이 위험한 것이지. 발각되지를 않는 것이니까. 하지만 그들이 나라 안 온 백성들의 미움을 사도록 내가 일단 법률을 공포해 버리면 그들은 서로가 서로를 불러 단결하고 함께 생활하면서 백성들의 정의에 항거하여 그들의 계급에 대한 제 나름대로의 역할을 찾아가면서 의식을 취하게 되는 모양을 볼 수 있게 될 것이다."

"그건 아주 지나칠 정도로 지당하신 말씀이십니다."
하고 모두가 내 말을 인정했다.

그러나 목수 출신의 그 헌병은 여전히 기침을 뱉으며,

"그들 무리 중 한 사람을 알고 있습니다. 그는 맘씨가 좋습니다. 너그러운 맘씨에 정직하기까지 하거든요. 그리고 그는 왕국을 지키려다가 세 군데나 부상을 당하기까지 했는걸요."

"오, 정말 그런가? 여자들이란 지각이 없다고들 하지만 하긴 이지적인 여자가 한 사람도 없다고야 말할 수 없는 것과 마찬가지로 장군들의 음성이 우렁차다고 해서 내성적인 성격을 지닌 장군이 한 사람도 없다고 우겨댈 수가 있겠는가? 예외란 것에 대해서 너무 신경을 쓰지 말게나. 일단 어떤 범죄의 혐의를 보인 사람을 골라내서 캐보면 그런저런 과거는 다 지니고 있게 마련이라니까. 그들은 모든 범죄, 유괴, 폭력, 횡령, 사기, 탐욕 그리고 온갖 파렴치의 온상지가

되어 있을 테니까 말야. 도대체 자네들은 그들이 그런 죄가 전혀 없다고 주장하고 있단 말인가?"

하고 내가 그들에게 되물었다.

"물론 그런 게 아니고 말구요. 어차피 그들의 주먹 속에서 욕망이 솟아났을 테니까요."

헌병들은 아주 펄쩍 뛰듯이 말하는 것이었다.

"그런데 어떤 나무가 썩은 과일을 만들어 놓는다면 자네들은 그 썩은 이유를 열매에게 탓하겠는가 아니면 나무에게 돌릴 것인가?"

"그건 물론 나무지요."

하고 그들은 소리쳤다.

"그렇다면 몇 알의 성한 과일이 그 나무를 죄가 없다고 해 줄 수도 있겠구먼?"

"아니죠, 결코 그럴 수는 없는 일이에요."

헌병들은 소리쳤다. 아주 다행스럽게도 그들은 죄를 용서해 주지 않는다는 그들의 직분을 여전히 사랑하고 있었다.

"그러니 왼쪽 관자놀이에 애교점을 달고 있는 사람들은 나의 왕국에서 제거해 버리는 것이 정당한 처사이니라."

하고 내가 언명했다.

그러나 전직 목수였던 헌병은 여전히 헛기침을 했다.

"자네 반대 의견이 있으면 명백히 말해 보게나."

내가 그를 향해 이렇게 말했다. 그러자 그에게서 무슨 낌새를 직감한 그의 동료들은 그의 관자놀이 쪽으로 묵직한 암시의 시선을 던지고 있었다.

그들 중 어느 하나가 아주 대담하게 그 용의자의 아래 위를 훑어보는 것이었다.

"이 자가 만나서 알고 있다는 그들 무리 중의 한 사람이란……아마도 그의 동생이라도 되어 있는 모양이구먼……아니면 그의 아버지거나……아니라면 이자의 가족 중 누구쯤 될 테지."

그러자 둘러선 헌병들 모두가 투덜거리면서 한마디씩 말참견을 하게 됐다.
바로 그때 나는 분노가 폭발했다.
"오른쪽 관자놀이에 애교점을 달고 있는 당파도 더욱 위험스런 존재다. 우리는 미처 그 사람에 대해서는 전혀 상상조차 하지 않았으니까. 그런데 그들 일당은 계속 몸을 숨기고 있다는 게지. 만일 그 말썽부린 일당이 애교점을 얼굴에 하나도 가지고 있지 않는 패거리들이라면 그건 더욱 위험한 일이다. 왜냐하면 그들은 역도들 처럼 남의 눈에 전혀 뜨이지 않게 변장을 하고 다닌 것이니까 말이다. 그렇게 되면 나는 이 당파 저 당파 할 것 없이 닥치는 대로 잡아다 유죄 선고를 내릴 수밖에 없다. 사실 그 당파는 죄악과 유괴, 폭력, 사기, 횡령, 탐욕 그리고 파렴치의 온상이 되어 있는 것일 테니까. 또한 헌병들은 그들 자신이 헌병이란 사실을 자각하고 있기 때문에 나는 손쉽게 그들을 통해서 필요하다고 생각되는 사회 정화를 단행하려고 한다. 그래서 나는 자네들 마음속에 자리잡고 있는 헌병이란 직분을 그리고 또 자네들 마음속에 잠재해 있는 인간성을 나의 성채 지하 토굴에 있는 거름더미 위에 던지라고 명령하는 것이다."
그러자 헌병들은 당황한 나머지 코를 훌쩍이며 별 성과도 얻지 못한 채 잠잠해지는 것이다. 그들은 주먹으로도 사색을 할 수 있는 사람들이니까.

그리하여 나는 그 목수 출신 헌병을 잡아 가뒀다. 그는 두 눈을 감고 순순히 응했다.
"나는 자네를 해고하겠다. 나무가 목수에게 저항하기 때문에 목수에게 있어서 진실이란 묘하고 모순되는 점이 있다지만, 그것이 곧 헌병에게 있어서의 진리가 되는 것은 아니지 않은가. 가령 관자놀이에 점을 달고 있는 사람들을 흉악범이라고 갈라 놓는다면 나의 헌병들이 그들에 대한 이야기를 듣는 것만으로도 주먹을 더 많이 휘둘러야 되겠다고 생각하는 것은 곧 나를 기쁘게 하는 일이다.

그와 마찬가지로 너희들 헌병 중 상사가 반(半)회전을 잘하는 재능에 따라 자네들을 평가하는 것도 내가 싫어하지 않는 일이지. 그 이유란 가령 상사로 하여금 달리 평가하도록 권리가 주어질 수 있다면 그는 자네가 위대한 시인이란 까닭 하나만으로 자네를 용서해 줄 가능성이 있으니까. 그와 마찬가지 논리로 너의 주변에 있는 동료가 얌전하다고 해서 용서해 줄 것이고 또 자비의 본보기가 된다고 해서 그대 이웃의 이웃까지 용서해 줄 것이다. 그리하여 정의란 그런 식으로 파급되어 나갈 것이다. 그러나 반(半)회전을 하던 교묘한 허구가 끝내는 전쟁으로 돌발하고 나의 병사들은 굉장한 소란을 피우며 서로 얽혀 치고 박고 엄청난 살육을 초래하고 말 것이다. 결국 상사에 대한 존경으로 엄청난 위안도 받게 될 것이니까. 그래서 정의에 대한 너의 사랑이 어느 날 아주 어쭙잖은 곳에서 피를 뿌리게 될까 봐서 나는 너를 원래의 네 직분이었던 목수로 되돌려 보내려는 것이다.”

213

그런 일이 있고 난 후 어떤 이가 나를 찾아와 정의가 무엇인지 물었다.

"나는 공정한 행위들을 알고 있지만 정작 수평이란 무엇이냐 하는 데 대하여는 모르오. 당신이 노동한 만큼 일용할 양식을 얻는 것이 다름아닌 공정일 것이오. 몸이 아플 때 딴 사람의 간호를 받는 것도 공평한 일이고, 당신이 죄가 없이 결백하다면 구속되지 않는 것이 공평하고. 하지만 명백한 사실은 결코 멀리 있는 것이 아니라니까……. 예식 절차에 순응하는 것은 한 가지 공정한 일이오.

어떤 사람이 받은 상처에 붕대를 감으려면 비록 그 상처가 주먹이나 무릎에나 있을 정도로 경미한 것이라도 사막을 건너서야 있는 의사에게 찾아가라고 말하겠소. 비록 그 환자가 이교도라 할지라도 그렇게 해야 하는 것이오. 인간을 존중할 줄 아는 풍토를 수립해야 하니까 말이오. 왕국이 이교도 왕국에 대항하여 전쟁을 벌이고 있는 중이라고 해도 나는 병사들에게 곧 사막을 건너가서 이교도의 내장을 햇빛에 곧장 펴 내놓으라고 명령할 것이오. 나는 그렇게 해서라도 왕국을 일으켜 세워야 하니까 말이오."

"영주님……무슨 말씀이신지 알아듣지를 못하겠습니다."

"못 장수들을 찬양하는 노래를 부르는 대장장이가 못을 더 팔아보겠다고 목수의 연장들을 망가뜨려 놓는 경향이 있다는 소리를 듣고 나는 기뻤소. 또 목수들이 나무 판자를 못쓰게 만들려고 하는 경향이 있다는 것도 흥미 있는 일이오. 유능한 건축가가 대장장이의 일을 두둔하면서 목수를 골탕먹이고, 목공일을 두둔하면서 대장장이의 일을 골탕먹이는 것 또한 내 마음에 든다는 말이오. 왜냐하면 그런 지력선의 긴장 속에서 선박이 태어나는 것이니까. 나는 그래서 의욕이 없는 목수가 못 만드는 일을 숭배하는 것이나 목공일을 부러워하는 성의 없는 대장장이에게는 아무것도 기대하지 않겠다는 것이오."

"그러면 영주님도 증오를 존중하시나요?"

"나는 증오란 것을 소화시켜 그것을 초월하고 오직 사랑만 존경하고 있소. 그러나 그 사실이란 것은 반드시 판자와 못의 결합이란 관계 위에서만 존재하는 것이라오."

거기서 자리를 비켜 나는 신에게 이런 기도를 올렸다.

"주여, 부상당한 군인과 치료를 해 주려는 의사의 상반된 진실을 식별하는 것이 나에게 궁륭의 열쇠만큼이나 합당한 일이 아니라고 하더라도 저는 그것은 그저 일시적인 현상으로 받아들이겠습니다. 저는 얼음과도 같이 차디찬 음료수를 뜨거운 음료수와 섞어 미지근한 액체로 만들어 놓지는 못합니다. 저도 적당한 상처를 입고 적당히 치료를 받는 그런 일은 원하지 않습니다. 치료를 거부하는 의사를 처벌하고 또 부상당하기를 꺼리는 병사들에게도 벌을 내리렵니다.

 표현되는 언어가 상반되거나 모순되는 것쯤은 별로 상관하지 않습니다. 왜냐하면 재료가 다양한 함정만이 노획물을 고스란히 잡아 가둘 수가 있는 것이니까요. 그 노획물이란 어떤 사람이 될 수도 있고 또 다른 어떤 특징이 될 수도 있는 것입니다. 저는 성스러운 주 당신의 지력선을 더듬거리며 찾아 나서는 것입니다. 그리고 내게는 합당치 않은 명증성이 결여된 채 그런 종교 의식 가운데서 제가 구원을 받고 거기서 생활의 활력을 얻어낼 수 있다면 저는 당연히 종교 의식을 선택하는 것이 옳은 거라고 말하겠습니다. 주여, 그 이유를 모르면서 손가락을 왼쪽으로 다듬어 제작해서 만족을 얻었다는 나의 조각이 역시 그러한 것입니다. 그렇게 해야만 그는 자기가 빚어 내는 진흙에 힘을 줄 수 있을 것 같으니까요.

 씨앗의 지력선이 가리키는 방향을 따라 지나가는 나무처럼 나는 당신을 향해서 나아가고 있습니다. 주여, 장님은 불에 대해서 아는 것이 없습니다. 그러나 그의 손바닥에는 민감한 불의 지력선이 있는 것입니다. 그래서 그는 가시덤불을 뛰어넘어 걸어가고 있는 것입니다. 모든 탈바꿈이란 고통스런 것이니까요. 주여, 저는 당신의 은총에 따라, 변화를 이룩해 주는 언덕을 따라서 당신에게로 나아가고 있는 것입니다."

 "당신께서는 자기의 창조를 따라서 하강하지는 않습니다. 그래서 불이 지닌 열기나 씨앗의 장력 이외 또 다른 무엇을 배우려 애쓰지는 않으렵니다. 날개에 대해서 아무것도 아는 것이 없는 번데기의 경우도 마찬가지입니다. 꼭두각시의 손에서 신이 나타나는 것은 바라지 않습니다. 배에서 못 만드는 대장장이를 말해 봐야 이미 소용 없는 것이 되듯 번데기에게 날개를 운운한다는 것은 쓸데없는 짓입니다. 내가 지닌 위력이 조선 설계자의 열성으로 한정되는 것을 나는 만족합니다. 종자로 인해서 날개의 지력선이 있고 씨앗에 의해 나무의 지력선이 결정되는 것만으로 불만이 없습니다. 그리하여 주여 당신은 지금 계신 그 상태로 그저 존재해 계시기만 하십시오. 주여, 저의 고독은 이따금 아주 냉엄한 것입니다. 그래서 버려진 사막에서 하나의 지표를 갈구하고 있는 것입니다. 그런데 꿈속에서 당신은 내게 계시하였지요. 저는 모든 징조가 결국 덧없는 것이란 걸 알게 되었어요. 가령 당신께서 저와 같은 계층에 머물러 계신다면 당신은 저를 더 이상 성장하지 못하게 하시겠지요. 그렇다면 지금 이대로의 제가 무엇을 할 수 있겠다는 것입니까?

 단 한 번도 해답을 얻어 보지 못한 기도를 연거푸 되풀이하면서 저는 앞을 못 보는 장님이기 때문에 오직 빛바랜 제 손바닥 위의 열기만 유일한 안내자로 삼고 묵묵히 나아가고 있는 것은 바로 그러한 연유에서인 것입니다. 하지만 주여, 당신께서 내게 대답을 해 주시지 않았기 때문에 당신을 찬양하게 된 것입니다. 왜냐하면 제가 찾고 있는 것을 발견했을 때, 그때는 이미 완전한 변화를 성취하고 난 뒤였을 테니까요. 가령 당신께서 아무 동기도 없이 우연히 천사장의 걸음으로 인간들을 향하여 옮겨 오신다면 인간은 완전하게 될 것입니다. 그렇게 되면 인간은 더 이상 톱으로 나무를 켜지도, 쇠를 달구어 못을 만들지도, 아픈 데를 치료하지도 않게 될 것입니다. 또 인간은 더 이상 자기 방을 쓸어 내거나, 사랑하는 여인을 더 소중히 여기지도 않게 될 것입니다. 주여, 만일 인간이 당신을 바라보며 또 인간이 인간을 통한 사랑으로써 당신을 찬양하게 되어도 방황을 계속하게 될까요? 신전이 세워진다면 인간은 신전만 바라보는 것이지 돌들을 쳐다보지는 않습니다."

 "주여, 저는 늙었습니다. 하늬바람이 불면 나무들이 시들어 가듯 저의 친구들이나 적들이 모두 지겨워집니다. 주님께서는 저의 운명을 이처럼 잔인하게 만들어 놓은 모든 적들을 제가 지배하고 싶은 욕망을 느끼도록 해 주시기 때문에 저는 그들을 죽이는 동시에 또 치료를 해 주지 않으면 안 된다는 모순된 생각에 대해서는 불만인 것입니다. 그리하여 죽음의 문제에서 죽음의 문제로 나아가면서 당신의 침묵을 향해서 제가 올라가지 않으면 안 되게 되어 버린 것입니다. 주여, 나의 왕국 북쪽에 있는, 내가 아껴 마지않는 적수이자 유일하게 진실된 친구인 기하학자와 산봉우리를 지나고 저의 세대를 뒤에 남기고 변화된 어느 산비탈에 서 있는 나, 우리 둘이 내가 열심히 일했던 이 한적한 사막의 구덩이에서 당신의 영광을 위하여 함께 결합하여 잠들 수 있게 되기를 간절히 비나이다."

214

부식토에 대한 당신의 경멸은 놀랄 만한 것이었다. 당신은 예술품만 좋아하고 있다.

"어째서 당신은 그처럼 불완전한 친구네 집에 가는 거요? 그런 결점을 지니고 그런 냄새를 풍기는 그 사람을 어떻게 견뎌 내고 있소? 당신한테 어울릴 만한 사람들을 내가 알고 있는데……"

그러면 당신은 나무에게 이렇게 말하겠지.

"어째서 넌 퇴비 속에다 뿌리를 박고 있는 거냐? 난 말야 열매와 꽃만 존중하는 거야."

그러나 나는 오직 내가 변모시키는 것만으로 살아가고 있는 것이다. 나는 수레요 길이요 탈것이다. 그리고 당신은 죽은 이와도 같은 황무지다.

215

당신들은 움직이지 않고 있다. 항구에 들어와서 화물을 푸는 선박처럼 그 화물은 강렬한 색채로 부두를 꾸며 주고 있다. 사실 그 속에는 금빛나는 천과 붉은 빛 향료와 상아가 있고 태양은 사막 위를 흐르는, 꿀 같은 강물처럼 하루 낮을 넘겨주고 있기 때문이다. 그래서 당신들은 우물을 굽어보는 언덕 비탈에서 새벽의 비명에 놀라 꼼짝도 않고 있는 것이다. 또 큼직한 그림자를 발 아래 늘어뜨리고 있는 짐승도 움직이지 않고 있다. 한 마리도 움직이지 않는다. 그들은 한 마리씩 나가서 물을 마시게 될 것이라고 알고 있다. 그런데 한 가지 자질구레한 일이 다시 그들의 움직이는 행렬을 정지시켰다. 물은 그들에게 분배되지 않았다. 그러면 당신은 두 팔을 허리에 얹고 저 멀리 바라보면서,

"저것들이 무엇을 하고 있는 것이람."

하고 말할 것이다.

그대가 모래를 파낸 우물 저 밑바닥에서부터 끌어올린 사람들은 제각기 연장을 내려놓고 팔짱을 낀다. 그들이 지어 보이는 미소가 당신에게 말해 준다. "물이 지금 나오고 있다"고.

왜냐하면 사막에서 인간은 더듬거리면서 자기의 젖을 찾는 콧대를 지닌 어설픈 동물이니까. 이제 안심을 한 당신은 빙긋이 웃는다. 그때 낙타 몰이꾼은 당신이 미소짓는 모습을 보고 덩달아서 웃음을 머금는다. 그러다가 결국은 사막에 있는 모든 생물이 다 미소를 짓는다. 반짝이는 모래들, 당신의 얼굴 그리고 부하들의 얼굴, 아니 무슨 껍질이라도 뒤집어쓴 것만 같은 모든 동물들이 죄다 말이다.

왜냐하면 그 동물들은 그들 자신이 물을 마시러 가려는 것을 알고 있다. 또 온통 기쁨에 젖어서 어쩔 줄 몰라 그 자리에서 꼼짝도 하지 않고 있다는 것도 알고 있으니까. 그리고 구름의 틈바구니 사이로 태양이 빛을 쏟을 때면 바다 위에 있는 것만같이 환각을 느끼는 순간이 있다. 그리고 왜 그런지 까닭을 모르지만 당신은 자신의 현존을 자각하게 된다. 무엇인가에게서 보상을 받고 있다는 느낌 때문

이겠지. 어떤 선물처럼 전혀 예측하지도 못하고 또 약속되지도 않았던 싱싱한 샘물이 사막 한가운데 있었기 때문이다. 그것도 아니면 항시 당신을 꼼짝 못하게 붙잡고 있는, 물을 통한 미래의 결합에 대한 기대 때문에 그런지도 모른다. 그래서 사람들은 팔짱을 끼고 있는 것이다. 그렇기 때문에 당신은 언덕 꼭대기에서 허리에 손을 얹고 지평선이 하늘과 맞닿는 점을 계속 바라보고 있는 것이다.

모래 비탈 위에서 커다란 그림자를 밟고 열을 지어 늘어선 동물들은 미동도 하지 않고 있다. 물을 담아 놓을 커다란 물통을 들고 달려오는 사람이 아직 나타나지 않고 있기 때문에 당신도 그들이 도대체 무엇을 하고 있는 것일까 하고 중얼거리고 있다. 아직은 모든 것이 중지되어 있는 상태지만 그래도 모든 것은 약속되어 있는 것이다.

그리고 당신도 웃음을 머금은 채 평화 속에 잠겨 있다. 머지않아 물을 마시는 열락의 순간이 찾아오고야 말 것이다. 그러나 당신에게는 사랑이란 것이 문제가 되어 남아 있을 뿐 더 이상 즐거움을 따로 두고 싶은 이야기들이 남아 있지는 않는 것이다. 그때엔 사람, 모래, 짐승 그리고 태양이 돌멩이들 사이에 난 조그만 틈바구니에서 그들이 존재하고 있다는 의미가 결합되어 있는 것만 같고 그리고 그들의 다양함 속에서 똑같은 예배의 공동적인 대상 의식의 기본 여건들 그리고 성가의 말씀들만 그대 주변에 나타내 보인다.

그리고 제사를 집전하게 되는 위대한 사제인 당신, 의식의 주관자인 그대는 주먹을 허리에 대고 꼼짝하지 않고서 내릴 결정을 고려하면서 물을 담아 마시게 할 커다란 물통을 어디서 가져오는가를 지켜보려고 지평선 위를 뚫어져라 바라보고 있다. 역시 예배에는 어떤 대상이, 시에는 어휘 한마디가, 승리를 위해서는 한 사람의 보병이, 축연에는 향료가, 의식에서는 명예스런 손님이, 대성당에서는 뭇 시선의 눈에 빛을 뿌려 줄 수 있는 한 개의 돌멩이가 필요한 것이다.

그래서 때마침 커다란 물통을 들고 오는 사람들이 어디엔가 올라오면 먼 곳에서 그 모습을 보게 되는 당신은 아마 소리를 지르게 되리라.

"이봐, 거기 오는 친구들, 좀 서두르라구."

그래도 그들은 아무 대꾸도 하지 않으리라. 그럴 때 당신은 한 가지 몸짓을 해 보일 것이다. 그때부터 대지가 만들어 놓은 밧줄이 소리치기 시작하고 짐승들의 대열은 천천히 움직이기 시작할 것이다. 그러면 사람들도 몽둥이로 짐승들을 때리고 준비해 둔 명령으로 그들을 다스리고 그들에게 대고 명령을 내리기 시작하고……. 그렇게 해서 느릿느릿 밝아 오는 태양 속에서 예식에 따라 분배 의식이 진행되기 시작하는 것이리라.

216

논리학자들과 역사가들과 비평가들이 여러 번 검토를 거듭했던 그들의 이론 체계에 대해서 논의하고 또 논의를 거듭한 끝에 또다시 추론을 가하려고 나를 찾아왔다. 그런데 그들이 제시한 것은 모두가 냉엄할 정도로 적확한 것이었다. 그리고 그들은 인간을 훌륭하게 도와 주고 인도하고 키워 주고 또 풍부하게 해 주는 사회와 문화 그리고 왕국의 이론을 서로 다투어 이룩해 가고 있는 것이었다.

그들이 한참 동안 설명하고 난 뒤 그들에게 나는 이렇게 요망했다.

"그토록 인간에 대해 훌륭하고 그럴싸한 이론을 늘어놓으려면 우선 인간을 만족시킬 문제이자 인간을 위해서 제기되는 중요한 문제들을 내게 말해야 되지 않겠소?"

그들은 기꺼이 새로운 규정들을 내게 제시하였다. 그 이유를 말하도록 만일 당신이 그들에게 계속 설명할 기회를 준다면 그들은 그 기회의 한끝을 잡고 늘어져서는 소란한 무기 소리와 금빛 모래의 먼지를 일으키고 또 폭풍우처럼 질주하는 기병대의 공격처럼 무방비 상태의 길에 뛰어드는 셈이 된다. 하지만 그들은 아무 데도 갈 곳이 없는 것이다. 그들이 소란 떨기를 멈추고 무슨 칭찬이라도 해 주려나 하고 기대하고 있을 때 나는,

"그런데, 결국 그 사람들은 봉사를 하기 위해서가 아니라 그들의 곡예를 남에게 보이고 칭찬을 들으려고 분주히 뛰어다니고 있기 때문인 것이오. 그래서 그들은 떠들어대기를 멈추면 누구보다도 더 점잖은 체하는 것이오. 한데, 내가 잘 이해하고 있는 것인지는 몰라도 여러분들은 인간에게 또 인간을 위해서 가장 중요한 것을 장려하라고 내게 주장하고 있는 것이군요. 그러나 여러분들이 고안한 제도는 인간의 배 둘레를 늘이거나 아니면 최소한 건강을 장려하는 것이라고 이해할 수밖에 없는 것이오—물론 그것도 유용한 것이기야 하지만 문제는 어디까지나 하나의 방법이지 궁극적인 목적이 아닌 것이니까요. 수레바퀴의 견고한 내성처럼 그 뼈대가 소중한 것이니까요. 그러니 문제는 어디까지나 방법에 있는 것이지 목적에 있는 것이 아니라는 거요. 수레가 제 구실을 다하며 유지해 나가고 있는 것처럼 그 기관의 유지가 문제되는 것이지 그 수자는 아니거든요. 여기서는 수레에 싣게 되는 짐의 양이 문제요. 내가 왕국을 유지해 나가기 위해 적당하게 건강한 장정들만 원하고 있는 것도 사실이오. 이러저러한 명백한 사실들을 줄곧 이야기했었지만 마음대로 처분할 수 있는 어떤 자료가 있다는 것 말고는 중요한 것에 대하여 아직 말하지 않았던 것이오. 그런데 내가 그것으로 무엇을 하겠소? 그걸 어디로 인도해 갈 것 같소. 그리고 그걸 성장시키려면 그에게 무엇을 공표해 주어야 하는가요? 거기엔 오직 전달 수단과 길과 수레가 남아 있기 때문이라오……."

그들은 계속해서 무슨 샐러드에 관하여 이야기나 하듯 나에게 말하고 있는 것이었다. 나의 밭에서 계속해서 잘 자라고 있는 야채들

이 이야기거리가 될 만큼 가치 있는 것이라고는 내가 아무것도 남겨 놓은 것이 없다.

그러자 그들은 내게 무엇이라고 대답해야 좋을지를 몰라했다. 왜냐하면 근시안인 데다가 뭐든 코에 바짝 대고 보지 않으면 읽을 수가 없는 그들은 잉크나 종이의 질에만 몰두하지 시가 지닌 의미에는 신경을 쓰지 않는 사람들이니까.

그래서 나는 그들에게 이렇게 덧붙였다.

"나는 본디 실증주의자여서 꿈의 타락 같은 것은 멸시하오. 나는 음악의 섬을 구체적인 건축물로 이해하고 있기 때문에 은행가들처럼 공허한 꿈에 완전히 도취되어 있는 것은 아니라오. 나는 어디까지나 경험을 존중하여 횡령, 독점, 부정의 기술보다 댄스 기술을 더 값 있게 평가하는 것이요. 댄스 기술은 더 많은 사람에게 여러 가지 기쁨을 가져다 주고 또 그 의미가 더욱 명료하기 때문인 것이오. 그대가 부를 독점했으니 이젠 그 재력을 적절하게 써 볼 방법을 찾아내야 할 차례요. 그래서 댄스가 인간의 마음을 감동시킨다는 사실을 생각하고 당신은 그 어떤 댄스를 돈으로 살 수도 있겠지만 결국 춤에 대해서는 아무것도 아는 것이 없으므로 재능도 없는 무용수를 선택하게 될 것이고……그러니까 당신은 끝내 거기서 유도해 내는 것이 없을 것이오. 모든 것을 보고 듣는 나는 나의 침묵의 사랑 속에서 물 흐르듯 뱉아 내는 말들에 귀를 기울이지는 않지만—인간에게는 저녁 무렵의 밀감 향기, 어느 새벽 금빛나는 벌 한 마리, 바다 깊숙이에 있는 임자 없는 흑진주 한 알보다 더욱 값진 것이었다는 점을 알게 되었소. 그리고 재정가들에 대하여 보자면 횡령이나 부정 또는 독점, 노예 계급에서의 갈취, 소송 사건으로 잠 못 이루는 밤들에서 얻어진 재산들은 회계원의 엉터리 계산서와 깎아 놓은 술잔 모양을 하고 손톱만한 개암 한 톨과 교환되는 일이 발생하는 사실을 확인하였던 것이다. 그런데 그 개암이란 다이아몬드라고 불리어지는 것인데 깊숙한 곳에서 채굴하여 얻어질 수 있는 것으로서 밀감의 냄새와 벌꿀의 희미한 빛과도 같은 가치를 지니고 있소. 설사 그 생명을 잃게 될지도 모르는 위험이 있다 해도 도둑들에 대항하여 싸워 가면서 지킬 만한 가치는 있는 것이라고 생각하오.

그리하여 가장 필수적인 선물은 축제 장소에 이르기 위해 밟아 가야 하는 길인 듯싶었지요. 우선 당신의 문명을 평가하려면 그대의 축제가 무엇이며 그것이 마음에 어떤 흥취를 주는 것이며(왜냐하면 그 축제란 일시적인 통로이고 껍질을 깨고 난 이후의 번데기에서 태어나는 것이기 때문이지) 그리고 당신이 어디서부터 어디로 가는 것인가를 나에게 일러 주었으면 좋겠소. 그때 가서야 나는 당신이 어떤 사람이며 또 당신이 자신의 건강과 배 둘레의 크기와 함께 얼마나 행복한 것인가를 알게 될 것이오.

당신이 어떤 길로 나아가려면 다른 방향이 아닌 바로 그 어느 특정한 한 가지 방향에 대하여 갈구하는 자세가 아니면 안 된다. 그러면 그것은 당신의 발걸음을 인도하고 재능을 더욱 풍부하게 해 줄 것이며 그대의 상승 욕구를 충족시켜 줄 것이오. '바다에 대한 기질이 있는 것과 마찬가지다. 내가 당신에게서 배를 더 얻고 싶으면 나는 당신의 바다에 대한 기질을 고취시키기만 하면 되는 것이니까.' 성당이 당신네 고장에 이루어 놓은 갈증의 특성에 대하여 내게 설명해 주기를 바라오. 왜냐하면 사랑이란 본질적으로 사랑에 대한 갈망인 것이고 문명이란 문명에 대한 갈망이고 흑진주를 향한 의식의 즐거움이란 바다 밑에 숨어 있는 흑진주에 대한 갈망이기 때문이라오."

217

총계에 따라 무더기로 판단하지는 말아야 한다. 당신은 내게 와서, "인간들에게 기대할 것이라고는 아무것도 없습니다. 무력하고 금전만 밝히는 데다 이기주의적이며 용기도 없고 추잡한 존재일 뿐입니다."
 하고 말한다. 그런데 당신은 돌을 두고도 거칠고 단조로우며 육중하고 우둔하다는 식으로 말할 것이다. 그러나 돌에서 끌어내는 조각이나 신전에 대해서는 그런 말을 하지 않으리라.
 당신이 말하는 그 인간이란 여러 가지 부분들이 예측하는 식으로 움직여 주지는 않는다는 것을 스스로 깨닫게 되기에 이르렀다. 그리고 개별적으로 대하면 이웃에 살고 있는 백성들은 제각기 모두가 전쟁을 싫어하고 자기 가정을 떠나고 싶어하지 않는다는 것을 알게 되리라. 그 사람들은 단지 자기 아이들과 아내와 생일 잔치를 좋아하는 평범한 사람들이니까. 또 그는 선량하고 집안에 개를 기르고 당나귀를 귀여워함으로써 피를 흘리지 않기를 원하며, 당신이 보아서 알고 있다시피 자기 집만을 아끼고 가구를 닦아 윤을 내고 벽에 회칠을 다시 하고 정원을 꽃향기로 가득 차게 하고 있기 때문에 남을 약탈하고 싶어하지를 않는다. 그래서 당신은 내게 이렇게 말하리라.
 "그들은 세상에 평화를 사랑하는 마음을 보여 주고 있습니다······."
 그러나 그들의 왕국은 오랫동안 전쟁 준비를 갖추고 있는 커다란 수프 그릇에 불과한 것이다. 그리고 그들의 선량한 마음씨와 다정함 그리고 상처난 동물을 불쌍히 여기는 정과 또 꽃잎에서 품을 수 있는 감동은 무기들이 맞부딪치며 내는 날카로운 금속성을 준비하는 마법의 요건들일 것이다. 비록 다른 곳에서와 마찬가지로 이 경우에도 노획물이란 덫이 지닌 본질에 속하지 않는다 할지라도 니스 칠한 가구와 따뜻한 양손의 혼합물은 그대 마음에 심한 고동을 일게 할 것이니라.
 나무를 당신은 건축 자재로서 평가할 것인가? 당신은 내게 오렌지 나무를 두고 말하면서 뿌리나 과육의 섬유 조직이 지닌 맛 혹은 열매 껍질의 끈적거리는 것이나 까칠까칠한 촉감이나 혹은 그 가지의 조직을 따질 것인가? 결국 건축 자재로서의 나무는 중요한 것이 못된다. 단지 오렌지를 보고서만 오렌지나무를 평가하도록 하라.

그대가 처형하는 사람들도 역시 그러하다. 그들을 따로 떼어놓고 개개인으로 관찰하면 그들도 별난 사람이 아닌 것이다. 그들에게서 나는 그런 점으로 조롱을 받고 있는 것이다. 그들의 나무는 이따금 많은 사람들의 비겁함과 과일 껍질을 벗기듯 진실의 특성을 반박하고 숱한 사람들의 평범하고 욕된 욕망을 항의하고 나선다. 괴로움 속에 깃든 육체를 희생시킬 수 있는 준비를 갖춘 칼날과도 같은 영혼을 만들어 낸다. 그들은 다락방의 창문으로 내다보이는 별들을 바라보며 한줄기 흘러내린 별빛을 먹고 살아간다. 이런 것을 바라보고 있노라면 드디어 내 마음은 흔쾌해진다. 왜냐하면 당신이 논쟁을 지켜보고 있을 때 나는 거기서 내세우는 조건을 보게 되기 때문이다. 나무는 과일의 조건이 되고, 사람들은 종족에게 빛을 주는 영혼의 조건이 된다. 그리고 그들의 착함과 감미로운 꿈과 집에 대한 애착에도 그와 비슷한 가속력을 지니고 쉽게 박차를 가하게 된다. 겉으로 보기와는 달리 수프 사발을 위한 요소들, 흑사병, 범죄, 굶주림이 문제가 되어 있기 때문이다. 나는 다른 사람들이 선량한 점이 없다거나 꿈을 거절한다든지 집에 대한 애착이 약하게 되거나 해도(그들은 오랫동안 유목민으로 남아 있었는지도 모르니까), 이런 요건들이 몇몇 사람들이 존귀하게 되는 조건이 될 수 있는 것이라면 그들을 용서하리라. 그리고 거기에 대해서 어느 한 단계에서 또 다음 단계로 비약할 수 있도록 해 주는 논리의 바탕이 없기 때문에 나는 아무것도 예측할 수가 없는 것이다.

218

그들은 기절을 해 보이면서 저들이 밤낮으로 열심히 일을 하고 있다는 것을 당신이 믿어 주기를 바라고 있는 상태다. 그러나 그것은 어디까지나 거짓이다.

도시에 대한 그의 애착을 밤낮으로 당신에게 노래해 보이는 성벽 위의 보초병은 거짓말을 하고 있는 것이다. 그는 도시 같은 것보다는 수프에 더 많은 애착을 기울이고 있는 사람이다.

밤이나 낮이나 시가에의 심취를 이야기하는 시인은 실상 거짓말을 하고 있는 것이다. 복통이 어쩌다가 그를 괴롭히는 날이면 그는 모든 시 따위는 안중에도 없다는 듯이 시가를 조롱할 것이다.

밤낮으로 애인 생각에만 몰두해 있다고 떠들어대는 연인은 실상 거짓말을 하고 있는 것이다. 어쩌다 한 마리 벼룩이 물어도 그는 애인 생각을 멀리 떨쳐 버린다. 그것도 아니면 어쭙잖은 권태에도 하품을 하게 되는 것이다.

늘 새로운 사물을 찾아내는 일에만 샘을 내고 있다는 여행자도 거짓말을 하고 있는 것이다. 큰 파도라도 쳐 올 양이면 배멀미를 하다 지쳐 곧 토해 버리는 형편이니까.

밤낮으로 신을 마주 대한다고 말하는 성자도 거짓말을 하고 있는 것이다. 신도 바다처럼 가끔 그의 뒤로 물러서는 것이다. 그렇게 되면 그의 심령은 자갈 깔린 해변보다 더 더욱 메말라진다.

밤낮으로 죽은 사람을 서러워한다는 사람들도 거짓말을 하고 있다. 그들이 죽은 사람을 밤낮으로 좋아한 것도 아닌데 왜 그의 죽음을 그토록 슬퍼하고 있는 것인가? 그들은 논쟁이나 대모험 또는 사랑을 하는 이외에는 오락을 즐길 수 있는 시간도 알고 있다. 분명히 죽은 자는 논쟁을 하지 않고 오직 그와 일심동체가 되어 있는 그들을 생각할 수 있기 때문에 살아 있는 자보다 더욱 현존적이다. 그런데 당신은 죽은 사람들에게조차 충실치가 못하다.

이상 예를 든 것에서 사람들은 죄다 거짓말을 하고 있다. 그들은 아무것도 깨닫지 못했기 때문에 그들의 무감각을 시인하려고 들지를 않는다. 그리고 그들은 당신 스스로가 의심을 품도록 만들어 놓는다.

그들이 자신의 열정의 소리를 듣고서 당신이 그들의 거침없는 봉사 정신을 믿게 되고 그대 역시 가족의 초상을 당하여 사람들이 모두 당신을 쳐다보면 당신은 스스로의 무감각을 부끄러워한 나머지 목소리가 변하고 얼굴빛이 달라지게 될 것이다.

당신에게 영속될 수 있는 것이란 권태뿐이란 것을 나는 잘 알고 있다. 그 권태란 건축 자재를 꿰뚫어 아무것도 읽어 내지 못하는 그런 당신의 병약한 정신에서 생겨나는 것이다. 이런 문제들이 거기 적혀 있는지 어떤지를 알아채지도 못하는 장기 말판이나 바라보고 있는 사람도 마찬가지다. 그런데 간혹 보초병이나 시인 혹은 신자, 연인 그리고 여행자가 지닌 제 이의 영감이 가끔 번데기 속에서의 성실에 대한 보상으로 당신에게 주어지는 것이라면 당신을 열광케 하는 모습을 영구히 바라볼 수 없다고 탄식하지는 말아라. 너무나 강렬한 모습들이 있어서 그들을 바라보고 있는 사람들을 소멸시켜 버리는 것이기 때문이다. 축제는 날마다 있는 것이 아니다. 그러니 밤낮 가리지 않고 거룩한 노기를 품고 있는 사팔뜨기 예언자처럼 그대가 그 일상적인 행동을 보고 사람들을 벌하면 그대는 결국 잘못을 범하게 되는 것이다. 왜냐하면 나는 의식이란 일상 생활에서 권태와 인습으로 타락해 버리고 만다는 것을 너무도 잘 알고 있기 때문이다. 왜냐하면 정의롭고 고고한 규칙이 일반적으로 비열한 놀이를 위한 칸막이 정도로 타락한다는 것을 내가 잘 알고 있기 때문이다. 그렇지만 그것이 무슨 상관이랴. 나는 잠들게 되는 사람에 대해서는 역시 잘 알고 있다.

그때 내가 그의 무기력을 한탄할 수 있겠는가? 나는 또한 꽃은 없지만 꽃이 되기 위한 조건을 구비하고 있는 나무에 대하여는 잘 알고 있다.

219

　그대 마음속에다 형제애를 심어 주고 싶었다. 그와 동시에 나는 형제와 이별해 있는 슬픔도 함께 심어 주고자 했다. 또 나는 그대 마음속에 아내에 대한 사랑을 심어 주려고 했었다. 또한 아내와 헤어져 있게 되는 슬픔도 그대 마음속에 동시에 심어 주고 싶었던 것이다. 또한 그대 가슴에 친구에 대한 사랑을 심어 주고 싶었다. 그대 마음에다 친구와 헤어져 있음으로 하여 생기는 슬픔을 함께 심어 줌과 아울러 우물을 파는 사람들에게 우물이 없었을 때 느끼는 아쉬움을 심어 주었다.
　그리하여 다른 어떤 괴로움보다 더 괴로운, 이별이란 곤욕을 그대가 치루게 됨으로써 나는 그 고통을 낮게 해 주고 그리워하는 이별에의 대상이 그대 눈앞에 나타나게 해 주고 싶었던 것이다. 생각 속에는 있지만 존재하지 않는 우물이란, 우물이 아주 없는 세상보다도 목이 말라 사경에 이른 사람에게는 훨씬 갈증을 풀어 주는 것이 되기 때문이다. 그와 마찬가지로 당신이 영영 먼 곳으로 유배되어 있다 하더라도 당신이 살던 집이 불에 타버린다면 결국 당신은 눈물을 흘릴 것이다.
　나는 숱한 나무들처럼 풍요한 존재들을 알고 있다. 나무들은 발 아래 그것들을 뻗치려고 가지를 멀리까지 늘어뜨리고 있다. 나는 살아 있는 사람이어서 당신에게 당신의 거주지를 보여 줄 것이기 때문이다.
　당신이 시장에 나가서 판매를 하려고 길을 나설 때 당나귀 등에서 흔들거리는 피라미드형으로 쌓아 올린 채소 더미 위에 새벽의 희미한 미명이 비치고 있을 때 당신은 사랑하는 아내를 포옹하면서 느끼던 사랑의 멋을 기억하도록 하라. 아내는 그대에게 미소를 지었다.

그녀도 제 할일을 위해서 당신처럼 문턱에서 하루를 준비하고 서 있는 것이다. 그녀는 집안을 말끔히 쓸고 살림 도구에 윤을 내고 또 오랫동안 준비해 두었던 음식에 대한 생각으로 마음이 가득 차 있고, 오로지 당신 하나만을 생각하면서 당신에게 매일 식사를 조리하는 데 열중해 있을 것이다. 그러고는 이렇게 중얼거리리라.
"너무 일찍 돌아오지 않았더라면⋯⋯나를 사로잡고 있던 기쁨이 사그라져 버릴 테니까⋯⋯"
그러므로 겉으로 보기에는 당신이 떠나 버려 그녀는 당신이 늦게 돌아오기를 바라고 있겠지만 실제로 그녀와 당신을 떼어놓는 것이라고는 아무것도 없다. 물론 당신의 경우에서도 마찬가지다. 왜냐하면 당신의 여행이 집에도 도움이 되기 때문이다. 당신은 훼손된 집안을 손질해야 하고 가정의 화목을 이루어 나가야만 한다. 그리고 당신은 하루의 벌이에서 얻은 돈으로 집안을 위해서는 고급 양탄자를, 그대 아내를 위해서는 은목걸이를 하나 사오려고 했었다. 비록 유배되어 있을지라도 거기까지 가는 길에 당신이 노래를 흥얼거리고 사랑이 주는 평화를 만끽할 수 있는 것도 바로 그런 이유에서다. 당신은 지팡이를 짚고 잰 걸음을 옮기고 당나귀를 끌고 벌통을 정리하며 너무 이른 새벽이라 눈을 비비며 바구니를 모은다. 비록 그대 왕국에 대하여는 무엇이라도 서서히 즐기기 위해서 돌아갈 생각은 추호도 하지 않으면서 그대 집 문턱에서 지평선을 보고 떠나려면 한가한 어느 때보다 더 더욱 당신의 아내와 밀접하게 결합되어 있는 것이다. 왜냐하면 그때 당신은 가고자 했던 어느 먼 곳의 결혼식이나 또는 그 어떤 일 또는 어느 친구에 대한 생각에 잠겨 있는 것이기 때문이다.
그리고 당신들이 끼어 있는 지금 그 당나귀가 심통을 부리면 자갈 부딪치는 소리 같은 재빠른 걸음 소리를 들으며 아침 일을 생각하고 있을 것이다. 그러고는 빙긋이 미소를 짓는다. 이미 은팔찌를 사러 갈 가게를 눈여겨 보아 두었으니까 말이다. 당신은 어느만큼 나이 든 그 가게 주인을 전부터 알고 있다. 당신은 그의 가장 가까운 친구니까 당신이 찾아가면 그는 좋아할 것이다.
 그는 당신 아내의 안부를 물을 것이다. 당신 아내는 아주 소중하고 또 연약하니까 그녀의 건강에 대해서 안부를 묻는 것이 이상할 것 없다. 그는 당신에게 당신 아내의 훌륭한 점을 열심히 강조하며 이야기할 것이다. 그런 이야기를 들으면 별로 섬세한 성질이 아닌 행인이라 할지라도 그녀는 마땅히 금팔찌도 낄 수 있는 여자라고 알 것이다. 그렇지만 당신은 한숨을 쉬고 말 것이다. 생활이란 그 저 그렇고 그런 것이니까. 어차피 당신은 왕이 아니니까. 당신이 지배할 수 있는 것은 오로지 야채뿐이다. 그러면 살아도 한숨을 쉬게 될 것이다. 그리고 당신의 힘으로는 살 수 없는 금팔찌를 구하지 못해 애쓰는 것을 보고 상인은 그녀가 은팔찌를 더 좋아한다고 설명해 줄 것이다.
 "팔찌란 뭐니뭐니 해도 무거워야 한답니다요. 그러나 금팔찌란 늘 가벼워서 탈이라니까요. 팔찌에는 신비한 의미가 깃들어 있답니다. 그것은 당신과 아내를 서로 연결해 주는 사슬의 첫번째 고리일 것입니다. 사랑하는 속에서 사슬의 무게를 느낀다는 것은 흐뭇한 일이지요. 아름다운 팔을 얌전히 올려 손으로 얼굴의 베일을 바로잡을 때 손에 찬 보석이란 무게가 있어야 하는 겁죠. 그래서 손에서 마음으로 기별해 줘야 하는 것이니까요."
 하고는 가게에 진열해 둔 팔지 중에서 가장 무거운 것을 들고 자기네 골방에 들어갔다가는 다시 나와서 눈을 감고 무게를 달아 보는 것이었다. 그리고 당신이 기뻐하는 내용이 무엇이가를 생각해 보며 당신께 내밀면서 팔찌의 무게가 얼마인지 실제로 재어 보라고 할 것이다. 그러면 당신은 팔찌를 경험으로 느끼게 될 것이다. 드디어 상인의 말을 인정하게 될 것이고 그러고 나서 또 다른 한숨을 내쉬게 될 것이다. 생활이란 원래 그런 것이니까. 당신은 돈이 많은 대상의 우두머리가 아니다. 당신은 어디까지나 나귀 몰이에 지나지 않는다. 그래서 당신은 손가락으로 나귀를 가리킬 것이다. 문 앞에서 고삐를

매인 채 기다리고 있는 나귀는 별로 기운이 없어 보인다. 그래서 당신은 나귀에게 이렇게 말하리라.

"내 재산이란 본시 보잘것없는 것이어서 오늘 아침 모두 네게 짊어지워 여기까지 왔던 것이니까."

그러면 장사치도 역시 이 말을 듣고 있다가 한숨을 내쉬게 되리라. 그래서 당신의 재력으로 살 수 없는 무거운 팔찌를 애타게 갈망할 때면 드디어 장사치는 가장 정밀하고 섬세한 조각으로 된 그 팔찌를 당신 앞에다 끌어내 놓을 것이다. 그러고는 당신이 원하는 것을 보여 주리라. 며칠 전부터 당신은 임금과도 같은 지혜를 있는 대로 짜내어 계획을 생각해 냈으니까. 고급 양탄자를 사려면 한 달 수입에서 얼마쯤을, 쇠스랑을 새로 사려면 또 얼마쯤을, 그날그날의 식량을 사려면 그중의 얼마만큼을 저축해야만 하는 것이다.

그리고 진짜 춤이 시작된다. 장사치는 손님을 알고 있기 때문에 자기가 던져 놓은 낚시 미끼를 상대방이 제대로 물었다 싶으면 계속해서 당신을 붙들고 놓지 않으려고 할 것이다. 당신은 끝내 그 팔찌가 너무 비싸다고 말하고 작별을 고하게 된다. 그러면 장사치는 당신을 부르게 된다. 어차피 그 장사치는 당신의 친구니까 당신 아내의 아름다움을 위해서 희생을 감수하겠다고 선언하게 된다. 하긴 잘 생기지도 못한 여자의 손목에서 자기가 아끼는 보물이 닳아 없어지리라는 것을 생각을 하면 서글퍼지리란 것을 느끼기라도 했는지 모른다. 당신은 천천히 집으로 되돌아온다. 당신은 침통한 얼굴을 감추지 못한다. 그대는 팔찌의 무게를 손으로 다시 가늠해 본다. 무겁지 않으면 큰 가치가 없다. 게다가 은빛도 나지 않는다. 그래서 당신은 그 변변치 못한 보석과 딴 가게에서 보아 둔 빛깔 고운 옷감과 비기면서 망설인다. 그렇지만 당신은 그것을 너무 무시하면 또 안 된다. 만일 당신에게 아무것도 팔지 못하게 되어 실망하게 된다면 당신과 친구인 그 장사치와의 사이가 멀어지게 될지도 모를 일이다. 그래서 그의 가게로 발길을 되돌리고 싶어서 붙이게 된 서투른 구실로 하여 스스로 얼굴이 붉어지고 말 것이다. 물론 인간이 무엇인지에 대해서 잘 알지 못하는 사람은 사랑의 춤을 바라보고도 그것이 인생의 춤이라고 보았을 것이다. 또 당나귀나 채소에 대해서 이야기하거나 금과 은 또는 부패와 정교함에 대해 상세히 이야기하면서 이런저런 이야기를 오랫동안 하다 보면 바로 그 순간에 당신이 집에 있어도 집에서 더 멀어지게 된다. 왜냐하면 만일 당신이 사랑이나 집에 대하여 의례적인 처신만 하다 보면 사랑이나 집에서 바깥으로 나가 있게 되어 부재라는 것이 없을 것이기 때문이다.

결국 당신의 부재란 것이 당신을 갈라 놓는 것이 아니라 한데 묶어두는 것이다. 당신은 부재가 단절이 되는 한계가 어디에 있는 것인지 내게 말해 줄 수 있겠는가? 만일 의식이 잘 연결되고 당신들이 그 속에서 서로 잘 융합되는 신을 당신이 똑바로 바라보고 또 그 신이 보다 강력하다면 어느 누가 당신을 집과 친구에게서 갈라 놓을 수 있다는 말인가? 내게 이렇게 이야기하는 아들들을 나는 알고 있다.

"우리 아버지는 우리 집의 왼쪽 측면의 날개 하나도 완성하지 못하시고 돌아가셨습니다. 나는 지금 바로 그것을 짓고 있습니다. 우리 아버지는 집 뜨락에 나무를 심는 것을 끝내지도 못하시고 돌아가셨으므로 내가 지금 나무를 심고 있는 것입니다. 당신의 과업을 나에게 계승하라는 말을 남겨 놓고 돌아가셨던 것입니다. 나는 그것을 계속하고 있을 것입니다. 또 왕에게 충성을 다하라고 말씀하셨습니다. 그래서 나는 충성을 하고 있는 것입니다."

그래서 나는 그 젊은이의 집에는 그 아버지가 돌아가시지 않았다고 느낀 것이다.

당신 친구와 당신과의 공통적인 바탕을 당신의 마음이나 그의 마음 밖에서 찾거나 아니면 잡다한 재료들을 꿰뚫어 보았을 경우 사물을 맺어 주는 신의 매듭이 당신네 두 사람에게 있다면 당신네를 떼어 놓을 시간과 거리란 있을 수 없는 것이다. 당신네의 결합을 완성시키는 그 같은 신은 벽과 바다를 아랑곳하지 않는 것이다.

  자기 친구에 대해 내게 얘기해 주는 어느 늙은 정원사를 나는 알고 있다. 두 사람 모두가 저녁이 되면 어울려 차를 마시고 축제를 함께 즐기며 서로를 위해서 충고를 해 주거나 서로 이마를 맞대며 속내 이야기를 털어놓으며 죽기 전까지는 오랫동안 형제처럼 지내 왔던 것이다. 그러면서 그들은 서로 주고받는 말 수가 적었다. 그들이 일을 끝내고 나서 서로 말 한마디도 없이 꽃, 정원, 하늘 그리고 나무들을 바라보면서 산책하는 것을 누구나 쉬 볼 수 있었다고 한다. 두 사람 중 어느 한 사람이 어느 나무를 손가락으로 가리키며 고개라도 끄덕일 양이면 다른 한 사람 역시 몸을 굽히며 애벌레가 지나간 자취를 훑어보며 고개를 마주 끄덕이는 것이다. 그리고 아름답게 피어나는 꽃은 두 사람 모두에게 한결같은 기쁨을 주는 대상들이었다.

  그런데 어느 대상(隊商) 한 사람이 그 둘 중 한 사람을 고용하여 몇 주일 동안 대상에 참여시키게 되었다. 그런데 대상을 약탈하는 자들과 운명의 장난, 왕국들간의 전쟁, 폭풍우, 조난, 파멸 그리고 장삿길이란 것이 그들 사이에 개입해 그 친구는 마치 바다 위에 띄워 놓은 통과도 같이 이 정원에서 저 정원으로 이 세상 끝까지 밀려다니면서 몇 년 동안 괴로운 정원사 노릇을 하게 되었다.

  오랫동안 서로 소식이 끊어졌다가 마침내 내가 아는 그 정원사는 친구로부터 편지 한 통을 받았다. 오직 하느님만이 이 편지가 몇 년 동안 이곳 저곳으로 주인을 찾아 떠돌다가 어찌어찌하여 오게 되었는지를 알고 계시리라. 어느 마차, 어느 선박, 어느 대상이 릴레이식으로 그 편지를 실어다가 그 정원사에까지 가져다 주었는지를 하느님만이 알고 계시리라. 그리하여 그날 아침 그는 얼굴이 기쁨으로 가득 차 그 가슴 뛰는 행복을 나누어 갖고 싶어서, 마치 한편의 시를 읊어 달라고 조르듯 편지를 읽어 달라고 나를 졸라대기까지 하게 됐다. 그러고는 내가 읽을 때 느낄 수 있는 감동이 얼굴에 떠오르는 것을 찬찬히 바라보면서 그는 지키고 있었다. 거기엔 단지 몇 마디 말밖에 없었다. 하긴 두 늙은 정원사는 펜으로 글을 쓰는 것보다 삽질에 더욱 능숙한 사람들이니까. 그래서 나는 삽시간에 읽을 수 있었다.

'오늘 아침 나는 내 장미나무를 가위질하였다오……'

그 다음으로는 글로 표현할 수 없는 사연의 핵심을 상상하면서 그들이 하듯 나는 머리를 끄덕였다.

그런 일이 있고 난 뒤로부터 그 정원사는 마음의 안정을 느낄 수 없게 되었다. 그가 지리와 항해술, 우편물, 해상 그리고 왕국들 사이에서 일어나는 전쟁 같은 것에 대하여 면밀하게 알아보고 있다는 소문이 들려 왔다. 그러고 나서 3년이 지난 어느 날 내가 지구 저 끝에 있는 나라에 파견했던 대사가 우연히 내게로 돌아왔다. 그래서 나는 그 정원사를 불렀다.

"자네 친구에게 편지를 쓰게."

그래서 그가 편지를 쓰는 동안 나의 정원에 있는 나무들과 채마밭의 채소들은 정원사 때문에 약간의 괴로움을 당해야 했고 또 식물에 붙어 사는 애벌레들에게는 그 동안이 잔칫날이 됐었다. 그 정원사는 장난에 몰두해 있는 어린아이와도 같이 끄적끄적 혀를 놀려 가면서 몇 자 썼다가는 지우고 또다시 쓰고 지우고 하느라고 며칠씩이나 집에 들어앉아 나오지를 않았으니까. 그는 황급히 해야 할 이야기들이 너무 많았고 있는 그대로의 자신을 깡그리 제 친구에게 전해야만 했던 것이다. 그는 깊은 심연 위에다 자신의 구름 다리를 걸쳐 놓고 시공을 초월하여 자신의 나머지 한 부분과 결합하고자 했던 것이다. 그는 드디어 내게로 와서 그 동안 써 두었던 답장을 보여 주었다. 이번에도 역시 받아 보는 이의 얼굴을 빛나게 해 줄 한 가닥 기쁨을 나의 얼굴에서 지켜보고 또 그렇게 하여 마음으로부터의 자기 편지가 지닌 감화력을 시험해 보고자 했던 것이다. '그에게 있어 중요했던 것은 자기들의 신을 꽃으로 장식하고, 바느질로 눈을 못쓰게 된 노파들과도 같이 무엇보다 자기 자신이 그 내부에서 합류되는 그 무엇이 문제였기 때문에, 그 이상 알려 주어야 할 중요한 것이라고는 별로 없었다.' 그래서 그가 철통같이 믿고 있는 기도와도 같이 능숙하지 못하면서 열심히 쓴 글씨, 그 겸허한 몇 마디로 친구에게 이야기한 것을 읽어 보았다.

'오늘 아침, 나 역시 나의 장미나무를 가위질하였다오……'

그리고 나는 보다 더 잘 떠오르기 시작한 그 사연의 핵심에 대해 생각하면서 그것을 읽고 난 느낌을 침묵으로 표시했다. 왜냐하면 나래 속에서 하나가 되어 장미나무 위에 계신 주님을 찬양하고 있었기 때문이다.

오, 주여! 저는 최선을 다해 저의 백성들을 가르쳤으니 이제 제 스스로를 위해서 기도를 올리는 바입니다. 저는 신으로부터 너무나 많은 할일을 받았기 때문에 제가 사랑할 수 있었던 사람과 어울릴 수가 없어서 혼자서 마음의 기쁨을 얻는 거래에 제 스스로를 마치지 않으면 안 되었기 때문이었습니다. 그리고 다른 것이 아닌 바로 이곳에서 귀환과 특이한 목소리 그리고 모든 보석으로부터 자신을 갈라 놓는 죽음을 서러워하면서, 울기만 하면 잃어버린 자기의 보석을 아끼고 있다는 것이라고 믿고 있는 그 어느 여인의 유치한 푸념들이 제게는 더욱 정겨워 보였던 것입니다. 그런데 주여 당신은 제가 치료해 주기로 한 사람들이 받는 고통에 대하여 마음을 써야 하는 것이 나의 임무라고 하시고, 풍문에 대해서는 그것을 초월하여 그 내용이 뜻하고 있는 것을 제가 파악할 수 있도록 하시느라고 끝까지 침묵만을 강요하셨던 것입니다.

분명히 당신은 제가 수다를 떨어 낭비하게 되는 시간이나 우정이나 사랑에 대하여나 잃어버린 보석에 대한 괴로움을 한결같이 간단한 말로 줄일 것을 원했던 것입니다(여기서는 한 개의 보석이 문제가 아니라 죽음을 문제삼기 때문에 이런 논쟁에서는 그 누구도 빠져 나가지를 못할 것입니다. 사랑이나 우정 같은 것은 오직 주님 속에서만 맺어질 수 있는 것이고 또한 저로 하여금 오로지 당신의 침묵을 통해서만이 거기에 도달할 수 있도록 한다는 것도 결국 당신의 마음에 달려 있는 것이니까요).

제가 같은 계급에 있는 사람을 방문하는 것이 주님의 위엄이나 관심 속에 들어갈 수 있는 일이 아닌 것이고 보면 꼭두각시 같은 천사장이 나타나는 것에 제가 기대하는 것이 아무것도 없는 이상 제가 거기서 무엇을 받을 수 있겠습니까? 다른 사람이 아닌 양치기에게서처럼 노동자에게 이야기를 해 보는 저야말로 줄 것은 많이 있지만 받을 것은 하나도 없기 때문입니다. 그리고 제가 왕이고 그리고 백성들의 피로써 이루어진 왕국이 내 속에 하나로 응결되어 있고, 저를 통해서, 왕국이 오로지 저의 미소로써 그들의 피의 대가를 치루고 있기 때문입니다. 가령 저의 미소가 보초병을 도취시킬 수 있다면 주님, 전 그 보초병의 미소에서 무엇을 기대해야 하는 것입니까? 다른 사람들처럼 저는 자신을 위한 사랑을 간청하거나 하지는 않습니다. 만약 그들이 저를 당신께로 향하는 하나의 길로 여겨 주기만 하면, 그들이 저를 무시하든 증오하든 그런 것은 대수롭게 여기지 않겠습니다. 보초병이 하는 존경의 표시가 저 개인을 위한 것이 아니라 왕국을 향해서인 것과 마찬가지로 그들의 경건한 동작을 모두 한데 묶어서 당신께 바치면서 그들이 속해 있고 동시에 제가 속해 있는 당신만을 위해서 사랑을 갈구하고 있는 것이기 때문입니다. 저는 벽이 아니라 태양을 향하여 땅으로부터 나뭇가지를 끌어내는 씨앗의 작용과도 같은 것이기 때문입니다.

미소를 제개 보상해 주는 군주도 따로 없으므로 당신께서 저를 받아들여서 저를 사랑하는 사람들과 함께 있도록 해 주시는 그 순간까지 저는 그렇게 살아가는 것이 합당하리라고 믿고 있기 때문입니다. 그리고 혼자 있다는 피곤감에서 해방되어 저의 백성들과 합류하고 싶은 욕구가 문득문득 제게 엄습해 옵니다. 아직도 충분할 만큼 저는 순수하지 못한 것 같습니다.

　유일한 친구와 연락이 닿은 정원사가 행복하다는 생각이 들고 그들의 신의 뜻에 좇으며 저도 왕국의 정원사들과 합류하여 어울리고 싶은 충동이 이따금 솟곤 합니다. 그래서 새벽이 되기 조금 전에 저는 정원으로 향한 저의 궁전 계단을 천천히 내려가곤 했습니다. 장미가 피어 있는 쪽을 향해서 걸어갑니다. 여기저기 살펴보며 어떤 가지에 이르러서는 허리를 굽혀 살펴봅니다. 정오가 되면 용서해야 할 것이냐 죽여야 할 것이냐, 전쟁이냐 평화냐를 결정지워야 할 제가 말입니다. 그리고 왕국을 보전시켜야 하느냐 파멸로 몰아가야 하느냐를 결정지워야 하는 갈림길에 서 있는 제가 말입니다. 이미 늙어 있기는 하지만 애써 일에 대한 용기를 되찾고 효과 있는 또 한 가지 방법으로 살아 있든 죽어 있든 모든 정원사들과 합류하는 데 성공하기 위해서 제 마음속으로 아주 간단하게

　"나 역시 오늘 아침 나의 장미나무 가지를 가위질했다네."

　라고 말합니다. 그리고 그가 몇 년 동안을 어떤 사연의 편지를 가지고 떠나든 말든, 그가 어떤 곳에 이르게 되든 말든, 그것은 내게 별 중요한 것이 아닙니다. 저의 정원사와 합류하기 위해 저는 겸허하게 그들의 신에게 경의를 표하는 것입니다. 그 신들이란 바로 해뜰 무렵의 장미나무들인 것입니다.

　주여, 제 스스로를 초월함으로써만이 결합할 수 있는 저의 가장 사랑하는 상대에 대해서도 마찬가집니다. 그리고 저와 같은 입장에 놓여 있는 사람에게는 누구든 두말할 것 없이 마찬가지인 것입니다. 그래서 저는 제 슬기를 동원하여 판단하는 것입니다. 그도 그의 지혜에 따라서 판단을 내립니다. 그 분별력들이란 서로 모순되는 것 같고 또 그것들이 서로 충돌하는 날이면 뜻하지 않았던 전쟁이 일어나고 마는 것입니다. 그러나 서로 모순되는 길을 통해서 우리는 우리의 지력선을 꾸준히 지켜 갑니다. 주님, 오직 당신 속에서만 그 지력선들이 재발견되는 것입니다.

그리하여 저는 저의 일을 완성하여 우리 백성들의 영혼을 아름답게 하였습니다. 그리고 그는 자기 일을 완성하여 자기네 백성의 영혼을 미화시켰던 것입니다. 자기의 생각을 실천하는 그가 우리의 의견을 일치시키기 위한 어떤 언어가 제시되지 않았는데도 우리의 의식을 판단하기를 강요하고 벌을 주거나 용서하게 될 때, 제가 그를 위해서 말하듯이 그도 저를 위해서 그처럼 말을 할 수 있는 것입니다.

왜냐하면 주여, 당신은 우리의 공동 척도이시니까요. 결국 당신은 여러 가지 행위의 본질을 엮는 매듭인 것입니다.*

* 옮긴이 소개

염기용

번역문학가, 마산고등학교 졸업.
성균관대학교 불문과 졸업.
경남매일신문 문화부장, 편집부장 역임.
조선일보 출판국 출판부장 지냄.
역서로는 《깡디드》, 《전시 조종사》, 《고독한 산보자의 명상》
등 다수가 있음.

성 채 (하)

발행일 | 2022년 1월 10일 초판 1쇄 발행
          2023년 8월 10일 초판 2쇄 발행

지은이 | 생 텍쥐페리   **옮긴이** | 염기용
펴낸이 | 윤형두 · 윤재민   **펴낸곳** | 종합출판 범우(주)
교 정 | 유병수   **인쇄처** | 태원인쇄

등록번호 | 제406-2004-000012호 (2004년 1월 6일)
            (10881) 경기도 파주시 광인사길 9-13 (문발동)
대표전화 | 031-955-6900   **팩 스** | 031-955-6905
홈페이지 | www.bumwoosa.co.kr **이메일** | bumwoosa1966@naver.com

ISBN 978-89-6365-409-6 03860

* 책값은 뒤표지에 있습니다.
* 잘못된 책은 바꾸어드립니다.